MANFRED BOMM

Machtkampf

RUFMORD Ein Selbstmord auf einem Jägerhochsitz gibt Rätsel auf. Bei dem Toten handelt es sich um einen Viehhändler, dem dubiose Geschäfte nachgesagt werden. Kommissar August Häberle trifft im ländlichen Idyll keinesfalls auf eine heile Welt. Da sind nicht nur die kleinen Landwirte, die in finanzielle Schwierigkeiten geraten sind, sondern auch enorme Vorurteile gegen einen Pfarrer, der erst vor einem Jahr gegen den Widerstand der Gemeinde sein Amt angetreten hat. Er hat sich zum Ziel gesetzt, den Schwachen zu helfen, und lernt sehr schnell deren Probleme kennen. Plötzlich jedoch wird er mit einer folgenschweren Anschuldigung konfrontiert. Und für Kommissar Häberle stellt sich die Frage: Hat der rätselhafte Selbstmord des Viehhändlers etwas damit zu tun? Und warum wird versucht, eine Scheune anzuzünden und mehrere Bewohner des Ortes einzuschüchtern? Häberle erkennt, dass er nicht nur auf der Schwäbischen Alb auf Spurensuche gehen muss.

Manfred Bomm, 1951 geboren, lebt in Geislingen an der Steige, einer Kleinstadt zwischen Stuttgart und Ulm. Als Journalist ist er mit Polizei und Justiz vertraut, weshalb seine Geschichten stets dicht an der Realität angesiedelt sind. Er möchte mit den Mitteln der Kriminalunterhaltung auch zum Nachdenken über aktuelle Themen anregen.

Bisherige Veröffentlichungen im Gmeiner-Verlag:
Grauzone (2013)
Mundtot (2012)
Blutsauger (2011)
Kurzschluss (2010)
Glasklar (2009)
Notbremse (2008)
Schattennetz (2007)
Beweislast (2007)
Schusslinie (2006)
Mordloch (2005)
Trugschluss (2005)
Irrflug (2004)
Himmelsfelsen (2004)

MANFRED BOMM

Machtkampf

Der 14. Fall für August Häberle

GMEINER *Original*

Personen und Handlung sind frei erfunden.
Ähnlichkeiten mit lebenden oder toten Personen
sind rein zufällig und nicht beabsichtigt.

Besuchen Sie uns im Internet:
www.gmeiner-verlag.de

Im Ehnried 5, 88605 Meßkirch
Telefon 07575/2095-0
info@gmeiner-verlag.de

1. Auflage 2014

Lektorat: Claudia Senghaas, Kirchardt
Herstellung: Julia Franze
Umschlaggestaltung: U.O.R.G. Lutz Eberle, Stuttgart
unter Verwendung eines Fotos von: © pip / photocase.com
Druck: GGP Media GmbH, Pößneck
Printed in Germany
ISBN 978-3-8392-1515-9

Gewidmet allen, die an ihrem Schicksal zu verzweifeln drohen, weil sie auf die Schattenseite des Lebens gedrängt wurden.
Möge ihnen der Glaube an das Gute, Gerechte und Positive wieder die Augen für das Wunderbare und Schöne dieser Welt öffnen.
Lassen wir uns nicht in den Strudel der allgegenwärtigen Horror- und Skandalmeldungen hineinziehen, die im Zeitalter der unübersichtlichen Nachrichtenflut ständig auf uns niederprasseln.
Mögen deshalb auch die Medien ihrer Verantwortung bewusst sein und sorgfältig abwägen können, was zur seriösen Information der Menschen dient und was den Einzelnen, der von einem üblen Verdacht bedroht wird, in tiefstes Unglück stürzt.

Wer trotz allem Schatten, der über seiner Seele liegt, an eine Macht jenseits unserer Vorstellungswelt glaubt, wird schon bald das Morgen in einem neuen Lichte sehen. Denn die Schöpfung lehrt uns: Auf jede finstre Nacht folgt ein neuer heller Tag.

1

»Wenn das an die Öffentlichkeit dringt, kann ich mich gleich begraben lassen.« Die Stimme des Mannes war schwach geworden und wollte nicht so recht zu seinem hünenhaften Erscheinungsbild passen. Er saß zusammengesunken auf dem unbequemen Stuhl, den ihm der Kriminalist angeboten hatte. »Und Sie müssen wirklich dieser unglaubwürdigen Anzeige nachgehen – ohne Rücksicht auf die Folgen, die das für mich haben wird?« Seine Stirn war schweißnass geworden. Er zitterte. »Sind Sie sich der Tragweite dessen bewusst, was dies bedeutet?«

Der Beamte, der vor sich einige Akten ausgebreitet hatte, ließ ein paar Sekunden verstreichen. »Wir müssen«, sagte er schließlich ruhig. Es klang bedauernd und geradezu väterlich. In all den Jahren, seit er für Sexualdelikte zuständig war, hatte Kriminalhauptkommissar Martin Wissmut ein Gespür für den Umgang mit Beschuldigten entwickelt, die plötzlich mit einem schockierenden Sachverhalt konfrontiert wurden. Der Mann, dem die Verzweiflung ins Gesicht geschrieben stand, war bestimmt kein brutaler Vergewaltiger, keiner, der Frauen auflauerte und sie misshandelte. Es war ein bislang unbescholtener Mann, 63 Jahre alt, Familienvater noch dazu. Und was weitaus schlimmer wog: Er war Pfarrer. Es würde nicht mehr lange dauern, bis in dem kleinen Dorf, das ihm als evangelischem Seelsorger anvertraut war, jeder mit den Fingern auf ihn zeigte.

In der Stille, die sich breitgemacht hatte, war nur sein schwerer Atem zu hören. »Und jetzt?«, fragte er mit belegter Stimme. Sie wussten beide um die Dramatik dieses Augenblicks.

Wissmut sah in wässrige Augen. »Wir machen ein Protokoll und dann wird die Staatsanwaltschaft entscheiden, wie's weitergeht.«

Der Mann strich sich mit dem Handrücken den Schweiß von der Stirn. »Die Staatsanwaltschaft«, flüsterte er fassungslos. »Und das Kind? Der Bub? Das wird alles einfach so hingenommen?« Er rang nach Worten und hatte Mühe, die Fassung zu bewahren.

»Es wird ein Glaubwürdigkeitsgutachten geben«, erklärte Wissmut. »Und ich geh mal davon aus, dass auch die Mutter noch ausgiebig befragt wird.«

»Die Mutter«, wiederholte der Beschuldigte. »Warum kommt die denn nicht zu mir und redet mit mir? Warum geht sie gleich zur Polizei und erstattet Anzeige?«

Wissmut wollte nicht darauf eingehen. Er rückte seine Brille zurecht und wandte sich seinem Computerbildschirm zu. »Sie sagen also«, konstatierte er emotionslos, »dass Sie keine Erklärung dafür haben, wie es zu diesen Beschuldigungen kommen konnte.«

Sein Gegenüber nestelte am Kragen der Freizeitjacke und schlug die Beine mit den schmutzigen Schuhen übereinander. »So wahr mir Gott helfe – dafür gibt es keine Erklärung.« Er überlegte, während der Kriminalist auf der Tastatur zu tippen begann. »Ich bin fassungslos. Wie kann ein so kleiner, schwächlicher Bub so etwas erfinden? Das ist doch völlig irrational.«

Wissmut drehte sich um. »Sie haben ja gehört, was ich Ihnen vorgelesen habe. Die Mutter schildert es ziemlich detailliert. Nun kommt's natürlich drauf an, was der Bub beim Kinderpsychologen sagt.«

Der Angeschuldigte schloss die Augen. Er versuchte, sich den kleinen Manuel vorzustellen. Schüchtern, verängstigt, kontaktarm. Kaum in der Lage, sich zu artikulieren. Ein Kind, das bisher wenig Zuneigung erfahren hatte und vermutlich vor dem Fernseher ruhiggestellt wurde. Wie konnte dieser Manuel etwas erfinden, das weit über die Vorstellungswelt so eines Kindes hinausging?

»Sie sagen also«, holte ihn die Stimme des Beamten wieder aus den Gedanken zurück, »dass Ihrer Ansicht nach die Behauptungen von Frau Kowick bezüglich der Vorkommnisse im Religionsunterricht frei erfunden sind.«

Pfarrer Dieter Kugler nickte und kämpfte mit aufkommender Übelkeit. Er spürte, dass er am Beginn eines langen Leidensweges stand. Wenn's ganz schlimm kam, würde er ihn selbst beenden.

Es war ein warmer, aber gewittriger Herbsttag gewesen. Auf der Hochfläche der östlichen Schwäbischen Alb, irgendwo zwischen Heidenheim und Geislingen an der Steige, hatten die Felder bereits die bräunliche Farbe angenommen, die vom nahenden Herbst kündet. Der Landwirt, der nach einem kurzen Gewitterregen noch in der Abenddämmerung seinen abgeernteten Acker umpflügte, näherte sich mit seinem alten Traktor dem Waldrand. Zu dieser Stunde, wenn Anfang Oktober bereits kurz vor 19 Uhr die Sonne hinterm Horizont verschwand, konnte es vorkommen, dass er hier, weit abseits aller Ortschaften, äsendes Wild aufscheuchte.

Hans Melzinger, der sich trotz seiner 73 Jahre nicht von der kleinen Landwirtschaft trennen konnte, obwohl sie nur noch ein beschwerliches Hobby war, liebte diesen erdigen Duft, der sich beim Aufreißen des harten und steinigen Bodens mit der feuchten Abendluft vermischte. In Kombination mit dem Dieselruß des Traktors erinnerte ihn dies an jenen Geruch, der für ihn seit Kindheitstagen zum Herbst gehörte wie der anheimelnde Qualm eines Kartoffelfeuers.

Als das Waldeck näher rückte, schob sich ein olivgrüner Geländewagen in sein Blickfeld. Das Fahrzeug parkte neben dem Feldweg, der an dieser Stelle in eine Tannenschonung hineinführte. Melzinger kannte den Wagen und sah instinktiv zu dem mächtigen Hochsitz, der nur knapp

50 Meter davon entfernt in eine kräftige Eiche gezimmert war. Vermutlich saß der Eigentümer des Autos in der trutzigen Kanzel, die aus einer Holzkonstruktion samt Fenster bestand und gegen Wind und Wetter schützte. Dort oben, das wusste Melzinger, verbrachte Viehhändler Max Hartmann aus dem Nachbarort Böhmenkirch manchmal ganze Nächte. Und dies wohl nicht immer allein, munkelte man. Die Ausmaße des Hochsitzes, der eher an ein Baumhaus erinnerte, ließen jedenfalls vermuten, dass dies alles nicht nur dem Aufenthalt eines einsamen Jägers diente. Und weil Hartmann ein in Ehren ergrauter Junggeselle war, dazu noch ziemlich wohlhabend und naturverbunden, gab es Anlass für jede Menge Spekulationen.

Mit jeder Reihe, die der Landwirt in sein Feld pflügte, kam er näher an den Hochsitz heran. Obwohl die Dämmerung bereits hereingebrochen war, fiel ihm an der Fensterscheibe ein seltsamer Reflex auf. Bei der nächsten Vorbeifahrt hielt er deshalb an, um genauer hinsehen zu können. Eindeutig: Das Glas war zersprungen, ein Teil offenbar herausgebrochen. Doch so sehr er sich auch anstrengte, er konnte im Dunkel des Hochsitzes niemanden sehen. Melzinger zögerte kurz, trat dann aufs Gaspedal, hob den Pflug hinter sich hydraulisch an und schwenkte von seiner Route entlang der Furchen ab, um direkt auf den Hochsitz zuzusteuern. Nach wenigen Sekunden hatte er den Waldrand erreicht, stellte den Motor ab und lauschte. Doch da war niemand. »Max!«, rief er deshalb, so laut er konnte. »Max, bist du da?«

Keine Antwort. Nur das Zwitschern eines Vogels erfüllte die friedliche Abendstille.

Melzinger stieg von seinem Traktor und ging auf die stabile Holzleiter zu, die steil zu der seitlich angebrachten Tür des Hochsitzes hinaufführte.

Der Landwirt sah über die dicken, naturbelassenen Sprossen hinweg nach oben. Frisches, regennasses Erdreich haftete an den Tritthölzern.

»Max!«, rief er noch einmal, während er gleichzeitig bemerkte, dass die Tür des Hochsitzes einen Spalt weit geöffnet war. Es dauerte nur den Bruchteil einer Sekunde, bis ihm das Gesehene den Atem raubte. Denn was er dort oben, etwa vier Meter überm Boden, zu erkennen glaubte, schnürte ihm förmlich den Hals zu. Er wich instinktiv zurück. Obwohl das fahle Abendlicht alle Farben matt erscheinen ließ, bestand kaum ein Zweifel: Dort oben war eine rote Flüssigkeit auf die Leiter getropft. Blut?

Die Nachricht verbreitete sich in Rimmelbach und den umliegenden Ortschaften wie ein Lauffeuer. »Er hat sich erschossen – auf seinem Hochsitz«, stellte der alte Wirt des ›Löwen‹ betroffen fest. In den Herbstmonaten, wenn es frühzeitig dunkel wurde, galt der Stammtisch noch immer als beliebter Treffpunkt aller, die in dem 950-Seelen-Dorf etwas zu sagen hatten – oder dies zumindest glaubten. Der Wirt, ein knorriger Älbler, dessen von Wind und Wetter gegerbtes Gesicht tiefe Falten aufwies, war für all seine Gäste nur der ›Schorsch‹ und in der ganzen Gemeinde beliebt. Was draußen zwischen Rimmelbach und Böhmenkirch am frühen Abend geschehen war, hatte er wenig später vom örtlichen Feuerwehrkommandanten erfahren. Einsatzkräfte waren gerufen worden, um die Leiche aus dem Hochsitz zu bergen. Schorsch brachte der Männerrunde ein Tablett mit Hochprozentigem. »Hier«, sagte er, »damit uns das nicht auch noch auf den Magen schlägt. Nehmt euch einen.«

Ein halbes Dutzend fester Männerhände griff nach den Gläsern.

»Und wir alle haben gedacht, er lebe in Saus und Braus«,

meinte einer aus der Runde, während er sein Glas mit einem Schluck leerte und es aufs Tablett zurückstellte.

»Du siehst an die Menschen halt nur ran, aber nicht rein«, kommentierte ein anderer. Schorsch, dessen Körperumfang vermuten ließ, dass er gutes Essen und einige abendliche Bierchen nicht verschmähte, lehnte sich an seine Theke und sinnierte: »Der Max hat viel Geld gehabt – das dürfte klar sein. Aber richtig glücklich ist er nie gewesen.«

»Wer weiß, wo der überall seine Geschäfte gemacht hat«, unterbrach ihn der Jüngste aus der Runde, der erst vor Kurzem seinen landwirtschaftlichen Betrieb aufgegeben hatte und nun in Ulm als Kfz-Mechaniker arbeitete. »Viehhändler haben noch nie einen guten Ruf gehabt. Außerdem hat er sich viel im Ausland rumgetrieben. Im Osten.«

Schorsch strich sich durchs schüttere Haar. »Ich glaub, seine Probleme hatten weniger mit seinem Beruf zu tun als vielmehr mit seinem Lebenswandel.« Er zog die Stirn in noch tiefere Falten. »Wer weiß, vielleicht ist er heut Nachmittag gar nicht allein in seiner Liebeslaube gewesen.«

Ein Dritter in der Runde, der stets im blauen Arbeitskittel unterwegs war, brummte: »Aber du sagst doch, er hat sich selbst erschossen?«

»So heißt es bei der Feuerwehr«, erwiderte der Wirt. »Aber was die Kripo rauskriegt, muss man abwarten. Sie drehen gerade noch den Melzinger Hans durch die Mangel.«

»Wie? Den Hans?«, entfuhr es einem wortkargen Mittfünfziger. »Was hat der denn damit zu tun?«

Der Wirt trug die leeren Schnapsgläser wieder zur Theke. »Was soll er damit zu tun haben? Er hat schließlich als Erster die Leiche gesehn. Und vielleicht auch einige Spuren – falls es sie gibt.«

»Spuren?«, echote der Jüngste. »Was denn für Spuren? Mehr als die von Max selbst wird's ja wohl nicht geben.«

»Mensch, Arnold, jetzt denk doch mal nach«, zeigte sich der Mann im Arbeitskittel gereizt. »Vielleicht hat eine seiner letzten Verehrerinnen Spuren hinterlassen.«

Dieter Kugler war nach der zweistündigen Vernehmung bei der Kriminalpolizei in Geislingen wie in Trance heimgefahren. Nur sein Unterbewusstsein hatte den silberfarbenen Mercedes die Steilstrecke zur Albhochfläche hinaufgesteuert und ihn in der herbstlichen Dunkelheit die paar Kilometer nach Rimmelbach gebracht. Dass hinter Böhmenkirch, kurz vor Rimmelbach, vor ihm ein Leichenwagen in einen Feldweg abgebogen war, registrierte Kugler nur am Rande. Er fühlte sich elend, hatte Kopfschmerzen und einen unruhigen Darm. Beim Erreichen des Ortsschildes, das ihm schon so vertraut geworden war, obwohl er die Pfarrerstelle erst ein knappes Jahr innehatte, pochte sein Herz noch schneller. Vielleicht hatte sich bereits herumgesprochen, wo er war. Womöglich wussten sie alle schon, dass die Staatsanwaltschaft wegen des ›Verdachts der Misshandlung von Schutzbefohlenen‹ ermittelte – so jedenfalls stand's im besten Bürokratendeutsch im Protokoll.

Sie würden mit den Fingern auf ihn zeigen, die Kinder von der Straße holen und sie letztlich nicht mehr zum Religionsunterricht schicken. Sehr wahrscheinlich würde der Oberkirchenrat dem Druck der Bevölkerung nachgeben und ihn sogar beurlauben. Wie immer würde es heißen, dass ein Angeschuldigter stets als unschuldig zu gelten habe, solange es kein rechtskräftiges Urteil gebe.

Aber was half dies alles gegen des Volkes Zorn? Gegen Gerüchte und falsches Gerede?

Kugler fuhr so unauffällig wie möglich zum Pfarrhaus, ließ das elektrische Garagentor ferngesteuert nach oben rollen und stellte den Mercedes ab. Mit zitternden Knien stieg er aus, nahm das braune Kuvert mit den Akten und wäre am liebsten in den Boden versunken. Glücklicherweise war es schon dunkel, sodass die neugierigen Blicke, die er aus den nachtschwarzen Fenstern der alten Häuser ringsherum auf sich gerichtet fühlte, weniger schmerzten.

Er ließ das Garagentor nach unten gleiten und stapfte, schwer atmend und auf die Pflastersteine starrend, zur Haustür. Seine Finger zitterten so sehr, dass er Mühe hatte, den Schlüssel ins Schloss zu stecken.

Als die Tür hinter ihm wieder zufiel, fühlte er sich erleichtert. Es war ihm, als habe er die Welt draußen gelassen – als sei er ihr entwichen. Doch so einfach würde dies nicht sein. Denn die Last, die ihn zentnerschwer drückte, war amtlich festgeschrieben – auf ein paar Seiten Papier, die in ein einziges Kuvert passten. Diese Worte würde er nie mehr vergessen und nie mehr richtig loswerden, hämmerte eine innere Stimme. Du bist gebrandmarkt. Nichts wird mehr so sein, wie es einmal war. Nichts. Er erschrak, dass es ihm ausgerechnet in dieser Situation schwerfiel, Gott um Hilfe zu bitten. Ausgerechnet ihm, der als Theologe allen Grund hätte, zu beten und an das Gute zu glauben, an die Wahrheit und an den Schöpfer. Und an Gerechtigkeit. Stattdessen drohten die Zweifel ihn jetzt zu übermannen. Mein Gott, was hast du mir angetan?, dachte er plötzlich.

Als er die Schuhe gegen Filzpantoffeln getauscht und seine Jacke an die Garderobe gehängt hatte, war plötzlich Franziska, seine Frau, an seine Seite getreten. Seit am Vormittag dieser Kriminalist angerufen und ihren Mann zu einer Vernehmung gebeten hatte, wusste auch sie, welche Anschuldigungen gegen ihn im Raum standen. Stundenlang waren sie anschließend noch zusammengesessen. Ihr Mann hatte von einer Sekunde auf die andere die Lebensfreude verloren, war zwischen Zorn und tiefer Traurigkeit geschwankt und von einer panischen Angst vor einer Gefängnisstrafe gepackt worden. Sie verzog ihr Gesicht zu einem krampfhaften Lächeln, um die triste Stimmung etwas zu lockern. Kugler strich ihr schweigend übers Haar, sah ihr für einen Moment in die Augen und ging dann ins Wohnzimmer, um sich in einen der Ledersessel fallen zu lassen.

»Soll ich uns einen Kaffee machen?«, hörte er hinter sich Franziskas Stimme.

»Bitte nicht«, erwiderte er und wischte sich Schweiß von der Stirn. »Mein Magen rebelliert. Ein Glas Wasser und eine Aspirin wären mir lieber.«

Wenig später erschien Franziska mit beidem. Sie sah, wie seine Hand zitterte, als er zu der Tablette griff, sie in den Mund nahm und mit Mineralwasser schluckte. Dann versuchte er, so gut es in seinem Zustand ging, das Gespräch mit dem Kriminalisten wiederzugeben. »Die Kowick hat angegeben, ihr sechsjähriger Manuel habe behauptet, ich hätte ihn vor vier Wochen nach der zweiten Religionsstunde auf meinen Schoß gehoben und ihn unter der kurzen Hose an den Schenkeln gestreichelt«, sagte Kugler heiser. Seine Augen waren glasig geworden. Aber jetzt war es wenigstens raus. Jetzt hatte er es in aller Deutlichkeit gesagt. »Das kannst du alles nachlesen. Hier«, er deutete auf das Kuvert, das vor ihnen auf dem Couchtisch lag. Franziska wagte nicht, es anzurühren, so als sei es mit bösen Viren behaftet.

»Und was sagt das Kind bei der Polizei?«, fragte sie.

Kugler zuckte mit den breiten Schultern. »Sie wollen erst noch einen Kinderpsychologen einschalten.«

»Aber der Bub ist doch gerade erst im September eingeschult worden und viel zu schüchtern, um über so etwas zu reden.« Franziska kannte die meisten Kinder im Ort.

»Was soll ich dazu sagen?« Er befüllte sein Glas noch einmal und trank es sofort leer. »Kinder neigen manchmal dazu,

Fantasie und Wirklichkeit zu vermischen – vor allem, wenn sie den ganzen Tag über nur vor der Glotze sitzen.«

»Ich bin mir sicher, dass sich dies alles sehr schnell aufklärt«, versuchte Franziska zu trösten. Wieder huschte ein Lächeln über ihr gepflegtes Gesicht, in dem die 57 Jahre kaum Spuren hinterlassen hatten.

Gemeinsam hatten sie viele Höhen und Tiefen überstanden. Und seit Sohn und Tochter außer Haus waren, versuchten sie, sich das Leben geruhsamer zu gestalten. Deshalb hatte sich Dieter Kugler auch voriges Jahr für die vakant gewordene Pfarrstelle in diesem kleinen Dorf beworben. Zwar hätte diese aufgrund der Sparmaßnahmen gar nicht mehr besetzt werden sollen, doch nachdem sich Kugler mit einer 50-Prozent-Stelle zufrieden gegeben hatte, war ihm das Amt anvertraut worden.

Anfänglich allerdings gegen den erbitterten Widerstand eines Großteils des örtlichen Kirchengemeinderats. Obwohl das Gremium nur aus sechs Personen bestand, hatte es hitzige Diskussionen gegeben, denen Kugler nur teilweise selbst beiwohnen konnte. Er sei zu alt, hatte es geheißen, lieber wolle man einen jungen Theologen haben, der auch die Jugend wieder für die Kirche begeistern könne. Außerdem war einem der Gremiumsmitglieder sein Vorstellungsgespräch viel zu konservativ erschienen. Und ein anderer hatte gar herauszuhören geglaubt, er würde einen autoritären Erziehungsstil vertreten und die Kinder im Religionsunterricht eher verängstigen als mit den Botschaften des christlichen Glaubens vertraut machen. Schließlich entschied sich das Gremium mit vier zu zwei Stimmen trotzdem für ihn. Zum Leidwesen des Vorsitzenden, der bis zuletzt versucht hatte, die Abstimmung zu Kuglers Ungunsten zu beeinflussen.

»Das hier stand doch von Anfang an unter keinem guten Stern«, resümierte er nach einigen Sekunden des Schweigens.

»Du hast dafür gekämpft und du solltest weiter dafür kämpfen«, erwiderte Franziska und zündete eine Kerze an. »Du sagst doch selbst immer, dass alles einen Sinn macht und wir mit unserer begrenzten Sichtweise Gottes Pläne nicht ergründen können.« Wieder ein kurzes Lächeln. »Denk doch an deine Stickerei.« Es war der Hinweis auf ein winziges Stück Stoff, das er immer hervorholte, wenn er versinnbildlichen wollte, dass Gott eine andere Betrachtungsweise hatte als der Mensch. Die Stickerei zeigte auf der Vorderseite einen Baum – doch drehte man den Stoff um, sah man nur ein Gewirr von Fäden, das keinen Sinn zu machen schien.

Kugler nickte. Er wusste, worauf Franziska anspielte. »Und jetzt schau ich also gerade auf so eine Rückseite – in der Hoffnung, dass die Vorderseite ein schönes Bild ergibt.«

»Nicht in der Hoffnung«, mahnte Franziska, »sondern in der Gewissheit.«

Er atmete schwer. »Die mögen uns nicht«, sagte er schließlich. »Dabei wollte ich doch gerade hierher, um den Menschen in so einem kleinen Dorf beizustehen.«

Nacheinander kamen ihm viele junge Familien in den Sinn, die von ihren Eltern eine Landwirtschaft geerbt hatten und heutzutage nicht mehr von ihren kläglichen Einnahmen leben konnten. Kugler war hierher gekommen, um ihnen zur Seite zu stehen. Doch nun spürte er eine grenzenlose Enttäuschung und Leere. Das Wenige, was er sich in diesem dreiviertel Jahr mühsam aufgebaut hatte, war heute wie ein Kartenhaus zusammengefallen. Jetzt würden alle sagen, dass seine Kritiker recht gehabt hätten.

»Keiner von ihnen hat begriffen, worum's geht«, seufzte er schließlich. »Sie lassen sich alle blenden, verkaufen ihre Ländereien und rennen zum Arbeiten in die Stadt, wo sie der Kapitalismus zu Sklaven macht.«

»Genau dies hört man vielleicht hier nicht so gern.«

»Mag sein, Franziska. Aber ich verstehe meinen Beruf nicht nur so, dass ich sonntags einen braven Gottesdienst abhalte und dabei ein paar alte Leute um mich schare. Das weißt du. Ich habe ein Leben lang versucht, den Menschen die Augen zu öffnen.«

»Und dies mit bemerkenswertem Mut«, warf seine Frau aufmunternd ein.

»Wenn wir als Kirche diesen Mut nicht haben – wer denn dann?« Beinahe wäre er jetzt ins Politisieren geraten, doch als sein Blick das Kuvert streifte, traf ihn die Erinnerung an die Vernehmung wieder wie ein schwerer Hammer.

Franziska überlegte während der entstandenen Pause, ob sie etwas ansprechen sollte, das nicht gerade dazu angetan war, seine Gemütslage zu verbessern. Aber sie konnte ihm die Nachricht nicht verheimlichen. »Da ist noch was anderes«, begann sie vorsichtig. »Der Bürgermeister hat angerufen.«

»Der Bürgermeister?« Kuglers Stimme wurde schwach. Hatte sich alles schon bis zum Rathaus herumgesprochen?

»Nein, nicht wegen dieser Sache«, beruhigte ihn Franziska. »Er wollte dir nur sagen, dass der Max Hartmann tot ist.«

Kugler musste das Gehörte einen Augenblick lang verarbeiten. »Hartmann? Der Viehhändler?«

»Ja.« Sie zögerte. »Es sieht nach einem Selbstmord aus. Erschossen. Mit seiner eigenen Waffe. Auf dem Jägersitz.«

Blitzartig entsann sich Kugler des Leichenwagens, den er bei der Heimfahrt gesehen hatte. »Auf dem großen Jägersitz?«, fragte er zurück. »Am Wald da drüben Richtung Böhmenkirch?«

Franziska nickte. »Genaues weiß man aber noch nicht. Soll wohl irgendwann im Laufe des Nachmittags passiert sein.«

»Schon wieder einer.« Kugler sank in sich zusammen. »Der zweite Selbstmord innerhalb kurzer Zeit.«

Sie wusste, wer noch gemeint war: Harald Marquart, ein

35-jähriger Landwirt. Der Junggeselle hatte sich am Karfreitag in seiner Scheune erhängt. Wie es hieß, war der elterliche Hof hoffnungslos überschuldet gewesen, sodass die Zwangsversteigerung anstand.

Kugler hatte in dieser Verzweiflungstat damals den Beweis gesehen, wie wichtig die seelisch-moralische Unterstützung dieser Generation war, die sich abmühte, das Erbe der Väter zu erhalten, und dabei in eine Schuldenfalle getrieben wurde. Nur die ganz Großen hatten in der Landwirtschaft noch eine Chance. Wem es gelang, möglichst viel Land aufzukaufen, zumindest aber auf lange Zeit hinaus zu pachten, der konnte mit den EU-Vorgaben Schritt halten. Es war halt wie überall im Geschäftsleben: Die Kleinen wurden ausgesaugt, die Großen zockten ab. Und wer sich dem System in den Weg stellte, wurde gnadenlos beseitigt. Bin ich jetzt der Nächste, der nicht ins System passt?, durchzuckte es Kugler.

2

»So ganz gefällt mir die Sache nicht«, stellte der junge Kriminalist Mike Linkohr fest, der an diesem Abend für den Kriminaldauerdienst eingeteilt war. Er saß in der Kriminalaußenstelle des kleinen Städtchens Geislingen an der Steige am Rande der Schwäbischen Alb und blickte auf die Notizen, die ihm die Kollegen nach dem Einsatz am Hochsitz bei Böhmenkirch hinterlassen hatten. Sein Gegenüber – eine überaus hübsche Absolventin der Polizeifachhochschule – stimmte ihm zu. Sie war am frühen Abend selbst vor Ort gewesen, als Kollegen wie immer in solchen Fällen die Umstände überprüfen mussten. »War kein schöner Anblick, sag ich dir, Mike«, berichtete sie. »Er hat sich sein Jagdgewehr unters Kinn gehalten.« Sie deutete es mit einer Handbewegung an.

Linkohr, der trotz seiner erst 34 Jahre schon viel Schreckliches erlebt hatte »Kann ich mir vorstellen. An so was wirst du dich aber gewöhnen.«

Vanessa warf ihre zu einem Pferdeschwanz gebundenen Haare über die Schulter und runzelte ihre glatte Stirn. »Ich weiß, dass ich mich dran gewöhnen muss. Ich werd es versuchen, aber ob ich's kann, weiß ich noch nicht.«

»Das ist unser Job, Vanessa. Wir sind genau dort, wo Gutes und Böses dicht beieinanderstehen. Sozusagen an der Schnittstelle.« Als er dies sagte, wurde ihm unangenehm bewusst, dass er zwar schon auf wertvolle Berufserfahrung zurückblicken konnte, dies aber gleichzeitig auch mit dem Älterwerden verbunden war. Es fiel ihm schwer, sich beim Anblick von Vanessa auf die schriftlichen Feststellungen der Kollegen zu konzentrieren. »Zwar ist nach Lage der Dinge davon auszugehen, dass er die Waffe gegen sich selbst gerichtet hat«, fuhr er fort. »Aber zwei Punkte machen mich stutzig.«

»Ich weiß, was du meinst.« Vanessa nickte eifrig, sodass ihr Pferdeschwanz neckisch auf und ab hüpfte.

»Da sind zunächst mal diese Schmutzantragungen, die an der Leiter gefunden wurden. Ganz frische Erde. Klebte wohl an den Schuhen, als da jemand hinaufgestiegen ist. Es hat heute Nachmittag geregnet, sodass dieser Dreck an den Schuhen von irgendjemandem hängen geblieben ist und beim Hochsteigen abgestreift wurde.«

»Aber nicht von denen des Toten«, stellte die junge Polizistin eifrig fest. »Seine sind sauber. Und nicht einmal im Profil der Sohle finden sich frische Erdantragungen.«

»Eben«, lobte Linkohr ihren großen Eifer. »Und oben in der Aussichtskanzel – wenn ich das mal so nennen darf –, da ist der Bretterboden ebenfalls mit frischer feuchter Erde verschmutzt.«

»Daraus ergibt sich also«, konstatierte Vanessa, »der Max Hartmann ist – weil er saubere Schuhe hat – noch vor dem Regen zu seinem Hochsitz hochgeklettert und hat entweder während oder nach dem Regen Besuch gekriegt.«

»Ja – und zwar Besuch von jemandem, der möglicherweise einen Knopf verloren hat.« Linkohr hob eine kleine durchsichtige Plastiktüte hoch, in der sich ein silbern-metallener Gegenstand befand. »Das Ding stammt nicht von Hartmanns Kleidung, könnte natürlich auch schon längere Zeit dort oben gelegen sein.«

Vanessa nahm den Beutel in die Hand, um den Inhalt genauer untersuchen zu können. »Sieht aus, als wär's von einem Arbeitskittel oder einer Arbeitshose.«

»Also kein seltenes Stück, befürchte ich mal«, entgegnete Linkohr, »wahrscheinlich gibt's in diesen Albdörfern jede Menge Personen, die so ein Kleidungsstück tragen.«

Vanessa legte das Beweismittel wieder auf Linkohrs Schreibtisch zurück. »Na ja«, schmunzelte sie, »so ein Ding könnte aber genauso gut an einer Damenjeanshose oder an einem Jeansrock dran gewesen sein.«

Linkohr stellte sich für einen kurzen Moment vor, wie Vanessa mit ihrer schlanken, hochgewachsenen Figur in einem sommerlich-kurzen Jeansrock aussehen würde.

»Du meinst«, sammelte er sich wieder, »er könnte dort oben nicht nur vierbeinige Rehlein gejagt haben?«

»Das hast *du* jetzt gesagt«, konterte Vanessa kess. »Aber es ist tatsächlich so: Ich hab mich mal unter den Feuerwehrleuten umgehört, die die Leiche geborgen haben. Auch wenn sie nicht so richtig mit der Sprache heraus wollten, so hab ich doch einige abenteuerliche Geschichten zu hören bekommen.«

»Kein Wunder natürlich, wenn man sich einen Jägersitz baut, der eigentlich ein richtiges Baumhaus ist.« Linkohr nahm ein Foto aus den Akten. »2.50 Meter lang und 1.90 Meter breit. Und der Fußboden 5.30 Meter vom Erdboden entfernt«, las er vor.

»Platz zum Liegen«, stellte Vanessa lächelnd fest.

»Richtig erkannt, Frau Kollegin. Und er hat es wohl auch genutzt. Denn es gibt zwei zusammenklappbare und gut gepolsterte Liegen. Und außerdem hatte er heute eine Kühltasche dabei, in der sich zwei Gläser und eine Flasche befanden. Prosecco übrigens.«

»Ich sag doch: Er hat Besuch erwartet.«

»Aber zum gemeinsamen Sekttrinken ist es dann wohl nicht gekommen. Die Flasche ist verschlossen, die Gläser sind unbenutzt.«

»In Erwartung eines Liebesabenteuers bringt man sich aber doch nicht um.«

»Exakt, liebe Vanessa.« Er lächelte. »Ich glaube, wir beide könnten uns so was nicht vorstellen.«

»Wir beide?« Vanessa schluckte verwundert.

»Na ja, theoretisch eben«, beeilte er sich leicht verlegen

anzufügen. »Also, wenn wir uns beide irgendwo verabreden würden und ich würde auf dich warten – ganz ehrlich, Vanessa, da würde ich mich nicht gleich erschießen, falls du nicht kommen würdest.«

Sie wusste mit dieser Bemerkung nichts anzufangen und verkniff sich ein Lächeln.

Er zögerte. Konnte er es jetzt riskieren, sie zu fragen, ob sie so eine Situation ohne selbstmörderisches Ende einmal ausprobieren sollten? Immerhin war er wieder einmal solo, denn nachdem er mit seiner vorherigen Freundin eine Rundreise durch Mexiko gemacht hatte, war es mit der Begeisterung vorbei gewesen. Nena hatte sich zunehmend als dominante Lederlady entpuppt, was anfangs durchaus spannend gewesen war. Dann allerdings hielt er ihre immer verrückter werdenden Fantasien für ziemlich übertrieben.

Vanessa sah ihn mit großen blauen Augen an und zog eine Schnute, die Linkohr nicht zu deuten wusste. Die junge Frau war erst vor einer Woche von der Polizeidirektion Göppingen zur Kriminalaußenstelle Geislingen abbeordert worden und sie hatten bislang kaum Gelegenheit gefunden, sich ausführlich zu unterhalten. Die Kollegen der Dienststelle trieb ohnehin in diesen Monaten die Sorge um, wie es nach der anstehenden Polizeireform in Baden-Württemberg mit ihnen weitergehen würde. Die kleine Kriminalaußenstelle Geislingen galt bereits als gestrichen.

Linkohr hoffte inständig, sich nach Göppingen retten zu können, um endlich nicht nur bei großen Fällen, sondern auch bei der täglichen Routinearbeit mit seinem Vorbild August Häberle zusammenarbeiten zu können. Aber der sprach immer häufiger vom nahenden Ruhestand.

»Jedenfalls hat die Staatsanwaltschaft eine Obduktion angeordnet«, wurde Linkohr wieder sachlicher. »Und der Chef meint, wir sollen Häberle verständigen.«

»Den ›großen‹ Häberle?«, fragte Vanessa geradezu ehrfurchtsvoll und hellwach.

»Ja, genau den.«

»Da fällt mir ein«, ereiferte sich die junge Frau, »dieser Hochsitz steht ja ziemlich genau an der Markungsgrenze zwischen Böhmenkirch und Rimmelbach.«

»Stimmt. Aber beides gehört gerade noch zum Kreis Göppingen und damit zu unserem Zuständigkeitsbereich.«

Vanessa trumpfte mit einer Neuigkeit auf: »In diesem Rimmelbach ist momentan auch unser Kollege Martin Wissmut zugange.«

»Der Wissmut? Von der Sitte? Du willst doch nicht behaupten, dass es in diesem kleinen Kaff gerade um ein Sexualdelikt geht?«

»So genau weiß man das noch nicht. Es geht um den Pfarrer.« Vanessa wurde ernster und fügte an: »Eine ziemlich heikle Geschichte, hat Wissmut gesagt.«

Sandra Kowick war eine kräftige Frau Mitte 30 und seit Langem auf dem großen landwirtschaftlichen Anwesen beschäftigt, das man in Rimmelbach den ›Hochsträßhof‹ nannte – in Anlehnung an eine historische Wegeverbindung. Er war erst in den frühen 70er- Jahren komplett neu aufgebaut worden – mit einem im Landhausstil gehaltenen Wohngebäude und einer separaten Scheune für die Lagerung von Heu und Stroh sowie einer großen Stallung für Milchkühe.

Hier, am Ortsrand von Rimmelbach, schmiegte sich das Anwesen an einen sanften Höhenzug, über den sich die Rotoren weiter entfernt gelegener Windkraftanlagen hinwegreckten.

Sandra Kowick hatte jetzt, kurz nach 22 Uhr, noch einmal ihren vorgeschriebenen Gang durch den Kuhstall gemacht und nebenan in die riesige Scheune mit den Erntevorräten des vergangenen Sommers geblickt, als ihr Rauchgeruch in die Nase stieg. Sie musste für einen kurzen Moment daran denken, dass sie oft schon auf die Gefahr einer Selbstentzündung hingewiesen worden war. Feucht eingebrachtes Heu entwickelte nämlich enorme Hitze. Doch der Rauch kam nicht aus der Scheune, sondern wurde vom Wind außen am Gebäude entlanggetrieben. Sie brauchte sich also nicht zu sorgen, zog die Metalltür ins Schloss und ging über den Hof, der von einigen Halogenstrahlern erhellt wurde. Im Schein des elektrischen Lichts waberte feiner Qualm, der vom entfernten Ende der Scheune herrührte.

Sandra wusste, was dies bedeutete. Denn hinter dem Gebäude pflegte ihr Chef Heiko Mompach regelmäßig Unrat zu verbrennen. Dass er dies immer im Schutz der Dunkelheit tat, hatte sie in all den Jahren, seit sie bei ihm beschäftigt war, als Selbstverständlichkeit erachtet. Natürlich steckte Absicht dahinter, denn manches, was er bei Nacht verbrannte, hätte vermutlich teuer als Sondermüll entsorgt werden müssen. Doch zu dieser Uhrzeit war der womöglich schadstoffhaltige Qualm nicht zu sehen. Und das Feuer selbst hielt er so klein wie möglich. Außerdem blieb der flackernde Schein hinter der Scheune und der ansteigenden Böschung verborgen. Aber selbst wenn der Bürgermeister etwas davon erfahren würde, hätte Mompach wohl kaum mit allzu großem Ärger zu rechnen. Er galt als Großbauer, als unangefochtener Patriarch im Ort, war sogar stellvertretender Bürgermeister und stellvertretender Vorsitzender des Kirchengemeinderats und stand dem Gesangverein und der Ortsgemeinschaft der Backhausbetreiber vor. Nur aus der Feuerwehr war er mit 55 ausgetreten, worauf man ihn zum Ehrenlöschzugführer ernannt hatte. Jetzt, knapp 60, führte er aber auch auf seinem Hofgut ein strenges Regiment, sodass der einzige Sohn es vorgezogen hatte, vorläufig auf die Nachfolge zu verzichten und stattdessen in eine kleine Wohnung im Nachbarort zu ziehen. Sein Geld verdiente er als gestresster Verkaufsfahrer, wie sie heutzutage zu Zehntausenden über die Straßen gehetzt wurden.

Heiko Mompach verlangte von seiner Ehefrau Linda, dass sie sich neben dem Haushalt voll in die Landwirtschaft einbrachte. So wie sie beugte sich auch Sandra seinem Willen, der nicht den geringsten Widerspruch zuließ. Sie allerdings war auf ihn angewiesen. Er hatte es auf geschickte Weise verstanden, sie an sich zu binden.

Denn hätte er ihr nach der Trennung von ihrem Mann keinen Job angeboten und ihr in einem alten windschiefen Bauernhaus keine kostenlose Unterkunft gewährt, wäre sie damals mit ihrem gerade halbjährigen Kind ziemlich hilflos dagestanden und durch alle sozialen Netze gefallen. Andererseits hatte er auch allen Grund gehabt, sie zu unterstützen. Doch daran wollte sie nicht erinnert werden, obwohl sie ihm gegenüber im Grunde ihres Herzens ein tiefes Gefühl der Dankbarkeit empfand. Und dies trotz der üblen Beschimpfungen, die sie oftmals erdulden musste. Das waren dann jene Momente, in denen in ihr ein unbändiger Hass gegen ihn aufstieg.

Sie näherte sich zögernd dem Gebäudeeck und machte sich durch ein Räuspern bemerkbar. Mompach – das hatte sie oft genug erfahren müssen – war ein Choleriker, bei dem man nie wissen konnte, in welcher Stimmung man ihn antraf. »Entschuldige«, sagte sie, als er sich umdrehte. Hinter ihm stieg aus einem Haufen Glut dichter Qualm auf und raubte ihr fast den Atem.

»Was machst du denn da?«, fuhr er sie an. Seine Silhouette hob sich vom rötlichen Schimmer der Glut ab. Er wirkte nervös.

»Ich hab nur noch meinen Kontrollgang gemacht und

Rauch gerochen«, erklärte Sandra vorsichtig, als sei sie bei etwas Verbotenem ertappt worden.

»Gut gemacht«, lobte Mompach unerwartet freundlich und kam ein paar Schritte auf sie zu. »Auf dich kann ich mich halt verlassen. Wie immer.« Er strich ihr beinahe väterlich übers schweißnasse Haar. Sie wich kurz zurück, denn viel zu tief waren die Spuren, die seine regelmäßigen Erniedrigungen in ihrer Seele hinterlassen hatten. Ein Wechselbad der Gefühle stürzte wieder über sie herein. Eigentlich müsste sie ihn hassen. Er nutzte geschickt ihre Notlage aus, konnte jähzornig werden, wenn etwas nicht so lief, wie er es sich vorstellte, und benahm sich in Momenten wie dem jetzigen, wenn sie allein waren, als könne er über sie nach Gutsherrenart verfügen. Manchmal glaubte sie, seine Sklavin zu sein. Längst bezahlte er keine Überstunden mehr – auch nicht, wenn sie an Wochenenden eingespannt wurde. Er hatte nach und nach alle Vergünstigungen gestrichen – stets mit dem Vorwand, der Landwirtschaft gehe es von Jahr zu Jahr schlechter und sie solle froh sein, als alleinerziehende Mutter diesen Job zu haben und ordentlich sozialversichert zu sein. Dass er sie mit ihrem Buben kostenlos in dem alten Bauernhaus wohnen ließ, hielt er ihr regelmäßig als Beweis seiner Großherzigkeit vor. Denn müsste sie auch noch Miete bezahlen, wäre sie trotz ihres meist neunstündigen Arbeitstages nicht in der Lage, ihren Lebensunterhalt zu bestreiten. Oft schon hatte sie sich vorgenommen, allem ein Ende zu bereiten.

Sie wich zurück und erwiderte nur: »Dann hat sich ja alles erledigt. Ich wünsche eine gute Nacht.« Sie wollte gerade gehen, als Mompachs sonore Stimme sie wie ein Peitschenhieb traf: »Sandra, bleib stehen. Warte.«

Sie erstarrte in der Bewegung. Denn da war wieder dieser autoritäre Befehlston, der ihr durch Mark und Bein ging und mit dem er sie dazu erzogen hatte, ihm aufs Wort zu gehorchen.

Auch jetzt wagte sie keinen weiteren Schritt mehr. Sie wartete förmlich darauf, noch eine zusätzliche Arbeit aufgebrummt zu bekommen. Schließlich hatte sie ihn soeben brüskiert, als sie seinen Streicheleinheiten ausgewichen war.

»Wie geht's denn deinem Manuel?«, fragte Mompach unerwartet sanft.

»Ich muss ihn morgen zur Polizei bringen, falls du das meinst. Ich werde zwischen neun und elf nicht da sein.«

»Wie? Während der Arbeitszeit?«

»Es hat sich nicht anders einrichten lassen«, erwiderte sie kühl und verschwand in der Dunkelheit.

Dieter Kugler hatte eine schreckliche Nacht hinter sich. In den wenigen Augenblicken, in denen er eingeschlafen war, hatten sich all seine Ängste zu Horrorträumen geformt. Sein Herz raste und er schreckte immer wieder mit Schweißausbrüchen auf. Das waren keine normalen Träume, bei denen nach dem Erwachen alles wieder gut wurde. Nein, das Schreckliche haftete an ihm, als sei er in einen Strudel von Dämonen geraten, von denen er sich nicht mehr befreien konnte. Noch heute wollte er einen Rechtsanwalt aufsuchen und – so schwer ihm das auch fallen würde – Kontakt mit dem Oberkirchenrat aufnehmen.

Als er im Bad sein blasses Gesicht sah und deshalb erschrocken die Augen schloss, stellte er sich vor, wie es heute im Religionsunterricht sein würde. Hatte sich bereits alles bis zur Leiterin der Grundschule rumgesprochen? Würde sie ihn des Hauses verweisen? Würden überhaupt noch Kinder zum Religionsunterricht kommen?

Er zuckte zusammen, als sich Franziskas warme Hände auf seine nackten Schultern legten.

»Ich weiß, wie dir zumute ist«, hörte er ihre leise Stimme. Sie drehte sich zu ihm und sah ihm fest in die Augen. »Ich weiß, du hast die ganze Nacht nicht geschlafen. Du solltest dich krankmelden.«

»Krankmelden?« Keine Sekunde hatte er bisher daran gedacht. »Nein, Franziska, das werde ich nicht tun. Das wäre ein glattes Schuldeingeständnis. Schwäche. Nein. Ich hab mir nichts vorzuwerfen. Deshalb werde ich weitermachen wie bisher.«

Sie nickte ihm aufmunternd zu. »Ich steh zu dir, das weißt du. Egal, was kommt.«

Er bückte sich zum Waschbecken und warf sich eine Handvoll kaltes Wasser ins Gesicht. Dann wandte er sich wieder seiner Frau zu. »Wenn's dumm läuft, wird ganz viel auf uns zukommen.« Er trocknete sich das Gesicht ab. »Selbst wenn es eines fernen Tages zu einem Freispruch vor Gericht kommt, bleibt etwas hängen. Das ist sicher.« Er musste schlagartig an den Wettermoderator Kachelmann denken. »Auch nach einem astreinen Freispruch kannst du deinen Job verlieren, weil irgendjemand sagt, du seist in der Öffentlichkeit nicht mehr tragbar.«

»Aber wieso sollte es zu einer Gerichtsverhandlung kommen?«, versuchte sie, die angespannte Situation zu lockern. »Bisher hast du nur die Anzeige von dieser Kowick, und die wiederum beruft sich auf die Schilderungen ihres kleinen Buben, der erst heute von der Polizei vernommen wird.«

»Und wenn der dabei bleibt und weiterhin diese Geschichte erzählt? Und dann auch noch ein Glaubwürdigkeitsgutachter kommt und sagt, das Kind sei zwar in seiner Entwicklung zurückgeblieben – und daran besteht ja wahrlich kein Zweifel –, aber schon deswegen sei das Kind gar nicht in der Lage, so etwas zu erfinden. Du kennst doch die Gutachter. Die drehen und wenden das. Und die Juristen drehen's dann auch wieder so hin, wie sie's brauchen. Denk doch nur an den Fall Mollath. Den armen Kerl haben sie in die Klapse gesteckt, obwohl ihn einige Gutachter nicht mal gesehen haben. Und was glaubst du, was mit einem Pfarrer geschieht, dem man sexuellen Missbrauch vorwirft? Die Gutachter werden natürlich blindlings dem Kind glauben. Das ist ohnehin ein Thema, das in der Öffentlichkeit gerade hochkocht.«

»Jetzt warten wir das erst mal ab.« Sie wusste, dass diese Bemerkung so ziemlich das Schwächste war, was ihr in diesem Moment einfiel. Abwarten war genau das, was ihren Mann zermürbte.

»Du weißt schon, was auf das, was man mir vorwirft, steht?«, sagte er leise und kämmte sein graues Haar. »Die kennen keinen Spaß. Ist dir das klar? Gefängnis. Drei, vier, fünf Jahre und Entlassung aus dem Kirchendienst ohne Pensionsansprüche.«

Er sah über Franziskas Wange eine Träne rinnen. Und auch er konnte sich nicht mehr zurückhalten. Seine Welt war zusammengebrochen. Eine so schöne Welt.

›Die Staatsanwaltschaft Ulm und die Polizeidirektion Göppingen geben bekannt‹ – wenn der Geislinger Lokaljournalist Georg Sander diese Überschrift las, dann wusste er, dass ein größeres Verbrechen geschehen sein musste. Als er an diesem Oktobervormittag in der Redaktion der Geislinger Zeitung seine E-Mails las, schoss ihm beim Überfliegen des Textes der Blutdruck in die Höhe. Von einem ›nicht natürlichen Todesfall‹ war die Rede – und davon, dass ›ein gewisser Verdacht‹ naheliege, dass ›ein Dritter‹ an der Sache beteiligt sein konnte. Was zunächst wie die Selbsttötung eines Jägers ausgesehen habe, sei angesichts der Spurenlage ›nicht mehr ganz eindeutig‹. Sander war es gewohnt, dass Pressemitteilungen nur in dürren Worten verfasst wurden. Allerdings war wenigstens der Tatort oberflächlich genannt: am Waldrand zwischen den Gemeinden Böhmenkirch und Rimmelbach. Und für elf Uhr war sogar eine Pressekonferenz in den Räumen der Geislinger Kriminalpolizei anberaumt. Man suche nämlich dringend Zeugen, hieß es.

Sander, der sich seit nunmehr über 40 Jahren als Journalist beruflich mit den Tiefen der menschlichen Seele auseinandersetzen musste, tippte die Nummer des zuständigen Polizeipressesprechers in Göppingen ins Telefon ein. Doch der Anschluss war belegt – wie immer, wenn Berichte solchen Inhalts verbreitet worden waren. Dann meldeten sich auch überörtliche Medien, vor allem aber ein Heer von freien Journalisten, oder besser gesagt: von solchen, die sich dafür hielten und deren großes Mundwerk meist im umgekehrten Verhältnis zur Zahl ihrer erfolgreich publizierten Geschichten stand. Wenn er darüber nachdachte, wunderte sich Sander jedes Mal, wie man in der Provinz, wo die Zeilenhonorare nicht gerade üppig waren, damit finanziell überleben konnte. Das waren die Momente, in denen ihn der Verdacht beschlich, etwas falsch zu machen. Immerhin war seinem Jahrgang staatlicherseits bereits eine dreimonatige Verlängerung der Arbeitszeit verordnet worden – und dies, obwohl er treu und brav, ohne Unterbrechung, nun schon seit über 43 Jahren in diese ›Betrugsversicherung‹ einzahlte, wie er inzwischen die staatliche Rentenkasse bezeichnete.

Sander wischte solche Gedanken jetzt fort und versuchte noch einmal, den Pressesprecher zu erreichen. Diesmal mit Erfolg. Nach kurzem Gefrotzel, dass endlich wieder einmal ein größerer Fall in der Provinz geschehen sei, wollte Sander den genauen Standort des Hochsitzes geschildert bekommen, um den Tatort fotografieren zu können. Wie immer zierte sich der Pressesprecher, ließ sich dann aber erweichen, »ausnahmsweise einem Lokaljournalisten« die Stelle zu benennen. Sander bedankte sich, rief seinen Fotografen Markus Homsheimer und ließ sich von ihm im blau-weiß beklebten Twingo auf die Albhochfläche chauffieren. Wie immer holte Homsheimer aus dem PS-schwachen Maschinchen alles heraus, was es hergab. Mit quietschenden Reifen bog er im dünnen Herbstnebel, der sich auf der Alb breitgemacht hatte, in den beschriebenen Feldweg ab, wo nach 500 Metern ein rot-weißes Polizeiabsperrband das Weiterfahren untersagte.

Homsheimer parkte den Twingo auf einer Wiese, schnappte sich seine schwere Fototasche, hüpfte über das Absperrband, das Sander bereits hinter sich gebracht hatte, und folgte dem Journalisten. Zwischen den dünnen Nebelschwaden zeichnete sich in etwa 100 Metern Entfernung der Hochsitz ab. Mehrere Einsatzwagen der Polizei parkten entlang des asphaltierten Weges.

Sander war froh, dass sich der Tatort nicht in einer Ortschaft des Alb-Donau-Kreises befand, denn dann wäre die Polizei aus Ulm zuständig gewesen, die sich schon oft gegenüber der Geislinger Presse wenig kooperativ gezeigt hatte. Für einen kurzen Moment musste er daran denken, wie es wohl sein würde, wenn er's nach der Polizeireform mit einem neu eingerichteten Ulmer Präsidium zu tun hatte.

Als sich Sander und Homsheimer näherten, kam ihnen aus einer Personengruppe ein Uniformierter entgegen. Sander gab sich zu erkennen und fragte, ob Hauptkommissar August Häberle anwesend sei.

»Moment bitte«, sagte der Uniformierte knapp und ging wieder zu der Personengruppe zurück, in der Sander inzwischen die korpulente Figur des Kommissars erspäht hatte, während Homsheimer bereits ein paar Übersichtsfotos schoss.

Mittlerweile hatte der Uniformierte den Kommissar auf

die beiden Ankömmlinge aufmerksam gemacht und ihnen mit Handzeichen zu verstehen gegeben, ihm entgegenzukommen.

Sie schüttelten sich zur Begrüßung die Hände. »Kommen Sie mit, da gibt's was Spannendes zu fotografieren. Einen tollen Luxushochsitz«, kam Häberle sofort grinsend zur Sache. Er führte die Journalisten durch die Schar der Polizeibeamten zu dem Hochsitz. »Das Blut muss auf dem Foto ja nicht unbedingt zu sehen sein«, sagte er und deutete die steile Leiter hinauf. »Da hat's getropft.«

Sander und Homsheimer hatten Mühe, aus der Distanz die angetrockneten dunkelroten Spuren zu erkennen.

»Genaueres berichten Ihnen bei der Pressekonferenz die ›hohen Herren‹«, fuhr Häberle fort. »Die Theorie vom Selbstmord will nicht so recht in den objektiven Befund vom Tatort passen.«

»Und warum nicht?«, fragte Sander, während Homsheimer jetzt die Leiter mit dem Teleobjektiv aus allernächster Nähe ablichtete.

»Es gibt ein paar Dinge, die noch abgeklärt werden müssen«, entgegnete Häberle ernst.

»Aber er hat sich doch selbst erschossen, heißt es«, blieb Sander hartnäckig.

»So sieht es tatsächlich auf den ersten Blick aus. Aber möglicherweise hatte er Besuch.«

»Besuch? Da oben?«

Häberles breites Gesicht verzog sich jetzt zu einem kräftigen Grinsen. »Es gibt was zu recherchieren, Herr Sander. Nur ein kleiner Tipp von mir: Hören Sie sich doch mal in Rimmelbach drüben um.«

Er genoss Sanders Verwunderung und fügte an: »Ich bin davon überzeugt, da gibt es ganz viele Leute, die ihnen etliches erzählen können.«

Linkohr hatte in seiner Junggesellenbude nur wenige Stunden geschlafen. Gleich nach dem spärlichen Frühstück, das wie immer nur aus einer Tasse Kaffee und zwei Toasts mit Marmelade bestand, war er mit den Kollegen der Spurensicherung im stattlichen Einfamilienhaus des Viehhändlers Max Hartmann verabredet. Als er in dem Neubaugebiet von Böhmenkirch eintraf, wo das villenartige Anwesen am Ende einer Sackgasse stand, waren die Männer in ihren weißen Schutzoveralls bereits bei der Arbeit. Ihre zivilen Kombis mit den neutralen Kennzeichen blockierten die Durchfahrt. In der weitläufigen Garageneinfahrt parkte ein dunkelgrüner Mercedes-Lieferwagen mit der Aufschrift ›Hartmann Importservice‹.

Die Eingangstür des Hauses brauchte nicht aufgebrochen zu werden, weil sich in der Kleidung des Toten der passende Schlüssel befunden hatte. Eine Rückfrage bei der Gemeindeverwaltung erbrachte keine Klarheit über die verwandtschaftlichen Verhältnisse Hartmanns. Er war 1971 in Augsburg geboren, jetzt also 42 Jahre alt, ledig und lebte nach Auskunft des Bürgermeisters ziemlich zurückgezogen. Allerdings werde gemunkelt, dass sein Viehhandel ziemlich floriere. Außerdem sei er Manager eines größeren international agierenden Handelsverbundes gewesen.

Linkohr stülpte sich – wie die Kollegen der Spurensicherung dies bereits getan hatten – Plastikschutz über die Schuhe und betrat die mit dicken Teppichen ausgelegte Diele, die geschmackvoll in orange-ockergelben Farben gehalten war. Halogenlampen zielten auf farbenfrohe abstrakte Bilder. Linkohr warf einen flüchtigen Blick in das helle Wohnzimmer und die sauber aufgeräumte Küche. Diese Ordnung und Sauberkeit wollte so gar nicht zu einem Junggesellen passen, dachte er angesichts eigener Erfahrung. Er konnte sich überhaupt nicht vorstellen, dass dieses Haus von einem Mann allein bewohnt wurde. Jedes Zimmer, sogar Bad und Toilette, erinnerte ihn eher an Ausstellungsräume eines Möbelhauses. »Hat der hier wirklich gewohnt?«, fragte er deshalb spontan die drei Kriminalisten, die sich routinemäßig für das kleine Büro interessierten, in dem ein Apple-Notebook und diverses Computerzubehör standen. Alles sauber verkabelt, einige Speichersticks in Reih und Glied auf einem Regal drapiert, DVDs aneinandergereiht und beschriftet.

»Ein ordentlicher Mensch«, murmelte einer der Männer. »Wenn's auf seiner Computerfestplatte genauso aussieht, werden wir uns schnell zurechtfinden.«

»Freut euch nicht zu früh«, meinte Linkohr. »Solche Leute neigen auch dazu, ihre Spuren ebenso pedantisch zu beseitigen.«

»Aber doch nur, wenn sie damit rechnen, Besuch von uns zu kriegen«, grinste ein älterer Beamter. »Der hier hat gestern Nachmittag garantiert nicht im Traum daran gedacht, dass wir heute in seinen Sachen rumkruschteln.«

Linkohr besah sich eine Reihe von Ordnern, die der Aufschrift zufolge Rechnungen, Buchhaltungsbelege, Lieferscheine und Bankauszüge enthielten. Auf einem anderen Regal war ein buntes Allerlei drapiert: drei putzige Engelsfiguren, einige kleine farbenfrohe Geschenkschächtelchen und ein ziemlich grimmig dreinschauender, aufrecht stehender zweibeiniger Löwe. An ihm blieb Linkohrs Blick haften, zumal ihn diese Darstellung an die Schlümpfe seiner Kindheitstage erinnerte. Er zog sich Plastikhandschuhe über und griff nach der braun-beigen Figur, die aus festem Gummi bestand. Was mochte einen Viehhändler dazu bewogen haben, diesen nicht gerade formschönen Löwen ins Regal zu stellen? Linkohr setzte ihn wieder behutsam an seinen Platz zurück und mutmaßte, dass Hartmann möglicherweise im Sternzeichen des Löwen geboren war.

Nichts Aufregendes also, dachte er und wandte sich dem Wohnzimmer zu, durch dessen breite Fensterfront der Blick weit über die Albhochfläche hinwegging. Bei klarer Sicht würde man vermutlich die Alpenkette sehen können. Die Ledergarnitur war schneeweiß, an einer Stirnseite dominierte ein blitzblank geputzter offener Kamin. Linkohr entdeckte dort weder Überreste verbrannten Holzes noch Asche. Nur die gestrige Ausgabe der ›Geislinger Zeitung‹, die, leicht zerknittert, auf einem Sideboard lag, ließ darauf schließen, dass gestern jemand hier gewesen sein musste.

Linkohr fiel ein, dass der Bewohner möglicherweise in der Küche mehr Spuren hinterlassen hatte. Er ging die paar Schritte hinüber und staunte über die großzügige Raumeinteilung. Die Küche öffnete sich zu einem Esszimmer hin, dessen eine Ecke als Erker ausgebaut war. Der Kriminalist ließ diese architektonisch gelungene Einteilung auf sich wirken, machte sich dann mit dem Öffnungsmechanismus der Geschirrspülmaschine vertraut und zog die Klappe nach unten auf. Sein Gespür hatte ihn nicht getrogen: Dort waren Tassen, Teller und Besteck einsortiert.

Er ließ die Klappe wieder einrasten und besah sich die filigranen Regale und Ablagen, auf denen Gewürze und Gläser fein geordnet standen. Dann traf sein prüfender Blick im Esszimmer auf einige zusammengefaltete Papiere und Kuverts, die auf dem Unterschrank einer Glasvitrine lagen. Manchmal, das wusste Linkohr aus Erfahrung, fanden sich auf Zetteln, die scheinbar achtlos irgendwo hingelegt worden waren, wichtige Notizen aus jüngster Zeit. Wenn Hartmann tatsächlich ein Ordnungsfanatiker war, mussten solche Zettel darauf hindeuten, dass er sie als Gedächtnisstütze dort abgelegt hatte.

Linkohr nahm den dünnen Stapel vorsichtig in die Hand und faltete einen Zettel nach dem anderen auseinander. Beim ersten handelte es sich um das Angebot eines Jagdwaffenhändlers aus Ulm, beim zweiten um eine juristische Abhandlung über das EU-Handelsrecht mit landwirtschaftlichen Nutztieren und beim dritten um die Auflistung einiger Rechtsanwaltskanzleien aus München, Ulm und Stuttgart. Zuletzt tauchte noch ein grünes Kuvert auf. Die Handschrift, mit der die Adresse geschrieben worden war, deutete auf einen weiblichen Verfasser hin. Linkohr stellte fest, dass es keinen Absender gab, öffnete den eingeschobenen Falz und zog vorsichtig eine ebenfalls grüne Karte heraus, auf deren Vorderseite ein roter Glückskäfer mit sieben schwarzen Punkten abgebildet war. Aufschrift: ›Ein Glücksbringer für Dich.‹ Linkohr schlug die zusammengeklappte Karte auf und sah einen mehrzeiligen Text, der aus derselben Feder stammte wie die Anschrift auf dem Kuvert. ›Mein lieber Schatz‹, las er, ›es war ein wunderbarer Abend mit Dir. Ich bitte Dich aus vollem Herzen, Dein Versprechen, das Du mir gegeben hast, niemals zu vergessen. Ich werde alles für Dich tun, was Du willst. Bitte, bitte, lass es nicht enden wie bei Harald. Ich liebe Dich. Ich bin bei Dir.‹

Linkohr überflog die Zeilen noch einmal, vergewisserte sich, dass es tatsächlich keinen Absender gab, und steckte die Karte wieder in das Kuvert zurück. Abgestempelt war es im Briefverteilzentrum 73, das für den Großraum Göppingen zuständig war. Mehr ließ sich dem Poststempel nicht entnehmen.

Der Kriminalist übergab den Brief den Kollegen der Spurensicherung. »Das lag drüben im Esszimmer, an der Vitrine«, sagte er und verzichtete darauf, nach Erkenntnissen aus dem Computer zu fragen. Die Männer hatten Notebook und alle Speichermedien, die sie finden konnten, in Kisten verpackt und lediglich die Kabel zurückgelassen. »Da werden unsere EDV-ler ihre Freude dran haben«, meinte einer der Beamten süffisant.

Ein anderer stopfte die Aktenordner, die er vom Regal genommen hatte, in Plastikkörbe. Linkohr warf einen kritischen Blick darauf und mochte sich die Kleinarbeit gar nicht vorstellen, die die Auswertung dieses Schriftverkehrs erfordern würde. Denn noch jagten sie einem Phantom hinterher. Bisher schien nur sicher zu sein, dass sich eine zweite Person auf dem Hochsitz aufgehalten hatte. Den tödlichen Schuss jedoch dürfte Max Hartmann selbst abgefeuert haben.

Linkohr stieg, in Gedanken versunken, die breite Holztreppe zum Obergeschoss hinauf, das sich in die Dachschräge einfügte. Auch hier dämpften dicke Teppiche die Schritte. Der Kriminalist öffnete die erste Tür und staunte über ein luxuriöses Schlafzimmer, in dem Betten, Vorhänge, Tapete und Teppichboden in dezentem Orange und Violett gehalten waren. Er nahm zur Kenntnis, dass es hier endlich die ersten konkreten Hinweise auf einen Bewohner gab: Nur ein Teil des Doppelbettes war akkurat hergerichtet, der andere erweckte den Eindruck, als sei erst vor Kurzem jemand aus den Federn gekrochen. Vielleicht, so überlegte Linkohr, hatte Hartmann gestern noch einen Mittagsschlaf gehalten, ehe er zu seinem Hochsitz aufgebrochen war, um dort weniger einsam zu sein als im eigenen Schlafzimmer. Doch warum ausgerechnet auf dem Hochsitz, wenn es hier viel bequemer war?, überlegte Linkohr, musste sich aber eingestehen, dass ein Abenteuer in freier Natur auch seinen Reiz hatte. Weshalb er ausgerechnet jetzt an Vanessa denken musste, erstaunte ihn selbst. Vielleicht sollte er doch seine gestern Abend kläglich gescheiterten Annäherungsversuche etwas intensivieren.

Nach einigen Sekunden des Nachdenkens öffnete er zwei weitere Türen, hinter denen sich ein Badezimmer und ein Abstellraum verbargen. Es gab allerdings nichts, was auf Anhieb interessant erschien. Dann jedoch fiel ihm ein, dass er etwas ganz Wichtiges bisher nicht gesehen hatte: den Waffenschrank, wie ihn Jäger und Sportschützen besitzen mussten.

Linkohr vermutete ihn im Keller, stieg rasch abwärts und betrat das Untergeschoss durch eine Metalltür. Kühle Luft schlug ihm entgegen. Als er die Leuchtstoffröhren aufblitzen ließ, entdeckte er die üblichen Haushaltsmaschinen, die Zentralheizung samt einem neun Tonnen fassenden Pelletssilo und eine kleine Werkstatt, in der tatsächlich das gesuchte Objekt stand: ein massiver Waffenschrank, der mit Kombinationsschloss gesichert war.

Linkohr stellte zufrieden fest, dass sich die Tür nicht öffnen ließ.

Er löschte die Lichter wieder und ging zu den Kollegen im Erdgeschoss zurück, die inzwischen die beschlagnahmten Gegenstände zu einem Kombi trugen, der vor dem Haus parkte.

»Mike!« Es war die Stimme eines Kollegen, der nach ihm verlangte. Linkohr traf den Beamten unter der Haustür. »Wir haben da etwas gefunden, was dich interessieren könnte.« Mit einer Handbewegung forderte er Linkohr auf, in das Büro zu gehen, wo auf dem Schreibtisch ein durchsichtiger Plastikbeutel der Spurensicherung lag. In ihm befand sich ein blaues Schlüsselmäppchen mit nur einem einzigen Schlüssel. »Das war in der Schreibtischschublade«, sagte der Kollege.

Linkohr hob den Beutel hoch. »Es sieht nach einem Hausschlüssel aus, würde ich sagen«, stellte er fest.

»Davon kann man ausgehen«, erwiderte der andere Kriminalist, »aber er passt hier im Haus zu keiner Tür. Außerdem handelt es sich um ein völlig anderes System, das nicht zu dieser Schließanlage hier gehört.«

»Und schon stellt sich die Frage«, konstatierte Linkohr, während er den Beutel wieder auf den Tisch zurücklegte,

»warum Hartmann diesen Schlüssel nicht an seinem Schlüsselbund hatte, sondern ihn getrennt aufbewahrte.«

»Sehr richtig, Herr Kollege«, grinste der andere.

Kugler hatte sich nicht umgeblickt, als er von der Haustür zur Garage hinüber gegangen war. Er fühlte sich erschlagen und gedemütigt und bereits von allen Seiten beobachtet. Deshalb hatte er auch entschieden, den knappen Kilometer bis zur Grundschule heute zu fahren. Er wollte sich keinem Spießrutenlauf ausgesetzt fühlen. Das würde ihm noch früh genug drohen.

Noch allerdings, so sagte ihm die Vernunft, konnte niemand wissen, was ihm gestern bei der Kriminalpolizei eröffnet worden war. Es sei denn, die Kowick hatte es nicht bei der Anzeige belassen, sondern auch gleich die Schulleiterin und den Bürgermeister verständigt – oder gar den stellvertretenden Vorsitzenden des Kirchengemeinderats, den Heiko Mompach, den die meisten im Ort ohnehin als den uneingeschränkten Herrscher betrachteten. Allein der Gedanke an ihn löste in Kuglers Magen eine neuerliche Verkrampfung aus.

Zwar hatte sich Mompach damit abgefunden, dass es nicht gelungen war, den Kirchengemeinderat mehrheitlich gegen den neuen Pfarrer zu mobilisieren. Aber ganz so leicht, wie es sich Kugler erhofft hatte, waren die Wogen nach seiner ziemlich freudlosen Amtseinsetzung nicht zu glätten gewesen – obwohl er noch immer alles daran setzte, das vergiftete Klima zu verbessern.

Der Streit um die Besetzung der Pfarrerstelle hatte in dem kleinen Ort tiefe Gräben aufgerissen. Daran änderte auch die Tatsache nichts, dass Mompach ihm gegenüber Loyalität vortäuschte und so tat, als sei nichts gewesen.

Die Zusammenarbeit in dem kirchlichen Gremium war keinesfalls von jener christlichen Nächstenliebe geprägt, wie sie gerade unter Kirchenfunktionären zu erwarten gewesen wäre.

Kugler war sich bewusst, dass Mompach nur darauf lauerte, ihm eine Verfehlung anhängen zu können. Würde dieser Mann von den staatsanwaltschaftlichen Ermittlungen erfahren, käme dies einer Katastrophe gleich.

Kugler hatte gleich nach dem Frühstück ein Rechtsanwaltsbüro in Geislingen angerufen, den Sachverhalt kurz geschildert und für den späten Nachmittag einen Termin erhalten.

Jetzt parkte er den Mercedes auf den ausgewiesenen Stellplätzen vor der Schule und nahm sich beim Aussteigen vor, so selbstbewusst wie möglich aufzutreten.

Zufrieden stellte er beim Betreten des bunt bemalten Schulgebäudes fest, dass jetzt, vor der zweiten Unterrichtsstunde, fröhliches Treiben herrschte. Es schien ein Tag zu sein wie jeder andere. Und so wie er es überblicken konnte, waren die meisten Kinder gekommen. Nur Manuel würde nicht da sein. Der musste heute Vormittag bei einem Kinderpsychologen das Schreckliche wiederholen, was seine Mutter bei der Polizei zu Protokoll gegeben hatte.

Mein Leben hängt an der Fantasie eines Sechsjährigen, schoss es Kugler durch den Kopf, als er schneller als gewohnt dem Klassenzimmer entgegenstrebte, in dem der Religionsunterricht der Drittklässler stattfand. Das waren die Achtjährigen, die erfahrungsgemäß keinen allzu großen Kontakt zu den sogenannten Abc-Schützen hatten, die erst vor einem Monat eingeschult worden waren und zu denen auch Manuel gehörte.

Kugler lächelte den fröhlichen Kindern auf dem Flur zu und wollte sich gerade der Tür zum Klassenzimmer zuwenden, als er die energischen Schritte der Schulleiterin vernahm. Er drehte sich um und sah die attraktive Pädagogin, eine Mittdreißigerin, die bei den Kindern äußerst beliebt war, auf sich zukommen. Sie wirkte jugendlich und ihre positive Ausstrahlung sprang sofort auf ihre Gesprächspartner über. »Herr Kugler, guten Morgen«, begrüßte sie ihn. Es war wie ein Stich in sein Herz. Trotzdem bemühte er sich, die innere Unruhe zu verbergen. »Guten Morgen, Frau Stenzel«, lächelte er.

»Darf ich Sie noch schnell was fragen?« Kugler spürte, wie das Entsetzen sich seines ganzen Körpers bemächtigte. Etwas fragen, hallte es in ihm nach. Jetzt war es so weit.

»Ja, bitte«, presste er mühsam aus der trockenen Kehle hervor. Im Bruchteil einer Sekunde hatte er sich durch den freundlichen Klang von Stenzels Stimme beruhigt gefühlt. Außerdem hätte sie ihn bei einem so schweren Vergehen, wie es ihm vorgeworfen wurde, gewiss nicht auf dem Flur angesprochen, mahnte ihn die innere Stimme.

»Geht's Ihnen nicht gut?«, fragte die Schulleiterin plötzlich und sah ihn verwundert an. »Sie sehen heute nicht sonderlich gut aus.«

»Doch, doch, danke«, beeilte er sich zu sagen. »Ich hab nur ein bisschen schlecht geschlafen.« Er holte tief Luft und erkundigte sich höflich: »Was wollten Sie mich fragen?«

Sie nahm ihn beiseite, um aus der Hörweite der Kinder zu gelangen. »Stimmt das mit dem Hartmann?«

Kugler war es, als fiele ihm eine zentnerschwere Last von den Schultern. »Hartmann?«, wiederholte er, um seine wild herumrasenden Gedanken ordnen zu können. »Hartmann, ja, er hat sich wohl gestern Nachmittag das Leben genommen.«

»Ach«, flüsterte Frau Stenzel. »Dann stimmt es also doch.«

»Aber mehr kann ich dazu leider nicht sagen«, legte Kugler mit bedeckter Stimme nach und überlegte, weshalb sich die Schulleiterin für Hartmanns Schicksal interessierte.

»Es soll Selbstmord gewesen sein?« Ihre Stimme wurde noch eine Nuance leiser.

»So heißt es, ja«, nickte der Theologe.

»Schon wieder einer – und das in diesem kleinen Dörfchen hier.« Sie sah ihn mit versteinertem Gesicht an. »Wie verzweifelt müssen Menschen sein, die so etwas tun? Und meistens bemerken nicht mal die nächsten Angehörigen etwas davon. Ist das nicht furchtbar?«

Kugler spürte zum ersten Mal in seinem Leben, dass er nicht mehr die Kraft haben würde, anderen in solchen Situationen Trost zuzusprechen. Wie schlimm würde erst alles sein, wenn herauskam, was ihm vorgeworfen wurde? Er verabschiedete sich von der Schulleiterin und ging in das Klassenzimmer. Bald würde er ihr in eigener Sache gegenüberstehen. Oder wäre es besser gewesen, gleich jetzt alles anzusprechen?

Nein, dazu war er schon viel zu schwach.

3

Der Herbstnebel hatte sich inzwischen verzogen, als Lokaljournalist Sander und sein Fotograf Homsheimer in Rimmelbach eingetroffen waren. Sander bedauerte, dass es noch zu früh war, um das örtliche Gasthaus aufzusuchen. Solche Lokale erwiesen sich nämlich meist als gute Informationsquelle, vorausgesetzt, der Wirt zeigte sich gesprächig. Jetzt aber entschied sich der Journalist für den Bürgermeister, mit dem er seit Jahren viele berufliche Kontakte hatte. Hugo Benninger, so hieß er, war bodenständig und mit den Problemen seiner Bürger bestens vertraut. Er öffnete den Besuchern persönlich die noch verschlossene schwere Rathaustür, denn eine Sekretärin gab's nur zweimal in der Woche – und dann auch nur nachmittags.

»Die Presse«, frotzelte er, schüttelte den beiden die Hände und verzog sein braun gebranntes Gesicht zu einem breiten Lächeln. »Hab ich mir fast gedacht, dass Sie irgendwann auftauchen werden. Kommen Sie rein.« Er ließ die Medienvertreter ins Innere, schloss die Tür und ging voraus über eine knarrende Holztreppe nach oben. »Radio 7 hat auch schon angerufen. Und Sat1 will ebenfalls einige Reporter vorbeischicken«, sagte der Mann, der trotz seines fortgeschrittenen Alters wieselflink das Obergeschoss erreichte, wo er die Besucher in sein Büro führte. Sander stieg der Duft nach alten Möbeln und staubigen Akten in die Nase. Beides verband sein Unterbewusstsein mit Bürokratismus und verknöcherten Beamten.

Benninger wollte nicht zu diesem Klischee passen. Er bat den Besuchern Plätze auf Holzstühlen an und ließ sich hinter einem Schreibtisch nieder, auf dem Sander einen Stempelhalter und jenes altertümliche Utensil entdeckte, mit dem auf wichtigen Dokumenten die frische Tinte mit Löschpapier abgetupft wurde.

»Die Polizei hat wohl eine Pressemitteilung versendet«, resümierte der Bürgermeister. »Und irgendjemand hat Wind davon gekriegt, dass eine Jagdwaffe im Spiel war.« Er rückte seine Brille zurecht. »Wenigstens kein Sportschütze. Aber Sie wissen ja, wie das ist, wenn's um Waffen geht.«

Sander nickte. »Jagd- und Sportwaffen, ich weiß. Ein Reizthema. Aber so, wie es in diesem Fall hier aussieht, hat der Jäger sich ja wohl selbst erschossen.«

»Vermutlich ja«, gab sich Benninger zurückhaltend. »Aber Sie sind sicher darüber informiert, dass die Polizei eine zweite Person sucht, die auch auf dem Hochsitz gewesen sein soll.«

»So ist es«, bestätigte Sander, während Homsheimer damit begann, den Bürgermeister hinterm Schreibtisch zu fotografieren. »Mich würde aber eher interessieren, was man in Rimmelbach allgemein so redet.«

»Klatsch und Tratsch«, antwortete Benninger schnell. »Sie sollten als Journalist wissen, dass man nicht alles für bare Münze nehmen darf, was so g'schwätzt wird.« Er hatte sichtlich Mühe, beim Hochdeutschen zu bleiben, obwohl es in dieser Runde nicht nötig gewesen wäre. »Außerdem«, so fuhr er fort, »wohnte Hartmann drüben in Böhmenkirch. Wir haben nur das Pech, dass dieser Hochsitz auf unserer Gemarkung steht. Wenn Sie also etwas über Hartmann wissen wollen, sollten Sie zum Bürgermeister von Böhmenkirch gehen.«

Sander entschied, Häberles Vorschlag, sich zunächst in Rimmelbach umzuhören, nicht preiszugeben. Ebenso wenig wollte er verraten, von wem er wusste, dass der Mann, der die Leiche entdeckt hatte, aus Rimmelbach stammte. »Der Herr Melzinger«, er hatte sich den Namen sofort eingeprägt, als Häberle ihn genannt hatte, »ist wohl ganz zufällig an dem Hochsitz vorbeigekommen.«

»Zufällig. So kann man das sagen, ja. Er hat geackert und ihm ist aufgefallen, dass die Fensterscheibe zerschlagen war.«

»Fensterscheibe im Hochsitz«, konstatierte Sander, »ist es denn hier oben üblich, dass die Hochsitze solche Ausmaße haben und mit Fenstern ausgestattet sind?«

Benninger lächelte. »Nun ja, üblich nicht. Aber wenn Sie sich umschauen, Herr Sander, entdecken Sie alle möglichen Konstruktionen. Drüben in Steinenkirch hat einer sogar einen kleinen fahrbaren Hochsitz aus Metall, den er zusammengeklappt an die Anhängerkupplung des Autos hängen kann. Andere bauen sich überdachte oder offene Hochsitze. Und der Herr Hartmann hat's halt ein bisschen bequemer gewollt. Obwohl das die Behörden und die Kreisjägervereinigung nicht so gerne sehen.«

»Theoretisch konnte Hartmann da drin übernachten.«

»Nicht nur theoretisch«, grinste der Bürgermeister. »Der Hartmann war allein, ein ergrauter Junggeselle. Da hat er schon mal in seinem ›Baumhaus‹ übernachtet.«

Sander überlegte, ob er die Frage stellen sollte, die ihm auf der Zunge lag. Beim Blick in Homsheimers Gesicht war ihm klar, dass auch ihn dasselbe interessieren würde.

Sander entschied sich für diplomatisches Vorgehen. »Dann wäre vielleicht auch denkbar, dass die gesuchte zweite Person eine Dame sein könnte.«

»So ungefähr, ja. Aber zitieren Sie mich um Gottes willen nicht.«

»Man sagt, der Hartmann sei ziemlich vermögend gewesen. Viehhändler. Ich hab mir so was immer ein bisschen anders vorgestellt. Mit großem Lkw und so. Einer, der die Schweine und Rinder auf dem Hof abholt und zum Schlachthof transportiert.«

»Landläufig denkt man so, ja. Aber heutzutage ist das alles weniger romantisch, wenn man in diesem Zusammenhang von Romantik sprechen kann. Die Kleinen sind verschwunden und die Großen werden größer, wie überall, Herr Sander. Oder ist das bei den Zeitungen anders?«

»Und Hartmann war demnach ein Großer?«

»Ich würde sogar sagen: ein ganz Großer. Er hat im großen Stil mit Vieh gehandelt, landes- und bundesweit. Ja, sogar in der ganzen EU. Transportiert haben aber andere.«

»In der ganzen EU«, echote Sander. »Sicher ganz schön kompliziert – mit all den Bestimmungen.«

Benninger legte die Stirn in Falten und verschränkte die Arme. »Es ist wie überall im Leben heute: Wer sich im bürokratischen Dschungel auskennt und auf der Klaviatur von Verboten und Bestimmungen zu spielen versteht, ist immer im Vorteil.«

Sander staunte, wie geschickt der Mann zum Ausdruck bringen konnte, dass man hierzulande nur die Schlupflöcher kennen musste, um, hart an der Illegalität entlangschrammend, im wahrsten Sinne des Wortes ein ›Schweinegeld‹ verdienen zu können. Und mit schöner Regelmäßigkeit empörten sich darüber auch Politiker. Aber keiner tat etwas – was wiederum den Argwohn nährte, dass sie nicht ganz ohne Eigennutz untätig blieben. So oder so ähnlich hatte es Häberle mal formuliert, dachte er.

»Wie waren die Beziehungen Hartmanns nach Rimmelbach?«, blieb Sander sachlich.

»Die waren so wie in all die anderen Albdörfer hier. Natürlich hat Hartmann nicht auf die paar Stück Vieh der Kleinbauern gesetzt, sondern auf die Herden der großen Bauern. Hier im näheren Umkreis hat er sicher auch einige persönliche Kontakte gepflegt. Aber, wie gesagt, seine wirklich großen Geschäfte hat er anderweitig gemacht.«

»Und bei Ihnen in Rimmelbach gibt es ganz Große?«

»Nur einen. Ich würde Ihnen sogar empfehlen – wenn

Sie mehr über Hartmann wissen wollen –, mit diesem zu sprechen. Heiko Mompach vom Hochsträßhof. Übrigens mein Stellvertreter. Ein umgänglicher Typ. Rau, aber herzlich. Auch wenn manche das anders sehen.«

Homsheimer sah auf die Uhr. Sie mussten gehen, um rechtzeitig um elf bei der Pressekonferenz in Geislingen zu sein.

»Es verschwinden immer mehr kleine Landwirte«, resümierte Sander nach den Schilderungen Benningers.

»So ist es. Wer nicht mit den EU-Normen Schritt gehalten hat, bleibt auf der Strecke.« Er seufzte in sich hinein. »Man kann von der Landwirtschaft nur noch leben, wenn sie eine bestimmte Größe hat. Deshalb bleibt den Jungen auf den Höfen meist nichts anderes übrig, als zu verkaufen oder zu verpachten und in die Fabrik zu gehen, wie man auf dem Land sagt. Zum Glück haben die meisten jungen Männer hier eine anständige Lehre machen können.«

»Es ist sicher keine leichte Entscheidung, so einen Hof aufzugeben«, schaltete sich Homsheimer ein, der seine Kamera wieder verstaute.

»Natürlich nicht. Da spielen sich innerhalb der Familie Dramen ab – vor allem, wenn die Alten noch da sind, die sich von ihrem Lebenswerk nicht trennen wollen.«

Sander nickte. »Aber die meisten haben inzwischen aufgegeben?«

»Drei sind noch im Haupterwerb Landwirte, dazu gehört Mompach. Daneben haben wir neun Nebenerwerbslandwirte. Aber in den vergangenen 17 Jahren, seit ich hier Bürgermeister bin, sind elf Hofstellen aufgegeben worden. Aber das sieht überall auf der Alb ähnlich aus. Der ländliche Charakter geht verloren. Ich persönlich bin deshalb strikt dagegen, dass wir unser Ackerland in Baugebiet oder gar in Gewerbegebiet umwidmen – so wie sie's drüben in Luizhausen getan haben oder, noch schlimmer, drüben in Türkheim. Viele Gemeinden glauben, mit Gewerbegebieten ihre maroden Finanzen retten zu können. Aber das ist eine Milchmädchenrechnung, meine Herren. Der große Geldsegen aus Steuern bleibt in den meisten Fällen aus, weil die Unternehmer genügend Schlupflöcher und Abschreibungsmodelle parat haben.«

»Ihr Wort in Gottes Ohr«, warf Homsheimer ein.

»So ist es doch«, fühlte sich der Bürgermeister bestätigt. »Wie wollen wir denn in 30 Jahren die Weltbevölkerung ernähren, wenn wir alles zubetonieren? Irgendwo hab' ich kürzlich gelesen, dass schon ab 2025, also in zwölf Jahren bereits, mehr als die Hälfte der Landmasse für Wohnen und Landwirtschaft genutzt werden wird, und 2050, wenn die Weltbevölkerung auf 9,3 Milliarden angewachsen ist, das globale Ökonetz kollabieren wird.« Er lehnte sich mit sorgenvollem Gesicht zurück. »Dies geschieht, sobald mehr als die Hälfte der kleinen Ökosysteme zerstört ist. Die Experten sagen, dass dann das ökologische Gleichgewicht zusammenbricht – und zwar nicht schleichend, wie man dies bisher annimmt, sondern es wird kippen, sobald der kritische Punkt erreicht ist. Wie eine chemische Reaktion vor einer Explosion. Die tritt nicht schleichend ein, sondern schlagartig, wenn das ideale Gemisch erreicht ist.«

Sander staunte, dass sich ein Dorfbürgermeister mit solch globalen Themen auseinandersetzte. »Aber Sie sagten, weitere Flächen würden in Rimmelbach nicht in Anspruch genommen.«

»Nicht, solange ich hier was zu sagen habe«, versicherte er und machte schon rein äußerlich den Eindruck, der Fels in der Brandung sein zu wollen. »Es gibt immer mal wieder Bemerkungen im Gemeinderat, aber die elf Mitglieder«, er grinste, »kriegt man einigermaßen in den Griff. Meist sind es ohnehin private Interessen, die verfolgt werden, um Ackerland als Baugebiet verkaufen zu können. Aber Gott sei Dank haben bei der Ausweisung von Bebauungsplänen auch der Landkreis und die Region ein Wort mitzureden. Wenngleich man dort meist schnell in die Knie geht, wenn ein Unternehmer neue Arbeitsplätze verspricht – und seien's nur Halbtagsstellen für Gabelstaplerfahrer. Dann wird den Verantwortlichen doch ganz schnell der rote Teppich ausgerollt.«

Homsheimer nickte eifrig. Ihm gefiel es, wie nüchtern der Mann die aktuelle Situation einschätzte – ganz im Gegensatz zu vielen anderen Kommunalpolitikern, die in besten Sonnen- und Aussichtslagen Gewerbegebiete auswiesen und eine Landschaft verhunzten, die in ihrer bisherigen Unberührtheit eher für den sanften Tourismus geeignet gewesen wäre.

Sander sah jetzt auch auf die Uhr. Zwar waren sie mit ihrem eigentlichen Thema nicht viel weitergekommen, dafür aber hatten sie sich nett unterhalten. »Der Herr Hartmann hatte aber mit solchen Problemen nichts zu tun?«, fragte er eher beiläufig, um das Gespräch wieder auf den Ausgangspunkt zurückzubringen.

»Nein. Jedenfalls soweit ich das einschätzen kann. Sein Interesse galt anderen Geschäften, wie ich sagte.«

Sander und Homsheimer standen auf, um die Pressekonferenz nicht zu verpassen. Doch bevor sie dem Bürgermeister zum Abschied die Hände reichen konnten, wollte Benninger noch eine Bemerkung loswerden: »Unruhe gibt es im Ort nur, weil der angebliche Selbstmord Hartmanns hier schon der zweite innerhalb eines halben Jahres ist.«

»Ach?« Sander hielt inne.

»Einer dieser kleinen Landwirte, die finanziell am Ende waren, hat sich an Karfreitag erhängt«, sagte der Bürgermeister mit bitterem Unterton. »Wir waren alle sehr betroffen.«

»Aber es war einwandfrei Selbstmord?«, hakte Sander nach.

»Die Kripo hat damals nichts anderes feststellen können«, antwortete Benninger.

»Wie hat er denn geheißen?«

Benninger zögerte, entschied aber, den Namen zu nennen, weil ohnehin jeder im Dorf wusste, um wen es sich handelte: »Harald Marquart. Er hat eine völlig verzweifelte Frau hinterlassen.«

Sander notierte sich den Namen.

Igor Popow, den sie in Böhmenkirch alle nur liebevoll ›den Russen‹ nannten, hatte sich sehr gut in die Dorfgemeinschaft integriert. Er war als kleiner Bub mit den deutschstämmigen Eltern als Aussiedler nach Ulm gekommen. Und weil der Vater einen Hilfsarbeiterjob bei Voith in Heidenheim bekommen hatte, ließ sich die Familie auf der Ostalb nieder. Igor durchlief Grund- und Hauptschule mehr schlecht als recht, kam auch hin und wieder mit dem örtlichen Polizeiposten in Konflikt, doch als er mit Hilfe eines Sozialarbeiters aus dem Sumpf seiner zweifelhaften Freunde herausgefunden hatte, schaffte er die Lehre zum Metzger und fand eine feste Anstellung in Heidenheim. Er mietete anfangs in Böhmenkirch, nur etwa 15 Kilometer von seiner Arbeitsstelle entfernt, ein Zimmer und stand jetzt mit seinen 25 Jahren fest auf eigenen Beinen.

Denn er war beim vorletzten Gemeindefest mit Max Hartmann zusammengetroffen. Der Viehhändler, der im Dorf hohes Ansehen genoss, hatte ihn zu später Stunde am Bierstand angesprochen und ihn nach seiner beruflichen Tätigkeit gefragt. Vermutlich war Hartmann längst darüber informiert gewesen, dass Igor an seiner Arbeitsstelle als tüchtiger Metzger galt. Jedenfalls hatte ihm Hartmann noch an diesem Abend eine lukrative Tätigkeit in Aussicht gestellt und ihn deshalb für einen der folgenden Abende zu sich eingeladen. Dabei unterhielten sie sich über den Beruf des Metzgers und über die Probleme der Viehzucht, die sich mit all den Vorschriften und bürokratischen Hürden nach Rinderwahn und Schweinegrippe immer schwieriger gestaltete. Hartmann staunte über das fundierte Wissen, das sich der junge Mann zu dieser komplexen Materie bereits angeeignet hatte. Zufrieden stellte er auch fest, dass Igor nicht dem abstoßenden Slang der türkisch-russischen Jugendszene verfallen war, sondern nahezu akzentfreies Hochdeutsch sprach, gespickt sogar mit schwäbischen Worten und Formulierungen.

Hartmann offenbarte während des damaligen Gesprächs, dass er seine geschäftlichen Aktivitäten nicht nur auf die EU beschränken, sondern auch in Richtung Russland ausweiten wolle. Igors Sprachkenntnisse kamen ihm deshalb sehr entgegen. Hartmann hatte zwar längst seine Fühler nach Moskau und in die Ukraine ausgestreckt, aber ohne Sprachkenntnisse gestaltete sich dies äußerst schwierig. Die Verhandlungen in Englisch erschienen ihm viel zu gewagt, zumal er genügend Geschichten über deutsche Unternehmer kannte, die mit ihren osteuropäischen Engagements Schiffbruch erlitten hatten. Obwohl sich ein solcher Fall bereits vor ziemlich genau 24 Jahren ereignet hatte, wurde noch heute in einschlägigen Kreisen darüber geredet: Damals, kurz vor der politischen Wende in Deutschland, war ein Göppinger Unternehmer mit der Idee nach Leningrad gegangen, eine schwäbische Brezelstube zu eröffnen. Bei der pompösen Eröffnungsfeier, die drei Tage vor dem Fall der Berliner Mauer stattfand und an der auch eine Brauerei aus dem Schwarzwald beteiligt war, sollen sogar hohe politische Würdenträger anwesend gewesen sein, wurde erzählt. Es hieß, der spätere Präsident Wladimir Putin, der aus Leningrad stammt und dort zwei Jahre später Vizebürgermeister wurde, habe sich unter den zahlreich angereisten Gästen befunden. Ob dies stimmte, vermochte später niemand mehr zu sagen.

Doch aus der anfänglichen Euphorie entwickelte sich für den Göppinger Unternehmer ein Desaster: Er hatte sich wohl in vielem verrechnet, möglicherweise aber insbesondere die Ehrlichkeit vermeintlich treuer russischer Geschäftsfreunde und vielleicht auch der Damenwelt überschätzt. Letztlich, so war Hartmann mehrfach erzählt worden, habe der inzwischen verstorbene Geschäftsmann froh sein können, damals nur sein Geld und nicht auch sein Leben verloren zu haben. Andere, die ebenfalls zu frühen Zeitpunkten im Osten hatten Geschäfte machen wollen, waren in diesen Jahren oftmals kurzerhand liquidiert worden.

Hartmann hatte solche Gedanken verdrängt. Mittlerweile waren über zwei Jahrzehnte ins Land gezogen und die wirtschaftlichen Verhältnisse in diesen Ländern einigermaßen stabilisiert, auch wenn vieles nach anderen Gesetzmäßigkeiten ablief und es notwendig war, die richtigen einflussreichen Persönlichkeiten mit Zuwendungen zu bedenken. Aber wenn es gelang, eine sogenannte Win-win-Situation herzustellen, sodass jeder Geschäftspartner seine Gewinne und Vorteile davon hatte, dann konnten die Beziehungen auch mit osteuropäischen Staaten funktionieren.

Igor war von Hartmanns Ideen begeistert gewesen – insbesondere, weil die Tätigkeit viele Reisen versprach. Der junge Mann hatte deshalb gleich seinen Job in Heidenheim gekündigt und war Angestellter bei Hartmanns Ex- und Import GmbH geworden. Dass diese ihren Sitz in Berlin hatte, war ihm anfänglich zwar seltsam vorgekommen. Doch Hartmann hatte es mit seiner überzeugenden Art geschafft, die Bedenken zu zerstreuen: Berlin sei lediglich eine ›kleine Filiale‹ und die Adresse in der Hauptstadt diene nur dazu, seriös und somit vertrauenerweckend auftreten zu können. In Berlin gebe es eine Kontaktperson, die den Briefkasten leere und die Post nach Böhmenkirch weiterleite. Den Begriff ›Briefkastenfirma‹ hatte Hartmann vermieden.

Für den heutigen Nachmittag war für Igor und seinen Chef ein Flug von Stuttgart nach Moskau gebucht. Inzwischen hatte der junge Mann aufgehört, diese Flüge zu zählen. Drei- bis viermal pro Monat war er bisher durchschnittlich unterwegs gewesen, oft auch in Begleitung Hartmanns. Nach der Ankunft am Abend wollten sie heute den Manager eines großen Viehhandelskonzerns treffen, der offenbar riesige Ländereien in Zentralsibirien besaß. Und nach dem Geschäftlichen war der Besuch eines sündhaft teuren Etablissements fest eingeplant, dessen Inhaber Hartmann angeblich gut kannte.

Igor wollte vor der viertägigen Reise noch einige Fragen mit seinem Chef klären, doch waren alle Versuche, ihn telefonisch zu erreichen, gescheitert. Erst als Igor die Handynummer gewählt hatte, meldete sich eine Männerstimme mit einem knappen »Hallo«. Weil diese ihm aber nicht vertraut war, zögerte er: »Bin ich nicht mit dem Anschluss von Hartmann verbunden?«

»Doch, das sind Sie«, kam es zurück. »Aber Herr Hartmann ist im Moment nicht erreichbar.«

»Nicht erreichbar?«, fragte Igor vorsichtig. »Und wo ist er?«

»Das sollten wir vielleicht persönlich bereden. Hier spricht die Polizei.«

Igor schluckte. Beinahe wäre ihm der Hörer aus der Hand geglitten. »Polizei? Wieso das denn?« Ihm kam mit einem Schlag die letzte Geschäftsreise in Erinnerung, als er und Hartmann in der Nähe von Moskau einen Mann getroffen hatten, den Hartmann hinterher als ›Mafioso‹ tituliert hatte.

»Bitte nennen Sie uns Ihren Namen«, forderte die Stimme im Telefon.

»Igor«, sagte der junge Mann, »Igor Popow. Ich bin bei Herrn Hartmann angestellt. Aber was ist denn passiert?«

»Wo sind Sie gerade?«

»Zu Hause. Hier, in Böhmenkirch, in meiner Wohnung.«

»Adresse?«

Igor fühlte sich überrumpelt und war nicht in der Lage, dem Drängen etwas entgegenzusetzen. »Klosterstraße«, sagte er deshalb, ohne zu zögern.

Die Stimme forderte ihn auf, möglichst sofort zur Kriminalaußenstelle nach Geislingen zu kommen.

»Aber Herr Hartmann und ich gehen heute Nachmittag auf Geschäftsreise. Wir müssen zum Flughafen.«

»Ich befürchte, dass daraus nichts wird«, kam es zurück. »Also bitte, kommen Sie unverzüglich. Sonst müssten wir Sie offiziell einbestellen.«

»Okay«, gab sich Igor geschlagen. Er hatte weiche Knie bekommen.

Die Pressekonferenz verlief ziemlich unspektakulär. Georg Sander hatte auch nichts anderes erwartet. Allerdings hatte das Thema ›Jäger‹ auch einige auswärtige Medienvertreter in den kleinen Schulungsraum des Polizeireviers gelockt. Die ›Filstalwelle‹ war mit einer Videokamera vertreten, die ›Stuttgarter Zeitung‹ mit einem seriös dreinschauenden Redakteur und ›radio7‹ aus Ulm mit der sympathischen Journalistin Kerstin Wecker, die längst Land und Leute von Alb, Oberschwaben und Bayrisch-Schwaben kannte und sich auf deren Mentalität einstellen konnte. Teams von Sat1 und RTL hielten sich im Hintergrund, weil sie anschließend den neuen Kripochef Jürgen Klauber separat interviewen wollten.

Klauber, der aus Göppingen angereist war, hatte zwischen dem Polizeipressesprecher Lauer und dem ebenfalls neuen Leitenden Oberstaatsanwalt aus Ulm, Christof Schwehr, Platz genommen. Dieser war vor Kurzem Nachfolger von Dr. Wolfgang Ziegler geworden und nun erstmals zu einem großen Fall nach Geislingen gekommen. Sander verfolgte gespannt, ob sich der Neue in den Vordergrund drängte.

Dass Häberle fehlte, erstaunte den Journalisten nicht. Der beliebte und erfolgreiche Kommissar mied es, so gut es ging, öffentlich aufzutreten. Er war kein Mann der großen Worte, sondern der Taten. »Das Schwätzen überlass ich anderen«, pflegte er meist zu sagen, wenn jemand versuchte, ihn vor ein Mikrofon oder eine Kamera zu zerren. Er vertiefte sich lieber in seinen Fall, verstand es trefflich, sowohl mit den höheren Gesellschaftsschichten als auch mit dem ganz normalen Bürger in Kontakt zu kommen. Und er hielt nichts von jenen, die nach einem Studium der Polizeihochschule glaubten, »die Weisheit mit Löffeln gefressen zu haben«. Zwar war ein gewisses Pensum an theoretischem Sachverstand nötig, um sich im heutigen Dschungel der Justiz zurechtzufinden, doch zählte für ihn die praktische Arbeit am allermeisten: »Vor Ort spielt die Musik«, legte er den jungen Kollegen ans Herz, wenn diese glaubten, ihre Fälle am Computer lösen zu können. »Ihr müsst mit den Leuten schwätzen«, empfahl er, »und zwar so schwätzen, dass sie's verstehen.« Berühmt war eine Anmerkung, die er besonders gerne von sich gab, wenn Kollegen von nördlich der Mainlinie anwesend waren: »Hier auf dem Land sind wir stolz darauf, dass wir alles können außer Hochdeutsch.«

An all dies musste Sander denken, als der Polizeipressesprecher die Medienvertreter begrüßte und die beiden Männer neben sich vorstellte. Der Chef der Polizeidirektion war ebenfalls nicht anwesend, zumal er dieses Amt nur kommissarisch innehatte, seit der eigentliche Stelleninhaber nach Stuttgart abgeordnet war – wegen eines angeblichen Dienstvergehens, das sich jedoch als feige Denunziation eines anonymen Anzeigeerstatters erwiesen hatte. Nach über einjährigen Ermittlungen, die an den Nerven des einstigen Polizeichefs gezehrt hatten, war er zwar vollständig rehabilitiert worden – doch zurück auf seinen Chefsessel, den er einst mit viel Engagement innehatte, durfte er trotzdem nicht mehr. Und obwohl nach außen hin versichert wurde, sein neuer Job in Stuttgart sei viel anspruchs- und verantwortungsvoller, war der Mann innerlich zutiefst betrübt und geknickt. Mochte er auch im Umgang mit den Beamten nicht gerade den feinsten Ton gepflegt haben, so blieb doch für alle der schale Nachgeschmack, wie schnell man durch eine anonyme und darüber hinaus sogar noch falsche Anschuldigung ins Abseits gedrängt werden konnte.

Nachdem auch der neue Leiter der Staatsanwaltschaft ein paar Worte an die Journalisten gerichtet hatte, durfte Kripochef Jürgen Klauber endlich zur Sache kommen. Er referierte kurz und prägnant, dass es sich um einen »unklaren Todesfall« handle. »Nach Lage der Dinge steht aber eindeutig fest, dass Herr Hartmann durch seine eigene Jagdwaffe zu Tode gekommen ist«, erklärte er im Bürokratendeutsch. »Wir haben jedoch Grund zu der Annahme, dass unmittelbar davor oder danach noch eine zweite Person auf dem Hochsitz gewesen sein muss.« Er erwähnte die Schmutzspuren auf der Leiter und auf dem Bretterboden neben der Leiche. »Wie wir wissen, ist in der Zeit zwischen 16 und 17 Uhr ein kurzes Gewitter über die Alb hinweggezogen. Bei der Wetterwarte Stötten, die Luftlinie keine zehn Kilometer entfernt ist, sind pro Quadratmeter acht Liter Wasser gefallen. Wie viel es zwischen Böhmenkirch und Rimmelbach waren, darüber lässt sich nur spekulieren. Fest steht aber, dass es am Tatort ebenfalls geregnet haben muss. Noch beim Eintreffen der Einsatzkräfte war das Erdreich im Bereich des Hochsitzes deutlich feucht. Und zuvor hat es vor drei Tagen geregnet.«

»Gibt es denn Fußspuren?«, fragte Kerstin Wecker von radio7 dazwischen.

»Dazu komm ich gleich«, wehrte Klauber ab. Er wollte zuerst seinen vorbereiteten Text loswerden. »Gefunden haben wir auch einen Knopf, der möglicherweise von einer Arbeitskleidung stammt. Unklar ist allerdings, ob er der gesuchten zweiten Person zuzuordnen ist oder ob er schon längere Zeit in dem Hochsitz lag.« Er räusperte sich und nahm ein zweites Blatt zur Hand, auf dem er Stichworte notiert hatte. »Wir wären Ihnen sehr dankbar, wenn Sie ein Foto dieses Knopfes in Ihren Medien veröffentlichen würden. Wir haben hier vorne einige Datenträger, auf denen das Foto abgespeichert ist. Die Fragen, die damit verbunden sind, lauten: ›Wer kennt ganz allgemein Kleidungsstücke, an denen solche Metallknöpfe verwendet werden?‹ Und im Besonderen: ›Wer kennt ein Kleidungsstück, an dem ein solcher Knopf fehlt?‹«

Klauber sah in die Runde. »Nun noch einige Anmerkungen, die von Interesse sein dürften. Herr Hartmann war der Jagdpächter im Bereich Böhmenkirch-Rimmelbach. Er ist im Besitz von vier Jagdwaffen, von denen er eine am gestrigen Abend gegen sich gerichtet hat. Alle Waffen sind ordnungsgemäß angemeldet. Auch ist an der Art und Weise, wie er sie und die Munition aufbewahrt hat, nichts zu beanstanden.« Klauber wollte mit diesen Feststellungen die Nachfragen, wie sie bei solchen Fällen zu erwarten waren, gleich im Voraus beantworten.

»Und was ist mit den Fußspuren?«, zeigte sich die Radioreporterin hartnäckig.

»Es gibt natürlich im weichen Erdreich am Rande des Ackers Fußspuren. Sie zu identifizieren, ist jedoch schwierig, nachdem die alarmierten Rettungskräfte ihr Hauptaugenmerk zunächst auf das Opfer gerichtet haben. Außerdem führt am Waldrand ein Weg vorbei, der gerne von Spaziergängern benutzt wird.«

»Kann es sein, dass der Dreck an der Leiter von Rettungskräften stammt, die nach oben geklettert sind?«, hakte die Frau nach.

»Das schließen wir aus. Nachdem die Streifenbeamten, die als Erste vor Ort waren, keinerlei Lebenszeichen mehr ausmachen konnten, haben sie zunächst die Drehleiter der Feuerwehr angefordert, um über sie hochsteigen zu können. Denn die zersprungene Glasscheibe am Hochsitz ließ es geboten erscheinen, möglichst keine Spuren zu verwischen. Wir sind übrigens den Kollegen der Schutzpolizei dafür sehr dankbar.«

»Wie?«, staunte die Radioreporterin, die offenbar den Tatort nicht gesehen hatte. »Da gab es eine Glasscheibe am Hochsitz?«

Klauber sah Hilfe suchend zum Staatsanwalt, der die Gelegenheit ergriff, die möglicherweise pikante Angelegenheit in sachliche Bahnen zu lenken: »Herr Hartmann hat sich einen wind- und wetterfesten Unterstand gebaut. Wenn Sie das Wetter auf der Alb kennen, werden Sie wissen, dass es insbesondere in den Wintermonaten nicht gerade angenehm ist, stundenlang im Freien zu sitzen.«

Sander grinste in sich hinein.

»Uns wäre natürlich auch daran gelegen«, fuhr Schwehr wieder fort, »den gestrigen Tag des Herrn Hartmann zu rekonstruieren. Da er offenbar allein lebte und ein Teil seiner weitläufigen Verwandtschaft im Bayrischen verstreut ist, tun wir uns im Moment schwer damit, sein persönliches Umfeld zu kontaktieren.«

»Was war er denn beruflich?«, fragte der Redakteur der Stuttgarter Zeitung.

»Viehhändler«, antwortete Schwehr knapp. »Wenn Sie im Internet recherchieren, werden Sie feststellen, dass er dies in ganz großem Stil betrieben hat. National und international. Auch da werden wir natürlich ermitteln. Wichtig wäre aber zu wissen, wo Herr Hartmann gestern Nachmittag war, bevor er zu seinem Hochsitz gefahren ist. Sein Auto, ein olivgrüner Geländewagen der Marke Jeep, war nur etwa 100 Meter vom Hochsitz entfernt ordnungsgemäß abgestellt gewesen.«

»Seine Handydaten müssten doch Aufschluss geben«, wandte der Zeitungsmann aus Stuttgart ein.

»Natürlich erhoffen wir uns davon gewisse Informationen. Wir hoffen, die Geodaten möglichst bald zu kriegen. Aber wenn das Gerät den ganzen Tag über nur im Raum Böhmenkirch-Rimmelbach eingeloggt war, wird uns dies nicht allzu weit bringen. Wir können dann zwar die Funkzelle benennen, aber der exakte Standort lässt sich hinterher nicht mehr orten.«

Während Sander sein Wissen bei solchen Pressekonferenzen meist nicht durch entsprechende Fragen preisgab, ließ der Kollege aus der Landeshauptstadt nicht locker: »Es soll vor einiger Zeit da oben schon einmal einen Selbstmord gegeben haben.«

»Das ist richtig«, gab sich Klauber leicht verstimmt, »aber es deutet nichts auf irgendwelche Zusammenhänge hin. Oder ist Ihnen anderes bekannt?«

Der Redakteur schüttelte den Kopf.

Dafür ließ sich die Frau von radio7 erneut hören: »Ist es richtig, dass es in Rimmelbach derzeit noch andere Ermittlungen gibt?«

Die drei Männer, die vor den Journalisten an einem quer gestellten Tisch saßen, wirkten irritiert. Jeder suchte Blickkontakt zum anderen. Auch Sander wusste nichts mit dieser Frage anzufangen. Staatsanwalt Schwehr versuchte, die peinliche Situation zu retten: »Weil das eine nichts mit dem anderen zu tun hat, müssen wir Sie um Verständnis dafür bitten, dass wir über andere Ermittlungsverfahren an dieser Stelle keine Angaben machen können und dürfen.«

»Es gibt sie also – diese anderen Ermittlungsverfahren«, keifte die Reporterin unzufrieden dazwischen.

»Wie ich sagte«, konterte der Staatsanwalt, »kein Kommentar.«

4

Sandra Kowick war fix und fertig. Eineinhalb quälend lange Stunden hatte die Vernehmung ihres Buben in einem Besprechungszimmer der Polizeidirektion Göppingen gedauert. Der Kinderpsychologe und eine ältere Kriminalistin waren zwar behutsam vorgegangen, doch Manuel hatte sich verstockt und ängstlich gezeigt. Auch mehrere Pausen, während der sie mit ihm allein sein konnte, halfen nicht, seine Schüchternheit zu überwinden. Er kaute an den Fingernägeln, rieb sich oft die Augen und zappelte mit den Beinen. Immer wieder versuchte der Arzt, das Gespräch auf andere Themen zu lenken, um schließlich erneut vorsichtig das zentrale Geschehen anzugehen. Aber Manuel schwieg dann minutenlang, schielte zu seiner Mutter oder spielte mit einem kleinen Rennwagen, den ihm der Psychologe auf den Tisch gestellt hatte.

Jede Nachfrage beantwortete er mit nahezu der gleichen Formulierung: »Er hat mich auf seinen Schoß gehoben und gestreichelt.«

»Wo gestreichelt?«, fragte der Psychologe dann leise nach.

Schweigen.

»Du hattest doch eine kurze Hose an.«

Manuel nickte schüchtern und schob seinen Rennwagen hin und her.

»Dann hat er deine Schenkel gestreichelt«, resümierte der Arzt das bisher Geschilderte. »Wie war das? Hat er sie außen oder innen gestreichelt?«

Manuel zuckte mit den Schultern. »Vorne, innen.« Pause. »Glaub ich.«

»Glaubst du«, wiederholte der Psychologe. »Und was hat er dabei gesagt?«

Manuel hielt seinen Blick starr auf den knallroten Rennwagen gerichtet.

»Was hat er dabei gesagt?« Die Stimme des Arztes war sanft.

»Dass ich … ich ein guter Junge bin.«

»Gut. Und wo waren deine Klassenkameraden?«

»Draußen. Es war doch Pause.«

»Und da hat er dich zu sich hergerufen.«

Manuel nickte eifrig, ohne etwas zu sagen.

»Dann bist du zu ihm vorgegangen. Ist er da gestanden oder gesessen?«

Manuel schwieg.

»Du sagst, er hat dich auf seinen Schoß gehoben.«

»Ja. So war es.«

»Dann muss er auf einem Stuhl gesessen sein. Oder war es anders?«

»So war es.«

Sandra Kowick hatte sich während der Rückfahrt nach Rimmelbach all dies noch einmal in Erinnerung gerufen. Im Innenrückspiegel beobachtete sie, wie Manuel kreidebleich und schweigend im Kindersitz saß und apathisch aus dem Seitenfenster starrte. Wie würde sein Verhalten auf den Psychologen und die Kriminalistin gewirkt haben? Womit war zu rechnen, wenn sie ihm nicht glaubten? Würde sich das Jugendamt einschalten? Welche Auswirkungen konnte dies auf sie als alleinerziehende Mutter haben? Sandra schossen tausend Fragen durch den Kopf. Immerhin war sie nie zuvor mit der Polizei konfrontiert worden. Deshalb hatte sie auch nicht verstanden, was mit der Frage der Kriminalistin gemeint war, ob sie einen ›Opferanwalt‹ einschalten wolle. Sandra hatte verneint, ohne zuzugeben, von solchen Dingen gar keine Ahnung zu haben. Sie wollte nicht noch mehr Staub aufwirbeln, sondern die ganze Angelegenheit so schnell wie möglich hinter sich bringen.

Es war ihr ohnehin unangenehm gewesen, Manuel mit dem vagen Hinweis, er müsse bei der Polizei eine Aussage machen, vom vormittäglichen Schulunterricht befreien zu lassen. Glücklicherweise hatte Schulleiterin Stenzel nicht nachgehakt, sonst hätte sie ihr womöglich sagen müssen, welch folgenschwere Angelegenheit damit in Gang gebracht wurde. Aber vielleicht wusste sie es ohnehin schon.

Sandra hatte in der ziemlich altmodischen Küche des 200 Jahre alten Bauernhauses Spaghetti gekocht, in denen Manuel jetzt allerdings nur lustlos herumstocherte. Ihr Hinweis, er müsse etwas essen und trinken, blieb ungehört. Auch die Frage, wann er seine Hausaufgaben machen wolle, beantwortete er nur mit einem Schulterzucken. Dann klagte er über Bauchschmerzen, verschwand auf der Toilette und kam erst zurück, als Sandra ihn nach zehn Minuten energisch dazu aufforderte. Manuel zog sich in letzter Zeit sehr häufig auf diese Weise zurück – eine Tatsache, die auch den Kinderpsychologen interessiert hatte.

Nachdem sich der Junge auf den Weg zum Nachmittagsunterricht gemacht hatte, schlüpfte Sandra in ihre Arbeitskleidung und fuhr mit ihrem verrosteten Dreigang-Fahrrad die paar Hundert Meter bis zum Hochsträßhof. Kaum hatte sie dort die Scheune betreten, in der gerade eine Anhängerladung Kartoffeln angeliefert wurde, kam ihr Mompach entgegen. »Und, wie war's?«, fuhr er sie ohne Begrüßung an. »Du bist ja ganz blass.«

»Alles okay«, erwiderte sie schwach. »Manuel tut sich halt schwer.«

»Was heißt das – er tut sich halt schwer?«, bläffte er.

»Er hat alles geschildert. Aber es hat fast zwei Stunden gedauert.«

»Zwei Stunden, um das zu sagen?« Mompach schob seine blaue Schildmütze nach hinten.

»Was glaubst du denn, wie so was abgeht?« Sandra wich verängstigt seinen Blicken aus. »Manuel ist sechs. Da kannst du nicht erwarten, dass er antwortet wie ein Großer.«

»Es bleibt dabei, Sandra«, wurde er sanfter, »du kriegst von mir jede Hilfe, die du brauchst. Das weißt du.«

Sie sah ihm jetzt in die Augen. »Und wenn sie Manuel nicht glauben? Meinst du, sie nehmen ihn mir dann weg?«

»Ach was«, wiegelte Mompach ab. »Wieso sollten sie ihn dir wegnehmen? Dann werden sie halt sagen, der Sechsjährige neigt zu Fantastereien. Da kannst du doch nichts dafür.«

»Sie werden sagen, ich vernachlässige ihn«, ließ Sandra jetzt ihren Gefühlen freien Lauf. »Sie werden ihn in ein Heim stecken und mich vielleicht einsperren.«

»Ach, jetzt hör doch auf«, wurde Mompach gereizt. »Kein Mensch wird dich einsperren, nur weil du deinem Kind geglaubt hast und diesem Lüstling von Pfaffen das Handwerk legen willst.«

»Aber wenn das alles rauskommt, Heiko – wenn erst mal die Zeitung darüber berichtet …«

»… dann wirst du als Mutter sagen, dass der Manuel herausgehalten werden muss. Und du wirst keine weiteren Kommentare dazu abgeben.«

»Und Arnold? Er ist immerhin offiziell sein Vater.«

»Aber du hast doch das Sorgerecht zugesprochen bekommen«, konterte Mompach. »Außerdem ist Arnold ein Taugenichts. Das weißt du so gut wie ich.« Der Klang seiner Stimme war hart.

Sandra wollte sich ihrer Arbeit in der Scheune zuwenden, doch Mompach hielt sie an der Schulter fest. »Moment«, er war ihr einen Schritt nachgegangen. »Noch was.« Das war der Tonfall, der sie im Innersten traf.

»Ja?«

»Bist du vergangene Nacht noch mal hier auf dem Hof gewesen?«

Sandra erschrak über die Art und Weise, wie er das sagte.

»Hier? Ich? Das weißt du doch. Wir haben miteinander am Feuer gesprochen.«

»Ich meine nicht am Feuer, sondern später.«

»Später? Was hätte ich denn hier tun sollen?«

»Es war nur eine Frage«, wurde er wieder sanftmütiger. »Ich will nur ausschließen, dass du es warst. Denn irgendjemand muss später noch drüben am Feuer gewesen sein – mit Schuhen, die eine kräftige Sohle haben.« Er sah an ihrem blauen Arbeitsanzug herunter. Sie trug feste Arbeitsschuhe, wie sie üblicherweise in der Landwirtschaft benutzt wurden.

»Ich war das nicht«, erwiderte sie zögernd. »Da musst du nach jemand anderem suchen.«

»Nur zur Klarstellung: Ich schätze dich und deine Arbeit sehr. Das weißt du. Und ich unterstütze dich auch, wo es geht. Aber vergiss bitte nicht, dass du hier die Angestellte bist. Und dass du nur zu tun hast, was zu deinen Aufgaben und Pflichten gehört.« Er hielt sie an beiden Schultern fest und sah ihr tief in die Augen: »Ich verlange für das, was ich für dich tue, absolute Loyalität. Haben wir uns da verstanden?«

Sander war irritiert zur Redaktion gefahren. Zwar hätte er die Kollegin von radio7 gleich nach Ende der Pressekonferenz fragen können, worauf sie mit ihrer Bemerkung angespielt hatte, doch erschien es ihm sinnvoller, dies jetzt nach der Mittagspause telefonisch zu tun. Er kannte die Frau von gemeinsamen beruflichen Terminen. Um zu vermeiden, dass seine Kollegen lange Ohren bekamen, hatte er sich mit seinem Handy in einen Nebenraum zurückgezogen, um von dort aus ungestört das Telefonat führen zu können. »Tut mir leid, wenn ich einfach so anrufe«, begann er, »aber deine Bemerkung von heute Vormittag hat mich hellhörig gemacht.« Er schmeichelte der Kollegin mit dem Hinweis, dass sie ohnehin das »schnellere Medium« vertrete und gewiss noch heute in den Nachmittagsnachrichten darüber berichten werde, weshalb sie ihm doch schon jetzt einen Tipp geben könne. »Die Zeitung kommt sowieso einen Tag hinterher«, argumentierte er mit dem Brustton der Überzeugung, ohne an die Online-Ausgabe zu denken, die es neuerdings ermöglichte, aktuelle Ereignisse minutenschnell ins Internet zu stellen. Dafür gab es sogar eine neue Kollegin. Sander jedoch war diese moderne Technologie suspekt und in seinen Augen ein untauglicher Versuch der Zeitungsverleger, vom elektronischen Medienkuchen zu partizipieren. Denn das Online-Angebot gab es kostenlos für jeden, der einen Internetanschluss besaß. Sander, der sich inzwischen selbst als journalistisches ›Auslaufmodell‹ bezeichnete, hatte es im Kollegenkreis einmal so formuliert: »Jetzt haben wir die Kettensäge rausgeholt, um den Ast, auf dem wir sitzen, vollends abzusägen – und zwar ganz schnell.« Auf Zustimmung war er damit aber nicht gestoßen.

Doch daran dachte er jetzt nicht, als er der Radiokollegin vollmundig versicherte, die Zeitungsnachrichten erschienen erst morgen.

»Na ja«, kam es aus dem Hörer zögernd zurück. »So Genaues weiß ich auch noch nicht. Ich hab da nur mal einen Ballon steigen lassen wollen.«

»Und in welche Richtung treibt dein Ballon?« Sander war bereit, sich sofort Notizen zu machen.

»Wir haben gestern einen anonymen Hinweis gekriegt. Aber das muss absolut unter uns bleiben. Kann ich mich wirklich drauf verlassen?«

»Absolut. Im Ernstfall haben wir beide nie in der Sache miteinander gesprochen.«

»Keine Ahnung, woher das kam. Es war nur ein Zettel im Briefkasten. Computerausdruck. Darauf steht, dass sich der Pfarrer von Rimmelbach an einem sechsjährigen Buben sexuell vergangen haben soll. Im Religionsunterricht. Mehr nicht. Keine Details. Nur dieser Hinweis.«

»Und was macht ihr da draus?«

»Vorläufig noch nichts. Erst recherchieren. Aber wir könnten uns ja austauschen, falls dich die Sache auch interessiert.«

Sander war hocherfreut über diesen Vorschlag, mit dem er gar nicht gerechnet hatte.

»Wie heißt der Pfarrer denn?«

»Dieter Kugler, evangelisch. Die ›Konkurrenz‹ hat gar keinen.«

»Aber einen Bezug zu diesem Max Hartmann hatte der keinen?«

»Wie gesagt, mehr als diesen anonymen Hinweis habe ich bisher nicht. Wir werden auch heute mit Sicherheit nicht drüber berichten. So eine Sache muss hieb- und stichfest sein, das weißt du. Aber nachdem der Staatsanwalt so schnell ›kein Kommentar‹ gesagt hat, scheint meiner Ansicht nach was an der Sache dran zu sein. Ich hab für so was ein Gespür.«

Sander hatte sich den Namen des Pfarrers aufgeschrieben. »Mir scheint, dass in diesem Rimmelbach manches nicht mit rechten Dingen zugeht.« Er musste an Harald Marquart denken, der offenbar aus Gram über den pleitegegangenen Bauernhof Selbstmord verübt hatte. Doch das wollte er vorläufig für sich behalten.

Dieter Kugler hatte sich während des morgendlichen Religionsunterrichts nur mühsam auf den biblischen Text konzentrieren können, der auf dem Lehrplan stand. Am Ende der Stunde mied er den Kontakt zu den Drittklässlern, packte langsam und umständlich seine Bücher ein und wartete, bis alle Kinder das Klassenzimmer verlassen hatten. Für einen kurzen Moment überlegte er, ob er das Gespräch mit der Rektorin suchen sollte, entschied dann aber, möglichst schnell und unauffällig zu verschwinden. Er brauchte Ruhe und vor allem Zeit zum Nachdenken. Deshalb fuhr er nicht heim, sondern zunächst ziellos über die Schwäbische Alb. Auf der in Richtung Bartholomä führenden Straße rief er seine Frau an, um ihr vorzugaukeln, in Aalen Büromaterial und theologische Lehrbücher einkaufen zu müssen. Doch schon an der Art und Weise, wie er es rausbrachte, überkamen ihn Zweifel, ob sie ihm diese Lüge abnehmen würde. Deshalb fügte er rasch an: »Mach dir keine Sorgen.« Dann beendete er das Gespräch und schaltete sein Handy ganz ab.

Während er seinen Mercedes gemächlich über die Nebenstraßen rollen ließ, entschied er, sich den Nachmittag über in die Abgeschiedenheit des Donauriedes zurückzuziehen. Dorthin hatte es ihn in der Vergangenheit immer wieder gezogen, wenn er über schwierige Entscheidungen nachdenken musste.

Als Langenau erreicht war, hätte er nicht mehr sagen können, welche Strecke er gefahren war. In seinem Kopf regierten Chaos und Panik. Jeglicher Versuch, ein Stoßgebet zu sprechen, scheiterte jämmerlich an fehlender Konzentration.

Er sah in Gedanken den kleinen Manuel und dessen Mutter, der er niemals zugetraut hätte, eine solche Anzeige zu erstatten. Er war gleich nach seinem Amtsantritt bei ihr gewesen, als er nahezu alle Gemeindemitglieder besucht hatte. Nun versuchte er, sich das Gespräch in Erinnerung zu rufen. Sie hatte ihm anvertraut, wie schlimm ihre kurze Ehe mit Arnold gewesen war. Er habe sie während ihrer Schwangerschaft mit einer 17-Jährigen aus Ulm betrogen. Und als es deswegen nach der Geburt von Manuel zu einer heftigen Auseinandersetzung gekommen sei, hätten sich üble Gewaltszenen abgespielt.

Allerdings hatte Kugler damals den Eindruck gewonnen, Sandra Kowick würde ihm nur die halbe Wahrheit erzählen. Deshalb war er im Zuge seiner Antrittsbesuche auch zu ihrem Ex-Mann Arnold gegangen, der gerade seine Landwirtschaft hatte aufgeben müssen. »Ohne eine Frau, die mithilft, hast du da keine Chance mehr«, klangen dessen bittere Worte noch immer in Kuglers Ohren nach. Dass ihr Mompach gleich einen Job auf dem Hochsträßhof angeboten hatte, empfand Arnold als einen besonders gemeinen Nadelstich. Ausgerechnet Mompach, der seit Jahren mit allen Mitteln versuchte, die kleinen Hofgüter in und um Rimmelbach aufzukaufen oder zu pachten. Ihm hatte Arnold vor knapp einem Jahr die Ländereien verkaufen müssen und sich damit einer Zwangsversteigerung entzogen.

Das Sorgerecht für Sohn Manuel hatte er bereits kurz nach der Geburt kampflos Sandra überlassen. Von der Möglichkeit, das Kind regelmäßig besuchen zu dürfen, machte er zur Verwunderung vieler Dorfbewohner keinen Gebrauch. Er hatte mit dem Kapitel seiner Ehe abgeschlossen und wollte so schnell wie möglich weg von Rimmelbach. Doch jetzt waren schon sechs Jahre vergangen und er hatte den Absprung noch immer nicht geschafft.

Kugler hatte den Eindruck gewonnen, dass sich Arnold der finanziellen Folgen von Scheidung und Unterhaltszahlungen gar nicht bewusst war. Ganz sicher war dies alles schuld am Niedergang des Hofes gewesen.

»Eines Tages werde ich in Kanada oder Neuseeland ganz neu anfangen«, hatte Arnold am Ende des Gesprächs gesagt. Kugler konnte sich jetzt, als er aus seinem Mercedes stieg, noch lebhaft an diese Begegnung erinnern – fast so, als sei sie erst vor wenigen Tagen gewesen.

Er war wie in Trance auf den Wanderparkplatz gefahren, der sich zwischen Langenau und Riedheim an einem Bachlauf befand. Vermutlich ist es die Nau, die hier durch die weite Ebene des Rieds mäandert und ihr Wasser über die Brenz dann bei Lauingen in die Donau ergießt, dachte er und stützte sich mit beiden Händen am Geländer einer idyllischen Brücke ab. Unter ihm strömte das Wasser gemächlich vorbei, ein Entenpärchen ließ sich abwärtstreiben. Die Luft war kühl, der Himmel bedeckt und es roch nach Herbst. Die Natur hatte bereits begonnen, sich auf die kalte Jahreszeit einzustellen.

Vielleicht, so überlegte Kugler, plante Arnold tatsächlich den Absprung, um sich allen Fesseln der Vergangenheit zu entledigen. Denn vermutlich würde er in Deutschland nie wieder finanziell richtig Fuß fassen. Falls es für Wohnhaus und Scheunentrakt einen Käufer gab, der ihm einen einigermaßen vernünftigen Preis bezahlte, konnte er sich tatsächlich irgendwo im fernen Ausland eine neue Existenz aufbauen.

Moralisch ist dies natürlich nicht in Ordnung, dachte Kugler. Wie konnte ein Vater so tun, als ginge ihn sein kleiner Bub nichts an? Noch dazu, wenn beide in ein und demselben Dorf in unmittelbarer Nähe wohnten?

Kugler hatte bei seinem Besuch diese Bedenken anklingen lassen. Aber der junge Mann war dafür nicht empfänglich gewesen. Ihm schien das Wohlergehen des Kindes völlig egal zu sein – eine Einstellung, die Kugler selten auf derart ausgeprägte Weise erlebt hatte.

Aber für Außenstehende war es ohnehin schwierig, sich in Beziehungsprobleme hineinzudenken, bei denen meist intimste Dinge eine Rolle spielten, die auch vor dem Scheidungsrichter nicht bis ins letzte Detail diskutiert wurden – es sei denn, beide Seiten ließen sich auf tiefstes Niveau herab, um schmutzige Wäsche zu waschen.

Kugler löste sich von dem Geländer und folgte dem Fahrweg ins Ried hinaus. Er versuchte, den Gedanken an Arnold und Sandra Kowick zu verdrängen. Aber irgendetwas hinderte ihn daran.

Warum Manuel? Warum gerade der kleine, schüchterne, ja möglicherweise sogar verhaltensgestörte Manuel? Warum musste gerade dieses Kind sein Schicksal besiegeln?

Igor Popow war mit gemischten Gefühlen zur Kriminalaußenstelle nach Geislingen gefahren. Nur zu gut waren ihm die Begegnungen mit Justiz und Jugendamt noch in Erinnerung, auch wenn dies alles schon sieben oder acht Jahre zurücklag. Immerhin kannte er die Diensträume und wusste, dass sich die Kriminalpolizei in einem Backstein-Nebengebäude befand. Nachdem er sich vorgestellt hatte, führte ihn die Dame am Empfang zu Häberle, der sich in einem ansonsten unbenutzten Büro niedergelassen hatte – wie immer, wenn er in Geislingen zu tun hatte. Als er Igor die Hand schüttelte, musste er sich von dem Klischee befreien, das sich in ihm angesichts dienstlicher Begegnungen mit russischstämmigen Menschen geformt hatte. Vor ihm stand ein höflicher junger Mann mit guten Umgangsformen. Häberle bot ihm einen Platz an und erklärte kurz, aber wohldosiert, dass Max Hartmann gestern Abend »zu Tode« gekommen sei. Bei dieser Nachricht versteinerte sich Igors Gesicht. Er schluckte und starrte betroffen auf die Tischplatte. »Max ist tot?«, fragte er nach ein paar Sekunden des Schweigens nach, als könne er dies alles nicht begreifen. »Tot? Kein Zweifel?«

»Kein Zweifel«, bestätigte Häberle und behielt sein Gegenüber im Auge. Der erfahrene Kriminalist wusste, dass aus den Emotionen, die in solchen Momenten hervorbrachen, oftmals wichtige Rückschlüsse zu ziehen waren.

»Und wie? Ich meine …, wie ist er gestorben?«

»Genau das ist es, weshalb wir Sie um Mitarbeit bitten. Herr Hartmann hat sich vermutlich mit seinem Jagdgewehr erschossen. Auf dem Hochsitz.«

»Selbst erschossen? Auf dem Hochsitz?«, kam es reflexartig zurück.

»Wundert Sie das?«

»Auf dem Hochsitz am Waldrand zwischen Rimmelbach und Böhmenkirch?«, wollte Igor wissen.

»Genau dort. Sie kennen diesen Ort?«

»Ja. Natürlich.« Igor überlegte, was er sagen sollte. »Ich bin gestern Nachmittag auch dort gewesen.«

»Ach«, staunte Häberle, ohne sich die Verwunderung allzu sehr anmerken zu lassen. Ein Kriminalist musste seine persönlichen Emotionen möglichst verbergen. »Gestern Nachmittag? Bei ihm?«

»Ja, bei ihm. Wir haben uns öfters mal dort oben getroffen, um in Ruhe über das Geschäftliche zu reden. Herr Hartmann hat das genossen.«

»Es war demnach üblich, dass er dort oben Besucher empfing?« Häberle hakte gleich nach, obwohl ihn die Uhrzeit, zu der Igor im Hochsitz saß, weitaus mehr interessiert hätte.

»Ich denke schon.« Der junge Mann war blass geworden und zitterte. »Aber wer das außer mir noch gewesen sein könnte, weiß ich natürlich nicht.«

»Wann waren Sie gestern dort?«

»Es war noch vor dem Regen«, sagte Igor spontan und beantwortete damit unbewusst bereits eine Frage, die Häberle als Nächstes gestellt hätte.

»Vor dem Regen«, wiederholte er deshalb ruhig. »Daran erinnern Sie sich noch genau?«

»Ja. Ich bin anschließend heimgefahren und wollte mich auf dem Balkon sonnen.« Häberle glaubte, in Igors Blick etwas Triumphierendes zu erkennen – als ob sich der junge

Mann insgeheim freue, ein Alibi vorweisen zu können. »Ich bin vielleicht eine Viertelstunde im Liegestuhl gelegen, da ist das Gewitter losgebrochen.«

»Das müsste dann gegen 16 Uhr gewesen sein«, konstatierte Häberle.

»Ich hab nicht auf die Uhr geschaut.«

»Hm«, machte der Kommissar. »Wie lange waren Sie denn bei Herrn Hartmann auf dem Hochsitz?«

»Ich schätze mal, eine Stunde. Länger nicht.«

»Gab es einen bestimmten Grund für das Treffen?«

»Wir wollten heute Nachmittag nach Moskau fliegen. Geschäftlich. Max hatte neue Geschäftsverbindungen geknüpft. Wir wollten ein paar Tage bleiben und haben drüber geredet, was wir mitnehmen, und er hat mir gesagt, wer die Leute sind, die uns am Flughafen abholen werden.«

»Welcher Art sind diese Geschäfte?« Häberle lehnte sich zurück und überlegte, ob ihm dieser Fall womöglich eine Dienstreise nach Moskau bescheren würde. Ganz so leicht wie innerhalb der EU wäre dies aber vermutlich nicht zu bewerkstelligen.

»Herr Hartmann importiert landwirtschaftliche Produkte«, gab sich Igor bedeckt. »Vieh aus Russland, aber nicht nur nach Deutschland, sondern auch in südosteuropäische Staaten. Er schließt Verträge mit den großen russischen Produzenten und übernimmt die Vermarktung. Nach Details dürfen Sie mich aber nicht fragen, Herr Kommissar. Ich bin meist nur der Dolmetscher und berate Herrn Hartmann in Bezug auf Gepflogenheiten in Russland.« Über sein Gesicht huschte ein Lächeln. »Wissen Sie, man muss die Mentalität der Menschen in fremden Ländern kennen, dann öffnen sich einem Tür und Tor.«

Häberle staunte, wie schlau der junge Mann daherredete. »Wir müssen uns wahrscheinlich über die Art dieser Tätigkeiten noch genauer unterhalten«, kündigte der Ermittler an und dachte an den Pferdefleischskandal der vergangenen Monate. »Vorläufig interessiert uns das Geschehen auf dem Hochsitz. Hat Sie denn Herr Hartmann gebeten, zu einem bestimmten Zeitpunkt wieder zu gehen?«

»Er hat nur gesagt, dass er noch jemanden erwartet.«

»Ach. Das hat er gesagt? Und damit haben Sie gewusst, dass Sie rechtzeitig gehen müssen?«

»Ja. Deshalb bin ich um kurz vor dreiviertel vier weg.«

Häberle überlegte. »Moment mal, vorhin haben Sie gesagt, sich beim zeitlichen Ablauf nur am Regen orientieren zu können und nicht auf die Uhr geschaut zu haben. Und jetzt meinen Sie, es müsse dreiviertel vier gewesen sein, als Sie den Hochsitz verlassen haben.«

Igor ballte instinktiv die Hände zu Fäusten, ließ sie aber gleich wieder locker. »Ich hab nicht auf die Uhr geschaut, als ich auf dem Balkon war und es geregnet hat. Deshalb weiß ich, dass ich auf jeden Fall vor dem Regen gegangen bin.«

Häberle ließ es dabei bewenden. »Sie sind also runtergestiegen und zu Ihrem Auto gegangen, das bei Hartmanns Geländewagen stand, am Waldeck – so nehm ich an.«

»So ist es. Und dann bin ich zur Landstraße vorgefahren und heim.«

»Auf der Fahrt über den Feldweg zur Landstraße ist Ihnen niemand entgegengekommen?«

Igor schüttelte den Kopf. »Zumindest ist mir niemand aufgefallen.«

»Und dieser Besucher, der nach Ihnen kommen sollte – war der männlich oder weiblich?«

»Keine Ahnung. Ich hab Max nicht danach gefragt. Aber«, er senkte die Stimme, »Sie werden sicher die Kühltasche entdeckt haben. Ich könnte mir vorstellen, dass Max vor der Abreise noch Damenbesuch erwartete.«

»So?«, gab sich Häberle erstaunt. »Sie meinen also, er hat dort oben ein Schäferstündchen geplant?«

»Herr Kommissar«, lächelte Igor, »hat Ihnen noch niemand davon erzählt, dass Herr Hartmann viele Stunden dort oben verbracht hat?«

»Sie meinen, er hat den Hochsitz nicht nur zum Jagen benutzt?«

»Das pfeifen doch die Spatzen von den Dächern – so sagt man wohl, oder? Mehr möchte ich dazu nicht sagen. Und das muss auch unter uns bleiben.« Er lächelte vielsagend. »Manche sagen, es gebe in den Ortschaften ringsherum keine junge Frau, die nicht schon mal beim Jagen war.«

Linkohr hatte sich für diesen Nachmittag bei Rimmelbachs Bürgermeister Hugo Benninger angekündigt und leicht verärgert erfahren, dass der Lokaljournalist bereits hier gewesen war. »Mehr als ihm kann ich Ihnen auch nicht sagen«, brummte Benninger.

»Aber mir dürfen Sie ein bisschen mehr erzählen, als es Ihnen der Datenschutz gegenüber Journalisten erlaubt«, wurde der junge Kriminalist sofort amtlich.

»Aber auch da gibt es Grenzen«, konterte der Bürgermeister. »Doch darüber brauchen wir uns jetzt nicht zu unterhalten. Was wollen Sie wissen?«

Linkohr ging kurz auf die Erkenntnisse ein, die Zweifel an einem Selbstmord Hartmanns aufkommen ließen, und ergänzte dann: »Es heißt, der Verstorbene habe enge Beziehungen nach Rimmelbach gepflegt.«

»Das drücken Sie jetzt aber vorsichtig aus, Herr Linkohr.« Benninger grinste. »Wir sind hier ja unter uns. Deshalb sei es Ihnen gesagt: Herr Hartmann war kein Kind von Traurigkeit, wenn Sie verstehen, was ich meine. In manchen Kreisen würde man sagen: Er hat die Puppen tanzen lassen.« Er überlegte. »Sie dürfen mir glauben, auch auf den Dörfern hat man längst erkannt, wie das Leben heutzutage so spielt.«

»Deshalb auch der überdimensionierte Hochsitz.«

»Herr Hartmann hätte das nicht wirklich gebraucht, schließlich war er Junggeselle und bewohnte ein stattliches Haus. Aber hin und wieder hat ihn auch das Abenteuer in freier Natur gelockt.« Benninger lächelte süffisant. »So sagt man jedenfalls.«

»Und was hat ihn gerade nach Rimmelbach getrieben?« Linkohr stellte sich in Gedanken die eine oder andere Dorfschönheit vor und musste plötzlich an jenen großformatigen Bauernkalender denken, auf dessen Monatsblättern sich alljährlich wohlgeformte und leicht geschürzte Landwirtstöchter inmitten von Viehstall, Scheune oder bei der Feldarbeit ziemlich freizügig präsentierten.

»Zu allererst war's wohl die Jagd, die ihn hierhergetrieben hat. Er ist Pächter davon. Und außerdem war er mit dem Mompach Heiko befreundet. Der ist auch Jäger – und darüber hinaus ein Großviehzüchter. Das hat gepasst.«

Linkohr schrieb den Namen auf einen Zettel und ließ sich die Adresse geben. »Das ist der Hochsträßhof«, ergänzte der Bürgermeister, während das Telefon auf seinem Schreibtisch einen altertümlichen Klingelton von sich gab.

Benninger nahm ab, meldete sich und lauschte. Linkohr hatte Gelegenheit, die geradezu antike Einrichtung des Büros auf sich wirken zu lassen. Offenbar hatte das Rathaus nicht nur alle Verwaltungsreformen, sondern auch alle Sanierungen unbeschadet überstanden. Aus Benningers unwirschem »Mh«, das er mehrfach genervt wiederholte, schloss der Kriminalist, dass es ein unangenehmer Anruf war. »Und wieso kommen Sie erst jetzt daher?«, knurrte Benninger schließlich, um wieder schnell hintereinander »mh« zu murmeln. Nach einigen Sekunden brachte er das Gespräch zu einem Ende:

»Dann sorgen Sie dafür, dass die Schlösser ausgetauscht werden. Möglichst noch heute.« Er warf den Hörer in die Schale.

»Man hat nur Ärger«, brummte er, um seinen Frust loszuwerden. »Unserem Hausmeister von Schule und Kindergarten fällt jetzt gerade ein, dass schon während der großen Ferien der Hauptschlüssel für die Schule abhandengekommen ist – vor sechs Wochen schon.«

»Geklaut?«, hakte Linkohr nach.

»Keine Ahnung«, erwiderte Benninger gereizt und schrieb ein paar Worte auf einen Notizzettel. »Die Rektorin hat ihn bereits am ersten Schultag nach den großen Ferien um den Ersatzschlüssel gebeten. Und dann hat er's vergessen.«

»Und der Schlüssel gehört vermutlich zu einer Schließanlage mit mehreren Türen?«

»So ist es. Das kann man doch nicht einfach schleifen lassen. Wenn einer den Schlüssel findet oder gestohlen hat, kann er jederzeit überall rein. Und das in Zeiten, in denen immer wieder geisteskranke Amokläufer für Schlagzeilen sorgen.«

Linkohr konnte die Verärgerung durchaus nachvollziehen. Gleichzeitig wurde ihm bewusst, dass ein Schlüssel bereits eine Rolle spielte. »Wie wurde denn der Schlüssel aufbewahrt? An einem Schlüsselbund – oder in einem Mäppchen?«

Vanessa war wirklich eine aufgeweckte junge Frau. Häberle bot ihr einen Platz an und überlegte, wie intensiv die Zusammenarbeit zwischen dieser Polizeistudentin und Linkohr bereits gediehen war. »Ich bring die Daten vom Mobilfunk und vom Festnetzanschluss«, sagte sie, während ihr Pferdeschwanz munter wippte.

Häberle ließ sich die Ausdrucke geben. »Gibt es Besonderheiten?«

»Der Herr Hartmann scheint sich mit seinem altmodischen Handy nur sporadisch eingeloggt zu haben.« Sie beugte sich über den Schreibtisch, sodass Häberle ihr herbes Parfüm riechen konnte. »Es sieht so aus, als habe er sich nur eingeloggt, wenn er selbst telefonieren wollte.«

»Und was verstehen Sie unter ›altmodischem Handy‹?« Häberle sah ihr grinsend in die Augen.

»Na ja, kein Smartphone, sondern so ein Ding halt, mit dem man nicht viel mehr kann als telefonieren. Ein bisschen seltsam, dass ein Geschäftsmann wie der kein anderes Gerät hatte.«

»Vielleicht wollte er ja wirklich nur telefonieren«, brummte Häberle, der sich mit Smartphones noch immer nicht anfreunden konnte. Er besah sich die lange Zahlenreihe mit Nummern, Uhrzeiten und Koordinaten. Die Liste enthielt mehr als drei Dutzend Gesprächsverbindungen und reichte drei Tage zurück.

»Wir haben die Daten des gestrigen Tages gecheckt«, berichtete Vanessa und griff zu einigen mitgebrachten Papieren. »Interessant sind diese Auslandsnummern hier.« Sie deutete mit einem Kugelschreiber darauf. »Moskau, Sankt Petersburg und Kasan. Das liegt an der Wolga, ziemlich weit östlich.« Dann zeigte sie auf eine weitere Nummer. »Und die gehört zu Thailand. Genauer gesagt, ist es die Vorwahl der Stadt Hua Hin.« Er grinste. »Also nicht das verruchte Pattaya, sondern wohl eher ein elitärer Ort. Im Internet heißt's, dort macht sogar die Königsfamilie Urlaub.«

»So? Und zu wem gehören die Anschlüsse in Russland und Thailand?«

»Das lässt sich so schnell nicht herausfinden. Die Kollegen sind aber dran.«

Häberle nickte. Natürlich konnte man nicht einfach anrufen und fragen. Ohne der Landessprachen mächtig zu sein, wäre dies wohl kaum zielführend.

»Wir machen's übers LKA«, sagte Vanessa, nachdem die Kollegen nebenan im Büro bereits mit dem Landeskriminalamt in Stuttgart Kontakt aufgenommen hatten.

»Und mit wem hat er in seinem engeren Umkreis telefoniert?«

»Einige Male mit diesem Igor, seinem Mitarbeiter. Dann mit einigen großen landwirtschaftlichen Betrieben aus der Gegend. Überwiegend Schweinezüchter. Vorgestern auch mit diesem Mompach aus Rimmelbach und mit weiteren Personen, die wir aber noch checken müssen.«

»Aus Rimmelbach und Böhmenkirch?«

»Nein, aus der weiteren Umgebung. Einige davon sind wohl auch Viehzüchter.«

»Lässt sich herauslesen, wo sich Hartmann in den vergangenen Tagen aufgehalten hat?«

»Wie ich schon sagte, Herr Häberle: Er loggte sich nur sporadisch ein. Und er hat dies in diesen drei Tagen nur in den Funkzellen im Bereich Rimmelbach und Böhmenkirch getan.« Vanessa zuckte bedauernd mit den Schultern.

»Und was ergibt sich aus dem Festnetz?« Häberle legte das Blatt mit den Handydaten auf den Schreibtisch zurück.

»Da hat er wesentlich weniger Gespräche geführt. Allerdings finden sich darunter auch welche zu Mobilfunkanschlüssen einiger Frauen.«

»Kann ich mir vorstellen.«

»Ja, aber nicht nur. Er hat vor zwei Tagen mit einem Arnold Kowick aus Rimmelbach telefoniert, ziemlich lange sogar.« Sie zeigte mit dem Kugelschreiber auf die entsprechende Nummer. »Dann gab es eine Verbindung zu Harald Marquart – oder wohl eher zu dessen Anschluss, denn dieser Mann hat sich vor einem halben Jahr das Leben genommen. Und auch das hier ist interessant: das Handy von Sandra Kowick.«

»Moment, Moment«, unterbrach Häberle ihren Redefluss. »Kowick hatten wir doch schon …?«

»Ja, den Arnold. Das ist der Ex von Sandra. Angestellte auf dem Hochsträßhof von Mompach. Früher hätte man ›Magd‹ gesagt.«

»Und heute sagt man wohl ›landwirtschaftliche Fachgehilfin‹ oder so ähnlich.« Häberle winkte ab. »Neue Berufsbezeichnungen, damit ja niemand auf die Idee kommt, die Hilfsjobber als Sklaven zu bezeichnen.«

»Es gibt noch eine Verbindung zum Handy einer Frau. Hier …« Sie beugte sich erneut über den Tisch und kam Häberle ganz nahe. »Die Nummer hier gehört einer Frau Karin Stenzel. Rektorin der Rimmelbacher Grundschule.«

Kugler war nach seinem Spaziergang durchs Donauried wieder heimgefahren. Franziska hatte sich bereits um ihn gesorgt und vergeblich versucht, ihn auf dem Handy anzurufen. »Tut mir leid«, sagte er, als sie beim Kaffee zusammensaßen, »aber ich brauche Ruhe. Am liebsten würde ich mich irgendwo verkriechen. Du kannst dir nicht vorstellen, wie mir heute früh in der Schule zumute war.«

»Doch, das kann ich«, zeigte sich Franziska verständnisvoll. »Aber ich weiß auch, dass es dir bald wieder gut gehen wird.« Sie lächelte.

»Das versuche ich auch zu glauben. Aber das Schlimmste steht uns noch bevor. Sobald etwas an die Öffentlichkeit dringt, geht das Spießrutenlaufen los.« Er schloss die Augen und trank einen Schluck Kaffee. Heute Nachmittag hatte er mit dem Gedanken gespielt, zu kapitulieren – obwohl er vormittags noch bereit gewesen war, für seinen guten Ruf zu kämpfen. Aber nun nagten die Zweifel an ihm. Würden die Menschen in Rimmelbach seinen Unschuldsbeteuerungen glauben, wo doch landauf, landab die Bevölkerung nach all den Vorkommnissen der vergangenen Jahre gegenüber Pfarrern sehr sensibel geworden war? Wahrscheinlich würde das Mitgefühl der Menschen dem angeblich missbrauchten Buben gehören, der ohnehin in zerrütteten Familienverhältnissen aufwuchs. Weil es keinen richtigen Vater gab, so würde gerüchteweise bald gemunkelt, habe sich der abartig veranlagte Pfarrer gerade dieses Kind ausgesucht. Kalt berechnend sei er davon ausgegangen, dass die arme alleinerziehende Mutter gar nicht in der Lage sein würde, den geballten Polizeiapparat in Gang zu setzen.

Klingt absolut logisch, oder?, flüsterte es in Kuglers Kopf. Er war doch schon jetzt so gut wie tot. Am besten, er gab klein bei, zog weg und genoss irgendwo weit weg von Rimmelbach seinen frühzeitigen Ruhestand.

»Du denkst jetzt, dass du keine Chance hast«, hörte er plötzlich Franziskas Stimme. »Dir fehlt die Kraft, für dich und uns zu kämpfen.«

Kugler erschrak über Franziskas Worte, mit denen sie exakt seine Gemütslage traf. »Ich bin unendlich müde. Es ist, als habe mir etwas meine ganze Energie entzogen«, gestand er leise.

»Anzeichen einer Depression, Dieter«, entgegnete die Frau ruhig. »Du befürchtest jetzt das Schlimmste und siehst nicht mehr drüber weg. Hast du nicht auch einmal gesagt, wir Menschen neigen in unseren Ängsten dazu, uns immer das Schrecklichste auszumalen?«

Kugler atmete schwer. Er wusste nur allzu gut, dass es zwischen schönen Worten und der Realität oftmals eine riesige Diskrepanz gab. Mit einer Predigt allein war's leider nicht getan. Man musste an die Worte glauben, an den Inhalt der Sätze – und an die Macht der Gedanken, die sich daraus formten und die auch ein Teil der großen Schöpfung waren. Kugler spürte, dass sich etwas in ihm gegen die negativen

Einflüsse auflehnte. Etwas, das ihm vielleicht wieder Energie bescherte, um den Kampf gegen das Böse aufzunehmen. Warum sollte ausgerechnet er aufgeben? Er, dessen Glaube an Gott unerschütterlich war. Er, der sich in der Bibel zurechtfand wie kaum ein anderer Landpfarrer.

Wenn es Engel gab, die manchmal als solche unerkannt in Menschengestalt erschienen, dann gab es auch Dämonen, Mächte des Bösen, die in gleicher Weise in der Welt ihr Unwesen trieben. Und womöglich war Rimmelbach voll davon.

Er erschrak bei diesem Gedanken.

Linkohr hatte nach dem Gespräch mit dem Bürgermeister kurz mit Häberle telefoniert und war dann zur Grundschule von Rimmelbach gefahren. Von Benninger wusste er, dass die Rektorin in diesen späten Nachmittagsstunden noch dort sein würde.

Der Kriminalist parkte seinen Polo abseits des bunten Eingangs und ging die paar Schritte durch den Hof. Im hellen, aber unerwartet stillen Foyer orientierte er sich an einer Hinweistafel und fand das Rektorat am Ende eines Flures. Ein Namensschild mit der Aufschrift ›K. Stenzel, Schulleiterin‹ zeigte ihm, dass er richtig war.

Er klopfte und als er ein »Ja, bitte« vernahm, öffnete er die Tür.

»Entschuldigen Sie, wenn ich Sie so überfalle«, sagte er, »mein Name ist Linkohr, Mike Linkohr. Ich komme von der Kriminalpolizei Geislingen.« Er zog seine Dienstmarke heraus und kam näher. Karin Stenzel erhob sich hinter ihrem Schreibtisch und Linkohr schien es, als friere ihr anfangs gezeigtes Lächeln augenblicklich ein.

»Kriminalpolizei?« Sie schüttelte ihm die Hand und zupfte sich anschließend die Jacke zurecht. »Ich hoffe, es ist nichts Ernstes passiert.« Sie deutete ihm mit einer Handbewegung, dass er sich an einen kleinen Besuchertisch setzen solle. Dann schob sie sich energisch einen Stuhl heran und musterte den Kriminalisten, als könne sie es noch nicht glauben, dass er ein leibhaftiger Ermittler war.

Er schätzte sie auf Mitte 30 und registrierte mit Kennerblick, dass sie einen Ehering trug. Für ihr Alter schon ganz schön Karriere gemacht, dachte er. Allerdings war es auch nicht gerade eine große Führungsposition, Leiterin einer winzigen Grundschule auf der Alb zu sein.

»Sie werden mir sicher gleich sagen, was Sie zu mir führt«, gab sie sich selbstbewusst und schlug ihre Beine übereinander. »Man hat Sie mir doch erst für morgen Vormittag avisiert.«

»Mich?« Linkohr stutzte. »Ich verstehe nicht …«

»Ihr Kollege hat mich angerufen und gesagt, er schicke morgen um elf jemanden vorbei.« Karin Stenzel sah ihn misstrauisch an.

»Ein Kollege?«

Sie sprang wieder auf, stöckelte die paar Schritte zu ihrem Schreibtisch und blätterte in einem Terminkalender. »Angerufen hat ein Herr Wissmut oder so ähnlich. Jedenfalls habe ich mir das so aufgeschrieben.«

Linkohr verbarg seine Verwunderung. Beinahe hätte er gesagt: »Ach, der Kollege von der Sitte.« Im letzten Moment fiel ihm jedoch ein, dass Vanessa gestern eine entsprechende Bemerkung gemacht hatte, wonach Wissmut gegen den Pfarrer von Rimmelbach ermittle. Demnach ging's jetzt offenbar zur Sache.

»Ach, der Kollege Wissmut«, zeigte sich Linkohr entspannt, während die Rektorin wieder bei ihm Platz nahm. Sie ist wirklich hübsch, dachte er. Groß, schlank, selbstbewusst. Vielleicht ein bisschen zu autoritär, wie er sie einschätzte. Er musste für den Bruchteil einer Sekunde an seine Verflossene aus dem Remstal denken.

»Wissmut ermittelt in anderer Sache«, sagte er, womit er aber die Rektorin eher noch misstrauischer machte.

»In anderer Sache? Ist das nicht schlimm genug, was mir der Herr Wissmut am Telefon gesagt hat?« Linkohr bemerkte, dass sie offenbar besser informiert war als er selbst. Er ärgerte sich, Vanessas Hinweis gestern nicht ernster genommen zu haben.

»Sie haben vielleicht von der Selbsttötung gestern Nachmittag gehört«, begann er vorsichtig. »Auf dem Hochsitz.«

»Gehört ja, natürlich. Ganz Rimmelbach spricht davon«, räumte sie zögernd ein. Aus ihrem Gesicht war alle Farbe gewichen. »Das hat aber doch nichts mit der Schule zu tun?«

»Eher nicht«, beruhigte sie der Kriminalist. »Wir müssen aber routinemäßig einiges abklären – wie wir dies bei Selbsttötungen fast immer tun.«

»Routinemäßig? Hier an der Schule? Gibt es denn Ungereimtheiten? Ich meine: Hat man Grund zur Annahme, dass sich der Mann nicht selbst erschossen hat?« Sie nestelte an ihrer Jacke und prüfte, ob alle Knöpfe korrekt saßen.

Linkohr wollte auf die Frage nicht eingehen. »Herr Hartmann war alleinstehend und deshalb müssen wir sein persönliches Umfeld ein bisschen durchleuchten.«

»Und da kommen Sie ausgerechnet zu mir?« Karin Stenzel war sichtlich erschrocken und rang sich ein Lächeln ab.

»Nicht nur zu Ihnen. Es gibt eben einige Kleinigkeiten, die es abzuklären gilt. Mehr nicht.«

»Und …« Sie kniff ihre schönen Augen zusammen und wirkte auf Linkohr plötzlich wie ein angriffslustiges Raubtier. »Und was ist es nun, das Sie bei mir abklären müssen?«

»Ich mach es kurz«, sagte Linkohr. »Sie vermissen seit geraumer Zeit Ihren Schlüssel für das Schulhaus.« Er ließ es gleich gar nicht wie eine Frage klingen.

Die Rektorin ging auf Distanz. »Wenn Sie das schon wissen, hätten Sie nicht herzukommen brauchen.«

Linkohr staunte über diese kühle Art, die sie unerwarteterweise an den Tag legte. »Sie haben ihn nach den großen Sommerferien nicht mehr gefunden«, fuhr er ebenso unterkühlt fort.

»Wenn Sie auch das schon wissen, werden Sie mir jetzt aber sicher auch sagen, was dies mit Herrn Hartmann zu tun haben soll.«

Linkohr wollte jetzt Klarheit: »Wie wurde denn der Schlüssel aufbewahrt? Einzeln oder mit anderen zusammen an einem Ring?«

»Darf ich jetzt erfahren, was Sie mit dieser Frage bezwecken?«

»Wie ich sagte: nur etwas abklären, mehr nicht.« Linkohr spürte, dass Frau Stenzel immer unsicherer wurde und dies mit zunehmender Arroganz zu überspielen versuchte. Er griff deshalb zu einer Formulierung, die bei den Vernehmungen seines Chefs nie ihre Wirkung verfehlte: »Sie haben natürlich die Möglichkeit, hier und heute nichts zu sagen. Dann müssen wir Sie leider ganz offiziell zu einer Vernehmung vorladen, zu der Sie in Begleitung eines Anwalts erscheinen können.«

»Eines Anwalts?« Allein schon dieser Hinweis hatte gereicht. »Wozu sollte ich denn einen Anwalt brauchen? Nun machen Sie aber mal halblang, Herr Linkohr.«

»Aus meiner Sicht brauchen Sie keinen«, konterte er, »denn ich gehe davon aus, dass Sie meine Fragen ganz unbürokratisch beantworten können. Ich wollte nur wissen, wie der abhanden gekommene Schlüssel aufbewahrt wurde.«

»An einem Schlüsselmäppchen«, erklärte sie leise, »wie man das halt so hat. Ich hab's während der Ferien, als ich mal kurz hier in der Schule war, anschließend wieder in die Handtasche gesteckt.«

»Und wann war es dann weg?«

»Das kann ich Ihnen genau sagen. Als ich eine Woche vor Ferienende mit den anderen Lehrkräften hier die Stundenpläne machen wollte.«

»Hätte es denn noch in Ihrer Handtasche sein sollen?« Linkohr musste daran denken, dass Frauen meist Dutzende davon besaßen und darin eine Unmenge Utensilien mit sich herumschleppten.

»Eigentlich nicht«, räumte Frau Stenzel kleinlaut ein. »Ich war mir ziemlich sicher, das Mäppchen gleich nach meinem kurzen Aufenthalt hier in der Schule daheim in eine Schublade gelegt zu haben. Dort, wo ich die Schlüssel immer aufbewahre.«

»Wie sieht denn das Mäppchen aus?«, kam Linkohr endlich auf die entscheidende Frage, deren Beantwortung zeigen würde, ob er auf der richtigen Fährte war.

»Wie soll es ausgesehen haben? Aus Kunststoff war's wohl, denk ich. Und es war blau. Auffallend hellblau.«

Linkohr nahm es kommentarlos hin, zog sein Handy aus der Freizeitjacke und rief über die Kurzwahltaste die Kollegen an.

»Und was soll das jetzt?«, fragte die Rektorin irritiert.

»Gleich«, wehrte Linkohr sie ab, denn sein Gesprächspartner hatte sich schon gemeldet. »Ich bin's, der Mike«, sagte er. »Kann einer von euch mal schnell nach Rimmelbach hochfahren?« Er lauschte ein paar Sekunden und gab sich dann zufrieden. »Okay. Nimm das Schlüsselmäppchen und komm zu mir in die Grundschule. Alles Weitere sag ich dir später. Danke.« Er beendete das Gespräch.

»Sie haben es gefunden?«, staunte Frau Stenzel verunsichert.

»Das werden wir dann sehen, wenn wir den Schlüssel draußen ins Türschloss stecken können.«

»Und …?« Sie rang nach Worten. »Und wo … wo ist er aufgetaucht?«

»Darüber reden wir nachher weiter«, wehrte Linkohr ab. »Mal angenommen, Sie haben das Mäppchen Mitte der Sommerferien, nachdem Sie kurz hier in der Schule etwas zu erledigen hatten, wieder daheim in die Schublade zurück gelegt – gab es denn Personen, die Zugriff darauf hatten?«

»Was heißt ›Zugriff‹? Mein Mann natürlich und meine 13-jährige Tochter. Aber Sie glauben doch wohl nicht, dass einer von beiden den Schlüssel rausgenommen hat?«

Linkohr hatte mit gewissem Bedauern hören müssen, dass es einen Ehemann und sogar schon eine Tochter gab. Da war er chancenlos. Tausendmal hatte er sich schon vorgenommen, bei dienstlichen Gesprächen nicht in diese Richtung zu denken. Und obwohl er schon einmal kräftig auf die Nase gefallen war, als er seinen Gelüsten freien Lauf gelassen hatte, tat er sich zunehmend schwer damit, seine Gefühle bei der Vernehmung attraktiver Damen im Zaum zu halten.

»Als Schulleiterin kennen Sie sich in Rimmelbach sicher gut aus«, gab sich Linkohr versöhnlicher und ließ den Blick über einen großen Stundenplan streifen, der hinter dem Schreibtisch an der Wand hing und der ihn für einen Augenblick an seine eigene Grundschulzeit erinnerte. Vormittags Unterricht, nachmittags offenbar viele wöchentlich wiederkehrende Termine, stellte er fest. Nur an zwei Nachmittagen waren die Spalten leer, dienstags und freitags.

»Ganz so gut kenne ich mich auch nicht aus«, holte ihn die Stimme Stenzels wieder aus den Gedanken zurück. »Ich bin seit fünf Jahren hier. Ich komme eigentlich aus Biberach und war einige Jahre in Schwäbisch Gmünd tätig. Mein Kenntnisstand, was die Bevölkerung anbelangt, beschränkt sich auf die Eltern der Schüler. Und das sind nicht gerade viele – obwohl wir hier auch noch Kinder aus zwei umliegenden Gemeinden haben.«

Linkohr nickte. »Aber die wichtigsten Leute kennt man doch.«

Wieder glaubte Linkohr, in Karin Stenzels Gesicht ein Zucken bemerkt zu haben. »Wichtige Leute«, wiederholte sie. »Den Bürgermeister, den Pfarrer, ja. Aber so viele wichtige gibt's hier nicht.«

»Auf dem Land sind das oft ganz gewöhnliche Leute, die sich, warum auch immer, für ›großkopfet‹ halten, wie man im Schwäbischen sagt«, entgegnete Linkohr.

»Da mögen Sie recht haben. Aber so arrogante Neureiche kann ich hier in Rimmelbach nicht entdecken.«

»Hm«, machte Linkohr, »auch der Mompach nicht?«

»Der Mompach?«, empörte sie sich. »Wie kommen Sie denn ausgerechnet auf den?«

Nachdem Sander seinen Artikel über den fragwürdigen Selbstmord geschrieben hatte und die Sekretärin bereits gegangen war, weihte er die Kollegen in die vertrauliche Information über den Pfarrer von Rimmelbach ein. Sie versammelten sich, wie üblich, an einer der Schreibtischgruppen, um stehend, sitzend und an Schränken lehnend über das weitere Vorgehen zu beraten. Sander hatte zu bedenken gegeben, dass radio7 bereits recherchiere, weshalb sich die Frage stelle, ob und wie die vergleichsweise kleine Regionalzeitung das sensible Thema schon zu diesem Zeitpunkt aufgreifen solle. Zunächst machte sich betretenes Schweigen breit. Allen in dieser Runde war klar, dass eine Veröffentlichung, wann auch immer, für den Pfarrer schwerwiegende Folgen haben würde. »Und was sich hinter dem anonymen Hinweis ›sexuell vergangen‹ verbirgt, lässt sich schwer abschätzen«, fügte er an. Man könne aber nach dem Verhalten des Staatsanwalts davon ausgehen, dass es sich nicht nur um ein Gerücht handle. Redaktionsleiter Kauz strich sich übers Kinn, das ein dünner Dreitagebart zierte. »Muss befürchtet werden, dass diese Geschichte in irgendeinem Zusammenhang zu Ihrer Hochsitz-Story steht?«

Sander zuckte mit den Schultern. »Keine Ahnung. Mehr als das, was ich von der Radiokollegin erfahren habe, weiß ich nicht.«

Einer aus der Runde meinte forsch: »Wenn die Jungs von ›Bild‹ davon Wind kriegen, ist sowieso die Hölle los.«

»Wo liegt überhaupt das Rimmelbach?«, fragte die Kulturredakteurin dazwischen.

»Wie?« Sander staunte nur kurz über diese Frage, sah es der Kollegin aber nach, dass sie als Feuilleton-Journalistin natürlich nicht jedes Dorf auf der Alb kannte.

Er verkniff sich deshalb eine Stichelei und antwortete ruhig: »Hinter Böhmenkirch.«

»Ein kleines Kaff«, ergänzte der Redakteur, der fürs Umland zuständig war. »Wenn an der Sache was dran ist, braucht man doch nur mal hinzufahren und sich umzuhören. Wahrscheinlich schwirren schon tausend Gerüchte durchs Dorf.«

Kauz nahm eine Haltung ein, die bei ihm aufmerksames Zuhören und Nachdenken verriet: Er stützte sich lässig mit einem Fuß an der Kante einer Schreibtischplatte ab, während er auf dem anderen Bein balancierte, den Kopf in die rechte Hand sinken ließ und das Gewicht mit dem Ellbogen auf den Oberschenkel ableitete. »Ich schlage vor, wir versuchen's morgen noch mal bei der Staatsanwaltschaft, und wenn dabei nichts herauskommt, rufen wir den Bürgermeister an.«

»Bei dem waren wir heute schon«, erklärte Sander, »allerdings noch bevor ich bei der Pressekonferenz davon erfahren habe.«

»Wir könnten doch den Pfarrer direkt anrufen«, meinte eine Jungredakteurin.

»Das würde ich zum jetzigen Zeitpunkt noch nicht tun«, entgegnete Kauz. »Wir werden ihn natürlich mit der Anschuldigung konfrontieren, falls es eine geben sollte. Aber wir müssen zuerst Klarheit haben.«

Sander stellte zufrieden fest, dass der Mann sich seiner Verantwortung bewusst war. Situationen wie diese kamen in einer kleinen Redaktion nicht oft vor. Umso sensibler mussten sie angegangen werden. Es war für die Kollegen in den bundesweit erscheinenden Blättern ein Leichtes, über einen Skandal zu berichten, der sich irgendwo weit draußen in der Provinz ereignet hatte. Doch die Journalisten vor Ort, die hautnah mit den Betroffenen zusammenkamen, mussten wesentlich mehr Gespür für die menschliche Tragik aufbringen, die hinter solchen Geschehnissen stand. Sie vollführten dabei einen waghalsigen Spagat: Berichteten sie zurückhaltend, wurde ihnen vorgehalten, keinen Mut zu haben und die Wahrheit zu vertuschen, schilderten sie hingegen jedes Detail, hieß es wiederum, sie seien ›schlimmer als die Boulevardzeitungen‹.

»Ich werde morgen versuchen, meine Quellen bei der Polizei anzuzapfen«, sagte Sander schließlich.

Die Kollegen nickten. Einer der älteren meinte sachlich: »Wir können die Geschichte erst veröffentlichen, wenn wir von offizieller Seite eine Bestätigung haben. Und selbst dann müssen wir überlegen, wie wir die Sache behandeln. Denn ein Ermittlungsverfahren sagt ja noch lange nichts über Schuld oder Unschuld aus. Und glaubt mir: Selbst wenn sich hinterher herausstellt, dass da nichts dran ist, wird an dem Mann was hängen bleiben.«

Ein eher stiller Kollege strich sich die langen grauen Haarsträhnen aus dem Gesicht. »Es soll ja schon Fälle gegeben haben, da wurden Leute durch die öffentliche Vorverurteilung in den Selbstmord getrieben.«

»Aber wenn was dran ist, dürfen wir nicht hinterm Berg halten«, warf ein anderer ein, der an Körpergröße fast alle überragte und jetzt sein Wissen über den Streit um die Pfarrerstelle einbrachte: »Rimmelbach, das wisst ihr doch alle, ist in Bezug auf den Kugler ziemlich zerstritten. Wir haben schließlich letztes Jahr ausführlich über den Zoff da oben berichtet. Ich denke, wir sollten der Sache ernsthaft nachgehen und nicht mehr lange drum herumreden.«

Keiner wollte etwas dazu sagen.

Karin Stenzel war nach der Irritation, die ihr Linkohr mit der Frage nach dem Schlüssel beschert hatte, wieder etwas gesprächiger geworden. Sie bestätigte, dass Mompach als Großbauer eine dominante Rolle im Ort spiele. »Er mischt sich in alles ein, auch in schulische Belange«, sagte sie und musterte den Kriminalisten. Linkohr deutete dies als gewisses Interesse an seiner Person.

»Wie äußert sich dieses Einmischen?«, fragte er leicht verlegen.

»Er ist stellvertretender Bürgermeister, müssen Sie wissen. Er kann zwar keinen Einfluss auf die Lehrpläne nehmen, aber auf die Ausstattung der Schule.«

»Wie muss man das verstehen?«

Sie überlegte, ob sie überhaupt befugt war, sich dazu zu äußern. »Seit einigen Wochen mäkelt er daran herum, ob es notwendig sei, ausgerechnet den Religionsunterricht in dem neu renovierten Klassenzimmer abzuhalten, während gleichzeitig eine andere Klasse für ihren Deutschunterricht im hinteren Gebäudeteil untergebracht werde, der seiner Ansicht nach dafür völlig ungeeignet sei. Inzwischen hat er schon einige Eltern auf seiner Seite ...«

Linkohr nahm es als eine der üblichen Querelen zur Kenntnis, wie sie in den Dörfern oftmals in Ermangelung anderer Probleme hochgekocht wurden.

Es klopfte an der Tür und noch bevor die Rektorin etwas sagen konnte, stand Vanessa vor ihnen. Linkohr zeigte sich freudig überrascht und stellte die Polizeistudentin seiner Gesprächspartnerin vor.

»Ich habe gedacht, ich bringe dir das Ding gleich selbst vorbei«, lächelte Vanessa und überreichte Linkohr einen Plastikbeutel, in dem sich das blaue Schlüsselmäppchen befand.

Karin Stenzel, die zur Begrüßung der jungen Frau aufgestanden war, besah sich das mitgebrachte Objekt gleich aus der Nähe. »Woher haben Sie das?«

»Ist es Ihres?«, fragte Linkohr zurück. Er spürte ihre Aufregung.

»Es ist meines«, antwortete die Rektorin unterkühlt und stöckelte wieder hinter ihren Schreibtisch zurück.

Linkohr reichte den Beutel an Vanessa weiter, die sich einen Besucherstuhl herangezogen hatte.

»Ich hab es wohl irgendwo verloren«, durchbrach Frau Stenzel die entstandene Stille.

»Vermutlich verloren«, knüpfte Linkohr an, wohl wissend, dass das Gespräch für die Rektorin jetzt eine unangenehme Wende nehmen konnte. »Und jemand hat's gefunden.«

»Weiß man denn, wo und wer?« Sie sah die beiden Besucher nacheinander kritisch an.

»Wir können Ihnen nur sagen, in wessen Besitz der Schlüssel zuletzt war«, erklärte Linkohr ruhig. »Nämlich bei Herrn Max Hartmann.«

»Bei …?« Ihr Atem stockte. »Bei ihm?«

»Ja, bei ihm«, trumpfte Linkohr auf, während ihm Vanessa unauffällig zublinzelte. »Bei ihm daheim. Es ist uns nur aufgefallen, weil es der einzige Schlüssel war, der an diesem Mäppchen dranhing und der nicht zu Hartmanns Haus passte.«

Aus dem Gesicht der Frau war alle Farbe gewichen. »Dann hat er es irgendwo gefunden«, fasste sie sich wieder. »Wahrscheinlich ist mir das Mäppchen hier vor dem Haus rausgefallen, als ich ins Auto gestiegen bin.«

»So kann es gewesen sein«, räumte Linkohr ein und ließ ein paar Sekunden verstreichen. »Sie könnten ihn aber auch bei anderer Gelegenheit verloren haben.«

»Bei anderer …? Ja, natürlich, ich hab ihn oft nur in die Jackentasche gesteckt. Wer weiß, wo er mir rausgeflutscht ist. Vielleicht beim Bäcker …«

Linkohr sah kurz zu Vanessa und riskierte einen gewagten Vorstoß: »Oder Sie hatten eine Begegnung mit Herrn Hartmann.«

Karin Stenzels Stimmung wandelte sich mit einem Schlag. »Jetzt hören Sie mal zu, Herr Linkohr. Ist das, was Sie hier treiben, ein Verhör oder was? Man könnte fast meinen, Sie wollten mir ein Verhältnis mit Herrn Hartmann andichten.«

»Verzeihen Sie«, entgegnete Linkohr schnell, denn er spürte, dass er möglicherweise einen Schritt zu weit gegangen war. »Das wollte ich in keinster Weise sagen«, log er deshalb. »Es könnte doch sein, Sie haben Herrn Hartmann irgendwo getroffen, wie dies in so einem kleinen Ort vermutlich mit vielen Menschen geschieht – und dabei könnte der Schlüssel verloren gegangen sein.«

»Dann hätte er ihn mir aber wohl auch gleich wieder zurückgegeben, oder?«

Jetzt sah Vanessa die Gelegenheit dafür gekommen, von Frau zu Frau zu sprechen. In ihrem Studium hatte sie gelernt, dass es Sinn machte, im richtigen Moment weibliche Intuition in eine Vernehmung einfließen zu lassen. »Wir Frauen neigen ja manchmal auch dazu, unsere Handtaschen etwas zu stark zu beladen«, lächelte sie verständnisvoll. »Dann holt man ein Taschentuch raus, ein Deo oder etwas anderes – und schon fällt was zu Boden. Das kann überall passieren. Vor dem Haus oder einfach beim Gehen. Wenn sich mein Kollege dafür interessiert, wo Sie den Schlüssel verloren haben könnten, dann doch nur, weil er sich mit dem persönlichen Umfeld von Herrn Hartmann befassen muss.«

Karin Stenzel schien für diese beruhigenden Worte dankbar zu sein. »Ich möchte Sie ganz herzlich bitten, mich in diese Sache nicht reinzuziehen.« Sie sah nur Vanessa an. »In so einem kleinen Dorf machen schnell Gerüchte die Runde, wenn Sie verstehen, was ich meine. Ich habe Familie und hier eine Aufgabe, die mich erfüllt. Da kann ich es mir nicht leisten, in ein schiefes Licht zu geraten.«

»Es liegt uns fern, Sie in ein schiefes Licht zu rücken«, entgegnete Linkohr besänftigend. »Niemand wird Ihnen wegen des Schlüssels unterstellen, ein Verhältnis mit Herrn Hartmann gehabt zu haben.« Er hatte während der vergangenen Minuten überlegt, ob er eine solche Formulierung ins Spiel bringen sollte. Doch nun hatte sie es ja selbst gesagt.

Und dass dieses Wort seine Wirkung nicht verfehlte, bewies ihm Frau Stenzels erneute emotionale Reaktion: »Was sagen Sie da? Wie kommen Sie überhaupt auf die Idee, so etwas zu denken?«

Die beiden Besucher antworteten nichts. Durch die Stille noch mehr verunsichert, versteinerte sich das blasse Gesicht der Rektorin. »Oder gibt es da etwas, das Sie mir verheimlichen?«

5

Kugler fühlte sich psychisch am Ende. Dabei war erst ein einziger Tag vergangen, seit ihm dieser Kriminalist eröffnet hatte, was gegen ihn vorlag. Erst ein einziger Tag. Wie würde er den Gottesdienst am Sonntag durchstehen? Zwar kamen erfahrungsgemäß nur zwei oder drei Dutzend ältere Leute – angeblich viel weniger, als bei seinem Vorgänger –, aber wer von denen würde schon etwas wissen? Machten bereits Gerüchte die Runde? Vielleicht ließen sie ihn schon gar nicht mehr in die Kirche. Womöglich hatte Mompach als stellvertretender Vorsitzender des Kirchengemeinderats schon davon erfahren und heimlich die Bevölkerung gegen ihn mobilisiert. Ganz sicher beriet bereits der Oberkirchenrat über das weitere Vorgehen.

Es war doch nur noch eine Frage der Zeit, bis etwas an die Öffentlichkeit sickerte. Vielleicht würde sogar Manuel selbst voller Stolz seinen Mitschülern berichten, dass er bei der Kriminalpolizei eine Aussage gemacht hatte. Erfahrungsgemäß waren es doch meist die stillen und verschlossenen Kinder, die mit außergewöhnlichen Ereignissen plötzlich zu prahlen begannen, um sich in den Mittelpunkt stellen zu können.

Es war kurz nach 17 Uhr, als Kugler die Anwaltskanzlei in Geislingen betrat, die er bislang nur vom Hörensagen gekannt hatte. Eine freundliche Empfangsdame führte ihn ein Stockwerk höher zu dem zuständigen Juristen. Der sprang von seinem Schreibtisch auf, stellte sich als Jürgen Schaufler vor und bot seinem neuen Mandanten einen Platz auf einer Ledercouch an, während die Sekretärin bereits zwei Tassen Kaffee hereinbrachte und wieder verschwand.

Schaufler zog sich einen schweren Ledersessel an den Couchtisch, auf dem bereits einige Akten lagen. »Ich habe mir einige Protokolle kommen lassen«, sagte der Mann, der auf Kugler einen agilen und sportlichen Eindruck machte.

»Entschuldigen Sie, wenn ich etwas nervös bin, aber Sie können sich denken, dass mich die Sache ziemlich mitnimmt«, begann der Pfarrer. »Sie sind sozusagen meine letzte Hoffnung.« Er hatte Mühe, die richtigen Worte zu finden. »Ich kann nur sagen: Da war nichts. Absolut nichts.« Kugler saß verkrampft vor dem Juristen, nach vorne gebeugt, die Unterarme auf die Schenkel gestützt.

»Im Moment ist es nicht mehr als eine Anschuldigung, für die es nur die Aussage dieses Buben gibt, aber keine Beweise«, fasste Schaufler seine bisherigen Erkenntnisse zusammen.

»Weiß man denn schon etwas über die Aussage dieses Kindes?«

»Nur so viel, dass dieser – Manuel heißt er, glaube ich – wohl wiederholt hat, was seine Mutter zu Protokoll gegeben hat.«

»Aber da muss es doch eine Möglichkeit geben, ihm nachzuweisen, dass er lügt. Das ist ein reines Hirngespinst von ihm.« Kugler konnte seine innere Unruhe nicht mehr verbergen, obwohl er sich zu keinen emotionalen Äußerungen hinreißen lassen wollte. Aber hier ging es nicht um die Probleme eines Gemeindemitglieds, derer er sich an seinen früheren Wirkungsorten oft genug hatte annehmen müssen. Jetzt war er selbst der Betroffene, der dringend Beistand brauchte.

»Es wird ein psychologisches Gutachten geben«, erwiderte Schaufler sachlich. »Dazu wird das Kind vermutlich zu einer ausgiebigen Exploration in eine Klinik gehen müssen.«

»Das heißt, dies alles zieht sich lange hin«, konstatierte Kugler erschöpft.

»Wir werden uns auf eine längere Verfahrensdauer einstellen müssen. Es sei denn, Mutter oder Kind rücken von ihren Angaben ab.«

»Aber die Staatsanwaltschaft kann dies doch nicht alles so einfach hinnehmen«, zeigte sich Kugler verständnislos. »Die Kripo muss die Hintergründe ermitteln. Warum das Kind so etwas behauptet und weshalb die Mutter ihm das glaubt.«

»Das gestaltet sich schwierig, Herr Kugler. Es gibt keine Zeugen.« Der Anwalt blätterte in seinen Akten.

»Wie sollte es die auch geben, Herr Schaufler? Da war nichts. Gar nichts. Alles, was der Bub sagt, ist seiner Fantasie entsprungen.«

»Davon gehe ich aus«, sagte Schaufler, um seinem Mandanten das Gefühl zu geben, ihm voll und ganz zu glauben.

»Man muss doch feststellen können, ob Manuel zu solchen Lügengeschichten neigt.«

»Das wird sicher geschehen. Nur sollten wir uns damit zufriedengeben, wenn die Ermittlungen möglichst diskret erfolgen. Das muss in unserem Interesse liegen. Ich geh mal davon aus, dass bisher nichts nach außen gedrungen ist.«

»Wer kann das schon wissen?«, entgegnete der Pfarrer. »Das wird nicht mehr lange dauern. Spätestens, wenn die Kripo bei der Rektorin unserer Schule auftaucht, wo ich Religionsunterricht gebe, brechen alle Dämme. Wissen Sie denn, wie das ist: durch das Dorf zu gehen und nicht zu wissen, was die Leute bereits über Sie reden? Am Sonntag den Gottesdienst zu halten und Angst haben zu müssen, dass da einer aufsteht und mich des Kindesmissbrauchs bezichtigt.«

»Wie würden Sie das Verhältnis zu Ihren Gemeindemitgliedern beschreiben?«, zeigte sich Schaufler interessiert.

»Ich weiß nicht, ob Sie von den monatelangen Querelen in der Zeitung gelesen haben, als es um die Besetzung dieser Pfarrerstelle ging.«

»Nein, das ist mir nicht geläufig.«

»Als mein Vorgänger wegging, vor etwa eineinhalb Jahren, konnten sich die sechs Mitglieder des Gemeinderats nicht mit meiner Bewerbung anfreunden. Ich war bis dahin im Großraum Stuttgart und wollte aufs Land, weil mir die Sorgen und Nöte der kleinen Landwirte am Herzen liegen. Und Sie dürfen mir glauben, das ist bis heute so.«

Schaufler überlegte kurz, was damit gemeint sein könnte: »Dass die Kleinen ihre Landwirtschaft aufgeben müssen und von den Großen geschluckt werden?«

»Genau das meine ich damit. Die Menschen, die mit ihrer Hände Arbeit dafür sorgen, dass wir alle genügend zu essen haben, werden behandelt wie der letzte Dreck. Ein menschenunwürdiges System hat ihnen selbst Lohn und Brot genommen. Und eine völlig falsche Subventionspolitik führt dazu, dass die ehrliche Produktion von Nahrungsmitteln keinen wirklichen Wert mehr darstellt. Die Folge von all dem ist, dass der kleine Landwirt bei diesem Preisdumping nicht mehr mitkommt.«

Schaufler nickte. »Dass Sie sich für die Kleinen einsetzen, hat man in Rimmelbach gewusst, als Sie sich dort beworben haben, nehme ich an.«

Sie nahmen beide einen Schluck Kaffee.

»Natürlich«, antwortete Kugler, »ich habe bei meinem Vorstellungsgespräch im Kirchengremium auch gar kein Hehl daraus gemacht. Ich bin immer für Ehrlichkeit. Ich sage, was ich denke, und bin nicht bereit, mich verbiegen zu lassen, nur weil ich jemandem gefallen will.«

»Womit Sie sich natürlich Feinde schaffen«, erkannte Schaufler als gewiefter Jurist.

»Ich war von Anfang an nicht beliebt, um es ehrlich zu sagen. Ich hatte geglaubt, die kleinen Bauern würden mich unterstützen. Aber genau das Gegenteil scheint der Fall zu sein.«

»Sie vermuten, dass man Sie auf heimtückische Art loswerden möchte?«

»Was glauben Sie, was mir seit gestern alles durch den Kopf geht, Herr Schaufler!«

»Aber die Mutter von Manuel, diese Frau …« Er musste in seinen Unterlagen nachsehen. »… diese Frau Sandra Kowick, die hätte eigentlich keinen Grund, Sie anzuschwärzen, oder?«

»Das ist es ja, was mich so sehr beschäftigt«, entgegnete Kugler. »Sie ist alleinerziehend, geschieden und lebt in eher ärmlichen Verhältnissen. Was soll sie für ein Interesse daran haben, ausgerechnet mich loszuwerden?«

Schaufler machte sich einige Notizen, ohne auf Kuglers Ausführungen einzugehen.

»Wer waren denn bei Ihrer Vorstellung als Pfarrer Ihre Hauptkontrahenten?«, wollte er stattdessen wissen.

»Mompach«, antwortete Kugler, ohne lange zu überlegen. »Er ist stellvertretender Vorsitzender im Kirchengemeinderat. Den Vorsitz hat üblicherweise der Pfarrer, also ich. Er hat über Wochen hinweg versucht, die Mehrheit des Gremiums gegen mich aufzuhetzen. Am Schluss hat ihm aber eine Stimme gefehlt.«

»Dieser Mompach ist demnach einer dieser Großgrundbesitzer, nehme ich an.«

»So kann man das sagen, ja.«

Schaufler überlegte. »Wie groß schätzen Sie den Einfluss dieses Mompach auf die Gesamtgemeinde ein?«

»Schwer zu sagen. Ich denke, dass der Ort eher gespalten ist. Die etwas Betuchteren dürften ihm zugetan sein.« Kugler gab seine verkrampfte Haltung auf und lehnte sich zurück. »Die anderen fühlen sich vielleicht mir zugetan. So Gott will.«

»Die Frau Kowick, so nehme ich an, ist demnach eher den Schwächeren zuzurechnen«, resümierte der Anwalt.

»Ganz sicher. Sie hangelt sich an der Sozialhilfegrenze entlang. Eine völlig unpolitische Frau, so, wie ich sie kennengelernt habe. Schafft bei Mompach und verdient sicher gerade so viel, dass sie sich über Wasser halten kann. Viel Zeit für ihren Buben hat sie nicht. Entsprechend verhaltensgestört ist der Manuel, davon bin ich überzeugt.«

»Sie arbeitet bei Mompach?«, vergewisserte sich der Anwalt.

»Ja, der Arnold, ihr Ex-Mann, hat sie wohl gleich nach der Geburt von Manuel schändlich im Stich gelassen. Sie hat das Sorgerecht für den Buben zugesprochen bekommen, aber er ist wohl kaum in der Lage, finanziell für sie und ihn aufzukommen. Mit der Trennung ist der Bauernhof den Bach runtergegangen.«

»An Mompach wahrscheinlich, oder?«

»Die Ländereien ja, nicht aber der Hof. Den hat er behalten, will ihn jedoch verkaufen und auswandern, wie man so hört.«

»Viel Zeit für den Buben hat die Frau Kowick demnach nicht. Sie sagen, er sei verhaltensgestört?«

»So würde ich das bezeichnen, ja. Er ist doch meist allein. Der Vater, also Arnold, kümmert sich nicht um ihn – und die Mutter ist, unter uns gesagt, weder zeitlich noch vom Intellekt her in der Lage, sich des Kindes angemessen anzunehmen.«

»Sie halten es also für denkbar«, überlegte der Anwalt, »dass der Manuel entgangene Zuneigung durch Wichtigtuerei kompensiert?«

»So ungefähr.«

»Dass Mompach dahintersteckt, um mithilfe des kleinen Buben letztlich Sie loszuwerden, halten Sie aber nicht für denkbar?« Der Anwalt machte sich wieder Notizen.

»Das ist mir heute Nachmittag auch schon durch den Kopf gegangen. Aber ich kann mich da nur wiederholen:

Ich glaube nicht, dass Mompach das Risiko eingeht, Frau Kowick oder gar ihren kleinen Manuel vor seinen Karren zu spannen und sie zwingt, eine solche Lügengeschichte der Polizei zu erzählen.« Kuglers Gesicht ließ ein Lächeln erahnen. »So etwas lässt sich nicht so leicht spielen, wie das in den Fernsehfilmen gezeigt wird. Das hier ist kein Spiel, sondern bitterer Ernst – und dazu bedarf es eines gewissen Intellekts, den ich bei Frau Kowick, wie gesagt, nicht erkennen kann. Sie wäre gar nicht in der Lage, so ein Lügenkomplott durchzustehen.«

»Vielleicht fällt es ja auch bald zusammen«, gab sich Schaufler optimistisch und wechselte das Thema: »Wie stellt sich der Bürgermeister zu den ganzen Querelen?«

»Der?« Kugler war für einen Moment konsterniert. »Der hält sich vornehm zurück. Ich habe den Eindruck, dass der sich nicht zwischen die Stühle setzen will. Der thront seit 17 Jahren im Rathaus, ist demnach schon zweimal wiedergewählt und kann in Seelenruhe seiner Pensionierung entgegensehen. So einer legt sich doch mit niemandem mehr an.«

»Jetzt gibt es da ja seit gestern diesen seltsamen Selbstmord«, zeigte sich Schaufler interessiert. »Noch weiß ich nicht sehr viel darüber. Aber man hört, dass dieser Viehhändler namens Hartmann freiwillig aus dem Leben geschieden ist. Und dass dies in seinem Wohnort Böhmenkirch, aber auch in Rimmelbach für gewisse Unruhe sorgt. Ich geh mal davon aus, dass es nur ein zufälliges Zusammentreffen ist von der Anzeige gegen Sie und dem Selbstmord?«

»Was soll ich dazu sagen?« Kugler war von dieser Frage überrascht. »Inzwischen halte ich alles für möglich. Denn wer nicht davor zurückschreckt, einen Menschen mit einer so ungeheuren Anschuldigung ins Verderben zu stürzen, dem ist auch ein Mord zuzutrauen.«

»Mord?«, wurde Schaufler hellhörig. »Wieso denn Mord?

Nach allem, was ich weiß, hat sich Hartmann selbst umgebracht.«

Kugler zuckte mit den breiten Schultern. »Entschuldigen Sie, ich weiß natürlich, dass nicht jeder Todesfall, den ein anderer verschuldet hat, ein Mord sein muss.«

Schaufler wollte nicht nachfragen. Als Jurist vermochte er sehr wohl zwischen den juristischen Definitionen eines Tötungsdelikts zu unterscheiden: Mord, Totschlag, Körperverletzung mit Todesfolge, fahrlässige Tötung – plus weitere Varianten.

»Immer gibt es aber einen Täter«, fügte er an.

»Wenn Sie sich da mal nicht irren«, gab Kugler zu bedenken.

Die Oktobernacht war kalt und dunkel. Eine dicke Wolkenschicht ließ dem fahlen Licht des zunehmenden Mondes keine Chance. Leichter Nieselregen nässte den Asphalt. Rimmelbach lag jetzt, kurz nach ein Uhr, in tiefem Schlummer. Nur einige Straßenlampen, die von der energiesparenden Nachtschaltung ausgenommen waren, erhellten die schwarz glänzenden Straßen. Dass eine dunkel gekleidete Gestalt, die ihre Kapuze tief ins Gesicht gezogen hatte, katzenartig durch eine Seitengasse huschte und mit den Schatten verschmolz, die Bäume, Gebüsch und Vordächer im Lampenlicht warfen, nahm niemand zur Kenntnis. Und selbst wenn hinter den schwarzen Fenstern noch jemand saß, den die Schlaflosigkeit plagte, würden diese Bewegungen im Schutz der finsteren Herbstnacht nicht wahrgenommen.

Arnold Kowick, der seit der Trennung von seiner Frau vor über fünf Jahren sein altes Bauernhaus allein bewohnte, wälzte sich unruhig im Schlaf. Den Abend hatte er wieder mal im ›Löwen‹ verbracht, wie so oft. Natürlich war der Selbstmord Hartmanns das einzige Thema gewesen. Inzwischen schossen die Gerüchte wie Pilze aus dem Boden und es schien, als wisse so ziemlich jeder in Rimmelbach etwas über Hartmanns Privatleben. Dabei hatte er gar nicht hier gewohnt, sondern drüben in Böhmenkirch. Aber seine beruflichen Kontakte zum Großbauern Mompach und die gelegentlichen Aufenthalte im ›Löwen‹ hatten ihm eine gewisse Popularität eingebracht – insbesondere aber auch, weil er als schillernde Persönlichkeit galt und man sich in dem konservativen Dorf schnell die Mäuler über ihn zerriss. Seine Kontakte nach Russland, über die er sich nie richtig ausließ, trugen das Ihre dazu bei, ihm ›halbseidene‹ Machenschaften zu unterstellen. Hinzu kam, dass er oft in Begleitung von Igor und dessen meist sehr aufreizend gekleideter Freundin Marina war, bei der es sich offenbar um eine Russin handelte. Dies alles sorgte am Stammtisch des ›Löwen‹ jetzt für reichlich Gesprächsstoff. Das beschauliche Landleben hatte einen bunten Farbtupfer bekommen. Man konnte sich so herrlich darüber empören, obwohl vielleicht im Grunde des Herzens der Wunsch schlummerte, auch einmal in solche Kreise hineinschnuppern zu dürfen.

Arnold hatte längst das Licht in seinem modrig riechenden Schlafzimmer gelöscht, doch auch die drei Halben Bier und die großzügig vom Wirt ausgegebene Runde Schnaps vermochten nicht, ihn gleich ins Land der Träume zu versetzen.

Stattdessen spukten all die Geschichten, die er über Hartmann gehört hatte, durch sein alkoholgeschwängertes Gehirn. Eigentlich kannte er ihn nur vom ›Löwen‹. Ansonsten war er ihm nie irgendwo begegnet. Er versuchte, sich an die Biertischgespräche zu erinnern, doch jetzt, einerseits müde, andererseits aufgewühlt und vom Alkohol benebelt, tat er sich schwer damit. Hartmann hatte zwar abenteuerliche Geschichten erzählen können, doch fragten sie sich oftmals, was davon Jägerlatein oder reine Erfindung war. Allerdings hatte sich der

Viehhändler mit Erzählungen über sein Privatleben zurückgehalten und es geschickt verstanden, die anderen um sich herum reden zu lassen. Vermutlich hatte Hartmann weitaus mehr von seinen Mit-Zechern erfahren als sie von ihm. Einige Male, dessen entsann sich Arnold noch besonders gut, hatte er Igor und dessen Freundin mit in den ›Löwen‹ gebracht. Die junge Frau war damals gleich im Mittelpunkt des Interesses gestanden, hatte sie doch allein durch ihre äußerlichen Reize bei allen am Stammtisch für einen beschleunigten Pulsschlag gesorgt. Es kam wohl nicht oft vor, dass in dieser urschwäbischen Kneipe ein junges Mädel auftauchte, das so viel Haut zeigte wie Marina.

Nur der Schorsch, der in seinem langen Leben als Wirt schon viel Sonderbares und Merkwürdiges erlebt hatte, war gelassen hinter seiner Theke geblieben. Noch heute erinnerte sich Arnold, wie Schorsch, süffisant lächelnd, das Balzverhalten der Männergesellschaft studiert hatte.

Insgeheim hatte sich natürlich auch Arnold gewünscht, Marina würde öfters auftauchen. Doch es war bei diesen wenigen Treffen geblieben. Igor wich später den immer wiederkehrenden Fragen nach Marina aus. Kein Wunder, dass man seither munkelte, sie sei gar nicht seine Freundin, sondern nur eine ›Dame auf der Durchreise‹ gewesen. Langsam vermischten sich in Arnolds Gedanken Realität und Träume zu einer angenehmen Geschichte, in der Marina in ihrem kurzen Kleidchen die Hauptrolle spielte. Es war ihm, als seien seine kühnsten Fantasien Wirklichkeit geworden. Er sah sie ins Schlafzimmer kommen und glaubte, hinter ihr die Tür ins Schloss fallen zu hören.

Und zwar so heftig, dass er jäh aus dem lustvollen Traum gerissen wurde. Als habe ein Regisseur diese erotische Szene gestoppt, weil die Darsteller versagt hatten.

Arnold war mit Herzjagen aufgewacht. Hatte er es nur

geträumt? Natürlich. Marina war nicht da. Aber dieses Zuschlagen der Tür?

Arnold hob seinen Oberkörper aus den Kissen und lauschte in die Nacht. Ein altes Haus, das wusste er, war voll merkwürdiger Geräusche. Das Gebälk konnte unter dem Einfluss von Wärme und Kälte knarzen und ächzen, Wasserleitungsrohre dehnten sich aus oder zogen sich zusammen – und außerdem gab es in den Herbstwochen jede Menge Kleingetier, das durch Ritzen und Spalten im bröselnden Mauerwerk und im löchrigen Dachstuhl ins Innere des Hauses eindrang, um sich ein Winterquartier zu suchen.

Er knipste die Lampe auf dem Nachttisch an. Das Display seines Weckers zeigte 1.38 Uhr. Der Blick streifte an dem antiken Kleiderschrank entlang, der noch aus Großmutters Zeiten stammte. Daneben warf die ebenso alte Metallklinke der Schlafzimmertür einen bizarren Schatten. Hatte sie sich bewegt? Versuchte jemand, sie vorsichtig nach unten zu drücken? Arnolds Pulsschlag beschleunigte sich noch mehr. Er saß wie erstarrt im Bett und konnte die Augen nicht mehr von der Klinke wenden.

Nein. Es war nur Einbildung. Ihn hatte der Schatten irritiert, den die Klinke im schräg einfallenden Lampenlicht warf.

Arnold spürte trotzdem, wie ihn der Schreck jetzt nahezu lähmte – an Körper und Geist. Aufspringen, Tür aufreißen? Tausend Gedanken jagten durch seinen Kopf. Um Hilfe rufen? Nein, natürlich nicht. Außerdem hatte er weder das Mobilteil des Festnetztelefons noch sein Handy mit ins Schlafzimmer genommen.

Wenn jemand ins Haus eingedrungen war, womöglich durch die angebaute Scheune, gelangte er ziemlich problemlos in die Erdgeschosswohnung. Arnold drehte den Kopf langsam zum Fenster, vor dem er zwar die Vorhänge zugezogen, nicht aber die Fensterläden geschlossen hatte. Das Licht seiner Lampe zeichnete sich somit draußen, an der Rückseite des Gebäudes, weithin sichtbar ab.

Er könnte notfalls aus dem Fenster springen und flüchten.

Wieder wanderte sein Blick zur Tür. Er wagte kaum zu atmen, obwohl sein rasendes Herz nach Sauerstoff verlangte. Doch jedes Schnaufen, so hämmerte es in seinem Kopf, könnte ihn verraten.

Was natürlich Unsinn war. Denn falls jemand im Flur lauerte, musste dieser Eindringling ohnehin davon ausgehen, dass das Haus bewohnt war.

Oder hatte es der Einbrecher gar nicht auf Beute, sondern auf ihn persönlich abgesehen?

Als liefe in rasantem Tempo ein Film vor seinem geistigen Auge ab, so musste er jetzt an all die vielen Ungereimtheiten denken, die es in seinem Leben gab. An seine Exfrau Sandra und den kleinen Manuel. Früher oder später würde ohnehin alles auffliegen. Das Lügengebilde würde wie ein Bumerang auf ihn zurückkommen und ihn mit Urgewalt treffen. Vielleicht war es jetzt schon so weit. Jetzt, in dieser Nacht.

Arnold beschloss, im Zimmer zu bleiben. Er knipste die Nachttischlampe vorsichtig aus und verkroch sich zitternd und frierend unter seiner Bettdecke. Er lauschte angestrengt in die stockfinstre Nacht. Falls die Tür aufging, würde er sich schlafend stellen. Was aber, wenn es dieser Einbrecher tatsächlich auf ihn abgesehen hatte? Wenn da jemand war, der sich rächen wollte? Jemand, der die Konfrontation suchte? Jemand, der ihn vor dem Haus beobachtet hatte, als er vom ›Löwen‹ zurückgekehrt war?

Sein Herzschlag pulste in den Ohren und schien jegliches Geräusch zu übertönen. Wieder verstrich eine quälende, schier endlose Zeitspanne. Hatte er sich alles nur eingebildet? War sein Nervenkostüm in den vergangenen Tagen so dünn geworden? Doch dann ein Knacken. Nur kurz und kaum vernehmbar. Kam es aus dem Gebälk oder hatten die Holzdielen draußen auf dem Flur unter schleichenden Schritten geknarzt? Seine Augen starrten in die Schwärze. Wenn jetzt die Tür aufging, musste er reagieren. War es tatsächlich angeraten, sich schlafend zu stellen?

Nein, überkam es Arnold in diesem Zustand von Panik und Todesangst, er würde sich nicht wehrlos abschlachten lassen. Er würde aus halb geschlossenen Augen den Unbekannten fixieren und, wenn dieser nah genug war, blitzartig aus dem Bett springen und ihn in einem Überraschungsangriff niederschlagen.

Das würde natürlich nur gelingen, wenn dieser Fremde ihm kräftemäßig unterlegen war.

Arnolds ganzer Körper hatte sich bereits auf diese Abwehr eingestellt. Sämtliche Muskeln waren bis zum Äußersten gespannt.

6

An diesem Donnerstagvormittag sah es ganz danach aus, als würde das bevorstehende Wochenende ins Wasser fallen. Häberle hatte seine Frau Susanne schon mal vorsichtig darauf vorbereitet. Doch sie hatte sich in den über 35 Ehejahren damit abgefunden, dass ihm sein Beruf unerwartete Einsätze bescherte. Und er war ihr unendlich dankbar für dieses Verständnis. Zwar hatte sein direkter Vorgesetzter keine Sonderkommission für notwendig erachtet. Aber solange nicht eindeutige Klarheit darüber bestand, wer bei Hartmann im Hochsitz gewesen war, bedurfte es weiterer Ermittlungen. Und zwar möglichst schnell.

»Es gibt inzwischen unzählige Gerüchte«, konstatierte sein Vorgesetzter Jürgen Klauber. »Deshalb müssen wir unter allen Umständen vermeiden, dass uns hinterher nachgesagt wird, wir hätten den Fall auf die leichte Schulter genommen.«

Klauber war zu den Kollegen nach Geislingen gekommen, um die Angelegenheit in kleinem Kreise zu besprechen. Dazu hatte er auch Martin Wissmut vom Dezernat Sexualstraftaten gebeten, der diesem Wunsch allerdings nur widerwillig gefolgt war, weil er um elf Uhr einen Termin mit der Schulleiterin in Rimmelbach anberaumt hatte.

Klauber bemerkte Wissmuts Verstimmung und bat um Verständnis. »Ich kann momentan auch noch nicht abschätzen, ob das eine mit dem anderen was zu tun hat.«

»Kann ich mir kaum vorstellen«, brummte Wissmut, der sich auf einen unbequemen Holzstuhl gesetzt hatte.

Linkohr saß mit verschränkten Armen lässig auf der Schreibtischkante. »Als Außenstehender tut man sich schwer, die Konflikte und Beziehungskisten in diesem Dorf zu durchschauen.«

Häberle war mit der ganzen Fülle seines Körpers in den ächzenden Schreibtischstuhl gesunken und wandte sich an Wissmut: »Was genau wird denn deinem Pfarrer vorgeworfen?«

Wissmut, der mit Klauber am Besprechungstisch Platz genommen hatte, spielte nervös mit einem Kugelschreiber. »So wie es aussieht, kommt der Pfarrer aus dieser Nummer nicht ungeschoren raus. Der Bub – es ist dieser sechsjährige Manuel – hat bei der Vernehmung mit dem Doktor alles noch mal wiederholt, was seine Mutter bereits zu Protokoll gegeben hat. Der Doc will sich zwar noch nicht festlegen, weil er erst noch eine ausgiebige Exploration in der psychiatrischen Klinik abwarten möchte – aber was er so andeutet, lässt darauf schließen, dass er dem Buben glaubt.«

Häberle versuchte sich vorzustellen, was dies für den Theologen bedeutete. »Da möchte ich kein Richter sein.«

»Zeugen gibt es aber keine?«, hakte Klauber nach.

»Nein. Das soll sich nach einer Religionsstunde abgespielt haben. Die anderen Kinder hatten das Klassenzimmer schon verlassen. Ich bin natürlich gespannt, was mir die Schulleiterin nachher erzählt. Jedenfalls soll er den Buben in ein Gespräch verwickelt, ihn auf seinen Schoß hochgehoben und ihm in die kurze Hose gefasst haben.«

»Und dann?«, fragte Linkohr. »Hat sich der Bub gewehrt?«

»Ja, natürlich. Daraufhin hat ihn der Pfarrer wieder losgelassen.«

Klauber stellte fest: »Eine Sache von ein, zwei Minuten also.«

»Höchstens«, bestätigte Wissmut. »Aber der Tatbestand voll erfüllt.«

»Wie lässt sich der Pfarrer dazu ein?«

»Bestreitet vehement. Da sei nichts gewesen. Außerdem stellt er natürlich durchaus zu Recht die Frage, was es für einen Sinn gemacht hätte, so etwas in dieser Umgebung zu tun.«

Häberle nickte. »Diese Frage stellt sich in der Tat.« Er sah seinen Kollegen Wissmut stirnrunzelnd an. »Und was liegt sonst gegen den Gottesmann vor?«

»Nichts. Zumindest nichts, was strafrechtlich relevant ist. Sonderlich beliebt scheint er allerdings bei einem Teil seiner Schäfchen nicht zu sein. Es gab wohl ziemlichen Widerstand gegen seine Einsetzung als Pfarrer. Manchem dort oben sind seine Ansichten offenbar etwas suspekt. Er gilt als Revoluzzer.«

»Revoluzzer?«, echote Häberle. »Ein alter Achtundsechziger oder was?« Er rechnete kurz zurück. Es konnte durchaus sein, dass Kugler zu Zeiten der studentischen Rebellion damals eine tragende Rolle gespielt hatte.

»Ein Kämpfer für die kleinen Bauern. Ein Sozi halt, wie viele protestantische Pfarrer.«

Kurzes Schweigen. »Und was ist mit der Mutter von diesem Buben?«, wollte Häberle wissen.

»Armes Schwein«, erklärte Wissmut. »Geschieden. Alleinerziehend. Ihr Ex treibt sich im Dorf rum, hat Schulden und musste viele seiner Äcker verkaufen. Sie jobbt wohl im Hochsträßhof.«

»Okay«, wollte Häberle zum eigentlichen Thema kommen. »Das alles interessiert uns hier nur, wenn es einen Zusammenhang mit dem Hartmann gibt.«

»Und genau an diesen Zusammenhang glaube ich nicht«, konterte Wissmut entschieden. »Ich bin mir absolut sicher, dass das eine andere Baustelle ist.«

Klauber wollte es genau wissen: »Was macht Sie so sicher?«

Wissmut überlegte. »Naja, auf der einen Seite der kleine Bub, auf der anderen dieser angeblich große Geschäftsmann Hartmann, der nichts, aber auch gar nichts mit dem Pfarrer zu tun hatte. Außerdem dürft ihr nicht vergessen, dass Hartmann in Böhmenkirch gewohnt hat und nicht in Rimmelbach. Er ist sicher nicht allzu sehr in den Dorfklatsch involviert gewesen.«

Klauber zeigte sich skeptisch. »Der Pfarrer hatte wirklich keine Kontakte zu Hartmann?«

Wissmut musste eingestehen, dass er dies bisher nicht in Erwägung gezogen hatte. »Okay«, gab er sich ertappt. »Wenn wir sichergehen wollen, müssten wir ihn eben explizit danach fragen.«

Häberle gefiel diese Art der Ermittlungen nicht, verkniff sich aber eine kritische Bemerkung. Wenn in einer so kleinen Ortschaft zur gleichen Zeit zwei Fälle bearbeitet werden mussten, bei denen völlig unklar war, ob es zwischen ihnen eine Verbindung gab, dann erschien es ihm dringend geboten, die Fäden an einer Stelle zusammenlaufen zu lassen.

Noch bevor er dies auf diplomatische Weise ausdrücken konnte, kam ihm Wissmut zuvor: »Liebe Kollegen, ihr solltet euch wirklich nicht in etwas verrennen, das es nicht gibt. Hartmann hat sich eindeutig mit seiner eigenen Waffe erschossen. Daran hat auch der Pathologe in Ulm keinen Zweifel gelassen. Schusskanal von rechts unten in den Kopf, Haltung und Auffindesituation eindeutig.« Wissmut wurde ärgerlich. Er hatte die Ermittlungsprotokolle überflogen. »Mein Gott, dass es da Dreck an der Leiter gab und er vielleicht Damenbesuch erwartet hat, das muss doch nicht gleich auf ein Verbrechen hindeuten. Wer hat nicht mal dreckige Schuhe? Auch der Kugler ist gestern Nachmittag mit schmutzigen Schuhen dahergekommen.« Er sah in erstaunte Gesichter. »Vielleicht ist auch eine Dame, die den Hochsitz raufgeklettert ist, im strömenden Regen zum Rendezvous erschienen – und dann aber gleich wieder gegangen, weil es ihr dort oben zu kalt und ungemütlich war. Und danach hat sich Hartmann erschossen.« Er überlegte. »Oder er hatte sich bereits erschossen und lag schon in seinem Blut.«

»Aus Liebeskummer«, ergänzte Linkohr zynisch. »Einfach so.«

Häberle entspannte die Situation mit einer ironischen Bemerkung: »Wenn das die einzige Konsequenz ist, hätte sich unser Kollege Linkohr schon zehnmal erschießen müssen.«

Linkohr sah seinen direkten Vorgesetzten säuerlich an. Zu einer Erwiderung kam er nicht mehr, weil in diesem Moment Häberles Telefon einen schrillen Ton von sich gab. Er meldete sich, lauschte und legte schnell wieder auf. »Es gibt schon wieder Arbeit – in Rimmelbach.«

Kugler hatte auch in dieser Nacht so gut wie nicht geschlafen. Er war sogar – ohne dabei von seiner Frau Franziska bemerkt worden zu sein – für eine halbe Stunde draußen gewesen, um die feucht-kühle Oktoberluft der Schwäbischen Alb in sich aufzusaugen. Er hatte vom Garten des Pfarrhauses aus den klaren Sternenhimmel auf sich wirken lassen, den Großen Wagen und den Polarstern – die einzige Konstellation am Firmament, die er auf Anhieb fand. Zweimal waren ganz weit oben lautlos zwei Flugzeuge vorbeigezogen. Kugler hätte sich gerne zu ihnen hinaufgewünscht, um alles zurückzulassen, was ihn so sehr quälte. Es kam ihm das Lied von Reinhard Mey in den Sinn, der einst gesungen hatte, dass über den Wolken die Freiheit wohl grenzenlos sei. Eine Zeile aus diesem Lied war ihm schon als jungem Mann treffend erschienen, ohne zu ahnen, wie sehr sie in seinem späteren Leben an Bedeutung gewinnen würde – wenn es da hieß: Und was uns groß und wichtig erscheint, wird plötzlich nichtig und klein. Aber so einfach war das nicht. Der Mensch konnte sich seinen Problemen nicht entziehen. Sie hafteten an ihm wie der eigene Schatten, vor dem es kein Entrinnen gab. Und im Zeitalter der allgegenwärtigen Kommunikation gab es vermutlich keinen Flecken mehr auf diesem Planeten, an dem man vor seinen Verfolgern sicher sein konnte.

Er fühlte sich wie ein Ausgestoßener, wie einer, den die menschliche Gemeinschaft nicht mehr wollte. Dabei war noch gar nichts an die Öffentlichkeit gedrungen. Ganz bestimmt nicht. Oder vielleicht doch? Die halbe Nacht hatte er darüber gegrübelt. Wann würde etwas davon in der Zeitung stehen? Früher als gewohnt ging er zum Briefkasten, um die neueste Ausgabe herauszuziehen. Schnell griff er zum Lokalteil und blätterte noch im Flur die paar Seiten durch, auf denen das Neueste aus den Landgemeinden zu lesen war. Nichts. Er schickte ein Dankgebet zum Himmel, ging ins Esszimmer und legte die zusammengefaltete Zeitung auf einen Stuhl. Dann stützte er sich mit den Armen auf dem Fenstersims ab und starrte hinaus in den dichten Nebel des Oktobermorgens. Dass Franziska ins Zimmer kam, bemerkte er nicht. Deshalb erschrak er, als er ihre Stimme ganz nah bei sich vernahm: »Dieter, hab doch Vertrauen in den, dem zu Ehren du am Sonntag in die Kirche gehst.«

Sie sprach genau das an, was am meisten an ihm nagte: den Zweifel. Bisher war sein Glaube unerschütterlich gewesen. Aber wenn dieser Gott ihn nun im Stich ließ, ihn diesen Anfeindungen oder gar strafrechtlicher Verfolgung aussetzte, dann gab es dafür auch keine Bibelstelle, die ihn trösten konnte. Zumindest fiel ihm jetzt keine ein.

Er drehte sich nicht zu seiner Frau um, sondern sah plötzlich einen Streifenwagen der Polizei die Straße heraufkommen. Wieder überfiel ihn dieses schale Gefühl von Angst und Panik. »Schau mal, da«, war alles, was er mit trockener Kehle sagen konnte.

Franziska hatte eine Hand auf seine rechte Schulter gelegt

und zog mit der anderen Hand den Vorhang vollends auf. »Beruhige dich, Dieter. Du darfst einfach nicht hinter allem gleich etwas gegen dich Gerichtetes vermuten.«

»Das sagt sich so leicht«, murmelte er und beobachtete den Streifenwagen, der vor dem Pfarrhaus hielt. »Siehst du, sie kommen.« Seine Stimme klang so schwach, wie sie Franziska in all den Ehejahren nicht gehört hatte.

Tatsächlich hielt der weiß-blaue Mercedes an. Es stiegen zwei Uniformierte aus, die, ohne zu zögern, zur Eingangstür gingen. »Was hat der eine denn da in der Hand?«, fragte Kugler und deutete auf einen von ihnen.

Seine Frau kam näher ans Fenster, um den weißen, länglichen Gegenstand zu erkennen, den der Polizist vorsichtig trug. »Das ist doch eine Kerze. Eine Kerze aus unserer Kirche.«

Kugler sah es jetzt auch. Seine Knie zitterten wieder und die Falten in seinem aschfahlen Gesicht schienen noch tiefer geworden zu sein.

Als Häberle und Linkohr am Hochsträßhof eintrafen, parkten dort zwei Streifenwagen und ein Fahrzeug der Kriminalpolizei. Geislingens Revierleiter Manfred Watzlaff war ebenfalls vor Ort geeilt – wie er dies immer tat, wenn in seinem Zuständigkeitsbereich etwas Außergewöhnliches geschah. Er war wie Häberle ein Praktiker, der nichts davon hielt, sich bei der Beurteilung eines Sachverhalts nur auf Protokolle zu stützen.

Watzlaff mochte mit seinem Ansatz zum Bierbauch nicht gerade als sportlicher Typ erscheinen, doch wenn er auf sein Fahrrad stieg, war ihm keine Steigung zu steil und keine Strecke zu weit. Nach Feierabend konnte er durchaus mehr als 100 Kilometer im topografisch anspruchsvollen Gebiet der Schwäbischen Alb radeln. Voriges Jahr war er sogar mit einer Schar Gleichgesinnter über die Alpen bis nach Verona gestrampelt.

»Auf den ersten Blick ein klarer Fall von versuchter vorsätzlicher Brandstiftung, aber nur auf den ersten Blick«, konstatierte er, nachdem er die beiden Kriminalisten im Hof des großen landwirtschaftlichen Anwesens mit Handschlag begrüßt hatte. »Der Täter hat irgendwann im Laufe der Nacht eine Tür zur Scheune aufgebrochen und in die Nähe des Heus eine brennende Kerze gestellt.« Watzlaff deutete zu einem entfernteren Gebäudeteil und verzog das Gesicht zu einem ironischen Lächeln. »Aber er hat sich wohl gründlich verrechnet. Die Kerze war zu groß. Sie ist bis zum Morgen nicht weit genug runtergebrannt, um das Heu in Brand zu stecken. Als gegen halb sieben eine Angestellte gekommen ist, hat sie die brennende Kerze entdeckt.«

»Ziemlich dilettantisch dann ja wohl«, meinte Häberle. »Wenn du so was vorhast, musst du doch wissen, wie lang so ein Ding brennt.«

»Oder du willst die Hütte vielleicht nicht wirklich anzünden und nur so tun, als ob«, gab Watzlaff zu bedenken. Er war als Schnelldenker und scharfer Analytiker bekannt. »Normalerweise nimmt man ja auch irgendeine Kerze aus dem Supermarkt. Aber der Täter hat sich mit so was Profanem nicht begnügt. Es sieht nämlich danach aus, dass es so eine Kerze war, wie man sie in Kirchen verwendet.«

Häberle und Linkohr sahen sich verwundert an.

Arnold Kowick fühlte sich wie gerädert. Dass er diesen Morgen noch erleben würde, hatte er vor wenigen Stunden kaum zu hoffen gewagt. Auch nachdem auf dem Flur nichts auf die Anwesenheit eines Einbrechers hingedeutet hatte, war er bis zum Morgengrauen nahezu bewegungslos liegen geblieben. Sein Rücken schmerzte noch immer, doch als er im ersten

Tageslicht vorsichtig seine Wohnung inspizierte, stellte er erleichtert fest, dass dort niemand auf ihn lauerte. Dem Aufatmen folgte aber die sofortige Ernüchterung: Es war tatsächlich jemand da gewesen – jemand, der ein gekipptes Küchenfenster an der gegenüberliegenden Gebäudefront geschickt herausgewuchtet hatte. Kowick blieb beim Anblick des offenen Fensterflügels wie angewurzelt stehen, besah sich die ziemlich abgewirtschaftete Kücheneinrichtung und konnte nichts Ungewöhnliches feststellen. Er ließ die Tür angelehnt und ging die paar Schritte zum Wohnzimmer, wo ihn ein zweiter Schock überfiel: Jemand hatte offenbar in aller Eile nach etwas gesucht. Alle Türchen der dunklen Schrankwand, deren Design an die 70er- Jahre erinnerte, standen weit offen und gaben den Blick auf ganze Reihen von Aktenordnern frei. Schubladen waren herausgezogen, der Inhalt durchwühlt.

Kowick stockte der Atem. Er trat nur zögernd ein, als habe er Angst, dabei beobachtet zu werden. Nachdem sich das lähmende Entsetzen gelegt hatte, stellte er fest, dass das Interesse des Einbrechers offenbar nur dem Inhalt der Schrankwand gegolten hatte.

Kowick warf einen prüfenden Blick auf die anderen Gegenstände im Raum. Doch so, wie es aussah, fehlte nichts. Die Audioanlage war vollständig, der DVD-Rekorder an seinem Platz und auch die kleine digitale Videokamera lag unberührt neben dem Flachbildschirm.

Kowick ging vorsichtig auf die Schrankwand zu und besah sich die Rücken der ordentlich beschrifteten Aktenordner, die alle noch eng zusammengezwängt erschienen.

Dann jedoch stutzte er: In einem der Schrankfächer standen die alphabetisch sortierten Ordner nicht mehr eingeklemmt zwischen den Seitenwänden, sondern ungewöhnlich locker – als ob dort ein dünner fehlte. Kowick las die Aufschriften der anderen, um sich in Erinnerung zu rufen, welcher es war: Die Lücke klaffte zwischen ›Kabelanschluss‹ und ›Kisteneinkauf‹. Eine Schrecksekunde lang starrte er auf diese Reihe, überflog die Beschriftungen, suchte eine Reihe tiefer und eine Reihe drüber, doch dieser dünne Ordner war verschwunden. Sein Blutdruck schoss erneut in die Höhe. Er trat einen Schritt zurück, um nun die Ordner aller sechs Schrankfächer überblicken zu können, in denen er seine Akten, nach Stichworten alphabetisch geordnet, aufbewahrte. Vieles davon brauchte er nicht mehr, seit er die Landwirtschaft aufgegeben hatte, doch musste er den Schriftverkehr und all die Rechnungen und Lieferscheine zumindest so lange aufbewahren, wie es die Finanzbehörden vorschrieben.

Kowick war kreidebleich geworden. Wenn es jemand auf diesen einen Ordner abgesehen hatte, verhieß das nichts Gutes. Noch schlimmer: Unter diesen Umständen war es nicht angeraten, die Polizei zu verständigen.

Heiko Mompach schäumte vor Wut, als sich Häberle und Linkohr vorstellten. »Wenn ich den Sauhund erwische, schlag ich ihm den Schädel ein.«

»Nun mal langsam«, versuchte Häberle, ihn zu besänftigen.

»Was heißt da ›langsam‹?«, äffte ihn Mompach nach und öffnete den obersten Knopf seines blauen Hemdes, um sich Luft zu verschaffen. »Um ein Haar wäre mein Hof abgefackelt worden und Sie sagen, ich soll mal langsam machen.«

Polizeirevierleiter Watzlaff sah ihn verärgert von der Seite an, wobei seine buschigen Augenbrauen besonders grimmig hervortraten. »Seien Sie doch erst mal froh, dass nichts passiert ist. Vielleicht war es ja gar nicht die Absicht, Ihren Hof anzuzünden.«

»Gar nicht Absicht?« Mompachs Gesicht verfärbte sich tiefrot. »Sie glauben doch nicht im Ernst, man könnte eine

Kerze in den Heustadel stellen und hinterher sagen: Oh, tut mir leid, das hab ich gar nicht so gewollt.«

»So wie die Kerze aussieht, hätte es noch Stunden gedauert, bis sie niedergebrannt wäre und das Heu entzündet hätte«, konterte Watzlaff. »Da war doch klar, dass bis dahin längst jemand in die Scheune gekommen wäre.«

»Ach, vergessen Sie doch solche Theorien«, wurde Mompach giftig und winkte ab. »Sie haben ja gar keine Ahnung, was hier im Dorf so abgeht. Eine Hexenjagd wäre noch vergleichsweise harmlos.«

»So?«, zeigte sich Häberle interessiert. »Wer jagt denn wen?«

»Ich werde gejagt, Herr Kommissar. Ich. Die Zahl der Neider nimmt zu. Und zwar täglich.«

Linkohr fragte dazwischen: »Aber warum soll dies ausgerechnet jemand mit einer Kerze tun, die vermutlich aus der Kirche stammt?«

»Das sage ich Ihnen gerne: Weil ich im Kirchengemeinderat gegen den neuen Pfarrer gestimmt habe, bin ich hier der Buhmann. Darf man denn in einer Demokratie nicht mehr seine Meinung sagen?« Er vergrub seine Hände tief in den Taschen seines blauen Arbeitsanzugs.

»Sie vermuten aus diesem Grund einen Anschlag?«, hakte Häberle nach, während die beiden Uniformierten, die zum Pfarrer gefahren waren, wieder zurückkamen und dem Revierleiter zu verstehen gaben, dass die Kerze tatsächlich aus der Kirche stammte.

»Aber natürlich vermute ich einen Anschlag«, erwiderte Mompach und beobachtete die Streifenbeamten, die mit Watzlaff redeten. »Man will mich systematisch fertigmachen. Dabei habe ich dafür gesorgt, dass mancher kleine Bauer nicht pleitegegangen ist. Froh waren sie alle, dass ich ihnen Äcker oder ganze Höfe abgekauft habe, damit die Jungs wieder flüssig wurden. Fragen Sie sie doch, wer sie vor der Insolvenz gerettet hat. Ich war das«, bekräftigte er unmissverständlich. »Ich hab manchem den Karren aus dem Dreck gezogen, wenn er selbst nicht in der Lage war, Haus und Hof betriebswirtschaftlich zu führen.«

»Und wen haben Sie jetzt persönlich im Verdacht?«, stoppte Watzlaff den Monolog.

»Ich?« Mompach schien über diese Frage erstaunt zu sein. »Na ja«, gab er sich sanfter, »wenn die Kerze aus der Kirche stammt …?«

»Max Hartmann«, wechselte Häberle das Thema und gab damit ein wichtiges Stichwort, »der hatte mit diesen Problemen hier im Ort nichts zu tun?«

»Hartmann?« Mompach schien die Frage zu irritieren. »Wie kommen Sie denn jetzt da drauf?«

»Na ja«, gab sich Häberle versöhnlich. »Sie und er sollen ja gute Freunde gewesen sein.«

»Gute Freunde«, er überlegte, »na ja, wie man's nimmt. Uns verbanden die Jagd, die Landwirtschaft und die Freude an der Natur.«

»Sonst nichts?«, erkundigte sich Linkohr vorsichtig.

»Was sollte uns denn noch verbinden?«, zeigte sich Mompach leicht verärgert. »Die Frage dürfte sich erübrigt haben. Jetzt verbindet uns gar nichts mehr – nach seinem Tod.«

Häberle hatte nicht den Eindruck, dass ihm das Ableben seines Freundes allzu nahe gegangen war. Deshalb konnte er es riskieren, noch mal nachzuhaken: »Als Jagdfreund haben Sie sicher auch seinen großen Hochsitz mitbenutzen dürfen, oder ist das nicht üblich?«

»Den Hochsitz?« Mompachs anfängliches Poltern war gewichen. »Was soll jetzt diese Frage? Natürlich war ich auch mal da oben.«

»Zum Jagen?«, fragte Linkohr und unterdrückte ein Lächeln.

»Natürlich, wozu denn sonst?« Der Hofbesitzer schnaubte. »Jetzt mal Vorsicht, meine Herren. Sind Sie gekommen, weil man meinen Hof abfackeln wollte oder weil Sie mich aushorchen wollen?«

Häberle klopfte ihm leicht auf die Schulter: »Keine Aufregung, Herr Mompach, wenn wir schon mal da sind, interessieren wir uns für alles. Das haben die Kripomenschen so an sich.« Er grinste. »Also, wie sehen Sie das mit dem großen Hochsitz? Hat es da auch einmal Besuche gegeben?«

»Besuche? Ich kann mir vorstellen, worauf Sie hinauswollen«, auch Mompach grinste jetzt, wenngleich gequält, »dem Hartmann werden irgendwelche Geschichten mit Frauen angedichtet. Aber das hat er dem Igor, seinem Russenfreund, zu verdanken, der hier mit verrückten Weibern rumrennt.«

Linkohr nickte, als könne er sich diese Situation lebhaft vorstellen. »Als stellvertretender Bürgermeister, der Sie ja auch sind, macht man sich nicht nur Freunde«, erklärte er und überlegte, wie er die Verbindung zu der Schulleiterin herstellen konnte. »Kommunale Einrichtungen sind manchmal nicht ganz problemlos.«

Mompach sah ihn finster an. »Wir sind froh, dass wir noch eine selbstständige Gemeinde sind«, sagte er beiläufig.

»Samt Grundschule«, jetzt hatte es Linkohr auf den Punkt gebracht. Er ließ ein paar Sekunden verstreichen und sah seinem Gegenüber fest in die Augen. »Auch da läuft wohl nicht alles so, wie es sollte.«

Mompach zögerte. »Ich weiß jetzt nicht, worauf Sie anspielen, aber ich gebe Ihnen einen guten Rat: Lassen Sie die Schule aus dem Spiel – und auch die Geschichte mit dem Pfarrer. Ich möchte da in nichts hineingezogen werden. Verstehen Sie?« Er wurde wieder lauter. »Und nun möchte ich Sie dringend bitten, den Kerl zu finden, der meinen Hof anzünden wollte. Oder ist das für Sie nur eine Nebensache?«

»Warum gerade eine Kerze aus der Kirche?«, brummte Häberle vor sich hin, als er sich von Linkohr die paar hundert Meter zum Pfarrhaus chauffieren ließ.

»Ist doch irgendwie verrückt«, meinte der junge Kriminalist, der sich auf den Weg konzentrieren musste, den ihm Mompach erklärt hatte. »Alles geschieht zu dem Zeitpunkt, zu dem der Pfarrer in einen bösen Verdacht gerät.«

Er stoppte den weißen Dienst-Mercedes vor dem Gebäude, das zu den ältesten im Dorf zu gehören schien, jedoch liebevoll restauriert worden war. Gleich dahinter ragte der spitze Kirchturm über das Dach hinweg.

Kaum hatte Häberle geklingelt, wurde die Tür geöffnet. Der kräftige Mann, der vor ihnen stand, überragte sie um einen halben Kopf. Die Augen waren gerötet, die Haare ungekämmt und das Gesicht blass und faltig. Er sah die Besucher unsicher an, während der Kommissar ein freundliches Lächeln aufsetzte und sich und Linkohr vorstellte.

»Kripo?«, wunderte sich Kugler. »Jetzt auch noch die Kripo?«

»Dürfen wir einen Moment reinkommen?«, fragte Häberle zurück und trat gleich einen Schritt vor. Der Pfarrer wich zur Seite, während im dunklen Flur seine Frau erschien. Häberle entschuldigte sich für die Störung und erklärte, dass es eine reine Routineangelegenheit sei. »Es geht um die Kerze, die Ihnen meine Kollegen gezeigt haben«, fuhr der Ermittler fort und spürte den heißen Atem des hünenhaften Mannes, der so groß und stark war, aber müde und antriebslos wirkte.

Kugler führte die Kriminalisten in das Wohnzimmer, wohin ihnen auch seine Frau folgte. »Wenn jetzt auch noch zwei Kriminalisten kommen, wird's keine gute Nachricht sein, die Sie mir überbringen wollen«, stellte er fest, während sie sich alle auf der Couch und den Sesseln niederließen.

»Wir wissen, dass Sie im Moment große Schwierigkeiten haben«, begann Häberle langsam. Frau Kugler blickte unruhig in die Runde. »Die Kerze«, griff der Kriminalist nach kurzer Pause das Stichwort wieder auf, »stammt aus Ihrer Kirche. Ob nun das, was Ihnen mein Kollege Wissmut gestern eröffnet hat, in einem Zusammenhang damit steht, versuchen wir zu eruieren.«

Kugler schloss für einen Moment die Augen und atmete tief durch. »Manchmal meine ich, der Teufel geht hier um.«

Frau Kugler verfolgte mit Sorge, welchen Gefühlsschwankungen ihr Mann inzwischen ausgesetzt war. »Es ist für uns nicht einfach, mit einer solchen Anschuldigung umzugehen.«

»Wie gesagt«, beschwichtigte Häberle, »wir beide, mein Kollege und ich, sind nur wegen der Kerze hier.« Linkohr war in dieser angespannten Atmosphäre erleichtert, nicht der Wortführer sein zu müssen. Wieder einmal bewunderte er insgeheim seinen Chef, der in solchen Situationen das nötige Einfühlungsvermögen hatte. »Ihnen ist natürlich auch bekannt – nehme ich an –, was sich am Dienstagnachmittag hier ereignet hat.« Häberle räusperte sich. »Dieser mutmaßliche Suizid des Herrn Hartmann.«

»Mutmaßlich?«, wurde Kugler jetzt hellhörig. »Wieso denn mutmaßlich?«

Häberle erklärte, dass erst endgültig von einer Selbsttötung gesprochen werden könne, wenn die Ermittlungen abgeschlossen seien. Er sah zu Linkohr, was dieser als Aufforderung verstand, sich nun ebenfalls in das Gespräch einzuschalten. »Wir sind gerade dabei, das persönliche Umfeld des Herrn Hartmann abzuklopfen. Er scheint in Rimmelbach eine interessante Persönlichkeit gewesen zu sein.«

»Was heißt ›interessant‹?«, zuckte Kugler kraftlos mit den breiten Schultern. »Er war wohl ziemlich vermögend, wie man so hört. Dass er sich einen jungen Russen als Adjutanten angelacht hat, ist hier oben auf der Alb vielleicht nicht gerade üblich.« Ein schwaches Grinsen huschte über sein breites Gesicht. »Na ja, man hat ihm so allerlei Geschichten von Rotlichtmilieu und so nachgesagt. Aber Sie wissen selbst, meine Herren, wie so etwas auf dem Dorf breitgetreten wird.«

Linkohr hatte den Eindruck, Kugler spreche ihn direkt an, weshalb er sich zu einer Frage ermuntert fühlte. »Hat er sich denn auch in das Dorfgeschehen von Rimmelbach eingemischt?«

Noch ehe der Pfarrer die richtigen Worte finden konnte, fuhr seine Frau dazwischen: »Das kann man wohl so sagen. Hartmann hat auch gegen meinen Mann gehetzt.«

Kugler gab seiner Frau mit einer Handbewegung zu verstehen, sie möge sich zurückhalten. »Ganz so streng möchte ich das nicht sehen. Herr Hartmann war eben ein Jagdfreund von Mompach und auch Mitglied der örtlichen Jagdgenossenschaft. Soll ja ein elitärer Kreis sein, hier auf dem Lande. Und Mompach wiederum hat bei meiner Bewerbung für die hiesige Pfarrstelle eine – na ja, sagen wir mal – nicht gerade rühmliche Rolle gespielt.«

»Man hat Sie hier wohl nicht gewollt?«, hakte Häberle nach.

»Es gab unterschiedliche Strömungen«, gab sich Kugler weiterhin eloquent, obwohl er sichtlich Probleme damit hatte, seine Emotionen unter Kontrolle zu halten. »Man hat behauptet, ich sei zu alt, doch in Wirklichkeit hat manchen Herrschaften hier meine politische Gesinnung nicht gepasst. Ich kämpfe für den Erhalt der kleinen bäuerlichen Strukturen, weil sowohl in der Landwirtschaft als auch in der Industrie alles von Übel ist, was sich zu großen Einheiten zusammenrottet.« Wieder das milde Lächeln. »Insofern hab ich mich gefreut, dass Daimler damals mit Chrysler Schiffbruch erlitten hat. Ich wünschte, das ginge noch mehreren Größenwahnsinnigen so.«

»Und diese Einstellung hat Ihnen hier Feinde eingebracht?«, wollte Häberle wissen.

»So deutlich hat das natürlich keiner gesagt. Aber der Herr Mompach, den Sie heute sicher schon kennengelernt haben, hat alles versucht, mich madigzumachen, wie man so schön sagt.«

»Es war eine schlimme Zeit«, bekräftigte seine Frau. »Aber Dieter hat sich nicht beirren lassen. Und deshalb wird er auch jetzt diese Verleumdungen durchstehen.«

»Sie befürchten, dass man Sie auf diese Weise wieder loswerden will? Sozusagen eine Verschwörung?«, fuhr der Kriminalist fort.

»Ob Verschwörung oder nicht, Herr Häberle, fest steht aber, dass hier etwas im Gange ist, dessen Tragweite wir uns alle vermutlich noch nicht bewusst sind.«

Sie schwiegen sich ein paar Sekunden an, bis Kugler schwer atmend die Stille durchbrach. »Ihr jetziger Fall wäre der zweite Selbstmord innerhalb eines halben Jahres – aber ich denke, Sie wissen das.«

Die beiden Kriminalisten sahen sich fragend an.

»An Karfreitag war's«, half ihnen Kugler auf die Sprünge. »Harald Marquart, 35 Jahre alt, ein Mann im besten Alter, erhängt in seiner Scheune.«

»Weiß man, warum?«

Wieder war es Kuglers Frau, die antwortete: »Überschuldet. Einer dieser kleinen Landwirte, von denen mein Mann soeben gesprochen hat.«

Linkohr hatte sich den Namen schnell auf seinem Notizblock notiert. »Gibt es da eine Witwe?«

»Ja, gibt es«, sagte Kugler, »die Stefanie. Sie wohnt noch im Hof, kämpft sich jetzt aber mit irgendwelchen Allerweltjobs durch. 400 Euro irgendwo. Muss sich mit jeder Arbeit zufriedengeben. Da kann man sich vorstellen, wie ihre Notsituation ausgenutzt wird. Zum Glück gibt es keine Kinder.«

Häberle spürte, wie es in dem Theologen brodelte, sobald Ungerechtigkeiten angesprochen wurden. Der Mann wurde ihm immer sympathischer.

»Das Stichwort Kinder«, versuchte der Ermittler vorsichtig, ein anderes, allerdings heikles Thema anzusprechen. Er zögerte kurz. »Dieser Manuel, um den es bei der Anschuldigung gegen Sie geht, der wächst wohl ohne Vater auf.«

Kugler lehnte sich zurück und starrte zur Decke. »Für den Buben ist das das Schlechteste, was ihm passieren konnte. Manuel ist ein typisches Kind unserer Zeit.« Der Pfarrer schien jedes Wort und jede Formulierung abzuwägen. »Kein richtiges Elternhaus, niemand, der sich um die seelische Entwicklung kümmert. Nur irgendwie ruhiggestellt, weil in der Tageshektik kein Platz und kein Raum bleiben. Manuel hat keine sozialen Kontakte. Keine Freunde. Den Kindergarten hat er, wie mir gesagt wurde, nur selten besucht. Und weil er meist daheim sitzt, hat er nie gelernt, mit anderen Kontakt aufzunehmen. Manuel ist ein verschüchterter Einzelgänger, der sich eine Scheinwelt aufbaut – und zwar eine Scheinwelt aus dem, was er in Videos sieht und was er in seiner Fantasie daraus macht.«

Häberle nickte. Aus den Worten Kuglers war bereits zu hören, dass er sich seine eigene Erklärung für die Anschuldigungen zurechtgelegt hatte. »Und was ist mit dem Vater?«, hakte der Kriminalist nach.

»Er hat sich von seiner Frau getrennt. Das hat mir Manuels Mutter, die Frau Kowick, erzählt, als ich nach meinem

Amtsantritt bei ihr war. Kaum war der Bub auf der Welt, war der Mann weg.«

»Kennen Sie den Grund?«, fragte Linkohr schnell.

Kugler blickte zu seiner Frau, die ihn mit regungsloser Miene ansah. »Es fällt mir schwer, über diese vertraulichen Gespräche zu reden«, fuhr er bedächtig fort. »Offenbar ist es zu unüberwindbaren Zerwürfnissen gekommen. Jedenfalls ist Frau Kowick mit ihrem Kind ausgezogen, was in dieser Situation ein schwerwiegender Entschluss war.«

»Und finanziell? Wie hält sie sich über Wasser?«, hakte Häberle nach.

»Arnold, ihr inzwischen geschiedener Mann, hat ziemlich schnell seine Ländereien verkauft. Natürlich an Mompach. An wen auch sonst? Was aber im Übrigen nichts mit der gescheiterten Ehe zu tun hatte. Die Kowicks zählen zu jenen, die mit ihrer kleinen Landwirtschaft früher oder später ohnehin keine Chance mehr gehabt hätten. Ich denke auch, dass Kowick in seinem erlernten Job als Kfz-Mechaniker in Ulm jetzt mehr verdient, als ihm die Landwirtschaft jemals eingebracht hat.«

»Wo ist die Frau denn untergekommen?«

»Das hat sich so ergeben. Beinahe eine Ironie des Schicksals. Oder vielleicht doch eine göttliche Fügung, könnte man meinen.« Kuglers Augen wurden lebhafter. »Dieser Mompach hat eine Hilfskraft gebraucht und ihr auch gleich Unterkunft in einem seiner alten Häuser angeboten. Vermutlich darf sie dort kostenlos wohnen, und er zahlt ihr nur einen Hungerlohn, damit sie wenigstens krankenversichert ist und einigermaßen über die Runden kommt.«

Betretenes Schweigen, das Frau Kugler nach einigen Sekunden schließlich mit zaghafter Stimme durchbrach: »Kinder, die in einem solchen Milieu aufwachsen, neigen dazu, sich mit erfundenen Geschichten wichtigzumachen.«

»Insbesondere«, ergänzte ihr Mann, »wenn sie glauben, mit ihrem Verhalten das Wohlwollen Erwachsener gewinnen oder fehlende Zuneigung durch Mitleid hervorrufen zu können.«

Häberle wollte nicht darauf eingehen. Mit dieser Frage würden sich bald gerichtlich beauftragte Gutachter beim Landgericht Ulm auseinandersetzen müssen. »Noch eine ganz andere Frage, die Sie jetzt nicht missverstehen dürfen«, wechselte Häberle das Thema. »Als Sie vorgestern Nachmittag bei meinem Kollegen Wissmut in Geislingen waren, da sind ihm Ihre schmutzigen Schuhe aufgefallen.«

»Wie bitte?« Kugler richtete seinen zusammengesunkenen Oberkörper auf und kniff die Augen zusammen. »Was hab ich?« Seine Frau wurde bleich.

Häberle hob beschwichtigend die Arme – eine Geste, die jedweder Bemerkung die Schärfe nehmen sollte. »Es ist nur eine Routinefrage, wie wir Kriminalisten sie immer stellen, wenn uns etwas auffällt.«

Linkohr kam ihm zu Hilfe: »Für vieles, was uns von Berufs wegen interessieren muss, gibt es meist ganz harmlose Erklärungen.«

»Und…«, Kugler war sichtlich irritiert, »…und meine schmutzigen Schuhe…? Die sind von Interesse?«

Häberle lächelte. »Ich bin davon überzeugt, dass es eine ganz einfache Erklärung gibt.«

Frau Kugler schien der Atem zu stocken. Sie saß regungslos in ihrem Sessel und starrte ihren Mann an.

»Natürlich gibt es das«, hatte er sich wieder gefangen. »Auf der Fahrt zu Ihrem Kollegen musste ich austreten.« Er sah verlegen in die Runde. »Ich wollte bei der Kripo ja nicht gleich auf die Toilette.«

Der Chefermittler nickte verständnisvoll. »Irgendwo zwischen Rimmelbach und dem Geislinger Stadtrand haben Sie angehalten, nehme ich an.«

»Ja, natürlich. Genau genommen bei den Sportplätzen kurz vor Geislingen, im Eybacher Tal. Ich bin kurz in ein Gebüsch, aber das Gewitter war schon aufgezogen.«

Häberle nickte ihm aufmunternd zu. »Sehen Sie, es gibt für vieles eine ganz simple Erklärung.«

Kugler konnte sich über diesen beruhigenden Hinweis nicht freuen. »Sie haben jetzt aber nicht geglaubt, ich sei bei Hartmann am Hochsitz gewesen?« Er sah die beiden Kriminalisten misstrauisch an.

»Rückschlüsse ziehen wir erst, wenn wir aus vielen Mosaiksteinchen ein Bild zusammengefügt haben«, erwiderte Häberle. »Und momentan basteln wir an vielen Bildern – mit ganz vielen Mosaiksteinchen, ohne auch nur die geringste Ahnung zu haben, ob und was draus wird.«

»Aber es heißt doch, Hartmann habe Selbstmord begangen«, wandte Frau Kugler ein. »Wieso dann dieser ganze Aufwand?«

Häberle reagierte schnell: »Weil es vergangene Nacht diese versuchte Brandstiftung mit der Kirchenkerze gegeben hat und weil nicht auszuschließen ist, dass der Tod von Herrn Hartmann in einem Zusammenhang damit stehen könnte.«

»Und die Anschuldigungen gegen meinen Mann wohl auch«, ergänzte Frau Kugler bitter.

»Diese aber«, konterte Häberle, »können dabei auch eine ganz andere Rolle spielen, als es momentan den Anschein hat.«

Das Ehepaar stutzte, ohne die Feststellung des Kriminalisten vertiefen zu wollen. Der überlegte, ob er eine weitere kritische Frage stellen sollte, und entschied sich, es zu tun: »Vergangene Nacht, als irgendwann die brennende Kerze in Mompachs Scheune gestellt wurde – da haben Sie wohl keine verdächtigen Wahrnehmungen gemacht?«

Kugler schluckte. Er spürte einen Kloß im Hals und ließ einige Sekunden verstreichen. »Nein, hab ich nicht. Aber …«, er wischte sich mit der flachen Hand über die faltige Stirn und schloss dabei die Augen, als versuche er, sich zu entspannen, »ich war draußen. Frische Luft schnappen.«

Seine Frau drehte den Kopf ruckartig zu ihm. »Du warst …?«

»Ja, ich konnte nicht schlafen und bin raus in den Garten. Das hast du gar nicht bemerkt.« Dann wandte er sich an die beiden Kriminalisten: »Es war kurz nach zwei. Sternenklarer Himmel.« Er zögerte, wollte aber das Schreckliche gleich selbst ansprechen: »Sie glauben doch nicht etwa, dass ich …?«

Häberle tat so, als überhöre er die Frage. »Haben Sie denn etwas gesehen oder gehört? Etwas Ungewöhnliches? Um diese Zeit dürfte in Rimmelbach kaum noch jemand unterwegs gewesen sein.«

Kugler sah wie in Trance an den beiden Ermittlern vorbei zum Fenster, hinter dem sich der zähe Nebel jetzt langsam auflöste.

7

»Du sollst doch nicht hierherkommen«, schnaubte Sandra Kowick bissig, als sie zwischen all dem verrosteten Gerümpel, das sich hinter der Scheune türmte, ihren Ex-Mann Arnold auftauchen sah. Mompach hatte sie an diesem nebligen Vormittag angewiesen, die Gerätschaften vor dem Winter zu reinigen und zu ordnen. Ihre Hände waren klamm, sie fror, obwohl sie sich eine dicke Arbeitsjacke übergezogen hatte.

Arnold wirkte nervös und blass. Ihm war übel und ihn plagten nach den Ereignissen der vergangenen Nacht heftige Kopfschmerzen.

Sandra musterte ihn kritisch. Er hatte offenbar seit ihrem letzten Zusammentreffen vor zwei Wochen wieder abgenommen. Seine Gesichtsfarbe war fahl, seine abgewetzte Lederjacke hing über den schmalen Schultern. »Entschuldige«, brachte er aus trockener Kehle hervor. Seine Hände waren tief in die Jackentaschen vergraben. »Aber ich muss dringend mit dir reden.«

»Hier? Weißt du nicht, was hier vergangene Nacht passiert ist? Wir sollten uns hier nicht treffen.«

Er nickte und sah sich vorsichtig um. Er wollte nicht unbedingt mit Mompach konfrontiert werden. Denn dieser konnte ziemlich unfreundlich werden, wenn seine Angestellte von der Arbeit abgehalten wurde.

»Ich weiß, was passiert ist, Sandra. Gerade deshalb muss ich mit dir reden.«

Sie rieb sich die schmutzigen Hände an der blauen Arbeitshose sauber und trat aus dem Gewirr von alten landwirtschaftlichen Geräten, abgefahrenen Reifen und Strohballen näher zu ihm. Im Gegensatz zu ihrem Ex-Mann wirkte sie gut genährt, nur ihre Haare hingen ungepflegt über die Stirn. »Was ist los mit dir?«

»Jemand hat bei mir vergangene Nacht eingebrochen«, sagte er mit gedämpfter Stimme und sah ihr in das rotwangige Gesicht.

Sandra brauchte ein paar Sekunden, um diese Nachricht zu realisieren. »Eingebrochen? In die Wohnung?« Sie hielt seinen Blicken stand.

»Eingebrochen, ja.«

»Und? Warum kommst du extra her, um mir das zu sagen?«

Arnold hatte sich die Worte zurechtgelegt. »Weil etwas gestohlen wurde, was uns beide betrifft.«

Sie sah sich ängstlich um. »Uns beide?«

Er zitterte und wusste nicht, ob es die kalt-feuchte Nebelluft war, die ihn frösteln ließ, oder der Gedanke an die möglichen Folgen des nächtlichen Geschehens. »Ja«, flüsterte er. »Die Akte.«

Die Gesichtszüge seiner Ex-Frau veränderten sich, ihre Augen blitzten ihm aus schmalen Schlitzen entgegen. »*Die Akte*?« Sie wiederholte die Worte, als könne sie nicht glauben, was sie soeben gehört hatte. »*Unsere* Akte?«

Er nickte. Jetzt war es raus.

Schulleiterin Karin Stenzel ging auf Distanz. Sie hatte dem Kriminalisten aus dem Sittendezernat höflich, aber unterkühlt einen Platz am Besprechungstisch angeboten, während sie sich hinter ihrem Schreibtisch niederließ. »Sie können sich denken, dass es für eine Schulleiterin nicht gerade angenehm ist, jeden Tag die Polizei im Haus zu haben.«

Martin Wissmut nickte und schlug seinen mitgebrachten Schnellhefter auf. »Ich will Sie nicht lange behelligen – und ich kann Ihnen versichern, dass wir die Angelegenheit so diskret wie möglich behandeln.«

»Das mag aus Ihrer Sicht stimmen, aber Sie wissen genauso gut wie ich, wie schnell etwas an die Öffentlichkeit dringt. Die Neigung, sich wichtigzumachen, ist weit verbreitet. Und die Medien fallen wie die Geier über solche Themen her.«

Wissmut wollte nicht widersprechen. Er blätterte in seiner Akte. »Es soll am 16. September gewesen sein, dem Tag, als die Erstklässler ihre zweite Religionsstunde hatten.«

Karin Stenzel hatte sich nach dem vorausgegangenen Telefonat mit Wissmut ebenfalls entsprechende Unterlagen besorgt. »An diesem Tag war Herr Kugler im Haus. Das stimmt.«

»Herr Kugler unterrichtet aber schon seit einem Jahr an Ihrer Schule?«

»Seit Beginn des vorigen Schuljahres, ja. Und ich kann Ihnen sagen, dass es zu keiner Zeit irgendwelche Beanstandungen gegeben hat. Auch bei den Elternabenden war der evangelische Religionsunterricht niemals ein Thema.«

Wissmut machte sich einige Notizen. »Auch nach diesem 16. September – das ist ja jetzt gerade erst rund zwei Wochen her – ist Ihnen nichts zu Ohren gekommen, was diese Anschuldigung hier …«, er deutete auf seine Schriftstücke, »… erklären könnte?«

»Nein. Deshalb hat mich Ihr Anruf gestern ja auch völlig überrascht.«

Wissmut staunte über ihren emotionslosen Tonfall. Aber vermutlich war dies ihre persönliche Art, Schwierigkeiten von ihrer Schule abzuwehren.

»Dieser Manuel, um den es da geht: Wie würden Sie das Kind einschätzen?«

Sie holte tief Luft. »Zurückgeblieben in der Entwicklung, würde ich sagen. Introvertiert. Kontaktarm.«

»Unterrichten Sie ihn selbst?«

»Ja, auch.«

»Würden Sie sagen, er ist verhaltensgestört?«

»In gewissem Grade, ja. Auffällig auf jeden Fall. Denn es gab schon Momente, da hat er sich in den Vordergrund spielen wollen. Als Klassenkasper. Das haben wir oft bei Kindern, denen ansonsten Anerkennung versagt bleibt.«

Wissmut hatte eine solche Aussage erwartet. Sie bestätigte seine Erfahrungen, die er bei unzähligen Ermittlungen im Umfeld zerrütteter Familien gewonnen hatte. »Haben Sie auch Kontakt zu Manuels Eltern?«

»Nur zur Mutter. Ich hab sie vor eineinhalb Wochen zu einem Gespräch gebeten. Sie war dann auch kurz hier. Aber mir scheint, als sei die Frau mit ihrer Mutterrolle hoffnungslos überlastet. Sie hat eine ziemlich anstrengende Arbeitsstelle und der Vater will von dem Kind nichts wissen. Er bezahlt angeblich den Unterhalt, hat aber das Sorgerecht ihr überlassen.«

»Er wohnt aber auch hier im Ort«, stellte Wissmut fest.

»Ja, nach wie vor. Er hat allerdings seine Landwirtschaft aufgegeben. Man munkelt, er wolle auswandern. Aber ob seine finanziellen Verhältnisse dies zulassen, wage ich persönlich zu bezweifeln.«

Wissmut räusperte sich. Obwohl ihn Hartmanns Tod nur am Rande interessierte, wollte er die Gelegenheit wahrnehmen, das Thema trotzdem anzusprechen. »Wie man so hört, sorgt auch der Selbstmord vom Dienstag für eine gewisse Unruhe im Dorf.«

»Wieso denn Unruhe?« Karin Stenzels Gelassenheit schien plötzlich wieder einer inneren Anspannung zu weichen. »Das eine hat mit dem anderen nichts zu tun. Der Selbstmord einer bekannten Person ist immer Anlass für Gerede. Behelligen Sie mich jetzt bitte nicht auch noch damit.«

Wissmut rief sich Linkohrs gestrige Schilderungen seines Besuchs bei der Schulleiterin in Erinnerung. Der bei Hartmann aufgefundene Schlüssel hatte sie offenbar ziemlich aus der Fassung gebracht. »Ich weiß, dass mein Kollege bereits mit Ihnen darüber gesprochen hat …«

»Wegen des Schlüssels«, fiel sie ihm gleich ins Wort. »Und ich habe Ihrem Kollegen nahegelegt, deswegen keine Verbindungen mit der Schule herzustellen. Dabei sollte es bleiben, Herr Wissmut.« Sie sah ihn herausfordernd an. Ihre Augen blitzten gefährlich.

Wissmut lehnte sich zurück, als bemerke er ihre veränderte Stimmungslage nicht, die er bewusst provoziert hatte. Er fuhr ruhig fort: »Herr Hartmann scheint in Rimmelbach einen gewissen Einfluss gehabt zu haben.«

»Was heißt Einfluss, Herr Wissmut! Er war ein tüchtiger Geschäftsmann, der hier in Rimmelbach einige Großbauern als gute Kunden hatte, und er war – auch das ist kein Geheimnis – ein Jagdfreund von Herrn Mompach …«

»… der wiederum hier im Ort ziemlich einflussreich ist«, ergänzte Wissmut, der sich über die Verhältnisse bereits ausführlich informiert hatte. »Stellvertretender Bürgermeister, stellvertretender Vorsitzender des Kirchengemeinderats und so weiter.« Er lächelte liebenswürdig. »Auch Sie gehören dem Gemeinderat an.«

»Was wollen Sie damit sagen?« Frau Stenzel war kurz davor, erneut die Fassung zu verlieren.

»Gar nichts. Ich meine nur, es ehrt Sie, wenn Sie sozusagen als Zugezogene so schnell das Vertrauen der Bürger gewonnen haben, dass man Sie in dieses Gremium gewählt hat. Bei der bäuerlichen Struktur hier sicher eine große Anerkennung.«

Die Schulleiterin verengte ihre Augen wie ein Raubtier, das zum Angriff ansetzt. »Wollten wir uns jetzt über Herrn Kugler und Manuel unterhalten oder über die Kommunalpolitik?«

Wissmut ließ sich nicht beeindrucken. »Vielleicht hat ja beides etwas miteinander zu tun. Es soll hier ja unterschiedliche Strömungen geben. Auf einen einfachen Nenner gebracht: Großbauern und Verlierer. Wie es aussieht, geht der Graben mitten durch das Dorf. Zu welcher Seite würden Sie sich zählen?«

Sie spielte jetzt nervös mit einem Kugelschreiber. »Zu keiner von beiden, Herr Wissmut. Mir geht es stets um die Sache, nicht um persönliche Befindlichkeiten. Auch nicht um Parteipolitik, falls Sie das meinen. Außerdem steht bei mir an vorderster Stelle das Wohl der Kinder und Jugendlichen.« Die Schulglocke ertönte und Wissmut schien es, als fühle sich die Frau von ihr erlöst. »Und jetzt entschuldigen Sie mich, ich muss raus.«

»Nur noch eines abschließend«, hielt sie der Kriminalist zurück. »Zusammenfassend darf ich also feststellen, dass Sie Herrn Kugler als integre Persönlichkeit einschätzen?«

»Absolut. Ohne Wenn und Aber.« Sie stand auf.

»Er soll sich aber hier in der Gemeinde anfangs schwergetan haben, akzeptiert zu werden«, blieb Wissmut hartnäckig und erhob sich langsam.

Die Gesichtszüge der Schulleiterin entspannten sich wieder. Offenbar war sie froh, dass die kritischsten Punkte abgehakt waren. »Zu diesem Hickhack möchte ich mich nicht äußern. In einem Dorf gibt es, wie Sie selbst erkannt haben, unterschiedliche Strömungen und Mechanismen, die Sie erst im Laufe der Zeit erkennen. Jedenfalls können Sie sich leicht zwischen alle Stühle setzen.«

»Hat sich denn Herr Kugler zwischen alle Stühle gesetzt?«

»Sie meinen, dass ihm jemand was anhängen will?« Frau Stenzel war jetzt nah an den Ermittler herangekommen.

»Halten Sie das für völlig undenkbar?«, fragte Wissmut zurück und sah ihr fest in die Augen.

Sie hielt seinen Blicken stand. »Als Kriminalist sollten Sie am besten wissen, dass bei solchen Anschuldigungen nichts undenkbar ist.«

Georg Sander hatte kurz vor zwölf noch schnell den Polizeibericht überflogen, den die Göppinger Direktion alltäglich an die Medien mailte. »Hört euch das an!«, entfuhr es ihm beim Lesen der wie immer kurz gehaltenen Meldungen. Sein Gegenüber, Redaktionsleiter Kauz, blieb trotzdem in ein Papiermanuskript vertieft und zeigte keine Regung. Nur hinter den trennenden halbhohen Schränken ließ die Kulturredakteurin ihr Interesse erkennen. Ein Zeichen dafür, dass sie ihre Ohren wie immer in Richtung der vorderen Schreibtischgruppe gespitzt hielt.

»Rimmelbach taucht schon wieder im Polizeibericht auf«, sagte Sander vor sich hin – leicht enttäuscht, dass es nur die Kollegin der Kultur zur Kenntnis nahm. Sie sparte auch nicht mit einem Kommentar: »Wer hat jetzt schon wieder seine sexuellen Gelüste nicht unterdrücken können?«

Sander ging nicht darauf ein. »Jetzt haben sie dort oben gezündelt«, stellte er fest.

»Was haben sie denn abgefackelt?«, hörte er die Stimme der Kollegin hinter sich.

»Nichts, hat wohl nicht geklappt. Sie haben eine Kerze in irgend so eine Scheune gestellt – eine Kerze aus der Kirche.«

»Ach«, zeigte sich nun auch Redaktionsleiter Kauz interessiert und hob den Blick vom handschriftlichen Manuskript eines Berichterstatters des ›Frohen Alters‹. »Mit einer Altarkerze?«

Beide sahen sich für einen Moment verwundert an. Sander überflog noch einmal den Text. »Ja. Hier steht's: Mit einer Kerze aus der örtlichen Kirche. Es ist aber nichts passiert, weil man's noch rechtzeitig bemerkt hat.«

»Hey«, mischte sich nun auch Kollege Rahn ein, der gerade ins morgige Layout des Lokalteils vertieft war. »In Rimmelbach tobt das Verbrechen«, kommentierte er das Gehörte flapsig und neigte sich zur Seite, um an seinem großen Flachbildschirm vorbei zu Sander und Kauz hinübersehen zu können. »'s wird Zeit, dass wir die Sache dort oben aufgreifen, wenn jetzt schon mit Kirchenkerzen gezündelt wird.«

Kauz nickte nachdenklich, während Sander an sein gestriges Gespräch mit dem Bürgermeister dachte.

»Sind Sie in der Sache mit dem Pfarrer eigentlich schon weitergekommen?«, fragte Kauz, woraus zu schließen war, dass er ebenfalls einen Zusammenhang mit den anderen Geschehnissen für möglich hielt.

Sander hatte zwar im Lauf des Vormittags vom abgeschotteten Konferenzraum aus einige Telefonate geführt, doch weder von der Polizei noch von der Staatsanwaltschaft weitere Details zu der angeblichen Anschuldigung des Pfarrers erfahren. Auch die Kollegin von radio7 war bislang in ihren Recherchen nicht weitergekommen.

»Wir müssen unbedingt dranbleiben«, meinte Kauz. »Kirchenkerze und dubioser Selbstmord machen auch andere hellhörig, da bin ich mir sicher.«

Tobias Neth, der für die Umlandgemeinden zuständig war, hatte das Gespräch hinter zwei weiteren den Raum teilenden Schränken ebenfalls aufgeschnappt. »Fragt doch endlich den Pfaffen direkt«, wurde er auf seine gewohnte Art energisch und kam näher. »Was soll denn die vornehme Zurückhaltung? Dem Kollegen Sander …«, er sah ihn süffisant an, »… dem wird es doch bei seinen Beziehungen nicht schwerfallen, den Buben oder die Eltern ausfindig zu machen. Rimmelbach ist ein kleines Nest, da kennt doch eh jeder jeden.«

Kauz blickte den Kollegen grinsend an. »Wie wär's, wenn Sie das übernehmen würden? Rimmelbach ist doch Ihr Revier.«

Sander, der zwar seit Jahren nahezu jeden Kriminalfall journalistisch aufbereitete, war insgeheim froh, dass Kauz ihm diese unangenehme Recherche ersparen wollte. Denn erfahrungsgemäß stand bei solchen Geschichten Aussage gegen Aussage. Wenn dabei schon Polizei und Gerichte Probleme hatten, die Wahrheit zu finden, dann war es für einen Journalisten in der Provinz ungleich schwerer, die Hintergründe zu beleuchten. Sander hatte sich seit gestern viele Gedanken darüber gemacht, denn im Laufe seines Berufslebens war ihm zunehmend die große Verantwortung bewusst geworden, die bei Veröffentlichungen aus sensiblen Bereichen auf ihm lastete. Zwar hatte sich die Medienlandschaft seit Einführung privater Radio- und Fernsehstationen dramatisch verändert – und zwar, wie Sander es sah, sehr zum Negativen –, aber irgendwie waren alle Journalisten auf diese neue, eher flapsige Welle aufgesprungen. Und mit jedem Generationenwechsel, der sich zwangsläufig auch in den Chefredaktionen vollzog, wurde die Medienwelt verrückter. Sander konnte sich darüber oft im Kreise der Volontäre, Praktikanten und jüngeren Kollegen auslassen, wenn er davon erzählte, dass beispielsweise früher der Gebrauch des Wortes *geil* ein Donnerwetter mit drohender Entlassung nach sich gezogen hätte. Heute werde es zwar in einem anderen Wortsinn verwendet, doch seien längst weitere einst verpönte und unterhalb der Gürtellinie eingestufte Begriffe salonfähig geworden. Wichtigtuer und Pseudo-Stars, die allabendlich die Talk-Runden, oder – noch schlimmer – die volksverdummenden Fernsehshows auf dritt- und viertklassigen Kanälen bevölkerten, fanden es sogar schick, möglichst vulgär daherzureden, ohne sich dessen bewusst zu sein, dass sie für viele, die den Schwachsinn konsumierten, als Vorbilder galten. Sander empfand es als Schande, wenn sogar die öffentlich-rechtlichen Fernsehanstalten den Schrillen, Verdrehten und Chaoten Sendezeit einräumten. Er musste zwangsläufig an den Rapper Bushido denken, der mit seinen menschenverachtenden Texten jüngst in die Schlagzeilen geraten war. Dabei hatte ihm erst vor zwei Jahren der Burda-Verlag noch den Bambi für Integration verliehen und ihn in den Medien bejubelt.

Nicht selten schämte sich Sander für seinen Berufsstand, wenn er mit ansehen musste, wie oberflächlich manche Fernsehreportagen recherchiert waren. Oft genug musste er sich zurückhalten, um nicht geharnischte E-Mails an die jeweiligen Sender zu schicken. Vor allem, wenn Politiker ihre Worthülsen oder ihre besserwisserischen, aber weltfremden Ansichten übers Arbeitsleben verbreiteten.

Dies alles schoss ihm jetzt durch den Kopf, als Neth ein hartes Vorgehen gegen den Pfarrer von Rimmelbach forderte.

»Ich? Warum ich?«, fragte Neth irritiert, als Redaktionsleiter Kauz ihm das Thema auf's Auge drücken wollte.

Sander sah die Gelegenheit gekommen, sich aus der Schusslinie zu nehmen: »Warum nicht? Du kennst dich in den Dörfern da droben am besten aus.«

Neth, als Bewohner einer kleinen Albgemeinde selbst mit der Mentalität der dort lebenden Menschen vertraut, verzog sein Gesicht zu einem säuerlichen Lächeln und sah zu Sander, um provokant festzustellen: »Du traust dich wohl nicht.«

Aus Richtung Kulturredakteurin schallte eine giftige Bemerkung herüber: »Der Georg braucht Mord und Totschlag. Oder eine andere Sex- and- Crime-Story. Betatschen von kleinen Jungs, das ist nicht so seine Sache.«

»Aber für mich schon?«, meckerte Neth ironisch. »Ich soll mich in die Nesseln setzen oder was?«

»Einer muss es tun«, entschied Kauz und fügte diplomatisch an: »Ihr könnt euch die Sache ja teilen. Herr Neth, Sie kümmern sich um den Pfarrer und Sie«, er blinzelte Sander zu, »verfolgen den Selbstmord und diese Brandstiftung.«

»Und wenn Pfarrer, Selbstmord und Brandstiftung was miteinander zu tun haben?«, versuchte sich Neth noch einmal aus der Affäre zu ziehen. Er verfluchte bereits den Augenblick, als er vorhin aufgesprungen war, um sich in das Gespräch einzumischen.

»Wenn das was miteinander zu tun hat«, mischte sich Kollege Rahn ein, der mittlerweile sein Layout für die dritte Lokalseite fertiggestellt hatte, »dann wäre das wirklich der Hammer.« Er wandte sich wieder gelassen seinem Bildschirm zu. »Aber das glaub ich nicht wirklich. Rimmelbach ist doch ein jämmerliches Nest. Was soll auch schon ein Viehhändler mit dem Pfarrer zu tun haben?«

»Ein Viehhändler, der gar nicht in Rimmelbach wohnt, sondern in Böhmenkirch«, stellte Sander klar. Ihm kam der Vorschlag des Redaktionsleiters sehr entgegen.

Hans Melzinger war gerade mit seinem alten Traktor aus dem dichten Nebel auf seinen Hof getuckert, als dort Linkohr zwischen einem Heulader und einem verrosteten Anhänger einparkte. Der Kriminalist zögerte beim Aussteigen und sah sich prüfend nach einem etwaigen Hofhund um, wie sie in den landwirtschaftlichen Anwesen oftmals gehalten wurden. Doch hier schien mit keiner Attacke zu rechnen zu sein. Feucht-kalte Luft strich über sein Gesicht, Dieselabgase vermischten sich mit dem Nebel, der die Geräusche dämpfte. An der Scheune waren zwei Holztore geöffnet, das Wohnhaus war direkt an die einstigen Stallungen angebaut. Melzinger stellte den klopfenden Motor seines Traktors ab und kletterte ungelenk von dem Metallsitz. Offenbar plagten den 73-Jährigen heftige Rückenschmerzen. »Da haben Sie aber Glück, dass ich gerade komme«, meinte er, nachdem sich Linkohr vorgestellt hatte. »Was gibt's denn noch für die Polizei?«

Linkohr zog den Reißverschluss seiner Jacke hoch und erklärte, dass zwar am Selbstmord Hartmanns so gut wie keine Zweifel bestünden, man aber dennoch routinemäßig noch ein paar ›kleine Sachverhalte‹ prüfen wolle. »Sie waren schon eine Zeit lang auf Ihrem Acker, bevor Sie den Leichnam entdeckt haben?«

»Ja, natürlich. Das hab ich aber doch Ihren Kollegen schon gesagt«, zeigte sich Melzinger über Linkohrs Fragen erstaunt. Er strich sich mit dem Handrücken über die Nase. Seine Haare hatte der Nebel befeuchtet. »Ich hab mein Feld dort drüben umgepflügt. Kurz nach dem Gewitter. Der Boden war zwar feucht, aber ich wollte die Arbeit vollends erledigen.«

»Wie lange waren Sie bereits dort, bevor Sie auf den Hochsitz aufmerksam wurden?« Linkohr lehnte sich an das verbogene Schutzblech des großen Traktorrades.

»Wie lange?«, wiederholte Melzinger und zuckte mit den Schultern. »Ich hab nicht auf die Uhr geguckt. Aber ich schätze mal, eine dreiviertel Stunde vielleicht.«

»Und Sie sind hier vom Hof aus direkt zu dem Acker rübergefahren?«

»Ja, natürlich. Das dauert etwa zehn Minuten.«

»Dazu haben Sie die Straße benutzt?«

»Ja, da vorne rüber«, er deutete in den Nebel, »und dann über einen Feldweg zu meinem Acker. Man könnte aber auch von hinten ranfahren. Von einem geteerten Weg, der hinterm Wald an Rimmelbach vorbeiführt.«

»Sie sind also von der Straße her gekommen«, resümierte Linkohr. »Sind Ihnen da unterwegs Personen oder Fahrzeuge begegnet?«

Melzinger schien mit dieser Frage gerechnet zu haben. »Das ist nur ein kleines Verbindungssträßle. Wenn da jemand fährt, sind's meist welche von hier.«

»Sie haben also jemanden getroffen?«

»Getroffen nicht«, entgegnete Melzinger. »Nur gesehen. Beim Fahren.« Er kratzte sich im nassen Haar. »Ich möchte aber nicht, dass ich in Schwierigkeiten komme. Sie sollten die Leute nicht mit dieser Sache in Verbindung bringen.«

»Tun wir nicht«, versicherte Linkohr. »Wir wollen nur sichergehen, dass nichts übersehen wird.«

Der alte Landwirt kniff die Augen zusammen und sah an Linkohr vorbei. »Manchmal ist es komisch, wie man sich trifft.«

Linkohr hielt es für geboten, ihm ein paar Sekunden Zeit zu geben. Melzinger verschränkte die Arme vor der Brust. »Gleich, als ich aus dem Dorf rausgefahren bin, ist mir der Igor mit seinem knallroten BMW entgegengekommen. Irgend so ein alter Typ mit Stoffdach.«

»Igor«, wiederholte Linkohr, »Hartmanns Mitarbeiter.«

»Ja, wir nennen ihn hier im Dorf halt ›den Russen‹.«

Linkohr nahm es zur Kenntnis. Eine Neuigkeit war dies nicht, denn er wusste aus Häberles Berichten, dass Igor bereits eingeräumt hatte, bei Hartmann auf dem Hochsitz gewesen zu sein.

Melzinger schien sich über Linkohrs Gelassenheit zu wundern.

»Sie haben aber auch noch andere getroffen …?«, bohrte der Kriminalist weiter.

»Kurz bevor ich links zum Feldweg abgebogen bin, hat mich der Pfarrer überholt. Ich hab bereits geblinkt gehabt und gerade noch bemerkt, dass ich trotzdem überholt wurde.« Er lächelte. »Mit dem Traktor muss man beim Abbiegen höllisch aufpassen. Na ja, unser Pfarrer hat's halt manchmal eilig. Wahrscheinlich hat er genügend Schutzengel.«

Linkohr schnäuzte sich. Die Luftfeuchte setzte sich in seinem Oberlippenbart fest. »Und wer war außer dem Pfarrer noch unterwegs?«

»Der Eismann. Der ist mir auf dem Feldweg entgegengekommen.«

»Eismann?« Der Kriminalist konnte mit dieser Bezeichnung nichts anfangen.

»Ja, mit dem Kastenwagen. ›Arktis‹ steht drauf. So heißt die Firma mit der Tiefkühlkost. So ein Lieferwagen, der von Haus zu Haus fährt. «

»Und was treibt der auf einem Feldweg?«

»Keine Ahnung«, zuckte Melzinger mit der Schulter. »Hab mich auch gewundert. Vielleicht hat er drüben am Waldrand mal pinkeln müssen.«

»Und dazu fährt er von der Straße weg?«

»Na ja, vielleicht auch nicht nur zum Pinkeln«, gab der Landwirt grinsend zu bedenken und drehte sich wieder zu seinem Traktor, den er in die Scheune fahren wollte.

»Noch einen kurzen Augenblick, bitte«, hielt ihn Linkohr zurück. »Sie wissen, dass wir an der Leiter zum Hochsitz Schmutzspuren gefunden haben. Da muss also nach dem Regen jemand raufgestiegen sein.« Er überlegte, wie er seine Frage formulieren sollte. »Sie selbst waren nicht zufällig oben, um nach dem Rechten zu sehen?«

Melzinger drehte sich wieder zu ihm und sah ihn erstaunt an. »Ich? Wie kommen Sie denn da drauf?«

»Nur so eine Frage. Denn es wäre interessant zu wissen, wer außer Hartmann noch hochgestiegen ist. Das würde die Sache erleichtern.«

»Erleichtern?« Melzinger wurde laut. »Sie meinen, dann könnten Sie mir was anhängen oder was? Dass ich den Hartmann in den Selbstmord getrieben habe? Oder ihn mit seiner Jagdwaffe erschossen habe?«

Linkohr schüttelte den Kopf. »Keine Sorge. Ich kann mir durchaus vorstellen, dass Ihnen meine Fragerei nicht gefällt, aber es ist leider mein Job.« Ihm war klar, dass er das Thema auf elegante Weise wechseln musste. »Sie sind für uns ein wichtiger Informant, Herr Melzinger. Nicht nur zu der Sache da draußen auf dem Hochsitz. Mich würde auch interessieren, welche Rolle der Herr Hartmann hier im Dorf gespielt hat.«

Melzinger wischte mit einem alten Lappen über das zerbeulte grüne Blech der Motorhaube seines Traktors. »Was soll ich dazu sagen? Max, also Herr Hartmann, hatte viele Bekannte hier. Die Bauern. Vor allem die paar großen. Ich gehör da nicht dazu.« Er entdeckte auf dem Blech weitere Öl- und Schmierflecken, die er jetzt eifrig zu beseitigen versuchte. »Für mich ist die Landwirtschaft nur noch Freizeitbeschäftigung. Leben könnte man davon sowieso nicht. Wenn ich gewollt hätte, hätt ich längst verkaufen können. Meine Kinder haben studiert und wohnen in Stuttgart und Friedrichshafen, meine Frau hat Arthrose in den Beinen. Trotzdem mach ich noch ein bisschen weiter. Was nach mir kommt, ist mir egal.«

Linkohr nickte. »Zu den Großen zählt der Herr Mompach.«

»Ja klar, natürlich.« Melzinger sah dem Kriminalisten für einen kurzen Moment wieder in die Augen. »Mompach und Hartmann waren dicke Freunde, sagt man.« Er machte sich noch heftiger über das Blech der Motorhaube her. »Auch wenn man den Hartmann in letzter Zeit nicht mehr so oft im ›Löwen‹ gesehen hat.«

»Im ›Löwen‹?«, hakte Linkohr nach. »Sie meinen die Wirtschaft hier?«

»Ja, da gibt es noch so was wie einen Stammtisch, wie man ihn von früher kennt. Gehen Sie mal hin, meist dienstags und freitags. Da fliegen manchmal die Fetzen, wenn sich die Dickschädel treffen.« Melzinger grinste. »Die Ortspolitik wird nämlich im ›Löwen‹ gemacht, nicht im Rathaus, heißt es. Aber, was soll ich sagen, Herr Linkohr: Geld regiert die Welt. Da haben wir Kleinbauern nichts mehr zu melden.« Er drehte seinen Putzlappen in den Händen und blickte zu Linkohr: »Sie werden auch nicht gerade zu den Großen zählen, nehm' ich an.«

Der Kriminalist wusste nicht so recht, wie er diese Bemerkung deuten sollte. »Noch eine andere Frage: Dieser Jägersitz von Hartmann ist ja ziemlich groß ...«

Jetzt huschte ein Grinsen über Melzingers Gesicht: »Da werden Sie von mir nichts erfahren, Herr Linkohr. Sie müssen schon selbst rauskriegen, was von dem, was drüber gesprochen wird, Jägerlatein ist und was nicht.«

Kugler sah beklommen dem nahenden Sonntag entgegen. Würde sich bis dahin herumgesprochen haben, was gegen ihn vorlag? Worüber sollte er predigen? Während seiner langen Seelsorgertätigkeit war ihm stets daran gelegen gewesen, aktuelle Themen aufzugreifen. Und was beschäftigte die Menschen in und um Rimmelbach in dieser Woche mehr als der tragische Tod Hartmanns? Doch wenn dies alles etwas mit ›seinem Fall‹ zu tun hatte, wäre es riskant, dieses Thema aufzugreifen. Vielleicht hatten sogar schon die Zeitungen bis dahin berichtet. Er war erleichtert, dass diese Woche kein weiterer Religionsunterricht mehr auf dem Stundenplan stand. Hausbesuche, wie er sie regelmäßig bei älteren Kirchenmitgliedern machte, reduzierte er auf ein Mindestmaß.

Er saß an diesem späten Nachmittag zusammengesunken am Schreibtisch seines Büros und starrte in die grauweiße Nebelwand hinaus, die alles zu erdrücken schien – als verwehre sie ihm für immer den Blick zum Himmel. Wieder hatte er die Protokolle und das staatsanwaltschaftliche Schreiben gelesen. Und immer wieder suchte er in den juristischen Formulierungen vergeblich etwas, das ihm einen Funken Hoffnung bescheren würde. Aber die Worte und Sätze waren gnadenlos. Dass ihm sein Anwalt geraten hatte, gelassen auf den weiteren Verlauf des Verfahrens zu warten, empfand er als eine routinemäßige Floskel. Warten bedeutete doch nur, hilflos und tatenlos dazusitzen, während anderswo mit juristischen Spitzfindigkeiten an seinem Schicksal gestrickt wurde.

Vor seinem geistigen Auge tauchte der kleine Manuel auf, der in den wenigen Stunden, die er im Religionsunterricht verbracht hatte, kaum in der Lage gewesen war, einen zusammenhängenden Satz zu formulieren. Wie konnte ein solches Kind eine derartige Lawine auslösen und ein Leben zerstören? Kugler spürte, wie schwer es ihm fiel, klar zu denken. Er schloss die Augen. Zwei Tage waren erst vergangen – und die Last lag tonnenschwer auf seiner Seele. Wie sollte er monatelang mit dieser Ungewissheit leben?

Dabei stand ihm das Schlimmste noch bevor, wenn erst die Öffentlichkeit davon erfuhr. Man würde ihn als untragbar abstempeln. Kugler ließ den Blick durch sein Arbeitszimmer streifen, sah die massiven Schränke, die antiken Ölgemälde von Kirchen und die dicken Bücher in den Regalen. Alles würde er wieder verpacken und anderswo aufstellen müssen. Anderswo. Dort, wo niemand wissen würde, weshalb er nur knapp über ein Jahr in Rimmelbach gewesen war. Aber gab es dieses ›Anderswo‹? Sprach sich nicht in einer Zeit der allgegenwärtigen Medien innerhalb von Stunden herum, was man ihm vorwarf? Egal, wohin er sich auf diesem Planeten auch verkroch, die Vergangenheit konnte er nicht mehr abschütteln. Nie mehr. Für ihn war Rimmelbach die Endstation. Der Nebel, der in der Abenddämmerung immer dichter wurde, erinnerte ihn an einen Vorhang. An einen Bühnenvorhang, der längst gefallen war. Ohne Applaus, weil das Publikum die Vorstellung als mies empfunden hatte.

Kugler war so tief in Gedanken versunken, dass er das Summen des Telefons auf seinem Schreibtisch zunächst gar nicht registrierte. Erst beim dritten Mal nahm er es wahr, wartete noch einen Augenblick, räusperte sich und nahm dann den Hörer in die Hand. »Kugler«, meldete er sich.

»Hier spricht Neth«, hörte er eine energische Männerstimme, die ihm mit einem Schlag verdeutlichte, dass der Zeitpunkt der persönlichen Katastrophe eingetreten war. Jetzt war das Thema an die Öffentlichkeit gelangt.

8

»Wenn man's genau nimmt, haben wir nur diese versuchte Brandstiftung«, resümierte Häberle, nachdem Linkohr und Wissmut in sein Büro gekommen waren und die Sekretärin frisch gebrühten Kaffee gebracht hatte.

»Und diese Kerze sollte wohl nicht wirklich einen Brand auslösen«, meinte Linkohr. »Sie war viel zu groß und hätte noch mindestens sechs Stunden gebrannt, bis die Flamme auf etwas anderes übergegriffen hätte.«

Wissmut, der nur widerwillig zu dem Gespräch gekommen war, winkte ab: »Wenn ich es noch mal wiederholen darf: Ich glaube, ihr verrennt euch da in etwas. Der Tod Hartmanns war ein astreiner Selbstmord – so sagen es doch die Pathologen – und der Pfarrer hat an dem kleinen Jungen rumgefummelt. Beides hat nichts miteinander zu tun. Und die Brandstiftung schon gar nicht.«

Häberle sah den Kollegen skeptisch von der Seite an. »Vergiss bitte nicht, dass viele dieser Herrschaften in Rimmelbach mit Hartmann in Verbindung standen.«

»Wundert dich das?«, konterte Wissmut. »Soweit ich die Telefonverbindungsdaten überblickt habe, handelt es sich überwiegend um das weibliche Geschlecht, das sich für den betuchten Viehhändler interessiert hat.«

Linkohr runzelte die Stirn und nickte. »Danach sieht's wohl aus.« Er nahm einen Schnellhefter zur Hand. »Sandra Kowick, Stefanie Marquart und sogar die Schulleiterin.«

»Was heißt: ›Sogar die Schulleiterin‹?«, gab sich Wissmut verwundert. »Nur weil sie eine kleine Grundschule leitet, muss sie ja nicht gleich dem Charme dieses Herrn widerstehen, oder?«

»Ein Herr«, griff Häberle die Formulierung auf, »der sich einer idyllischen Liebeslaube bedient …«

»... obwohl er dies nicht nötig hätte, weil er ohnehin daheim eine sturmfreie Bude hat«, unterbrach ihn Wissmut.

»Was mich stutzig macht«, fuhr Häberle fort, »das ist die Verbindung zu dieser Sandra Kowick; das ist die Mutter von dem Manuel.«

»Ja, das ist korrekt«, bestätigte Linkohr schnell.

»Wir fragen sie einfach«, meinte Wissmut.

»Richtig«, brummte Häberle, »außerdem müssen wir uns auf einige Kernpunkte konzentrieren.« Er hatte sich Notizen gemacht, die er kurz überflog. »Wir müssen unter allen Umständen rausfinden, worin das Motiv von Hartmanns Selbstmord liegt.«

»Bislang unklar«, warf Linkohr ein. »Die Kollegen sind aber an seinem Computer dran. Er scheint vieles mit Passwörtern gespeichert zu haben. Außerdem gibt es unzählige Kontakte Richtung Russland. Vermutlich, so meinen die Jungs, wurde auch mit getarnten Bezeichnungen gearbeitet. Möglicherweise steckt hinter dem Kuhhandel – wenn ich das mal so sagen darf – etwas ganz anderes dahinter.«

»So?«, staunte Wissmut. »Drogen, Waffen, Autos?«

Linkohr zuckte mit den Schultern. »Noch wollen sich die Kollegen nicht festlegen.«

»Da könnte uns doch der Igor auf die Sprünge helfen«, entsann sich Häberle des jungen russischen Mitarbeiters von Hartmann.

»Fragt ihn doch«, konterte Wissmut wieder, als ginge ihn dies alles nichts an.

Häberle wandte sich seinen Notizen zu. »Bis Klarheit herrscht, sollten wir uns der Frage widmen, wer Interesse haben könnte, Mompach mit dieser offensichtlich harmlosen versuchten Brandstiftung Angst einzujagen.«

»Da könnten viele infrage kommen«, meinte Linkohr und Häberle nickte: »Ja, man kann sich durchaus vorstellen, dass es genügend Menschen gibt, die ihm Unheil an den Hals wünschen. Andererseits könnte es doch sein, dass jemand die Kerze aus der Kirche dazu benutzt hat, um auf diese Weise eine Botschaft zu vermitteln.«

Wissmut winkte erneut ab. »Jetzt versuchst du krampfhaft, einen Zusammenhang mit dem Fall Manuel zu konstruieren. Ich finde, wir sollten das nicht an den Haaren herbeiziehen.«

Noch ehe der Chefermittler etwas erwidern konnte, tauchte die Polizeistudentin Vanessa auf und blinzelte auffällig Linkohr zu. »Wir haben den Eismann gefunden«, strahlte sie und blickte mit aufmunternder Miene in die Männerrunde. Sie nahm einen Notizzettel zur Hand. »Er heißt Timo Mompach, wohnt in Böhmenkirch und ist der Sohn von Heiko Mompach.«

»Heiko Mompach?«, entfuhr es Linkohr.

»Ja, Timo ist der Sohn vom alten Hochsträßbauer.«

Dieter Kugler spürte, wie ihm die Worte des Journalisten sämtliche Energie entzogen hatten. Sie waren wie ein Stromstoß gewesen – oder der Blitz, der sich jetzt entzündet hatte. Er wollte etwas sagen, doch irgendetwas schnürte ihm die Kehle zu.

»Sind Sie noch da?«, hörte er die energische Stimme im Hörer.

»Ja«, presste Kugler mühsam hervor.

»Ich glaube, Sie können sich denken, warum ich anrufe«, kam es zurück.

Kugler entschied, nichts zu sagen – ein Verhalten, das den Journalisten offenbar verunsicherte. »Ich verstehe nicht, was Sie meinen«, sagte Kugler schließlich.

»Es gibt da einen Vorfall in Rimmelbach, der in der Öffentlichkeit für Wirbel sorgt.«

Kugler schwieg und schloss konzentriert die Augen. Was würde jetzt besser sein? Das Gespräch beenden, auflegen und auf keine Frage eine Antwort geben? Dann aber hätte er sich die Chance zur Verteidigung verbaut und wüsste nicht, welchen Kenntnisstand der Journalist hatte. Jetzt konnte ihm jedes unbedacht dahergesagte Wort Kopf und Kragen kosten. Und würde er erwidern, er wolle erst einmal mit seinem Rechtsanwalt reden, denn wäre daraus möglicherweise zu folgern, dass er sich bereits juristischer Mittel bedienen musste. Er wusste, dass er jetzt nur Falsches tun konnte. Er stand bereits mit dem Rücken zur Wand, obwohl das ganze Verfahren noch gar nicht in Gang gekommen war.

»Ich wollte nur mal wissen, wie Sie dazu stehen«, hörte er wieder Neths Stimme. Für einen Augenblick überlegte Kugler, ob er etwas überhört hatte – oder hatte Neth das Entscheidende tatsächlich noch nicht beim Namen genannt?

»Wozu?«, fragte er mit trockenem Mund.

»Reden wir nicht lange drum rum«, wurde der Journalist jetzt deutlicher. »Es geht um die Sache im Religionsunterricht.«

Kugler spürte ein inneres Zittern. Er fror. Musste er jetzt wirklich etwas sagen? Er entschied sich erneut zu schweigen.

»Es heißt, Ihnen wird vorgeworfen, ein Kind unsittlich berührt zu haben«, brachte Neth die Sache auf den Punkt.

Kugler schluckte. Er empfand Blutleere im ganzen Körper. Als er kurz die Augen öffnete, war es ihm, als drehe sich der ganze Raum. »So, heißt es das?«, war alles, was er entgegnete, um nach zwei, drei Sekunden hinzuzufügen: »Was es heißt und was Realität ist, ist oft ein großer Unterschied.« Ihm war klar, dass er kurz und knapp schildern sollte, wie er zu den Anschuldigungen stand.

»Und wie stellt sich die Sache aus Ihrer Sicht dar?«, bohrte Neth weiter.

»Da gibt's überhaupt nichts zu erklären. So wie es aussieht, versucht jemand, mich auf infame Weise loszuwerden.«

»Ach?«, staunte Neth, der den Trubel noch gut in Erinnerung hatte, der durch Kuglers Bewerbung für die Pfarrstelle entstanden war. »Sie meinen verspätete Rache?«

»Ob man es Rache nennen kann oder Vergeltung oder was auch sonst immer, vermag ich nicht zu sagen.«

Neth wollte gerade etwas erwidern, als Kugler ihm das Wort abschnitt: »Und jetzt möchte ich Sie bitten, die Angelegenheit als das zu behandeln, was es ist – nämlich ein schwebendes Verfahren, das man auch als Rufmord bezeichnen könnte.«

»Und welche Konsequenzen werden Sie daraus ziehen?«

Kugler stand auf und spürte, dass er auf wackligen Beinen stand. »Wieso sollte ich Konsequenzen ziehen? Würden Sie Ihren Job gleich aufgeben, bloß weil Ihnen jemand etwas Schreckliches vorwirft?«

»Ich glaube nicht, dass man das vergleichen kann.«

»Oh doch«, fasste Kugler wieder Mut. »Was glauben Sie, wie viel Denunziantentum täglich in diesem Lande vorkommt? Nichts ist doch einfacher, als über jemanden anonym ein Gerücht zu verbreiten oder ihn bei der Staatsanwaltschaft anzuzeigen. Selbst wenn das Verfahren eingestellt wird oder es zu einem Freispruch kommt, bleibt immer etwas an demjenigen hängen.«

»Sie befürchten also, dass auch etwas an Ihnen hängen bleibt?«

»Ich möchte mich darüber jetzt nicht länger mit Ihnen unterhalten, Herr Neth. Entschuldigen Sie bitte, aber mehr, als dass an der Sache nichts, aber auch gar nichts dran ist, kann ich Ihnen nicht sagen. Ich möchte Sie noch einmal inständig bitten, zum gegenwärtigen Zeitpunkt nicht darüber zu berichten. Oder wollen Sie mich und meine Familie systematisch zerstören und sich von dem Lügenerfinder instrumentalisieren lassen?«

»Aber ich ...«

»Natürlich steht es Ihnen frei, die Sache so zu behandeln, wie Sie oder Ihr Verlag oder Ihr Chefredakteur es für richtig halten, aber denken Sie auch daran, dass Sie als Journalist eine gewisse moralische Verantwortung haben.«

»Das entscheiden nicht alleine wir hier in der Provinz, Herr Kugler. Wenn wir nicht drüber berichten, dann tun's andere.«

Der Theologe stützte seinen massigen Körper mit einer Hand an der Schreibtischkante ab. Jetzt kam auch noch dieses Totschlagsargument: Wenn wir's nicht tun, dann tun's andere. Er konnte diesen Satz nicht mehr hören. Wenn wir die Atombombe nicht einsetzen, tun's andere. Oder: Wie leicht ist es doch, das eigene Handeln dem Zwang anderer zu unterwerfen? Ich würde es ja nicht tun, wenn nicht die anderen mich dazu zwängen! Dieser andere denkt natürlich genauso – und schon kommt etwas in Gang, was keiner wollte. Eine Spirale des Schreckens. Was war auf diese Weise schon alles in der Menschheitsgeschichte angerichtet worden! Der eine wollte nur dem anderen zuvorkommen – obwohl der andere gehofft hatte, dass es gar nicht so weit kommen würde. Warum konnten die Menschen nicht einfach zusammensitzen und beschließen und entscheiden, was sie auf gar keinen Fall wollten?

In den sogenannten zivilisierten Staaten wurde dies zwar versucht, aber jeder von ihnen war auch heute noch bis an die Zähne bewaffnet. Das Misstrauen saß tief.

»Versuchen Sie doch, Ihre Kollegen davon zu überzeugen, dass sie mit einer Berichterstattung nur alles schlimmer machen würden.« Er hörte, wie Neth leicht verärgert die Luft ausstieß.

»Sie wissen genauso gut wie ich, Herr Kugler, dass es inzwischen so viele unterschiedliche Medien gibt. Da sind wir in dieser Kleinstadt nur ein winziges Rädchen.«

»Aber auch dieses winzige Rädchen ist Teil eines großen Uhrwerks.«

»Das ist richtig, aber in einem großen Uhrwerk ist es völlig egal, an welchem Rädchen gedreht wird, alles bewegt sich mit.« Neth war schlagfertig.

»Ja, aber es dreht sich halt doch. Und zwar nur in eine Richtung.«

Neth zögerte. »Mir scheint, die Uhr hat für Sie zu ticken begonnen«, sagte er dreist.

Kugler war von diesem Vergleich getroffen und geschockt gleichermaßen. »Man kann eine Uhr auch anhalten«, fiel ihm als einzige Erwiderung ein.

»Aber die Zeiger haben sich trotzdem schon ein Stück weitergedreht«, gab sich Neth siegessicher. »Ich danke Ihnen für dieses Gespräch.« Er legte auf, ohne auf eine Entgegnung Kuglers zu warten. Der hielt den Hörer noch fast eine halbe Minute umklammert. Der Vergleich mit der Uhr erinnerte ihn an eine Redewendung, die seine innere Stimme aufgriff: Vielleicht hat dein letztes Stündlein bald geschlagen.

Linkohr hatte sich an diesem tristen Oktoberabend telefonisch bei Timo Mompach in Böhmenkirch angemeldet. Der Mann bewohnte eine winzige Einliegerwohnung im Neubaugebiet. Vor der Tür parkte sein Lieferwagen mit der Aufschrift ›*Arktis*‹.

»Ich dachte, ich hätt Ihrer Kollegin bereits alles gesagt«, gab sich der hochgewachsene, schlanke Mann verwundert, als er den Kriminalisten in seine mit Billigmöbeln ausgestattete Wohnküche führte. Es roch nach Fett und Zigarettenqualm. Gebrauchtes Geschirr stapelte sich verkrustet und verklebt im Spülbecken. Linkohr erklärte, dass er nur gekommen sei, um noch einige wenige Punkte zu klären. »Wir müssen ein paar Dinge abhaken, dann ist die Sache mit dem Suizid von Hartmann geklärt.«

»Ihre Kollegin hat mich ganz schön erschreckt, als sie gesagt hat, ich sei vielleicht kurz nach seinem Selbstmord an diesem Waldeck gewesen.« Mompach junior strich sich über das unrasierte Kinn und zupfte nervös an seinen engen Jeans.

»So genau kann man das nicht sagen«, beruhigte ihn Linkohr, »aber warum sind Sie denn ausgerechnet zu diesem Waldstück hinübergefahren?«

»Ja, das ist eine gute Frage«, erwiderte der junge Mann leicht zerknirscht. »Das lässt sich aber ganz einfach erklären. Wenn ich von meiner Tour zurückkomme, nehm ich die Abkürzung über die Feldwege – dann muss ich nicht durch Rimmelbach durch.«

»Verbotenerweise«, brummte Linkohr.

Timo Mompach nickte verlegen. »Ich weiß ja, aber es ist hier oben auf der Alb gang und gäbe, dass man mal über so 'nen geteerten Feldweg fährt. Natürlich nicht sonntags, wenn dort die Städter wandern.« Er verzog das Gesicht zu einem verkrampften Lächeln.

»Keine Sorge, darum geht's uns nicht«, Linkohr winkte ab. »Sie kommen dann aber ganz dicht an diesem Hochsitz vorbei ...?«

Der junge Mann ließ nervös zwei Fingerknöchel knacken. »Ich weiß, worauf Sie hinauswollen. Sie wollen wissen, ob da Autos gestanden sind.«

»So ist es.« Linkohr hatte den Eindruck, dass sich Timo darüber bereits Gedanken gemacht hatte.

»Ich hab nicht so genau rübergeschaut«, zögerte Mompach junior. »Etwa 150 Meter vor mir ist auch einer gefahren. Er ist gerade nach rechts in die Landstraße eingebogen. Ein rotes Auto, wenn ich mich recht entsinne.«

»Ein rotes Auto«, wiederholte Linkohr. »War es schon die ganze Zeit auf dem verbotenen Weg vor Ihnen oder haben Sie es mit dem Lieferwagen eingeholt?«

»Eingeholt? Ach so, nein. Ich weiß nicht, ob Sie die Örtlichkeiten kennen, aber der Weg macht am Waldrand einen Bogen. Erst als ich dort war, hab ich das Auto vor mir gesehen.«

»Es kann also auch erst dort losgefahren sein«, stellte der Kriminalist fest und rief sich die Aussage Melzingers ins Gedächtnis, der das rote BMW Cabrio von Igor erwähnt hatte. »War denn zu diesem Zeitpunkt das Gewitter schon vorbei?«

Timo überlegte. »Ja. Als es kurz richtig getobt hat, war ich noch auf der Autobahn bei Aalen. Das dürfte vielleicht eine Viertelstunde her gewesen sein. Wobei ich natürlich nicht sagen kann, ob's hier oben schon früher geregnet hat.«

»Wie war die Situation dann, als Sie an diesem Waldeck vorbeikamen, an dem der Hochsitz steht? Hat da ein Auto geparkt?«, hakte Linkohr vorsichtig nach.

»Ganz sicher kann ich dazu nichts sagen«, antwortete der junge Mann und vermied den direkten Blickkontakt. »Ich hab nicht bewusst rübergeschaut.«

»Vermutlich ist der Geländewagen von Hartmann dort gestanden«, half ihm Linkohr auf die Sprünge.

»Mag sein, ja. Aber …«

Linkohr unterbrach ihn: »Sonst kein Auto?«

Timo sah ihn jetzt mit blassem Gesicht an. »Glauben Sie mir nicht?« Er ließ wieder einen Knöchel knacken und wippte nervös mit den Beinen. »Außerdem will ich da in nichts reingezogen werden. Ich hab mich aus Rimmelbach zurückgezogen, das wissen Sie vielleicht.«

Der Kriminalist nickte. »Das Verhältnis zu Ihrem Vater …«

»Es ist besser, wenn wir vorläufig getrennte Wege gehen.«

»So?«

»Sie werden es schon bemerkt haben: Er lässt keine andere Meinung als seine eigene gelten. Weder in der Familie noch im Dorf.«

Der Kriminalist überlegte, ob er die Frage stellen sollte, die ihm unter den Nägeln brannte. »Aber mit Hartmann hat er sich verstanden?«

Sein Gegenüber verengte die Augenbrauen. »Wie meinen Sie das? Mein Vater und er waren gute Bekannte. Jagdfreunde. Sie sind auch mal in Ungarn und in Kanada gewesen – zum Jagen.«

Linkohr konnte sich durchaus vorstellen, dass solche Reisen zum Prestige eines jeden Jägers gehörten. »Es war also so etwas wie eine richtige Männerfreundschaft.«

Timo zögerte und fingerte aus der vor ihm liegenden Zigarettenschachtel einen Glimmstängel heraus. »Ja, das kann man so sagen. Sie waren auch hin und wieder gemeinsam im Urlaub, in Thailand. Ganz geheim natürlich. Meine Mutter weiß bis heute nichts davon. Kürzlich war er auch mal am Lago Maggiore, aber allein, soweit ich weiß. Mein Vater nimmt sich ziemlich viel heraus.« Er grinste vielsagend. »Na ja, er pflegt halt seine Männerfreundschaften. Zumindest war es so – bis vor einigen Monaten.« Er zündete sich die Zigarette an und inhalierte den Rauch. »Da hat's wohl einen Krach gegeben, wie man so hört.«

Linkohr kämpfte mit dem Zigarettenqualm, der ihm aufdringlich in die Nase stieg. »Ach? Worum ging's denn?«

Timo nahm gleich noch einen zweiten Zug. »Ich sag's Ihnen, wenn Sie mir versprechen, dass Sie mich nicht verraten. Ich will den Krach mit meinen Eltern nicht noch vergrößern.«

»Okay«, erwiderte Linkohr schnell. »Versprochen.«

»Es ging um eine Frauengeschichte.«

»In Thailand?«, entfuhr es Linkohr.

»Nein, nicht Thailand. Dort hätt's doch keinen interessiert.« Er zögerte. »Es war hier.«

Kugler stand die schlimmste Nacht seines Lebens bevor. Nach dem Telefonat mit dem Journalisten war er eine Viertelstunde lang regungslos dagesessen, hatte in die aufziehende Dämmerung dieses tristen Nebeltages geblickt und vergeblich versucht, das wilde Gedankenwirrwarr in seinem Gehirn zu ordnen. Wenn die Zeitung morgen über ihn und die Anschuldigung berichtete, würde der Gottesdienst am Sonntag ein einziges Fiasko werden. Würden die ohnehin wenigen, die kamen, mit Buhrufen reagieren? Würden sie ihn auffordern, ihn, den Kinderschänder, sofort das Haus Gottes zu verlassen? Für einen Augenblick dachte er daran, einfach wegzufahren, alles hinter sich zu lassen. Für immer.

Für immer? Er musste an die armen Seelen denken, die er während seines langen Berufslebens schon beerdigt hatte, nachdem sie freiwillig aus dem Leben geschieden waren. Junge und alte Menschen gleichermaßen. Bei einigen hatten Abschiedsbriefe ihre innere Verzweiflung verraten, obwohl niemandem aus dem Familien- oder Freundeskreis etwas aufgefallen war. Andere hatten ihr Geheimnis über den Grund ihres Selbstmords mit ins Grab genommen – und damit bei den Angehörigen eine nie verheilende Wunde gerissen. Kugler entsann sich vieler solcher Schicksale und spürte auch jetzt wieder die Betroffenheit, mit der er in all diesen Fällen tröstende Worte gesucht hatte.

Was würden sie wohl sagen, wenn er denselben Weg wählen würde? Er schloss die Augen und sah Züge auf sich zurollen. Züge, die Menschen zermalmten. Wie verzweifelt musste jemand sein, der es fertigbrachte, vor eine Lok zu springen?

Kugler fröstelte. Er stand auf und wankte auf zitternden Beinen ins Esszimmer hinüber. Seine Frau war entsetzt, als sie ihn mit fahlem Gesicht auf sich zukommen sah. »Wer hat denn angerufen?«

Er ließ sich schwer atmend auf einen Stuhl sinken. »Die Zeitung«, sagte er tonlos und schloss wieder die Augen.

»Die Zeitung?«

Er nickte. »Ich hab es ihm nicht ausreden können.«

»Wem?«

»Dem Neth.« Er legte sein Gesicht in tiefe Falten. »Das ist der, der voriges Jahr hier über meine Bestellung als Ortspfarrer berichtet hat. Kannst du dich nicht mehr an den Namen erinnern?«

Frau Kugler legte das Magazin beiseite, in dem sie geblättert hatte, ohne den Inhalt wirklich aufzunehmen. »Wahrscheinlich tut er auch nur seine Pflicht.« Kaum hatte sie es gesagt, wurde ihr bewusst, dass es leere Worte waren.

Er schwieg und schloss die Augen.

»Weißt du«, wandte sich seine Frau ihm zu, »wir sind schon durch so viele Tiefs gegangen und jedes Mal stärker geworden. Erinnerst du dich, wie wir mit Gottvertrauen das letzte Jahr gemeistert haben?«

Er wollte gar nicht mehr daran erinnert werden. Als er seine Augen wieder öffnete, sah Franziska, dass sie feucht und unendlich müde waren. »Du hast damals gesagt, Gott habe uns Prüfungen auferlegt.«

»Ja, das habe ich«, nickte er schwer. »Aber warum schon wieder eine Prüfung?« Er ließ ein paar Sekunden verstreichen. »Ich habe einfach nicht mehr die Kraft, dies alles durchzustehen. Was glaubst du denn, was morgen hier los sein wird?«

Franziska streichelte ihm über den Arm, stand auf und schenkte ihm einen kleinen Schluck Kognak in ein Glas. Er nahm es mit zitternder Hand und trank. »Man soll seinen Kummer nicht in Alkohol ertränken«, sagte er, als müsse er sich entschuldigen. »Das macht alles nur schlimmer.«

Franziska entgegnete nichts.

»Was glaubst du, wie ich am Sonntag im Gottesdienst dastehe?«, fuhr er fort. »Soll ich so tun, als ob nichts gewesen wäre? Obwohl die wenigen, die da sein werden, nur daran denken, dass ich ein Kinderschänder bin?«

Seine Frau setzte sich wieder zu ihm. »Es ist Erntedank …«

Kugler fühlte sich dabei ertappt, dass er dieses kirchliche Fest verdrängt hatte, das in Rimmelbach wegen des raueren Alb-Klimas stets erst eine Woche nach dem üblichen Termin stattfand. Dazu würden übermorgen, am Samstag, die ehrenamtlichen Helfer wieder den Altar mit den Früchten der Gärten und Felder schmücken. »Wie kann ich den Herrgott lobpreisen für die Ernte, wenn ich dastehe, als würde ich mich an Kindern vergehen?«

»Vielleicht findest du einen Weg, Erntedank mit dem menschlichen Zusammenleben zu verbinden.« Sie wusste, dass er ein großes Talent dafür hatte, kirchliche Gedenktage mit den Alltagssorgen zu verknüpfen, und ergänzte: »Hier eine gute Ernte, dort die Menschen, die sich gegenseitig aufreiben, anstatt Gott dafür zu danken, dass uns die geschundene Erde noch immer ernährt.«

»›Gegenseitig aufreiben‹«, zitierte er ihre Worte. »Das klingt mir viel zu harmlos.« Er spürte, wie eine innere Energie plötzlich aufflammte. »Seit die Menschen ihre Sensibilität für die geistige Welt verloren haben, hat sich Kälte breitgemacht. Unsere angeblich christlich geprägte Gesellschaft in Mitteleuropa hat sich mit der Abkehr von allem, was sich nicht betriebswirtschaftlich rechnet oder keinen naturwissenschaftlichen Gesetzen standhält, selbst ein wichtiges Standbein zum Überleben abgesägt: die Moral und den Glauben an eine höhere Macht, deren Bestandteil wir alle sind und der wir uns nicht widersetzen können.«

Franziska lächelte. »Siehst du, Dieter, ich hab es gewusst: Du bist auf einem guten Weg.« Sie drückte ihm einen Kuss auf die Wange.

»Wenn's nur so einfach wäre«, fiel er wieder in sich zusammen. Vielleicht hatte diese höhere Macht auch anderes mit ihm vor. Vielleicht war es sinnlos, sich dagegen zu wehren. Seit über einem Jahr stieß er nur noch auf Widerstände. Wie Schlaglichter tauchten in Gedanken die Anfeindungen auf, denen er in Rimmelbach ausgesetzt war. Er kam sich wie ein Schwimmer vor, der gegen einen reißenden Fluss kämpft. Sollte er nicht einfach aufgeben und sich von den Fluten abtreiben lassen? Wieder schloss er die Augen – und aus dem Bild des reißenden Flusses wurde ein schneeweißer Zug, der immer größer, immer drohender auf ihn zukam.

»Woran denkst du jetzt?«, hörte er plötzlich Franziskas besorgte Stimme.

»An nichts«, erwiderte er schnell, »an gar nichts. Nein.«

Heiko Mompach hatte den spätabendlichen Kontrollgang über sein Anwesen nicht, wie üblich, seiner Angestellten überlassen. Man konnte in diesen Tagen nie wissen, welchen Gefahren er ausgesetzt war. Seit dem Tod seines einst besten Freundes hatte ihn das ungute Gefühl beschlichen, nun selbst ins Visier eines dubiosen Feindes geraten zu sein. Die Stimmung im Dorf war umgeschlagen und es schien ihm, als würden ihn einige Menschen persönlich für den Tod Hartmanns verantwortlich machen. Denn dass die enge Freundschaft zerbrochen und das Tischtuch zwischen ihnen zerschnitten war, galt längst als offenes Geheimnis. Und seit er in der Asche seiner Feuerstelle verdächtige Fußspuren gesehen hatte, wollte er kein Risiko mehr eingehen. Er musste alles tun, um sich aus der Schusslinie zu nehmen. Alles.

Und dennoch war er nicht davor gefeit, selbst Opfer zu werden.

Er hatte sich deshalb vorgenommen, nächtliche Kontrollgänge zu unternehmen. Als er gegen drei Uhr durch ein verdächtiges Geräusch wach wurde, das sich anhörte, als sei draußen jemand gegen einen Metallgegenstand gestoßen, lauschte er kurz in die Nacht, stellte zufrieden fest, dass seine Frau schlief, und schlich aus dem Schlafzimmer. In der Diele warf er sich einen Mantel über, schlüpfte in Arbeitsschuhe und machte sich durch die Kälte auf den Weg zu Stallungen und Scheune. Denn falls dort jemand herumschlich, würde er ihn persönlich zur Rede stellen wollen. Hier auf seinem Hof hatte niemand etwas zu suchen. Und schon gar nicht in der Nacht. Für einen kurzen Moment überlegte er, ob er seine Jagdwaffe mitnehmen sollte. Dann aber verwarf er den Gedanken, denn sie im Ernstfall einzusetzen, wäre viel zu riskant gewesen. Die gesetzlichen Bestimmungen ließen privaten Schusswaffengebrauch so gut wie gar nicht zu.

Er war davon überzeugt, dass allein schon das Licht der Halogenstrahler an der Außenwand jeden Eindringling aufschrecken würde. Er knipste sie an und erkannte, dass ihr Licht von dichtem Nebel gedämpft wurde. Er schätzte die Sichtweite auf allenfalls zehn Meter. Auch der Lichtstrahl seiner starken LED-Handlampe bohrte sich in eine weißgraue Wand und verlor sich im Nichts der sanft wabernden Nebelschwaden.

Mompach spürte, wie die mit Feuchtigkeit gesättigte Nachtluft den Kragen seines dicken Mantels benetzte. Er schritt an der Scheune entlang, kontrollierte das Tor und die beiden folgenden Türen, drückte Klinken nieder, um festzustellen, dass sich nichts öffnen ließ, und blieb vor der Gebäudekante stehen. Er lauschte in die undurchdringliche Nebelwand. Doch nachdem das Knirschen seiner Tritte auf dem geschotterten Weg verstummt war, umgab ihn eine ungewöhnliche, ja geradezu bedrohliche Stille. Kein einziger Ton drang an sein Ohr. Kein Flugzeug, kein Auto, kein Tier. Der Nebel verschlang nicht nur jedes Licht, sondern auch alle Geräusche. Mompach atmete flach, als habe er Angst, diese geradezu andächtige Stille zu zerstören. Eine halbe Minute hielt er inne, während sich der Strahl seiner Handlampe kegelförmig in die nächtliche Dunkelheit bohrte.

Mit einem Mal wurde ihm bewusst, dass dieses Licht wie ein Leuchtfeuer war, das seinen Standort verriet. Falls sich heute Nacht jemand hier draußen herumtrieb, war es für diese Person ein Leichtes, ihm unbemerkt nahe zu kommen.

Mompach löschte die Lampe, sodass nur noch die Außenbeleuchtung an den Gebäuden von oben her in den Nebel hineinstrahlte, aber nicht bis zum Boden reichte.

Mit drei, vier Schritten war er um die Ecke des Gebäudes geeilt, während unter seinen Sohlen wieder der feine Schotter geknirscht hatte. Das vertraute Geräusch kam ihm plötzlich störend, vor allem aber verräterisch vor. Wieder blieb er stehen. Sein Instinkt schlug Alarm. Er zuckte wie elektrisiert zusammen und wagte kaum mehr zu atmen. Denn es schien ihm, als habe das Knirschen nicht gleichzeitig mit dem letzten Schritt, den er getan hatte, aufgehört. Da war für den Bruchteil einer Sekunde später noch etwas gewesen. Wie in einem Film, bei dem die Tonspur nicht synchron zum Geschehen ablief.

Mompach verharrte regungslos. Seine Augen suchten hastig diesen unheimlichen schwarz-grauen Vorhang ab, der sich nach oben, zu den Halogenstrahlern, gespensterhaft aufhellte.

Er kniff die Augen zusammen und lauschte. Nichts. Hatte er sich getäuscht?

Er entschied, der Gebäudefront zu folgen. Sollte er schleichen? Möglichst keine Trittgeräusche mehr verursachen? Nein, sagte er sich. Es machte keinen Sinn, denn falls es einen Angreifer gab, konnte er ihm ohnehin nicht ausweichen. Der Unbekannte würde wie ein Phantom aus dem Nichts auftauchen.

Er musste also weitergehen, möglichst schnell. Seine Schritte verrieten Eile. Die Hose streifte an verdorrten Stauden entlang und Dornengestrüpp zerrte am Stoff. Doch in dieses Knacken und Kratzen hatte sich etwas anderes gemischt. Links neben ihm war es wieder gewesen – dieses Knirschen. Mompach blieb abrupt stehen. Viel zu schnell. Denn als er bereits stillstand, knirschte in unmittelbarer Nähe noch ein Schritt. Jetzt hatte er Gewissheit: Da war jemand.

Alle seine Muskeln spannten sich wie bei einem Raubtier, das auf einen Angriff wartete. Mompach starrte in das Dunkel vor sich, ohne eine Silhouette oder eine Bewegung wahrzunehmen. Von Sekunde zu Sekunde potenzierten sich Angst, Schrecken und Wut ins schier Unermessliche. Mompachs Blutdruck stieg, er zitterte am ganzen Körper. Zurück zum Haus war der Weg weit: An der rückwärtigen Stirnseite der Maschinenhalle entlang, dann rechts um die Ecke, der ganzen Länge dieses Gebäudes und der angrenzenden Stallung folgend. Fast 100 Meter, durchzuckte es ihn. Er war hier am weitesten vom Wohnhaus entfernt.

Mompach, der in seinem ganzen Leben niemals öffentlich eine Schwäche eingestanden hatte, war auch jetzt entschlossen, nicht zurückzuweichen. Deshalb war der erste Schock wieder nüchternem Denken gewichen. »Ist da jemand?«, rief er mit einer Stimme, die allerdings nicht so kräftig und entschlossen klang, wie er es von sich selbst gewohnt war. »Ist da jemand?« Er wiederholte es lauter.

Stille. Keine Schritte mehr.

»Bist du feige oder was?« Mompach hatte Mut gefasst. Er behielt die schwarz-graue Masse um sich herum im Auge, stand jetzt mit dem Rücken zur holzverkleideten Fassade.

»Komm her, wenn du mir was zu sagen hast.« Mompach schrie jetzt so laut und energisch er nur konnte. Sein Innerstes hatte die Furcht besiegt und ihm wieder zu dem gewohnt selbstbewussten Auftreten verholfen. Kaum hatte er diese autoritäre Entschlossenheit wiedergefunden, sorgte ein neuerliches undefinierbares Geräusch für einen gewaltigen Adrenalinstoß. Im Bruchteil einer Sekunde zischte etwas auf ihn zu. Irgendein Objekt, ein Schatten aus dem Nichts, auf Augenhöhe. Reflexartig zuckte sein Kopf zur Seite – und gleichzeitig gab es hinter ihm einen Aufprall. Einen dumpfen, satten, aber kräftigen Stoß gegen die Holzverkleidung der Halle.

Mompach war für einen kurzen Moment nicht mehr in der Lage, sich zu bewegen. Seine Kehle war trocken. Er brachte keinen Laut heraus.

9

Kugler hatte noch ein Glas Kognak getrunken und sich an seinen Schreibtisch gesetzt. Die digitale Uhr am rechten unteren Rand seines Computerbildschirms zeigte 1.37 Uhr. Nach dem langen Gespräch mit Franziska war er noch kurz vor Mitternacht ein Stück durch den Nebel gegangen und hatte die feucht-kühle Luft in sich aufgesogen. Er hatte es genossen, ungesehen durch die Straßen und Gassen zu gehen, sich den Geruch von Holzfeuern und Schweineställen in die Nase steigen zu lassen und sich der Stille hinzugeben, die allenfalls durch das monotone Rauschen eines Lüftungsgebläses gestört wurde.

Diese Ruhe und innere Besinnung bekräftigten ihn in dem, was Franziska empfohlen hatte – nämlich, sich im Erntedank-Gottesdienst der Gemeinde zu stellen. Doch jetzt, wieder am Computer sitzend, kämpfte er mit jeder Formulierung, suchte krampfhaft nach passenden Worten und verlor sich in einem gedanklichen Labyrinth, das ihn gefangen hielt und immer wieder an das Entsetzliche erinnerte, das unaufhaltsam auf ihn einzustürzen drohte. Wie sollte er in diesem Zustand eine Predigt zuwege bringen? Würde er es überhaupt emotional verkraften, die Worte, falls sie ihm noch einfielen, dann auch auszusprechen? Er blätterte in seinem Kirchenbuch nach der Perikope, die den Predigttext für das diesjährige Erntedankfest vorgab. Jetzt, im Jahr 2013, galt die fünfte von sechs jeweils aufeinanderfolgenden Reihen. Seine müden Augen lasen: »Aller Augen warten auf Dich, Herr, und Du gibst Deinen ihre Speise zur rechten Zeit.« Zur rechten Zeit, klang es in seinen Gedanken nach. Er las weiter und hatte Mühe, sich auf den Inhalt der Worte zu konzentrieren: »Niemand kann zwei Herren dienen. Entweder er wird den einen hassen und den anderen lieben, oder er wird an dem einen hängen und den anderen verachten.« Kugler schloss für einen Moment die Augen. Den einen hassen, den anderen lieben, dröhnte es in seinem Gehirn. In Rimmelbach geschah doch nichts anderes. Sie liebten den einen und hassten den anderen. Als er die wässrigen Augen wieder öffnete, hatte er Mühe, den weiteren Verlauf des kleingedruckten Textes zu finden. Die Worte, die er dann las, schreckten ihn geradezu auf. Seine Konzentration war mit einem Schlag wieder da. Denn dieser eine Satz schien für Rimmelbach niedergeschrieben worden zu sein. Für Rimmelbach und all seine machtbesessenen und gierigen Menschen: »Ihr könnt nicht Gott dienen und dem Mammon.« War das Zufall oder hatte ihm der Himmel dieses Zeichen beschert? Er las den Text noch einmal und wurde wieder hellwach. Er entschied, seine Predigt darauf auszurichten.

Nach einer halben Stunde hatte er bereits eine halbe Bildschirmseite vollgeschrieben: »Die Erde hat uns wieder eine reichliche Ernte beschert. Aber anstatt Gott zu danken, hecheln wir dem Mammon hinterher. Wir Menschen benehmen uns, als sei die Ernte eine Selbstverständlichkeit. Und anstatt das Wunder der Natur, die geheimnisvollen Kräfte der Schöpfung und die wohlgeordnete Systematik zu bestaunen, gehen wir oberflächlich darüber hinweg und tun so, als liege es allein in der Macht von Industrie und Handel, die Regale der Supermärkte zu füllen – als sei alles nur das Ergebnis von Angebot und Nachfrage. Als ließe sich alles betriebswirtschaftlich berechnen und über den börsenorientierten Rohstoffhandel maximaler Gewinn erzielen, egal, unter welchen menschenunwürdigen Bedingungen in den Ländern der Dritten Welt produziert wird. Doch wir sollten keinesfalls die Augen vor dem verschließen, was um uns herum geschieht. Menschen werden zu Niedrigstlöhnen beschäftigt und ausgebeutet. In der Landwirtschaft werden Tiere nicht wie lebende Kreaturen behandelt, die Schmerzen empfinden und die doch – wie wir alle – Bestandteil der Natur sind.«

Kugler las den Text noch einmal und entschied sich, die folgenden Sätze gleich wieder zu löschen: »Wir müssen uns doch nur umschauen, ganz dicht bei uns. Welchen natürlichen Lebensraum gestehen wir unseren Legehennen zu? Wie viel Sonne und Freiheit haben unsere Milchkühe und die Mastschweine? Wie gehen wir mit den Kreaturen, unseren Mitgeschöpfen, um? Und wie beuten wir, unterstützt von Pestiziden, unser wertvolles, fruchtbares Land aus?«

Dies, so mahnte Kuglers innere Stimme, würde gerade jetzt die Stimmung in diesem ländlichen Albdorf unnötig gegen ihn anheizen. Er entschied sich zum Löschen des Textes, obwohl er sich eigentlich vorgenommen hatte, kein Blatt mehr vor den Mund zu nehmen und sich nicht verbiegen zu lassen.

Aber jetzt durfte er nicht auch noch einen zweiten ›Kriegsschauplatz‹ eröffnen. Er musste sich auf das Wesentliche konzentrieren. Er sah im nachtschwarzen Fenster über dem Schreibtisch sein eigenes Spiegelbild, sein faltiges und müdes Gesicht. Draußen ließ der Nebel keinen einzigen Schimmer einer Straßenlampe zu ihm hereindringen.

Kugler wandte den Blick von der Spiegelung und starrte auf den Bildschirm. Er legte die Finger wieder auf die Tastatur und ersetzte den Hinweis auf eingepferchte Legehennen und gequälte Mastschweine durch eine andere Formulierung: »Doch wir angeblich so zivilisierten Menschen stellen nur das eigene Wohlergehen in den Vordergrund, missachten die Schöpfung und sind auch untereinander zu kalt berechnenden Konkurrenten geworden, die wie in einem großen Monopoly- oder Schachspiel nur darauf bedacht sind, den anderen außer Gefecht zu setzen. Sei es, indem wir ihn wirtschaftlich ruinieren und gnadenlos in die Insolvenz treiben oder ob wir versuchen, mit Worten zu töten. Ein eiskalter Machtkampf.«

Kugler hatte gezögert, das Wort ›töten‹ niederzuschreiben, ließ es aber auch nach wiederholtem Lesen stehen. Er würde an dem Text ohnehin noch einige Male feilen und das Wort, je nach Gemütslage, vielleicht bis Sonntagvormittag wieder streichen.

Kugler wischte mit den Händen über sein Gesicht. Obwohl er sich matt und schlapp fühlte, würden ihn die quälenden Gedanken wieder nicht einschlafen lassen.

In spätestens fünf Stunden wurde die Zeitung ausgetragen. Dann wussten alle im Landkreis, was gegen ihn vorlag. Und alle seine Gegner vom letzten Jahr würden sagen: ›Wir haben's ja gewusst. Dieser Pfarrer passt nicht in den Ort. Dieser Pfarrer ist eine Gefahr.‹

Kugler erhob sich. Er musste noch einmal hinaus. Hinaus in die Nacht. In die letzte, die er ohne öffentlichen Makel erleben konnte.

Die letzte.

Er warf sich seine warme Lederjacke über, zog die festen Schuhe an und schlich aus dem Haus. Franziska sollte nicht hören, dass er noch einmal an die frische Luft ging. Aber selbst, wenn sie es registrierte, würde sie es nicht als ungewöhnlich empfinden. Kugler ging oft mitten in der Nacht spazieren, wenn er an einer Predigt arbeitete. Manchmal allerdings fragte er sich, ob sich der Aufwand für die paar wenigen Gottesdienstbesucher überhaupt lohnte und es nicht einfacher wäre, sich an vorgefertigten Texten zu orientieren. Aber sein Anspruch war es, die Menschen in der Predigt ›mitzunehmen‹, ihnen Gedanken mit auf den Weg zu geben. Diese durften natürlich auf dem Land nicht so provokant sein wie in der Stadt.

Kugler trat gerade auf den Vorplatz des Pfarrhauses hinaus, als er aus dem Nebel das Motorengeräusch eines Autos näher kommen hörte. Weil zu dieser späten Nachtzeit nur wenig Verkehr auf der vorbeiführenden Durchgangsstraße herrschte, wartete Kugler gespannt, was sich aus dem dichten Nebel abzeichnen würde. Erst auf kurze Distanz tauchten die Scheinwerfer des Fahrzeugs auf, das mit mäßiger Geschwindigkeit daherkam und gleich wieder unsichtbar wurde. Es war ein Kastenwagen. Kugler stutzte. Er sah ihm nach und hatte das Kennzeichen gerade noch erkennen können, ehe es zusammen mit den roten Schlussleuchten im nächtlichen Nebel wieder weggetaucht war. Der Theologe hatte keinen Zweifel, wer da gerade erst heimkam.

Mompach nahm sich nicht allzu viel Zeit fürs Frühstück. Er stand meist kurz vor sechs auf, verschwand dann im Bad und erwartete, dass unterdessen seine Frau den Tisch deckte. Ein Ritual, das jahrein, jahraus dasselbe war. Seit der Sohn im Unfrieden das Haus verlassen hatte, beschränkten sich die Gespräche meist auf die Landwirtschaft. Mompach, der sich strikt weigerte, neben Sandra Kowick noch weiteres Personal einzustellen, schuftete von früh bis spät und opferte jede freie Minute seinen Mitgliedschaften in Vereinen und Institutionen. Wenn ihm Linda, seine Ehefrau, gelegentlich vorwarf, sich überall in den Vordergrund drängen und profilieren zu wollen, konnte er seinen gefürchteten Jähzorn nicht unterdrücken. Seit er in einem solchen Ausbruch von unbändiger Wut einen Suppenteller an die Wand gedonnert hatte, hielt sich Linda zurück. Oft genug reagierte Mompach seinen ganzen Frust dann an Sandra ab, die heulend seine Schimpfkanonaden über sich ergehen lassen musste. Linda hatte sich schon oft gewundert, dass diese Frau derartige Erniedrigungen überhaupt aushielt.

»Warst du heute Nacht eigentlich noch mal draußen?«, fragte Linda Mompach, als ihr Mann aus dem Bad ins Esszimmer kam.

»Draußen?« Er schien merkwürdig entrückt zu sein. »Ach so, nein. Das heißt, ja. Ich bin so gegen halb zwölf noch mal draußen rumgegangen.«

»Und? War alles ruhig?«

Er setzte sich und legte die mitgebrachte Tageszeitung neben die Kaffeetasse. »Ruhig, ja«, gab er sich einsilbig und goss sich den Kaffee ein.

»Hast du bei diesem Nebel überhaupt sehen können?«

Er brummte etwas, das sie nicht verstand, und zog den Lokalteil aus der Zeitung heraus. Während seine Frau ein Brot mit Butter und Marmelade bestrich, deutete er auf einen groß aufgemachten Artikel und las laut vor: »›Ermittlungen gegen Pfarrer‹, Unterzeile: ›Rimmelbach kommt nicht zur Ruhe.‹«

Mompach schob seine Tasse beiseite. »Jetzt haben sie ihn drangekriegt«, sagte er und deutete auf den Bericht.

»Wen denn?« Seine Frau beugte sich zu ihm und versuchte, die Überschrift zu lesen.

»Den Kugler, unseren Pfaffen. Hier … ›Der Rimmelbacher Pfarrer, der bereits vor seinem Amtsantritt im vergangenen Jahr in die Kritik geraten war, steht offenbar in dem Verdacht, einen Erstklässler aus der örtlichen Grundschule sexuell belästigt zu haben.‹«

»Ach.« Frau Mompach sprang auf und sah ihrem Mann über die Schulter. »Das ist doch nicht zu fassen!«

»Wir haben doch recht gehabt«, stellte Mompach selbstgefällig fest. »Aber das hier …«, er klopfte mit dem Zeigefinger auf den Artikel, »… das hier überlebt er nicht. Darauf kannst du Gift nehmen.«

Kugler zitterte. Er hatte die restliche Nacht kein Auge zugetan und jeden Schlag der benachbarten Kirchturmuhr wie einen Countdown empfunden, der ihn dem schrecklichen Morgen unaufhaltsam näher brachte. Gegen sechs war er schweißnass aufgestanden, um die Zeitung aus dem Briefkasten zu holen. Franziska knipste das Licht an, als er schweigend vom Flur zurückkam und die Zeitung bereits auseinanderfaltete. Sein Blick fiel im matten Schein der Nachttischlampe auf die Schlagzeile des Lokalteils. »Sie haben's getan!«, entfuhr es ihm, während er auf das Bett sank und auch die Lampe auf seiner Seite anschaltete.

Franziska erhob sich und versuchte, ihn an der Schulter festzuhalten. »Bitte, Dieter, reg dich jetzt nicht auf. Das war zu erwarten gewesen.«

Er hörte ihre Stimme, als sei sie weit entfernt. Jedes einzelne Wort, das er hastig überflog, war wie ein tiefer Stich in seine Seele. Er hatte das Gefühl, in diesem Augenblick zu sterben.

Seine Frau spürte, wie sein Körper bebte. Sie legte einen Arm um seine Schulter und konnte nun auch den Artikel sehen, jedoch aus dieser Distanz nur Überschrift und Unterzeile lesen. Sie ließ eine halbe Ewigkeit verstreichen, ehe sie ihrem Mann einen Kuss auf die Wange drückte. »Warum sollte etwas schlimmer werden, bloß weil die Zeitung drüber schreibt?«

Er hatte den Artikel gelesen. »Dieser Neth ist wahnsinnig«, flüsterte Kugler. »Er spekuliert und fabuliert da rum – ohne jegliche Grundlage. Das ist eine unglaubliche Frechheit. Alles nur wegen eines anonymen Pamphlets, das angeblich an dieses Ulmer radio7 geschickt worden ist.« Und plötzlich wurde ihm bewusst: »Die werden auch im Radio drüber berichtet haben.«

Franziska überflog den Text und zitierte aus dem Artikel: »›Die Staatsanwaltschaft Ulm hält sich bedeckt und will zum gegenwärtigen Zeitpunkt keine Angaben machen.‹« Sie schüttelte verständnislos den Kopf. »Allein schon diese Formulierung suggeriert dem Leser, dass was dran sein muss.«

»Eben«, empörte sich Kugler. »So funktioniert heutzutage der Journalismus. Irgendetwas aufblasen und dann aber so tun, als wolle man alles ganz sachlich darstellen, weil doch schließlich noch gar nichts bewiesen sei. Aber zum Rufmord reicht es allemal.« Er kämpfte mit dem aufsteigenden Zorn. »Und lies mal am Schluss – hier …«

Franziska las laut: »In Rimmelbach dürfte sich somit erneute Unruhe breitmachen. Denn inwieweit die versuchte Brandstiftung im Hochsträßhof und möglicherweise auch der Selbstmord des weithin bekannten Viehhändlers in Zusammenhang mit diesen Vorwürfen stehen, beschäftigt jetzt vermutlich auch die Kriminalpolizei. Der beschuldigte Pfarrer bestreitet die Vorwürfe und war gestern zu keiner Stellungnahme bereit.«

»So ein Schwachsinn«, polterte Kugler, um sich Augenblicke später sofort wieder seiner Machtlosigkeit bewusst zu werden. »Was heißt da ›zu keiner Stellungnahme bereit‹? Warum soll ich eine Stellungnahme zu etwas abgeben, das gar nicht stattgefunden hat?«

Franziska strich ihm zärtlich übers dünne Haar. »Wir stehen das durch, Dieter.«

Sein Zittern hatte sich verstärkt und seine Stimme wirkte plötzlich seltsam schwach: »Die Frage ist doch nur, ob ich das überhaupt durchstehen will.«

»Schauen Sie sich das an.« Linkohr hatte den Artikel über Rimmelbach bereits in der Tageszeitung gelesen, als Häberle in der Geislinger Dienststelle eintraf. Sie waren gestern übereingekommen, den Fall während des Wochenendes nicht einfach ruhen zu lassen. Linkohr hatte freudig zugestimmt, nachdem sich auch Vanessa mit großem Engagement in den Fall hineinkniete. Nur Martin Wissmut wollte sich das Wochenende nicht auch noch um die Ohren schlagen. Er war nach wie vor davon überzeugt, dass die Anschuldigung gegen den Pfarrer nichts mit den anderen Vorgängen in Rimmelbach zu tun hatte. »Und bei diesem Kugler steht Aussage gegen Aussage«, stellte er erneut fest und fügte hinzu: »Die Kirchenoberen werden ihre eigenen Schlüsse daraus ziehen.«

Häberle lächelte der jungen Polizeistudentin Vanessa zu, griff nach der aufgeschlagenen Zeitung und ließ sich auf den Schreibtischstuhl sinken. »Wieso hat das eigentlich nicht der Sander geschrieben?«, fragte er erstaunt, nachdem er die Autorenzeile gesehen hatte.

»Hab mich auch gewundert«, pflichtete ihm Linkohr bei und reichte die Zeitung zurück. »Vielleicht ist ihm die Sache zu heiß. Sein Kollege Neth hat sich ziemlich weit aus dem Fenster gelehnt.«

Häberle las mit ernstem Gesicht. »Vieles davon kannst du denken, aber nicht unbedingt schreiben«, brummte er schließlich.

Vanessa nickte eifrig, sodass ihr Pferdeschwanz lustig wippte, wie Linkohr es empfand. »Aber nachdenklich stimmt es schon, wenn sich die Vorfälle in so einem kleinen Nest häufen.«

Häberle faltete die Zeitung wieder zusammen. »In der Haut von diesem Pfarrer möchte ich jetzt nicht stecken. Was glaubt ihr, welche Hexenjagd gegen den dort oben losbricht!«

»Bis hin, dass jemand mit einer Kerze aus seiner Kirche eine Brandstiftung vortäuscht?«, warf Linkohr ein.

Vanessa bekräftigte ihn selbstbewusst: »Ich schlage vor, wir schaun uns all jene, die mit dem Pfarrer, Mompach und Hartmann zu tun haben, einmal genauer an.« Sie warf Häberle einen erwartungsvollen Blick zu.

»Wenn wir das tun«, erwiderte der Chefermittler, »dann können wir gleich ganz Rimmelbach zur Vernehmung vorladen.« Er lächelte süffisant in Richtung Linkohr. »Zumindest die weibliche Einwohnerschaft.«

»Na ja«, grinste Vanessa, »es soll Frauen geben, die in Zeiten kleiner Renten schon rechtzeitig nach der Altersversorgung schielen.«

Linkohr war über diese Bemerkung verblüfft und musste sich blitzartig eingestehen, dass er noch keinen Gedanken an seine Pension verschwendet hatte. Seltsam, dass Vanessa bereits an so etwas dachte.

Häberle griff das Thema auf und sah Linkohr forschend an: »Sie haben mir gestern noch kurz von Ihrem Gespräch mit diesem Mompach junior erzählt. Von dieser Frauengeschichte, die seinen Vater und den Hartmann entzweit hat.« Der Chefermittler lehnte sich mit verschränkten Armen zurück. »Sie meinen, aus dem ist nicht rauszukriegen, um wen es sich bei der Frau handelt?«

»Er will's unter keinen Umständen sagen«, gab Linkohr zerknirscht zu. »Auch zum Schutz seiner Mutter natürlich. Denn es gäbe einen Riesenskandal in dem Nest, sagt er.« Er fügte rasch an: »Timo Mompach schließt aber aus, dass sich Hartmann wegen dieser Affäre das Leben genommen hat. Der habe nämlich am wenigsten zu verlieren gehabt.«

Häberle räusperte sich und entschied: »Ich schlage vor, wir statten einigen Herrschaften einen Besuch ab, die telefonischen Kontakt zu Hartmann hatten. Also die beiden Damen Marquart und Kowick – was Sie beide übernehmen.«

Linkohrs Laune stieg. Er durfte also demnach den halben Tag rein dienstlich in Vanessas Nähe bleiben.

»Und ich werde mir noch mal diesen Russen vorknöpfen.« Häberle lehnte sich zurück. »Und vielleicht auch noch den Herrn Pfarrer aufsuchen.«

»Den Pfarrer?«, staunte Linkohr. »Sie glauben also auch, dass es Verbindungen gibt?«

»Glauben?«, echote Häberle. »Glauben ist immer gut, Herr Kollege.«

Heiko Mompach war wie immer vom Frühstückstisch aufgestanden, ohne sich um das Geschirr zu kümmern. Mit Küchenarbeit, daran ließ er nie einen Zweifel aufkommen, wollte er sich nicht belasten – auch wenn es Linda gelegentlich wagte, ihn als ›Pascha‹ oder ›Macho‹ zu bezeichnen. Mochte er auch als konservativ gescholten werden, für ihn galten auf einem Bauernhof trotz aller modernen Technik noch die traditionellen Regeln, wonach die Frau in der Küche zu stehen hatte.

Der Nebel hatte sich etwas gelichtet, als Mompach mit festem Schuhwerk und dicker Jacke an seinen Stallungen und der großen Scheune entlangging. Noch immer überkam ihn ein unheimliches Gefühl. Nach den Geschehnissen der vergangenen Nacht war er ins Haus zurückgerannt. Kaum in Sicherheit, hatte er sich auch schon als Feigling gefühlt. Ein Glück, dass seine Frau nicht wach geworden war.

Vor einer Gefahr zu flüchten, passte eigentlich nicht zu ihm. Aber alles deutete darauf hin, dass er sehr leichtsinnig gewesen war. Sein Gefühl trog ihn also nicht. Die Lage schien sehr ernst, ja sogar lebensbedrohend zu sein. Jetzt, am helllichten Tag, wollte er sich die Stelle, an der ihm beinahe Schreckliches passiert wäre, genauer betrachten. Vielleicht gab es Spuren.

Noch bevor er sein Ziel erreicht hatte, öffnete sich jene Tür, die in der vorletzten Nacht aufgebrochen und nur provisorisch repariert worden war. Sandra Kowick trat mit einem mit Wasser gefüllten Putzeimer ins Freie und erschrak, als sie ihren Chef direkt auf sich zukommen sah.

»Guten Morgen«, grüßte sie verlegen und war offenbar unsicher, ob sie den Inhalt des Eimers einfach in den Hof leeren sollte.

Mompach erwiderte den Gruß nicht. »Leer das Zeug aber bloß nicht hier aus!«, fuhr er sie an. »Und denk dran, auch noch den Platz ums Haus zu kehren. Damit's zum Wochenende nicht wieder aussieht wie im Schweinestall.« Während er dies sagte, war er, ohne sie eines Blickes zu würdigen, forsch weitergegangen. Sandra überkam immer, wenn er sie so schäbig behandelte, ein Gefühl aus unbändiger Wut und maßlosem Zorn. Beides jedoch fraß sie in sich hinein, weil er es mit seiner Autorität geschafft hatte, sie mundtot zu machen und ihre Existenzängste zu schüren. Sie war für ihn zu einem Spielball seiner unberechenbaren Launen geworden. Und ihr blieb gar nichts anderes übrig, als sich ihrem Schicksal zu fügen.

Mompach hatte beim Vorbeigehen keinen Gedanken daran verschwendet, dass es auch Momente gab, in denen er sich dazu verleiten ließ, sie auf ganz andere Weise hörig zu machen. Doch dazu war er jetzt nicht in Stimmung.

Ein paar Mal schon hatte sie seiner Vorliebe für ein Abenteuer im Heu notgedrungen nachgegeben. Für ihn war dies allerdings kein Zeichen der Zuneigung, sondern der reine Lustgewinn, wenn er sie auch auf diese Weise erniedrigen konnte. Dass er damit ihren Hass gegen ihn ins Unendliche steigerte, nahm er in Kauf, denn nach Lage der Dinge brauchte er nichts zu befürchten.

Er verschwand hinter der Gebäudeecke, vergewisserte sich, dass es niemanden gab, der ihn beobachtete, und tastete mit den Fingern über das raue Holz der Wand. Hier irgendwo musste der Einschlag gewesen sein. In Kopfhöhe. Er trat dicht heran, um das kleine Loch im Holz aus allernächster Nähe begutachten zu können. Sein Gefühl hatte ihn also nicht getrogen. Er war nur knapp einem Treffer entgangen. Aber wovon?

Mompach drehte sich vorsichtig um, als habe er Angst, jemand könnte ihn aus dem Nebel heraus beobachten. Dann betrachtete er noch einmal das Loch und strich vorsichtig mit dem Zeigefinger der rechten Hand darüber. Etwas hatte dort in das Holz eingeschlagen, ohne jedoch stecken geblieben zu sein. Denn gleich nach dem Aufprall war etwas zu Boden gefallen. Diese Wahrnehmung hatte sich in seinem Bewusstsein festgefressen – trotz des Schocks und der reflexartigen Flucht.

Langsam wanderte sein Blick auf den Boden, wo eine breite Reihe Flusskiesel als Drainagerinne den geschotterten Weg von der hölzernen Wand der Scheune trennte. Er brauchte nur ein paar Sekunden, um zu erkennen, dass zwischen den glatt geschliffenen Steinen etwas lag, das da nicht hingehörte. Zunächst konnte er den dünnen Gegenstand, der ihn an einen langen Nagel oder eine Stricknadel erinnerte, nicht zuordnen. Er bückte sich und zögerte einen Moment, danach zu greifen, denn es befiel ihn ein eiskalter Schauer. Dieses Ding hatte ihn vergangene Nacht nur knapp verfehlt. Es hätte ihn ins Gesicht oder gar in ein Auge treffen können.

Nun bestand kein Zweifel mehr: Es war ein Metallpfeil, sehr dünn und nur knapp 20 Zentimeter lang, mit einer Plastikkappe an der Rückseite. Vermutlich hatte ihn der Angreifer mit einem Bogen abgeschossen, durchzuckte es Mompach. Erst jetzt nahm er auch das kleine Stück braunes Packpapier wahr, das wie aufgespießt etwa die Mitte des Pfeiles markierte. Vermutlich war es bereits vor dem Abschießen dort angebracht worden.

Eine Botschaft? Mompach ahnte nichts Gutes, als er den Papierfetzen von dem Pfeil zog und handschriftliches Gekritzel entdeckte. Die wenigen Worte, die er mühsam entziffern konnte, schockierten ihn: ›Halt dich raus, sonst geht der nächste Schuss nicht daneben.‹

Eine Drohung. Noch dazu eine unmissverständliche.

Es war also keine Zufallsbegegnung gewesen. Jemand hatte ihm aufgelauert, um ihm einen Denkzettel zu verpassen.

Mompach zitterte. Er steckte den Papierfetzen in die Tasche seiner Arbeitshose und verbarg den Pfeil im Ärmel.

Niemand durfte etwas von diesem nächtlichen Geschehen erfahren. Obwohl es ihm schwerfiel, versuchte er den Gedanken, in höchster Lebensgefahr geschwebt zu haben, zu verdrängen. Wer so etwas tat, war zu allem fähig.

Schon die ganze vergangene Nacht hatte er darüber nachgegrübelt, was der Grund für diesen Anschlag gewesen sein könnte. Natürlich hatte er sich in den letzten Jahren nicht nur Freunde geschaffen. Er musste auf der Hut sein. Während er wie in Trance zur nächsten Gebäudeecke ging, jagten ihm all jene Personen durch den Kopf, die hinter dem Ganzen stecken konnten. Kamen sie aus dem Umfeld Hartmanns? Oder waren es einige dieser jungen Landwirte, die er öffentlich auch schon mal als Taugenichtse bezeichnet hatte? Am allerwenigsten traute er seiner Angestellten Sandra ein solches Vorgehen zu. Und der Pfarrer? Würde sich ein Gottesmann zu so etwas hinreißen lassen? Dass ihm auch Timo, sein eigener Sohn, im Kopf herumspukte, erschreckte ihn.

Ihm wurde plötzlich bewusst, dass er in diesem Augenblick nicht mehr klar denken konnte. Seine innere Stimme erinnerte ihn unbarmherzig daran, dass die Zahl seiner Freunde deutlich geringer war als die seiner Feinde. Eine unangenehme Erkenntnis, die ihm nie zuvor so deutlich zu Bewusstsein gekommen war.

Und er musste plötzlich wieder an die frischen Schuhspuren denken, die ihm am Mittwochmorgen in der Asche seines Feuers aufgefallen waren.

10

Linkohr hatte während der Fahrt auf die Albhochfläche weniger an den Fall als viel mehr an Vanessas persönliche Verhältnisse gedacht. Er empfand die junge Kollegin, die auf dem Beifahrersitz saß, als äußerst sympathisch, auch wenn ihn manche ihrer beiläufigen Bemerkungen ein bisschen zurückschrecken ließen, weil sie aus dem Wortschatz einer Karrierefrau stammen konnten. Linkohr mochte diese Art von Frauen eigentlich nicht, die mit Ellbogeneinsatz nach oben strebten und so taten, als hätten sie die Weisheit mit Löffeln gefressen. Allerdings, das musste er sich eingestehen, sah Vanessa hinreißend aus. Gleichzeitig mahnte ihn die Vernunft, sich vorläufig zurückzuhalten. Die Erfahrungen der vergangenen Jahre hatten ihn vorsichtig werden lassen. Inzwischen war die Zahl der Auswahlkriterien deutlich größer geworden. Mit jeder neuen Partnerschaft hatte er zumindest die Erkenntnis gewonnen, was er auf gar keinen Fall wollte. Dies wiederum schränkte den weiblichen Personenkreis, der für ihn infrage kam, bereits erheblich ein.

»Woran denkst du gerade?«, hörte er ihre Stimme neben sich. Er wandte den Blick von der Straße und sah in das spitzbübische Gesicht Vanessas.

»Ich?« Er war verlegen. »Was glaubst du denn, was ich jetzt denke?«

Sie grinste. »Weil dir der Ruf eines fähigen Kriminalisten vorauseilt, müsstest du jetzt eigentlich an all diese Verrückten in Rimmelbach denken.« Vanessa wartete einen Augenblick und verfolgte den kurvigen Straßenverlauf auf dieser Steilstrecke. »Aber weil man mit diesem Linkohr aus Geislingen auch anderes in Verbindung bringt, wirst du überlegen, wie du diese junge Polizeistudentin ins Bett kriegst.«

Linkohr fühlte sich ertappt. So deutlich hatte ihm dies noch keine gesagt. Er versuchte, sein Unbehagen zu unterdrücken, rang sich ein gequältes Lächeln ab und sah ganz konzentriert auf die Straße.

»Jetzt ist der große Herr Linkohr ziemlich baff, stimmt's?«, machte sie selbstbewusst weiter. »Aber du brauchst dich deshalb nicht zu schämen. Wir sind doch unter uns, Mike.«

Er riskierte einen Blick nach rechts. »Du bist ziemlich direkt«, sagte er und spürte einen Kloß im Hals.

»Warum nicht? Wir sind es doch in unserem Job gewohnt, mit unerwarteten Bemerkungen zu schocken. Oder liege ich da falsch?«

Linkohr überlegte, worauf sie die Frage bezog.

Er lächelte, während der Wagen nun die grau-triste Hochfläche erreichte. »Um ehrlich zu sein, finde ich dich ziemlich aufregend.«

Sie rekelte sich selbstgefällig im Sitz. »Wusste ich es doch.« Allerdings verstand sie es meisterhaft, Linkohrs aufkommende Begeisterung mit einem spöttischen Grinsen auszubremsen: »Ihr Männer seid doch alle gleich. Kaum kommt eine junge Frau daher, denkt ihr nur an das eine.«

Linkohr hatte Mühe, den Straßenverlauf im Auge zu behalten. Wieso war sie nur so provokant? Er konnte keinen rechten Grund für ihr Verhalten erkennen. »So pauschal kannst du das nicht behaupten«, war alles, was ihm einfiel.

Sie hielt dagegen: »Wir kennen uns doch erst seit Kurzem – und schon beginnt's in deinem Kopf zu rattern, stimmt's? Dabei hast du doch keine Ahnung, ob du überhaupt mein Typ bist. Möglicherweise bin ich auch total kratzbürstig und eine Emanze.«

Linkohr empfand Ort und Zeit nicht gerade als passend für ein solches Gespräch. »Vielleicht sollten wir das Thema in einem anderen Ambiente vertiefen«, blieb er deshalb betont sachlich.

»Guter Vorschlag«, entgegnete sie ebenso kühl. »Und was schlägt der Herr vor?« Sie wartete auf keine Antwort, sondern äffte mit ironischem Unterton die allseits bekannte Frage nach: »Gehen wir zu mir oder zu dir?«

Linkohr wusste, dass er jetzt keinen Fehler begehen durfte. »Ich würde vorschlagen, in ein nettes Restaurant.«

»Auch nicht schlecht, Herr Kollege. Erst mal gemütlich essen, oder?«

Er war erleichtert, dass sie die Hochfläche der Alb bereits erreicht hatten und es nun nur noch wenige Kilometer bis Rimmelbach waren. Dort wurden sie nach ihrer telefonischen Ankündigung schon von Arnold Kowick erwartet. Dessen landwirtschaftliches Anwesen befand sich im alten Ortskern und machte auf die beiden Kriminalisten einen ziemlich heruntergekommenen Eindruck. Das Wohnhaus mit seinen windschiefen Fensterläden und verbogenen Dachrinnen war direkt an die Stallungen angebaut, deren beide Holztore morsch und desolat an verrosteten Kloben hingen.

Kaum hatte Linkohr den Dienstwagen vor dem abbröselnden Mauerwerk der einstigen Dunglege geparkt, stand Kowick bereits an der von Wind und Wetter ausgebleichten Eingangstür. Linkohr stellte sich und Vanessa vor und bat für die Störung um Verständnis. Am Telefon hatte er ihm schon erklärt, dass es sich um Routineermittlungen im Zusammenhang mit Hartmanns Tod und der versuchten Brandstiftung im Hochsträßhof handle.

»In unserem Kaff ist plötzlich der Teufel los.« Der magere, große Mann ging voraus in einen dunklen Flur, dessen Boden mit bunten Steinplatten ausgelegt war. Das Gemäuer, so empfand es Linkohr, hatte über viele Jahrzehnte hinweg den strengen Stallgeruch gespeichert. Jedenfalls roch die Luft noch immer danach, obwohl Kowick seit geraumer Zeit keine Tiere mehr hielt.

»Entschuldigen Sie, aber Sie haben mich mit Ihrem Anruf in Hektik gebracht. Ich war heute noch auf keinen Besuch vorbereitet«, sagte er, als sie die zweitletzte Tür auf der linken Seite erreicht hatten. Linkohr und Vanessa ließen sich in dem Zimmer, das Wohn- und Essraum gleichermaßen war, an einem Tisch nieder, der an zwei Seiten von einer rustikalen Eckbank umgeben war.

Kowick faltete die ausgebreitete Zeitung zusammen und trug sein Frühstücksgeschirr in die Küche hinüber, die allenfalls in den 50er- Jahren modern gewesen war.

»Ich weiß aber nicht, wie ich Ihnen weiterhelfen kann«, meinte er verwundert und setzte sich.

»Wir versuchen gerade, uns ein Bild von den Verhältnissen in Rimmelbach zu verschaffen«, kam Linkohr gleich zur Sache. »Wie ich Ihnen am Telefon sagte, stellt sich für uns die Frage, ob es zwischen dem versuchten Brandanschlag auf Herrn Mompach, dem Selbstmord von Herrn Hartmann und den …«, Linkohr zögerte, »… den Unstimmigkeiten, die es voriges Jahr um die Pfarrerstelle gegeben hat, einen Zusammenhang gibt.«

»Was erwarten Sie da von mir?«, zuckte Kowick mit den Schultern. »Ich bin so ziemlich der Letzte, der Ihnen dazu etwas sagen kann. Seit ich meine Landwirtschaft aufgegeben habe, schau ich auch nur noch gelegentlich an unserem Stammtisch im ›Löwen‹ vorbei.«

Vanessa suchte kurz Blickkontakt zu Linkohr und preschte vor: »Aber Ihre Ex-Frau ist doch bei Mompach beschäftigt?«

Kowicks Augen wurden unruhig. Er begann, mit seinen Fingern zu spielen. »Ach, daher weht der Wind. Ich gehöre zu den Verdächtigen.«

»Aber, ich bitte Sie, Herr Kowick«, hob Linkohr beschwichtigend die Arme. Er ärgerte sich, dass Vanessa sein Konzept durcheinandergebracht hatte. »Wir suchen den Kontakt zu allen, die sich möglicherweise im Umfeld des Herrn Mompach auskennen. Mehr nicht.«

Kowick fuhr sich mit dem Handrücken über die Nase und sah Linkohr mit schmalen Augen an. »Ich hab immer gesagt, dass Mompach kein Umgang für sie ist. Aber Sandra hätte nach der Trennung von mir jeden Job angenommen. Jeden, verstehen Sie? Aber dass sie ausgerechnet bei Mompach gelandet ist, war der absolute Hammer. Und jetzt schuftet sie für ihn schon seit sechs Jahren.«

»Wie dürfen wir das verstehen?«, hakte Vanessa sofort nach.

Er wandte sich an sie. »Ich geh mal davon aus, dass Sie schon Ihre Erkundigungen über Mompach eingeholt haben. Dann dürften Sie wissen, was ich meine.«

Linkohr nickte. Er konnte sich nach dem vorgestrigen Besuch auf Mompachs Hof durchaus vorstellen, dass der Mann ziemlich unangenehm werden konnte.

Vanessa wagte einen neuerlichen Vorstoß: »Dürfen wir erfahren, weshalb sich Ihre Frau von Ihnen getrennt hat?«

Kowick schluckte. »Das sind private Angelegenheiten.«

»Aber da gibt es doch ein Kind«, warf Vanessa ein.

»Sie haben also schon in meinem Privatkram rumgestochert – seh ich das richtig?« Er blickte seine beiden Gegenüber nacheinander angriffslustig an.

»Wir wissen nicht mehr als wahrscheinlich jeder im Dorf«, besänftigte Linkohr. »Man fragt sich halt, weshalb die Ehe auseinanderging, als das Kind da war.«

Vanessa runzelte die Stirn. »Auch das ist nichts Ungewöhnliches«, räumte sie ruhig ein. »Aber es könnte doch sein, dass Mompach der Grund war.«

»Mompach? Mompach der Grund?« Der Mann wurde deutlich lauter und lachte gekünstelt. »Warum soll Mompach der Grund gewesen sein? Ausgerechnet der.«

Vanessa wurde mutiger und ließ Linkohr keine Chance, weitere Fragen zu stellen. »Aber der Vater des Kindes sind Sie?«

Kowick ballte seine Hände zu Fäusten. »Spielt das denn eine Rolle? Ich denke, Sie suchen einen Brandstifter und den Grund dafür, dass sich Hartmann erschossen hat.«

Linkohr sah die Gelegenheit zum Eingreifen. »Ich kann Ihnen sagen, weshalb das eine Rolle spielen könnte. Ich sehe, Sie haben heute schon die Tageszeitung gelesen«, er deutete auf die Zeitung, die Kowick soeben zusammengefaltet hatte, »dann ist Ihnen sicher nicht entgangen, was dem Pfarrer vorgeworfen wird.«

Kowicks Augen zuckten zwischen Linkohr und Vanessa hin und her. Ihm wurde während der entstandenen Stille klar, dass er sich um eine Antwort nicht drücken konnte. »Ich weiß. Manuel. Es hat da wohl was gegeben …«

»Ja, es hat etwas gegeben«, konterte Vanessa. »Und wie sehen Sie das, was es da gegeben hat?«

Kowick ließ seine verkrampften Hände wieder locker. »Was soll ich da sehen? Ich war nicht dabei.«

Linkohr wurde deutlich: »Halten Sie Ihren Sohn für glaubwürdig?«

»Sind Sie jetzt wegen dieser Sache zu mir gekommen oder weshalb sonst?«

»Ich sagte doch: Wegen allem sind wir gekommen«, versetzte der Kriminalist. »Sie haben doch sicher auch eine eigene Meinung zu dieser Sache mit Manuel.«

»Da müssen Sie Sandra fragen. Ich seh Manuel nur selten.«

»Obwohl Sie im gleichen Ort wohnen?«, staunte Vanessa.

»Tut das etwas zur Sache? Das ist eine reine Privatangelegenheit zwischen meiner Ex und mir.« Er wurde bockig.

Vanessa blieb hartnäckig: »Könnte es denn sein, dass diese ›Privatangelegenheit‹ auch Einfluss auf Manuel hatte?«

»Ich verstehe Ihre Frage nicht.«

Linkohr ergriff wieder das Wort: »Na ja, er ist wohl bisher ganz ohne Vater aufgewachsen. Da wäre es doch möglich, dass in seiner Entwicklung nicht alles so läuft wie erwünscht.«

Kowick winkte ab. »Und dass er sich dann die Sache mit dem Pfarrer ausgedacht hat, vermuten Sie doch jetzt, oder?«

Vanessa wechselte blitzschnell das Thema. »Kannten Sie eigentlich Hartmann?«

»Hartmann? Wer kennt den nicht? Natürlich hab ich den gekannt. Ist das schlimm?«

Vanessa ging nicht darauf ein. »Und Igor?«

Kowick zuckte zusammen. »Was soll denn das jetzt? Ist das ein Verhör?«

»Alles nur reine Neugier von uns«, versuchte Linkohr, ihn zu beruhigen. »Sie kennen Igor?«

»Ja, natürlich. Der Mitarbeiter von Hartmann.«

»Er ist öfter mal in Rimmelbach?«, wollte Vanessa wissen.

»Nie ohne Hartmann. Meist kamen sie zu zweit.« Er sah die Kriminalisten unsicher an. »Oder noch in Begleitung von Frauen.«

»Von Frauen?«, fragte Linkohr schnell zurück und erntete einen kritischen Blick von Vanessa.

»Ja, Russinnen, Polinnen, Rumäninnen, Thailänderinnen oder was weiß ich.« Kowick grinste verlegen zu Vanessa hinüber. »Na ja, wenn einer mit so heißen Weibern hier aufkreuzt, macht das Aufsehen. Hier auf dem Land.«

Linkohr verbarg sein Interesse und gab sich betont sachlich. »Die haben aber nicht dauerhaft hier gewohnt.«

»Hier schon gar nicht, aber auch nicht bei Igor in Böhmenkirch, nein. Höchstens vielleicht die Marina, eine junge Russin, glaub ich. Soll sogar seine Freundin sein.«

Die junge Polizistin warf Linkohr einen warnenden Blick zu. »Und was hat man über diese Damen gesprochen?«

Kowick wurde erneut widerspenstig. »Warum fragen Sie den Igor nicht selbst? Ich möchte mich da raushalten.« Er wartete vergeblich auf eine Reaktion der beiden Ermittler. »Ich hab weder mit dem Selbstmord noch mit dieser Brandstiftung etwas zu tun. Und schon gar nicht mit der Sache mit dem Pfarrer.«

»Aber Manuel ist doch Ihr Sohn?«, hakte Vanessa schnell noch einmal nach.

Kowick zog die Augenbrauen zusammen. »Das haben Sie mich doch schon mal gefragt«, erwiderte er irritiert.

»Und Hartmann, den haben Sie gut gekannt?« Manchmal war es dienlich, ein Thema schnell zu wechseln, um den Gesprächspartner zu irritieren. Das hatte Vanessa im Studium gelernt.

»Wieso Hartmann?« Kowick konnte mit der Frage tatsächlich nichts anfangen, worauf Vanessa sofort reagierte: »Ja, Hartmann. Hatten Sie mit dem auch mal intensiveren Kontakt?«

Kowick zögerte. Er schien Verdacht zu schöpfen. »Hartmann, Kontakt, na ja …« Er hatte sich wieder beruhigt. »Nur geschäftlich. Rein geschäftlich. Er wollte mir beim Verkauf meiner restlichen Landwirtschaft hier behilflich sein.«

»Ach«, zeigte sich Vanessa zufrieden, um ihr Gegenüber nicht weiter zu verunsichern. »Nur geschäftlich, klar. Was auch sonst. Das verstehe ich.« Es klang eher sarkastisch.

Kowick wollte etwas erwidern, hielt aber plötzlich inne.

Kugler hatte sich nach einem langen Gespräch mit Franziska ohne Frühstück in sein Arbeitszimmer zurückgezogen. Sie waren beide übereingekommen, dass er beim Oberkirchenrat um Beurlaubung bitten sollte. Du hast gar keine andere Wahl mehr, brummte es in seinem Schädel. Auch Franziska hatte ihn bestärkt, diesen Schritt zu tun. Er war ohnehin nicht mehr in der psychischen Verfassung, den Erntedank-Gottesdienst vorzubereiten. Außerdem würden das die Gemeindemitglieder vermutlich auch gar nicht mehr wollen. Seine Finger zitterten, als er in seinem abgegriffenen Notizblock blätterte und die Telefonnummer des Oberkirchenrats heraussuchte. Er hatte sich letztes Jahr, als der Streit um seine Pfarrstelle zu eskalieren drohte, die Durchwahlnummer eines Verantwortlichen aufgeschrieben.

Während er die Stuttgarter Vorwahl tippte, verschwammen die Zahlen auf den Tasten, als lege sich ein Schleier über sie. In wenigen Sekunden würde er eine schicksalhafte Weichenstellung vornehmen.

Sie hatten ihn in die Knie gezwungen. Ihn, den Mann, der es gewohnt war, wie eine knorrige alte Eiche allen Stürmen des Lebens zu trotzen. Jetzt hatten sie ihn gefällt.

Noch während das Freizeichen an sein Ohr drang, rang er nach einer Formulierung. Brauchte er überhaupt etwas zu sagen – oder war Neths Bericht längst in Stuttgart angekommen? Heutzutage war jeder Artikel eines noch so kleinen Provinzblattes innerhalb von Sekunden überall auf der Welt verbreitet.

Es fröstelte ihn. Vor ihm auf dem Schreibtisch lag die aufgefaltete Zeitungsseite mit Neths Artikel. Als sich sein Gesprächspartner meldete, holte Kugler tief Luft, um die Worte, die er sich bereitgelegt hatte, möglichst emotionslos aussprechen zu können. Doch kaum hatte er seinen Namen gesagt, hörte er ein geradezu väterliches »Ich weiß, Dieter, ich hab's schon gelesen«.

Insgeheim war er dankbar, dass es ihm der Vorgesetzte in Stuttgart leicht gemacht hatte. »Wir sollten uns zu einem Gespräch treffen«, vernahm er die ruhige Stimme.

Pause. Kugler sah sich genötigt, etwas zu erwidern. »Natürlich müssen wir das«, war alles, was heiser aus seiner zugeschnürten Kehle kam. »Darum wollte ich auch bitten.« Er überlegte kurz. »Und um meine vorübergehende Beurlaubung.« Er wischte sich mit dem Handrücken den kalten Schweiß von der Stirn.

Am anderen Ende war ein paar Sekunden Stille. »Das ist, so glaube ich, eine weise Entscheidung. Auch nach allem, was im vergangenen Jahr war.«

Wieder hatte ihn seine Vergangenheit eingeholt. Er würde sie ebenso wenig los wie das, was jetzt gerade über ihn hereinstürzte.

»Vielleicht ...«, die Stimme im Hörer zögerte wieder, »vielleicht solltest du mit deiner Frau für einige Zeit, zumindest, bis die Sache ausgestanden ist, einen Wohnsitzwechsel ins Auge fassen.«

Kugler schluckte. War das bereits die diskrete Aufforderung des Oberkirchenrats, Rimmelbach für immer zu verlassen? Er sah aus dem Fenster, vor dem schon wieder der Herbstnebel waberte und das Tageslicht schwand.

»Wir sorgen dafür, dass dich am Sonntag jemand vertritt«, hörte er die unaufgeregte Stimme weiter. »Mach dir erst mal keine Sorgen.«

Kugler wollte den Versuch unternehmen, die Angelegenheit aus seiner Sicht zu schildern, entschied dann aber, dem Vorschlag zuzustimmen. »Danke«, sagte er leise. »Aber ein paar Tage werde ich noch bleiben müssen, hier im Haus.« Wie in Panik überfiel ihn der Gedanke, wieder umziehen zu müssen – ohne Perspektive, ohne Aussicht auf eine Wiederkehr.

»Du solltest dir das nicht zu nahegehen lassen«, versuchte ihn der vorgesetzte Kollege zu trösten. »Wir werden eine eingehende Untersuchung in die Wege leiten. Parallel zu dem, was die Staatsanwaltschaft jetzt macht.«

Die Staatsanwaltschaft. Da war es wieder, dieses Wort, das allein schon dazu angetan war, ihn in Angst und Schrecken zu versetzen. Und mit einem Mal hatte er das Gefühl, dies alles nicht mehr überstehen zu wollen. Von Tag zu Tag spürte er, wie sein einst unbändiger Wille zerbröckelte. Er erschrak über sich selbst.

»Die Dekanin ist nicht sonderlich glücklich, um es mal vorsichtig auszudrücken«, fasste Redaktionsleiter Kauz ein morgendliches Telefongespräch zusammen. Sein Gesichtsausdruck ließ nicht erkennen, wie ernst er diese Feststellung meinte.

Neth, der gerade zur Tür hereingekommen war, nahm's gelassen. »Haben Sie was anderes erwartet? Jetzt sind wir halt wieder die Bösewichte, weil wir's publik gemacht haben. Wie immer.«

Sander, der bereits in seinen Monitor vertieft war, drehte sich um. »Ich denke, wir sind unserer Informationspflicht nachgekommen. Bleibt abzuwarten, was die Ermittlungen der Staatsanwaltschaft bringen.« Er hielt es für geboten, sich nicht in die Angelegenheit einzumischen. Schließlich hatte nicht er, sondern Neth darauf gedrängt, sie zu diesem frühen Zeitpunkt zu veröffentlichen. Die Kollegin von radio7 würde über dieses Vorpreschen sicher nicht sehr erfreut sein.

Auch Kauz teilte seine Meinung, vorläufig nicht weiterzubohren. »Oder«, er wandte sich an Sander, wie er das immer tat, wenn möglicherweise komplexe Recherchearbeit anstand,

»gibt's irgendwas Neues, was auf einen Zusammenhang mit diesem dubiosen Selbstmord hindeuten könnte?«

Sander zuckte mit den Schultern. »Angeblich nicht. Das Dorf ist in Aufruhr, aber wenn sich der Pulverdampf verzogen hat, bleibt wahrscheinlich nicht sehr viel mehr übrig als ein Selbstmord, der vermutlich noch in Jahrzehnten Anlass für Verschwörungstheorien gibt. Und die Kerze in der Scheune – mein Gott, das dürfte nicht allzu ernst zu nehmen sein. Vielleicht auch nur ein Dummer-Jungen-Streich von jemandem, der dem Pfarrer was anhängen will.«

Neth grinste überheblich. »Also könnt's doch einen Zusammenhang geben. Du solltest dich nicht von deinen Bullen einlullen lassen«, sagte er und verteilte damit einen eher kollegialen Seitenhieb gegen Sanders sprichwörtlich guten Beziehungen zur Polizei. »An deiner Stelle würde ich dranbleiben.«

Kauz entschied: »Lassen wir die Sache vorläufig mal ruhen. Wir sollten uns in dieser Phase auch in die Situation des Pfarrers reindenken.«

»Nicht schon wieder den Täter schützen und dabei das Opfer vergessen«, meckerte Neth.

»Noch ist niemand Täter«, fuhr ihm Kauz nun energisch über den Mund, um sofort wieder nachdenklich zu werden: »Ich will vermeiden, dass es wegen uns einen Toten gibt.«

»Einen Toten?« Neth wurde augenblicklich kleinlaut. »Wieso denn Toten?«

Auch Sander sah überrascht zu Kauz, der sich den Dreitagebart kratzte. »Das Gespräch mit der Dekanin war nicht erfreulich. Aber lassen wir's dabei bewenden.«

Als Häberle am Ortsrand Böhmenkirchs an der Adresse des jungen Russen eintraf, stellte er zufrieden fest, dass dessen roter BMW vor einer Doppelhaushälfte parkte. Ein Cabrio mit Stoffdach, die Karosserie tiefergelegt. Ganz im Stil der jungen Migrantenszene, durchzuckte es den Chefermittler, der sich jedes Mal wunderte, woher die Jugendlichen das Geld für solche Nobelkarossen hatten. Mochten diese zwar alt und gebraucht sein, so verschlangen sie doch im laufenden Unterhalt eine Stange Geld.

Igor jedoch schien finanziell bessergestellt zu sein. Zumindest schloss Häberle dies aus dem Wohnumfeld, das ziemlich gepflegt und gutbürgerlich wirkte. Am Klingelknopf stand nur ein Name: ›Popow‹.

Igor öffnete bereits nach dem ersten Klingeln und wusste sofort, wen er vor sich hatte, obwohl Häberle absichtlich unangekündigt aufgetaucht war. Denn die Erfahrung zeigte, dass Vernehmungen ergiebiger waren, wenn den Betroffenen keine Zeit blieb, sich darauf vorzubereiten. Häberle nahm es deshalb in Kauf, gelegentlich vor verschlossenen Türen zu stehen.

Igor gab sich zwar verwundert, bat aber den Kriminalisten sofort in den hell erleuchteten Flur, in dem es nach Maiglöckchen roch. Vermutlich von Duftstäbchen, dachte Häberle, während er dem jungen Mann in ein modernes Wohnzimmer folgte, das mit klaren Linien bestach und viel Platz für eine weiße Ledersitzgruppe und eine aufgelockerte Schrankwand bot. »Nachdem mich Herr Hartmann angestellt hat, hab ich mich hier eingemietet«, erklärte Igor, der Häberles Verwunderung bemerkt hatte. »Darf ich Ihnen was anbieten?«

Häberle winkte ab und setzte sich Igor gegenüber. »Dann war Herr Hartmann sozusagen ein Glücksfall für Sie?«, begann der Kriminalist das Gespräch und betrachtete interessiert die Dekorationsstücke auf den Regalen. Dort standen kleine und große Figuren, die überwiegend wohl Sportler darstellten, wie Häberle aus der Distanz feststellen konnte.

Dann fiel sein Blick auf ein großes, hell erleuchtetes Terrarium, das eine ganze Wandbreite einnahm. Die Junggesellenbude eines russischstämmigen jungen Mannes hatte er sich komplett anders vorgestellt.

»Der Glücksfall war das Gehalt«, beantwortete Igor die Frage Häberles, irritiert über dessen sichtliches Erstaunen über die elegante Wohnungseinrichtung. »Herr Hartmann war echt ein guter Chef.«

Häberle sah noch immer zu dem Terrarium, das ziemlich naturnah gestaltet zu sein schien und eine tropische Vegetation beinhaltete.

»Das ist mein Liebling«, lächelte Igor, nachdem er Häberles Interesse bemerkt hatte. »Ein Geschenk meines Chefs. Eine Kobra …« Er sah seinen Besucher spöttisch an. »Ein liebes Haustierchen und viel effektiver als jeder Wachhund – falls ich mal Hilfe bräuchte.«

Häberle zog kritisch seine Augenbrauen zusammen. »Aber kann sie denn dann zwischen Freund und Feind unterscheiden – ich meine, wenn sie mal losgelassen wird?«

Igor grinste überheblich. »Ich weiß zumindest, wie *ich* sie anfassen kann.« Er wartete vergeblich auf eine Reaktion Häberles. »Sie hätten da wohl gewisse Schwierigkeiten. Wetten?«

»Darauf kann ich verzichten, danke«, wies ihn der Kriminalist ab. Es gab wenig, wovor er sich fürchtete, aber Reptilien dieser Größe und Gefährlichkeit waren ihm zuwider, weshalb er ablenkte und zur Sache kam: »Sie werden verstehen, dass wir uns ein bisschen genauer für Hartmanns persönliche Verhältnisse interessieren.«

»Ich hab gedacht, die Sache mit dem Selbstmord meines Chefs sei längst abgeschlossen. Das hab ich heut früh schon seinem Neffen aus Augsburg gesagt. Der hat hier angerufen.«

»Neffe?«

»Ja, Herr Hartmann hatte ansonsten keine Angehörigen. Ich kenne den Neffen auch nicht. Irgendjemand hat ihn wohl vom Tod des Onkels verständigt.« Igor lächelte verlegen. »Wahrscheinlich geht's bereits ums Erbe.« Er wurde wieder ernst. »Und ich muss mich so schnell wie möglich nach einem neuen Job umsehen. Ist ja wohl kaum anzunehmen, dass ich von dem Erbe auch was abkriege.«

Häberle wollte nicht darauf eingehen. Aber vermutlich war Igors Traum von einem luxuriösen Leben ganz schnell wieder zerronnen – es sei denn, er fand eine Möglichkeit, sich in dieser Branche selbst zu betätigen. Wobei natürlich die Frage war, um welche Branche es sich handelte, schoss es Häberle durch den Kopf.

»Herr Hartmann hat sein Geld mit dem internationalen Viehhandel gemacht«, stellte der Kriminalist fest, um gleich dieses Thema anzusprechen. »Und davon kann man so gut leben? Ich denke, der Konkurrenzkampf ist gnadenlos?« Er wollte die Skandale der letzten Monate, als plötzlich europaweit Pferdefleisch aufgetaucht war – zuerst aus Rumänien, dann aus den Niederlanden –, nicht explizit aufzählen. Zuerst musste er wissen, wie tief Igor selbst in diese Geschäfte involviert war.

»Entschuldigen Sie, wenn ich das jetzt so direkt anspreche, aber Sie und Herr Hartmann wurden auch schon in Begleitung attraktiver Damen gesehen – was den Menschen in so einem Albdorf natürlich nicht verborgen bleibt und zu Gerüchten verschiedenster Art führt.«

Igor runzelte die jugendglatte Stirn und ballte instinktiv seine Hände zu Fäusten. »Da waren mal ein paar Damen bei uns zu Gast – bei ihm und bei mir. Auf der Durchreise. Das waren Mädels einiger Großkunden aus Polen und Rumänien, die als Studentinnen Deutschland bereist haben.« Igor grinste wieder. »Aber Sie haben recht, Herr Kommissar, das waren ein paar geile Weiber.«

Häberle nickte verständnisvoll. »Auch Thaimädchen sollen mal in Rimmelbach und Umgebung gesichtet worden sein.«

»Ja und?« Der junge Mann wurde nervös. »Ist das verboten? Nur weil man hier prüde ist? Glauben Sie mir, Herr Kommissar: Jeder einzelne Mann hier, der darüber irgendein Zeug quatscht, ist doch nur neidisch, dass er mit keiner dieser heißen Puppen ins Bett steigen durfte.« Er feixte. »Und auch meine Freundin, eine Russin übrigens, verdreht, wenn sie da ist, den Männern hier ganz schön die Köpfe.«

Häberle wunderte sich über die klaren Worte. Hatte er soeben ›Puppen‹ gesagt oder doch eher ›Nutten‹?, hämmerte es in Häberles Kopf. Er spürte, dass er auf der richtigen Fährte war.

»Damit wir uns nicht falsch verstehen, Herr Popow«, blieb der Ermittler ruhig und sachlich, »es ist nicht verboten, weiblichen Besuch zu empfangen, auch nicht auf unserer schönen Alb. Vorausgesetzt, es wird niemand zu etwas genötigt, wenn Sie verstehen, was ich meine.«

»Illegale Prostitution?«, brach es plötzlich aus Igor heraus, der seine zur Schau gestellte Gelassenheit verlor. »Glauben Sie, wir hätten hier oben ein Bordell betrieben? Hier in meiner Wohnung? Oder bei Herrn Hartmann? Das ist doch ziemlich weit hergeholt, finden Sie nicht auch?«

»Da gebe ich Ihnen recht. Aber um genau so etwas ausschließen zu können, reden wir ja miteinander.« Es war genau diese väterliche Art und Weise, die Häberle meisterhaft anzuwenden wusste und die ihn bei seiner Ermittlungsarbeit so erfolgreich machte. »Es soll ja auch so schöne Einrichtungen wie einen ›Begleitservice‹ geben«, fuhr er ruhig und bedächtig fort. »Das ist alles nicht verboten, wenn sich die Vermittler an Recht und Gesetz halten, also die Damen ordnungsgemäß anstellen, Sozialabgaben bezahlen und so weiter. Und wenn die Damen über 18 sind.«

»Darf ich fragen, was dies alles mit Herrn Hartmanns Selbstmord zu tun hat?«, wurde Igor jetzt misstrauisch.

»Es könnte doch sein, dass vielleicht doch manches nicht ganz den – sagen wir mal – üblichen Gepflogenheiten entsprochen hat und es Neid und Missgunst gab, von welcher Seite auch immer.«

Igor schwieg und umklammerte mit Daumen und Zeigefinger die dünne Tischplatte.

»Wenn es so wäre«, fuhr Häberle fort, »dann ist man als engster Mitarbeiter möglicherweise auch gefährdet.«

»Gefährdet?« Es schien, als habe Igor dieses Wort wie ein Hammerschlag getroffen. »Wieso denn gefährdet?«

Häberle ließ ein paar Sekunden verstreichen. »Es gibt Fälle, da fühlt man sich selbst als der Überlegene und merkt gar nicht, wie andere ihre Geschütze in Stellung bringen.«

»Das klingt jetzt ziemlich kriegerisch.«

»Soll es auch, Herr Popow. Ich kann Ihnen nur raten, die höfliche Zurückhaltung und Loyalität gegenüber Ihrem Chef aufzugeben – jetzt, wo er freiwillig aus dem Leben geschieden ist.«

Wieder beugte sich Igor nach vorne und presste schweigend mit den Händen die Tischplatte zusammen, als fühle er sich als Schraubstock. Häberle nahm diese innere Verkrampfung aufmerksam zur Kenntnis. »Ihr Chef hatte auch enge Beziehungen zu Herrn Mompach, wie wir inzwischen wissen.«

»Mompach?« Igor wirkte jetzt genervt. Wieder so ein Reizwort, wie es Häberle erschien.

»Mompach, ja, der Großbauer. Er und Hartmann waren Jagdfreunde, sind in Kanada Bären jagen gewesen und in Rumänien vermutlich Wölfe. Aber sie waren beide hin und wieder auch in Thailand.« Häberle spielte den Trumpf der bisherigen Ermittlungen aus.

»Woher wissen Sie das?«, war alles, was Igor erwiderte. Er entließ die Tischkante aus seinem Klammergriff und lehnte sich nun betont lässig in den voluminösen Sessel zurück.

»Das ergibt sich alles aus Gesprächen, wenn man aufmerksam zuhört und dabei eins und eins zusammenzählt.« Häberle wartete wieder ein paar Sekunden. »Und wie war das nun mit diesen Reisen?«

»Ich verstehe immer noch nicht, warum Sie mich danach fragen.« Igor versuchte jetzt, die Unsicherheit durch störrisches Verhalten zu kompensieren.

»Weil Sie der Einzige sind, der als Außenstehender etwas erzählen kann, ohne berufliche oder private Konsequenzen befürchten zu müssen.« Häberle musste sich aber eingestehen, dass ihn diese Feststellung nicht einmal selbst überzeugte.

»Und was spielt das für eine Rolle, ob die beiden Männer gemeinsam verreist sind?«

»Das kann ich Ihnen erst sagen, wenn Sie mir meine Fragen beantworten«, konterte Häberle, der zunehmend Freude daran empfand, den jungen Mann in die Enge zu treiben. »Also: Gab es etwas bei Herrn Hartmanns Geschäftstätigkeiten, das nicht nur mit Viehzucht zu tun hatte?«

Igor holte tief Luft. »Ich war meist nur der Dolmetscher«, wurde er wieder entspannter.

»Aber doch nicht nur für die Viehgeschäfte?«, blieb Häberle hartnäckig.

»Hauptsächlich schon, ja.«

»Hauptsächlich?«

Der junge Mann zögerte. Er schien zu bemerken, dass der Kriminalist nicht locker lassen würde. »Na ja, Sie werden's bei seinen Akten wohl finden.«

Häberle sah ihn aufmunternd an. »Früher oder später sicher.«

»Es gab da eine Beteiligung oder so was – an einer internationalen Discoszene. Ich hab keine Ahnung, wie man dazu sagt.«

»Discoszene?«, wiederholte Häberle ruhig. »Wie soll ich das verstehen?«

»Herr Hartmann hat in Moskau auch mal Leute getroffen, die Gastronomiepersonal nach Westeuropa vermitteln.«

Häberle musste ein Grinsen unterdrücken. »Überwiegend wohl junges, weibliches Personal«, stellte er sachlich fest.

»Ja, so wird's wohl gewesen sein.« Igor wurde wieder zunehmend nervöser.

»Und dieser gastronomische Service beschränkte sich möglicherweise nicht nur aufs Servieren von Bier und Wein – oder sehe ich das falsch?«

»Ich habe damit nichts zu tun«, wehrte Igor ab. »Wirklich nicht. Die Mädels, die ein paar Tage bei mir gewohnt haben, waren wirklich nur auf der Durchreise. Sie hatten einen Job in Zürich oder Mailand angeboten bekommen.«

»Also doch keine Studentinnen«, grinste Häberle jetzt.

Igor schwieg.

»Und manche dieser Frauen haben vermutlich erst vor Ort festgestellt, dass die Arbeitsbedingungen andere waren, als man es ihnen daheim vorgegaukelt hatte«, resümierte der Kriminalist aus langjähriger Erfahrung mit dem Rotlicht-Milieu.

»Ich habe damit nichts zu tun«, zeigte sich Igor bockig.

»Meist müssen solche Mädels dann zuerst den Betrag für Miete und Verpflegung abarbeiten«, bohrte Häberle weiter. »Unterm Strich – wenn ich diese Formulierung mal so verwenden darf – bleibt meist nichts übrig oder die Frauen verschulden sich sogar bei ihren Chefs und werden auf diese Weise hörig und abhängig gemacht. Und weil sie illegal eingereist und schwarz beschäftigt sind, trauen sie sich nicht, sich zu wehren. Abgesehen davon, dass man sie lang genug entsprechend einschüchtert.«

Igor schüttelte den Kopf. »Davon weiß ich nichts. Wirklich nicht.«

»Und diese Mädels kamen aus Moskau, Sankt Petersburg, Kazan und Thailand«, führte der Kriminalist weiter aus. Er hatte sich die Ziele der gespeicherten Nummern in Hartmanns Smartphone eingeprägt.

»Wie kommen Sie denn da drauf?«, war Igor überrascht.

»Stimmt's?«, wollte Häberle eine Spur energischer wissen.

Igor erkannte, dass Leugnen zwecklos war. »Dort saßen die Verbindungsleute. Das Personal«, er vermied offenbar den Ausdruck ›die Frauen‹, »kam aus dem armen Hinterland. Dort gibt es viele Arbeitslose.«

Häberle überlegte, ob er einen weiteren Vorstoß wagen sollte – entschied sich schließlich, dies zu riskieren: »Und Thailand?«

»Thailand?« Igor umklammerte wieder die Tischkante. »Keine Ahnung.«

»Aber Herr Hartmann hat doch mit Mompach dort Urlaub gemacht«, stellte Häberle fest. Linkohr hatte ihm dies aus der Vernehmung des Mompach-Sohnes berichtet.

»Mit Mompach?«, echote Igor. Es klang, als wolle er sich mit einer Antwort Zeit verschaffen. »Ich hab doch gesagt, die beiden haben hin und wieder Jagdurlaub gemacht.«

»Was jagt man denn in Thailand?«, konterte Häberle und fügte süffisant an: »Kobras vielleicht?«

»Ich weiß nicht, ob die beiden in Thailand jagen waren.«

Häberle grinste. »Oder wurden vielleicht nicht Wildtiere, sondern etwas anderes gejagt?«

Igor schloss für einen Moment die Augen und schüttelte erschöpft den Kopf.

Häberle hatte genug gehört. Während er sich erhob, griff er in seine Jackentasche und hielt Igor mit der flachen Hand einen kleinen, glitzernden Gegenstand entgegen. »Und das da?«, Häberles Worte klangen hart. Der junge Mann, der sitzen geblieben war, beugte sich kurz vor, zögerte einen Augenblick und zuckte mit den Schultern. »Eine alte Münze oder was?«

Häberle steckte das Objekt wieder weg. »Sie haben's ja nicht mal genau angeschaut.«

Igor zuckte mit den Schultern. »Das Ding sagt mir nichts.«

»Vielleicht«, wechselte Häberle das Thema, »können Sie ein bisschen mehr sagen, wenn ich Sie frage, wohin Sie am Dienstagabend nach dem Regen noch unterwegs waren?«

Igor schluckte, die Lidschläge seiner Augen wurden unruhig. »Wo ich – was? Am Dienstag. Nach dem Regen? Wieso ist das wichtig?«

»Nur zum besseren Verständnis für uns: Sie haben doch erzählt, Sie seien noch vor dem Gewitterregen bei Ihrem Chef auf dem Hochsitz gewesen und es habe erst geregnet, als Sie sich auf Ihrem Balkon hätten sonnen wollen. So ist das doch richtig, oder?« Häberle hatte sich die Aussage genau eingeprägt.

»Ja, natürlich«, bestätigte Igor unsicher. »Klar, ich bin später noch mal weggefahren, hinüber nach Bartholomä, um im Getränkemarkt eine Kiste Bier zu holen.« Er lächelte überlegen. »Und Wodka. Das haben Sie doch hören wollen, oder?«

»Und dabei sind Sie bei Rimmelbach die Abkürzung über den Feldweg gefahren, stimmt's?«, erwiderte Häberle schnell.

Igor nickte zaghaft.

Heiko Mompach war wie elektrisiert. Wie immer, hatte er am frühen Nachmittag die Post aus dem Kasten geholt, der an einem Betonpfosten des Vorgartens hing. Einige Werbesendungen und weiße Briefkuverts waren ihm beim Öffnen der Blechklappe gleich in die Hände gefallen. Ein großes braunes Kuvert, das sich verklemmt hatte, musste er hingegen herausziehen.

Für einen kurzen Moment stutzte er. Als Adressenfeld hatte ein aufgeklebtes Stück weißes Papier gedient, das in großen Buchstaben mit seiner Anschrift bedruckt war. Bereits auf dem Weg zurück ins Haus und zu seinem Büro drehte er es um, doch es gab keinen Absender. Den Poststempel konnte er nicht entziffern.

Jetzt, an seinem Schreibtisch sitzend, schlitzte er das Kuvert auf und sah vorsichtig hinein. Er erkannte ein einziges weißes DIN-A4-Blatt, das in voller Größe darin Platz gefunden hatte – als handle es sich um ein besonders wichtiges Dokument.

Mompach fasste es vorsichtig mit Daumen und Zeigefinger und zog es heraus. Allein schon die grafische Gestaltung ließ nichts Gutes erwarten: Die gedruckte Schrift bestand aus unterschiedlichen Schrifttypen und -größen, aus verschiedenfarbig markierten Worten und einer ganz groß in dunkelrot angegebenen Forderung: »Halbe Million in US-Dollar-Scheinen zu 50 Dollar.«

Mompachs Blutdruck schoss blitzartig in die Höhe. Er vergewisserte sich, dass er die Tür zu seinem Büro zugedrückt hatte, und nahm die Hände von dem Blatt, als habe er Angst, verräterische Spuren zu hinterlassen. Doch dafür gab es keinen Grund. Die Spurensicherung der Kriminalpolizei würde es niemals zu Gesicht bekommen. Niemals.

Linkohr und Vanessa hatten ihren Besuch bei Stefanie Marquart telefonisch angekündigt. Die junge Witwe jenes Mannes, der am Karfreitag seinem Leben ein allzu frühes Ende gesetzt hatte, begrüßte sie an der Tür eines sanierungsbedürftigen Hauses. Linkohr, der auf eine Albbäuerin in Arbeitskleidung eingestellt war, konnte seine Verwunderung nur mühsam verbergen. Vor ihm stand eine große, schlanke Frau, die nicht gerade den Eindruck erweckte, direkt aus einem Stall zu kommen. Vanessa entging Linkohrs Reaktion nicht, weshalb sie ihm einen strafenden Seitenblick zuwarf.

Die beiden Kriminalisten wurden durch einen dunklen Flur mit windschiefen Wänden in ein kleines Wohnzimmer geführt, das zweckmäßig mit Möbeln aus der Mitnahmeabteilung eingerichtet war.

Linkohr bat um Verständnis für den Besuch und fasste dessen Hintergründe kurz zusammen. Vanessa mischte sich anschließend sofort ein: »Wir wissen also noch nicht so genau, wie der Suizid des Herrn Hartmann einzustufen ist. Und …«, sie gab sich zurückhaltend und senkte die Stimme, »nachdem auch Ihr Mann erst vor Kurzem aus dem Leben geschieden ist, wollen wir die Strukturen im Dorf nachvollziehen.«

Frau Marquart, die sich auf dem Eckteil der Couch den Kriminalisten gegenübergesetzt hatte, stützte ihren Kopf nachdenklich mit dem linken Arm. »Haralds Tod hat damit – wenn überhaupt – nur indirekt etwas zu tun.«

»Indirekt?«, zeigte sich Linkohr sofort interessiert. Vanessa musterte die Frau und stellte fest, dass sie zitterte.

»Wenn Sie sich im Dorf schon ein bisschen auskennen, werden Sie wissen, dass wir zu den Verlierern gehören«, sagte die junge Landwirtin langsam. »Die Agrarpolitik hat uns in die Pleite geführt. Egal, was wir gemacht haben, egal, wie wir uns abgerackert haben – wir sind auf keinen grünen Zweig mehr gekommen.« Ihre Augen wurden wässrig. »Harald hat sich bemüht, nach dem frühen Tod seiner Eltern das Erbe in ihrem Sinne fortzuführen. Aber es hat sich schnell gezeigt, dass unser Betrieb zu klein war, um davon auf Dauer leben zu können.«

Vanessa nickte verständnisvoll. »Dieses Schicksal teilen Sie mit vielen Landwirten.«

Frau Marquart schnäuzte in ein Papiertaschentuch. »Und dann all dieser Bürokratismus. Sie haben keine Ahnung, wie die kleinen Landwirte gegängelt werden.«

Linkohr musste wie immer in solchen Situationen an Häberle denken, der nie müde wurde, sich über die Ungerechtigkeiten in diesem Land zu empören. Die Kleinen wurden überall geknechtet, es wurden stets neue Gemeinheiten ersonnen, den Deckel auf den unteren sozialen Schichten fest draufzuhalten, damit die Chancen minimal waren, dass sie nach oben durchstießen, um in die steuerbegünstigten, subventionsreichen Sphären vorzudringen. Nach Meinung Häberles war es nur noch eine Frage der Zeit, bis sich dieser Deckel nicht mehr halten ließ und wie bei einer gewaltigen Explosion weggeschleudert wurde und unbändige Kräfte freisetzte. So jedenfalls hatte Linkohr die Worte seines Chefs in Erinnerung.

Vanessa bemerkte, dass er in Gedanken abgeschweift war, weshalb sie das Gespräch weiterführte: »Es waren also finanzielle Gründe, die Ihren Mann dazu bewogen haben …«

»So denke ich«, fiel Stefanie Marquart ihr zaghaft ins Wort. »Es war am Tag, nachdem die Zwangsvollstreckung angekündigt wurde.« Sie wischte sich eine Träne aus dem Gesicht. »Die Versteigerung von allem. Von allem, was seine Eltern und Großeltern hier aufgebaut haben.«

Linkohr ließ noch ein paar Sekunden verstreichen. »Ist es nun schon versteigert?«

Stefanie schüttelte den Kopf. Ihre großen blauen Augen waren gerötet. »Beim ersten Termin lagen die Gebote zu niedrig. Aber nun steht ein zweiter an …« Sie schluchzte jetzt hemmungslos. »Dann können sie's vollends verschleudern. Zu jedem Preis. Das müssen Sie sich einmal vorstellen. Zu jedem Preis. Und die Banker, die mit Millionen von Steuergeldern unterstützt werden, lassen das einfach zu.«

Vanessa fühlte einen Kloß im Hals. Am liebsten hätte sie diese Frau jetzt in die Arme genommen und getröstet. Selten hatte sie die soziale Kälte derart zu spüren bekommen wie in diesem Moment. Wer die schleichende Verarmung in diesem Land schönredete oder politisch vertuschen wollte, hatte wirklich keine Ahnung, wie es den einfachen Menschen inzwischen erging. Harald Marquarts Selbstmord war in diesem Zusammenhang sicher kein Einzelfall.

»Und was ist nun aus Ihrem Betrieb geworden?«, fragte Linkohr plötzlich und unpassend, wie Vanessa es empfand.

Stefanie knüllte ihr Papiertaschentuch zusammen. »Aufgegeben. Mir gehört doch nichts mehr. Eidesstattliche Versicherung – wenn Sie wissen, was das heißt. Offenbarungseid hat man früher dazu gesagt. Vieh ist weg. Ich jobbe mal hier und mal dort. Aushilfe an der Tankstelle, bedienen – alles nur, um mich einigermaßen über Wasser halten zu können.« Sie weinte. »Und wenn die Versteigerung vorbei ist, wird mich der neue Besitzer rausschmeißen. Dann steh ich da und hab gar nichts mehr. Was mir bleibt, ist dann Hartz IV.« Sie schloss die Augen und schluchzte trostlos. »An später darf ich gar nicht denken. Rente und so.«

Vanessa stand auf und setzte sich zu ihr. »Sie sollten jetzt nicht nur schwarzsehen.« Es waren schwache Worte, gestand sich die junge Polizistin ein und rang nach einer besseren Formulierung, doch sie kämpfte selbst mit den Tränen.

Linkohr räusperte sich. »Hatten Sie denn keine Unterstützung von anderen Bauern am Ort?«

Stefanies Blick haftete an Vanessa. »Unterstützung? Wenn Sie tief unten sind, merken Sie erst, wie weit es noch abwärtsgeht. Der Einzige …«, sie sah jetzt zu Linkohr hinüber und schluckte, »der Einzige, der uns zur Seite gestanden ist, war der Pfarrer. Aber den mögen sie hier ja auch nicht.«

»Der Herr Kugler?«, fragte Linkohr vorsichtig interessiert nach.

»Ja, der«, sagte Stefanie, als habe sie durch den Gedanken an ihn neue Kraft geschöpft. »Der Pfarrer ist ein paarmal bei uns gewesen, damals nach dem Jahreswechsel. Wir sind zwar nicht besonders gläubig, aber er hat uns trotzdem geholfen. Natürlich nicht finanziell ...«, ihr Gesicht verzog sich zu einem kurzen Lächeln, »aber moralisch. Er hat die Machenschaften in diesem kleinen Dorf schnell durchschaut, obwohl er damals erst kurze Zeit da war.«

»Welche Machenschaften denn?«

»Dass der Druck auf die Kleinen bis in diese Albkaffs runtergeht. Neid und Missgunst.« Stefanie zuckte mit ihren schmalen Schultern. »Wissen Sie, ich komme auch aus einer ehemaligen Bauernfamilie, aus Söhnstetten drüben. Ich bin in dieser kleinen Welt hier aufgewachsen. Meine Eltern haben den Hof des Großvaters aber schon lange aufgegeben – oder besser gesagt: aufgeben müssen. Das hat sie so getroffen, dass die Ehe zerbrochen ist. Mein Vater ist wenig später gestorben und meine Mutter hat sich danach ...« Sie konnte nicht mehr weiterreden, weil ihre Tränen die Stimme erstickten. Vanessa legte jetzt einen Arm um sie und ließ sie weinen. Das Schreckliche musste nicht ausgesprochen werden.

Linkohr verfolgte das Gespräch der beiden Frauen mit ernstem Gesicht. Er fühlte sich nicht sehr wohl und war froh, dass Vanessa die Situation retten konnte.

Sie ließen einige Minuten schweigend verstreichen, während derer Linkohr seinen Blick durch das Wohnzimmer streifen ließ. Seine Augen blieben an einem großen gerahmten Schwarz-Weiß-Foto hängen, das an einem Brett der dunklen Schrankwand lehnte. Das Bild zeigte einen knapp 30-jährigen

Mann, der fröhlich winkend auf einem Traktor saß. Vermutlich war es Harald Marquart gewesen, vermutete Linkohr und besah sich die bunten Buchrücken, die sich nach beiden Seiten des Regals erstreckten. Eine Reihe tiefer stapelten sich geöffnete Briefe und schwarz geränderte Trauerkarten, daneben waren kleine filigrane Engelsfiguren aufgereiht. Zwischen ihnen schimmerte das Rot einiger münzengroßer, schwarz getupfter Glückskäfer herüber.

»Entschuldigen Sie bitte«, holte ihn Vanessas Stimme aus seinen Beobachtungen zurück, »wir möchten Sie nicht unnötig belasten. Aber vielleicht ist es auch im Sinne Ihres Mannes, wenn wir uns in Rimmelbach etwas genauer umhören.«

»Sie tun ja auch nur Ihre Pflicht«, entgegnete Stefanie und schnäuzte erneut in ihr tränennasses Taschentuch. Linkohr fingerte ein frisches aus einer Packung, die er im Jackett trug, und reichte es ihr.

»Der größte Grundbesitzer am Ort ist Mompach?«, fuhr Vanessa fort, während sich Stefanie für Linkohrs Aufmerksamkeit bedankte.

»Ja, natürlich. Der hat auch den meisten Einfluss. Er ist im Kirchengemeinderat und im richtigen Gemeinderat stellvertretender Vorsitzender. Und er hat das meiste Land hier.«

»Das er von den Kleinen übernommen hat«, stellte nun Linkohr fest.

»Ja, er kauft alles auf, was er kriegen kann. Und wahrscheinlich wird er auch unseren Hof ersteigern.«

»Und was wissen Sie über Herrn Hartmann?«, hakte Vanessa vorsichtig nach.

Stefanie zögerte und atmete ein paarmal tief durch. »Man sagt, sie seien dicke Freunde gewesen – er und Mompach.« Die Antwort klang unterkühlt.

»Aber Hartmann hat drüben in Böhmenkirch gewohnt«,

warf Linkohr ein, »hatte der denn auch Einfluss in Rimmelbach?«

Wieder zögerte sie. »Ich denke schon – wenn er ein dicker Freund von Mompach war –, ganz sicher sogar.«

»Und was hat man sonst so über ihn gehört?« Linkohr wusste, dass allgemein gehaltene Fragen meist wenig ergiebig waren.

Stefanie sah ihn verwundert an, um dann ihren Blick Hilfe suchend auf Vanessa zu richten. »Was meinen Sie mit ›sonst so‹?« Sie wusste mit dieser Frage offenbar nichts anzufangen. »Ich kann Ihnen dazu nichts sagen.«

Linkohr sah die Gelegenheit gekommen, einen der Kernpunkte anzusprechen – auch auf die Gefahr hin, dass die Stimmung vollends kippte. »Hatten Sie denn auch Verbindungen zu Herrn Hartmann?« Natürlich war es eine dreiste Frage, gestand sich Linkohr ein. Aber die Telefonverbindungsdaten, die sie vorliegen hatten, zwangen ihn dazu.

»Zu Herrn Hartmann?«, wiederholte Stefanie die Frage, als habe sie sie nicht verstanden. Sie rückte reflexartig von Vanessa ab, die daraufhin auch wieder auf Distanz ging und sich zu Linkohr zurück setzte. Von einer Sekunde auf die andere war ihre tiefe Traurigkeit einer gewissen Abwehrhaltung gewichen, glaubte Linkohr zu erkennen.

Stefanies gerötete Augen waren plötzlich weit geöffnet. Sie huschten aufgeregt zwischen den beiden Kriminalisten hin und her. Sie schwieg, doch weder Linkohr noch Vanessa wollten die Frage wiederholen.

»Ja«, gab sie schließlich widerstrebend zu, »er hat mich hin und wieder angerufen und gefragt, wie es mir gehe. Aber mir war nach dem Tod von Harald – das liegt ja erst ein halbes Jahr zurück – nicht danach, mich mit ihm einzulassen.«

»Einzulassen?«, griff Vanessa das Gesagte behutsam auf. »Hat er sich denn eine Beziehung mit Ihnen versprochen?«

Nach einer peinlichen Pause, während der Stefanie ratlos einige Male mit den Schultern zuckte, unternahm Vanessa einen diplomatischen Vorstoß: »Es geht nur darum, wer sich um Sie gekümmert hat. Sie sagten, der Pfarrer sei's gewesen – und es könnten sich ja auch noch andere mal nach Ihrem Zustand erkundigt haben.«

»Andere?« Stefanie hatte jetzt ihr Taschentuch zu einer kleinen Kugel zusammengepresst.

»Ja, andere«, wiederholte Linkohr ruhig. »Hier aus Rimmelbach oder den umliegenden Orten.« Ihm entging nicht, wie nervös die Frau mittlerweile geworden war.

Nach kurzem Zögern antwortete Stefanie abweisend: »Ich weiß nicht so recht, was Sie damit meinen.«

Linkohr sah sie zweifelnd an: »Meine Frage war aber doch ganz unmissverständlich.«

»Trotzdem kann ich nicht mehr sagen, als dass sich der Pfarrer Kugler um mich gekümmert hat.«

Linkohr wollte eine Eskalation vermeiden. Von Häberle hatte er gelernt, dass es besser war, ein Gespräch abzubrechen und eine irritierte Person zurückzulassen, als gleich mit Brachialgewalt Fakten auf den Tisch zu legen.

»Okay«, sagte der junge Kriminalist deshalb. »Vielleicht denken Sie noch mal in Ruhe darüber nach. Es könnte ja sein, Ihnen fällt noch etwas Wichtiges dazu ein. Sie wissen, wo wir zu erreichen sind.«

Häberle erschrak, als er Kugler in dessen Büro gegenübersaß. Das Gesicht des Pfarrers war fahl und faltig. Es sah aus, als sei der Mann innerhalb eines Tages um viele Jahre gealtert. »Man macht mich systematisch fertig«, stellte Kugler fest, als habe er Häberles Gedanken erraten, und deutete zu der aufgeschlagenen Zeitung, die auf seinem Schreibtisch lag.

Häberle seufzte in sich hinein. »Ersparen Sie mir dazu einen Kommentar. Aber wegen dieser Geschichte bin ich auch gar nicht da.«

»Verzeihen Sie, Herr Häberle«, sagte Kugler, der sich auf seinen ächzenden Schreibtischsessel sinken ließ. »Aber ich bin gerade dabei, mit Rimmelbach abzuschließen. Der Oberkirchenrat hat mich beurlaubt und vorgeschlagen, möglichst bald wegzuziehen. Und das werden wir auch tun – meine Frau und ich.«

Der Chefermittler nickte. Er wollte sich in das Verfahren, das sein Kollege Wissmut bearbeitete, zwar nicht einmischen, aber der Theologe, so schien es ihm, hatte vermutlich während seiner kurzen Dienstzeit in Rimmelbach mehr von den Menschen und ihren Vorlieben erfahren, als sogar dem Bürgermeister jemals zu Ohren gekommen war.

Kugler hakte vorsichtig nach: »Hartmanns Selbstmord beschäftigt Sie wohl immer noch? Gibt es denn inzwischen etwas, das Ihre aufwendigen Recherchen noch immer nötig macht?«

Häberle musste eingestehen, dass nur die missglückte Brandstiftung ein handfester Anhaltspunkt war. Alles andere entsprang seinem eigenen Bauchgefühl.

»Damit werden Sie keinen Staatsanwalt und schon gar keinen Richter überzeugen können«, erwiderte Kugler und stellte angesichts seines eigenen Falles fest: »Es sei denn, Sie finden einen Zeugen, der Ihnen irgendeine abenteuerliche Geschichte erzählt.« Der Theologe wischte sich mit einer Hand über das müde Gesicht. »Wissen Sie, ich bin hierhergekommen, um den kleinen Leuten zu helfen. Mittlerweile aber glaube ich, dass viele Kleine von den Großen so geblendet werden, dass sie gar nicht mehr erkennen können, wie mit ihnen Schindluder getrieben wird.«

Häberle nickte verständnisvoll. »Würde die Masse der

Menschen mitkriegen, wohin der Hase läuft, müsste manche Wahl ganz anders ausgehen. Aber wie sagt man so schön: Nur dumme Schweine wählen ihren Metzger selbst.«

Über Kuglers Gesicht huschte ein kurzes Lächeln. »Was glauben Sie, wie viele Stunden ich mit manchen dieser wenig betuchten Leute hier diskutiert habe! Sie sind ja nicht dumm, nein, ganz bestimmt nicht. Aber sie sind verblendet, wenn ich das mal so sagen darf.« Er lehnte sich fest in den ächzenden Stuhl. »Und jedes Mal bin ich verblüfft, dass gerade auch die Älteren alles mit sich machen lassen, was ihnen Berlin aufs Auge drückt. Wie etwa diese unglaubliche Regelung, dass man von seiner privaten Altersversorgung, für die man ein halbes Leben lang Teile des Lohnes gleich vom Arbeitnehmer hat abführen lassen müssen, nun plötzlich Kranken- und Pflegeversicherung bezahlt. Eine rückwirkende Regelung. Ein glatter Betrug, wenn Sie mich fragen.«

Häberle nickte. Er hatte davon erst kürzlich einen Bericht in der Zeitung gelesen und diese klammheimlich eingeführte Regelung als empörend und skandalös empfunden.

»Wissen Sie, was das für manchen kleinen Arbeitnehmer bedeutet?«, fuhr Kugler fort, der spürte, dass auch Häberle gegen die wachsende soziale Ungerechtigkeit kämpfte.

»Das bedeutet«, gab sich der Theologe selbst die Antwort, »dass ein Arbeitnehmer, der 60 000 Euro aus einer solchen Versicherung ausbezahlt bekommt und damit seinen Ruhestand finanziell aufpolstern wollte, aus dieser Summe zehn Jahre lang jeden Monat zusätzlich 85 Euro Kranken- und Pflegeversicherung bezahlen muss. Rechnen Sie mal aus, welch riesiger Betrag da plötzlich fehlt.«

Häberle nickte. Er hätte noch genügend dazu beitragen können – wie etwa, dass diese Regelung nur die eher Geringverdienenden betraf, während jene, die stets über irgendwelchen Bemessungsgrenzen verdient hatten, davon unberührt blieben. Und dass ausgerechnet die rot-grüne Regierung einst diese nachträglichen Vertragsänderungen beschlossen hatte, war für ihn der traurige Beweis, wie wenig sich die angeblich sozialen Politiker um die Kleinen scherten. »Den Schwarzen hätte man das auf Anhieb zugetraut«, brummte er, um auf das eigentliche Thema zurückzukommen. »Ihr soziales Engagement scheint hier also nicht von allen gebilligt zu werden?«

»So könnte man das vorsichtig umschreiben, Herr Häberle, ja.«

»Ich könnte mir vorstellen, dass Sie bei den langen Gesprächen, die Sie geführt haben, auch tiefere Einblicke bekommen haben – in dieses gespaltene Dorf.«

Kugler sank in sich zusammen. »Es gibt Menschen, die öffnen sich und reden über Probleme. Und andere bauen eine abwehrende Mauer um sich herum auf. Aber«, er seufzte wieder, » manche haben mir auch dankbar ihr Herz ausgeschüttet. Meistens die Frauen.«

»Ich weiß, Sie dürfen als Pfarrer keine persönlichen Dinge dieser Leute preisgeben. Aber haben Sie den Eindruck, dass hier vieles sozusagen im Untergrund schwelt?«

Kugler holte wieder tief Luft. »Auch das kann man so sagen.« Er zögerte. »Das sind eben jene sozialen Konflikte, die ich Ihnen gerade dargelegt habe. Und was meine Person anbelangt, da gibt es gewiss einige Herrschaften, denen es mit Sicherheit suspekt war, wie viel ich als Außenstehender in ganz kurzer Zeit erfahren habe.«

»Zum Beispiel?«

»Das kann ich ruhig sagen, weil es kein Geheimnis ist: Mompach ist der uneingeschränkte Herrscher hier. Und die Dorfgemeinschaft hat ihn dazu gemacht, ganz demokratisch, und in alle wichtigen Ämter und Positionen gehoben.«

»Demzufolge muss es genügend Sympathisanten geben …«

»Natürlich. Die Strukturen der Dörfer ändern sich. Es werden neue Baugebiete erschlossen, wovon wiederum gewisse Grundstücksbesitzer profitieren – und mit den Baugebieten kommen andere Bevölkerungsschichten. Sie wissen ja, dass es die Städter aufs Land zieht. Das ist vor allem hier interessant, wo Ulm, Heidenheim und Aalen mit ihren vielfältigen Angeboten an Arbeitsplätzen und Kulturveranstaltungen vor der Haustür ist. Und all die neu Hinzugezogenen scheren sich nicht um die Probleme der kleinen Landwirte – ganz im Gegenteil. Sie fühlen sich von dem Gestank nach Mist und Schweineställen belästigt und vom Krähen eines Gockels in der Ruhe gestört.«

Häberle hörte aufmerksam zu. »Und welche Rolle spielte bei all dem der Hartmann?«

»Entschuldigen Sie, aber das hab ich Ihnen doch bereits gestern dargelegt«, staunte Kugler.

Der Kriminalist ließ sich nicht beirren. »Das ist richtig, aber Sie haben auch erwähnt, dass in Rimmelbach etwas im Gange sei, dessen Tragweite wir uns alle vermutlich noch nicht bewusst seien. So jedenfalls habe ich Ihre gestrige Schilderung in Erinnerung.«

Kugler zögerte. »Konkret kann ich dies natürlich nicht begründen. Aber wenn man hier lebt, sich umhört, mit den Leuten spricht, dann liegt diese Einschätzung nahe.« Er wandte den Blick von Häberle und sah aus dem Fenster. Im Gegenlicht des hellen Nachmittags wirkten seine Falten im Gesicht besonders tief. »Manches gibt mir halt zu denken.«

Häberle spürte, dass Kugler etwas loswerden wollte. »Ich gehe manchmal nachts raus, wenn ich nicht schlafen kann«, sprach der Theologe langsam weiter. »Vergangene Nacht wieder einmal.«

Der Kriminalist ließ ihm Zeit.

»Meist bewegt sich da draußen um Mitternacht nichts

mehr. Aber vergangene Nacht kam ein Kastenwagen die Straße rauf.« Noch immer sah Kugler aus dem Fenster. »Weil er mir bekannt vorkam, habe ich nach der Nummer geschaut.« Er überlegte kurz. »Es war Hartmanns Kastenwagen. So ein Mercedes-Lieferwagen. Keine Ahnung, wofür Hartmann den gebraucht hat.«

Häberle blieb ruhig. »Und wer hinterm Steuer saß, wissen Sie auch?«

Kugler schüttelte langsam den Kopf.

11

Mompach starrte auf das Blatt mit den verschieden großen Lettern und fühlte sich wie hypnotisiert von der großen Zahl: 500 000 US-Dollar in kleiner Stückelung. Aber auch der weitere Text jagte ihm einen panischen Schrecken durch den ganzen Körper: ›Wir wissen alles über dich und werden es vergessen, sobald das Schweigegeld bezahlt ist.‹

Zum wiederholten Male las Mompach die folgenden Absätze, die in der für Briefe üblichen Buchstabengröße geschrieben waren:

›Wir sind im Besitz von Dokumenten, die beweisen, dass du mit schmutzigen Geschäften mindestens fünf Millionen US-Dollar beiseitegeschafft hast oder in Immobilien angelegt wurden.‹ Mompach überflog den grammatikalisch falschen Satz noch einmal. Die Aussage war unmissverständlich. Ebenso schockierte ihn aber, dass die anonymen Verfasser des Briefes sehr gut über seine privaten und geheimen Angelegenheiten Bescheid wussten: ›Es dürfte dir nicht schwerfallen, einen Teil des in Hongkong, Singapur und Hua Hin gebunkerten Vermögens als Schweigegeld an uns abzuführen.‹

Mompachs Blick haftete auf den Städtenamen. Hongkong und Singapur hätte man noch als beliebig hingeschriebene Orte der Geldwäsche abtun können. Aber Hua Hin? Wer kannte schon diese thailändische Stadt auf der Westseite des Golfs von Siam? Wenn überhaupt, dann waren noch allenfalls das bisweilen durch Sextourismus etwas verrufene Pattaya oder das touristisch aufgewertete Phuket ein Begriff. Aber Hua Hin?

Mompach fühlte sich von den nächsten Sätzen noch weiter in die Enge getrieben: ›Du fliegst am 2. November nach Bangkok und wirst mit einem Taxi nach Hua Hin fahren.‹ Verdammt, durchzuckte es Mompach zum wiederholten Male. Genau so hatte er bereits den Flug gebucht. Genau so war es. Doch er hatte mit niemandem darüber gesprochen. Seiner Frau hatte er wie immer, wenn die Ernte eingebracht und die Felder bestellt waren, vorgetäuscht, mit einigen alten Schulfreunden auf die Kanaren zu fliegen. Dass die Reise nicht westwärts, sondern in den Fernen Osten ging, hatte sie nie erfahren, zumal er sämtliche Geldgeschäfte und Korrespondenzen selbst erledigte. Seit es Handys gab, war er ohnehin überall auf der Welt erreichbar, ohne dass jemand wissen musste, auf welchem Kontinent er den Anruf gerade entgegennahm. Außerdem konnte er per Internet die wichtigsten geschäftlichen Angelegenheiten ebenfalls von unterwegs erledigen.

Wie in Trance las er den nächsten Absatz: ›Weitere Instruktionen erhältst du vor Ort. Wir kennen die Adresse im Tropical Ocean View. Du solltest das Geld spätestens am 5. November in kleiner Stückelung in einem Aktenkoffer bereithalten. Falls du die Polizei einschaltest oder versuchen solltest, uns hereinzulegen, werden alle Dokumente automatisch an die Ulmer Staatsanwaltschaft geschickt. Und lass Igor aus dem Spiel, der hat damit nichts zu tun.‹ Mompach stutzte. Wieso Igor?

Mompach schloss die Augen. Er hatte plötzlich den Eindruck, als drehe sich der ganze Raum um ihn. Er musste an Hartmann denken – an die traumhaften Tage, die sie gemeinsam in Hua Hin verbracht hatten. Doch auch wenn sich Hartmann nicht umgebracht hätte, wären sie diesmal nicht gemeinsam nach Thailand geflogen. Und vermutlich hätten sie es auch nie wieder getan.

Der letzte Satz des Schreibens konfrontierte Mompach wieder mit der grausamen Realität: ›Noch ein guter Rat zum Schluss: Vergiss den Manuel nicht.‹

Der Kollege von der Spurensicherung, den sie alle nur ›Specki‹ riefen, war in Häberles Büro geeilt, um ihm die Neuigkeiten der EDV-Experten vorzulegen. Denen war es innerhalb kürzester Zeit gelungen, Hartmanns Computer weitere interessante Daten zu entlocken. »Der Viehhandel muss ziemlich gut floriert haben.« Specki deutete auf einen Ausdruck. »Ob allerdings wirklich Schweine und Rinder aus Osteuropa importiert wurden oder ob nur mit verschiedenen Firmen in Frankreich, Großbritannien und Österreich Scheinverträge oder fiktive Lieferscheine ausgetauscht wurden, ohne dass Waren hin- und hergeschickt wurden, muss erst noch geklärt werden. Aber dies dürfte allenfalls die Kollegen von der Steuerfahndung interessieren.«

»Mehrwertsteuerkarussell?«, mutmaßte Häberle.

Specki grinste. Sie beide wussten, dass in diesen Monaten bundesweit ein riesiges Verfahren lief, um Tricksereien mit Mehrwertsteuer-Rückerstattungen bei grenzüberschreitenden Geschäften auf die Spur zu kommen. Wie dies genau funktionierte, hatte Specki bislang nicht verstanden. Jedenfalls wanderten Lieferscheine und Bestellungen ein und derselben Ware meist von einem Land zum anderen, während der eigentliche Geschäftszweck nicht im tatsächlichen Handel bestand, sondern nur im Verschleiern, um sich an der jeweiligen Erstattung der Mehrwertsteuer zu bereichern.

Auch Häberle kannte dies als höchst kriminelles Vorgehen, konnte sich aber insgeheim einer gewissen Schadenfreude nicht erwehren. Denn wären die Steuergesetze europaweit nicht zu einem undurchschaubaren Dschungel verkommen, hätten es trickreiche Betrüger nicht so einfach, sich in einem weiten Feld der Grauzone mithilfe von findigen Steuerexperten durchzumogeln. Aber möglicherweise, so argwöhnte Häberle oft im Kreis von Kollegen, war diese Kompliziertheit auch so gewollt, um dem Großkapital genügend Vorteile einräumen zu können, während sich der kleine Bürger in diesem Geflecht von Paragrafen verlor und zermürbt werden sollte.

»Es besteht auch der Verdacht«, fuhr Specki fort, »dass Hartmann daran beteiligt war, Pferdefleisch im großen Stil als Rindfleisch in den Handel zu bringen. Ihr erinnert euch: Im April ist die Geschichte mit dem niederländischen Unternehmen aufgeflogen, das 50.000 Tonnen in Umlauf gebracht hat. Hartmann scheint da auch mitgemischt zu haben.«

»Ach«, staunte Häberle, »das habt ihr alles aus den Daten rausgekitzelt?«

Specki grinste wieder. »Auch wenn er sie ganz schön getarnt hat.« Er hob einen Speicherstick in die Höhe, der in einer kleinen gummiartigen Löwenfigur steckte. »Kollege Linkohr hat das Ding übrigens in den Händen gehalten, ohne zu ahnen, was in dem Löwen wirklich steckt.« Der Spurensicherer fügte stolz an: »Wenn der Kollege davon erfährt, haut's ihm sicher wieder 's Blech weg.«

Häberle lachte laut, kam aber gleich wieder zur Sache: »Das ist sehr spannend, wird aber nicht reichen, Hartmanns Tod jemandem juristisch unterjubeln zu können.«

Specki zuckte mit den Schultern. »Womöglich hat sich Hartmann auch in diesem Paragrafendschungel verfangen und keinen Ausweg mehr gesehen.«

»Wurde denn gegen ihn schon einmal entsprechend ermittelt?«

»Nein, soweit uns bekannt ist, nicht. Aber wir müssen noch die Steuerfahndung mit einschalten.« Specki blätterte in seinen Unterlagen. »Noch nicht so genau wissen wir, was es mit einigen Adressen in Zürich, Mailand, Frankfurt und der Slowakei auf sich hat.«

»Das bedeutet?«

»Es sind überwiegend Nachtlokale und in Poprad ein Internat.«

»In Poprad?«

»Ja, Slowakei, ganz hinten, am Fuße der Hohen Tatra. An der Grenze zu Polen.«

Häberle musste schlagartig an einen seiner großen Fälle denken, bei denen die Stadt Kosice im äußersten Zipfel der Slowakei eine Rolle gespielt hatte. »Und was ist das für ein Internat?«

»Keine Ahnung. Die Kollegen sind gerade dabei, über Interpol etwas herauszufinden.«

»Sonst noch was?« Häberle bemerkte, dass Specki noch weitere Unterlagen bei sich hatte.

»Es scheint so, als habe Hartmann bevorzugt in Thailand Urlaub gemacht.«

»So?«

»Ja, aus dem, was die Kollegen in seinem Computer gefunden haben, könnte man schließen, dass er dort Besitzer einer Immobilie ist. In einer Stadt namens ...«, Specki blätterte. »Hua Hin oder so ähnlich. Frag mich aber nicht, wie man das schreibt.«

Die Dämmerung war bereits hereingebrochen, als Linkohr und Vanessa an dem windschiefen alten Bauerhaus eintrafen, in dem Sandra Kowick mit ihrem Manuel wohnte. Als nach zweimaligem Klingeln die Tür geöffnet wurde, stand eine blasse junge Frau vor ihnen, während im Hintergrund eine wütende kindliche Stimme brüllte: »Ich will nicht, ich will nicht!«

Sandra Kowick begrüßte die beiden Besucher, die sich telefonisch angemeldet hatten, nur flüchtig und fügte an: »Entschuldigen Sie, das ist Manuel. Er ist heute wieder unausstehlich. Aber kommen Sie trotzdem rein.«

Sie traten in den langen, schmalen Flur, den nur eine von der Decke hängende Glühbirne erhellte. Die Luft war feucht und modrig und erinnerte Linkohr an den Gewölbekeller seines letzten Falles.

In dem kleinen Wohnzimmer, in das sie geführt wurden, herrschte ein heilloses Chaos. Vanessa blickte sich kurz um und zwinkerte Linkohr zu. Auf einem alten Sofa waren Kinderkleider verstreut, Modellautos bedeckten den ausgetretenen Teppichboden. In einer dunklen Regalwand thronte ein voluminöser alter Fernsehapparat – und am Esstisch kauerte ein Bub, der teilnahmslos mit einem Löffel im Suppenteller rührte.

»Du bist sicher der Manuel«, versuchte Vanessa, ihn für sich zu gewinnen, während Frau Kowick von den drei anderen Holzstühlen Zeitschriften, Kleider und Schulmappe beiseite räumte. »Manuel kann keine Ordnung halten«, murmelte sie verschämt. Der Bub würdigte die Besucher keines Blicks und starrte nur in seinen Teller. »Er ist ziemlich verstört, aber das werden Sie ja von Ihren Kollegen wissen.«

Vanessa setzte sich neben ihn. »Wir wollen gar nichts von dir, keine Angst«, beruhigte sie den Buben, doch Manuel murmelte nur etwas, das sich so anhörte wie: »Ich hab keinen Hunger, ich will spielen.«

»Also gut, dann geh rüber in dein Zimmer«, gab sich die Mutter geschlagen, worauf Manuel den Löffel fallen ließ, aufsprang und sich unter dem gläsernen Couchtisch seinen Autos hingab.

»Er will nicht essen, dabei ist er sowieso schon viel zu dünn«, resignierte Frau Kowick. Sie schaute auf ihre Armbanduhr und wischte mit den Händen über ihre blaue Arbeitsjacke. »Ich muss in einer dreiviertel Stunde noch mal los. Herr Mompach nimmt's mit der Arbeitszeit ziemlich genau.« Sie sah die beiden Kriminalisten unsicher an, ihre Augen wanderten schnell von Linkohr zu Vanessa und zurück. »Und womit kann ich Ihnen helfen?«

Linkohr gab seiner jungen Kollegin zu verstehen, dass sie beginnen solle. »Die Sache mit Manuel interessiert uns weniger«, sagte Vanessa, »es geht uns nur um diese Kerze, die Sie gestern Vormittag entdeckt haben.«

»Ja, habe ich. Aber das hat die Polizei doch schon aufgenommen.«

Linkohr nickte. »Ja, natürlich, aber wie Sie sich denken können, stellt sich uns natürlich die Frage, wer die brennende Kerze dort deponiert hat.«

»Und deswegen kommen Sie zu mir?« Sandra Kowick ging in Abwehrhaltung.

»Wir kommen nicht nur deshalb zu Ihnen«, betonte Linkohr beruhigend, »sondern um herauszufinden, wer möglicherweise etwas gegen Herrn Mompach hat.«

Wieder wanderten Sandras Augen nervös von einem zum anderen. »Da dürfen Sie mich nicht fragen. Ich bin bei ihm beschäftigt und er hat mir dieses kleine Haus – auch wenn's eine ziemliche Bruchbude ist – als Unterkunft zur Verfügung gestellt, nachdem sich mein Mann von mir getrennt hat.«

»Sie brauchen keine Angst zu haben, dass etwas von dem, was wir hier jetzt miteinander reden, Herrn Mompach zu Ohren kommt«, schaltete sich Vanessa ein.

Sandra presste kurz die Lippen zusammen und erwiderte: »Sie sollten Herrn Mompach nicht unterschätzen. Der erfährt und bekommt alles.«

Plötzlich ertönte die Stimme des Buben aus dem Hintergrund: »Mami, reden die von deinem Boss?«

Sandra reagierte gereizt: »Sei still, Manuel, das geht dich überhaupt nichts an. Ich will keinen Ton mehr hören. Nicht einen.«

Manuel war nicht zu beruhigen. Er warf sein Spielzeugauto gegen ein hölzernes Türchen der Regalwand und rief empört: »Aber du magst ihn doch auch nicht!«

»Ruhe jetzt oder ich sperr dich nachher in den Keller.«

Vanessa fühlte eine innere Empörung in sich aufsteigen und wollte schon etwas sagen, doch Sandra kam ihr zuvor und meinte mit gequältem Lächeln: »Wer mag schon seinen Chef? Manuel greift gleich jede Bemerkung auf. Dabei hat er striktes Redeverbot, wenn sich Erwachsene unterhalten.«

»Aber Mami, warum soll ich nichts sagen?«, presste er mit tränenerstickter und zorniger Stimme hervor, nachdem sein Auto zu Bruch gegangen war. »Die Polizei will doch auch alles von mir wissen.«

»Und du hast auch schon alles ganz brav gesagt. Damit Ruhe. Oder du kommst sofort in den Keller. Sofort!« Sandra wurde laut. Der Bub heulte lautstark los und kickte zornig ein anderes Spielzeugauto gegen die Wand.

Linkohr überlegte, ob diese Art der Erziehung ein Fall für das Jugendamt sein würde.

Sandra Kowick wollte gerade etwas sagen, als die Türklingel aufdringlich laut das Gebrüll Manuels übertönte.

Noch während sich Sandra erhob, rannte ihr Bub bereits aus dem Zimmer. »Manuel, du sollst hierbleiben!«, rief sie ihm hinterher, obwohl sie wusste, dass es sinnlos war. Der Bub hatte bereits die Eingangstür geöffnet, sodass sich im Schein der schwachen Glühbirne eine hünenhafte Gestalt gegen die Dunkelheit abhob.

Manuel wich erschrocken zurück und verschwand in einem der anderen Zimmer.

»Entschuldigen Sie«, drang die tiefe Stimme des Besuchers in den Flur. Sandra schien für einen Augenblick vor Entsetzen starr zu sein, versuchte aber sofort, sich wieder in den Griff zu bekommen. »Herr Pfarrer?«, war zunächst alles, was sie herausbrachte. »Wieso …«

»Bitte erschrecken Sie nicht«, unterbrach sie Kugler, der nur so weit in den Flur eingetreten war, dass sich hinter ihm die Haustür schließen ließ. »Aber ich dachte …«, er rang merklich nach Worten, »… ich dachte, es hilft uns beiden vielleicht, wenn wir in Ruhe miteinander reden.« Er war darauf gefasst, dass ihn Sandra sofort des Hauses verwies.

Ein paar Sekunden standen sie sich Auge in Auge gegenüber wie zwei angriffslustige Raubtiere, die nur eine Distanz von zwei Metern trennte.

»Reden?«, echote Sandra. »Ich hab gerade Besuch.« Ihre Stimme war schwach.

Weil die Tür zum Wohnzimmer offen stand, hatte Linkohr nicht nur die Stimme Kuglers erkannt, sondern ihn auch gesehen. Der junge Kriminalist zwinkerte Vanessa zu, sprang auf und erreichte mit wenigen Schritten den Flur. »Wegen uns dürfen Sie ruhig eintreten, Herr Kugler«, sagte er laut und deutlich. »Vielleicht gibt es ja auch mit uns etwas zu bereden.«

Kugler kam ein Stück näher und stand jetzt direkt vor Sandra. Er wusste für einen Moment nicht, was er sagen sollte. Das zufällige Zusammentreffen mit Linkohr schien ihm sichtlich unangenehm zu sein. »Ich bin gerne bereit, auch mit Ihnen zu sprechen«, wandte er sich schließlich direkt an Linkohr.

Sandra blickte nervös von einem zum anderen. Nach einer peinlichen Pause des Schweigens rettete Vanessa die Situation, indem sie sagte: »Dann schlag ich doch einfach vor, wir setzen uns ins Wohnzimmer, anstatt die Probleme auf dem Flur zu besprechen.«

Linkohr ließ Kugler den Vortritt, während Sandra irritiert den beiden in ihr Wohnzimmer folgte und aufgeregt auf ihre Armbanduhr schaute: »Ich muss in einer halben Stunde weg.«

Jetzt sah sich Linkohr bemüßigt, die Gesprächsleitung an sich zu reißen. »Meine Kollegin und ich sind nicht hier, um den Fall des Herrn Kugler zu besprechen«, sagte er, während sie alle darauf achteten, auf keine Spielzeugbausteine und Modellautos zu treten. Der Theologe ließ sich mit der Fülle seines zwei Zentner schweren Körpers in einen abgewetzten Ledersessel sinken und drehte sich in Blickrichtung der anderen, die am Esszimmertisch Platz nahmen.

»Aber jetzt, da Sie gekommen sind«, wandte sich Linkohr an Kugler, »sollten wir vielleicht doch die Gelegenheit wahrnehmen, auch dieses Thema zu bereden.«

Kugler beugte sich nach vorne und stützte seinen kräftigen Oberkörper mit den Unterarmen auf den Oberschenkeln ab.

»Danke, dass Sie das auch so sehen. Ich hatte mich eigentlich mit Frau Kowick aussprechen wollen. Unter vier Augen.« Er sah zu ihr, doch sie wich seinen Blicken aus. »Wir haben uns vor dieser Sache schon einige Male ganz nett miteinander unterhalten.« Er bemühte sich, ruhig zu bleiben, obwohl er sich von dem jetzigen Besuch die einzige noch bestehende Chance erhofft hatte, den weiteren Verlauf des Strafverfahrens aufzuhalten. Sandra Kowick senkte ihren Blick.

»Es ist und bleibt mir ein Rätsel«, fuhr er fort, »wie Ihr Sohn Manuel eine solche Geschichte erfinden konnte.« Er sah sich nach dem Spielzeug um und überlegte, wo der Bub sein würde.

Sandra schaute verlegen zu Boden. »Darüber möchte ich jetzt nicht sprechen.«

Linkohr hätte sich in dieser Situation den Beistand Häberles gewünscht. So aber musste er nun selbst mit der peinlichen Lage fertig werden. Dies allein Vanessa zu überlassen, ließ sein Stolz nicht zu. Noch bevor er sich in den knappen Dialog der beiden einmischen konnte, brach es bereits aus Kugler heraus: »Soll ich Ihnen mal was sagen, Frau Kowick? Sie sind sich der Tragweite dessen, was Sie angerichtet haben, überhaupt nicht bewusst. Sie und ich – wir beide – wissen ganz genau, dass das, was Sie und Ihr Sohn behaupten, jeglicher Grundlage entbehrt.«

Linkohr versuchte einzugreifen, um Sandra vor weiteren Attacken zu schützen, doch Kugler ließ sich das Wort nicht verbieten. »Entschuldigen Sie, aber jetzt rede ich. Leider waren es vertrauliche Gespräche, die ich mit Frau Kowick nach meinem Amtsantritt vergangenes Jahr und noch vor wenigen Monaten im Sommer geführt habe. Ich fühle mich auch weiterhin an diese Vertraulichkeit gebunden. Aber wenn Sie, Frau Kowick, noch einen Funken Anstand haben, dann schauen Sie mir jetzt in die Augen und wiederholen, was Sie mir damals gesagt haben.«

Vanessa unterbrach ihn: »Glauben Sie, dass dies der richtige Moment ist, darüber zu sprechen?«

»Ist es!«, bläffte Kugler. »Oder meinen Sie, ich stecke das alles einfach so weg?« Keine der drei Personen bemerkte, dass sich draußen im Flur eine Tür einen Spaltbreit geöffnet hatte und Manuel aus sicherer Distanz das lautstarke Gespräch verfolgte.

»Das Verfahren gegen Sie …«, wollte Linkohr den aufbrausenden Pfarrer bremsen, aber der ließ sich nicht besänftigen und fuhr dem Kriminalisten barsch über den Mund: »Das Verfahren wird zeigen, dass ich schuldig bin. Was denn sonst? Und ich bin ein für alle Mal erledigt. Aus. Fertig.« Er holte tief Luft und deutete auf Sandra, die offenbar mit den Tränen kämpfte und auf den Fußboden starrte. »Schauen Sie sich doch diese Frau an …«

»Bitte, Herr Kugler«, wies ihn Linkohr energisch in die Schranken, »das hat jetzt nichts mit unserem Fall zu tun.«

»Und ob!« Kugler schien bereit, bis zum Äußersten zu kämpfen. Auf seiner Stirn hatten sich feine Schweißperlen gebildet. »Diese Frau ist psychisch am Ende. Überfordert mit der Erziehung ihres Kindes, überfordert mit ihrer Arbeit, ausgebeutet von Mompach …«

Vanessa unterbrach ihn jetzt ebenfalls lautstark: »Jetzt

machen Sie mal halblang, Herr Kugler. Sie werden noch ausreichend Gelegenheit haben, Ihre Sicht der Dinge darzulegen. Beim Schöffengericht oder beim Landgericht, je nachdem.«

Kugler schnaubte vor Wut. »Nur mit einem kleinen Unterschied, verehrte Dame: Dass mir dort niemand glauben wird. Man wird diese arme Frau bedauern«, er deutete auf Sandra, »deren Bub jetzt auch noch von einem Pfarrer missbraucht wurde, dem ohnehin ein schlechter Ruf vorausgeeilt ist.«

»Sie sollten endlich aufhören, sich selbst zu bemitleiden«, fuhr ihn Vanessa an. »Und jetzt wäre es nett, wenn Sie uns mit Frau Kowick allein ließen.«

»Ach?«, brauste Kugler auf. »Sie wollen mich rausschmeißen? Sie? Aus Frau Kowicks Wohnung? Ich glaube, dass das Hausrecht hier noch immer ihr zusteht.«

»Es könnte doch sein, dass es auch Frau Kowicks Wunsch ist.«

Sandra hielt inzwischen ein Papiertaschentuch auf die Augen gedrückt und schluchzte leise in sich hinein. Draußen auf dem Flur hatte sich die Tür wieder geschlossen.

Kugler dachte nicht daran, klein beizugeben. »Dann fragen wir Frau Kowick doch, ob ich gehen soll.« Er sah sie von der Seite an. Doch Sandra brachte mit ihrer tränenerstickten Stimme keinen vernehmbaren Laut hervor. Auch ihre Kopfbewegungen ließen sich nicht deuten.

Kugler blieb hartnäckig: »Haben Sie Frau Kowick schon mal gefragt, weshalb sich ihr Ex-Ehemann nicht um Manuel kümmert? Ist dessen Verhalten normal, wenn er am selben Ort wohnt und ihm das eigene Kind so gut wie nichts bedeutet?«

Vanessa wollte dazu nichts sagen. Und Linkohr entschied, den Besuch zu beenden.

Mompach hatte geduscht, sich eine Freizeitjacke umgeworfen und war zum Schulhaus gefahren. Im Foyer brannte Licht, und als er eintrat, kam Bürgermeister Hugo Benninger mit einem gezwungenen Lächeln auf ihn zu. »Schön, dass du's noch hast möglich machen können. Mir ist viel daran gelegen, dass wir uns noch vor dem Wochenende über einige Dinge unterhalten.«

Er ging voraus zum Zimmer der Schulleiterin, in dem sie sich immer trafen, wenn es Aktuelles zu besprechen gab, das nicht die Kommunalpolitik betraf. Rektorin Karin Stenzel begrüßte die beiden Männer mit Handschlag und bot ihnen Platz auf den Besucherstühlen an, während sie sich hinter ihrem Schreibtisch niederließ. Ihr Gesicht war blass. »Ich kann euch leider nichts zum Trinken anbieten.«

»Wir machen's kurz«, erwiderte Benninger und schlug die Beine übereinander. »Ihr habt ja heute selbst gelesen, was passiert ist. Die kommunale Gemeinde mischt sich offiziell nicht in die Angelegenheiten der Kirche ein. Deshalb möchte ich mit euch auch nicht in eurer Eigenschaft als Gemeinderäte reden.«

Er sah zu Mompach, der Mühe hatte, sich auf das Gesagte zu konzentrieren. »Der Pfarrer ist seit heute Vormittag beurlaubt. Das hat mir der Oberkirchenrat am frühen Nachmittag mitgeteilt. Zum Erntedankgottesdienst am Sonntag wird eine Vertretung aus Geislingen kommen.« Als stellvertretender Vorsitzender des Kirchengemeinderats war er als Erster über diesen Schritt informiert worden.

Karin Stenzel nickte ihm verständnisvoll zu. »Dies alles ist dem Dorffrieden nicht gerade zuträglich. Ich befürchte, es werden wieder alte Wunden aufgerissen.«

»Alte Wunden?«, wunderte sich Mompach. »Woran denkst du?«

»Ach, Heiko, erspar mir das alles«, winkte Frau Stenzel angewidert ab.

»Ich glaube«, meinte Bürgermeister Benninger, »es ist nicht mal die schlechteste Lösung, dass der Oberkirchenrat ein Machtwort gesprochen hat.«

»So seh ich das auch«, brummte Mompach. »Damit dürfte das Kapitel Kugler endlich abgeschlossen sein.« Er nestelte an seinem Jackenkragen. »Ich hab dieses Fiasko kommen sehen. Dieser Pfaffe war mir von Anfang an suspekt.«

»Aber doch nicht, weil er's mit Kindern treibt«, wandte Benninger ein.

Mompach griff diese Bemerkung dankbar auf: »Nein, dass es so schlimm kommen würde, hab nicht mal ich befürchtet.«

Benninger hob warnend eine Hand. »Vorsicht mit solchen Äußerungen, Heiko. Das letzte Wort haben die Richter.«

Mompach wandte sich verärgert ab und schwieg.

»Wir sollten unsere gegensätzlichen Ansichten nicht zum Gegenstand weiterer Auseinandersetzungen machen«, wurde Benninger amtlich. »Viel mehr sollten wir unsere weitere Verhaltensweise überdenken, um zu verhindern, dass unsere Schule und unsere gesamte Kommune in ein schiefes Licht geraten.«

»Vor allem die Schule nicht«, schaltete sich Frau Stenzel ein. »Vielleicht sollte man versuchen, die Kripo davon zu überzeugen, dass das Vergehen des Pfarrers in keinem direkten Zusammenhang mit dem Selbstmord Hartmanns steht. Ich persönlich hab mich bereits einem Verhör ausgesetzt gesehen, das jeglicher Beschreibung spottet.« Sie warf Mompach einen vorwurfsvollen Blick zu. »Da schickt man so einen jungen, übereifrigen Kriminalisten zu mir, der geradezu abenteuerliche Dinge andeutet.« Sie verengte ihre Augenbrauen, sodass sich zwei tiefe Falten über ihre Stirn zogen. »Dinge«, wiederholte sie giftig, »die ganz andere zu verantworten haben als ich.«

Benninger sah die beiden irritiert an. »Gibt es da etwas, was ich nicht weiß?«

Mompach verschränkte die Arme vor seiner Brust. »Karin ist, glaub ich, ein bisschen übernervös. Die Kriminalisten waren auch bei mir – und vermutlich bei vielen anderen in Rimmelbach auch. Das ist deren Job. Und es liegt einzig an uns, was wir an persönlichen Dingen preisgeben.«

Karin Stenzel biss sich auf die Lippen und erwiderte nichts.

»Okay«, versuchte Benninger, wieder zu seinem Anliegen zurückzukommen, »es täte Rimmelbach und uns gut, wenn wir ab sofort weder zum Thema Kugler noch zu Hartmanns Selbstmord öffentlich unsere Meinung sagen. Vor allen Dingen nicht gegenüber der Presse oder den anderen Medien.«

Mompach nickte. »Meinst du, einer von uns ist zur Zeitung gerannt – wegen dem Manuel? Ich bin mir sicher, dass da ganz andere Interessen dahinterstecken.«

Frau Stenzel war in Gedanken versunken und verfolgte das Gespräch der beiden Männer wie aus weiter Ferne.

»Egal, welche Meinung wir haben, Heiko«, besänftigte der Bürgermeister, »öffentlich bewahren wir Stillschweigen.« Er hielt kurz inne. »Wichtig ist, dass wir als Kommune keine Angriffsfläche bieten. Es geht mir um Korrektheit und Klarheit. Ich will unter allen Umständen vermeiden, dass der Eindruck von Kungelei oder gar Korruption aufkommt. In Situationen wie der jetzigen gibt es genügend Leute, die an allem herummäkeln. Das weißt du genauso gut wie ich.« Er räusperte sich. »Und da baue ich auf deine Unterstützung, schließlich bist du sowohl im kommunalen als auch im kirchlichen Gemeinderat stellvertretender Vorsitzender. Ein verantwortungsvoller Posten, vergiss das nicht.«

Mompach nahm die Worte schweigend zur Kenntnis.

»Und Karin, du wirst die Schule verteidigen.« Es klang nicht wie eine Feststellung, sondern wie ein Befehl. »Politisch lauern sie doch in Stuttgart nur darauf, solche Zwergschulen aufzulösen. Ein Skandal käme denen gerade zur richtigen Zeit.«

Frau Stenzel nickte.

Benninger hatte sich bereits erhoben, als ihm noch etwas einfiel. »Und dir, Heiko, gebe ich den gut gemeinten Rat: Hör mit deiner verdammten Müllverbrennung hinter deiner Scheune auf.«

Mompach wurde blass. Er erhob sich langsam und sah den Bürgermeister ungläubig an. Hatte er richtig gehört? Hatte Benninger von ›seiner‹ Müllverbrennung gesprochen? Der Bürgermeister reichte ihm die Hand zum Abschied. »Ist nur so ein gut gemeinter Rat, Heiko«, wiederholte er.

Der Nebel hatte sich zum Abend hin wieder verdichtet. Sandra Kowick war mit ihrem Fahrrad zum Hochsträßhof gefahren, um dort ihre üblichen Arbeiten zu verrichten. Doch nach dem unerwarteten Besuch des Pfarrers hatte sie Mühe, sich auf ihre Tätigkeiten in Stall und Scheune zu konzentrieren. All das Gesagte hallte in ihrem Kopf geradezu bedrohlich nach. Beinahe hätte sie sich zu einer Bemerkung hinreißen lassen, doch dann war ihr im letzten Moment klar geworden, dass es töricht und sogar gefährlich sein würde, über Dinge zu reden, die niemanden etwas angingen. Weder die Polizei noch den Pfarrer, auch wenn dieser ihr schon vor einem Jahr seelischen Beistand angeboten hatte.

Nein, sie musste sich heraushalten. Aus allem. Egal, was in Rimmelbach geschehen war oder noch passieren würde.

Sie fühlte sich unendlich müde und spürte, wie die körperlich schwere Arbeit in der Landwirtschaft an ihrer Substanz nagte. Wie jeden Abend musste sie auch heute schwere Heuballen schleppen und dafür sorgen, dass für die rund 60 Rinder genügend Futter vorhanden war. Danach galt es, Mist wegzukarren und die Stallung, vor allem natürlich die Gänge, zu reinigen. Die Zeit kroch dahin. Es war bereits 22.30 Uhr, als sie zum wiederholten Mal auf ihre Uhr sah und sich wunderte, dass Mompach seinen üblichen Kontrollgang noch nicht unternommen hatte. Meist tauchte er bereits gegen 22 Uhr auf, um ihr entweder noch weitere Arbeit aufzubrummen oder sie in irgendeiner Weise sexistisch anzumachen – je nachdem, wie es dem ›Herrn‹ beliebte. Oder er verkroch sich hinter der großen Scheune, um im Schutz der Dunkelheit irgendwelche Materialien zu verbrennen, für die er ansonsten eine teure Entsorgungsgebühr hätte bezahlen müssen.

Sandra entschied, nicht länger als bis 23 Uhr zu bleiben. Dies war ohnehin spät genug, denn daheim würde Manuel natürlich wieder nicht schlafen, sondern vor der Glotze sitzen und sich auf irgendwelchen Kanälen etwas anschauen, das für Kinder seines Alters nicht geeignet war. Aber wie sollte sie dies ändern? Sie war gezwungen zu arbeiten, um wenigstens ihren Lebensunterhalt zu sichern, schließlich bot ihr Mompach ›Kost und Logis‹, wie er immer zu sagen pflegte. Würde sie kündigen, müsste sie sich schnell nach einer anderen Unterkunft umsehen und wäre auf staatliche Unterstützung angewiesen. Schon jetzt war das Geld knapp, doch dann wäre es noch viel schwieriger, Manuel wenigstens hin und wieder mit einem Ausflug oder einem Geschenk zu überraschen. Was wussten denn die in Berlin schon davon, wie es Menschen wie ihr erging, die tagtäglich mit jedem Cent kalkulieren mussten, obwohl sie schwer arbeiteten und ein Kind zu ernähren hatten? Der Staat hielt sich selbst an den Kleinsten und Ärmsten noch schadlos, indem er von dem wenigen, was sie mit ihrer Hände Arbeit verdienten, noch einen Teil wegnahm.

Wenn in Sandra solche Gedanken hochstiegen, spürte sie unbändigen Zorn, der sich eines Tages Bahn brechen würde. Das waren jene Momente, in denen sie vor sich selbst erschrak. Wozu würde sie fähig sein, wenn sie eines Tages Zorn und Wut nicht mehr würde dämpfen können? In welches Unheil würde sie sich dann womöglich selbst stürzen? Ganz ungewollt, unkontrolliert, ohne ihr Handeln dann noch steuern zu können? Irgendwann, das wurde ihr von Tag zu Tag klarer, stand man mit dem Rücken zur Wand und hatte nur noch eine Chance: sich mit einem Angriff nach vorne zu wehren, einen Befreiungsschlag zu versuchen und jene aus dem Weg zu räumen, die nur danach trachteten, zum eigenen Wohle die anderen auszunehmen und zu versklaven.

Sandra wankte wie in Trance zur Tür und trat aus der feuchtwarmen Luft der Stallungen hinaus in die herbstliche Kühle. Nebelschwaden waberten an den Halogenstrahlern entlang, sanfter Nieselregen nässte ihr Gesicht, als die Tür hinter ihr ins Schloss fiel.

Seit einigen Tagen fühlte sie sich bei ihrem Kontrollgang um den Gebäudekomplex des Aussiedlerhofes unwohl. Hatte sie früher furchtlos den Rundgang unternommen, so überkam sie nun ein undefinierbares Unbehagen. Der undurchdringliche Nebel trübte das gleißende Halogenlicht, sodass es kaum bis zum Boden reichte. Heute schien es ihr, als wolle die Natur ein weißes Tuch des Schweigens über diese Hofstelle legen.

Aber wahrscheinlich war sie nach dem anstrengenden Gespräch nun besonders sensibel – und empfänglich für alles, was bedrohlich wirkte.

Obwohl sie erschöpft und müde war, ging sie schnell an dem Kieselstreifen entlang, der den Gebäudesockel von dem Fahrweg trennte. Sie wollte den Kontrollgang so schnell wie möglich hinter sich bringen. Gleich würde sie das Ende der lang gezogenen Scheune erreichen, wo sich im Schutz von

Gebäudekante und Böschung Mompachs geheime Feuerstelle befand.

Sandra musste plötzlich an Dienstagabend denken, als es ihm sichtlich unangenehm gewesen war, dass sie ihn dort überraschte. Heute roch es nicht nach Rauch, er war also die vergangenen Stunden nicht hier gewesen. Ein Lichtschimmer reichte trotz des Nebels zur Backsteinumrandung der Feuerstelle, die sich schemenhaft von der dunklen Umgebung abhob. Alles, was zuletzt verbrannt worden war, hatte sich vollständig in Asche aufgelöst.

Sandra blieb für einen Moment nachdenklich stehen. Meist waren es wohl leere Kunstdüngersäcke, aber auch jede Menge andere Plastikbehältnisse, die Mompach auf illegale Weise beseitigte, ohne Rücksicht auf die Schadstoffe, die er damit in die Luft jagte.

Gerade als sie ihren Blick zum Giebel der Scheune wandte, störte im rechten Augenwinkel ein Schatten die milchigdunkle Umgebung. Sandra drehte ihren Kopf reflexartig dorthin und wurde augenblicklich von einer Schockstarre ergriffen. Ihr ganzer Körper schien plötzlich wie gelähmt, ihr Puls beschleunigte sich. »Bitte nicht erschrecken«, drang eine Stimme aus dieser angestrahlten Nebelwand heraus. Es war eine Männerstimme. Eine junge.

Für den Bruchteil einer Sekunde dachte Sandra an Flucht. Doch wohin? Oder schreien? Alles sinnlos. Hier gab es niemanden, der sie hören konnte.

Im Gegenlicht des diffusen Lichts war nichts weiter als die Silhouette einer relativ großen Person zu erkennen, etwa vier Meter entfernt. »Bitte nicht erschrecken, ich tu dir nichts«, wiederholte der Mann ruhig. Die Distanz blieb unverändert. Er hielt sich offenbar bewusst zurück.

Sandra brachte keinen Laut heraus, ihre Kehle war wie zugeschnürt.

»Du brauchst keine Angst zu haben. Ich bin nur gekommen, um dir zu helfen«, drang die fremde Stimme an ihre Ohren. Die Stimme hat etwas Beruhigendes, dachte Sandra. Und doch war es ihr, als spräche ein Gespenst zu ihr. Eine undefinierbare Stimme aus einer anderen Welt. »Nimm dich in Acht«, kam es dumpf aus dem Nebel, ganz deutlich, aber nun etwas leiser. »Ich hab' etwas mitgebracht, das du genau anschauen solltest.« Die Gestalt bewegte sich nun langsam auf sie zu.

Sandra wich einen halben Schritt zurück.

»Ich tu dir nichts«, sagte der Unbekannte wieder. Jetzt konnte sie ihn genauer sehen. Die Silhouette nahm Konturen an. Es war ein schlanker Mann, der eine Pudelmütze tief ins Gesicht gezogen und einen Schal bis zur Nase hochgebunden hatte. Sandra zitterte am ganzen Körper. Ein Maskierter, dachte sie. Jemand, der sein Gesicht verbergen wollte, das sie bei diesen schlechten Lichtverhältnissen aber ohnehin nicht hätte erkennen können.

Der Mann war langsam näher gekommen, stand jetzt etwa zwei Meter vor ihr und streckte ihr die geöffnete rechte Hand entgegen, als wolle er einen kleinen Gegenstand präsentieren. »Hier«, sagte er knapp. »Schau es dir an.«

Sandra starrte auf die Hand, in der sich tatsächlich etwas befand. Etwas aus Metall. Etwas, das im fahlen Licht silbern schimmerte wie eine Münze.

»Weißt du, was das ist?«, fragte er fast flüsternd.

Sandra kniff die Augen zusammen, um das Objekt besser sehen zu können. Sie war jedoch viel zu sehr von Panik und Entsetzen ergriffen, um sich der Bedeutung dieses Gegenstands bewusst zu werden.

Die beiden standen sich einige Sekunden lang schweigend gegenüber. Sandra fröstelte. Doch anstatt zu flüchten, wie sie es für einen Moment in Erwägung gezogen hatte, wich sie nur noch einmal einen Schritt zurück.

Die ausgestreckte Hand krümmte sich langsam zu einer Faust. Der Unbekannte hatte den schimmernden Gegenstand wieder umschlossen und flüsterte: »Hast du's gesehen? Ich hab so ein Ding gefunden, hier, am Mittwochmorgen, an dieser Feuerstelle.« Er steckte seine Hände in die Jackentaschen und fügte im Umdrehen hinzu: »Und wenn du willst, kann ich dir noch mehr zeigen.« Während er sich bereits langsam entfernte und ihn die wabernden Nebelschwaden langsam aus der realen Welt auszublenden schienen, hörte Sandra noch seine Stimme: »Und wie war das eigentlich mit Manuel?«

12

»Da haut's dir 's Blech weg.« Linkohr war wieder einmal in allerhöchstes Erstaunen versetzt worden. Jedenfalls entfuhr ihm in solchen Situationen meist dieser Spruch, der bisweilen für Unverständnis sorgte – insbesondere in der Gegenwart von Menschen, die nördlich der Mainlinie aufgewachsen waren und sich im Umgang mit schwäbischer Mentalität und Sprache schwertaten. Doch davon ließ sich der junge Kriminalist nicht beeindrucken. Und als vor einigen Monaten Bundestags-Vizepräsident Wolfgang Thierse öffentlich kritisiert hatte, dass die Schwaben sich erdreisteten, zu den Berliner ›Schrippen‹ einfach und banal ›Wecken‹ zu sagen, da waren sich Linkohr und Häberle einig, dass es höchste Zeit wurde, das Schwäbische bundesweit besser ins Bewusstsein der Menschen zu rufen.

Was den Kriminalisten an diesem Samstagmorgen so sehr erstaunte, dass er seine liebste Bemerkung nicht unterdrücken konnte, war eine E-Mail der Staatsanwaltschaft Ulm, unterzeichnet vom Behördenchef höchstpersönlich. Häberle, der gerade erst beim Frühstück seine Frau Susanne darauf vorbereitet hatte, dass sie vermutlich wieder einmal ein Wochenende ohne ihn würde verbringen müssen, war zur Geislinger Dienststelle gefahren, um mit seinem Assistenten die bisherigen Erkenntnisse und das weitere Vorgehen zu besprechen. Bereits beim morgendlichen Gespräch mit Susanne, die als Außenstehende oftmals völlig neue Ideen ins Spiel brachte, war ihm klar geworden, dass bislang außer Mutmaßungen und dorfinternen Machtkämpfen kaum etwas Greifbares vorlag, um an Hartmanns Selbstmord juristisch einwandfrei zweifeln zu können. »Vielleicht habt ihr euch auch in etwas verrannt, weil die Uhren in so einem kleinen Dorf auf der Alb anders ticken als in der Stadt«, hatte Susanne zu bedenken gegeben.

Und nun, so musste Häberle beim Lesen der langen Mail aus Ulm verärgert feststellen, sahen es wohl die Herren in Ulm genauso. Der neue Leitende Oberstaatsanwalt ließ keinen Zweifel daran aufkommen, dass er weitere Ermittlungen für sinnlos erachte. »Die Obduktion der Leiche von Hartmann hat eindeutig ergeben, dass Schusskanal und Projektil einen Suizid als Todesursache belegen. Weitere vorgefundene Spuren führen nicht zwingend zu der Schlussfolgerung, dass eine andere Person bei Hartmann gewesen ist oder gar dessen Tod verursacht hat.«

Nachdem auch Linkohr die ausgedruckten Zeilen überflogen hatte, sahen sich die beiden Kriminalisten ratlos an. »Das hat er doch tatsächlich heute, am Samstag, um 8.23 Uhr geschickt«, stellte Häberle resignierend fest und deutete auf den weiteren Text. »Ziemlich ungewöhnliche Zeit. Aber wenn man's genau nimmt, hat er natürlich nicht ganz unrecht. Dass im Hochsitz ein Knopf gefunden wurde, besagt noch gar nichts. Der kann schon wochen- oder monatelang dort gelegen sein. Und dass dieser Sekt darauf hindeuten könnte, dass Hartmann noch jemanden erwartet hatte, erwähnt er schon gar nicht mehr. Nur …«, Häberle griff nach dem Ausdruck, »… die verschmutzten Stufen der Leiter nimmt er als Tatsache hin, die – so schreibt er hier ja – ›zeitlich nicht genau zuzuordnen sind und angesichts der anderen objektiven Spurenlage keinen weiteren Ermittlungsaufwand mehr rechtfertigen‹.« Häberle legte das Blatt wieder auf die Schreibtischplatte zurück und sinnierte: »Der neue Losta«, womit im Polizeijargon der Leitende Oberstaatsanwalt gemeint war, »geht ja ziemlich ran. Verschickt sogar samstags solche E-Mails.«

»Das heißt, wir können nach Hause gehen«, stellte Linkohr enttäuscht fest, musste jedoch gleich an Vanessa denken, die um elf Uhr kommen wollte. Vielleicht konnten sie mit dem unerwartet freien Wochenende nun doch noch etwas anfangen. Allerdings, so dämpfte er selbst seine großen Erwartungen, hatte sie ihm bislang kein einziges Mal zu verstehen gegeben, wie ernst sie ihre Andeutungen meinte. Seit Tagen wachte er nachts auf und konnte beim Gedanken an Vanessa nicht mehr einschlafen. Sie war zwar eine absolute Karrierefrau, doch faszinierten ihn ihr Selbstbewusstsein und ihr energisches Auftreten. Manchmal allerdings überkamen ihn auch Zweifel, ob dies im Zusammenleben gut gehen würde. Aber so weit wollte er ja noch gar nicht denken. Viel zu oft war er in den vergangenen Jahren vom weiblichen Geschlecht enttäuscht worden.

Und Vanessa, da war er sich ganz sicher, würde nicht in der Provinz bleiben wollen, – schon gar nicht, wo doch nun in Baden-Württemberg die Polizeireform anstand, Direktionen aufgelöst und nach dem Vorbild Bayerns große Präsidien entstanden. Auch Göppingen verlor damit die Direktion ans neue Präsidium Ulm – mit der Folge, dass sich viele Beamten an eine neue Dienststelle orientieren mussten. Und vermutlich würde Häberle, so wurde gemunkelt, diese Änderung gar nicht mehr mitmachen wollen und die Reform zum Anlass nehmen, in den Ruhestand zu gehen.

So ein Tag wie heute, dachte Linkohr, konnte einen altgedienten Praktiker wie Häberle durchaus in solchen Gedanken beflügeln.

»Vor zweieinhalb Jahren hätte ich noch Seilschaften vermutet«, durchbrach der Chefermittler die kurze Stille. Er spielte damit auf die Veränderungen in der politischen Landschaft Baden-Württembergs an. »Ich hoffe nicht, dass sich da schon neue gebildet haben.«

Linkohr wusste, was gemeint war. Häberle konnte auf einen umfangreichen Erfahrungsschatz zurückgreifen, wenn es um versuchte Einflussnahmen auf polizeiliche Ermittlungsarbeit ging. Er kannte genügend Beispiele dafür, wie über die politische Schiene versucht worden war, ein Verfahren abzuwenden oder in eine bestimmte Richtung zu lenken. Schließlich brauchte man nur bei wichtigen Entscheidungsträgern dezent anzudeuten, dass die eine oder andere Maßnahme ihrer Karriere nicht gerade förderlich sein könnte. Häberle hatte nach jahrzehntelangem Berufsleben erhebliche Zweifel, ob sich derlei Strukturen tatsächlich von jenen unterschieden, die man für gemeinhin in Südamerika oder Afrika für möglich hielt, niemals aber in Deutschland.

»Sie meinen, in Rimmelbach hat jemand massives Interesse, uns auszubremsen?«, brachte Linkohr das Unausgesprochene auf den Punkt.

»Manche bringen's fertig, ganz schnell die Fronten zu wechseln«, erwiderte Häberle. »Vor allem, wenn's dem eigenen Vorteil dient.« Er runzelte die Stirn. »Und wenn dann noch ein Pfarrer auftritt, der als Revoluzzer gilt, können sich auch in einem Dorf ganz neue Koalitionen bilden.«

»Die Großen gegen die Kleinen«, resümierte Linkohr. »So gesehen wäre Rimmelbach ein Miniatur-Spiegelbild unserer Gesellschaft.«

»Ist es natürlich auch, Herr Kollege. Alles ist ein Spiegelbild unserer Gesellschaft, nicht nur Rimmelbach. Der Bundestag genauso wie der Gemeinderat, der Zustand unserer Wirtschaft ebenso wie der aller gesellschaftlichen Bereiche einschließlich der Medien. Die Polizei übrigens nicht ausgenommen.«

Linkohr nickte. Er musste schlagartig an einen bodenständigen ehemaligen Rundfunkjournalisten denken, der seit geraumer Zeit freiberuflich tätig war und den er kürzlich zufällig getroffen hatte. Die Worte dieses Mannes wurden ihm jetzt nach Häberles Äußerungen wieder bewusst:

»Diese schnöselige, arrogante Gemengelage wird diesem Land noch einmal schwer zu schaffen machen, wenn die Umsatzzahlen der Automobil-Scheinkonjunktur via China zerplatzen – und das wird kommen.« Eine Formulierung war Linkohr als besonders markant im Gedächtnis geblieben: »Dann werden sie dastehen und dumm aus der Wäsche gucken, die Büblein und Mädchen, die nur dank Vitamin B in ihren Jobs gelandet sind und dort willfährige Helfershelfer vom ›Big Boss‹ und seinem aufgeblähten Apparat abgeben.« Und dann hatte der Journalist dem Kriminalisten den Rat gegeben: »Nicht aufgeben, niemals.« Der Publizist hatte damals gerade ein Buch über Graf Zeppelin geschrieben und sich mit dessen Lebenswerk intensiv auseinandergesetzt: »Der Mann ist tausendmal hingefallen, aber tausend und einmal wieder aufgestanden. Und er hat den Erfolg noch erleben dürfen.«

Häberle überlegte, woran Linkohr gerade gedacht hatte, und versuchte, die Stimmung aufzuhellen. »Dass dort oben in Rimmelbach etwas nicht stimmt, pfeifen doch die Spatzen von den Dächern.« Er stützte den Kopf nachdenklich mit dem linken Arm. »Wir sollten uns deshalb nicht davon abhalten lassen, auf kleiner Flamme weiter zu ermitteln.«

Linkohr war natürlich klar, was dies bedeutete: Häberle würde sich wieder nach Göppingen zurückziehen, die Ermittlungsgruppe wurde aufgelöst und weitere Recherche war nur möglich, wenn das übliche Tagesgeschäft Zeit dafür ließ.

»Dass wir mit der gebotenen Zurückhaltung vorgehen müssen, ist Ihnen schon klar?«, brummte Linkohr, der sich in seinem Tatendrang wieder einmal behindert sah. »Klar«, räumte Häberle missmutig ein, »so eine kleine Dorfgemeinschaft hat ihre eigenen Gesetzmäßigkeiten. Und wenn man da erst mal an der vermeintlich heilen Oberfläche kratzt, kommt manches zum Vorschein, das man nicht für möglich gehalten hätte. Und plötzlich staunt man, dass sich alles, was man nur in Großstädten vermutet, im kleineren Maßstab und den Größenverhältnissen angepasst, auch anderswo findet.«

»Also auch alle Intrigen, alle Machtkämpfe und jedes Verbrechen«, fasste Linkohr zusammen.

»Und genau deshalb«, kam Häberle wieder zur Sache und stockte kurz, »… genau deshalb würde mich interessieren, wie das mit dem Schlüssel für die Grundschule war. Weshalb hatte Hartmann diesen Schlüssel? Und weshalb ist das dieser Rektorin … Wie heißt sie noch mal?« Häberle begann, in seinen Notizen zu blättern.

»Stenzel«, erwiderte Linkohr, »Karin Stenzel.« Sie war ihm nicht nur des etwas schwierigen Gesprächs wegen in Erinnerung geblieben, sondern darüber hinaus, weil sie ihm trotz allem ziemlich sympathisch erschien.

»Ja, warum ist ihr dies so unangenehm. Wir sollten die Dame auch mal fragen, warum sie erst kürzlich mit Hartmann telefoniert hat«, fuhr Häberle fort.

Linkohr nickte. Als er bei ihr gewesen war, hatten sie die Telefonverbindungsdaten noch nicht ausgewertet. »Aber ich befürchte, dass sie nicht gerade erfreut reagieren wird und wir ziemlich schnell Ärger mit dem ›Losta‹ kriegen werden.«

Häberle wusste, dass diese Konfrontation nicht zu vermeiden war.

»Das war's dann wohl«, gab sich Kugler geschlagen, als er an diesem Morgen einige Kartons in den Kofferraum seines Mercedes stopfte, der vor der Pfarrhaustür parkte. Während die Glocken der nahen Kirche zum Erntedankgottesdienst läuteten, packten er und Franziska die wichtigsten Kleidungsstücke und Utensilien zusammen, um Rimmelbach so schnell wie möglich den Rücken zu kehren. Sobald sie irgendwo, möglichst weit entfernt, eine passende Wohnung gefunden hatten, würden sie umziehen. Bis dahin kamen sie bei Franziskas Schwester unter, die zusammen mit ihrem Mann ein geräumiges altes Bauernhaus in Halzhausen bewohnte, einem kleinen Ort etwa 15 Kilometer entfernt, direkt an der Bahnlinie Stuttgart-Ulm.

Kugler wollte sich dorthin für die nächsten Wochen und Monate zurückziehen. Vielleicht, so hämmerte es in seinem Kopf, waren es die letzten schönen Tage seines Lebens. Denn wenn sie ihn für schuldig befänden, drohte ihm das Gefängnis. Möglicherweise käme er in den sogenannten Seniorenknast nach Singen am Hohentwiel. In den zurückliegenden schlaflosen Nächten hatte er sich bereits albtraumartig ausgemalt, wie er dort, in der schönen Gegend unweit des Bodensees, viele Frühjahre und Sommer lang eingesperrt sein würde. Auch wenn sie ihn nach zwei, drei Jahren wieder freiließen, wäre nichts mehr, wie es einmal war. Ob Franziska dann noch zu ihm hielt? Und ob er selbst diese Torturen überstehen würde?

Sein Gesprächspartner beim Oberkirchenrat hatte ihm gestern in mehreren Telefonaten zugesichert, dass er ›zunächst‹ keinerlei berufliche Nachteile zu befürchten habe. Die Entscheidung, ihn mit sofortiger Wirkung in den vorläufigen Ruhestand zu versetzen und ihm nahezulegen, Rimmelbach schnell zu verlassen, sei auch zu seinem eigenen Schutze erfolgt. Natürlich dürfe er seinen Hausrat noch im Pfarrhaus belassen, zumindest so lange, wie er nicht rechtskräftig verurteilt worden sei.

›Rechtskräftig verurteilt‹, hallte es in seinem Kopf nach, als er einen Koffer aus dem Haus trug und auf dem Rücksitz des Mercedes verstaute. Der Kofferraum war inzwischen voll bepackt. Rechnete man also schon damit, dass er ›rechtskräftig verurteilt‹ würde?

Wie viele Gebete hatte er in den vergangenen Tagen zum Herrgott geschickt? Dabei war es ihm schwergefallen, demütig zu bleiben und nicht den Schöpfer anzuzweifeln, dem zuliebe er aus vollster Überzeugung Pfarrer geworden war. Warum aber konnte er keinen Frieden finden? Warum wurde er schon wieder dort herausgerissen, wo er geglaubt hatte, seine Erfüllung gefunden zu haben? Wurde ihm der Frieden in diesem Leben versagt? Fand er ihn erst, wenn er sich selbst von allem befreite?

Als er die Klappe des Kofferraums einrasten ließ, glaubte er zu spüren, dass er nie wieder an diesen Ort zurückkehren würde.

Die Glocken hatten aufgehört zu läuten, als er sich hinters Steuer setzen wollte, um auf Franziska zu warten, der der Abschied von der Wohnung besonders schwerfiel.

Noch während er die Fahrertür öffnete, bemerkte er eine ältere gebückte Frau, die auf dem Weg zur Kirche an ihm vorbeikam. Sie hielt kurz inne und sah zu ihm auf. Sie war schwarz gekleidet, ihr Gesicht faltig und gelb. »Es ist eine Schande, was man mit Ihnen macht, Herr Pfarrer«, sagte sie mit schwacher Stimme.

Kugler drehte sich zu ihr und legte eine Hand auf ihre Schulter. Er kannte die Frau. Sie war erst vor Kurzem 90 Jahre alt geworden. Er hatte sie deshalb besucht und lange mit ihr über Gott und die Welt geredet.

»Die Welt ist schlecht geworden«, sagte er und sah in ihre wässrigen Augen. »Wir dürfen aber niemals aufgeben, denn nur dann hilft uns Gott.« Er hörte sich die Worte sagen und staunte, dass ihm diese Formulierung so schnell eingefallen war. Kaum hatte er sie gesagt, überkamen ihn jedoch bereits Zweifel. Warum sollte Gott erst helfen, wenn man selbst nicht aufgab? Warum immer diese Prüfungen, diese Versuchungen?

Die alte Frau blickte ihn noch immer an. »Gott wird Ihnen helfen. Ich bete für Sie.« Dann ging sie mit wackligem Schritt weiter. Kugler sah ihr nach. Er spürte plötzlich eine große Dankbarkeit für die wenigen Worte.

In der folgenden Woche wurde Max Hartmann unter großer Anteilnahme der Bevölkerung in Böhmenkirch beerdigt. Mehrere Redner würdigten am Grabe die Verdienste des Viehhändlers für die Landwirtschaft, aber auch für das Allgemeinwohl. Er habe sich als Mäzen der örtlichen Sportvereine für die Jugendarbeit starkgemacht, erklärte einer der Trauerredner. Ein Vertreter der Industrie- und Handelskammer bezeichnete ihn als einen »unerschrockenen und unermüdlichen Kämpfer für freie Handelsbeziehungen zwischen Mitteleuropa und den Ländern des Ostens«. Männer wie er trügen dazu bei, »auch die Bauern entlegener Landstriche ferner Länder am Wohlstand des Westens teilhaben zu lassen«. Als »ein Beispiel gradliniger Entschlossenheit, der es mit ruhiger Hand verstand, stets ins Schwarze zu treffen« bezeichnete ihn der Vorsitzende eines Bogenschützenvereins aus einer Umlandgemeinde. Hartmann sei nicht nur aktives Mitglied gewesen, sondern habe auch immer wieder »namhafte Beträge« zur Förderung des Vereinsnachwuchses gespendet.

Igor hatte sich auf dem Friedhof im Hintergrund gehalten. Zwar war auch ihm der Tod seines Chefs nahegegangen, doch musste er nun zuallererst an sich selbst denken, vor allem an seine berufliche Zukunft. Sein Interesse galt an diesem Tag den Trauergästen, die in unmittelbarer Nähe des ausgehobenen Grabes standen. Er erkannte nur den Bürgermeister. Bei den anderen musste es sich um die Angehörigen handeln, vermutlich aus Augsburg, wo Hartmann geboren worden war. Einer dieser jüngeren Männer, die in Begleitung attraktiver Frauen waren, müsste demnach jener Neffe gewesen sein, mit dem er vorige Woche telefoniert hatte.

Igor entschied, sich nach der Beerdigung nicht zu erkennen zu geben. Er wollte mit der Verwandtschaft nichts zu tun haben. Was gingen ihn auch schon die Privatangelegenheiten seines Chefs an? Es war ohnehin besser, wenn er damit gleich gar nicht in Verbindung gebracht wurde.

Es war das Allerbeste, wenn er sich aus allem zurückzog, möglichst lautlos und unauffällig. Wenn jetzt die Gehälter ausblieben, konnte er ohnehin die teure Miete für seine schöne Wohnung in Böhmenkirch nicht mehr bezahlen. Der Traum von einem Leben in Luxus und Reichtum war vorbei, schneller als gedacht.

Eine Bläsergruppe intonierte eine traurige Melodie, die der kühle Nebel an diesem Oktobernachmittag verschluckte. Das schillernde Leben eines global agierenden Geschäftsmannes geht in Tristheit unter, dachte Igor. Doch die Erinnerungen an Glitzer und Glamour, an heiße Nächte in den Rotlichtmilieus von Moskau und Sankt Petersburg waren wie weggewischt, als er plötzlich von hinten eine flüsternde Stimme nah an seinem rechten Ohr vernahm: »Irgendwann wird's auch dich erwischen.« Für einen kurzen Moment stand er da, als habe ihn ein elektrischer Schlag getroffen. Gleichzeitig entschied er, kein Aufsehen zu erregen, nicht hier, am Rande der Trauerfreier. Er drehte sich deshalb nur vorsichtig um, doch da war die Person, zu der die männliche Stimme gehört hatte, bereits wieder mehrere Meter entfernt. Schnellen Schritts entfernte sich die kräftige Gestalt und verschwand hinter dem vernebelten Randbewuchs des Friedhofs. Igor sah dem Mann nach, der einen dunklen Mantel und einen breitkrempigen Hut trug.

Die letzten Klänge der traurigen Melodie verklangen. Igor wandte sich wieder der Zeremonie am offenen Grab zu, um das sich etwa 100 Trauergäste versammelt hatten. Doch er konnte den Worten des Pfarrers nicht mehr folgen. Denn er war sich ziemlich sicher, den Mann allein an seiner Gangart erkannt zu haben.

Jetzt musste er vorsichtig sein.

Georg Sander hatte natürlich von der Beerdigung erfahren. Für ihn wäre sie ein Anlass gewesen, über den weiteren Verlauf der Ermittlungen in Rimmelbach zu berichten. Doch Polizeipressesprecher Rudi Lauer hatte abgewunken. »Nichts Neues«, war sein knapper Kommentar gewesen. Und auf Nachfrage hatte er sperrig-bürokratisch hinzugefügt: »Die Obduktion hat den Anfangsverdacht eines Suizids bestätigt.« Zusammenhänge mit der versuchten Brandstiftung im Hochsträßhof seien ebenfalls keine zu erkennen. Vermutlich lägen die Hintergründe dafür im »persönlichen Bereich«. Man nehme diesen Fall zwar nicht auf die »leichte Schulter«, doch könne man angesichts der Umstände davon ausgehen, dass es dem Täter nur um eine Einschüchterung gegangen sei. Die dazu benutzte große Kirchenkerze hätte noch viel zu lange gebrannt und wäre demnach auch unter ungünstigen Bedingungen rechtzeitig bemerkt worden, ehe sie die Scheune in Brand gesteckt hätte. Der Täter habe also gleich von vornherein ein Abfackeln des Gebäudes ausschließen wollen.

Sander berichtete dies alles der Kollegin Kerstin Wecker, die er während der üblicherweise zweistündigen Mittagspause in einem Bistrocafé der Ulmer Innenstadt getroffen hatte. Kerstin, die er auf Mitte 30 schätzte, war nach dem Artikel Neths ziemlich sauer gewesen, hatten sie doch vereinbart, im Falle des Pfarrers ›gemeinsame Sache‹ zu machen. Jetzt, bei einer Tasse Espresso, konnte Sander die Wogen wieder glätten, zumal die Kollegin Verständnis dafür hatte, dass es in den Redaktionen unterschiedliche Auffassungen gab.

Auch Sander hatte längst erkannt, dass es nur dem eigenen Nervenkostüm schadete, wenn man sich in eine Sache verbiss, bei der ohnehin nicht jahrelange Erfahrung zählte, sondern ›das Schwätzen‹, wie er es oftmals resignierend formulierte. Das war einer der Gründe, weshalb er sich mit Häberle so gut verstand. Sie beide konnten oft stundenlang darüber diskutieren, wie inzwischen in allen gesellschaftlichen Bereichen die menschlichen Werte verkamen und nur noch zählte, was schnellen Erfolg oder, noch besser, Profit versprach.

»Du denkst jetzt, ich sei persönlich sauer auf dich«, holte ihn Kerstin aus seinen Gedanken zurück, während er im Espresso rührte.

Sander lächelte. »Am Telefon hast du kurz diesen Eindruck gemacht. Aber du weißt genauso gut wie ich, dass es zum Journalismus verschiedene Betrachtungsweisen gibt. Das muss nicht unbedingt was Schlechtes sein, sondern ist auch eine Sache des Zeitgeistes. Als ich in den Siebzigern als Volontär angefangen hab, waren die Geschichten noch behäbiger und die Formulierungen sehr zurückhaltend. Wir haben uns damals stark am ›Spiegel‹ orientiert, ja, wir Jungen haben dem Stil des einzigen großen Nachrichtenmagazins nachgeeifert.«

»Auch der ›Spiegel‹ ist flotter geworden«, entgegnete Kerstin. »Aber du hast recht. Wir beim Radio sind manchmal richtig flapsig. Und frech.«

»Jaja«, er trank einen Schluck, während um sie herum ein Dutzend Studenten mehrere Tische in Beschlag nahm, »ich erinnere mich noch gut an die Radiosendungen der 50er-Jahre, wie im öffentlich-rechtlichen Rundfunk, hier der Süddeutsche Rundfunk, nur trockene Texte verlesen wurden.« Sander rief sich seine Kindheit in Erinnerung. »Nur an zwei Moderatoren kann ich mich erinnern, die es damals schon gewagt haben, einfach so dahinzuplaudern. Der Hermann Haarmann – oder so ähnlich – war morgens der ›Wecker vom

Dienst‹, als ich gefrühstückt hab' und um Viertel nach sieben zum Schulbus musste. Und dann natürlich der Günter Freund mit seiner Schlagerskala. Jeden Montagabend.« Sander grinste. »Ein Muss für uns Jungen damals. Dann haben wir fein säuberlich Postkarten geschickt und unseren Lieblingsschlager gewählt. Ich hab sogar mal eine Langspielplatte gewonnen.«

Kerstin lauschte interessiert. Sie war zwar um einiges jünger als Sander, hörte aber gerne den nostalgischen Erzählungen älterer Kollegen zu.

»Und was meinst du«, holte sie ihn wieder in die Gegenwart zurück, »was ist von all dem in Rimmelbach zu halten?«

»Mein Eindruck, Kerstin: Dort oben sind Machtkämpfe im Gange, die nicht anders sind als anderswo in unserer Gesellschaft. Deshalb bin ich froh, aus der ganzen Sache mit dem Pfarrer herausgehalten zu werden.«

»Wie? Du zweifelst an der Geschichte?« Kerstin sah ihn ironisch lächelnd an.

»Ich hab so ein ungutes Bauchgefühl, wie man heutzutage sagt. Aber ich kann dir's nicht begründen. Unser Fotograf und ich haben einige Gespräche in Rimmelbach geführt. Und wenn du dort bist und mit den Leuten redest, stellst du fest, dass keiner so recht mit der Sprache herauswill.«

»Du meinst, dass alles zusammenhängt? Missbrauchsvorwurf, Brandstiftung und Selbstmord?«

Sander zuckte mit seinen schmalen Schultern. »Kerstin, was soll ich sagen? Mir reimt sich das ja auch nicht zusammen. Natürlich kann alles so sein, wie es der Pressesprecher der Polizei und die Staatsanwaltschaft darlegen. Keinerlei Zusammenhang und so. Die Brandstiftung eine harmlose Einschüchterungsaktion. Der Selbstmord von diesem Viehhändler, weil er vielleicht in irgendwelche dubiosen Geschäfte verwickelt war. Und der angebliche Missbrauch des Kindes ist eine völlig separate Geschichte. Klingt aber nicht sehr logisch. Denn es gibt halt dort oben Verflechtungen, die mir suspekt erscheinen.«

»Die gibt es überall, Georg«, entgegnete seine Kollegin vom Radio. »Wo immer du heute anfängst rumzustochern, wirst du auf Ungereimtheiten stoßen. Wir in der Provinz sind da nur allzu grün hinter den Ohren. Was glaubst du denn, worauf du stoßen würdest, wenn du erst mal in Berlin richtige Hintergrundrecherche machen würdest?«

Sander rückte seine randlose Brille zurecht. »Davon bin ich überzeugt, Kerstin. Trotzdem will ich an unserer Sache dranbleiben. Aber ich weigere mich, etwas darüber zu veröffentlichen, solange ich keine hieb- und stichfesten Fakten habe.«

Sie zwinkerte mit den Augen. »Vielleicht kann ich ein bisschen dazu beitragen«, lächelte sie. Jetzt sah sie die Gelegenheit gekommen, ihre Trümpfe auszuspielen. »Oder meinst du, ich bin die letzten Tage untätig geblieben? Ich hab's nur noch nicht an die große Glocke gehängt.«

»Ach!«, entfuhr es Sander, der damit nicht gerechnet hatte.

»Ich hab mich mal in Ulmer Jägerkreisen umgehört. Manchmal ist es gut, wenn man Visitenkarten aufbewahrt.« Sie nippte an ihrem Espresso. »Als vor geraumer Zeit hier in Ulm ein Schießzentrum eröffnet wurde, hab ich ein paar Herrschaften kennengelernt. Kreisjäger und so. Und einer hat mir vorgestern, ganz im Vertrauen natürlich, eine Story erzählt, die zu deiner Einschätzung der Lage in Rimmelbach passt.«

»Und dieser Informant kennt natürlich unseren Hartmann?«

»Nicht nur den, Georg. Der kennt die ganze Jägerclique da oben auf der Alb, auch über die Landkreisgrenzen hinweg.«

»So?«

»Er kennt nicht nur Hartmann und diesen Großbauern – Mompach heißt er wohl –, sondern weiß auch, wer da noch dazu gehört. Und dreimal darfst du raten, wer das ist.«

Sander ließ blitzschnell im Geist all die Personen an sich vorüberziehen, die er während seiner bisherigen Recherche in und um Rimmelbach kennengelernt hatte. Doch keine davon vermochte er Kerstins Erzählungen zuzuordnen.

Die Kollegin ließ noch ein paar Sekunden der Spannung verstreichen und sagte dann: »Der Bürgermeister höchstpersönlich.«

Hans Melzinger nutzte einen der wenigen sonnigen Oktobertage, um noch einmal mit dem Traktor zu seinem Acker hinauszufahren. Auch jetzt, über zwei Wochen nach Hartmanns Tod, rankten sich viele Gerüchte um den pompösen Hochsitz, der sich unverändert mit zerbrochener Scheibe an die alte Eiche schmiegte. Diese gehörte zu Melzingers Waldstück, das sich hier über einen Großteil der Hochfläche in Richtung Böhmenkirch erstreckte.

Er stellte seine Zugmaschine auf der schmalen Zufahrt zum Hochsitz ab und stapfte über einen schmalen Grünstreifen zu der Leiter, an deren Trittsprossen noch immer Schmutz haftete. Melzinger überlegte, ob er hochsteigen sollte. Jetzt bräuchte er schließlich nicht mehr zu befürchten, Spuren zu verwischen oder welche zu hinterlassen. Dann jedoch verwarf er den Gedanken wieder und besah sich die frischen Ackerschollen. Einige davon waren im Bereich des Waldrandes durch den Rettungseinsatz zertreten und zerdrückt worden. Der Landwirt entschied, dies bis zum Frühjahr so zu belassen.

Er ging noch ein paar Schritte am dichten Randbewuchs des Ackers entlang, bis er links den verwachsenen Trampelpfad entdeckte, der in den Buchenhochwald hineinführte.

Die meisten der Baumriesen schätzte er auf ein Alter von 80 Jahren. Es wurde also Zeit, einige von ihnen zu ›ernten‹, um den verbleibenden mehr Entfaltungsmöglichkeit zu bieten. Nachdem der Preis für Buchenholz wieder anzog, plante er den Einschlag fürs bevorstehende Winterhalbjahr. Er sah an den mächtigen Stämmen zu den Wipfeln empor, die noch üppig mit verfärbtem Laub beladen waren, das sich golden schimmernd vom strahlend blauen Himmel abhob. Die Luft war so mild wie seit Wochen nicht mehr. Es roch nach Erde und vermoderndem Laub. Ein Herbsttag wie aus dem Bilderbuch, dachte Melzinger, während er den Stammdurchmesser einer makellosen Buche schätzte. Doch dabei fielen ihm einige Unebenheiten in der glatten Rinde auf, die ihm im nachmittäglichen Licht hell entgegenschimmerte. Melzinger stieg über einige abgebrochene dürre Äste, um den Stamm aus der Nähe betrachten zu können. Er strich mit den Fingern über die merkwürdigen Einkerbungen im Holz und spürte die raue Oberfläche. Erst als er ganz dicht an einen der betroffenen Bäume herantrat und ihn aus allernächster Nähe betrachtete, glaubte er, die Ursache gefunden zu haben: Jemand musste größere Nägel eingeschlagen, sie dann aber wieder herausgezogen haben, sodass nur die Löcher zurückgeblieben waren. Instinktiv sah Melzinger auf den Waldboden, der aber mit seiner üppigen biologischen Vielfalt dem menschlichen Auge keine Chance bot, in diesem wilden Wirrwarr heruntergefallene Nägel zu entdecken.

Melzinger überkam plötzlich eine unbändige Wut. Hatte da jemand einen Anschlag auf seinen Wald unternommen? Eingeschlagene Nägel konnten das wertvolle Holz schädigen und, auf Jahrzehnte gesehen, den Erlös ganz erheblich schmälern. Ganz abgesehen davon, dass diese Löcher im Stamm auch eine Pforte für Pilze und anderen Schädlingsbefall sein konnten.

Melzinger sah sich um. Tatsächlich wiesen alle Stämme, die er von seinem Standort aus überblicken konnte, Wunden dieser Art auf.

Hartmann?, durchzuckte es ihn. Aber wieso sollte ausgerechnet der Jagdpächter diese Bäume schädigen wollen? Zuletzt hatten sie vor drei Jahren miteinander gesprochen, als es um den Bau dieses ungewöhnlich großen Hochsitzes gegangen war. Doch dabei, so entsann sich Melzinger, waren sie sich schnell einig geworden. Hartmann hatte ihm dafür jährlich ein Reh- oder Wildschweinessen zugesichert, das der Wirt des ›Löwen‹ zubereiten sollte.

Mit jedem Schritt, den er nun tiefer in das Waldstück vordrang, steigerte sich sein Unbehagen. Dann jedoch fiel ihm auf, dass die Stämme immer nur auf einer, nämlich der westwärts gewandten Seite geschädigt waren. Er überlegte, was dies zu bedeuten hatte, und weitete seinen Erkundungsgang deshalb nach Westen aus – bis er nach etwa einem halben Dutzend Baumreihen nur noch unversehrte Rinden vorfand. Dort blieb er stehen, um aus dieser Entfernung die schadhaften Stämme ins Visier zu nehmen. Sie alle, so stellte er fest, befanden sich von seinem Standort aus innerhalb eines Sichtwinkels, den er auf 45 Grad schätzte.

Melzinger war sogar davon überzeugt, dass von hier aus kein einziger betroffener Baum durch einen anderen verdeckt wurde.

Er blieb einige Sekunden lang regungslos stehen, lauschte dem wilden Krähen einiger Raben und war sich plötzlich eines bewusst: Jeder dieser Bäume stand in einer Schusslinie zu seiner jetzigen Position.

Schüsse? Waren dies Einschüsse?

Diese Erkenntnis nahm ihm kurz den Atem. Er drehte seinen Kopf vorsichtig nach allen Seiten, als befürchte er, von jemandem beobachtet zu werden. Hatte da etwas geraschelt?

War da ein Schatten hinter der weit entfernten Reihe dicker Bäume gewesen?

Melzinger fühlte sich von einem Moment auf den anderen selbst inmitten dieser Schusslinie. Er versuchte, die aufkommenden Ängste zu vertreiben. Alles doch nur Unsinn, redete er sich ein. Kein Grund zur Panik. Hier war niemand. Außer vielleicht ein paar Tiere. Doch so sehr er sich gegen diese diffusen Ängste wehrte, desto mehr übermannten sie ihn. Hier, in diesem Hochwald, der mit seinen mächtigen Stämmen und dem bunten Blätterdach wie eine Kathedrale aufragte, bot er am Erdboden eine gute Zielscheibe.

Lass dich nicht verrückt machen, befahl ihm eine innere Stimme. Es ist *dein* Wald. Es ist *dein* Besitz. Melzinger spürte, wie sein Selbstbewusstsein wieder die Oberhand gewann. Er hatte in seinem langen Bauernleben schon viele brenzlige Situationen gemeistert. Er war Opfer von Einbrüchen und Diebstählen geworden, hatte mit seinem Viehbestand alle möglichen Seuchen bewältigt und sogar Anfeindungen von Neidern einfach abgeschüttelt. Mit diesen Gedanken zerstreute er die Furcht, die ihn beim Gedanken an Schüsse kurz befallen hatte. Er würde der Sache auf den Grund gehen. Er würde herausfinden, womit gegen seine Bäume geschossen worden war. Ein großes Kaliber war es jedenfalls nicht.

Vielleicht hatte dies auch gar nicht ihm persönlich, also seinem Besitz, gegolten. Möglicherweise steckten nur Schießübungen dahinter. Doch womit?

Er ging noch einmal zu einem der Bäume und besah sich das etwa drei Millimeter breite Loch, das sich in Augenhöhe in der Rinde abzeichnete. Ein Projektil, so schien es, steckte nicht darin. Um festzustellen, wie tief dieser dünne Kanal war, brauchte er etwas Dünnes, mit dem er hineinstochern konnte. Vielleicht den Teil eines Zweiges. Er bückte sich und riss von einem der Jungtriebe, die erst im Frühjahr aus dem

Erdreich gesprossen waren, ein Stück ab. Noch während er sich wieder aufrichtete, wurde sein Interesse auf einen Gegenstand gerichtet, der nur ein paar Meter von ihm entfernt aus dem laubbedeckten Boden ragte: ein metallisch glänzender, ziemlich dünner Stab.

Melzinger besah ihn sich zunächst vorsichtig aus der Distanz. Das Objekt erinnerte ihn an eine überdimensionale Stricknadel. Es steckte in flachem Winkel in der Laubschicht. Der Landwirt ging langsam die paar Schritte hinüber und war sich schlagartig sicher: Dieses Objekt passte zu den Löchern in seinen Bäumen.

Seit dem Umzug nach Halzhausen hatte sich Dieter Kugler nicht mehr in der Öffentlichkeit gezeigt. Zwar kümmerten sich Franziska, ihre Schwester und ihr Ehemann rührend um ihn, doch verbrachte er die meiste Zeit in einem kleinen Zimmer im Dachgeschoss und las. Oft jedoch konnte er sich gar nicht auf den Text konzentrieren, weil er sich von Tag zu Tag unnützer fühlte. Seine Lebensfreude, die ihm angeboren erschienen war, war verflogen. Er begann, an sich und seinem Beruf, den er einmal so sehr geliebt hatte, zu zweifeln. Wie konnte der Schöpfer, dessen Diener er war, ihn einfach so im Stich lassen? Warum strafte ihn das Schicksal ab, nur weil er sich für die Schwachen eingesetzt hatte – genau so, wie es doch Jesus' Willen entsprach?

Aber auch Jesu hatten sie alle missverstanden und schließlich ans Kreuz genagelt, erinnerte ihn sein Inneres. Kugler sank oft stundenlang in sich zusammen, um in einen Zustand zu verfallen, der eine Mischung aus Meditieren und tiefer Depression war. Nein, er wollte nicht in Selbstmitleid versinken, aber so sehr er auch dagegen ankämpfte, es gab nichts, was ihm aus diesem Stimmungstief heraushelfen konnte. Er wollte mit niemandem mehr reden, hatte sein Handy abgeschaltet und schrieb auch keine E-Mails oder Briefe mehr. Ohnehin wussten nur der Oberkirchenrat und sein Anwalt, wo er sich aufhielt. Dieser wiederum hatte den Umzug seines Mandanten pflichtgemäß der Polizei und der Staatsanwaltschaft mitgeteilt. Es sollte der Eindruck vermieden werden, Kugler sei geflüchtet oder abgetaucht.

Natürlich hätte er alle Brücken abbrechen und sich mit Franziska zusammen in ein fremdes Land absetzen können. Doch in einer globalisierten Welt würden sie ihn aufspüren, ausliefern und seine Flucht erst recht als Schuldeingeständnis werten. Warum sollte er sich denn davonstehlen? Auf der Flucht sein wie ein Gangster? Gejagt werden wie ein Schwerverbrecher?

Dass überhaupt solche Gedanken in ihm aufkamen, erschreckte ihn. Aber sollte er diese ganze juristische Tortur über sich ergehen lassen, dazu noch mit völlig unsicherem Ausgang? In schlaflosen Nächten stellte er sich die Richter und Schöffen vor, die über ihn urteilen würden. Dort der kleine Manuel, den sie einfühlsam vernehmen würden – und auf der Anklagebank er, der Pfarrer, der als unbequem galt, dem man womöglich gleich von Anfang an ohnehin alles zutraute. »Kreuziget ihn!«, klang es in seinen Ohren. Sie würden ihn natürlich nicht ans Kreuz schlagen, aber einsperren. Die Kirche würde ihn verstoßen – und er nach Jahren, wenn er als gebrochener Mann wieder in die Freiheit käme, ohne Altersversorgung dastehen. Und Franziska würde vielleicht gar nicht mehr leben. Von Tag zu Tag wurden die Albträume schlimmer. Was machte dies alles noch für einen Sinn? Er saß stundenlang am Fenster und sah apathisch zu einem alten landwirtschaftlichen Anwesen hinüber, das zwischen Stall und Wohngebäude den Blick auf die vorbeirauschenden Züge der Bahnlinie Stuttgart-Ulm freigab. Kugler erkannte sie inzwischen nahezu alle an ihren unterschiedlichen Geräuschen – die ohrenbetäubend laut ratternden Güterzüge, die alten Waggons der Regionalbahn, die leicht dahinrollenden Interregios oder die nur sanft rauschenden modernen, schneeweißen Intercitys.

Karin Stenzel war widerwillig der Bitte Linkohrs zu einem neuerlichen Gespräch gefolgt. Sie hatte es strikt abgelehnt, den Kriminalisten daheim oder im Schulhaus zu empfangen. Deshalb war sie zur Kriminalaußenstelle nach Geislingen gekommen, wo sie jetzt dem jungen Beamten leicht verärgert gegenübersaß.

»Herr Hartmann ist beerdigt, der Pfarrer ist weg – ich verstehe, ehrlich gesagt, nicht so recht, was es noch zu besprechen gibt«, zeigte sie sich unwirsch und fingerte an ihrer Handtasche, die sie auf den Tisch gestellt hatte.

Linkohr lächelte. »Wir sind auch schon dabei, die Sache Hartmann zu den Akten zu legen. Und was den Pfarrer anbelangt, da kümmern sich nun die Juristen drum.«

»Für den kleinen Manuel ist das alles andere als förderlich«, meinte die Schulleiterin fürsorglich. »Ich habe jetzt das Jugendamt zum wiederholten Male auf die familiäre Situation hingewiesen. Vielleicht sollte auch von Ihrer Seite noch einmal Druck gemacht werden.«

Linkohr nickte, obwohl er sich in diese Angelegenheit nicht einmischen wollte. Allerdings hatten er und Häberle weiterhin gewisse Zweifel, ob man die beiden Fälle tatsächlich so strikt trennen konnte, wie es die Staatsanwaltschaft gerne hätte. Häberle hatte vor einigen Tagen seine Einschätzung kundgetan: »Erst wenn da oben noch ein großes Ding passiert, werden unsere ›hohen Herren‹ wach.« Und Häberle hatte ein Gefühl für solche Entwicklungen. Deshalb war es ihm für geboten erschienen, die Verflechtungen Hartmanns innerhalb Rimmelbachs nicht ganz außer Acht zu lassen. Dies jedoch musste mit sehr viel Fingerspitzengefühl geschehen, zumal nach Meinung Häberles gerade Frau Stenzel dazu neigte, sich gleich an allerhöchster Stelle zu beschweren.

Linkohr betonte deshalb, dass es lediglich noch darum gehe, »die Aktenlage vollends zu glätten«, um den Fall endgültig abschließen zu können. Er versuchte, seinen ganzen Charme spielen zu lassen, was ihm nicht sonderlich schwerfiel, zumal ihm die Frau bereits beim ersten Treffen gefallen hatte. Für einen Moment überlegte er, ob sie privat genauso kühl reagieren würde wie in ihrer Eigenschaft als Rektorin einer Mini-Grundschule.

»Wir haben natürlich in den Tagen nach Hartmanns Suizid einige seiner Kontakte ausgewertet«, begann er und bemerkte, wie sich Stenzels Gesichtsausdruck veränderte. »Ein solcher Vorgang ist völlig normal«, begründete er sofort derlei Ermittlungen, »und kann jeden betreffen. Nichts von all dem wird jemals öffentlich, wenn es sich um rein private Angelegenheiten handelt.« Linkohr wusste, dass es jetzt auf jede Formulierung ankam. »Unsere Aufgabe ist es, das Unwichtige von den relevanten Dingen zu trennen – insbesondere auch im Sinne derer, die gleich gar nicht in weitere Ermittlungen aufgenommen werden sollen.«

Karin Stenzel atmete schneller und unterbrach Linkohrs Ausführungen. »Wenn ich Sie richtig verstehe, bin jetzt also ich dran. Jetzt, nachdem Sie Ihre Ermittlungen angeblich abgeschlossen haben, jetzt, nachdem Sie mir gerade einreden wollen, alles sei reine Routine.«

Linkohr blieb ruhig, entschied aber, die Katze aus dem Sack zu lassen: »Um es kurz zu machen, Frau Stenzel, wir haben die Telefonverbindungsdaten von Herrn Hartmann ausgewertet – und da gab es auch einige Gespräche zu Ihrem Handy.«

Aus dem Gesicht der Schulleiterin war alle Farbe gewichen. »Sie haben mir nachspioniert?«

»Nein, eben nicht«, konterte Linkohr. »Es sind nur die Daten, die wir bei Herrn Hartmann erhoben haben.«

»Sie wagen es, zwischen Herrn Hartmann und mir …«

»Nichts wagen wir«, bremste Linkohr ihre aufkommende Empörung, »gar nichts. Und alles, was wir hier drin reden, bleibt unter uns. Das garantiere ich Ihnen.«

»Schon wenn Sie dies sagen, hegen Sie doch den Verdacht, ich hätte mit Herrn Hartmann ein Verhältnis gehabt.« Ihre Stimme hatte ein gefährliches Zischen angenommen.

»Selbst wenn es so wäre«, versuchte Linkohr, ihr eine Brücke zu bauen, »wäre dies für uns völlig uninteressant und Ihre ureigenste Angelegenheit. Nur wäre es für uns hilfreich, wenn wir auf diese Weise noch ein bisschen mehr über Herrn Hartmanns Lebensumstände erfahren könnten.«

»Und dies ausgerechnet von mir«, flüsterte Frau Stenzel. »Und selbst wenn es so wäre, wie Sie mir andichten wollen, was sollte ich Ihnen dann über Herrn Hartmann sagen können?«

Linkohr staunte über diese Formulierung und entschied sich für einen weiteren Angriff. »Mal angenommen, Sie wären jene Person gewesen, auf die er an diesem Nachmittag möglicherweise noch gewartet hat und mit der er dort oben auf seinem Hochsitz noch ein Gläschen Sekt hätte trinken wollen …«

»Entschuldigen Sie, Herr Linkohr, aber das geht entschieden zu weit.« Sie wurde laut.

»Nur rein hypothetisch, Frau Stenzel«, fuhr er gelassen fort, »wenn es also so gewesen wäre, dann hätten Sie möglicherweise eine Beobachtung machen können, die vielleicht zum Verständnis von Hartmanns Lebensweise beitragen würde.«

»Ich verbitte mir so etwas.«

»Wie gesagt«, wiederholte Linkohr erneut, »alles, was wir beide hier bereden, erfährt niemand. Von mir jedenfalls nicht.« Er wollte ihr verdeutlichen, dass es auch für sie besser sein würde, gleich gar keine Beschwerde abzusetzen. »Wenn wir beide dies als ein absolut vertrauliches Gespräch betrachten, wird es nirgendwo in einem Protokoll auftauchen.«

Sie sah den Kriminalisten mit versteinertem Gesicht an.

»Frau Stenzel«, begann er ebenso ruhig, wie dies Häberle in solchen Situationen tat, »dann bleiben wir mal bei den Telefondaten. Herr Hartmann hat mit Ihnen einige Male telefoniert …«

»Was nicht verboten ist.«

»Stimmt. Aber ein solches Telefonat lässt darauf schließen, dass es überhaupt etwas zu bereden gab. Und da Herr Hartmann keine schulpflichtigen Kinder hatte, wird es kein dienstliches Gespräch gewesen sein.«

Karin Stenzel schien sich plötzlich wieder gefangen zu haben. »Aber vielleicht ist Ihnen entgangen, dass ich im Gemeinderat von Rimmelbach bin? Und Herr Hartmann war unser Jagdpächter. Halten Sie es nicht für möglich, dass es auf dieser Ebene etwas zu besprechen gab? Über die Beschwerden der Landwirte beispielsweise, dass die Wildschweinpopulation zugenommen hat und die Maisfelder deshalb teilweise verwüstet wurden?«

Linkohr musste sich eingestehen, dass dies tatsächlich eine plausible Erklärung sein konnte. Aber warum hatte diese Frau dann so verärgert reagiert?

Die letzten Tage im Oktober hatten den Nebel auf der Albhochfläche noch dichter werden lassen. Als Franziska den Brief von Rechtsanwalt Schaufler brachte, saß Kugler wieder einmal am Fenster. Er starrte zur gegenüberliegenden

Gebäudelücke, wo gerade der rote Streifen vorbeiflitzte, der zum Design eines weißen Intercity gehörte.

Franziska verfolgte mit großer Sorge, wie ihr Mann an Gewicht verlor und immer weniger an den Tagesereignissen interessiert war. All ihre Versuche, ihn zu einem Spaziergang zu bewegen, wies er zurück. Tagsüber wagte er sich nicht aus dem Haus. Stattdessen fuhr er oft nachts stundenlang über die Alb – angeblich, um auf andere Gedanken zu kommen. Franziska machte sich jedes Mal große Sorgen. Manchmal, wenn nachts der Himmel aufklarte, kam er erst wieder gegen drei Uhr zurück, völlig durchfroren, aber mit einem gewissen Glücksgefühl. Dann konnte er von Spaziergängen über die Hochfläche schwärmen, von den Sternen und der Stille, die ihn dort umgab. Kürzlich war er bei Amstetten mitten in der Nacht sogar einem Jäger begegnet, der gerade ein Wildschwein erlegt hatte.

Kugler spürte, wie ihm die nächtlichen Fahrten und Spaziergänge neue Kräfte verliehen, als ob der Himmel um diese Zeit besondere, vor allem aber positive Energie abstrahlte. Sie bewahrte ihn vor schlaflosen Nächten, denn wenn er frühmorgens heimkam, übermannte ihn die Müdigkeit. Und mit der Morgendämmerung schienen auch die Albträume zu schwinden.

In den Nachmittagsstunden widmete sich Kugler dem Schreiben. Wie ein Besessener hackte er am Computer seine Gedanken und Gefühle in die Tasten. Franziska hatte sein Verhalten anfangs kritisch verfolgt, doch nun war sie davon überzeugt, dass das Schreiben für ihn eine heilsame Therapie war, um mit der schwierigen Situation fertig zu werden. Was er genau schrieb, wusste sie nicht. Er verbot ihr strikt, es zu lesen. Kürzlich hatte sie zufällig bemerkt, dass er das Dokument am Computer sogar mit einem Passwort schützte.

Sie legte ihm von hinten die Hände zärtlich auf die Schultern. »Dieter, ich möchte dich inständig bitten, wieder mehr zu essen.«

Er drehte sich zu ihr und sah den noch verschlossenen Brief, an dessen Adressfenster er bereits erkannte, woher er kam. »Vom Anwalt?«, fragte er mit schwacher Stimme. Er nahm ihr das Kuvert aus der Hand und riss es zitternd auf. Das Schreiben bestand nur aus wenigen Sätzen. Nach dem Aktenzeichen und dem Betreff ›Begutachtung des Kindes Manuel‹ bat Rechtsanwalt Jürgen Schaufler um einen Gesprächstermin und schlug auch sogleich den Dienstag nächster Woche vor.

Mehr nicht. Kugler warf Kuvert und Schriftstück auf seinen Schreibtisch.

»Er hätte wenigstens schreiben können, was die Begutachtung erbracht hat«, flüsterte er und schloss die Augen. Wieder diese zermürbende Ungewissheit, die ihn lähmte und die ihn keinen vernünftigen Gedanken mehr fassen ließ.

»Wenigstens geht's ein Stück weiter«, meinte Franziska, die den Text über seine Schultern hinweg mitgelesen hatte.

»Weiter schon – aber wohin, Franziska?«, seufzte er. »Wenn sie dem Manuel nicht glauben würden, hätte Schaufler das hier reingeschrieben.«

Kugler war sich sicher, dass der lapidar angekündigte Gesprächstermin nichts Gutes verhieß. Oder, so versuchte ihn eine innere Stimme zu beruhigen, vielleicht bestanden solche anwaltlichen Schreiben nur aus Textbausteinen, die immer versandt wurden, egal wie ein Strafverfahren gerade lief?

Nein. In Kuglers Kopf hatten längst die negativen Gedanken das Kommando übernommen. Ganz sicher war das Schreiben kein gutes Zeichen.

Nach den intensiven Ermittlungswochen im Oktober war Vanessa wieder für einige Tage bei der Direktion in Göppingen gewesen, wo sie die Aufregung um die Neugliederung der baden-württembergischen Polizei hautnah miterleben konnte. Als sie zurückkehrte, war Linkohr weit über das Dienstliche hinaus um sie bemüht, auch wenn er bis heute noch immer nicht genau wusste, ob sie seine Zuneigung erwiderte. Immerhin hatte er sie nun endlich zu einem gemütlichen Abend einladen können, ohne dass sie gleich mit einer flapsigen Bemerkung reagierte. Weil sie auf ein gediegenes Ambiente Wert legte und im Gegensatz zu ihren Altersgenossen nicht auf abenteuerliche Speisen fremder Länder stand, sondern Einheimisches bevorzugte, hatte er sich für den ›Hirsch‹ in Gosbach entschieden. Sie war auch gleich von dem Hinweis begeistert gewesen, dass es dort Zickleinbraten gab, eine Spezialität des Hauses, die dem schwäbischen Namen dieses Landstrichs angepasst war, nämlich dem ›Goißa-Täle‹. Ziegen wurden hierzulande ›Geißen‹ genannt und waren in der Vergangenheit dort zuhauf verbreitet. Sie sorgten dafür, dass sich an den Albhängen idyllische Wacholderheiden entwickeln konnten, wie sie jetzt dank der wieder erblühten Ziegenzucht rekultiviert wurden.

Linkohr hatte vorsorglich einen Tisch bestellt. Bereits während sie von der freundlichen Bedienung zum linken der beiden herbstlich dekorierten Nebenräume geführt wurden, staunte Vanessa über das ländlich-geschmackvolle Ambiente. Offenbar hatten die Wirtsleute ein ganz besonders Gespür für eine stilgerechte Ausschmückung ihres Restaurants.

Linkohr und Vanessa bekamen einen Eckplatz zugewiesen, was der junge Kriminalist dankbar zur Kenntnis nahm. Sie waren somit weit genug von den anderen Gästen entfernt, sodass sie nicht befürchten mussten, jemand würde ihre Gespräche belauschen.

»Der Wirt heißt übrigens auch August wie unser großer Chef«, grinste Linkohr seiner Begleiterin zu, die sich an diesem Samstagabend in einem schicken dunklen Hosenanzug präsentierte – ganz ihrem Stil treu bleibend, mit dem sie sich tagtäglich als künftige Führungskraft in Szene setzte, wie Linkohr es empfand. Vanessa schien ohnehin nur ihre Karriere im Auge zu haben, wenngleich sie mit ihren gelegentlichen Äußerungen übers männliche Geschlecht auch verblüffen konnte. Linkohr musste oft an die gemeinsame Fahrt nach Böhmenkirch denken.

»August ist doch ein netter Name«, meinte sie beiläufig, während sie in der großen Speisekarte blätterte. »Wie heißt er denn mit Nachnamen?«

»Kottmann«, erwiderte Linkohr und vertiefte sich ebenfalls in das kulinarische Angebot. »Er kennt sich wie kaum ein anderer mit den Kräutern der Schwäbischen Alb aus, mit denen er seine Speisen würzt. Und alles, was sich ›verschnapsen‹ lässt, verwandelt er in feine Destillate.«

Sie entschieden sich für besagten Zickleinbraten und Rotwein.

»Na, lieber Kollege«, sagte Vanessa schließlich neckisch und legte ihre Hand auf seinen linken Arm, »zufrieden jetzt, dass es endlich geklappt hat?«

Wieder diese Sticheleien, dachte er. »Um ehrlich zu sein, ja, Kollegin Vanessa«, sagte er ebenso spitz, »denn leider finde ich dich sehr sympathisch.«

»Och«, machte sie mit Schmollmund, »und ich dachte, es sei mehr als nur Sympathie.«

Das war genau die Art, die ihn im positiven Sinne reizte. Vanessa war nicht auf den Mund gefallen. Kein Wunder, schließlich war sie im Teenageralter mit den Eltern aus dem Norden der Republik hergezogen. Und denen von nördlich der Mainlinie sagte man ja nach, manchmal ein bisschen vorlaut zu sein, zumindest im direkten Vergleich zu den Schwaben.

»So deutlich wollte ich's noch nicht ausdrücken«, konterte Linkohr. Gleich würde sie wieder die Frage stellen, die ihn bereits bei der Fahrt nach Böhmenkirch durcheinandergebracht hatte.

»Du brauchst dich nicht so diplomatisch auszudrücken, mein lieber Mike.« Sie lächelte. »Wir sind in keiner Vernehmung, falls du das noch nicht realisiert hast.«

»Dann müsste ich dich zuerst einmal darüber belehren, dass du zu Fragen, mit denen du dich eventuell selbst belasten würdest, keine Angaben zu machen brauchst«, gab er ebenso schlagfertig zurück.

»Und ohne meinen Anwalt sag ich schon gar nichts.«

Die kurze Stichelei wurde von der Bedienung unterbrochen, die ihnen die beiden Rotwein-Viertele brachte und eine Kerze entzündete.

»Auf uns«, hob Linkohr gleich das Glas, nachdem die Bedienung wieder in Richtung Theke enteilt war.

»Auf unsere gegenseitige Vernehmung«, meinte Vanessa schmunzelnd und brachte die Gläser zum Klingen.

»Sag mal, hast du eigentlich diese Lehrerin, von der du so geschwärmt hast, auch so belehrt wie mich gerade eben?«, brachte ihn Vanessa unerwarteterweise wieder auf andere Gedanken.

»Die Stenzel? Wie kommst du denn jetzt gerade darauf? Hast du womöglich mein kurzes Protokoll von neulich gelesen?« Er hatte das Gespräch mit der Schulleiterin als internes Gedächtnisprotokoll den Akten beigefügt.

»Die hat dich doch ganz schön gelinkt, meinst du nicht? Von wegen nur über Schwarzkittel geplaudert? Hätte die sich denn so gedreht und gewunden, wie du geschrieben hast, wenn's nur um die Abschusszahlen von Wildschweinen gegangen wäre?«

Linkohr zuckte mit den Schultern. Wieso lenkte sie jetzt wieder von jenem Thema ab, das ihn an diesem Abend weitaus mehr interessierte als diese dubiose Geschichte in Rimmelbach.

»Wir sollten dranbleiben«, hörte er ihre Stimme. Dieser Forderung wäre er aber viel lieber in einem anderen Zusammenhang nachgekommen. Dranbleiben. Nichts anderes tat er doch seit Wochen. Sowohl was Vanessa anbelangte als auch im Hinblick auf Rimmelbach.

»Häberle ist auch dieser Meinung«, beschränkte sich Linkohr jetzt auf den Fall. »Aber wenn die Staatsanwaltschaft anderer Auffassung ist, können wir nur mit angezogener Handbremse weiterermitteln. Das wirst auch du noch merken.«

»Hast du vergessen, dass ein Polizist zum Handeln gezwungen ist, wenn er von einer Straftat erfährt? Mike, so hab ich das gelernt.«

»Zwischen Theorie und Praxis gibt es manchmal Unterschiede, liebe Vanessa«, wurde er ernst. »Manchmal kann sich allzu eifriges Vorpreschen nicht unbedingt positiv in der Personalakte niederschlagen.«

»Wie?« Ihre schönen blauen Augen sahen ihn groß an. »Glaubst du im Ernst, ich würde mich von irgendwem zurückpfeifen lassen?«

»Ja, das glaube ich«, erwiderte er überzeugt. »Das erste Mal wirst du es dir natürlich nicht gefallen lassen. Aber beim zweiten Mal schon – falls du dann überhaupt noch in einer Position bist, in der du das selbst entscheiden kannst.«

»Nun mach mal halblang. Du redest ziemlich frustriert daher – und dabei bist du doch gerade erst um die 30.«

Sie weiß also noch gar nicht, dass ich schon 34 bin, dachte er. Ziemlich genau zehn Jahre älter als sie, kam es ihm wieder in Erinnerung. Zehn Jahre. Was waren schon zehn Jahre? In ihrem Alter überhaupt nichts – aber später? Er verdrängte derlei Gedanken sofort wieder. »Ich bin nicht frustriert, aber in manchem vielleicht ein bisschen erfahrener als du, wenn ich mir die Bemerkung erlauben darf.«

»Worin denn ›erfahrener‹?« Sie grinste.

»Das darfst du dir aussuchen.«

»Och.« Sie runzelte ihre glatte Stirn und sah ihn direkt an. »Feigling. In Wirklichkeit denkst du: Der zeig ich's mal. Die soll spüren, wo's langgeht.«

Linkohr wusste nicht, wie sie es meinte. Jedenfalls war sie unglaublich provokant. Was viele seiner Verflossenen ohne viele Worte mit aufreizender Kleidung versucht hatten, verstand Vanessa mit lockeren Sprüchen und Andeutungen mindestens genauso gut. Außerdem wäre sie durchaus auch in der Lage, ihre optischen Reize auszuspielen. Wirklich gesehen hatte er davon allerdings noch nichts, zumal sie offenbar ganz bewusst nichts davon zur Schau stellen wollte. Aber das, was sich so andeutete, in engen Hosen und figurbetonten Pullovern, das hatte Linkohr längst zur Kenntnis genommen.

»Soll ich dir mal ganz ehrlich sagen, was ich wirklich denke?«, erwiderte er auf ihre bissige Bemerkung und fasste sich Mut: »Ich denke, dass du mit Herzklopfen auf den heutigen Abend hingefiebert hast, dass du seit Tagen schlaflose Nächte hast und immer nur überlegst, was dieser clevere Kriminalist namens Mike Linkohr mit dir im Schilde führt.«

»Exakt«, gab sie ebenso kokett zurück. »Und nach dem Essen bringt er mich auf den Hochsitz nach Rammel–, äh, Rimmelbach«, sie grinste spöttisch, »und tut, was Hartmann mit allen Frauen von Rimmelbach und Umgebung getan hat und weshalb ihn die männliche Bevölkerung entweder abgrundtief gehasst oder beneidet hat.«

Linkohr lachte laut auf. »Das nennt man ›vollen Körpereinsatz bei der Recherche‹, stimmt's?«

»Aber vergiss nicht, mein lieber Mike, wir haben November. Die Zeit der lauen Sommernächte ist längst vorbei. Vielleicht sollten wir die Hochsitz-Szene doch lieber in gemütlicher Umgebung nachstellen.«

»Aber dann bitte nicht bis zum dramatischen Ende.«

»Du meinst: ohne Showdown mit der Jagdflinte?«

»Ich hätte das nämlich gern überlebt«, lächelte Linkohr, »denn vielleicht will ich's öfter.«

»Angeber«, stichelte sie wieder. »Vielleicht wärst du froh, wenn du's überhaupt erlebst.«

Er musste an seine vorherige Freundin denken. Nena. Das war die mit den Handschellen. Aber darauf wollte er jetzt nicht eingehen. Nena war gestern. Heute zählte nur Vanessa. »Wenn du Lust hast, können wir später dort hingehen«, zeigte er sich angriffslustig. »Gestört werden wir sicher nicht. Es sei denn, Mompach nimmt die Liebeslaube jetzt in Beschlag. Mit Heizstrahler oder so.«

»Der würde uns ganz gewiss nicht stören«, grinste die junge Frau vielsagend.

Linkohr konnte ihre Bemerkung nicht einordnen. »Und wieso nicht?«

Sie nahm einen Schluck Wein und sah ihn dabei mit hochgezogenen Augenbrauen an. »Weil der Herr Mompach gestern in den Urlaub geflogen ist«, prahlte sie mit ihrem Wissen.

»Wie? In Urlaub? Woher weißt du das?«

»Aus zweiter Hand sozusagen.«

»Jetzt los, Vanessa, mach's nicht so spannend.«

»Ich hab mich noch mal ausführlich mit dem Chef unterhalten – wegen einem Hinweis, den die Umweltschutzbehörde des Landratsamtes erhalten hat und über den die Göppinger Direktion informatorisch unterrichtet wurde. Es geht da um Mompach.«

»Und das erzählst du mir nur so nebenbei?«, empörte sich Linkohr.

»Du hast mich ja noch nicht richtig zu Wort kommen lassen. Außerdem sind wir heute Abend nicht zusammengekommen, um über Dienstliches zu reden, oder wäre dir dies lieber?« Wieder ihr provokantes Grinsen.

»Quatsch, Vanessa. Das eine hat doch mit dem anderen nichts zu tun.« Er vergewisserte sich, dass neu hinzugekommene Gäste weit genug entfernt saßen und ihr Gespräch nicht mithören konnten. »Was hat Mompach mit der Umweltbehörde zu tun?«

»Illegale Müllverbrennung offenbar. Anonymer Hinweis auf eine Feuerstelle hinter seiner großen Scheune. Angeblich verbrennt er Plastiksäcke und Ähnliches, immer bei Nacht und Nebel und wenn's keinen Mond hat. Außerdem …«, Vanessa kam näher zu ihm her, »… soll der Bürgermeister schon seit Längerem davon wissen, aber nichts gegen Mompach unternehmen. Kungelei, verstehst du?«

Das war natürlich nicht unbedingt ein Fall für das Dezernat, dem er angehörte. Aber allein schon die Namen und der Ort des Geschehens ließen ihn aufhorchen.

»Deshalb habe ich gestern bei Mompach angerufen. Und da hat mir seine Frau gesagt, dass er gerade in den Urlaub fliege.«

»Und auf dem Handy hast du ihn nicht erreicht?«

»Das wollte ich nicht. Außerdem hat Frau Mompach gesagt, er schalte das Handy im Urlaub grundsätzlich immer ab.«

»Hm. Der fliegt allein in den Urlaub. Hast du gefragt, wohin?«

»Ja, natürlich. Sie wollte zunächst nicht so recht heraus

mit der Sprache, hat dann aber schließlich verraten, dass er nach Teneriffa fliege. Für vier Wochen. Das tue er immer im November, gemeinsam mit alten Schulfreunden.«

»Teneriffa?«, echote Linkohr. Er musste an das Gespräch mit Mompach junior denken. »Bist du sicher, dass sie Teneriffa gesagt hat – und nicht etwa Thailand?«

»Ganz sicher, Mike, absolut.«

»Da haut's dir 's Blech weg«, entfuhr es ihm, was bei Vanessa ein neuerliches Grinsen auslöste.

13

Erst als sie einigermaßen sicher sein konnte, dass Manuel schlief, hatte sich Sandra Kowick aus dem alten Bauernhaus geschlichen, um dorthin zu gehen, wo sie nicht gesehen werden durfte. Nur wenn ihr Chef Heiko Mompach im Urlaub war, was jährlich mindestens zweimal vorkam, wagte sie es, sich mit seiner Frau zu treffen. Linda Mompach war ängstlich und eingeschüchtert und riskierte es nie, ihrem herrschsüchtigen Ehemann zu widersprechen. Er hatte ihr gleich von Anfang an strikt verboten, mehr als das Allernotwendigste mit Sandra zu sprechen. »Mägde hatten schon früher im Haus der Herrschaft zu schweigen«, lautete seine Devise. Sandra sei eine Angestellte und dürfe keinerlei Einblicke in private Angelegenheiten bekommen.

Gleich zu Beginn, vor fast sechs Jahren, hatte er Linda und Sandra auf dem Hof bei einem Gespräch ertappt und einen Wutanfall bekommen, an den sich beide Frauen noch heute voller Entsetzen erinnerten. Diese eine Szene hatte gereicht, um ihm ein für alle Mal Respekt und Autorität zu verschaffen.

Sandra hatte er auf übelste Weise erniedrigt und ihr angedroht, sie »vom Hof zu jagen und aus dem Haus zu schmeißen«. Dann werde sie schon sehen, wo sie als Alleinerziehende unterkomme. Er hingegen sorge für sie, lasse sie mietfrei wohnen und zahle für sie Sozialabgaben, »damit du später wenigstens mal eine kleine Rente kriegst«. Die Worte hallten noch immer in ihrem Kopf nach. Schon viele Tausend Mal. Und mindestens genauso oft hatte sie sich vergeblich geschworen, dies nicht mehr länger erdulden zu wollen. Aber jedes Mal war es die Angst vor dem finanziellen Ruin und dem sozialen Absturz, der sie davon abhielt. Das schmerzte zwar nicht körperlich, zerstörte aber die Seele.

Sandra hatte vorsichtig geklingelt, als ob sie befürchte, Mompach erscheine leibhaftig an der Tür. Doch die Schritte, die von innen zu hören waren, waren jene von Linda, mit der sie bereits im Lauf des Tages dieses abendliche Treffen ausgemacht hatte.

»Komm rein«, sagte Linda Mompach beinahe mütterlich und so sanft, wie normalerweise in diesem Hause nie gesprochen wurde.

Sandra folgte ihrer ›Chefin‹, wie sie auf Wunsch Mompachs zu ihr sagen musste, durch den hell erleuchteten Flur in das Wohnzimmer. In seiner Gegenwart hatte sie es nie betreten, denn dort pflegte er nur besondere Gäste zu empfangen – den Bürgermeister oder seine Parteifreunde und Jagdgenossen. Auch der frühere Pfarrer war häufig hier gewesen und bis vor einigen Monaten auch Hartmann.

»Setz dich einfach irgendwo hin«, lächelte Linda, »ich hab uns Tee gemacht.« Sie verschwand in der Küche, während Sandra überlegte, in welchen der ausladenden Ledersessel sie sich setzen sollte. Sie entschied sich auch dieses Mal für jenen, der ganz links am Couchtisch stand. Dort saß sie immer, wenn sie sich trafen und sicher sein konnten, dass Mompach weit genug entfernt war, um sie nicht bei ihrem Treffen zu ertappen.

Sandra besah sich wieder einmal den rustikalen dunklen Wohnzimmerschrank, der so viele Schnörkel aufwies, dass er aus den 50er- Jahren stammen musste, vermutlich von Mompachs Eltern. An den Wänden hingen Jagdtrophäen und ein dunkles Ölgemälde, das eine Jagdszene darstellte.

Linda Mompach goss den heißen Tee ein, lächelte ihre Besucherin aufmunternd an und setzte sich in den Sessel neben ihr. »Es ist ein Tee, der die guten Geister wecken soll«, sagte sie und führte ihre Tasse zum Mund, was Sandra als Geste empfand, es ihr nachzutun.

»Heublumentee«, erklärte Linda schließlich. »Ich hab mich

richtig drauf gefreut, dich zu treffen.« Linda hatte ihrer Angestellten schon beim ersten Treffen das ›Du‹ angeboten, was jedoch ihr Mann für völlig abwegig gehalten hätte. Angestellte auf dem Bauernhof, so seine Meinung, würden zwar grundsätzlich geduzt, doch mussten diese die Herrschaft stets siezen. Da ließ er nicht mit sich reden. Das sei schon von jeher so gewesen und dabei bleibe es.

Deshalb mussten die beiden Frauen bei der täglichen Arbeit darauf achten, nicht gegen diese alte Sitte zu verstoßen. »Ich find das Gesieze lächerlich«, griff Linda das Thema auf, als könne sie Gedanken lesen, »aber du kennst ja den Heiko. Wenn er sich was in seinen Dickschädel setzt, lässt er sich nicht mehr davon abbringen.« Sie atmete tief durch. »Aber jetzt haben wir vier Wochen vor ihm Ruhe.«

»Ich bin dir sehr dankbar, Linda, dass du über all die Jahre hinweg zu mir hältst. Manchmal hab ich schon gedacht, ich lauf einfach davon, schmeiß alles hin. Aber Manuel, … du weißt schon.«

»Heiko ist in Wirklichkeit gar nicht so, wie er sich nach außen hin gibt«, beruhigte Linda. »Ein Dickschädel eben. Harte Schale, weicher Kern.«

Sandra wollte nichts dazu sagen. Denn obwohl sie sich mit Linda gut verstand, gab es doch etwas, das unausgesprochen zwischen ihnen stand. Sandra hatte oft schon darüber nachgegrübelt, ob auch Linda dies so empfand. Aber darüber reden, einfach frei von der Leber weg, das konnte sie beim besten Willen nicht.

»Ich weiß«, sagte sie stattdessen. »Dass mir dein Mann damals die Möglichkeit gegeben hat, hier zu arbeiten und in eurem kleinen Haus zu wohnen, hat mir in dieser schweren Zeit wirklich sehr geholfen.«

»Und auch dein Manuel wird älter«, munterte Linda ihre Besucherin auf, »immerhin geht er jetzt schon zur Schule.«

Sandra trank einen Schluck Tee und spürte, dass er wohltuend ihre innere Kälte vertrieb. »Manuel ist ein Sorgenkind«, gestand sie dann. »Jetzt haben sie mir sogar noch das Jugendamt auf den Hals gehetzt.«

»Wegen der Sache mit dem Pfarrer?«

»Vermutlich ja. So ein Schnösel vom Göppinger Jugendamt war hier und hat mir vorgeworfen, es bestehe der Verdacht, Manuel sei verwahrlost. Stell dir das mal vor! Verwahrlost! Wo ich mich, so gut es geht, um ihn kümmere. Aber ich kann ja nicht ständig neben ihm sitzen.«

Linda rief sich in Erinnerung, wie Sandras Wohnung ausgesehen hatte, als sie zuletzt dort gewesen war. Damals, vor einem halben Jahr, hätte Manuel noch in den Kindergarten gehen sollen, hatte sich aber vehement dagegen gesträubt und stattdessen daheim fast täglich ein heilloses Chaos angerichtet.

»Manuel ist sicher kein einfaches Kind«, meinte Linda deshalb diplomatisch. »Vor allem, weil er keine Freunde hat und sich nur mit sich selbst beschäftigt.«

Sandra nickte betrübt. »Er ist halt in sich gekehrt und spielt gern am Computer.«

Linda spürte Sandras Bedürfnis, dieses Thema zu vertiefen. Allerdings schien sie die Beschuldigung des Pfarrers dabei aussparen zu wollen.

Als Linda nach dem Tee eine Flasche Wein entkorkte und mit zwei Gläsern aus der Küche zurückkam, lächelte sie ihrer Besucherin zu: »Jetzt machen wir's uns richtig gemütlich.« Sie goss den Wein ein und prostete Sandra zu: »Auf uns beide.«

»Danke«, erwiderte Sandra, nachdem sie das Glas zurückgestellt hatte. »Ich hab mich schon lange nicht mehr so entspannt gefühlt wie heute Abend.«

Ihr Gespräch über Kindererziehung zog immer weitere Kreise. Linda versuchte dabei, dezent ihre Ansichten und Erfahrungen einzubringen, zumal sie die Ältere war und bereits einen erwachsenen Sohn hatte. Allerdings war auch in dessen Erziehung einiges schiefgelaufen. Sonst hätte er sich nicht gänzlich von den Eltern abgewandt und sich sogar geweigert, mit dem Vater zusammen den Bauernhof zu führen. Heiko und Timo hatten sich eben sehr weit auseinandergelebt. Heiko, der willensstarke Übervater, hatte seinem Sohn nie eine Chance gegeben, seine eigene Persönlichkeit zu entfalten.

Bei Sandra schien das gerade umgekehrt zu sein. Der kleine Manuel, dessen Persönlichkeit sich noch gar nicht entwickelt hatte, terrorisierte seine Mutter, die viel zu schwach war, auf pädagogische und einfühlsame Weise auf ihn einzuwirken. Wenn sich bei Manuel nicht schnell etwas änderte, würde dies verheerende Folgen für sein weiteres Leben haben. Linda überlegte, wie sie es ausdrücken sollte, ohne Sandra vor den Kopf zu stoßen. Vielleicht würde sich im Lauf des späteren Abends noch eine Gelegenheit dazu bieten, wenn der Wein sie beide redseliger gemacht hatte.

Die Stunden zogen dahin und die Frauenthemen gingen nahtlos ineinander über. Von der Kindererziehung zur Landwirtschaft, von der Landwirtschaft zum Kochen, vom Kochen zu Krankheiten. Irgendwann, es war bereits lange nach Mitternacht und die Rotweinflasche nahezu leer, bemerkte Linda beiläufig: »Heiko wird sich jetzt an irgendeiner Bar auf Teneriffa vergnügen.«

Linda spürte, wie ihr der Alkohol zugesetzt hatte, weshalb sie gleich gar nicht den Versuch unternahm, die Zeitdifferenz zwischen Deutschland und den Kanaren zu berechnen – abgesehen davon, dass sie auch gar nicht wusste, wie viele Stunden man hinzurechnen oder abziehen musste.

»Ich hol uns noch ein Gläschen«, entschied Linda, die sich inzwischen leicht beschwipst fühlte und diesen Zustand genoss.

Sandra ließ sie gewähren, denn sie spürte, dass ihr diese Gespräche guttaten. Sie hatte niemanden, mit dem sie über ihre Gefühle und Ängste sprechen konnte. Zwar traf sie gelegentlich mit Arnold, ihrem Ex-Mann, zusammen, doch ging es dabei nur um die Folgen ihrer Scheidung und um ihre intimsten Themen, die sie allerdings auch mit Linda nicht diskutieren konnte.

Sie stießen mit den wieder gefüllten Gläsern an. »Was glaubst du, wie gerne auch ich einmal allein verreisen würde«, sagte Linda plötzlich. »Es müsste gar nicht so weit sein. Nur mal Mallorca oder die Kanaren.«

»Warum nimmt dich Heiko nicht mit?«

»Wer soll dann den Hof hier am Laufen halten? Nein, zu zweit verreisen – das geht einfach nicht.«

»Und du allein?« Sandra hätte am liebsten vorgeschlagen, sie dabei zu begleiten. Aber ihre Finanzen ließen dies nicht zu – und Manuel gleich gar nicht.

»Vielleicht fehlt mir einfach der Mut dazu«, erwiderte Linda, die ihrem Wunsch ohnehin keine Chance einräumte. »Ich war noch nie richtig allein unterwegs.« Sie lächelte zwar, doch ihre Augen verrieten Wehmut. »Ich würde mich vermutlich schon am Flughafen nicht zurechtfinden.«

Sandra konnte dies nachempfinden. Ihr würde es genauso ergehen. Von Stunde zu Stunde spürte sie, dass sie beide Gefangene waren – aber in unterschiedlichen Gefängnissen. Obwohl sich Linda sicher viele Wünsche erfüllen könnte, waren ihr die Hände ebenso gebunden wie ihr.

Vielleicht war es der Wein, der in Sandra den Gedanken formte, einfach alles hinter sich zu lassen und zu verschwinden. Gemeinsam mit Linda. Ein neues Leben anfangen. Irgendwo auf der Welt. Aber, Achtung, mahnte eine innere Stimme, was wäre dann mit Manuel? Und womit würde sie so ein Abenteuer finanzieren? Und was geschähe, ginge alles schief? Man konnte nicht einfach abhauen. Man war in dieses Leben hineingeboren – und daraus gab es kein Entfliehen, schon gar nicht für die Kleinen. Es sei denn, man stieg aus allen sozialen Netzen aus und verzichtete auf die Absicherungen, mochten sie noch so bescheiden sein. Sandra hätte es am liebsten laut hinausgeschrien, dass sie frei sein wollte. Frei. Denn obwohl sie keiner in Ketten gelegt hatte, fühlte sie sich in einem Kerker.

Die Zeiger der Pendeluhr, die noch von Heikos Großvater stammte, tickten sich langsam auf 0.30 Uhr vor, als plötzlich ein heulendes Geräusch den Raum erfüllte. Es schwoll drohend an – und es kam von draußen. Die beiden Frauen unterbrachen ihren Redefluss und sahen sich erschrocken an.

14

Der Notruf war in der Göppinger Leitstelle der Rettungskräfte exakt um 0.28 Uhr eingegangen. Ein Anrufer aus Rimmelbach hatte gemeldet, dass der Dachstuhl eines alten Bauernhauses in Flammen stehe. Der Mann in der Leitstelle löste augenblicklich Feueralarm aus, was zur Folge hatte, dass nicht nur bei den Feuerwehrleuten in Rimmelbach die Funkmeldeempfänger piepsten, sondern sowohl dort als auch in den umliegenden kleinen Gemeinden die Sirenen heulten. Dies war trotz aller Elektronik auf dem Lande noch üblich, zumal in diesem topografisch problematischen Gelände der Funkempfang nicht überall gewährleistet war.

Angesichts des geschilderten Ausmaßes des Brandes wurde sofort auch ›Überlandhilfe‹ aus Böhmenkirch und der nahen Stadt Geislingen angefordert.

Innerhalb weniger Minuten trafen die Rimmelbacher Einsatzkräfte als Erste am Brandort ein, wo die Flammen aus dem Dachstuhl loderten und die Funken wie kleine Raketen in den Nachthimmel schossen. Dachziegel zerplatzten, dunkler Qualm entkam dem Schein des Feuers und verlor sich in der Dunkelheit. Blaulichter zuckten, aus allen Richtungen näherten sich die Sirenen weiterer Einsatzfahrzeuge. Schläuche wurden ausgerollt und blitzschnell zusammengesteckt, die Anschlüsse an geöffneten Hydrantenschächten verschraubt. Gleich zischten mehrere dicke Wasserbündel in die Feuerbrunst des einstöckigen Gebäudes. Doch schon hatten die Flammen auch auf das Erdgeschoss übergegriffen, wo Fensterscheiben barsten und schwarzer Rauch ins Freie quoll. Währenddessen machte sich ein Trupp von Männern mit Atemschutzgeräten einsatzbereit. Gleichzeitig rammten andere Männer die alte Haustür ein, um sich Zutritt zum

Gebäude zu verschaffen. Augenblicklich wurden sie von einer weiteren Rauchwolke eingehüllt.

Während nacheinander Einsatzfahrzeuge eintrafen, darunter die Rettungswagen des Roten Kreuzes, stürzte ein Teil des Daches ein und verursachte einen höllischen Funkenflug. Das Feuer, so schien es, ließ sich von den Wassermassen, die auf das rot glosende Gebälk prasselten, nicht beeindrucken. Der örtliche Kommandant gab den Atemschutzträgern zu verstehen, dass mit dem Einsturz der Holzdecken zu rechnen sei. Ihr Versuch, in das Haus vorzudringen, wurde bereits von wild lodernden Flammen zunichte gemacht, die ihnen im Flur entgegenschlugen. Mit ihrer Ausrüstung waren sie zwar gegen den giftigen Qualm geschützt, nicht aber gegen die Höllenglut, die sich in dem alten Bauernhaus entwickelt hatte. Vermutlich war das Feuer erst bemerkt worden, als es sich im Inneren schon ausgebreitet hatte.

Um das Gebäude herum entrollten Feuerwehrleute hastig weitere Schläuche. Der Kommandant befürchtete, das örtliche Wasserleitungsnetz könnte den immensen Löschwasserbedarf gar nicht gewährleisten. Er hoffte, dass die Drehleiter und weitere Tanklöschfahrzeuge aus Geislingen bald eintreffen würden. Von einer Drehleiter aus sollten die Flammen effizienter bekämpft werden.

Aber falls sich tatsächlich, wie zu befürchten war, die Bewohner des Hauses nicht mehr ins Freie hatten retten können, kam vermutlich ohnehin jede Hilfe zu spät.

Linkohr hatte sich die restliche Nacht ganz anders vorgestellt. Vanessa selbst war nämlich auf die Idee gekommen, nach dem Restaurantbesuch noch in ihre kleine Einliegerwohnung zu gehen, die sie seit Kurzem in Amstetten auf der Alb gemietet hatte – dort, wo er am frühen Abend schon gewesen war, um die junge Kollegin abzuholen. »Trinken wir noch einen Absacker«, hatte sie Linkohr jetzt unerwarteterweise vorgeschlagen. Er glaubte zunächst, sich verhört zu haben. Aber Vanessa hatte es ernst gemeint. Einfach so. Ihr Selbstbewusstsein schien grenzenlos zu sein. Doch obwohl sie jetzt den ganzen Abend über Gott und die Welt geplaudert hatten, hegte er noch immer Zweifel daran, ob und wie weit sie sich wirklich nähergekommen waren. Mit Vanessa konnte man sich wunderbar unterhalten und blödeln, doch spürte Linkohr weiterhin eine gewisse Distanz, die er nicht zu überwinden vermochte – auch aus Angst, womöglich einen Schritt zu weit zu gehen und das bisher mühsam Erreichte wieder zu zerstören.

Allzu viel Alkoholisches durfte er auch gar nicht mehr trinken, dachte er. Schließlich musste er noch heimfahren. Oder hatte Vanessa …? Er verdrängte den Gedanken, denn ging ihre weibliche Raffinesse so weit, dass sie ihn ganz schön zappeln lassen konnte, sollte er sich nicht zu viel versprechen. Vanessa hatte im Fach Psychologie mit Sicherheit gut aufgepasst.

»Wie spät ist es eigentlich?«, fragte sie, als er ein paar Sekunden schweigend durch die Nacht gefahren war.

Er sah aufs Armaturenbrett. »Kurz nach halb eins«, antwortete er und schmunzelte: »Die Nacht hat gerade erst richtig angefangen.«

»Das kommt auf den Blickwinkel an«, gab sie kess zurück. »Wann etwas anfängt oder schon aufgehört hat, kann man meist erst hinterher beurteilen.«

Donnerwetter, durchfuhr es Linkohr anerkennend. Das Mädel wusste sich zu verteidigen. Im Augenwinkel bemerkte er, dass sich ihre Silhouette bewegte und sie ihn ansah. »Weißt du, Mike, wir hatten schon Vernehmungen, da haben die Leute gemeint, sie seien selbst mitten drin im Geschehen, doch dann hat sich herausgestellt, dass sie nur Randfiguren waren.«

Linkohr hatte Mühe, sich auf den kurvigen Straßenverlauf bei Bad Überkingen zu konzentrieren. Randfiguren? Hatte sie ›Randfiguren‹ gesagt?

Er riskierte eine ziemlich naive Nachfrage: »Und wie verhält sich nun so eine Randfigur im Bezug auf eine angefangene Nacht?«

Vanessa gab einen Laut von sich, der sich wie ein schelmisches Lachen anhörte. Doch im nächsten Augenblick wurde es von Linkohrs Handy übertönt, das er im Jackett stecken hatte. Über die Bluetooth-Anlage des Autos konnte er während der Fahrt die Freisprech-Anlage benutzen. »Oh!«, entfuhr es ihm, während er bereits reflexartig den Anruf entgegennahm.

Kaum hatte er sich gemeldet, hörte er eine vertraute Stimme. Es war Häberle: »Sind Sie noch wach, Herr Kollege?«

»Jaja«, es klang ziemlich verwundert, was Häberle sofort hörte und ihm weitere Erklärungen ersparte: »Ich geh mal davon aus, dass Sie noch nicht in Tiefschlaf versunken sind. Egal wo Sie sind oder womit Sie sich gerade vergnügen: Sie sollten sich auf den Weg nach Rimmelbach machen.«

Heiko Mompach konnte sich über das traumhafte Tropenparadies diesmal nicht freuen. Er fühlte sich müde und erschlagen, psychisch am Boden und von Ängsten geplagt. Den Jetlag hätte er locker weggesteckt, auch die feuchtheiße Luft, die wie in einem Gewächshaus über der Stadt lag, war bei seinen früheren Reisen nach Hua Hin kein Problem für sein körperliches Wohlbefinden gewesen. Ganz im Gegenteil: Er liebte dieses Klima und genoss die tropischen Nächte, die er daheim auf der Schwäbischen Alb so sehr vermisste. Die kleine Wohnung, die er vor sieben Jahren schon in diesem Komplex erworben hatte, der fest in deutscher Hand war, würde eines Tages sein Altersruhesitz werden. Hier, in dieser deutschen Kolonie, wie man diese Siedlung nannte, hatte er sich bisher immer wohlgefühlt. Man sprach Deutsch, war über Satelliten eng mit der Heimat verbunden und konnte auf das Management dieser Immobilie vertrauen. Auch wenn er monatelang nicht herkam, brauchte er sich um seine Wohnung keine Sorgen zu machen.

Mompach stand an diesem Sonntagmittag auf einem der Balkone, die am gesamten Gebäudekomplex architektonisch so geschickt angeordnet waren, dass man von keinem anderen eingesehen werden konnte. Das Objekt war tatsächlich ein Glücksfall gewesen. Mompach kamen wie in einem Film einige Szenen ins Gedächtnis, die ihn an den Kauf dieser Wohnung erinnerten. Hartmann war der Vorreiter gewesen. Der hatte ihm empfohlen, in diese Anlage zu investieren. Hartmann war damals schon ein halbes Jahr Eigentümer einer viel größeren Wohnung zwei Stockwerke über ihm gewesen. Mein Gott, was hatten sie seither für traumhafte Urlaubstage hier verbracht. Traumhaft, abenteuerlich und wild. Ja, vor allem wild, sagte ihm eine innere Stimme, während er über die flachen Häuschen am Stadtrand hinüber zum blauen Meer blickte, das ganz weit draußen am Horizont mit dem Himmel zu verschmelzen schien. Kein Wölkchen trübte das Blau.

Doch dann löschten finstere Gedanken das Schöne um ihn herum aus. Sein T-Shirt war schweißnass, sein Magen rebellierte. Seit dem Zwischenstopp in Moskau plagte ihn Durchfall. Während des mehrstündigen Aufenthalts in Dubai hatte er deshalb immer die Nähe zu einer Toilette gesucht.

Wenigstens hatte unterwegs alles wie am Schnürchen funktioniert. Und wenn in Dubai alles nach Plan gelaufen war, dann dürfte auch allem Weiteren nichts im Wege stehen. Instinktiv sah er auf seine Armbanduhr.

Doch das Schlimmste stand ihm noch bevor. Gerade hier in Hua Hin, fast drei Taxi-Stunden vom Flughafen Bangkok entfernt im Süden, lauerte vermutlich jemand auf ihn, der alles über ihn wusste. So viel sogar, dass es ihm geraten erschienen war, auf dessen Forderungen einzugehen.

Bereits im Flugzeug, dem neuen A 380er-Airbus, hatte er sich vorsichtig umgesehen. Doch nach wem sollte er suchen? Wer seinen Feind nicht kannte, war zu keiner Sekunde davor gefeit, ihm ins offene Messer zu laufen. Hier in dieser Wohnanlage fühlte sich Mompach einigermaßen sicher – auch wenn er den Rentnern, die sich hier niedergelassen hatten, keinesfalls uneingeschränkt trauen durfte. Sie alle hatten gewiss ständigen Kontakt zu der Heimat. Das Internet bot dazu alle nur erdenklichen Möglichkeiten. Außerdem kamen in der Umgebung immer neue Deutsche hinzu, die daheim mit ihrer spärlichen Rente nur ein armseliges Dasein fristen konnten, hier in Thailand hingegen deutlich mehr für ihr Geld bekamen. Allerdings, das stellte Mompach fest, stiegen auch hier die Lebenshaltungskosten von Jahr zu Jahr. Ganz so paradiesisch, wie es einmal war, lebte es sich daher nicht mehr. Aber wenn man sich der durchaus köstlichen Angebote der einheimischen Küche bediente, konnte man ob der unglaublich niedrigen Preise noch immer ins Schwärmen geraten. Mompach brauchte zwar nicht mit jedem Euro zu rechnen, doch bevorzugte er trotzdem die kulinarischen Köstlichkeiten, wie sie ein sogenannter Nachtmarkt bot, der an drei Abenden südlich des Stadtzentrums stattfand.

Jetzt aber wollte er nicht ans Essen denken. Ihm blieben noch vier Tage, um das Geld zu besorgen und dem Erpresser eine Falle zu stellen.

Mompach zog sein durchnässtes T-Shirt aus und setzte sich mit entblößtem Oberkörper in den Sessel, der auf dem Balkon stand. Sein Gesicht war über die gemauerte Brüstung hinweg in Richtung Meer gerichtet, das sich schätzungsweise einen halben Kilometer entfernt in einen breiten Sandstrand verlor. Vermutlich herrschte gerade Ebbe.

Noch einmal rief sich Mompach den Text des anonymen Briefes in Erinnerung, den er daheim eingeschlossen hatte. Eine Kopie davon steckte in der Innentasche des Koffers. Aber so oft er das Schreiben auch las, es gab nur eine einzige Deutung: Der Verfasser wusste alles über ihn. Es gab also gar keine andere Wahl, als die geforderte Summe von einer halben Million Dollar zu bezahlen. Aber wer gab ihm die Garantie, dass dies nicht erst der Anfang war? Vielleicht folgten in einem halben Jahr weitere Erpresserbriefe. Er würde ab jetzt stets in Angst und Schrecken leben. Denn eine vertragliche Vereinbarung, dass damit die Sache aus der Welt geschafft war, konnte er dem Unbekannten ganz sicher nicht abringen. Ganz abgesehen davon, dass der Erpresser anonym bleiben wollte, wäre eine Abmachung ohnehin wertlos und eine Klage zwecklos. Denn diese würde natürlich voraussetzen, dass er gestehen müsste, erpresst worden zu sein. Dann aber wäre es notwendig, die Hintergründe offenzulegen.

Es war ein verdammter Teufelskreis, in den er geraten war. Bisher hatte er bei allem, was er wollte, eine Lösung gefunden und, wenn es sein musste, mit allen Mitteln. Und plötzlich drehte sich der Wind.

Der Einzige, der über seine Gepflogenheiten genau Bescheid wusste, war Hartmann gewesen. Den aber gab es nicht mehr. Auch dass die Polizei keinerlei Zweifel an dessen Selbstmord hatte, erwies sich in diesen turbulenten Zeiten als vorteilhaft. Zwar hatten dieser Häberle und sein ehrgeiziger Assistent in den Tagen danach für einigen Wirbel gesorgt, aber

Konkretes war ihnen wohl nicht zu Ohren gekommen. Sonst hätten sie nicht so schnell klein beigegeben, dachte Mompach. Aber was ging ihn dies auch alles an? Jetzt hatte er ein ganz anderes Problem an der Backe. Eines, das er lösen wollte, ohne das Geld zu verlieren. Dass er es trotzdem von seinem geheimen Konto bei der Bangkok Bank abheben würde, war eine reine Vorsichtsmaßnahme.

Weil er in seinem Appartement keinen Festnetzanschluss besaß, ging er in den großzügig gestalteten Eingangsbereich der Anlage hinab. Dort gab es, in einer Nische installiert, eine öffentliche Sprechstelle. Mompach wusste von seinen früheren Besuchen her noch genau, wie der Telefonautomat zu bedienen war, lehnte sich an die Wand und tippte die Durchwahlnummer zu seinem persönlichen Bankberater ein, der erfreulicherweise der deutschen Sprache mächtig war.

Als sich der Mann meldete, sah sich Mompach noch einmal vorsichtig um. Niemand war in Sichtweite, niemand konnte hören, was er sagte. Er musste einige routinemäßige Fragen zu seiner Identität beantworten, Codewort und seine Kontonummer nennen und bat dann mit leiser Stimme um die Barauszahlung von 500 000 Dollar in 50-Dollar-Scheinen. Dabei täuschte er die ruhige Stimme eines routinierten Geschäftsmannes vor, der es gewohnt war, mit größeren Summen umzugehen, und erklärte, dass er sich in den nächsten Stunden oder Tagen melden werde, um die Summe abzuholen.

»Sie wollen das in bar, in cash?«, vergewisserte sich der Banker.

Mompach gab sich weltgewandt: »Ja, cash. Das muss natürlich unter uns bleiben«, sagte er ruhig und überlegte, ob diese Abhebung eine ähnlich bürokratische Prozedur nach sich ziehen würde wie in Deutschland, wo schon ab vergleichsweise lächerlichen Beträgen die Bestimmungen des Geldwäschegesetzes verschiedene Maßnahmen auslösten.

Aber immerhin kam er nicht mit einem Koffer voller Geld daher, sondern wollte es ordnungsgemäß von seinem eigenen Konto abheben.

»Noch eine wichtige Bitte«, erklärte er, nachdem der Mann am anderen Ende der Leitung die Auszahlung bestätigt hatte, »ist es zu viel verlangt, die Nummern der Geldscheine für mich zu registrieren?«

»Kein Problem«, kam die Antwort zurück. »Wir legen Ihnen die Auflistung bei.«

Mompach war zufrieden. Egal, was auch geschehen würde, er konnte jedenfalls später anhand der Nummern belegen, dass es sich bei den Scheinen um sein Geld handelte.

Er verließ die Nische, stellte noch einmal beruhigt fest, dass niemand in der Nähe gewesen war, und stieg wieder zu seinem Appartement hinauf. Dort ließ er sich in einen Sessel fallen und versuchte, gegen das Wechselbad der Gefühle und das Chaos seiner Gedanken anzukämpfen.

Die Idee mit dem Notieren der Geldscheinnummern war ihm erst vor einigen Stunden gekommen. Doch jetzt, bei genauerem Nachdenken, erschien ihm diese Maßnahme plötzlich nicht mehr logisch. Denn falls sein Versuch, dem Unbekannten eine Falle zu stellen, danebenging und die Übergabe des Geldes nicht zu vermeiden war, könnte nur die Polizei anhand der Nummern danach fahnden. Aber allein schon der Gedanke, die Behörden einzuschalten, jagte ihm einen Schauer über den Rücken. Mompachs Gedanken gerieten außer Kontrolle. Du hast doch gar keine Chance, dröhnte es in seinem Kopf, du musst zahlen. Die Gegenreaktion machte sich ebenso schnell bemerkbar: Sei dir bewusst, dass du dem Erpresser für immer und ewig hilflos ausgeliefert bist. Womöglich meldet er sich immer wieder und gibt nie mehr Ruhe. Und wenn die Übergabe scheitert, dann brauchst du gar nicht mehr heimzukehren. Dann ist alles aus.

Also ist es im Zweifelsfall doch besser, auf die Geldübergabe einzugehen, sagte ihm ein anderes Gefühl. Damit wäre sichergestellt, dass der Erpresser, sofern er ein ›Ehrenmann‹ war, seine Drohungen nicht sofort wahr machen würde. Aber allein schon der Begriff ›Ehrenmann‹ schien Mompach im Zusammenhang mit einem Erpresser völlig abwegig zu sein.

Mompach fixierte, ohne es zu realisieren, ein großes Schiff, das sich draußen am Horizont vom Blau des Himmels abhob. Er wünschte sich, genauso weit weg zu sein. Am liebsten schon hinterm Horizont.

Dem Schreiben zufolge, so schoss es ihm durch den Kopf, blieben ihm noch vier Tage, bis weitere Instruktionen folgten. Wie würden diese aussehen? Anrufen konnte ihn der Erpresser nicht. In diesem Appartement gab es keinen Telefonanschluss – und sein Smartphone ließ er stets ausgeschaltet und nutzte es nur – wenn überhaupt – für eigene Anrufe.

Er beschloss, das georderte Geld erst einen Tag vor dem genannten Termin der Kontaktaufnahme abzuholen. Allerdings brauchte er eine Waffe. Vielleicht konnten ihm die Kontakte, die er während seiner bisherigen Aufenthalte hier geknüpft hatte, nun dienlich sein. Oder lieber doch nicht?

Geislingens Feuerwehrkommandant Jörg Bergner, ein agiler Mann mittleren Alters, der sich seinen jugendlichen Elan erhalten hatte und sein Amt hauptberuflich ausübte, hatte keinen Zweifel: »Das Feuer muss innerhalb des Gebäudes, und zwar im Obergeschoss, ausgebrochen sein. Als die ersten Einsatzkräfte eingetroffen sind, stand der Dachstuhl in hellen Flammen«, erklärte er in seiner Eigenschaft als stellvertretender Kreisbrandmeister dem herbeigeeilten Häberle, dessen Assistent Linkohr mit Vanessa wenig später eintraf. Während es die junge Frau angesichts ihrer schicken Kleidung vorzog, in einem Kastenwagen der Kriminalpolizei Platz zu nehmen, wo ihr ein Beamter bereitwillig die Situation schilderte, suchten Häberle, Linkohr und Bergner hinter einem Tanklöschfahrzeug Schutz vor Funkenflug, sprühendem Wasser und den Dieselabgasen verschiedener Aggregate.

Noch immer stieg dicker Qualm in den Nachthimmel, und das inzwischen eingestürzte Gebälk brannte lichterloh. Mittlerweile ragten über dem Brandherd aus drei Richtungen Drehleitern schräg nach oben. Von deren Rettungskörben schossen dicke Wasserstrahlen in die Feuerbrunst. Mit einem Lichtmast wurde die Szenerie ausgeleuchtet. Blitzlichter ließen darauf schließen, dass auch die ersten Medienvertreter angekommen waren.

Nachdem sich Bergner kurz abgewandt hatte, um eine Funkmeldung entgegenzunehmen, drehte er sich wieder zu den Kriminalisten und stellte mit belegter Stimme fest: »Wir haben eine Leiche geborgen.« Aber noch bevor er Details nennen konnte, unterbrach ihn ein uniformierter Polizeibeamter, der völlig außer Atem war und sich sofort an Häberle wandte: »Es ist wichtig. Bitte kommen Sie.«

Ohne zu zögern, folgten ihm die drei Männer im Schein der zuckenden Blaulichter über unzählige Rohrleitungen hinweg, die sich über den Asphalt schlängelten. Der Uniformierte führte sie zu einem Rot-Kreuz-Rettungswagen, dessen Hecktür geöffnet war und um den herum Polizisten und weiß gekleidete Rettungskräfte standen. Häberle erkannte bereits aus einigen Metern Entfernung, dass eine Person versorgt wurde, die offenbar soeben auf einer Trage in das Fahrzeug geschoben worden war. Aus der Gruppe von Menschen löste sich ein Mann, den Häberle im Gegenlicht der Scheinwerfer als den Chef des Geislinger Polizeireviers identifizierte. Manfred Watzlaff, nicht sonderlich groß, aber von bärenstarker Statur, hatte seine Dienstmütze tief ins Gesicht gezogen, das im grellen Halogenlicht ungewöhnlich blass erschien, sodass sein dunkler Oberlippenbart und die buschigen Augenbrauen einen extremen Kontrast bildeten. »Die Frau«, er deutete in den Rettungswagen, »hat einen Schwächeanfall erlitten. Sie sagt, es sei ihr Haus und ihr Kind sei noch da drin.«

»Ihr Kind?«, entgegnete Häberle erschrocken, während sich Zeitungsfotograf Markus Homsheimer und Journalist Georg Sander vorsichtig näherten und mit einem dezenten »Hallo« bemerkbar machten. Häberle nahm sie ausnahmsweise nur beiläufig zur Kenntnis.

Linkohr schwieg und riskierte einen Blick in den Rettungswagen, in dem der Frau gerade eine Infusion verabreicht wurde. Er konnte ihr Gesicht aber nicht sehen.

Kommandant Bergner sah den örtlichen Polizeichef erschrocken an.

»Ja, ein Kind«, wiederholte Watzlaff betroffen.

»Aber doch nicht etwa Manuel!«, entfuhr es Häberle.

Watzlaff zuckte mit den Schultern. »Wie es heißt, weiß ich nicht.«

Häberle spürte, wie ihm etwas die Kehle zuschnürte. Er hatte in seinem langen Berufsleben viele Tote gesehen, viele Morde und scheußliche Verbrechen bearbeiten müssen – aber jedes Mal, wenn Kinder die Opfer waren, fiel es ihm schwer, die emotionale Distanz zu bewahren, die sein Job von ihm verlangte. Er musste auch jetzt an seine Enkel denken und hatte Mühe, sich auf das Geschehen zu konzentrieren. »Wer ist der Besitzer dieses Hauses?«, fragte er mit belegter Stimme.

Watzlaff antwortete, ohne zu zögern: »Mompach, Heiko Mompach.«

In Hua Hin war die Sonne schon ein ganzes Stück weit dem westlichen Horizont näher gekommen. Doch erst gegen 18 Uhr, das wusste Mompach von seinen bisherigen Aufenthalten, begann es zu dämmern. Er sah auf seine Armbanduhr. 15.30 Uhr. Er rechnete sieben Stunden zurück. Daheim war's 8.30 Uhr.

Er zog sich ein frisches T-Shirt über und verließ in Bermudashorts und Badeschlappen sein Appartement. Freitreppen, Stege und überdachte Flure führten durch den verschachtelten und verwinkelten Gebäudekomplex, vor dem mächtige Palmen Schatten warfen. Unterwegs traf er ein Rentner-Ehepaar, von dem er wusste, dass es aus dem Ruhrgebiet stammte, grüßte freundlich und setzte seinen Weg in Richtung des großzügigen Eingangsbereichs fort, wo er heute Vormittag telefoniert hatte.

Ein paar Biegungen weiter gab es so etwas Ähnliches wie eine Rezeption, die auf einer Seite zum begrünten Innenhof geöffnet war. Hinter einer brusthohen Holzbarriere saß rund um die Uhr Wachpersonal, das auch Wünsche an die Hausverwaltung entgegennahm. Über den Schreibtischen wirbelte ein riesiger Ventilator die tropisch feuchte Luft durcheinander. Einige Aufenthalts-, Lese- und Fernsehräume grenzten an, außerdem war vor einigen Jahren auch ein größeres Zimmer mit fünf Computerplätzen eingerichtet worden.

Mit einigen Geldmünzen konnte man sich halbstundenweise ins Internet einloggen. Besonders genutzt wurde dieses Angebot, um die Onlineausgabe der Heimatzeitung zu lesen. Deshalb waren die Plätze vor den Monitoren um diese nachmittägliche Stunde, wenn daheim in Europa gerade die aktuellen Blätter erschienen, meist alle belegt. Auch jetzt saßen zwei ältere Herren vor den Bildschirmen und studierten die neuesten Nachrichten aus Deutschland.

Mompach hatte Glück, noch einen freien Platz zu ergattern. Er interessierte sich aber nicht für die Onlineausgabe der heutigen Tageszeitung, sondern um die stets aktualisierten Meldungen. Seit geraumer Zeit bot diesen Service auch die ›Geislinger Zeitung‹ an. Als sich die aufgerufene Seite öffnete, stockte ihm der Atem.

Das ganze Ausmaß des nächtlichen Brandes wurde erst bei Tagesanbruch deutlich. Obwohl unzählige Feuerwehrleute im Einsatz gewesen waren, hatten sie das alte Haus nicht mehr retten können. Die Holzbalkenkonstruktion sowie die mit vergipsten Strohmatten versehenen Wände und die Holzböden boten den Flammen reichlich Nahrung. Als sich der Novembernebel verzogen hatte und die Sonne schien, befand sich dort, wo Jahrhunderte lang ein Haus gestanden war, ein Haufen grau-schwarzer Asche, aus dem kreuz und quer liegende, halb verbrannte Balken ragten. Nur die Grundmauern erhoben sich noch rußgeschwärzt aus diesem Chaos und erinnerten an Bilder aus Bürgerkriegsregionen. Die Fensteröffnungen wirkten geradezu gespenstisch, denn die Scheiben waren geborsten und die Holzrahmen vollständig verbrannt.

Die Polizei hatte den Brandort weiträumig mit rot-weißen Plastikbändern abgesperrt, um Schaulustige fernzuhalten. Noch immer standen mehrere Feuerwehrfahrzeuge entlang der Straße, ein Gewirr von Schläuchen führte auf das zerstörte Haus zu. Überall spiegelte sich das Sonnenlicht in den rußschwarzen Wasserpfützen.

Vereinzelt flammten erneut Glutnester auf, die jedoch sofort mit einem Wasserstrahl dampfend und zischend gelöscht wurden.

Während Vanessa die Gelegenheit wahrgenommen hatte, sich im Morgengrauen – zum Leidwesen Linkohrs – von einer Streifenwagenbesatzung heimbringen zu lassen, harrten Häberle und der junge Beamte weiterhin an der Einsatzstelle aus. In ihren Gesichtern klebten Rußpartikel, als sie in einen Mannschaftstransportwagen stiegen, in dem Pappbecher mit heißem Kaffee herumgereicht wurden. Niemand wollte etwas sagen, denn inzwischen bestand kein Zweifel mehr, dass ein sechsjähriger Bub in den Flammen umgekommen war. »Bis zur Unkenntlichkeit verbrannt«, hatte ein Kollege aus dem Branddezernat knapp mitgeteilt. »Vermutlich wird nur ein DNA-Abgleich mit der Mutter letzte Sicherheit bringen können, ob es tatsächlich dieser Manuel war.«

Die Kriminalisten hatten noch in der Nacht von der völlig aufgelösten Linda Mompach erfahren, dass Manuels Mutter bei ihr gewesen sei, als die Feuersirene sie aufgeschreckt habe. »Diese Frau Kowick«, resümierte Häberle im Kreis der Kollegen, nachdem er einen kräftigen Schluck Kaffee genommen hatte, »diese Frau war zum Zeitpunkt des Brandausbruchs also noch bei dieser Mompach. Ihren Buben hat sie demnach allein zu Hause gelassen.«

»Ein Sechsjähriger allein«, konstatierte Revierleiter Watzlaff, »das kann alles Mögliche bedeuten.«

Linkohr strich nachdenklich über seinen Oberlippenbart und rief sich die Situation in Erinnerung, als er vor einigen Wochen mit Vanessa in diesem alten Bauernhaus gewesen war und sie sich mit Frau Kowick hatten unterhalten wollen. Das Gespräch war abrupt durch das unerwartete Auftauchen des Pfarrers unterbrochen worden. Außerdem hatte sich Manuel ziemlich widerspenstig benommen.

»Vielleicht hat er gezündelt«, meinte Linkohr. »In so einer alten Bruchbude reicht doch ein einziges Streichholz an der richtigen Stelle – und das Ding brennt wie Zunder.«

Der Kollege aus dem Branddezernat, der mit den Einsatzkräften gesprochen hatte, die als Erste eingetroffen waren, zuckte mit den Schultern. »So wie es uns berichtet wurde, muss das Haus sehr schnell in Flammen gestanden sein. Explosionsartig.« Er überlegte. »Natürlich kann es innen schon eine Zeit lang gebrannt haben, bis die Flammen dann schließlich durchs Dach sind. Aber ob ein zündelndes Kind im Haus bleiben würde, wenn es merkt, dass ein Teppich oder ein Vorhang Feuer gefangen haben, das vermag ich nicht zu beurteilen.«

»Vielleicht hat es dann Angst und will löschen«, warf ein anderer Uniformierter ein.

»Natürlich hatte der Bub keine Chance, wenn's ganz plötzlich lichterloh und explosionsartig gebrannt hat und er schon im Bett war. Die Schlafzimmer von Mutter und Kind waren im Dachgeschoss, also dort, wo es genügend Holzvertäfelungen und Balken gab«, meinte der Brandexperte.

Häberle war ohnehin jedes Mal aufs Neue überrascht, dass es in so einem Schutthaufen überhaupt gelingen konnte, irgendwelche Rückschlüsse zu ziehen. »Und wenn wieder einer eine Kerze aufgestellt hat …?«

»Ich weiß, woran du denkst, August«, fiel ihm der Kollege ins Wort. »Wie vor einigen Wochen beim Mompach. Das kann man zwar nicht ausschließen, aber hier liegt der Fall doch anders: Wir haben's mit einem bewohnten Haus zu tun. Da kann nicht irgendjemand eine Kerze reinstellen, die stundenlang unbemerkt brennt – es sei denn im Keller, aber da würde sie ja wohl kaum großen Schaden anrichten. Aber falls irgendwo eine Kerze im Spiel war und sich Kerzenwachs in die Asche gemischt hat, werden es die Jungs vom Landeskriminalamt und ein Sachverständiger rauskriegen. Sie sind schon auf dem Weg.«

Häberle brummte etwas, das niemand verstand. Dann wandte er sich an Linkohr: »Ich hab's doch geahnt, dass hier oben etwas nicht stimmt. Jetzt soll mir bloß keiner sagen, dass all diese Geschichten nichts miteinander zu tun haben.«

Watzlaff nickte und bekräftigte Häberles Einschätzung. »Am Schreibtisch sieht das halt immer anders aus als vor Ort. Aber wen interessiert schon, wie's an der Front auf und zu geht?« Sie waren sich wieder einmal einig.

Noch bevor der Brandexperte etwas erwidern konnte, erschien an der Tür des Fahrzeugs ein junger Beamter, der den Bürgermeister herbegleitet hatte. Hugo Benninger war bereits in der Nacht am Einsatzort gewesen und wollte sich nun über den aktuellen Stand der Ermittlungen informieren lassen. Häberle bat ihn in den geräumigen Kleinbus, wo einer der Uniformierten aufstand und seinen Platz für den Gast frei machte. »Es tut mir leid, aber ich habe auch keine Ahnung, wie wir Herrn Mompach auf den Kanaren erreichen können«, sagte er und fügte an: »Aber ich denke, er kann wenig zur Aufklärung beitragen.«

»Das wird sich zeigen«, meinte Häberle und reichte ihm einen Pappbecher mit Kaffee. »Es wäre nicht das erste Mal, dass ein Hausbesitzer sich nicht um defekte Öfen oder elektrische Leitungen kümmert.«

»Na ja«, erwiderte Benninger, nachdem er einen Schluck genommen hatte, »so ein Kachelofen, wie er im Erdgeschoss drin war, wird wohl kaum die Ursache gewesen sein. Das Dachgeschoss wurde über irgendeinen Luftkanal mitgeheizt. Außerdem geh ich davon aus, dass der Schornsteinfeger dies alles regelmäßig geprüft hat.«

»Sie kennen sich also aus?«, staunte Häberle.

»In so einem kleinen Dorf ist man als Bürgermeister schon mal in jedem Haus gewesen.«

Häberle riskierte einen verbalen Angriff: »In jedem Haus – und auch auf jedem Hof?«

Benninger stutzte und sah die Beamten um sich herum verunsichert an. »Hof? Ja, natürlich, auch Hof.«

»Auch um zu sehen, was da beispielsweise so rumliegt?«, schob Häberle nach. »So umweltschutzmäßig?«

Der Bürgermeister hatte sofort begriffen, worauf der Chefermittler anspielte, und versuchte, ebenso gelassen zu bleiben. »Ich kann natürlich nicht jeden Tag Streife laufen und prüfen, ob irgendwo ein leckes Ölfass oder was Ähnliches rumsteht.«

»Oder eine illegale Feuerstelle betrieben wird«, fiel ihm Häberle ins Wort.

Benninger quälte sich ein Lächeln ab. »Ich weiß, worauf Sie anspielen, Herr Häberle. Das sind verwaltungsinterne Dinge, deren Prüfung dem Landratsamt obliegt.«

»Oder dem Staatsanwalt, je nachdem«, gab Häberle zu bedenken und ergänzte: »Sie fühlen sich in der Angelegenheit aber nicht befangen? Immerhin sind Sie doch mit Herrn Mompach zumindest als Jagdgenosse verbunden oder sehe ich das falsch?«

Benninger hatte jetzt wieder seine eloquente Art zurückgewonnen. »Das sehen Sie nicht falsch. Nur dürfen Sie daraus nicht gleich auf Kumpanei oder Ähnliches schließen. In so einem kleinen Dorf kennt jeder jeden. Wenn Sie da den Begriff der Befangenheit eng auslegen, können Sie gar nichts mehr bewegen.« Häberle sah draußen einen Mann, der in Begleitung eines Uniformierten zum Fahrzeug gebracht wurde. Er kannte das Gesicht, vermochte ihm aber keinen Namen zuzuordnen. Während er die beiden Personen beobachtete, ergriff Linkohr das Wort: »Und Sie haben tatsächlich keine Ahnung, in welchem Hotel Ihr Jagdfreund abgestiegen ist?«

»Nein, keine Ahnung. Er macht da immer ein ziemliches Geheimnis draus. Sie werden sicher auch schon seine Frau gefragt haben. Die weiß es nämlich auch nicht.« Benninger lächelte wieder. »Manchmal hab ich mir schon überlegt, ob er wirklich auf die Kanaren fliegt. Oder ob er nicht heimlich Bären schießen geht in Kanada.«

Das Gespräch wurde unterbrochen, als der Mann an der Tür erschien, den Häberle im Visier hatte. Während sich der Uniformierte wieder entfernte, fiel Häberle der Name des

Besuchers ein: Hans Melzinger, der Landwirt, der die Leiche Hartmanns auf dem Hochsitz gefunden hatte.

»Entschuldigen Sie, wenn ich Sie störe«, sagte Melzinger, dem Häberle sofort einen Platz in dem Mannschaftstransportwagen anbot und die Tür hinter ihm schloss, um die behagliche Wärme der Standheizung nicht entweichen zu lassen.

Die Männer rückten enger zusammen, was dem Bürgermeister offensichtlich unangenehm war. Erst jetzt bemerkte Häberle, dass Melzinger einen länglichen, metallisch glänzenden Gegenstand bei sich hatte. »Ich will Sie nicht lange aufhalten«, sagte er entschuldigend und legte den etwa 30 Zentimeter langen Metallstift auf den Klapptisch. Die Männer besahen das Objekt mit Interesse, ohne es anzufassen. Es war auf einer Seite zu einer Spitze geformt, auf der anderen war es mit einem kleinen Plastikgriff und einer Einkerbung versehen. »Ein Pfeil«, konstatierte Häberle sofort.

Melzinger nickte. »Ich weiß natürlich nicht, ob das etwas zu bedeuten hat.«

»Woher ist das Ding?«, fragte Häberle.

»Aus meinem Wald«, erklärte Melzinger und berichtete von den Einschüssen an den Bäumen. »Jemand hat da wohl Schießübungen gemacht und diesen Pfeil dabei verloren.«

»Haben Sie schon einen Verdacht? Kennen Sie jemanden, der mit Pfeil und Bogen unterwegs ist?« Häberle wandte seinen Blick von Melzinger und sah in die Runde. Doch keiner der Anwesenden schien etwas dazu beitragen zu können.

»Und Sie, Herr Bürgermeister?«

Häberles direkte Frage schreckte Benninger offensichtlich auf. »Ich? Nein. Keine Ahnung. Wirklich nicht.«

Linkohr sah ihn kritisch von der Seite an.

Mompach hatte weiche Knie, als er in sein Appartement zurückging. Dass vor ihm einige Geckos an den rau verputzten Wänden hochkletterten, bemerkte er nicht. Viel zu sehr war er in Grübelei versunken. Eine ältere Dame, die ihm entgegenkam, grüßte er nur beiläufig. Er musste jetzt seine Gedanken sortieren, sich einen klaren Kopf verschaffen und einen konkreten Plan zurechtlegen. Aber wie sollte er sich auf etwas vorbereiten, wenn er gar nicht wusste, was genau auf ihn wartete? Vielleicht lauerte der Erpresser sogar hier in dieser Wohnanlage? Wem konnte er überhaupt noch trauen? Hatte ihn nicht vorhin einer der Männer an der Rezeption misstrauisch beäugt? Wer war eigentlich die Frau, der er gerade begegnet war? Mit wie vielen hatte er bei seinem letzten Aufenthalt hier Kontakt gehabt? Was hatte er ihnen in weinseliger Stimmung von sich erzählt? Und welchen Umgang hatte Hartmann hier gepflegt? Er musste an die heißen Nächte denken, die sie in einigen Klubs dieser Stadt erlebt hatten. Und an Hartmanns Versprechen, dem einen oder anderen Mädel einen angeblich sicheren Job in Europa zu vermitteln. Als Hauswirtschafterin, Kellnerin oder ›im Service‹, wie er sich oftmals ausgedrückt hatte.

Mompach verdrängte den Gedanken, irgendjemand könnte auf die Idee gekommen sein, sie hätten Sextourismus betrieben. Nein, ihre Abenteuer waren sicher nicht anders als jene von Kegelklubs, die auf Mallorca oder sonstwo die Sau rausließen. Und mit Minderjährigen hatten sie ohnehin nie etwas im Schilde geführt. Als ob er sich in diesem Augenblick vor jemandem rechtfertigen müsste, beruhigte er sein Gewissen mit dieser Tatsache. Ihr Benehmen war stets rechtlich einwandfrei gewesen. Was hatten sie schon dafür gekonnt, dass viele Frauen den Drang nach Europa verspürten, nur weil Hartmann und er den Eindruck erweckten, ein paar Dollars oder Euros mehr in der Tasche zu haben als andere?

Mompach versuchte, die lästigen Gedanken abzuschütteln. Diese Zeit war vorbei und zwar nicht erst seit Hartmanns Tod. Ihre langjährige Männerfreundschaft hatte einen Knacks bekommen, der vermutlich nie mehr zu reparieren gewesen wäre. Doch damit fanden auch die gemeinsamen Abenteuer in Thailand ein Ende. Insgeheim bedauerte Mompach in diesem Augenblick, dass er sich nun nicht mehr im Dunstkreis Hartmanns bewegen konnte, umgeben von Glitzer und Glamour, wie es dieser geborene Playboy genossen hatte. Zu zweit spielten sie ihre Rolle als die reichen Geschäftsleute aus Germany und konnten damals im wahrsten Sinne des Wortes die Puppen tanzen lassen. Allerdings verfolgte Mompach dabei immer die Sorge, irgendwann von einem deutschen Touristen erkannt und entlarvt zu werden. Nicht auszudenken, wenn man ihn in einem dieser Rotlichtklubs als den gut situierten Landwirt von der Schwäbischen Alb erkannt hätte – als den angesehenen Kommunalpolitiker und, vor allem, den Kirchengemeinderat. Einer Katastrophe wäre es gleichgekommen, hätte Linda von seinen Eskapaden erfahren. Schließlich vermutete sie ihn auf Teneriffa. Beim Wandern und Schwimmen.

Hatte ihn womöglich bereits jemand erkannt? Gab es jemanden, der ihn auch damit erpressen konnte? Wie in Trance war er zu seiner Appartementtür zurückgekehrt, wo ihn ein Gegenstand aus seinen Gedanken riss. Am unteren Türspalt ragte die Ecke eines braunen Kuverts auf den Fußboden heraus.

Mompach hielt inne. Jemand hatte versucht, etwas unter der Tür durchzuschieben.

Eine Botschaft?, durchzuckte es ihn.

15

Kugler hatte die ganze Nacht kein Auge zugetan. Er war wieder einmal stundenlang mit dem Auto über die Alb gefahren, meist über kleine Verbindungsstraßen und bisweilen sogar verbotene Feldwege. Er hatte unterwegs einige Füchse gesehen und war bei Ochsenwang ein Stück weit spazieren gegangen, um die Aussicht vom Breitenstein zu genießen, einer schroff abfallenden Albkante, von wo aus er weit ins Neckartal hinausblicken konnte, dessen Lichter diffus im leichten Nebel verschwammen. Er war nahe am senkrechten Abgrund gestanden und plötzlich von einem eigenartigen Gefühl ergriffen worden, das ihn schwerelos zu machen schien – als könne er schweben und würde irgendwo hingetragen, wenn er nur noch diesen einen Schritt täte. Seine Gedanken suggerierten ihm Zerrbilder, wurden von einer Mischung aus Erschöpftheit und wilden Ängsten aufgewühlt und drängten die Realität immer weiter zurück. Er musste husten und sich erbrechen. Sein Puls raste, ihm war, als habe ihm jemand eine Faust in die Magengrube gerammt.

Was ihm dann jedoch Franziska beim Frühstück schonend beibrachte, ließ ihn vollends im tristen Grau seiner depressiven Gedankenwelt versinken. In den Regionalnachrichten war über einen Großbrand in Rimmelbach berichtet worden, bei dem man die verkohlte Leiche eines sechsjährigen Buben gefunden habe.

Kugler setzte die Kaffeetasse, die er gerade zum Mund hatte führen wollen, wieder ab. »Ein sechsjähriger Bub?« Seine Stimme war schwach.

Franziska nickte ernst. »Ich hab die Rosi angerufen.« Gemeint war die alte Mesnerin, mit der sie noch immer ein vertrauensvolles Verhältnis hatten.

»Es ist also Manuel?«, fragte Kugler leise, als wolle er gar keine Antwort hören.

Franziska nickte wieder. »Das Haus ist vollständig niedergebrannt. Gegen halb eins heute Nacht.«

»Und Frau Kowick?« Kugler schloss sekundenlang die Augen.

»Sie war zu diesem Zeitpunkt nicht zu Hause, sagt Rosi.«

»Um halb eins in der Nacht? Und Manuel war dann also allein daheim?«

»So hat Rosi es gehört.«

»Und wo war Frau Kowick um diese Zeit?«

»Man sagt, sie sei bei Frau Mompach gewesen«, berichtete Franziska kopfschüttelnd. »Aber das können natürlich auch nur Gerüchte sein.«

»Die Kowick bei der Mompach?«, staunte Kugler. »Und der Mompach? Wo war der?«

»Im Urlaub. Er ist laut Rosi gestern oder vorgestern geflogen.«

Kugler versuchte, das Gehörte in die Ereignisse der vergangenen Wochen einzuordnen. Wie würde sich dies alles auf seinen Fall auswirken?

»Du hast das heute Nacht gar nicht mitgekriegt?«, riss ihn plötzlich die Frage seiner Frau aus seinen quälenden Gedanken. »Im Radio hat's geheißen, dass die Feuerwehren aus weitem Umkreis im Einsatz gewesen sind.«

»Wie? Ich? Wieso sollte ich?«

»Du bist doch wieder ziemlich lang unterwegs gewesen. Ich habe mir schon Sorgen gemacht, wo du sein könntest.«

Kugler sah sich mit einem Schlag einer weiteren unheimlichen Bedrohung gegenüber. Franziska hatte die Frage sicher nicht so gemeint, wie er sie auffasste. Aber was seine Frau da ansprach, das würde auch andere stutzig machen. Und sie würden noch weitergehen und fragen, ob es für ihn nicht sogar von Vorteil sei, dass ihn Manuel nun nicht mehr belasten könne …

Mompach hatte das braune Kuvert, das unter seiner Appartementtür durchgeschoben worden war, vorsichtig mit der Klinge seines Taschenmessers aufgeschlitzt. Er zog das zweimal zusammengelegte weiße Blatt heraus und faltete es vorsichtig auseinander. Mit schwarzem Filzstift waren nur wenige Worte notiert: »Morgen umziehen in Hyatt Regency Resort Hotel, Zimmer 2214 reserviert. Summe bereithalten.«

Mompach hatte sich auf das Bett gesetzt und las die Worte ein zweites Mal. Hotel Hyatt Regency Resort. Der Name war ihm ein Begriff. Es befand sich am Ende jener Nebenstraße, an der an drei Tagen der Woche ein Nachtmarkt stattfand. Dort, wo er schon viele Male landestypische Köstlichkeiten gegessen hatte. Auch dies konnte darauf hindeuten, dass der Erpresser über ihn und seine Gepflogenheiten genau Bescheid wusste.

Mompach musste sich eingestehen, dass es nur noch die Flucht nach vorne gab. Ein Zurück konnte er sich nicht leisten. Dafür war er schon viel zu weit gegangen.

Er blieb ein paar Minuten regungslos sitzen und spürte seinen rasenden Puls.

Was hat diese Anweisung zu bedeuten?, quälte ihn eine innere Stimme. Warum gerade ein Hotel? Wollte man ihn in eine fremde Umgebung locken – dorthin, wo er sich nicht so heimisch fühlte wie in dieser Appartementanlage?

Steckte doch jemand dahinter, der auch hier wohnte und deshalb in der Anonymität eines Hotels untertauchen wollte?

Die Staatsanwaltschaft hatte ihre Meinung über Nacht geändert. Auch die Polizeidirektion Göppingen hielt es für erforderlich, eine Sonderkommission aufzustellen, die im Backsteinhaus der Geislinger Kriminalaußenstelle hastig in zwei

Räumen untergebracht wurde. Dort war inzwischen Vanessa bereits damit beschäftigt, die Akten der letzten Wochen herauszusuchen. Während Häberle einem halben Dutzend Kollegen die Situation erläuterte, winkte Vanessa Linkohr zu sich her. Der junge Kriminalist setzte sich neben seinen Schwarm und lächelte. Vanessa jedoch ignorierte seine vorsichtigen Flirtversuche und blieb dienstlich. Sie deutete auf ein Gesprächsprotokoll, das sie auf dem Monitor ihres Computers hatte. »Erinnerst du dich an die Vernehmung von Mompach junior?«

»Na klar, sogar noch lebhaft«, sagte er.

»So?«, meinte Vanessa spöttisch. »Ich hab halt gehört, du würdest dich eher an die Vernehmung weiblicher Personen erinnern.«

Linkohr gab schlagfertig zurück: »Du meinst an die gestrige Vernehmung einer gewissen Vanessa …?«

»Die du dann leider so abrupt abgebrochen hast«, stichelte sie. »Aber dem Herrn Kriminaloberkommissar war natürlich der Dienst wichtiger.«

Er war sprachlos. Sie hatte ihn wieder einmal mit ihrer direkten und ironischen Art überrascht.

»Pass auf«, fuhr sie fort, während ihr Pferdeschwanz munter wippte, »der Timo Mompach, so hast du aufgeschrieben, hat gesagt, das Verhältnis zwischen seinem Vater und dem Hartmann sei wegen einer ›Frauengeschichte‹ getrübt.« Sie grinste ihn an. »Weshalb auch sonst? Ein Thema, das dich berühren müsste.«

»Leider ja«, seufzte er, »weil Frauen halt so kompliziert sind und uns Männern wohl einige Gene fehlen, um ihre Logik zu verstehen.«

»Oder vielleicht eher ihre Gefühlswelt«, blinzelte sie ihm zu.

Er ließ sich gerne provozieren. »Verstehst *du* denn die Gefühlswelt eines Mannes?«

»Wenn er eine hat, schon. Aber, mein lieber Mike, manches, was ihr als Gefühlswelt versteht, beschränkt sich auf eine Nacht.«

Das saß. Hatte sie dies wirklich ernst gemeint – und direkt auf ihn bezogen? War er gestern Abend nicht einfühlsam genug gewesen?

»Also«, beendete sie das Geplänkel, »der Jung-Mompach hat dir also nicht konkret sagen wollen, worum es da gegangen ist. So hast du das notiert.«

»Exakt. Er hat sich geweigert, Details zu nennen. Aus Rücksicht auf seine Eltern, hat er gesagt.«

»Aber nach dem, was jetzt geschehen ist, wäre es doch an der Zeit, ihm noch mal auf den Zahn zu fühlen«, stellte Vanessa in einem Tonfall fest, als wolle sie für ihre künftige Führungspositionen üben.

Häberle war unbemerkt näher gekommen und bestärkte sie: »Das finde ich auch. Ruft ihn an und fahrt so bald wie möglich zu ihm rauf. Und versucht auch, den Arnold Kowick zu kriegen, den Vater von Manuel.«

»Wie steht's mit der Mutter?«, wollte Linkohr wissen.

»Sie ist nicht vernehmungsfähig. Schwerer Schock, sagen die Ärzte«, berichtete Häberle.

»Was ziemlich auffällig ist«, überlegte Linkohr, »ist das seltsame Alibi, das die beiden Damen haben – die Mompach und die Kowick. Die hocken die ganze Nacht über zusammen, während da diese alte Bruchbude in Flammen aufgeht und das Kind verbrennt.«

»Und das allerbeste Alibi hat der alte Mompach. Der vergnügt sich irgendwo auf den Kanaren oder sonstwo. Fast zu gut, um wahr zu sein«, stellte Häberle fest und räusperte sich. »Ich schlage vor, wir checken auch mal die Fluglisten. Wenn er auf die Kanaren geflogen ist, müsste sich doch sein Name auf der Passagierliste eines Airliners finden, der von Stuttgart dorthin geflogen ist.«

Vanessa drehte sich ruckartig zu ihm um. »Wir sollten auch die Alibis einiger anderer Herrschaften prüfen. Zum Beispiel von unserem Herrn Pfarrer. Der hätte doch allen Grund, den kleinen Manuel aus der Welt zu schaffen, oder?«

Häberle zuckte mit den Schultern. Er wollte dazu noch nichts sagen.

Stefanie Marquart war in der Nacht, wie die meisten Einwohner Rimmelbachs, von der Feuersirene aufgeschreckt worden. Beim Blick aus dem Schlafzimmerfenster hatte sie den Funkenflug gesehen und sich wenig später auch unter die Schar der entsetzten Schaulustigen gemischt. Je länger sie da gestanden war und schließlich vom Tode des kleinen Manuels erfahren hatte, desto aufgewühlter fühlte sie sich. Als sie im Morgengrauen heimgegangen war, konnte sie nicht mehr schlafen. Plötzlich schien auch für sie die Welt außer Kontrolle geraten zu sein. Sie versuchte, all die finsteren Gedanken abzuschütteln, die sich in ihrem Kopf formierten.

Ihre Nervosität stieg jedoch von Minute zu Minute, nachdem sie feststellte, dass sich unter der Nummer, die sie anrief, niemand meldete. Mehr als ein Dutzend Mal hatte sie inzwischen die Wahlwiederholung ihres Handys gedrückt, doch der Anruf wurde von niemandem entgegengenommen.

Sie konnte sich auf nichts mehr konzentrieren, lief von einem Zimmer in das andere und kämpfte gegen diffuse Ängste und innere Vorwürfe. Dann entschied sie sich, mit allem abzuschließen, alles zu beenden, was ihr ohnehin ein schlechtes Gewissen bereitet hatte. Sie ging in ihr kleines Büro, schaltete den Computer an und setzte sich ungeduldig vor den Monitor. Es dauerte einige Minuten, bis der alte Rechner die Programme hochgeladen hatte. Sie klickte sich durch den Explorer zu einer Datei namens ›Briefe‹, die weitere Unterdateien enthielt. Jene mit der Bezeichnung ›Service‹ markierte sie mit der rechten Maustaste und klickte auf ›Löschen‹. Der Computer fragte noch einmal nach, ob all diese Inhalte auch wirklich gelöscht werden sollten. Sie bestätigte dies und klickte zur Datei ›Fotos‹, worauf die übliche Liste mit Namen, Datum und Größe dargestellt wurde. Stefanie klickte oben auf ›Miniaturansicht‹, worauf die Liste verschwand und nacheinander mehr als 20 kleine Bilder erschienen.

Sie besah sich die Fotos, auf denen sie selbst der Mittelpunkt war – in verschiedenen Posen und Kleidern, mal stehend, mal sitzend, in züchtigem Abendkleid, im schicken Hosenanzug, aber auch im allerkürzesten Minikleid, in engen Jeans, in engem Pulli, kurzer Lederhose und im Bikini. Sie hatte diese Fotos alle mit Selbstauslöser gemacht und war stolz auf sich. Sie entsprach jedenfalls in keiner Weise dem althergebrachten Klischee einer Bauersfrau. Für einen Moment zögerte sie, auch diese Datei zu löschen. Aber man konnte nie wissen, welche Ausmaße die polizeilichen Ermittlungen noch annehmen würden. Zwar war sie davon überzeugt, nichts Unrechtes getan zu haben, aber es war in solchen Situationen immer besser, gleich gar keine Angriffsflächen zu bieten.

Sie beschloss, sich nicht ganz von diesen Bildern zu trennen, weshalb sie aus einer Schublade einen Speicherstick herausfingerte, die Datei darauf übertrug und sie erst danach von der Festplatte ihres Computers löschte.

Allerdings, so übermannten sie neuerliche Zweifel, hatte sie auch schon davon gehört, dass Experten sogar Gelöschtes wieder sichtbar machen konnten – selbst wenn es aus der Datei ›Papierkorb‹ ebenfalls schon verschwunden war.

Aber sie fühlte sich befreiter, wenn der Computer nicht gleich auf den ersten Blick alles preisgab.

Sie unternahm einen weiteren Versuch mit der Wahlwiederholung am Telefon. Abermals keine Antwort.

In Hua Hin war es bereits später Nachmittag, als Mompach das Schreiben in die Innentasche seiner leichten Freizeitjacke steckte und wenige Kleidungsstücke sowie Badeartikel in einen kleinen Koffer packte, um sich auf einige Tage Aufenthalt in einem Hotel vorzubereiten. Das Hyatt Regency Resort, so hatten ihm voriges Jahr einige deutsche Touristen vorgeschwärmt, bot angeblich eine traumhafte Poollandschaft, die einem tropischen Flusslauf nachgebildet war.

Doch paradiesische Urlaubstage würden das mit Sicherheit nicht werden.

Er verließ den Appartement-Komplex, als die Sonne bereits tief im Westen stand, mit dem kleinen Koffer in der einen und einem leeren Aktenkoffer in der anderen Hand, winkte sich ein Taxi herbei und sagte knapp: »To the Hyatt Regency Resort Hotel.« Mompach kannte sich aus und nahm zufrieden zur Kenntnis, dass der Fahrer offenbar den direkten Weg dorthin einschlug. Allerdings bog er immer wieder in kleine Seitengassen ab, was Mompach zunächst suspekt erschien, sich dann aber als Abkürzung von einer breiten Querstraße zur anderen erwies.

Schließlich tauchte in dem undurchsichtigen und hektischen Gewühl des Linksverkehrs jene Eckkneipe auf, in der an manchen Abenden einige Musiker mit internationalen Hits die Gäste unterhielten. Jetzt am Nachmittag saßen nur wenige Touristen an den Tischen, die zwischen der offenen Front des Lokals und der Gehsteigkante aufgestellt waren, direkt neben dem tobenden Verkehr.

An dieser Ecke zweigte, das wusste Mompach, die schmale Seitenstraße ab, entlang der auf einem parkähnlichen Platz der Nachtmarkt stattfand. Der Taxifahrer setzte den Blinker, verließ die breite Straße und ließ den Wagen auf eine Absperrung zurollen, deren Sinn Mompach nicht verstand. Dort langweilten sich zwei Uniformträger, die das Taxi, ohne es zu stoppen, durchwinkten. Nach einer Linkskurve verwandelte sich die mit Palmen gesäumte Straße in eine großzügige Zufahrt, die in eine Art Wendeplatte mündete. Dahinter überspannte eine hölzerne Dachkonstruktion das offene Hotelfoyer, das zwei Gebäudeteile miteinander verband und den Durchblick auf den großflächigen dahinterliegenden Garten freigab.

Mompach bezahlte das Taxi, nahm seinen Koffer vom Rücksitz und verließ das klimatisierte Fahrzeug. Die feuchte tropische Hitze, die nachmittags nahezu immer um diese Jahreszeit 33 Grad erreichte, fühlte sich an, als sei er mitten in einer Sauna gelandet. Das Zwitschern exotischer Vögel lag in der Luft, über den Boden huschte ein kleiner Gecko.

Schon die paar Holzstufen zum Empfangstresen des Foyers hinauf, das von Sitzgruppen aus gepolsterten Rattanmöbeln umgeben war, trieben ihm wieder den Schweiß auf die Stirn. Zufrieden stellte er fest, dass außer der jungen Dame hinter dem Empfangspult niemand zu sehen war. Sie begrüßte ihn mit dem üblichen Lächeln, das allen Thailändern eigen war, und fragte auf Englisch nach seinen Wünschen.

Mompach tat sich zwar mit dem Englischen schwer, konnte sich aber trotzdem halbwegs verständlich machen. Es sei auf seinen Namen das Zimmer Nummer 2214 reserviert worden, erklärte er.

Die zierliche Dame tippte etwas in die Tastatur ihres Computers und lächelte wieder. Ob es denn stimme, dass er nur drei Tage bleiben wolle, fragte sie zurück. Mompach lächelte nun ebenfalls und antwortete mit einem schnellen »Yes«. Sie schob ihm ein Formular zur Unterschrift hin, auf dem er seinen Namen und seine korrekte Adresse in Rimmelbach sah. Die Dame verlangte nach seinem Reisepass, den er vorlegte und sofort wieder zurückbekam. Alles sei bereits bezahlt, erklärte sie ihm freundlich, verwies darauf, dass das Frühstück inclusive sei, wünschte ihm einen angenehmen Aufenthalt und reichte ihm die Codekarte für die Zimmertür. Dies war offenbar das Zeichen für einen jungen Mann, der aus einer der Türen hinter den Schreibtischen kam und den Gast überschwänglich begrüßte, ihm den größeren Koffer abnahm und bat, ihm zu folgen.

Der Weg führte links in den nur dreistöckigen Seitenflügel, in dem sich die Flure wie lange Balkone am Gebäudetrakt entlang erstreckten, mal sich verwinkelt durch ein ebenfalls offenes Treppenhaus schlängelten und dann wie auf einem Steg einen weiteren, schräg angeordneten Komplex erschlossen, stets umgeben von Palmen, durch die die Sonne gnadenlos hereinbrannte. Mompach hatte Mühe, dem jungen Mann zu folgen. Die gesamte Anlage, die um einen riesigen Innengarten angelegt zu sein schien, erinnerte ihn an die Wohnanlage seines Appartements. Endlich stellte der junge Mann den Koffer ab, deutete auf eine Tür und ließ sich von Mompach die Codekarte geben, um zu öffnen. Aus dem abgedunkelten Raum schlug ihnen sofort die kühle klimatisierte Luft entgegen. Der Hotel-Boy hob den Koffer auf die dafür vorgesehene Ablage, durchschritt das Zimmer und zog die geschlossenen Vorhänge beiseite, sodass das Tageslicht einfallen konnte und hier, von der ersten Etage, der Blick direkt auf mächtige Palmen fiel.

Mompach zeigte sich angetan von der Größe des Raumes, steckte dem jungen Mann ein Trinkgeld zu und verabschiedete ihn. Dann ließ er die schwere Zimmertür zufallen und entriegelte auf der gegenüberliegenden Seite den Schließmechanismus der gläsernen Schiebetür zum Balkon.

Wäre er nicht zwangsweise hierher beordert worden, hätte er sich auf Anhieb wohlgefühlt. Es war ihm, als blicke er auf einen tropischen Flusslauf hinaus – als ob diese

Hotelanlage dem Amazonas nachempfunden wäre. Direkt vor diesem Gebäudetrakt beschrieb der breite, mit Natursteinen eingefasste Wasserlauf einen u-förmigen Bogen. Nur die blauen Fliesen am Grund und an den Seiten ließen erkennen, dass es sich um einen Pool handelte, der zu einem Fluss modelliert war. Seine beiden Arme verloren sich hinter tropischem Bewuchs, der den Blick in die weitere Parkanlage verwehrte. Ein einziger Schwimmer kam gerade vorbei, als Mompach dieses architektonische Wunderwerk von seinem Balkon herab bestaunte und sich erst jetzt des lauten Rauschens bewusst wurde, das ihn umgab. Zunächst vermutete er, es stamme nur von einem Whirlpool, der schräg gegenüber in dem hügelig gestalteten Tropenwald sprudelte und sein Wasser über einen meterhohen Felsen in den ›Fluss‹ ergoss. Aber dann bückte sich Mompach über das Geländer und sah, dass genau unter ihm ein breiter Wasserfall aus dem Gebäude heraus in den hier aufgeweiteten Flusslauf stürzte.

Mompach überlegte sich, wie lange diese beiden Anlagen wohl abends liefen und ob das Getöse die ganze Nacht über andauern würde.

So sehr ihn dieser Tropengarten auch beeindruckte – nun überkam ihn eine böse Ahnung: Hatte man ihn bewusst hier einquartiert, wo das Rauschen des Wassers jedes andere Geräusch übertönte?

Der Leitende Oberstaatsanwalt Schwehr hatte sich persönlich eingeschaltet. Längst war der Tod des Kindes auch von den Medien aufgegriffen worden. Der Ulmer Sender radio7 hatte als Erster die Frage in den Raum gestellt, ob ein Zusammenhang mit der Anschuldigung des Pfarrers bestehen könnte.

Georg Sander war nach seinen nächtlichen Recherchen am

Brandort nur kurz daheim gewesen und dann sofort in die Redaktion geeilt, um dem Sonntagsdienstler beiseite zu stehen. Der Großbrand mit den verheerenden Folgen würde die komplette erste Lokalseite der Montagsausgabe füllen. Mehrmals wurde Sander bei seiner weiteren Telefonrecherche von den Anrufen auswärtiger Journalistenkollegen gestört. Einige von ihnen wollten wissen, ob die Mutter und ihr getöteter Sohn türkischer Abstammung seien. Sobald irgendwo ein Haus niederbrannte, ging reflexartig die allgegenwärtige Vermutung um, es könne ein Brandanschlag mit fremdenfeindlichem Motiv gewesen sein. Doch obwohl Sander dies sofort guten Gewissens verneinen konnte, waren manche Anrufer hartnäckig und hakten nach, ob es denn in Rimmelbach rechtsextreme Tendenzen gebe und wie hoch der Ausländeranteil in diesem kleinen Ort sei. Sander versicherte, dass er von extremen Umtrieben in der Gegend nichts gehört habe und er nur von einem einzigen Ausländer wisse – und dabei handle es sich um einen jungen russischstämmigen Mann, der aber offenbar bestens integriert sei und außerdem im Nachbarort Böhmenkirch wohne.

»Und welche Rolle spielt der Pfarrer?«, fragte jetzt die Kollegin eines großen Boulevardblattes. »Der hat doch den Buben sexuell missbraucht.«

Sander wusste, dass er jetzt zurückhaltend sein musste. Wie immer in solchen Fällen, war der Lokaljournalist ein wichtiger Ansprechpartner auswärtiger Medien, wenn's um Orts- und Personenkenntnisse ging. Sander formulierte seine Antwort vorsichtig: »Ob sich das tatsächlich so abgespielt hat, ist noch völlig unklar. Es gibt nur die Aussage des Kindes. Wie weit da die Ermittlungen gediehen sind, weiß ich im Moment nicht.«

»Aber der Oberkirchenrat hat ihn doch rausgeschmissen.«

»Nur vorläufig beurlaubt«, gab Sander genervt zurück und

wurde sofort von der schrillen Frauenstimme unterbrochen: »Weiß man denn, wo der jetzt ist?«

»Er ist vorläufig weggezogen, aber ich hab keine Telefonnummer«, versicherte Sander.

Die Anruferin beendete das Gespräch leicht verschnupft. Sander schwante Schlimmes.

Er legte auf und wählte zum wiederholten Male die Nummer der Staatsanwaltschaft in Ulm. Doch am Sonntag war dies ein sinnloses Unterfangen.

Dafür bekam er Häberle an die Strippe, der sich allerdings ungewohnt einsilbig gab, aber immerhin die Handynummer des Staatsanwalts herausrückte.

Augenblicke später hatte ihn der Journalist erreicht. Doch es kam wie befürchtet: keine Angaben zu einer möglichen Brandursache, keine konkrete Aussage zum Stand des Verfahrens gegen den Pfarrer. »Das Feuer vergangene Nacht kann viele Ursachen gehabt haben«, fasste der Staatsanwalt emotionslos zusammen: »Ein zündelndes Kind, eine defekte Holzofenheizung oder eine vorsätzliche Brandstiftung. Wir ermitteln in alle Richtungen.«

»Ist denn inzwischen bekannt, wo sich der Hausbesitzer aufhält?«, hakte Sander ungeduldig nach.

»Nach Aussage der Ehefrau befindet er sich momentan auf den Kanaren. Es ist leider unmöglich, ihn zu erreichen. Das hat aber zunächst nichts zu bedeuten. Es gehört zu seinen Gepflogenheiten, im Urlaub nicht erreichbar zu sein.«

»Wie geht es der Mutter von diesem Buben?«

Der Staatsanwalt ließ eine Sekunde verstreichen. »Wir sollten jetzt nicht über Details reden, Herr Sander. Ich denke auch, dass man nicht schon wieder versuchen sollte, die Angelegenheit mit dem Pfarrer in die öffentliche Berichterstattung mit hineinzubringen.«

Sander ignorierte den Hinweis. »Letzte Frage: Wieso hat

die Mutter ihr Kind allein zu Hause gelassen? Und wo war eigentlich der Vater zu diesem Zeitpunkt? Der wohnt doch auch noch in Rimmelbach?«

»Entschuldigen Sie bitte, Herr Sander, aber das sind alles Dinge, die noch einer Abklärung bedürfen.«

Häberle hatte weitere Akten studiert und sie mit den Kollegen der Sonderkommission besprochen. »Plötzlich werden die DNA-Abgleiche vom Hochsitz wieder interessant«, stellte er fest. Die Staatsanwaltschaft hatte diesen Spuren in den vergangenen Wochen keine Bedeutung mehr beigemessen. Vielleicht, so kam es Häberle in den Sinn, würde man später von ›Ermittlungspannen‹ sprechen, wie es sie bekanntermaßen in ganz großem Stil in jüngster Vergangenheit im Zusammenhang mit den rechtsextremistischen Umtrieben in den neuen Bundesländern gegeben hatte. Damals waren die Geheimdienste ziemlich lasch mit wichtigen Hinweisen und Spuren umgegangen. Im vorliegenden Fall konnte jedenfalls derzeit niemand ausschließen, dass die Vorfälle in Rimmelbach etwas miteinander zu tun hatten.

Die Kollegen hörten ihrem Chef interessiert zu. »Auf dieser Liege, die der Herr Hartmann in seinem opulenten Hochsitz zusammengeklappt stehen hatte, wurden DNA-Spuren von mindestens zwei Frauen und – außer von Hartmann – noch von zwei weiteren männlichen Personen gefunden.«

»Reger Verkehr«, kommentierte einer der Kriminalisten und grinste Vanessa zu, die aber so tat, als habe sie es nicht bemerkt.

»Aber ob uns das weiterbringt, ist eine andere Frage«, blieb Häberle ruhig. »Es sei denn, wir finden irgendetwas heraus, was all diese Herrschaften verbindet.«

»Was wohl?«, meinte der andere Kollege wieder. »Natürlich das Abenteuer in freier Natur.«

Linkohr mischte sich ein: »Zumindest eines könnten wir

rauskriegen: nämlich ob Mompach auch dort oben war. Nachdem er nicht erreichbar ist, würde uns die Staatsanwaltschaft vermutlich zugestehen, Vergleichs-DNA aus seiner Wohnung sicherzustellen.« Sie alle wussten, dass dies problemlos zu bewerkstelligen war: Bartreste aus einem elektrischen Rasierapparat, Schuppen oder Haare aus Kämmen und Bürsten beispielsweise.

»Der Mompach wird ja schon mal bei seinem Jagdgenossen da oben gewesen sein«, gab Häberle zu bedenken. »Wenn wir was von ihm dort finden, ist das also in keine Richtung aussagekräftig.«

Vanessa sah ihren Kollegen Linkohr stirnrunzelnd an und wandte sich dann an Häberle: »Interessanter erscheinen mir die Damen. Vielleicht gibt es in Rimmelbach einige davon, die in – na, sagen wir mal – seltsame Beziehungen mit diesen beiden Herren verwickelt sind.«

»Dann machen wir doch einen Massen-DNA-Test bei den Frauen«, schlug eine Stimme aus dem Hintergrund vor. Es klang allerdings eher scherzhaft.

»Und was ist eigentlich mit diesem Halbrussen?«, fragte Linkohr dazwischen.

»Der Igor«, entgegnete Häberle, »auch den werden wir uns noch mal zur Brust nehmen. Und im Übrigen auch den Kindsvater, der vergangene Nacht wohl gar nicht in Rimmelbach war.« Er sah in die Runde und fügte an: »Wir sollten uns auf keinen Fall jetzt nur auf den Pfarrer einschießen. Der hatte natürlich am ehesten einen Grund, den Manuel zu beseitigen. Aber …«, er lächelte, »erstens ist er Pfarrer und an die zehn Gebote gebunden und zweitens erweist es sich oft als sehr großer Fehler, nur auf eine einzige Person fokussiert zu sein.« Er sah zu Vanessa, als wolle er ihr damit eine Botschaft auf ihren weiteren Berufsweg mitgeben.

Mompach hatte minutenlang wie in Trance von seinem Balkon aus in den urwaldartigen Tropengarten hinunter gestarrt, ohne das Gesehene in sich aufnehmen zu können. Seine Augen verfolgten teilnahmslos einige Schwimmer, die vereinzelt unter dem Blätterdach der Palmen auftauchten, in dem tropischen Flusslauf an ihm vorbeizogen und wieder hinter den Bäumen verschwanden. So traumhaft diese Atmosphäre hier auch war, Mompach vermochte nicht, sie zu genießen. Das unablässige Rauschen des Wasserfalls unter ihm und das ebenso laute Sprudeln des Whirlpools gegenüber bohrten sich drohend in seine Ohren. Einmal hatte er bereits geglaubt, hinter ihm sei jemand ins Zimmer gekommen – doch die Geräusche waren nicht real gewesen, sondern den Ängsten entsprungen, die von Stunde zu Stunde schlimmer wurden.

Wer war der Unbekannte, der ihn hierher gelockt hatte? Warum gerade hierher in ein beliebtes Touristenhotel? Ein Hinterhalt konnte dies nicht sein. Nicht hier. Hatte er in den vergangenen Monaten mit jemandem über dieses Hotel gesprochen? So sehr er sich auch anstrengte, er konnte sich an niemanden erinnern, der dafür infrage kam. Er war zwar oft auf dem Nachtmarkt an der Zufahrtstraße gewesen, aber nie bis zu dieser Hotelanlage vorgedrungen.

Mompach wischte sich den Schweiß von der Stirn. Sein T-Shirt war feucht. Das tropische Klima setzte ihm heute besonders zu. Obwohl die Gebäude mittlerweile ihre Schatten auf das üppige Grün des Gartens warfen, würde es sich kaum abkühlen. Normalerweise genoss er solche Nächte, schlief in seinem Appartement bei offenem Fenster und verzichtete auf die Klimaanlage. Hier jedoch würde er alles fest verriegeln – so gut es ging jedenfalls. Denn der Verschlussmechanismus der Balkontür erschien ihm alles andere als vertrauenerweckend.

Aber, so meldete sich die innere Stimme, weshalb sollte ihm jetzt eine Gefahr drohen? Er hatte das Geld noch nicht von der Bank geholt. Was würde es dem Erpresser also nützen, ihn hier zu beseitigen?

Er ging zurück in das Zimmer, verriegelte die Balkontür sorgfältig und streifte sich das feuchte T-Shirt ab, das an seinem Oberkörper klebte. Noch während er auch seine Boxershorts auszog, um sich unter der Dusche zu erfrischen, schreckte ihn das schrille Klingeln des Telefons auf, das neben dem Bett stand.

Mompach blieb wie angewurzelt stehen. Wer rief ihn hier an? Hier, wo ihn gewiss niemand vermutete. Außer …

Er zögerte und ging dann die paar Schritte zum Bett. Das klobige Telefon mit den vielen Tasten und verwischten Beschriftungen hatte kein Display, auf dem etwas abzulesen gewesen wäre. Er nahm langsam den Hörer ab und sagte leise: »Ja,hallo.«

»Mr. Mompach«, hörte er eine freundliche Männerstimme. »Es war ein Anruf an Sie.« Jemand mühte sich mit der deutschen Sprache ab. »Hat gesagt, Sie bekommen morgen Botschaft.«

Mompachs Blutdruck stieg ins Unermessliche. »Botschaft?«, echote er erschrocken. »Wer hat das gesagt? Was denn für eine Botschaft?«

»Hat nur gesagt, soll ich Mr. Mompach mitteilen. Ich wollte durchstellen zu Ihnen, aber hat gesagt Nein.«

Mompach erkannte, dass weiteres Nachfragen sinnlos war. Er zitterte.

16

Die Wohnung roch nach Tabakrauch – und Timo Mompach zündete sich sofort wieder eine Zigarette an, während Linkohr und Vanessa ihm gegenüber Platz nahmen. Als er den Fernseher abschaltete, schien es der Polizeistudentin, als habe der junge Mann den ganzen Nachmittag über vor dem Bildschirm verbracht und gelegentlich geschlafen. Timo wirkte müde, blass und zerknittert. Seine Haare hingen ihm ungekämmt in die Stirn. Auf der Couch war eine Decke ausgebreitet, ein Kissen an die Armlehne geknüllt und auf dem Tisch standen eine halb volle Bierflasche und ein überquellender Aschenbecher. Typische Junggesellenbude, dachte Vanessa, tat aber so, als nehme sie dies gar nicht zur Kenntnis. »Ich habe Sie vorhin schon am Telefon kurz danach gefragt: Sie haben also keine Ahnung, wo Ihr Vater sich derzeit aufhält?«, begann sie, noch bevor Linkohr etwas sagen konnte.

Timo hatte wieder auf dem Sofa Platz genommen und zog an seinem Glimmstängel. »Wirklich nicht. Ich hab doch kürzlich schon Ihrem Kollegen gesagt, dass mein Vater sofort die Fliege macht, sobald sich eine Gelegenheit bietet – aber wenigstens tut er dies nicht während der Erntezeit. So viel Verantwortungsbewusstsein hat er gerade noch. Aber, wie gesagt, wenn's passt, ist er weg – ab mit seinen Kumpels, den Jägern oder Schulfreunden oder mit wem auch immer.«

»Wirft denn die Landwirtschaft so viel ab, dass er sich das leisten kann?«, hakte Linkohr nach.

Mompach junior zuckte mit den Schultern. »An Geld hat's meinem Alten nie gefehlt. Ich hätte mich sozusagen ins gemachte Nest setzen können, aber solange mein Vater das alleinige Sagen hat, tu ich mir das nicht an. Dann kutschiere ich lieber mein tiefgefrorenes Zeug durch die Gegend und bin mein eigener Herr.«

»Sie haben mir bei meinem letzten Besuch etwas von Thailand gesagt, aber auch vom Lago Maggiore …«

»Ja, das hab ich halt so mitgekriegt. Aber Genaues weiß ich nicht. Wirklich nicht. Er tut ja immer so geheimnisvoll. Nicht mal sein Handy lässt er angeschaltet. Er ruft dann höchstens einmal die Woche an und will wissen, ob alles okay ist. Die Mutter wird's schon richten. Die Mutter und Sandra, die er schamlos ausnützt.« Er drückte mit dem Daumen der linken Hand den Mittelfinger so fest nach unten, dass die Knöchel knackten. Vanessa wertete dies als ein Zeichen innerer Anspannung, weshalb sie ihn direkt ansprach: »Sie persönlich sind aber über Ihre Situation nicht glücklich, oder?«

»Es geht mir auf jeden Fall besser, als wenn ich im Hochsträßhof geblieben wäre, Frau Kommissarin«, erwiderte er schnell.

»Wir wissen, dass es nicht einfach ist, über persönliche Dinge zu reden«, machte Linkohr weiter, »und Sie müssen uns auch keine Fragen beantworten, die Ihre Eltern oder gar Sie selbst belasten würden …«

»Belasten?«, fiel ihm Timo entsetzt ins Wort. »Was heißt denn ›belasten‹? Ich habe mit all dem, was in Rimmelbach passiert ist, nichts zu tun.«

Vanessa lächelte charmant. »Aber vielleicht Ihr Vater. Und falls dies nicht so ist, ist es auch in seinem Sinne, ihn aus der Schusslinie zu nehmen.«

Wieder nahm Timo einen kräftigen Zug aus der Zigarette. »Okay, was wollen Sie wissen?«

»Genau das, wo wir neulich aufgehört haben«, kam nun Linkohr zur Sache. »Bei dieser ›Frauengeschichte‹, wie Sie selbst gesagt haben. Ich hab damals akzeptiert, dass Sie sich mit Rücksicht auf Ihre Familie nicht weiter dazu äußern wollten. Aber nun haben sich die Dinge dramatisch verändert, Herr Mompach. Deshalb halten wir es für notwendig, dass Sie uns jetzt doch reinen Wein einschenken, warum Ihr Vater und Hartmann Streit bekommen haben.«

Mompach junior tippte die Asche in den Becher und sah die beiden Kriminalisten nacheinander an. »Ich versteh nicht, was dieser Zoff unter Männern mit dem Brand in unserer alten Hütte zu tun hat.«

»Wir auch noch nicht«, konterte Vanessa und wurde deutlich: »Aber der Tod eines Kindes verpflichtet uns, allem nachzugehen, was auch nur im Entferntesten eine Rolle spielen könnte.« Sie bekräftigte: »Es geht um den Tod eines Jungen, dessen Schicksal drüben in Rimmelbach seit Wochen die Menschen beschäftigt, eines Kindes, dessen Mutter den Pfarrer des Ortes schwer belastet. Und diese Frau wohnt in einem Haus Ihrer Familie. Reicht das immer noch nicht?«

Linkohr setzte noch eines drauf: »Wo waren Sie eigentlich vergangene Nacht, Herr Mompach?«

Der junge Mann wurde noch blasser und unsicherer. »Wie bitte? Ich hör wohl nicht richtig. Sie fragen mich, wo ich war? Nach einem Alibi oder wie soll ich das verstehen?«

»So könnte man das natürlich auslegen«, blieb Vanessa gelassen. »Und falls sich manches nicht logisch erklären lässt, wird eine solche Frage schon bald auch der Staatsanwalt stellen.« Der Hinweis auf den Staatsanwalt half meist weiter, hatte Vanessa während ihres praxisbezogenen Studiums schon häufig festgestellt. Der Staatsanwalt galt als die graue, unberechenbare Eminenz im Hintergrund, der eine große Autorität zukam, auch wenn diese Figur in Kriminalfilmen meist überhaupt keine Rolle spielte. »Also?«, fragte Vanessa. »Wie war das nun mit Ihrem Vater und dem Herrn Hartmann?«

Timo drückte seine Kippe in den Aschehaufen und wippte nervös mit den Beinen auf und ab. Es verstrichen einige

Sekunden des Schweigens, während er erkannte, dass es kein Ausweichen mehr gab.

»Mein Vater und Hartmann, na ja, sie waren dicke Freunde. Jagdfreunde, wie man so sagt.« Mompach junior ließ wieder die Knöchel knacken. »Was genau sie immer getrieben haben, weiß ich wirklich nicht. Aber der große Hochsitz, den Sie ja kennen, war für die beiden wohl so was wie eine Hütte – ja, wie es bei Jugendlichen eine Holzhütte oder ein Bauwagen oder so was Ähnliches ist.«

Er versank wieder in ein Schweigen.

»So eine Art Jagdhütte vielleicht«, half ihm Vanessa auf die Sprünge.

»So könnte man das harmlos nennen. Eine riesige Jagdhütte zum Übernachten. Manchmal hab ich gedacht, die beiden sind wie …, ja, man sagt hier auf dem Lande, wie große ›Spitzbuben‹. Deshalb gab's auch so viele Gerüchte.« Er fingerte wieder eine Zigarette aus der bereitliegenden Schachtel. »Sie waren natürlich beide ziemlich angesehen – mit ihren vielen Ämtern. Da gab es schon den einen oder anderen Neider. Mein Vater«, Timo zündete sich die Zigarette an und inhalierte sogleich kräftig, »hat sich bei den kleinen Bauern nicht gerade beliebt gemacht. Ihm wird nachgesagt, er warte nur darauf, bis wieder einer Pleite macht und er sich die Ländereien unter den Nagel reißen kann.«

»Und Hartmann hat ihn dabei unterstützt?«, wollte Vanessa wissen.

»Hartmann hatte viel Kohle, das dürfte sicher sein. Sein Viehhandel mit dem Osten …« Er überlegte. »Das ist mit Sicherheit nicht immer alles ganz sauber gelaufen. Ob er auch mit dieser Pferdefleischgeschichte im Frühjahr was zu tun hatte, weiß ich nicht. Aber diese ganzen Importe waren auf alle Fälle nicht immer korrekt deklariert. Einmal hab ich sogar von jemandem gehört, sie hätten Fleisch aus der Umgebung von Tschernobyl …« Er zuckte mit den Schultern. »Aber Sie wissen doch selbst am besten, welche Sauereien mit Lebensmitteln abgehen.«

»Und Ihr Vater verdient bei diesen Viehhandelsgeschäften auch mit?«, rief sich Linkohr wieder selbst das Thema in Erinnerung. Er wollte vermeiden, dass sich Vanessa allzu sehr in den Vordergrund spielte.

»Dazu kann ich wirklich nichts sagen«, erwiderte Mompach.

»Oder gab es auch noch andere Einnahmequellen?«, ließ Vanessa nicht locker.

»Andere Einnahmequellen?«

»Na ja, es gab doch auch irgendwelche Damen …«, mutmaßte Linkohr.

»Ach, Sie meinen den Igor und die Damen«, grinste Timo. »Da wird viel geredet. Manche meinen schon, es gebe hier auf der Alb irgendwo einen Puff. Stellen Sie sich das mal vor! Hier einen Puff!«

»Na ja, ganz so abwegig ist das nicht«, entgegnete Linkohr.

»Nicht hier«, meinte Timo vielsagend, »aber was Hartmann in Russland getrieben hat oder welche Verbindungen er geknüpft hat – für wen auch immer –, das kann ich Ihnen beim besten Willen nicht sagen. Aber es gibt doch heutzutage Mittel und Wege, dies herauszufinden.« Er warf Linkohr einen provokanten Blick zu. »Oder stehen der Polizei in der Provinz nicht all die technischen Möglichkeiten zu, von denen man immer liest?«

Linkohr ging nicht darauf ein, sondern wollte wieder auf den Kernpunkt ihres Besuches zurückkommen: »Ihr Vater und Hartmann haben sich also zerstritten.«

Mompach junior war diese neuerliche Frage sichtlich unangenehm. Er ließ wieder die Fingerknöchel knacken. »Alles, was ich dazu weiß, ist nur Stammtischgeschwätz. Aber etwas muss wohl dran gewesen sein.«

»Und was schwätzt man so am Stammtisch?«, bohrte Vanessa.

»Na ja«, Timo Mompach sog den Zigarettenqualm tief in seine Lunge, »wie immer halt, wenn's zwei Männer auf ein und dieselbe Frau abgesehen haben.«

Linkohr nickte. So etwas war ihm zwar noch nie passiert, aber dass Frauen einen Mann ziemlich durcheinanderbringen konnten, hatte er schon oft genug erfahren müssen.

»Und das war also so – zwei Männer, eine Frau?«, griff Vanessa vorsichtig Mompachs Bemerkung auf.

Timo spürte, dass er sich einer Antwort nicht mehr entziehen konnte. »Wenn halt der eine gerade zum Hochsitz kommt, wenn der andere dort ...« Er stockte, weshalb Vanessa den Satz ergänzte: »... mit dieser Frau dort oben ist.«

Timo nickte verlegen. »So wird geredet, ja, beim Schorsch am Stammtisch im ›Löwen‹. Aber es war natürlich keiner dabei – also kann auch niemand wissen, was wirklich geschehen ist. Alles kann nur ein böswilliges Gerücht sein.«

»Natürlich«, zeigte Vanessa Verständnis, »an den Stammtischen wird viel geschwätzt. Aber was vermutet man denn im ›Löwen‹, wer die Frau gewesen sein könnte?«

Timo inhalierte erneut eine Lunge voll Nikotin. »Wenn das rauskommt, ist der Skandal in Rimmelbach perfekt.«

Häberle war noch einmal an der Brandstelle gewesen, wo inzwischen die Feuerwehr ihre Schläuche einrollte. Die letzten Glutnester hatten noch bis in die Nachmittagstunden geglimmt. Erst danach waren die hinzugezogenen Experten des Landeskriminalamts und ein externer Brandsachverständiger in der Lage gewesen, in das Schutt- und Aschechaos vorzudringen.

Geislingens Feuerwehrkommandant Jörg Bergner verfolgte die mühsame Kleinarbeit der Spezialisten, die sich für Überreste jenes Teils des eingestürzten Dachstuhls interessierten, in dem das Feuer ausgebrochen war.

Häberle staunte jedes Mal wieder aufs Neue, was diese Experten aus einem solch verkohlten Trümmerberg herausfischten. Sie versprachen, sofort anzurufen, falls ihnen etwas Besonderes auffiel.

Häberle wechselte ein paar freundliche Worte mit Bergner und stieg dann in seinen Dienstwagen, um nach Halzhausen zu fahren. Dort musste er sich kurz orientieren, um die Adresse Kuglers ausfindig zu machen.

Nach zweimaligem Klingeln öffnete Franziska Kugler. Ihr Gesicht war versteinert, die Begrüßung kühl. Der Chefermittler entschuldigte sich für sein unangekündigtes Erscheinen und begründete dieses mit der fehlenden Telefonnummer.

Die Frau führte ihn über eine knarrende Holztreppe in das zweite Obergeschoss, das durch die Dachschräge drückend und dunkel wirkte.

Kugler erhob sich von einem wackligen Bürostuhl, während seine Frau wieder die Treppe hinabstieg. Häberle sah in wässrige Augen, bemerkte, dass Kugler zitterte und sich wieder müde hinsetzte. »Ich bin schockiert«, war alles, was er nach Häberles Begrüßung zu sagen vermochte.

Der Kriminalist ließ ein paar Sekunden verstreichen. »Wenn ein Kind stirbt, sind das auch für uns die bittersten Momente.« Seit er Enkel hatte, gingen ihm solche Fälle besonders nahe. Wie oft schon waren Kinder die Leidtragenden gewesen – Kinder, die noch ihr ganzes Leben vor sich gehabt hätten, voller Hoffnung und Freude. Wie viele solcher Tragödien hatte er schon bearbeiten müssen. Familiendramen, denen die Unschuldigsten und Wehrlosesten von allen zum Opfer gefallen waren. Kinder, die ihren Eltern oder Erziehern vertraut hatten. Die noch nicht an das Böse geglaubt hatten. Die sich geborgen gefühlt hatten.

Manuel war es nicht anders ergangen. Er hatte seiner Mutter vertraut, dann der Schule, den Lehrern. Und dem Pfarrer.

»Sie kommen zu mir, um mich zu fragen, wie ich zu Manuels Tod stehe«, hörte er plötzlich Kuglers Stimme, die so schwach geworden war, dass sie gar nicht mehr zum hünenhaften Erscheinungsbild des Mannes passte.

Häberle blieb in sich versunken. Es war totenstill in dem Raum. »Nein, das wollte ich nicht, Herr Kugler. Denn ich weiß, wie Ihnen zumute ist.«

Wieder diese Stille. »Ich habe für Manuel gebetet«, sagte der Theologe. »Für seine junge unschuldige Seele, die nur kurz auf dieser Welt zu Besuch war und sie nach all dem, was ihr in den sechs Jahren widerfahren ist, wieder verlassen hat.«

Häberle nickte stumm.

»Und jemand ist schuld daran, dass ein so junges Leben ausgelöscht wurde«, fuhr Kugler fort. »Irgendjemand hat es zerstört.«

Der Kriminalist räusperte sich. »Sie sagen das so, als seien Sie davon überzeugt, dass es diesen Jemand gibt«, sagte er leise.

»Für Manuel hat es keinen Platz auf dieser Welt gegeben. Manuel ist allen im Wege gewesen. Seinem Vater, seiner Mutter. Und letztlich auch mir, so werden auch Sie denken. Sie und all jene, die über mich richten werden.« Kuglers Gesicht zuckte nervös.

Häberle spürte die unheilvolle Atmosphäre. »Ich sage dazu gar nichts«, erwiderte er. »Ich möchte Sie nur ganz herzlich bitten, mich über alles zu informieren, was Sie über die Verhältnisse der Eheleute Kowick wissen – soweit dies Ihre Schweigepflicht nicht verletzt. Wir sollten über alles reden, was in den vergangenen zwölf Monaten in Rimmelbach geschehen ist.«

»Das kennen Sie doch schon alles«, seufzte Kugler in sich hinein, »all die Intrigen um meine Pfarrstelle haben mit dem Manuel nichts zu tun. Das ist alles letztes Jahr gelaufen. Und ich möchte auch nicht, dass das noch einmal hochgekocht wird.«

Häberle überlegte, welche Strategie er für sein Gespräch anwenden sollte. »Mich interessieren die Kowicks. Die haben sich getrennt, gleich nachdem Manuel auf die Welt gekommen ist«, begann er.

»Ja, aber das ist nicht unbedingt etwas Außergewöhnliches. Schauen Sie sich doch unsere heutige Welt an, Herr Häberle, da gibt es zerrüttete Familien en masse. Aber falls Sie glauben, Frau Kowick hätte das Haus angezündet, um Manuel loszuwerden, dann liegen Sie falsch. Dazu wäre diese Frau niemals in der Lage – obwohl der Bub für sie ein Klotz am Bein war.«

»Und Herr Kowick?«

»Der Arnold?« Kuglers Augen funkelten. »Natürlich musste er als leiblicher Vater für den Buben Unterhalt bezahlen. Das ist nicht einfach für jemanden, der Haus und Hof verloren hat. Aber das eigene Kind töten? Ich weiß nicht …«

Häberle ließ wieder einige Sekunden der Stille verstreichen. »Sie glauben also an einen tragischen Unglücksfall. Oder wer könnte sonst noch Interesse daran haben, den Kleinen zu beseitigen?«

»Ich«, sagte Kugler. »Ich natürlich.« Es war kein Scherz. Kugler sah den Kommissar hilflos an.

»Sie?« Häberle wusste mit dieser unerwarteten Antwort nichts anzufangen.

»Natürlich ich. Jetzt behaupten Sie bloß nicht, dies bisher nicht in Erwägung gezogen zu haben. Wenn der Hauptbelastungszeuge tot ist, wird es für den Staatsanwalt schwierig.«

Häberle hatte keine Ahnung, wie weit das Ermittlungsverfahren gegen Kugler gediehen war. Soweit er wusste, stand das Ergebnis der umfangreichen psychiatrischen Untersuchung Manuels noch aus. Sie hatte aber bereits stattgefunden. Doch jetzt wollte er dieses Thema nicht aufgreifen. Noch bevor er etwas erwidern konnte, ging Kugler selbst in die Offensive: »Sie werden wissen wollen, wo ich vergangene Nacht war.« Er lehnte sich zurück, sodass die Lehne des Bürostuhles weit nach hinten sank: »Ich habe kein Alibi, falls Sie eines von mir verlangen. Ich bin nämlich drei Stunden lang über die Alb gefahren. Einfach so. Bis in die Gegend von Reutlingen und wieder zurück. Ziel- und planlos.«

Häberle staunte über Kuglers Offenheit. »Ziel- und planlos? Mitten in der Nacht?«

»Mir ist klar, dass dies ziemlich verrückt klingt. Aber seit ich nachts nicht mehr schlafen kann, bin ich oft unterwegs.« Er wartete vergeblich auf eine Reaktion Häberles. »Nachts allein«, bekräftigte er sein Gesagtes. »Auf einsamen Straßen quer über die Alb. Und manchmal steige ich aus, wie vergangene Nacht in Ochsenwang. Dann gehe ich auf einen Aussichtspunkt und schaue mir die funkelnden Lichter an – und über mir den Sternenhimmel. Da bin ich dann unserem Schöpfer ganz nah.«

»Das kann ich durchaus nachvollziehen«, zeigte Häberle Verständnis.

»Ganz nah bin ich ihm dann«, wiederholte Kugler. »Solche Momente sollten wir alle uns viel öfter gönnen, Herr Häberle. Denn vielleicht sind wir dem Schöpfer schon näher als wir denken.«

Häberle überlegte, ob die Worte nur so dahingesprochen waren oder ob sich hinter ihnen eine Botschaft verbarg.

»Da haut's dir 's Blech weg«, kommentierte Linkohr auf der kurzen Fahrt von Böhmenkirch nach Rimmelbach, was Timo Mompach von sich gegeben hatte. »Da hat er recht«, fügte er an und schielte zu Vanessa auf dem Beifahrersitz, »wenn das rauskommt, gibt's in Rimmelbach einen handfesten Skandal. Und es wird rauskommen, das lässt sich gar nicht vermeiden.«

Vanessa grinste vielsagend. »So was kommt immer raus, Mike. Seitensprünge lassen sich nie geheim halten, auch wenn ihr Männer das glaubt.«

Linkohr brauchte sich dazu nicht mehr zu äußern, denn sie hatten bereits den vergammelten Hof von Arnold Kowick erreicht.

Trotz der überraschenden Neuigkeit, die ihnen Timo Mompach schließlich eröffnet hatte, hatten sie sich noch telefonisch bei dem Vater des getöteten Kindes angemeldet. Er öffnete ihnen kreidebleich die Tür und führte sie wortlos in sein Wohnzimmer. Die beiden Kriminalisten sprachen ihm ihr Beileid aus und baten um Verständnis für den Besuch. »Wie geht es Ihrer geschiedenen Frau?«, fragte Vanessa einfühlsam, während sie sich setzten.

»Nicht gut«, erwiderte Arnold, dessen Gesicht unrasiert war. »Und mir auch nicht«, fügte er bitter an. »Man hat sie ins Christophsbad gebracht.«

Vanessa wusste Bescheid. Es war die weithin bekannte psychiatrische Klinik in Göppingen.

»Wir hoffen, die Brandursache so schnell wie möglich aufklären zu können«, gab sich Linkohr zurückhaltend, um dann jedoch ohne weitere Vorrede auf den Kernpunkt zu kommen: »Manuel war meines Wissens ein motorisch unruhiger Bub.«

Arnold Kowick überlegte kurz. »Hyperaktiv und dazu schwierig. Man nennt das ADS-Syndrom.«

»Er hatte wohl mit der Einschulung im September gewisse Probleme«, gab Vanessa zu bedenken.

»Probleme, ja. Erst recht, als die Sache mit dem Pfarrer …«

»Damit möchten wir Sie heute nicht behelligen«, wehrte die junge Polizistin ab. »Wir versuchen uns nur vorzustellen, wie so ein Sechsjähriger reagiert, wenn er nachts allein zu Hause ist.«

»Sie wollen Sandra vorwerfen, dass sie …«, empörte er sich.

»Nichts vorwerfen«, fiel ihm Linkohr ins Wort. »Aber um herausfinden zu können, was möglicherweise geschehen ist, müssen wir wissen, ob es der Bub gewohnt war, nachts allein gelassen zu werden.«

»Das war er sicher«, entgegnete Kowick. »Sandra musste oft spätabends noch arbeiten. Sie schmeißt doch dem Mompach seinen Bauernhof fast allein – zusammen mit der Linda Mompach. Sie sehen ja, der Alte reist in der Weltgeschichte rum und die beiden Frauen rackern sich daheim ab.«

»Hat denn Ihre Frau – Ihre ehemalige Frau – ein gutes Verhältnis zu Frau Mompach?«, fragte Vanessa.

»Wenn's der Alte nicht bemerkte, dann ja. Er will nämlich nicht, dass die ›Hofherrschaft‹, wie er immer sagt, ein freundschaftliches Verhältnis zum Personal hat. So sei das schon immer gewesen – hier auf dem Land.«

»Dann war es also eine Seltenheit, dass sich die beiden Frauen trafen«, stellte Vanessa fest.

»So kann man das wohl sagen. Die haben sich nur heimlich getroffen.«

»Und gestern Abend also die Gelegenheit dazu genutzt«, ergänzte Linkohr zusammenfassend.

»Das denke ich mal«, bestätigte Kowick.

»Sie als Vater haben aber den Kleinen eher selten gesehen?«, hakte sie nach, obwohl sie die Antwort von dem vorausgegangenen Besuch bereits kannte.

»So ist es leider. Hätte sie mich gebeten, auf Manuel aufzupassen, wäre es nicht zu dem gekommen, was gestern passiert ist.«

»Kam das denn manchmal vor – dass sie Sie gefragt hat?«, wollte Vanessa wissen.

»Nein. Das heißt: Anfangs, vor fünf, sechs Jahren, als er noch ein Baby war, da schon mal. Aber in den letzten Jahren nicht mehr.«

»Wären Sie denn gestern Abend da gewesen?«, sah Linkohr die Gelegenheit gekommen, vorsichtig sein Alibi zu eruieren.

»Gestern?«, zuckte der Mann zusammen, als habe er Linkohrs Absicht sofort erkannt. »Nein. Das heißt, doch. Wenn Sie mich gebeten hätte, wäre ich natürlich eingesprungen. Aber gestern Abend war ich nicht hier. Sonst hätte ich das Feuer mitgekriegt und wäre gleich rüber.«

»Wann haben Sie denn davon erfahren?« Linkohr war gespannt, wie der Mann reagieren würde.

»Erst um halb fünf, als ich zurückgekommen bin«, erzählte Kowick gelassen. »Ich war mit Freunden in einer Disco in Bregenz.«

»In Bregenz?«, staunte Linkohr. »Ganz schönes Stück zu fahren. Wieso denn Bregenz?« Er wusste, dass samstägliche Discofahrten auch ab und zu weit ins Land hinausgingen, nach Augsburg, München, Stuttgart, sogar nach Frankfurt. Aber Bregenz war ihm noch nie untergekommen.

»Warum nicht Bregenz?«, konterte Kowick schnell, um in gestelztem Vorarlberger Dialekt hinzuzufügen: »Die österreichischen Madeln san ganz schö geil.«

Linkohr überlegte, ob er auch einmal einen Abstecher dorthin unternehmen sollte, bemerkte aber, dass Vanessa ihn von der Seite musterte, als ob sie seine Gedanken erraten hätte. Er glaubte, auf ihrem Gesicht ein flüchtiges Grinsen gesehen zu haben.

»Sie selbst«, fuhr sie, an Kowick gerichtet, fort, »haben zu Herrn Mompach ein gespaltenes Verhältnis, wie ich aus unserem letzten Gespräch weiß. Hier im Ort sind Sie damit wohl nicht der Einzige. Kann man da nicht leicht unter die Räder kommen?«

Linkohr staunte über Vanessas Vorgehen.

Kowicks Blick verdunkelte sich. »Unter die Räder kommen? Wie meinen Sie das?«

»Wir wissen inzwischen, dass Rimmelbach nicht gerade die heile Welt der Schwäbischen Alb darstellt, um es mal vorsichtig zu formulieren. Und auch Ihre Welt ist nicht ganz heil – würde ich meinen.« Vanessa warf ihm einen schrägen Blick zu. »Da läuft man doch schnell mal Gefahr, selbst in die Schusslinie zu geraten, wenn man Anlass dazu gibt.«

Linkohr verstand im Moment nicht, worauf seine Kollegin abzielte. Überhaupt gefiel es ihm immer weniger, wie sie sich bei diesen Vernehmungen in Szene setzte.

Auch Kowick wurde unsicher. Er nestelte an seinem Pullover und setzte sich aufrechter in den Sessel. »Wieso sollte ich Anlass zu etwas geben?« Es klang irritiert.

Vanessa war jetzt offenbar entschlossen, ihre Zielrichtung beizubehalten. »Sie kümmern sich nicht wirklich um Ihr Kind. Sie mussten Ihren Hof aufgeben und Mompach ist für Sie ein rotes Tuch«, sagte sie schnell. »Jetzt brennt auch noch das Haus ab, in dem Ihre Ex-Frau gewohnt hat. Ihr Kind kommt ums Leben. Und Sie, entschuldigen Sie diese Bemerkung, tun so, als gehe Sie das alles gar nichts an.«

Er zuckte zusammen. Offenbar hatte er zu keiner Sekunde mit einer solchen Reaktion der Kriminalistin gerechnet. Linkohr staunte über Vanessas forsches Vorgehen.

»Ich …«, Kowick wusste nicht so recht, was er erwidern sollte. »Ich bin von Manuels Tod tief betroffen, das dürfen Sie mir glauben.«

»Aber vielleicht gibt es da irgendwelche Dinge, die wir noch nicht wissen«, blieb Vanessa hartnäckig und sah ihm fest in die flackernden Augen.

Um sich jetzt auch einzuschalten, stellte Linkohr in die entstandene Stille hinein eine Frage, ohne allerdings zu wissen, ob sie in dieselbe Richtung zielte wie Vanessas Bemerkungen. »Manchmal kommt es vor, dass man sich selbst in große Gefahr begibt.«

»Gefahr?« Das Wort elektrisierte den jungen Mann offenbar.

Vanessa schien für Linkohrs Bemerkung dankbar zu sein. »Gefahr, ja«, griff sie die Worte sofort auf. »Vielleicht gibt es Dinge, die kein anderer wissen darf – und deretwegen andere alle Hebel in Bewegung setzen, um sie zu erfahren. *Alle*«, bekräftigte Vanessa, als hätten sie den Dialog einstudiert. »*Alle* Hebel«, wiederholte sie. »Manche Leute schrecken vor nichts zurück.«

Kowick kniff die Lippen zusammen. Er musterte die beiden Besucher nacheinander und spürte, dass sie wie eine Mauer vor ihm saßen, schweigend, aber wild entschlossen, ihn in die Zange zu nehmen.

»Vielleicht ist Ihre geschiedene Frau gar nicht ganz so freiwillig bei Mompach angestellt«, fuhr Vanessa leise fort. »Vielleicht sind Sie und Ihre Ex-Frau hoch verschuldet und von Mompach finanziell abhängig.« Die Kriminalistin ließ ihr Gegenüber nicht mehr aus den Augen. »Oder es gibt da noch etwas anderes, das sich in Rimmelbach verbirgt.«

Kowick holte tief Luft. »Nein, da gibt es nichts«, sagte er schließlich unerwartet laut. Er hatte ein paar Sekunden lang mit sich gerungen, ob er den nächtlichen Vorfall und das Verschwinden eines Aktenordners erwähnen sollte. Jetzt aber stand die Entscheidung fest: nein. Das ging niemanden etwas an. Und ihn selbst würde dies nicht gefährden. Ihn beunruhigte aber das energische Vorgehen der Kriminalistin. Was wusste sie davon?

17

Häberle musste an Kuglers Worte denken, als er die paar Kilometer nach Böhmenkirch fuhr, wo nicht nur Mompach junior wohnte, sondern auch Igor. Allerdings war es fraglich, ob er ihn antreffen würde. Denn mehrere Versuche, ihn am Handy zu erreichen, hatten auf der Mailbox geendet.

Die Doppelhaushälfte war schnell gefunden, zumal er die Adresse von seinem Besuch im vorigen Monat noch gut in Erinnerung hatte. Doch diesmal parkte das tiefergelegte rote Cabrio nicht davor.

Häberle klingelte und sah an dem Gebäude hoch, hinter dessen Fenstern die Vorhänge zugezogen waren. Nachdem er dreimal geklingelt hatte, knackte es unerwarteterweise in der Sprechanlage. »Ja, hallo?« Es war eine Frauenstimme.

»Hier spricht Häberle von der Kriminalpolizei Göppingen«, gab er sich zu erkennen. »Ich hätte gerne Herrn Igor Popow gesprochen.«

»Tut mir leid«, piepste die Stimme, »Herr Popow nicht da.«

»Darf ich fragen, wer Sie sind?«

»Ich wohne nur paar Tage hier.«

»Könnten Sie bitte mal an die Tür kommen?«

»Warum an Tür?« Sie tat sich offenbar mit der deutschen Sprache schwer. Nach dem Akzent, den Häberle herauszuhören glaubte, kam die Dame aus dem osteuropäischen Raum.

»Ich habe ein paar Fragen, die wir nicht an der Sprechanlage klären sollten.«

»Moment.« Es klickte wieder und der Lautsprecher war tot.

Häberle wusste nicht, wie er dies deuten sollte. Er beschloss, geduldig zu warten, und besah sich die Umgebung. Igor Popow hatte sich tatsächlich in einer schönen

Wohngegend eingemietet. Die Vorgärten wirkten trotz der spätherbstlichen Tristesse gepflegt, vor den Häusern parkten Autos der gehobenen Klasse.

Nach knapp zwei Minuten zeichnete sich in der Milchglasscheibe der Eingangstür die Silhouette einer Person ab, die von innen das Schloss entriegelte.

»Guten Tag«, hauchte ihm die leise Stimme einer jungen Frau entgegen, die die Tür nur ein kleines Stück weit öffnete und den Besucher verängstigt beäugte.

Häberle zog seinen Dienstausweis heraus, obwohl er vermutete, dass die Frau nichts davon lesen konnte. »Mein Name ist Häberle. Ich habe kürzlich schon mit Herrn Popow gesprochen. Darf ich Ihnen ein paar kurze Fragen stellen?« Er wollte das Haus nicht ohne Begleitung eines Kollegen betreten. Denn wenn Igor tatsächlich nicht da war, könnte ihn die sauerstoffblonde, hochgewachsene Frau in Bedrängnis bringen und ihm womöglich später sexuelle Belästigung anhängen. »Sie wollen Igor sprechen?«, fragte sie verschüchtert und schaute den Kommissar mit ihren großen blauen Augen misstrauisch an. Das Gesicht war blass, sie trug ein blaues Kleid, das bis unters Knie reichte. Häberle hatte den Eindruck, dass sie es in aller Eile angezogen hatte. Gleichzeitig überlegte er, ob es sich bei ihr um jene Marina handelte, von der offenbar Arnold Kowick vor einigen Wochen im Gespräch mit Linkohr geschwärmt hatte.

»Ist Herr Popow nicht zu sprechen?«, fragte der Chefermittler knapp, um erst gar keine Missverständnisse aufkommen zu lassen.

»Herr Popow ist auf Geschäftsreise«, flüsterte sie mit ihrem harten Akzent.

»Können wir ihn irgendwo erreichen?«

»Nicht erreichen«, erwiderte die Frau, die Häberle auf Anfang 20 schätzte. »Ist irgendwo in Moskau.«

»Hat er kein Handy dabei?«

»Doch. Wollen Sie Nummer?«

»Ja, bitte.«

Sie verschwand in einem der Zimmer, während Häberle im Freien wartete und darauf achtete, dass die Eingangstür nicht zufiel. Wenig später kam die junge Frau mit einem Blatt Papier zurück, auf dem angeblich Igors Handynummer notiert war. Häberle verglich sie mit jener, die er in seinen Notizblock geschrieben hatte, und stellte enttäuscht fest, dass es sich um dieselbe handelte. »Da meldet er sich aber nicht«, sagte er und reichte ihr das Papier zurück.

»Dann weiß ich nicht«, erwiderte sie und zog eine Schnute.

»Wann ist er abgereist?«

»Donnerstag.«

»Wann kommt er wieder?« Häberle rätselte, ob sie tatsächlich so wenig Deutsch konnte, wie ihre kurzen Antworten es vermuten ließen.

»Kommt wieder in zehn Tagen, er hat gesagt.«

»Darf ich fragen, wer Sie sind?«

»Ich bin Studentin. Darf so lange hier wohnen, bis wiederkommt Igor.« Auf ihrem Gesicht zeichnete sich ein Lächeln ab.

»Ihr Name?«

»Name? Von mir? Wieso? Ist das wichtig für Polizei?«

»Ja, ist es«, behauptete Häberle und setzte ebenfalls ein charmantes Lächeln auf.

»Ich bin Marina«, gab sie jetzt bereitwillig Auskunft. »Tamerowska. Soll ich buchstabieren?«

Häberle ging nicht darauf ein, sondern verlangte nach ihrem Pass, den sie bereitwillig aus der Wohnung holte. Demnach war sie in Sankt Petersburg gemeldet. Häberle schrieb Namen und Passnummer auf.

»Ich bin Tourist hier. Nur Tourist«, versicherte sie unterdessen. »Wohne in Sankt Petersburg, war früher Leningrad, verstehen Sie?«

»Wo werden Sie hingehen, wenn Herr Popow wiederkommt?«, wollte der Chefermittler wissen.

»Werde gehen nach Frankreich. Straßburg.«

»Als Studentin?«

»Studentin, ja.«

»Was studieren Sie?«

»Politik… äh, Politikwissenschaften.«

»An welcher Universität?«

»Vielleicht Paris, weiß noch nicht so recht. Wohne zuerst bei Freunden in Straßburg.«

Häberle bedankte sich für die Auskunft und verabschiedete sich. Er musste jetzt dringend mit dem Staatsanwalt sprechen.

Es dämmerte bereits, als Linkohr und Vanessa in den Hochsträßhof einbogen. In der kühlen Novemberluft lag noch immer der penetrante Brandgeruch, der sich im ganzen Ort ausgebreitet hatte. Linda Mompach war gerade auf dem Weg vom Wohngebäude zu den Stallungen. Denn jetzt, nachdem Sandra für mehrere Tage ausfallen würde, hing die gesamte Last der großen Landwirtschaft an ihr. Für einen kurzen Moment war sie am Nachmittag dem Gedanken nachgehangen, ihren Sohn Timo anzurufen und ihn um Mithilfe zu bitten. Doch dies ließ ihr Stolz nicht zu. Schließlich war Timo einfach weggegangen, obwohl sie ihn stets umsorgt hatte. Aber das zerrüttete Vater-Sohn-Verhältnis ließ sich wohl nie wieder kitten.

Linkohr und Vanessa kamen auf sie zu, stellten sich vor und wurden in das Esszimmer des Wohngebäudes gebeten. Linda Mompach streifte sich die Arbeitsschürze ab und wusch sich in der Küche die Hände. »Wir halten Sie nicht lange auf«, versprach Linkohr, während sie auf unbequemen Holzstühlen an einem verschrammten Tisch Platz nahmen. Linda Mompach schob Teller und Tassen mit eingetrockneten Speiseresten beiseite. »Entschuldigen Sie, aber bei mir geht's heute drunter und drüber«, versuchte sie, die Unordnung zu erklären.

Vanessa nickte, sodass ihre zum Pferdeschwanz gebundenen Haare wieder lustig wippten, was Linkohr interessiert beobachtete. »Frau Kowick wird vermutlich einige Tage in der Klinik bleiben müssen«, sagte sie. »Sie ist nervlich ziemlich schwer angeschlagen.«

»Das kann ich mir vorstellen«, erwiderte die Landwirtin und strich sich eine Haarsträhne aus der Stirn. »Ich bin noch immer fassungslos. Wir haben die Sirene gehört, sind ins Freie raus und das Haus da drüben«, sie deutete in die entsprechende Richtung, »stand lichterloh in Flammen.« Sie unterdrückte die Tränen. »Wir waren total schockiert. Und dann ist Sandra losgerannt. Einfach losgerannt, hat in Panik geschrien. Da war dann auch schon die erste Feuerwehr da.«

Die beiden Kriminalisten ließen sie reden und warteten, bis sie einen kurzen Weinkrampf überwunden hatte. »Es ist alles so schlimm. So schlimm. Sandra hat so etwas nicht verdient.«

Linkohr zögerte, ergriff dann aber das Wort: »Kam es oft vor, dass Frau Kowick und Sie zusammensaßen?«

»Höchst selten.« Sie schnäuzte sich. »Heiko, mein Mann, sieht das nicht gerne, wenn ich mit ihr Privates rede. Er sagt, es sei schon immer so gewesen, dass Mägde und Knechte keinen privaten Kontakt zur Bauernfamilie haben dürften.«

»Sie sehen das aber anders?«, wollte Vanessa wissen.

»Die Zeiten haben sich geändert. Sandra ist keine Magd, sondern eine Angestellte des Hauses, und als solche möchte ich sie auch behandeln.«

»Deshalb treffen Sie sich heimlich mit ihr?«

Frau Mompach nickte verschämt. »Ja, das geht nur, wenn Heiko für längere Zeit weg ist.«

»Was ja hin und wieder vorkommt«, fiel ihr Linkohr ins Wort.

Sie zuckte ratlos mit den Schultern. »Hin und wieder, ja. Mit seinen Jagdfreunden. Und wenn er dann weg will, ist es ihm völlig egal, was daheim auf dem Hof geschieht. Wissen Sie«, Linda Mompach schien gesprächiger zu werden, »hier im Ort meint man, Heiko sei ein ganz feiner Kerl, der sich ehrenamtlich überall engagiert. Aber Heiko ist nicht immer so edel.«

Vanessa spürte, dass die Frau das Bedürfnis hatte, darüber zu reden. »Er hat sozusagen zwei Gesichter?«

»Vielleicht kann man das so sehen«, meinte die Bäuerin. »Aber er hat in seiner Jugendzeit sehr viel arbeiten müssen. Hart arbeiten müssen. Er hat den Hochsträßhof sehr zeitig von seinen Eltern übernommen und dann zu dem gemacht, was er heute ist. Unsere Landwirtschaft steht gut da. Viele um uns herum haben aufgeben müssen, aber Heiko hat sich durchgebissen.«

Linkohr nickte. »Aber er hat sich damit nicht nur Freunde gemacht?«

»Wer macht sich schon Freunde, wenn er im Konkurrenzkampf steht?«, konterte Frau Mompach so schnell, wie es Linkohr nicht erwartet hätte. Offenbar stand sie in gewisser Weise weiterhin hinter ihrem Mann.

»Wenn er unterwegs ist wie jetzt, dann können Sie ihn nicht erreichen?«, wechselte Vanessa das Thema.

Lindas Gesprächigkeit stockte. Sie schnäuzte sich wieder. »Das will er nicht. Er sagt, er will im Urlaub nicht gestört werden. Meist ruft er zweimal die Woche an und erkundigt sich, ob alles läuft.«

»Ist Ihnen das nie komisch vorgekommen?«, wunderte sich Vanessa.

»Komisch schon. Aber Heiko sagt, das würden seine Jagdfreunde genauso machen. Sie wollen einfach abschalten.«

»Na ja«, kommentierte Vanessa, »aber wer Ehefrau und Familie hat, kann sich doch nicht einfach so davonstehlen.«

Linkohr verwarf den Gedanken, etwas direkt darauf zu sagen. Stattdessen beschränkte er sich auf das wichtigste Thema: »Und jetzt ist er auf den Kanaren, meinen Sie?«

»Teneriffa, ja«, erklärte Frau Mompach.

»Er könnte aber genauso gut auch woanders sein, nehme ich an?«, hakte Vanessa nach.

»Wieso sollte er woanders sein?«

Linkohr hegte Zweifel, ob eine Frau so naiv sein konnte. »Mit seinem Freund Hartmann war er aber auch schon anderswo – oder sehen wir das falsch?« Der Kriminalist rief sich die Telefonverbindungsdaten aus dem Handy des Selbstmörders in Erinnerung. Dort fanden sich die Vorwahlnummern von Moskau, Sankt Petersburg und zwei weiteren Städten, deren Namen ihm jetzt nicht einfielen. Eine lag ebenfalls in Russland, die andere in Thailand.

»Hartmann ist tot«, stellte Frau Mompach emotionslos fest, als ob dies die Reisegewohnheiten ihres Mannes schlagartig verändert hätte.

»Er war also mit ihm auch mal in Russland?«, fragte Vanessa.

»Ja, natürlich. In Russland hatte Hartmann doch viele Geschäftskontakte. Manchmal sind sie nur mal zwei, drei Tage nach Moskau geflogen.«

»Hatte denn Ihr Mann dort ebenfalls geschäftlich zu tun?«, wollte Linkohr wissen.

»Mein Mann hat ihn begleitet. Aber was da genau gelaufen ist, darüber können Sie ihn fragen, wenn er zurück ist.«

Falls er seine jetzige Reise überlebt, durchzuckte es Linkohr und er erschrak selbst über diese innere Stimme. Er hakte deshalb nach: »Könnte es denn sein, dass Ihr Mann gar nicht auf den Kanaren ist, sondern ganz woanders?«

Frau Mompach runzelte die Stirn und schnäuzte sich wieder. »*Sein* kann alles, Herr Kommissar. Heiko tut, was er will. Da fragt er niemanden.«

»War er denn auch mal in Thailand?«

»Thailand? Ja, zwei–, dreimal. Mit Hartmann. Wieso fragen Sie nach Thailand?«

»Nur so«, log Linkohr. »Gab es da Bezugspunkte – nach Thailand?«

»Nein, soweit ich weiß, nicht. Es waren Badeurlaube. Und wenn ich mich richtig erinnere, hat sich Hartmann dort eine Ferienwohnung oder so was Ähnliches gekauft.«

»Ihr Mann aber nicht?«

Frau Mompach zuckte mit den Schultern. »Ich mag keine Fernreisen. Also wegen mir hat er ganz sicher keine gekauft.«

»Und für wen dann?«

Sie wirkte plötzlich verwundert. »Für niemanden. Wozu auch? Oder denken Sie, er hat dort Schwarzgeld angelegt?«

»Nein, natürlich nicht«, beruhigte Vanessa, um unvermittelt zu fragen: »Hat er denn Feinde?«

»Sie fragen nach Feinden?«, staunte die Landwirtin. »Ich hab doch gesagt, dass wir viele Konkurrenten haben, die uns den Erfolg neiden. Und wenn Sie sich in Rimmelbach umgehört haben, dann wissen Sie, dass die Sache mit dem Pfarrer letztes Jahr viel Staub aufgewirbelt hat. Aber dazu möchte ich nichts sagen. Gar nichts.«

»Ihr Mann hat sich gelegentlich auch auf dem Hochsitz von Herrn Hartmann aufgehalten«, stellte Linkohr ruhig fest.

»Hochsitz!«, echote sie abschätzig. »Glauben Sie denn wirklich, dass man so ein riesiges Ding braucht, um Wildsäue zu schießen?«

»Nicht?«, staunte Vanessa gekünstelt. »Wozu denn dann?«

»Um ungestört saufen zu können«, gab sich Frau Mompach überzeugt. »Saufgelage. Nichts weiter als Saufgelage.«

Linkohr und Vanessa wollten nichts dazu sagen.

Häberle war zur Sonderkommission zurückgekehrt und hatte dem halben Dutzend Kollegen von seinen Eindrücken berichtet. Dann zog er sich in das kleine Büro zurück, das ihm in der Geislinger Kriminalaußenstelle zur Verfügung stand. Er musste dringend mit dem diensthabenden Staatsanwalt telefonieren, was sich an einem Sonntagabend als nicht einfach erwies. Schließlich bekam er ihn an die Strippe, bemerkte aber gleich am Klang der Stimme, dass er auf keine allzu große Begeisterung stieß. Häberle erklärte, dass möglicherweise zwischen dem nächtlichen Brand und dem Verschwinden eines jungen russisch-stämmigen Mannes ein Zusammenhang bestehen könnte. Als er jedoch erwähnte, dass Igor Popow angeblich bereits am Donnerstag sein Haus verlassen habe, also zwei Tage vor dem Brand, verlor sich das eingangs gezeigte Interesse des Staatsanwalts wieder. »Sie müssen mir schon erklären, wie das zusammenpasst.«

»Erstens«, begann Häberle leicht gereizt, »wissen wir nicht, ob er tatsächlich am Donnerstag abgereist ist, zweitens war er ein enger Mitarbeiter von Hartmann, der sich nach Überzeugung der Staatsanwaltschaft selbst erschossen hat, und drittens habe ich den starken Verdacht, dass dieser Igor im Rotlichtmilieu kräftig mitmischt. Das sollten wir zum Anlass nehmen, ihn mal eingehend unter die Lupe zu nehmen.«

»Rotlichtmilieu«, kam es desinteressiert zurück, was Häberle auf die sonntagabendliche Stunde zurückführte, »Sie wollen damit aber nicht sagen, dass die Angelegenheit keinen Aufschub bis morgen duldet?«

Häberle berichtete von der jungen Frau, die er in Igors Wohnung angetroffen hatte und der er die Behauptung, nur Touristin oder Studentin zu sein, nicht abnehme.

»Sie wird dort auch morgen noch vorzufinden sein«, meinte der Staatsanwalt genervt. »Oder wollen Sie ›Gefahr im Verzug‹ geltend machen?« Häberle war klar, dass er auf keinerlei Unterstützung hoffen konnte. Nicht jetzt, am Sonntagabend.

»Ich schlage vor, Sie bereden die Angelegenheit morgen früh mit dem zuständigen Sachbearbeiter. Bis dahin liegen dann sicher auch die ersten Ergebnisse der Brandsachverständigen vor. Und die Sache ›Hartmann‹, so habe ich den Akten entnommen, ist doch bereits vor über einem Monat abgehandelt worden.« Der Staatsanwalt, den Häberle schon vor geraumer Zeit als jung und unerfahren taxiert hatte, hielt kurz inne, um dann energisch anzumerken: »Sie sollten sich davor hüten, einen jungen Mann nur deshalb in einen Generalverdacht zu nehmen, weil er ein Migranten-Nachkömmling ist. Ich glaube, damit ist für heute alles gesagt. Gute Nacht.« Er legte auf.

Häberle warf den Hörer wütend in die Schale. Unglaublich, was sich die jungen Juristen heutzutage anmaßten. Dabei hatten sie doch keine Ahnung, wie es draußen ›an der Front‹ zuging, wie er es oft genug beklagte. Musste er, der ein Praktiker war wie kaum ein anderer, sich von diesen jungen Schnöseln herumkommandieren lassen? Immer häufiger spürte er, wie in solchen Situationen der Gedanke an den Ruhestand aufkam. Vielleicht würde er sich eines Tages mit einem Anwalt zusammentun und für dessen Mandanten knifflige Fälle lösen, ganz privat, ohne in das enge Korsett der Hierarchien von Polizei und Staatsanwaltschaft gepresst zu sein, ohne auf politische Befindlichkeiten achten zu müssen. Die Vorstellung, als freier Ermittler tätig sein zu können, auch unbürokratisch über Ländergrenzen hinweg, dazu noch ziemlich unkonventionell, nahm immer konkretere Formen an, je mehr er die heutige Systematik der Arbeitswelt als überdreht und praxisfern empfand.

Er saß ein paar Minuten in sich versunken da, ließ den Ärger über die Staatsanwaltschaft verrauchen und kam in das große Büro zurück, in dem sich die Kollegen der Sonderkommission über die neuesten Erkenntnisse zur Brandursache unterhielten. Zwei Experten des Landeskriminalamts hatten in dem Ascheschutt nicht nur eine Vielzahl von Kupferdrähten gefunden, deren Isolation vollständig geschmolzen war, sondern auch die verkohlten Überreste eines elektronischen Geräts, das ein Handy gewesen sein konnte. Dies allein wäre für sie nichts Ungewöhnliches gewesen, hätten sie nicht in unmittelbarer Nähe aus dem Aschechaos ein kleines metallisches Behältnis geborgen, das offenbar durch Drähte mit diesem Gerät verbunden gewesen war. »Das kann natürlich alles Mögliche gewesen sein«, meinte einer der Männer, der die sichergestellten, völlig verrußten Überreste in eine durchsichtige Folie gepackt hatte und sie dem Kollegenkreis präsentierte.

Der Chefermittler, der sich in den Türrahmen gestellt hatte, staunte insgeheim, was die Brandexperten in stundenlanger und mühevoller Kleinarbeit aus einem Schutthaufen herausholen konnten. Jetzt würden sie noch die Asche aus verschiedenen Bereichen des Gebäudes chemisch analysieren lassen, um Kerzenwachs oder Brandbeschleunigern wie Benzin auf die Spur zu kommen. Die Kriminaltechnik hatte in den letzten Jahrzehnten enorme Fortschritte gemacht. Häberle erinnerte sich spontan an den Fall einiger junger Männer, die ihren defizitären Computerladen eines Nachts abgefackelt hatten, um sich die Versicherungssumme zu ergaunern. Damals war der Nachweis gelungen, dass sie mithilfe einer elektrischen Schaltuhr bereitgestelltes Reinigungsbenzin entflammt hatten.

»Was können wir aus dem, was ihr bisher rausgefunden habt, schließen?«, fragte er die Spezialisten, nachdem sie ihren Vortrag beendet hatten.

»Noch nichts Endgültiges«, erwiderte einer von ihnen, »aber wir gehen davon aus, dass die Zündung durch die Explosion eines zündfähigen Gemischs erfolgt ist.« Er sah in die Runde. »Vielleicht solltet ihr euch mal die Handyverbindungen geben lassen, die zum Zeitpunkt des Brandausbruchs in Rimmelbach dokumentiert wurden. Und denkt bitte an die Passagierlisten der Kanarenflieger. Ich will jetzt wissen, ob der Mompach tatsächlich dort ist.« Er überlegte einen Moment. »Und prüft auch, ob der Igor Popow am Donnerstag nach Moskau geflogen ist – oder wohin sonst.«

Häberle kam nicht dazu, eine weitere Frage zu stellen, weil Linkohr und Vanessa im Flur auftauchten. »Jetzt kommen endlich unsere ›Sonderermittler‹, das Dream-Team von der Alb«, begrüßte er sie frotzelnd und trat aus dem Türrahmen. Während Linkohr seine dicke Jacke aufknöpfte, den Kollegen freundlich zunickte und sich auf einen Schreibtisch setzte, blieb Vanessa selbstbewusst mit verschränkten Armen neben Häberle stehen. »Danke für die freundliche Begrüßung«, gab sie neckisch zurück. »Wir haben uns leider ein bisschen verspätet …« Sie wurde vom dezenten Murmeln und Grinsen der Kollegen unterbrochen, was sie sofort richtig zu deuten wusste und deshalb noch eins draufsetzte. »Unsere Ermittlungstour war voller spannender Ereignisse.« Sie grinste und sah schelmisch zu Linkohr hinüber. »Unser Kollege hat reagiert wie immer …«

»Da haut's dir 's Blech weg«, äffte jemand aus dem Kreise der Kriminalisten den Allerweltsspruch des jungen Kriminalisten nach. »Na, dann los, Mike, lass mal hören.«

Linkohr befürchtete, dass er im Gesicht rot angelaufen war.

18

Heiko Mompach hatte unruhig geschlafen. Meist war er wach gelegen und in Lauerstellung gewesen. Als um vier Uhr draußen auf dem gefliesten Gang klackernde Schritte und das anschwellende dumpfe Rumpeln rollender Koffer die Stille zerriss, war er zu Tode erschrocken. Dann jedoch beruhigte er sich: Es waren wohl abreisende Touristen, die frühmorgens zu ihrem Transferbus mussten, der immerhin bis zum Flughafen Bangkok fast drei Stunden unterwegs sein würde.

Das monotone Rauschen der Klimaanlage hatte sich im Lauf der Nacht tief in sein Unterbewusstsein gebrannt, sodass ihn schon die kleinste Veränderung dieses Geräuschs in allerhöchste Alarmbereitschaft versetzte. Wann würde sie kommen, die angekündigte Botschaft? Und vor allem: wie?

Einmal hatte er den Fernseher eingeschaltet, doch weil er beim flüchtigen Durchzappen der Kanäle keinen deutschsprachigen Sender fand, drückte er schnell wieder die Aus-Taste. Er hätte sich vermutlich auch durch keinen Film von seinen allgegenwärtigen Problemen und Ängsten ablenken lassen können. Viel zu sehr war er von den Ereignissen der letzten Wochen in den Klammergriff genommen worden. Mein Gott, wie hatte sich seine Welt verändert! Glitzer und Glamour der wilden Tage von Moskau und Sankt Petersburg waren versunken im Sumpf von Intrigen, Neid und gegenseitigen Beschuldigungen, vor allem aber von Indiskretionen und dem üblen Versuch, ihn, den angesehenen Bürger von Rimmelbach, in den Schmutz zu ziehen und ihn seines Lebenswerks zu berauben. Natürlich war er selbst nicht ganz unschuldig daran. Er hatte das schöne Leben im Rausch und Taumel von Hartmanns luxuriösem und erotischem Umfeld viel zu lange genossen, es vor allem aber in mancherlei Hinsicht übertrieben. Doch dass eine ausgelassene Männerfreundschaft in abgrundtiefen Hass umschlagen würde, hätte er niemals gedacht. Und nun war er mittendrin in diesem selbst verschuldeten Morast – und, was noch schlimmer war: Er war sogar der Hauptdarsteller, der keine andere Chance mehr hatte, dieser Schmierenkomödie zu entkommen, als sich selbst zum Spielball gnadenloser Gangster zu machen. Und dies mit unkalkulierbarem Ausgang. Aber was hätte er schon kalkulieren können? Was wäre ihm anderes übrig geblieben, als dieses Risiko hier in Hua Hin einzugehen? Hätte er auf das Erpresserschreiben nicht reagiert, wäre er gesellschaftlich bereits ein toter Mann. Nun war er dabei zu retten, was noch zu retten war. Doch ob er Ruhe finden würde, war höchst zweifelhaft. Er blieb weiterhin das Opfer, das man nach Belieben wieder und immer wieder attackieren konnte. Er war, um es in der Jägersprache zu formulieren, waidwund geschossen. Und womöglich verpassten sie ihm sogar irgendwann den Gnadenschuss.

Nie zuvor hatte sich Mompach vorstellen können, einmal so nah an den Abgrund gedrängt zu werden und hilflos zusehen zu müssen, wie er immer mehr den Boden unter den Füßen verlor. Er war es gewohnt gewesen, selbst das Steuer in die Hand zu nehmen, im Ernstfall zuzupacken und Entscheidungen von weitreichender Bedeutung zu fällen. Doch jetzt hatte sich das Blatt gewendet. Und falls er jemals wieder heim nach Rimmelbach kam, würde nichts mehr so sein, wie es einmal war.

Nach all diesen Albträumen, die sich in die kurzen Phasen des Schlafens gemischt hatten, sehnte er das Morgengrauen herbei, das sich ab sechs Uhr hinter den zugezogenen Vorhängen abzeichnete. Wenig später stand er mit schmerzendem Rücken auf, schaltete die Klimaanlage ab und gönnte seinem schweißnassen Körper eine kühle Dusche. Er mied den Blick in den Spiegel, denn er fühlte sich wie gerädert und befürchtete, dass ihn ein um Jahre gealtertes Gesicht anstarren würde.

Sein Darm rebellierte, der Magen schmerzte. Er beschloss dennoch, zum Frühstück zu gehen, das auf der Terrasse im Freien serviert wurde.

Er zwängte sich in Bermudashorts, zog ein T-Shirt über und verließ sein Zimmer, dessen Tür er sorgfältig ins Schloss zog, bis es hörbar einrastete. Er versuchte, sich draußen an den Ecken und Abbiegungen zu orientieren, ging eine Treppe hinab, gelangte in den Garten und erreichte eine Holzbrücke, die einen naturbelassenen Teich überspannte. Eine Sitzgelegenheit war als Boot gestaltet. Am Geländer gegenüber bückten sich einige Personen zur Wasserfläche hinab, aus der dicke Fische auftauchten und mit weit geöffnetem Maul nach den zugeworfenen Brotstücken schnappten.

Mompach ging wortlos an dieser Gruppe vorbei, erreichte schließlich in der schwülen Hitze des frühen Vormittags die Terrasse des Restaurants, wo ihn ein freundlicher Kellner an einen gedeckten Tisch geleitete, der direkt neben einer Wasserfläche stand. Zufrieden stellte er fest, dass die drei anderen Gedecke abgetragen wurden, er also allein bleiben würde. Er bestellte sich Kaffee und bediente sich im Innern des Restaurants am reichlich bestückten Büffet. Misstrauisch behielt er dabei die anderen Touristen im Auge, die sich ihm dort näherten. Er versuchte, sich Gesichter einzuprägen, die ihm wenig vertrauenerweckend erschienen. Mit Brötchen, etwas Marmelade und zwei Spiegeleiern kehrte er an seinen Platz zurück, an dem das Zwitschern tropischer Vögel das sanfte Plätschern des Wassers übertönte. Von der Brandung des Meeres, weit jenseits des üppigen Bewuchses, war hier nichts zu hören.

Am Nebentisch nahmen drei junge Leute Platz, zwei Männer und eine Frau. Sie grüßten ihn auf Deutsch. Mompach erwiderte den Gruß und musterte die fröhlich gestimmten Urlauber. Sein Misstrauen stieg: Warum waren sie ohne Begleitung des Kellners an diesen Tisch gekommen? Dies entsprach nicht den Gepflogenheiten.

Mompach fühlte sich von allen Seiten beobachtet. Die meisten Touristen taxierte er als Deutsche, einige wenige waren dem Aussehen nach asiatischer Herkunft. Es gab jedoch unter den etwa 50 Frühstücksgästen niemanden, der ihm besonders verdächtig erschien. Aber in so einer weitläufigen Hotelanlage bestanden genügend Möglichkeiten, ihn heimlich zu observieren. Selbst einer der Kellner konnte ein Ganove sein. Oder die Zimmermädchen. Oder der freundliche Mann, der ihm nachher am Pool das Handtuch reichen und ihn zu einem freien Liegestuhl geleiten würde.

Mompach zwang sich, das wenige, was er sich auf den Teller gelegt hatte, zu essen und ging schon nach einer halben Stunde wieder den weiten verwinkelten Weg zum Zimmer zurück. Als er die Codekarte zum Öffnen der Tür einsteckte und sie sich wie gewohnt aufdrücken ließ, zögerte er einen Augenblick, bis auch das Licht angegangen war. Weil er die Vorhänge nicht aufgezogen hatte, drang das Tageslicht nur gedämpft herein. Mompach war erleichtert, weder unterm Türschlitz noch sonstwo im Raum eine Botschaft vorzufinden. Er entschied, den Tag so zu verbringen, wie es die meisten Gäste hier taten – nämlich in einem Liegestuhl am Pool, von dem aus man in den Flusslauf hineinschwimmen konnte. Nur ein schmaler Grünstreifen trennte den äußeren Beckenrand vom breiten Sandstrand des Meeres.

Mompach schlüpfte in seine Badehose, behielt das T-Shirt an, packte ein Buch in eine Stofftasche und verließ das Zimmer wieder. Draußen folgte er dem Umgang jetzt in die andere Richtung, stieg am Ende des Gebäudes in den Garten hinab und erreichte entlang des Flusslaufes, vorbei an einem halben Dutzend belegter Liegestühle, den Hotelbediensteten mit den Handtüchern. Dieser junge Mann lächelte dem deutschen Touristen freundlich zu, ergriff zwei schneeweiße Tücher und deutete in den etwas entfernteren Bereich der Hotelanlage, wo der mit Steinplatten belegte Boden in eine Grasfläche überleitete. Mompach folgte dem Angestellten zu zwei freien Liegestühlen, die dicht an der bewachsenen Grundstücksgrenze standen, jedoch einen herrlichen Blick auf das nahe Meer boten. Während der junge Mann mit ein paar gekonnten Griffen das weiße Polster eines der Plastikliegestühle mit den frischen Handtüchern bedeckte, schaute sich Mompach wieder um. Schräg neben ihm sonnte sich ein Paar mittleren Alters, gleich links neben ihm stand so etwas Ähnliches wie ein Bildstock. Erst beim zweiten Blick erkannte Mompach, was da golden in der Sonne glänzte: Es war eines dieser Geisterhäuser, die überall im Land Grundstücke und Häuser vor bösen Geistern schützen sollten. Jemand hatte offenbar heute schon dort als Opfergabe einen Teller mit frischen Früchten abgestellt.

Mompach überlegte, ob es die religiösen Gefühle der Einheimischen verletzte, wenn er sich daneben halb nackt in den Liegestuhl legte. Andererseits aber, so beruhigte er sich selbst, wären hier keine Liegestühle bereitgestellt, wenn dies gegen die Gepflogenheiten verstoßen würde.

Der Hotelangestellte rückte den Sonnenschirm zurecht, sagte etwas, das wie »have a nice day« klang, und verschwand wieder. Mompach zog sein T-Shirt aus und ließ seinen kräftigen Körper auf die Liege sinken. Er spürte, dass ihm seine Gedanken keine Ruhe zum Lesen eines Buches ließen. Er musste zuerst das Chaos in seinem Kopf ordnen. Noch bevor er die Augen schließen konnte, suchte das Urlauberpaar, das nur ein paar Schritte von ihm entfernt in der Sonne schmorte,

Blickkontakt zu ihm. Mompach rief den beiden ein gedämpftes »Hallo« zu, worauf der Mann mit deutlich hörbarem schwäbischem Akzent entgegnete: »Das letzte Plätzle an der Sonne gekriegt?«

Mompach verstand zunächst nicht, was mit dieser Bemerkung gemeint war. Für einen Moment zuckte nur das Wort »letzte« durch sein Gehirn. Der letzte Platz an der Sonne? Nein, wurde ihm sofort klar, es war eine Anspielung darauf, dass er gerade noch einen der letzten freien Liegestühle ergattert hatte.

»Ach, auch ein Schwabe«, stellte er dann fest. Dem Klang des Dialekts nach schien das Paar aus dem Raum Stuttgart zu kommen.

»Auch, ja«, kam es wortkarg zurück, während die Frau ihre Sonnenbrille anhob und sich nun ebenfalls Mompach zuwandte. »Wo kommen Sie denn her?«

»Von der Alb«, gab Mompach zurück, »bei Heidenheim.« Er wollte seinen Herkunftsort vorsichtshalber nicht nennen.

»Von der rauen Alb«, wiederholte die Frau ergänzend und lächelte. »Umso mehr kann man hier dieses tolle Klima genießen.« Ihr Partner setzte sich aufrecht auf die Liege und meinte: »Leni sagt immer, man muss um diese Jahreszeit Deutschland verlassen, um irgendwo im Süden den Sommer zu verlängern.«

»Wie lange sind Sie schon hier?«, wollte Mompach wissen und richtete sich ebenfalls auf.

»Seit einer Woche«, antwortete Leni mit charmantem Lächeln. »Wir gehen übermorgen aber auf Rundreise, rauf in den Norden. Chiang Mai und so.«

»Muss sehr interessant sein da oben«, erwiderte Mompach. »Viel Kulturelles, aber auch traumhafte Landschaften. Sie sollten aber nordwestlich von Bangkok die Brücke über den Kwai nicht auslassen. Historische Ecke. Krieg mit den

Japanern als Folge von Pearl Harbor. Außerdem kennt jeder den River-Kwai-Marsch, oder?«

»Ja, Udo will unbedingt hin«, meinte Leni und deutete auf ihren Partner. »Ich weiß aber noch nicht, ob ich nach der Rückkehr von der Rundreise noch Lust auf einen weiteren Ausflug habe.«

»Sie sind anschließend noch ein paar Tage hier?«, zeigte sich Mompach interessiert.

»In Thailand ja, aber nicht mehr hier in Hua Hin«, erklärte Udo. »Das Hotel ist zwar spitzenmäßig, aber halt weit vom Flughafen weg.«

»Dafür ist hier die Welt noch in Ordnung«, sagte Mompach, als ob er sich selbst ein beruhigendes Gefühl zusprechen wollte.

»So sieht's zumindest aus«, meinte Udo und runzelte die Stirn. »Aber wo ist die Welt heutzutage denn wirklich noch in Ordnung?«

Leni ergänzte, ohne zu wissen, welch ungeahnte Aktualität sie bei Mompach ansprach: »Auch auf Ihrer Alb denkt man, die Welt sei in Ordnung. Und trotzdem versteckt sich in manchem kleinen Dorf das Kriminelle. Oder sehe ich das falsch?«

Mompachs Blutdruck schoss wieder nach oben. Verdammt, wer war diese Frau? Hatte er sie schon einmal irgendwo gesehen? War es wirklich nur ein Zufall, dass sie sich hier an diesem Strand, fern der Heimat, getroffen hatten? Er musste vorsichtig sein. Auch wenn er vielleicht inzwischen übersensibel reagierte und alles, was gesagt wurde und was geschah, gegen sich gerichtet sah.

In der Geislinger Kriminalaußenstelle hatten die Ermittler noch bis lange nach Mitternacht diskutiert und zwischendurch die Pizzen gegessen, die Häberle wieder einmal von einem Lieferservice hatte kommen lassen.

Im Mittelpunkt der hitzigen Diskussion standen jedoch die Erkenntnisse, die Vanessa und Linkohr von ihren Gesprächen in Böhmenkirch und Rimmelbach mitgebracht hatten. Insbesondere die Aussagen von Mompach junior, die Linkohr in allen Details wiedergab, waren ein Paukenschlag gewesen.

»Was glaubt ihr, weshalb die beiden Jagdgenossen Heiko Mompach und Max Hartmann einander plötzlich spinnefeind geworden sind?«, hatte er seinen Bericht begonnen und damit, wie so oft schon, die nötige Aufmerksamkeit gewonnen. »Mompach junior glaubt zu wissen, was seinen Vater und Hartmann von heut auf morgen entzweit hat. Es ging, wie könnte es anders sein ...« Er wurde von einer Stimme aus dem Hintergrund unterbrochen: »Um Frauen! Mensch, Mike, wenn du so anfängst, dann ist uns sofort klar, dass du als Experte ermittelt hast.«

Er quittierte die Unterbrechung mit einem knappen Lächeln, obwohl er leicht verärgert war, dass ihm der Kollege die Schau stehlen wollte – vor allem auch noch in Anwesenheit von Vanessa, die ihn ohnehin vermutlich als flatterhaften Playboy einstufte. In ihm wuchs die Befürchtung, sie würde ihn weder als Mann noch als Kriminalisten wirklich ernst nehmen. Die Art und Weise, wie sie bei Vernehmungen das Gespräch an sich riss, war ihm im Lauf des Tages mehrfach unangenehm aufgestoßen, obwohl er ihr geschicktes und einfühlsames Vorgehen sogar bewunderte. Vanessa, das war ihm inzwischen klar, ließ sich durch nichts beirren. Sie würde ihren Weg bei der Kriminalpolizei gehen und nicht wie er bei einer kleinen Kriminalaußenstelle versauern, die zu allem Unglück auch noch bald aufgelöst wurde.

»Lasst bitte den Kollegen Linkohr weiterreden«, schaltete sich Häberle mit autoritärem Tonfall ein.

»Mompach junior hat gesagt, es gäbe einen handfesten Skandal in Rimmelbach, wenn herauskäme, um wen sich die beiden Männer gestritten haben.«

»Jetzt mach's nicht zu spannend, Mensch!«, drängelte ein anderer Kollege, der sich jetzt, nach dem offiziellen Feierabend, ein Bier genehmigte.

»Sowohl Mompach als auch die Frau können sich dann in Rimmelbach nicht mehr sehen lassen. Und Hartmann hätt's auch nicht mehr wagen können, wenn er sich nicht umgebracht hätte – falls es Selbstmord war.«

»Jetzt sag's doch schon, bevor *noch* jemand umgebracht wird«, meckerte eine weitere Stimme.

»Mompach junior meint, sie hätten's beide mit derselben Frau getrieben, ohne dies zu ahnen. Droben auf diesem Hochsitz. Und eines Tages im Sommer soll sein Vater hochgestiegen sein und den Hartmann sozusagen in flagranti mit dieser Frau ertappt haben. Ein Glück, dass es damals nicht schon einen Toten gegeben hat.«

Häberle räusperte sich vernehmbar. »Jetzt wird es aber Zeit, dass Sie uns über die Identität dieser Frau aufklären.«

»Da haut's euch 's Blech weg«, erwiderte Linkohr. »Karin Stenzel. Die Schulleiterin.«

Mompach hatte eine dreiviertel Stunde auf seinem Liegestuhl gedöst. Einen richtigen Tiefschlaf fand er nicht, weil sich die Geräusche und Gespräche um ihn herum zu Albträumen formten. Mit jedem Schritt, den er abseits des Rasens im sandigen Weg vernahm, spürte er förmlich eine Gefahr auf sich zukommen. Das galt auch für diese Wassermotorräder, wie er die Jetboote nannte. Diese laut aufheulenden Apparate flitzten wie Geschosse über die Wellen und verbreiteten einen Höllenlärm. Glücklicherweise gab es nicht allzu viele solcher Gefährte, stellte er zufrieden fest. Andererseits, so suggerierte ihm eine innere Stimme, konnte man mit diesen Dingern schnell übers Wasser flüchten. Ein ideales Fluchtfahrzeug für einen Killer. Oder für den Erpresser, wenn er im Besitz des Geldes war.

Mompach erschrak über diesen Gedanken und versuchte zum wiederholten Male vergeblich, sich zu beruhigen. Aber was sollte ihm hier am helllichten Tag denn passieren, hier, umgeben von Hunderten sonnenhungriger Touristen, von Hotelangestellten und Spaziergängern da vorne auf dem Sandstrand? Er hatte sich auf die linke Seite gedreht und die Augen unter der Sonnenbrille geschlossen. Immer wenn er kurz blinzelte, traf sein Blick dieses Geisterhäuschen, das sich wie ein Bote aus einer fremden Welt vor ihm erhob, golden funkelnd und reich verziert.

Weil er keine Ruhe fand, stand er auf, legte die Stofftasche mit dem Buch auf den Liegestuhl, um ihn für sich zu reservieren, und lächelte seinen schwäbischen Stuhlnachbarn zu. »Ich geh mal schwimmen«, sagte er und schlurfte mit seinen Badeschlappen auf dem sandigen Weg zum Pool hinüber, um den herum die Liegestühle gruppenweise angeordnet waren. Mompach empfand dies als angenehm, zumal er es nicht mochte, wenn Liegestühle dicht beieinander in Reih und Glied aufgestellt wurden. Beim Näherkommen an das nahezu menschenleere Becken, in dem das Wasser verlockend blau schimmerte und das Sonnenlicht wie funkelnde Diamanten reflektierte, wurde ihm erst das ganze Ausmaß dieses Pools bewusst, zu dem auch ein Planschbecken für Kleinkinder gehörte und sich dazu noch im Regenwaldbewuchs eine Wasserrutsche um Baumstämme und Hecken herumschlängelte.

Mompach streifte seine Badeschlappen ab und stieg über ein paar Stufen in das erfrischende Wasser, um sich mit wenigen Schwimmbewegungen vom Beckenrand zu entfernen. Von der Poolbar schallte ihm ein Ohrwurm der Beach Boys entgegen, während er bereits die andere Seite erreichte, wo der künstliche Flusslauf in den Tropenbewuchs überging. Mompach folgte dem knapp drei Meter breiten Gewässer, dessen Ufer naturnah gestaltet war und das sich in mehreren Windungen, unter Stegen und tief hängenden Ästen hindurch, in diese vegetationsreiche Gartenanlage hinein erstreckte. Kaum war er außer Hörweite der Barmusik, umgab ihn sanftes Plätschern. Wurzeln ragten in das Wasser, verschiedene Düfte wechselten sich ab. Mal roch die Luft erdig, dann wieder betörend nach tropischen Blüten. Mompach vergaß für ein paar Minuten, was ihn seit Tagen bedrückte. Diese Atmosphäre war tatsächlich dazu angetan, sich in diese beruhigende Stille fallen zu lassen. Er wünschte sich, alles vergessen zu können und hierzubleiben. Für immer. Hier oder in seinem Appartement.

Nach weiteren Schwimmzügen tauchte hinter dem nuancenreichen und dichten Grün die Fassade eines der Hotelgebäude auf. Und als das Rauschen des Wasserfalls anschwoll, vermutete Mompach, dass er nach der nächsten Biegung unterhalb seines Zimmers angekommen sein musste. Tatsächlich weitete sich der Flusslauf – genau so, wie er ihn vom Balkon aus gesehen hatte. Rechts neben ihm rauschte das überschüssige Wasser des Whirlpools über einige große Steinbrocken herab – und direkt vor ihm, wo der künstliche Bach scharf nach rechts abbog, trat auf einer Breite von schätzungsweise sechs Metern eine dünne Wasserwand aus der Gebäudefassade heraus und stürzte senkrecht hinab. Genau da drüber, so erkannte Mompach, befand sich sein Zimmer. Er hörte auf zu schwimmen und ließ seine Beine auf den gefliesten Beckengrund sinken, sodass ihm das Wasser bis zur Brust reichte. Er ging ein paar Schritte weiter, um in einem günstigeren Winkel zu seinem Balkon hochsehen zu können. Die Tür war noch immer zu, der Vorhang jedoch aufgezogen. Mompach stutzte. Er war sich absolut sicher, den Vorhang nicht angerührt zu haben. Er blieb regungslos stehen und behielt die Glasfront entlang des Balkons fest im Auge. Hatte sich hinter der stark reflektierenden Scheibe etwas bewegt? War da jemand gewesen? Jemand, der seine persönlichen Utensilien durchsuchte? Die wichtigsten hatte er aber in den Kleiderschranktresor geschlossen. Aber wer konnte schon wissen, wie sicher das Zahlenkombinationsschloss war und wer sich damit auskannte? Mompach ging noch ein paar Schritte weiter, um von einem tief hängenden Zweig verdeckt zu werden. Ihm selbst blieb aber ein schmaler Blickwinkel, um die Schiebetür auf dem Balkon fixieren zu können.

Noch einmal vermutete er eine Bewegung hinter dem Glas. Oder hatte ihm seine Fantasie schon wieder einen Streich gespielt? Er wartete noch ein paar Minuten, während derer er seinen Blick starr auf das Objekt gerichtet hielt. Doch da gab es nichts mehr, was ihm verdächtig erschien. Vielleicht, so fiel es ihm plötzlich ein, war es auch nur das Zimmermädchen gewesen, das gerade saubermachte. Das Zimmermädchen? Es hatte vermutlich auch die Vorhänge aufgezogen. Aber natürlich, schoss es ihm durch den Kopf: Zimmermädchen konnten in jedem Hotel der Welt jedes Zimmer öffnen. Daran hatte er bisher überhaupt nicht gedacht.

Er ließ seinen ganzen Körper ins Wasser eintauchen und schwamm weiter – unter einer niedrigen Holzbrücke hindurch, vorbei an der Wasserrutsche und schließlich zurück in den großen Pool, wo an der Bar jetzt ›I just call to say I love you‹ von Stevie Wonder gespielt wurde. Inzwischen tummelte sich ein halbes Dutzend Menschen im Wasser. Unter ihnen entdeckte er auch Udo und Leni, die ihm zuwinkten. »Das ist doch super, gell?«, meinte Leni, als er bei ihnen war und die Beine wieder auf den Grund sinken ließ.

»So einen Pool hab ich noch nirgendwo gesehen«, stellte Mompach fest und wischte sich Wasser aus den Augen. »Ich bin jetzt ganz durchgeschwommen. Genial. Wirklich genial.«

»Wie sind Sie denn auf dieses Hotel gekommen?«, wollte Udo wissen.

Mompach war auf diese Frage nicht gefasst gewesen. Er rieb sich verlegen die Augen. »Durch Freunde«, log er. »Sie haben gemeint, das Hotel sei ein heißer Tipp.«

»Dann sind Sie zum ersten Mal hier in Hua Hin?«, hakte Leni nach.

»Ja – das heißt nein«, Mompach lächelte verlegen. »Ein Freund von mir ist öfter hier. Also nicht in diesem Hotel, sondern in einem Appartement. Ich hab ihn ein paar Mal besucht und deshalb ist mir die Gegend hier einigermaßen vertraut.«

»Und jetzt machen Sie allein hier Urlaub?«, wollte Leni wissen.

»Ja, einfach mal abschalten, nichts tun, weg von unserem hektischen Europa.« Er überlegte krampfhaft, wie er dieses heikle Thema wechseln konnte. »Hier gehen die Uhren doch anders. Allein schon das Klima bremst dich aus. Und ich habe den Eindruck, dass sich diese Wärme auch positiv auf die Gemütslage auswirkt. Die Menschen sind weniger aggressiv – und vielleicht auch weniger depressiv, aber das kann ich nicht beurteilen.«

»Sonne ist doch das, was uns in Deutschland fehlt«, griff Udo das Thema auf. »Es muss doch einen Grund haben, dass kreative Menschen oftmals in den Süden ziehen. Schriftsteller, Komponisten, Maler. Sie alle haben im Tessin oder am Südzipfel des Gardasees ihre besten Einfälle und Ideen. Nur leider können sich das auch nur jene leisten, die's bereits zu was gebracht haben.«

Mompach sah vor seinem geistigen Auge all die traumhaften Urlaubsziele vorbeiziehen. Den Lago Lugano, den Lago Maggiore mit den italienischen Örtchen Canobbio oder Luino, wo er mit Freunden noch im späten Frühjahr gewesen war. Oder den Gardasee mit den mediterranen Örtchen Garda, Bardolino oder Lazise.

Er wollte dies jetzt nicht vertiefen. Nicht heute. So gerne er auch mit diesen beiden sympathischen Menschen noch geplaudert hätte. Er deutete an, dass er den Pool wieder verlassen und zum Liegestuhl zurückgehen wolle. »Wir kommen nachher auch wieder«, versprach Leni und folgte ihrem Udo in Richtung Poolbar.

Mompach kletterte aus dem Wasser, schlüpfte in seine Badeschlappen und ging gemächlich zu seinem Liegestuhl zurück. Die Stofftasche mit seinem Buch lag unberührt obenauf. Die leeren Liegestühle des Touristenpaars aus Stuttgart waren mit Büchern und einem T-Shirt als reserviert gekennzeichnet.

Mompach stellte fest, dass er vergessen hatte, ein Handtuch aus dem Zimmer mitzunehmen, um sich abtrocknen zu können. Doch er wusste sich zu helfen: Er zog eines der beiden Handtücher hervor, die der junge Hotelangestellte über die Liegematratze gebreitet hatte. Als er das Tuch über seinen Rücken werfen wollte, rutschte etwas zwischen seinen nackten Waden auf den Rasen.

Mompach hielt inne und sah zu Boden. Er ließ das Handtuch auf die Liege zurückfallen. Für den Bruchteil einer Sekunde fühlte er sich, als habe ihn ein Stromstoß getroffen. Vor ihm, zwischen seinen Füßen, lag ein weißes Kuvert, auf das mit schwarzem dickem Filzstift und in krakeligen Buchstaben sein Name geschrieben war.

Er drehte sich instinktiv nach allen Seiten um, doch soweit er sehen konnte, war da niemand, der ihn beobachtete. Er hob das zugeklebte Kuvert vorsichtig auf und ließ sich gleich auf die Liege sinken. Äußerlich gab es nichts, das auf den Absender hindeutete.

Mompach fand im Falz eine kleine Öffnung, an der er mit Zeigefinger und Daumen das Kuvert aufreißen konnte. Der Umschlag zerriss und gab ein zusammengefaltetes Blatt frei, das mit verschiedenen Computerschriften bedruckt war. Mompach vergewisserte sich nochmals, dass tatsächlich niemand da war, der mitlesen konnte, was da geschrieben stand: *Gut gemacht. Willkommen im Hyatt Regency Resort. Heute Abend: 21 Uhr Papa John.*

Sein Puls raste wieder. *Papa John.* Er faltete zitternd und wie in Trance das Blatt wieder zusammen und steckte es mit dem zerrissenen Kuvert in die Stofftasche.

Wieso Papa John? Es gab nicht viele Menschen, die wussten, was damit gemeint war.

Mompach spürte, wie es ihm heiß wurde. Er wollte jetzt allein sein. Nachdenken. Panik vermeiden. Er legte sich nass auf die Matratze, spürte das zusammengeknüllte Handtuch unter seinem Rücken und schloss die Augen. Alles schien sich plötzlich im Kreis zu drehen. Doch kaum hatte er sich in seine Gedanken vertieft, hörte er Schritte, die sich auf dem Sandweg näherten. Mompach öffnete die Augen und sah einen Schatten vor sich. Eine Person. Ein Mann. Panik.

Wieder ein Schock. Doch sein vor Entsetzen verzerrtes Gesicht wandelte sich zu einem gequälten Lächeln. Es war Udo, der vor ihm stand. »Lena und ich dachten, wir könnten unser Gespräch heute Abend fortsetzen, wenn Sie Lust haben und nichts Besseres vorhaben«, lächelte Udo, der aus Mompachs Perspektive vor dem Gegenlicht des hellblauen Himmels übergroß erschien.

Mompach setzte sich auf und wusste mit diesem Vorschlag in dieser Situation nichts anzufangen. »Gerne, ja«, presste er hervor. »Das heißt, nein. Ich hab heut schon was anderes vor.« Er verengte die Augenbrauen. »Das geht heute nicht. Leider.«

»Schade«, meinte Udo und ging einen Schritt zurück, »aber wir sind ja noch ein paar Tage hier. Wir wollten Ihnen nämlich mal ein gutes Lokal mit deutscher Küche zeigen.«

Mompach erstarrte in der Bewegung. Deutsche Küche? »Ach ja?«, war alles, was er seiner trockenen Kehle entlocken konnte. Sie war wie zugeschnürt.

»Ja, ein Berliner, nicht weit von hier«, sagte Udo und fügte im Weggehen hinzu: »Er nennt sich Papa John. Sie haben sicher noch nie etwas von ihm gehört.«

Mompach spürte, wie der Schock sich seines ganzen Körpers bemächtigte. Er ließ seinen Oberkörper sinken und blieb wie ohnmächtig liegen.

19

Franziska Kugler drückte ihrem Mann einen Kuss auf die Wange und streichelte ihm über das schüttere Haar. »Denk immer daran, Dieter: Der Herr ist mit uns.« Er war in der vergangenen Nacht wieder ruhe- und rastlos umhergefahren, bis nach Dillingen an der Donau und noch weiter bis Nördlingen. Jetzt fühlte er sich wie gerädert, hatte Kopfschmerzen und spürte Blähungen. Mittlerweile hatte er über fünf Kilo abgenommen, verweigerte sich aber Franziskas Rat, einen Arzt aufzusuchen. Beim flüchtigen Durchblättern der Montagszeitung stieß er auf Sanders Artikel über den Großbrand und den Tod Manuels. Welche Ironie des Schicksals, dachte er. Ausgerechnet für heute war der Termin mit dem Rechtsanwalt anberaumt, bei dem sie sich mit der Glaubwürdigkeit dieses Kindes befassen würden, das gar nicht mehr am Leben war.

Kugler überflog den Artikel, bis er auf seinen Namen stieß. Natürlich, dachte er resignierend – die Redaktion hatte sämtliche Vorkommnisse von Rimmelbach noch einmal aufgezählt und dabei auch den Machtkampf um die Pfarrstelle vom vergangenen Jahr erwähnt. Ergänzend war sogar ein Kurzkommentar erschienen. Überschrift: ›Fluch über Rimmelbach?‹ Wie ein Nadelstich mitten ins Herz, so trafen ihn diese Worte. Seine schwach gewordenen Augen glitten über den Text, während ihm der Atem stockte: ›Zuerst das endlose Gezerre um die Besetzung der Pfarrstelle, dann zwei rätselhafte Selbstmorde sowie der Versuch, die Stallungen eines offenbar unbequemen Landwirts anzuzünden. Und nun der dramatische Höhepunkt der Ereignisse: Das Kind, an dem sich der umstrittene Pfarrer vergangen haben soll, kommt bei einem Großbrand ums Leben. Alles nur eine Verkettung unglücklicher Umstände – oder gar ein Fluch? Weil die Staatsanwaltschaft schweigt, wird den wildesten Gerüchten Vorschub geleistet. Von Intrigen und Verschwörungen ist die Rede, aber auch von Rache und dubiosen Geschäften. Der Verdacht drängt sich auf, als habe die Ermittlungsbehörde den ›Fall Rimmelbach‹ viel zu lange auf die leichte Schulter genommen. Jetzt ist ein Todesopfer zu beklagen und somit allerhöchste Zeit, mit ernsthaftem Vorgehen noch Schlimmeres zu vermeiden.‹

»Hast du gelesen, was der Sander heute schreibt?«, fragte Kugler und schob die aufgeschlagene Zeitung seiner Ehefrau über den Tisch.

»Guter Kommentar«, meinte sie.

»Guter Kommentar?«, erwiderte Kugler zweifelnd. »Dahinter steckt doch auch die Forderung, gegen mich vorzugehen. So lese ich das jedenfalls heraus. Ich bin doch der ›Fall Rimmelbach‹ – wer denn sonst?« Er faltete die Zeitung zusammen und warf sie auf einen Sessel.

»Du solltest nicht gleich hinter jeder Formulierung einen Angriff auf dich sehen.«

»Das sagt sich so leicht, Franziska. Aber was glaubst du denn, was jetzt geschieht? Es gibt keinen im Ort, der mehr Gründe hat, den Manuel umzubringen, als ich. Und wahrscheinlich gibt's auch keinen, der ganz ohne Alibi dasteht wie ich.« Er sah sie aus wässrigen Augen an. »Nicht mal du kannst mir für die Nacht zu gestern ein Alibi geben.«

Sie erwiderte seinen unsicheren Blick mit versteinertem Gesicht: »Wer vor Gott verantworten kann, was er getan hat, der braucht kein Alibi.«

Er überlegte, wie sie dies meinte. »Wer vor Gott verantworten kann, was er getan hat«, – das klang doch so, als sei sie sich seiner Unschuld gar nicht so sicher. Oder spielten seine Nerven jetzt vollends verrückt?

Die Worte klangen in ihm noch nach, als er wenig später das Haus verließ und mit seinem Mercedes im nahen Urspring auf die B 10 abbog. Der Verkehr war an diesem Montagvormittag erstaunlich dünn, sodass er bereits in einer Viertelstunde den Parkplatz der Anwaltskanzlei in Geislingen erreicht hatte.

Als ob jetzt gleich sein Todesurteil gesprochen würde, so weich waren seine Knie geworden, als er die paar Stufen ins Obergeschoss hochstieg und einer Empfangsdame erklärte, dass er einen Termin mit Jürgen Schaufler habe. Mehr als ein Monat war inzwischen vergangen, seit er ihn zum ersten Mal aufgesucht hatte.

Der Anwalt bat ihn in sein großzügig und hell eingerichtetes Büro. »Kaffee?«, fragte der Jurist, aber Kugler verneinte. Er durfte seinen Magen nicht noch zusätzlich reizen.

Sie nahmen auf der ledernen Sitzgruppe Platz und Schaufler kam sofort zur Sache. Er zog einen Schnellhefter zu sich heran, dessen Umfang auf einen Inhalt von mindestens 50 Blättern schließen ließ. Schon als Schaufler das Deckblatt abhob, erkannte Kugler, dass die bedruckten Texte akkurat aufgelistet und entsprechend formatiert waren. Ein Gutachten wie aus dem Bilderbuch, dachte er. Vermutlich bestand es zu 90 Prozent aus Textbausteinen und zu neun Prozent aus wissenschaftlichem Kauderwelsch. Übrig blieb ein einziges, aber schicksalhaftes Prozent, mit dem der Kinderpsychologe seine felsenfeste Überzeugung darlegen würde, dass Manuel nichts anderes als die reine Wahrheit gesagt hatte, belegt mit tausend Argumenten und Verweisen auf die aktuelle Lehr- und Forschungsmeinung.

»Entscheidend ist nicht, was die Professoren schreiben, sondern das, was vor Gericht gesprochen wird«, begann Schaufler vorsichtig, als habe er die Gedanken seines aufgeregten Mandanten lesen können.

Kugler spürte, wie sich all seine Muskeln verkrampften. Allein schon diese einleitenden Worte ließen das Schlimmste befürchten.

Schaufler schlug die ersten Seiten auf, als wolle er das Gutachten jenes Professors vorlesen, der deutschlandweit als Koryphäe auf seinem Gebiet galt. »Wir brauchen nicht alles durchzugehen«, sagte er, um dann schonungslos das Ergebnis zu offenbaren: »Manuel wird als voll glaubwürdig eingestuft.«

Kugler schloss für einen Moment die Augen und sackte in sich zusammen, keiner Worte mehr mächtig.

»In allen Tests und psychiatrisch-psychologischen Explorationen hat der Bub nicht den Eindruck hinterlassen, eine Schilderung des Sachverhalts, wie er sie vor der Polizei abgegeben habe, frei erfinden zu können.« Schaufler blätterte zu den letzten Seiten. »Manuel ist in der Entwicklung zurückgeblieben, eher unterdurchschnittlich intelligent, verschüchtert und weist Ansätze zu verhaltensgestörtem Benehmen auf, schreibt der Gutachter.« Der Anwalt deutete auf einen fett gedruckten Abschnitt und interpretierte ihn so: »Mit an Sicherheit grenzender Wahrscheinlichkeit kann man die Aussagen des Kindes als verlässlich betrachten, denn – so steht es hier – ›ein Kind mit einem solchen Verhaltensmuster, das noch von starker kindlicher Naivität geprägt ist, wäre gar nicht in der Lage, eine logische Lügengeschichte zu erfinden und sie gegenüber einer starken schulischen Autorität konsequent beizubehalten‹.«

»Das war's dann ja wohl«, flüsterte Kugler.

»Natürlich nicht«, erwiderte Schaufler schnell und schlug das schriftliche Gutachten zu. »Die Staatsanwaltschaft sieht sich damit zwar bestätigt, aber vor Gericht hätten wir mittlerweile eine neue Situation. So tragisch die Vorkommnisse vom Wochenende auch sind, sie haben dazu geführt, dass vor Gericht kein Opfer mehr auftreten wird.«

Kugler runzelte die Stirn und presste seine gefalteten Hände so fest zusammen, dass sich die Fingerknöchel weiß abzeichneten. »Soll ich mich jetzt freuen, dass Manuel tot ist?«

Schaufler schüttelte den Kopf. »So war das nicht gemeint. Aber ich betrachte den Fall von der juristischen Seite her ...«

»Ich glaub, wir lassen's einfach«, resignierte Kugler. »Warum soll ich mich quälen – vielleicht durch viele Instanzen –, wenn ich nichts getan habe? Macht es Sinn, für etwas zu kämpfen, was ohnehin schon verloren ist?«

Schaufler spürte, dass aus seinem Mandanten das Kämpferische gewichen war. »Verloren ist noch gar nichts, Herr Kugler. Wer zu Unrecht beschuldigt wird, darf sich nicht aufgeben.«

Kugler überlegte ein paar Sekunden. »Jetzt, da das Opfer nicht mehr lebt, geht's doch nur noch nach dem, was dieser Professor hier schreibt. Das Gericht kann sich nicht mal selbst ein Bild von dem Kind verschaffen.«

»Aber dafür von Ihnen«, konterte Schaufler. »Wir werden darlegen, auch mithilfe von Zeugen, dass Manuel ein verhaltensgestörtes, verschüchtertes Kind war, ein Einzelgänger, von der Mutter vernachlässigt, vom Vater verstoßen ...«

»Halt, halt«, unterbrach ihn Kugler. »Das mag zwar alles zutreffen, aber ich weigere mich, Frau Kowick als die böse Rabenmutter darzustellen.«

»Verzeihen Sie, Herr Kugler, aber vor Gericht sollten wir solche Befindlichkeiten zurückstellen. Es geht um Sie, vergessen Sie das nicht. Und wenn's hart auf hart kommt, ist eine Einstellung des Verfahrens im Zweifelsfall besser als eine Verurteilung.«

»Für mich nicht«, blieb Kugler hartnäckig. »Was ist schon eine Einstellung des Verfahrens wert? Dass ich nicht bestraft werde, ja – aber für die Öffentlichkeit bleibe ich dann der Kinderschänder.« Er musste kräftig husten. »Wie ist das überhaupt: Wird so was trotzdem verhandelt – auch wenn das Opfer tot ist?«

Schaufler nickte. »Wir haben die Aussagen des Kindes – und weil es sich bei der Sache um ein sogenanntes Offizialdelikt handelt, muss die Staatsanwaltschaft von sich aus tätig werden. Selbst wenn die Mutter kein Interesse mehr an einer Strafverfolgung hätte, würde es uns nichts helfen.«

Der Anwalt griff zu seinem Diktiergerät und drückte eine Taste. »Im Strafverfahren gegen Dieter Kugler …«

»Moment«, unterbrach ihn Kugler erneut. »Ich glaube, ich will das gar nicht mehr.«

»Wie bitte?« Schaufler musterte sein Gegenüber und sah, dass auf Kuglers Stirn Schweißperlen glitzerten. »Sie wollen …?«

»Ich bin schuldig«, flüsterte Kugler schwach. »Und ich bin schon so gut wie verurteilt.«

Martin Wissmut war widerwillig in die vernebelte Stadt an der Albkante gefahren, um in der dortigen Kriminalaußenstelle noch einmal seine Meinung über Manuel und dessen Mutter Sandra darzulegen. »Mensch, Junge«, klopfte ihm Häberle vor der versammelten Mannschaft der Sonderkommission auf die Schulter, »freu dich doch, dass du mal wieder eine Dienstreise ins schöne Geislingen machen durftest.«

Wissmut winkte ab. »Leute«, sagte er, »mich könntet ihr höchstens mit einer Dienstreise nach Thailand locken – aber nach Geislingen?«

»Wieso Thailand?«, fuhr Vanessa dazwischen und zog als das einzige weibliche Wesen im Raum die Blicke der Männerrunde auf sich.

Wissmut wurde verlegen. »Na ja, ich lese ja schließlich

auch die Akten. Eure ›schweren Jungs‹ von der Alb sollen doch auch mal dort gewesen sein.«

»Bravo«, lobte Häberle, »gut aufgepasst – oder hat dich nur das Wort ›Thailand‹ dazu animiert, alles ganz genau zu lesen?«

»Nein, August, es war wirklich die pure Dienstbeflissenheit. Denn nachdem mich der Ruf aus Geislingen ereilt hat, hab ich mal schnell so durchgelesen, was ihr in den letzten Wochen zusammengetragen habt. Außerdem …«, er wurde ernst, »… hat mich die Sache mit dem Kind ziemlich getroffen.«

»Du bist der Einzige von uns, der sowohl Manuel als auch seine Mutter genauer gekannt hat«, erklärte Häberle mit belegter Stimme. »Wie würdest du die Familienverhältnisse insgesamt einschätzen?«

Wissmut hatte sich auf einen Drehstuhl gesetzt und die Arme verschränkt. »Die waren natürlich nicht vom Feinsten. Ich weiß, worauf ihr hinauswollt: ob den Eltern – oder einem davon – zuzutrauen wäre, das Kind umgebracht zu haben. Was soll ich dazu sagen? Wir alle hier können nicht nachvollziehen, dass Eltern ihr eigenes Kind töten. Und doch passiert das öfter, als wir denken.« Er sah in betretene Gesichter. »Aber dass der kleine Manuel nicht gerade ein verhätscheltes Kind war, dürfte klar sein. Am merkwürdigsten erscheint mir persönlich die Rolle des Vaters, der sich offenbar überhaupt nicht um sein Kind gekümmert hat, obwohl er im gleichen Ort wohnt …«

»… und in der vorletzten Nacht, als es gebrannt hat, in Bregenz war, mit Freunden – in einer Disco«, schob Linkohr nach. »Was diese Freunde im Übrigen bestätigen. Das haben wir gestern Abend noch gecheckt.«

Vanessa ergänzte: »Und auf meine Frage, ob es denn noch etwas anderes gebe, was uns in Rimmelbach bisher verborgen geblieben sei, hat er meinem Empfinden nach ein bisschen zu schnell Nein gesagt.«

»Na, seht ihr, das deckt sich mit meiner Einschätzung«, fühlte sich Wissmut bestätigt. »Aber ich hab gehört, auch die Schulleiterin sei nicht ganz außen vor …?«

Einer aus der Kollegenrunde griff die Bemerkung auf: »Dass ausgerechnet ihr angeblich verlorener Schulhausschlüssel bei Hartmann daheim in der Schublade lag, lässt tief blicken.« Er grinste. »Das Ding wurde wohl beim Liebesabenteuer verloren und von Hartmann nicht mehr zurückgebracht.« Ein anderer aus der Ermittlergruppe fügte an: »Außerdem hat sie Kontakt zu Manuels Eltern, aber auch zu unserem Pfarrer, der mir ohnehin ziemlich suspekt erscheint.«

»Mir auch«, meinte ein älterer Kollege, der mit dem Gesäß am Fenstersims lehnte. »Vergesst nicht, dass er am Tag von Hartmanns Selbstmord mit schmutzigen Schuhen bei uns hier aufgetaucht ist. Er behauptet zwar, unterwegs pinkeln gewesen zu sein, doch könnte er genauso gut auf dem Hochsitz gewesen sein.«

Häberle, der bei derlei Diskussionen meist am Türrahmen lehnte, hob beschwichtigend die Hände: »Der Pfarrer als der Ungeliebteste vom ganzen Ort. Aber vielleicht auch der ärmste Hund von allen. Er hat sich vermutlich zwischen alle Stühle gesetzt, als er damit angefangen hat, auch noch den Selbstmord von diesem Marquart an Karfreitag zu hinterfragen.« Der Chefermittler wartete ein paar Sekunden, bis sich eine beginnende Diskussion wieder legte. »Kugler ist einigen Herrschaften mit Sicherheit ein Dorn im Auge. So einen Revoluzzer-Pfarrer auf der Alb – das hat irgendwie nicht gepasst. Trotzdem sollen sich die Kontrahenten noch in Sicherheit wähnen. Und wir haben genügend Zeit, uns auf ein paar Kernpunkte zu konzentrieren.« Alle im Raum wussten jetzt, dass ihr Chef bereits eine klare Strategie ausgearbeitet hatte. »Erstens, wir drängen auf eine Hausdurchsuchung bei Igor. Zweitens, wir versuchen rauszukriegen, wo dieser Igor ist und wo sich Heiko Mompach aufhält.« Einem kurzen Murmeln aus dem Kollegenkreis begegnete Häberle mit Neuigkeiten, die ihm gleich nach seinem Eintreffen übermittelt worden waren: »Die Umweltschutzbehörde des Landratsamts hat was Interessantes herausgefunden. Nach dem Hinweis auf die illegale Feuerstelle im Hochsträßhof von Mompach haben sie dort tatsächlich am Wochenende mal die Asche durchwühlt und einige verschmorte Plastiksachen gefunden. Aber auch noch etwas anderes, das sie uns nicht vorenthalten wollten.« Häberle verstand es auch noch nach jahrelangem Berufsleben, spannend zu erzählen: »Etwas, das wir nach Hartmanns Selbstmord in den Medien veröffentlicht haben. Erinnert ihr euch?«

»Machs nicht so spannend, August«, kam eine Stimme aus dem Hintergrund.

»Ein Knopf. Ein metallener Knopf, vermutlich von einer Arbeitshose«, klärte Häberle die Zuhörerschar auf. »Der gleiche, wie er auf dem Hochsitz entdeckt wurde.«

»Und was sagt uns das?«, wollte ein Kollege wissen.

»Ganz einfach«, erläuterte Häberle, »vielleicht hat derjenige, der auf dem Hochsitz war und dort den Knopf verloren hat, allen Grund gehabt, das komplette Kleidungsstück zu beseitigen. Es also zu verbrennen.«

»Ach«, staunte Linkohr, »da haut's dir 's Blech weg.«

Mompach empfand die tropische Hitze so drückend wie nie zuvor. Er hatte sich auf die linke Seite gelegt, um beim Öffnen der Augen nicht jedes Mal das Urlauberpaar aus Stuttgart sehen zu müssen. Er hätte die beiden zwar gerne gefragt, ob sie während seiner kurzen Abwesenheit jemanden an seinem Liegestuhl gesehen hatten. Aber dann würde zwangsläufig die Frage kommen, weshalb er dies wissen wolle. Und außerdem waren ihm die beiden offenbar in den Pool gefolgt und länger als er dort geblieben.

Wieder durchzuckte Mompach ein finsterer Gedanke: Hatte dieses harmlos wirkende Pärchen womöglich …?

Nein, verwarf er dieses Szenario. Dass ihm ein Liegestuhl neben ihnen zugewiesen worden war, konnte nur ein Zufall gewesen sein. Oder, so hämmerte es erneut in seinem Kopf, steckte der Hotelbedienstete, der die Handtücher ausgab, mit den beiden unter einer Decke?

Mompach hörte auf dem sandigen Weg wieder Schritte auf sich zukommen. Er getraute sich nicht, sich zu bewegen, sondern stellte sich schlafend. Niemand würde es wagen, ihm hier in dieser belebten Hotelanlage etwas anzutun. Die Schritte entfernten sich wieder.

Er öffnete seine Augen hinter der Sonnenbrille nur einen winzigen Spalt, um sich zu vergewissern, dass niemand auf das schmale Stück Rasen getreten war, das ihn von der bewachsenen Grundstücksgrenze trennte. Vor ihm erhob sich das auf einem mannshohen Sockel stehende Geisterhäuschen, dessen goldene Verzierung im nachmittäglichen Sonnenlicht glitzerte. Über die Bedeutung hatte er im Reiseführer nachgelesen. Demzufolge wurden sie in Thailand ›San Phra Phum‹ genannt und verdeutlichten, wie stark der Geisterglaube im Alltagsleben verankert war. In dem Häuschen wohnte der Hausgeist samt seiner Familie und schützte das Anwesen und die Bewohner, die ihm täglich Opfergaben brachten.

Mompach beschlich der Gedanke, ob diese Geister ihm wohl gutgesinnt waren. Er spürte Rückenschmerzen, doch er wollte seine Liegeposition nicht ändern. Er versuchte zu schlafen, aber sobald die Müdigkeit über seine aufwühlenden Gedanken Herr zu werden schien, vermischten sich Realität und Träume miteinander. Das zur Flut aufbrandende Meer entwickelte sich zu Donnerschlägen, fröhliche Stimmen von nebenan verwandelten sich in bedrohliche Befehle, den Geldkoffer abzustellen und die Arme zu heben. Dann zerriss eine Salve aus einer Maschinenpistole die gespenstische Atmosphäre, die ihm sein müdes und gestresstes Gehirn vorgaukelte. Mompach zuckte zusammen, hob reflexartig seinen Oberkörper und wollte in Deckung gehen. Schüsse? Maschinenpistole? Nein, stellte er mit rasendem Puls fest. Es war nur der laut knatternde Motor eines dieser Wassermotorräder gewesen, die gelegentlich am Sandstrand vorbeifegten. Jetzt konnte er endgültig nicht mehr schlafen.

Denn alle Versuche, sich abzulenken, blieben erfolglos. Er musste nur an eines denken: In welchen Hinterhalt würde ihn der unbekannte Erpresser heute Abend locken? Ausgerechnet bei Papa John. Wo auch dieses Stuttgarter Urlauberehepaar sein würde.

Häberle hatte es geschafft. Staatsanwaltschaft und Amtsrichter waren nun ebenfalls davon überzeugt, dass der Tod Manuels auch etwas mit dem Verschwinden Igors und Mompachs zu tun haben konnte. Das Mobile Einsatzkommando der Landespolizeidirektion war innerhalb einer dreiviertel Stunde vor Ort, und Häberle hielt der völlig verdutzten Marina einen Hausdurchsuchungsbeschluss vor die Nase. Die erblasste junge Frau konnte offenbar den Text nicht verstehen, doch allein der Anblick der vielen Einsatzfahrzeuge und der schwarz gekleideten Beamten der Spezialeinheit reichten aus, ihren Widerstand zu brechen. Sie trat zur Seite und ließ die Männer in den Innenraum stürmen. »Ist noch jemand im Haus?«, fragte Häberle, der die Frau zur Seite nahm und ihr Linkohr und Vanessa vorstellte. Der junge Kriminalist entsann sich an das Gespräch mit Arnold Kowick, der von einer Russin geschwärmt hatte, die oft mit

Igor aufgetaucht sei. Das musste sie sein. Linkohr lächelte ihr freundlich zu, doch ihre Gesichtszüge blieben regungslos. Dafür aber, so stellte er mit dem alles durchdringenden Blick eines Mannes fest, waren die übrigen Körperrundungen bestens ausgeprägt.

»Niemand da, nein. Ich hab Ihnen doch gesagt, dass Igor …«, beeilte sich die Blondine anzumerken.

»Schon gut«, gab Häberle zurück und wandte sich an den Einsatzleiter der Spezialeinheit, der jetzt auch das Haus betreten wollte: »Achten Sie auf das Terrarium. Da ist was ziemlich Giftiges drin.«

Der Mann wischte sich über seinen Schnauzbart und hielt für einen Moment inne: »Was heißt das?«

»Kobra«, erklärte Häberle knapp. Dann ließ er Marina stehen und folgte mit Linkohr und Vanessa dem Einsatzleiter. Inzwischen hatten sich die Männer in allen Räumen verteilt, um Beweismaterial zu suchen, das auf Igors Tätigkeiten und seinen derzeitigen Aufenthalt schließen ließ. Mehrere Beamte machten sich in einem kleinen Büro über Computer und Speichermedien her, entkabelten die Geräte und steckten sie vorsichtig in mitgebrachte Kisten. Außerdem tippte ein Ermittler auf den Tasten des schnurlosen Telefons herum. Falls die Nummern abgehender und ankommender Gespräche gespeichert wurden, konnten auch daraus Rückschlüsse auf Igors Umfeld gezogen werden.

In einem Aktenschrank gab es mehrere Ordner, die mit kyrillischen Buchstaben beschriftet waren. Das würde wieder jede Menge Kleinarbeiten bedeuten, seufzte Häberle still in sich hinein. Er hasste es, sich durch Hunderte oder gar Tausende Seiten von Papier zu quälen – ganz abgesehen davon, dass er von Computerdateien und den heutigen Speichermöglichkeiten ohnehin nichts verstand. Es wurde wirklich Zeit, dass er in den Ruhestand ging, überkam es ihn wieder.

Irgendwie verstand er die heutige Welt und ihre Mechanismen nicht mehr.

Linkohr war Vanessa ins Wohnzimmer gefolgt, wo sie respektvoll vor dem großen Terrarium stehen blieben und auf die zusammengerollte Schlange starrten. »Sie scheint nicht hungrig zu sein«, meinte Vanessa.

»Wo geht das denn auf?«, fragte Linkohr besorgt und begutachtete die entsprechende Verriegelung.

»Angst?«, drehte sich Vanessa neckisch zu ihm um. »Hast du Angst, dass sie jemand rauslässt?«

»Um ehrlich zu sein: Angenehm wär's mir nicht gerade.«

Sie grinste ihn an. »Ich denke, du stehst auf Schlangenförmiges?«

Unglaublich, dachte Linkohr. Sogar in Situationen wie diesen konnte sie es nicht lassen, ihn anzumachen. War dies im Dienst überhaupt erlaubt? Einem Politiker war es doch kürzlich scharf angekreidet worden, dass er sich gegenüber einer Journalistin sexistisch benommen hatte. Linkohr empfand das Benehmen seiner Kollegin natürlich alles andere als unangenehm. Und doch wusste er es nicht einzustufen. Aber gerade dies war natürlich der ganz besondere Reiz. Vanessa hatte ein außergewöhnliches Talent, sich auf diese Weise interessant zu machen.

Der Einsatzleiter erschien an der Wohnzimmertür. »Kommt mal mit«, wies er die beiden Kriminalisten an und rief nach Häberle, der aus dem Büroraum kam. »Im Keller gibt's was«, fuhr der Beamte fort. Marina, die sich in einen engen Hausanzug gezwängt hatte, verfolgte das Geschehen irritiert vom Flur aus. Dort sollte sie während der Durchsuchungsaktion bleiben. Ihr war zudem ein striktes Telefonierverbot auferlegt worden.

Im Keller, dessen Grundrissaufteilung jener der Wohnung glich, brummte eine Pelletheizung vor sich hin, im Raum daneben befand sich der prall gefüllte Sack mit den Pelletvorräten. Eine Tür weiter deutete der Einsatzleiter auf einen Metallschrank, den die Beamten bereits geschickt geöffnet hatten, ohne das Schloss zu zerstören.

Doch Häberle interessierte sich zunächst für etwas anderes: An der weiß getünchten Wand hingen zwei Bogen, wie sie zum Abschießen von Pfeilen benutzt wurden. Sie erinnerten ihn an den Besuch eines Schützenvereins, der auch das Schießen mit Pfeil und Bogen im Angebot hatte. Gleichzeitig kam ihm dieser Landwirt Melzinger in den Sinn, der gestern mit einem Pfeil aufgetaucht war, den er in seinem Wald bei dem Hochsitz entdeckt hatte.

»Schaut euch das an!«, riss ihn der Leiter der Spezialeinheit aus seinen Gedanken. Häberle richtete seinen Blick auf zwei Regalböden des geknackten Schrankes. Dort waren bräunlich schimmernde Glasgefäße aneinandergereiht, die ihn sofort an eine Apotheke erinnerten. Nur die Schraubverschlüsse wollten nicht so recht dazu passen. »Wir gehen davon aus, dass es Anabolika sind«, meinte der Einsatzleiter. »Klarer Verstoß gegen das Arzneimittelgesetz. Wir nehmen das alles mit.«

»Dopingmittel«, flüsterte Linkohr seiner jungen Kollegin zu, »wird aber auch in Fitnessstudios vertrieben, unter der Hand natürlich.«

Wieder grinste Vanessa. »Damit die Jungs groß und stark werden wie Schwarzenegger als Terminator, stimmt's?«

Linkohr wusste nicht, ob dies wieder eine Anspielung auf ihn war, der nicht gerade mit Muskelpaketen und kleiderschrankähnlichen Schultern protzen konnte.

»Der Herr Popow«, resümierte der Einsatzleiter weiter, »hat hier unten aber auch Akten versteckt, die in kyrillischer Schrift verfasst wurden. Russisch, nehme ich mal an.« Er deutete auf einige Schnellhefter, die bereits in einem Polizeikarton lagen. »Aber hier ist eine, die irgendwie nicht dazu passt.« Der Einsatzleiter hob einen Aktenordner hoch. »Da steht ›Kind‹ drauf.«

Häberle runzelte die Stirn und sagte: »Alles mitnehmen. Und noch eine Bitte: Schaut auch mal nach, ob es zu diesem Bogen da an der Wand«, er deutete hinter sich, »auch Pfeile gibt.«

20

Mompach hatte den restlichen Nachmittag in seinem Hotelzimmer verbracht, die Vorhänge zugezogen und sich aufs Bett gelegt. Er trank Wasser und kämpfte gegen sein aufkommendes Hungergefühl an, das trotz der Magen- und Darmbeschwerden immer stärker wurde. Doch er wollte, wenn überhaupt, erst bei Papa John etwas essen. Er musste sich dort ganz unauffällig verhalten. Denn so, wie der Unbekannte bisher seine Anweisungen erteilt hatte, war damit zu rechnen, dass er es auch diesmal wieder schaffen würde, sie ihm heimlich zukommen zu lassen.

Aber warum dieses Katz- und Mausspiel?, überlegte Mompach. Warum nicht eine einzige kurze Anweisung – und die Geldübergabe wäre geschehen. Wieso wurde er ausgerechnet in dieses Lokal gelockt, in dem überwiegend deutsche Gäste verkehrten, weil der Inhaber ein Berliner war und den deutschen Essensgeschmack nach Thailand brachte?

Inzwischen war es dunkel geworden und das laute Rauschen des Wasserfalls unterhalb seines Balkons und des gegenüberliegenden Whirlpools verstummt. Ziemlich genau um 18 Uhr wurden diese beiden Anlagen offenbar automatisch abgeschaltet. Mompach genoss die wohltuende Stille. Jetzt war endlich auch das vielstimmige Konzert der tropischen Vogelwelt zu vernehmen.

Er rasierte sich, duschte und suchte nach einer plausiblen Erklärung für seinen Kneipenbesuch, falls das Stuttgarter Urlauberpaar auch da sein würde. Immerhin hatten die beiden ihn heute Abend dorthin mitnehmen wollen. Nun würde es womöglich ein peinliches Zusammentreffen geben. Er entschied deshalb, erst kurz vor dem auf 21 Uhr festgelegten Termin des Erpressers einzutreffen und sich möglichst in eine abgeschiedene Ecke des überdachten Freiraumes zu setzen.

Bevor er das Zimmer verließ, vergewisserte er sich, dass die Balkontür in die Verankerung eingerastet war. Er zog die Zimmertür bewusst kräftig zu und spürte auf dem flurartigen Umgang sofort wieder die tropisch-feuchte Luft, die ihm wie aus einem Backofen entgegenschlug. Vor den dezenten Lampen schwirrten kleine Insekten, auf einem nahen Tennisplatz war das Flutlicht eingeschaltet.

Mompach blickte sich mehrfach um, drosselte vor jeder Biegung seine Schrittgeschwindigkeit, stieg die Stufen zum Garten hinab und eilte an dem angestrahlten dichten Bewuchs entlang zu dem Holzsteg, der sich über einen naturbelassenen Tümpel spannte, dessen Wasser voll exotischen Lebens war.

Mit wenigen Schritten hatte er abseits der Restaurantterrasse den Aufstieg zur Rezeption erreicht, wo eine hölzerne Dachkonstruktion den beidseits offenen Empfangsbereich zwischen den Gebäudetrakten überspannte. Eine junge Frau tippte hinter der tresenartigen Begrenzung etwas in ihren Computer und nahm den einzelnen Gast, der die Hotelanlage zum Vorplatz hin verließ, gar nicht zur Kenntnis.

Mompach überlegte, ob auf diese Weise auch Fremde unbehelligt in den tropischen Park gelangen konnten. Aber, so gab er sich gleich selbst die Antwort, wenn es jemand darauf abgesehen hatte, das Areal heimlich zu betreten, brauchte er das nur von der Meerseite aus zu tun. Mompach führte sich den Platz seines Liegestuhls vor Augen, wo über ein paar Treppen ein direkter Zugang vom Sandstrand bestand. Allerdings hatte er im Lauf des Tages auch einige Security-Leute gesehen, die möglicherweise dort nachts verstärkt patrouillierten.

Mompach steckte die Hände in die Hosentaschen und schlenderte über den großzügig gestalteten und von beleuchteten Palmen dominierten Platz zur schmalen Zufahrtsstraße hinab. Dort salutierten einige Uniformierte, die offenbar rund um die Uhr hier Wache standen. Wäre er nicht so angespannt gewesen, hätte sich Mompach nach dem Grund ihres Hierseins erkundigt, doch heute war ihm nicht nach Gesprächen zumute, die ihn aufgrund seiner mangelnden Englischkenntnisse ohnehin sehr anstrengten, insbesondere, wenn auch der Gesprächspartner des Englischen kaum mächtig war.

Mompach grüßte einige junge Damen, die vor einem hell erleuchteten budenartigen Geschäft standen und ihn zu einer Massage überreden wollten. Von Weitem schallten ihm bereits Beat-Oldies von der Eckkneipe entgegen, die direkt an der stark befahrenen Nong Khao Takiap Road stand. Er warf einen flüchtigen Blick zu den Tischen, an denen offenbar alle Plätze belegt waren. Hingegen wirkte die mit Bäumen bestandene Fläche auf der linken Seite heute öd und leer. Den Nachtmarkt, den er schon häufig besucht hatte, gab es montags nicht.

Er bog links in die Nong Khao Takiap Road ein und folgte dem Gehweg, der an teilweise verwilderten Grundstücken oder nur spärlicher Bebauung entlangführte. Er wusste, dass es hier oftmals unebene Stellen im Asphaltbelag oder tief liegende Wassereinläufe gab. Doch dies allein war nicht der Grund, dass er den Boden vor sich im Auge behielt. Obwohl die Straßenlampen ausreichend Licht spendeten, konnte er sich des unguten Gefühls, möglicherweise einer Schlange zu begegnen, nie ganz erwehren. Zwar hatte er während seiner bisherigen Aufenthalte in Thailand noch keine einzige zu Gesicht bekommen, erinnerte sich jedoch stets an einen Hinweis aus einem Reiseführer, wonach es hier die größte Kobradichte der Welt gebe. Aber das war natürlich bezogen auf die tropischen Wälder und Sümpfe im nördlichen Landesteil. In den Touristenzentren, beruhigte sich Mompach auch heute wieder, waren diese Reptilien längst zurückgedrängt worden.

Nach einigen Hundert Metern überquerte er die Straße, was angesichts des starken Verkehrs seine ganze Aufmerksamkeit erforderte. Auf der anderen Seite war der Gehweg belebter, breiter und übersichtlicher, außerdem gesäumt von Geschäften und den bewirtschafteten Freiflächen einiger Gaststätten.

Dann tauchte auch bereits das beleuchtete Schild mit der Aufschrift ›Papa John‹ auf. Mompach schätzte, dass er knapp einen Kilometer zurückgelegt hatte, als er kurz vor 21 Uhr die überdachte Terrasse des deutschen Lokals betrat. Sein Blick streifte über unzählige Köpfe hinweg. Offenbar waren die meisten Plätze besetzt. Ob auch das Urlauberpaar aus Stuttgart irgendwo saß, konnte er auf Anhieb nicht feststellen. Für einen kurzen Augenblick überlegte er, was er tun sollte, falls es keinen freien Tisch mehr gab. Noch während er unsicher dastand, kam eine der jungen Bedienungen auf ihn zu und lächelte ihn an: »Good evening. Only one place?« Mompach war von der Frage angetan und bejahte, dass er nur einen einzigen Platz benötige. Die Thailänderin nickte ihm freundlich zu. »Mr. Mompach?«, fragte sie vorsichtig, worauf er wie angewurzelt stehen blieb. Er sah sich vorsichtig um und konnte nicht einordnen, was gerade mit ihm geschah. Hatte sie seinen Namen gesagt? Sollte er noch einmal nachfragen? Lieber nicht, entschied er. Einfach weltmännisch so tun, als habe alles seine Ordnung. In dieser Beziehung hatte er viel von Hartmann gelernt.

»Yes«, presste er heiser hervor. Nachdem sich die Frau bestätigt fühlte, bat sie ihn, ihr zu einem kleinen Tischchen am Rand der gegenüberliegenden Brüstung zu folgen, die das Lokal nach hinten hin begrenzte. Mompach ließ sich auf einem der beiden Stühle nieder und beobachtete die Umgebung. Es schien so, als habe keiner der vielen Gäste von seinem Kommen Notiz genommen. Während ihm die Bedienung die Speisekarte auf den Tisch legte, sah er über die hölzerne Brüstung hinweg in die dunkle Landschaft hinaus, wo sich in einiger Entfernung die Lichter einiger Häuser abzeichneten. Er wusste jedoch, dass dort auch eine Eisenbahnlinie entlangführte, auf der die Züge meist einen Höllenlärm verursachten.

Und wieder machte sich ein tiefes Misstrauen breit: War der Platz für ihn absichtlich so gewählt worden, dass dieser Lärm jegliches Geräusch übertönen würde? Was würde geschehen, wenn der nächste Zug mit ohrenbetäubendem Getöse vorbeidonnerte?

Die sichergestellten Utensilien in Igors Wohnung füllten zwei Kombis. Häberle, Linkohr und Vanessa trafen wieder bei den Kollegen der Sonderkommission ein, die einige Neuigkeiten parat hatten. »Es hat tatsächlich noch ein paar Pfeile gegeben«, erklärte einer der Ermittler und hob eines dieser metallenen Objekte in die Höhe. »Sie sehen so aus wie jener, den der Melzinger vor seinen angeschossenen Bäumen gefunden hat.«

»Immerhin etwas«, murmelte Häberle zufrieden.

»Dieser Igor«, fuhr der Kollege fort, »scheint ein begeisterter Pfeil- und Bogenschütze zu sein. Denn nachdem du uns darauf aufmerksam gemacht hast, haben wir in der Wohnung auch auf Spuren danach gesucht. Igor hat ein paar Dutzend Figuren mit Sportlerdarstellungen rumstehen, drei davon zeigen Pfeil- und Bogenschützen. Außerdem gab's ein paar Fachzeitschriften zu diesem Thema.«

»Sehr gut«, murmelte Häberle. »Und dieser seltsame Aktenordner mit der Aufschrift ›Kind‹?«

»Enthält nichts Besonderes«, meldete sich ein anderer Ermittler zu Wort. »Nur Computerausdrucke aus dem Internet über Vaterschaftsrechte, DNA-Tests und die Grundschulpflicht. Dazu jede Menge nichtssagende Broschüren und Faltblätter des Schulamts, des Jugendamts, von Kinderärzten und Ähnliches. Aber keine persönlichen Schreiben oder Dokumente.«

»Der Ordner war ziemlich dick, wenn ich mich richtig entsinne«, hielt ihm Häberle vor.

»Der Ordner ja, aber was drin war, ist dürftig. Vielleicht wurde ja das Wichtigste inzwischen beseitigt.«

Häberle nickte. Weitaus ergiebiger erschienen ihm die Verbindungsdaten, die mittlerweile von den Mobilfunkanbietern eingegangen waren. Dazu legte ihm ein jüngerer Kollege eine Auflistung vor und interpretierte sie auch gleich eifrig: »Wenn wir davon ausgehen, dass der Brand Sonntagnacht kurz vor 0.30 Uhr ausgebrochen ist, dann käme für uns nur ein einziger Anruf infrage. Wir haben großes Glück, dass in dieser Funkzelle bei Rimmelbach um diese Zeit nur wenig telefoniert wurde. In München sähe dies wohl anders aus.« Er deutete auf eine Zahlenreihe. »Da war um 0.21:17 Uhr ein Anruf aus Moskau – und er dauerte nur fünf Sekunden lang.«

»Das reicht aus, um über diese Vorrichtung, die wir gefunden haben, einen Brandbeschleuniger zur Explosion zu bringen«, fügte ein anderer Kriminalist hinzu. »Und Brandbeschleuniger haben die Jungs aus Stuttgart nachgewiesen. Um genau zu sein: Superbenzin von Aral, Typ Ultimate.«

Linkohr und Vanessa, die inzwischen von den Kollegen scherzhaft als das ›Dream-Team der Polizeidirektion‹ bezeichnet wurden, hörten aufmerksam zu.

»Von Moskau, sagen Sie«, wiederholte Häberle, »dann kann man ja gespannt sein, wer von unseren Herrschaften in der Nacht zum Sonntag in Moskau war. Weiß man denn, von wo aus angerufen wurde?«

»Auch das ist bekannt«, trumpfte der ermittelnde Beamte auf. »Von einem Gerät, dessen Prepaidkarte über Aldi bei O-two angemeldet ist.«

»Also ein deutscher Anbieter?«, hakte Häberle nach.

»Ja, und wir haben in den vergangenen Stunden nach intensiver Recherche auch rausgekriegt, wer die Prepaidkarte angemeldet hat.«

»Oha«, staunte Häberle anerkennend. »Kommt jetzt die große Überraschung?«

»Na ja«, schränkte der Beamte ein, »es handelt sich um einen Raimund Brühl, einen Rentner, hat mal in Geislingen eine Tanzschule betrieben, aber das ist schon eine Weile her. Jetzt hat er einen Zweitwohnsitz irgendwo am Lago Maggiore. Luino oder so ähnlich heißt der Ort.«

»Luino, klar«, griff Häberle den Hinweis auf, denn er war schon häufig mit Susanne im Wohnmobil am Lago Maggiore gewesen. »Italienischer Teil des Sees. Viel preisgünstiger als die mondänen Schweizer Orte. Schräg gegenüber von Canobbio«, klärte er die Kollegen auf, die jedoch auch mit diesem Ort nichts anzufangen wussten.

»Und was meint der Tanzlehrer dazu?«, mischte sich jetzt Linkohr ungeduldig ein.

»Wissen wir noch nicht«, lautete die Antwort. »Er hat bei der Anmeldung seiner Karte eine Adresse in Bad Überkingen angegeben, vermutlich sein Hauptwohnsitz. Dort gibt es zwar einen Festnetzanschluss, aber er meldet sich nicht.«

»Hoffentlich ist er nicht in Moskau«, meinte Vanessa. »Deshalb sollten wir uns möglichst schnell um ihn kümmern, findet ihr nicht?« Sie sah angriffslustig in die Kollegenschar. »Vielleicht hat er Kontakte nach Rimmelbach.«

Häberle wollte etwas erwidern, doch in diesem Moment tauchte ein Uniformierter auf, der kurz anklopfte und mit einer Frau im Schlepptau eintrat. »Entschuldigt, Kollegen«, sagte der Mann vom Polizeirevier, »dies ist Frau Mompach. Sie möchte dringend jemanden von der Kriminalpolizei sprechen. Es geht um ihren Mann.«

Häberle hatte sich bereits umgedreht und die Bäuerin begrüßt, die beim Anblick der vielen Personen erschrocken zusammenzuckte. »Keine Angst«, sagte der Chefermittler deshalb und lächelte freundlich. »Das sind alles Kollegen, die sich derzeit intensiv mit Rimmelbach auseinandersetzen. Am besten, wir gehen in mein Büro«, entschied er und bat die Frau, ihm zu folgen.

In seinem Büro saßen sie sich am Besuchertisch gegenüber. Häberle räumte einige Akten beiseite und musterte die Frau, der er durchaus zutraute, auf ihrem Hochsträßhof auch selbst kräftig zupacken zu können. »Ich musste sowieso gerade in die Stadt«, versuchte sie, ihr unangekündigtes Erscheinen zu rechtfertigen, »deshalb hab ich das Ding gleich mitgebracht.«

Häberle wartete gespannt. Sie griff in eine mitgebrachte Plastiktasche und legte einen dünnen Metallstift auf den Tisch. »Wissen Sie, ich sorge mich inzwischen um Heiko, meinen Mann«, sagte sie. Häberle nahm das Objekt vorsichtig zwischen Daumen und Zeigefinger und ließ sich seine Überraschung nicht anmerken. Es gehörte zu den obersten Geboten eines Kriminalisten, niemals zu zeigen, dass er gerade mit einer völlig neuen Erkenntnis konfrontiert wurde. Für Häberle war sofort klar, was er da in den Händen hielt: einen Metallpfeil. Vermutlich von derselben Sorte wie jener, den ihm Melzinger vorgelegt hatte und wie sie einige davon heute bei Igor gefunden hatten. Er kommentierte dies nicht, sondern besah sich das Objekt interessiert und wartete auf Frau Mompachs weitere Erklärungen. »Ich hab Ihrer Frau Kommissarin ja schon gesagt, dass Heiko im Urlaub ist. Aber mir lässt das Ganze keine Ruhe, das müssen Sie verstehen. Und wenn ich mir alles so überlege, dann hab ich auch Angst um Heiko. Wegen all dieser Dinge mit Hartmann und so.«

»Diese Geschäfte mit Russland?«, hakte Häberle nach.

»Auch, ja. Aber vielleicht ist alles noch viel schlimmer.«

Sie war den Tränen nah. »Ich hab solche Angst, dass auch Manuels Tod damit zusammenhängt.«

Häberle reichte ihr ein Papiertaschentuch, mit dem sie die ersten Tränen aus den Augen wischte. »Danke. Und jetzt …«, sie atmete schwer, »… jetzt hab ich diesen Pfeil gefunden, zufällig. Versteckt in Heikos Schreibtisch.« Frau Mompach schnäuzte sich, dankbar, dass ihr Häberle die Zeit dazu gab, ohne eine Zwischenfrage zu stellen. »Heut früh hab ich erfahren, dass auch der Hans – der Hans Melzinger – so was in seinem Wald gefunden hat. Direkt beim Hochsitz.«

»Danke, dass Sie gekommen sind«, erwiderte Häberle mit väterlicher Stimme. »Wir werden das alles prüfen.« Er zog den Pfeil näher zu sich, als wolle er damit das Gesagte unterstreichen.

»Aber ein Pfeil hat doch bei Hartmanns Tod keine Rolle gespielt?«, fragte die Frau misstrauisch nach.

»Nein. Zumindest ist uns nichts davon bekannt.«

»Wissen Sie, wie es Sandra geht?«, wollte Frau Mompach unvermittelt wissen.

»Frau Kowick geht es den Umständen entsprechend«, versuchte sich Häberle herauszuwinden. Er musste sich eingestehen, dass er den neuesten Stand nicht kannte. Aber falls sie inzwischen vernehmungsfähig geworden wäre, hätte ihnen dies die psychiatrische Klinik mitgeteilt.

»Sandra hat nämlich auch Angst«, rang sich Frau Mompach zu einer weiteren Erklärung durch. »Wir haben uns lange unterhalten. Samstagnacht. Sie …« Wieder musste sie sich eine Träne abwischen. »Sie hat – entschuldigen Sie, Herr Kommissar, aber ich weiß gar nicht, ob ich Ihnen das erzählen darf.«

»Sie dürfen mir alles erzählen, denn alles, was wir beide hier drin bereden, bleibt unter uns. Es gibt kein Protokoll und niemanden, der uns zuhören kann«, beruhigte Häberle die Frau.

»Danke«, flüsterte Frau Mompach und schloss für ein paar

Sekunden die geröteten Augen. »Sandra hat Angst. Ihr Ex-Mann, der Arnold, hat ihr schon vor einem Monat erzählt, bei ihm sei eingebrochen worden, mitten in der Nacht, obwohl er daheim war. Stellen Sie sich das mal vor: Der Mann liegt in seinem Haus im Bett und es bricht jemand ein.«

Häberle nickte und gönnte der Frau eine Pause.

»Er hat sich schlafend gestellt«, fuhr sie fort, »und später hat er dann festgestellt, dass der Einbrecher nur einen Aktenordner mitgenommen hat.«

»Einen Aktenordner? Bei Arnold Kowick?« Häberle versuchte vergeblich, daraus einen logischen Schluss zu ziehen.

»Ja, es sei der Aktenordner mit den Unterlagen über ihr Kind gewesen.«

»Über Manuel?«

»Ja, über Manuel.« Frau Mompach hatte sich wieder im Griff. »Und ein, zwei Tage später, als sie abends noch ihren Rundgang um unseren Hof gemacht hat, hat sie ein unbekannter Mann belästigt.«

»Belästigt? Wie?«

»Erschreckt, meine ich«, berichtigte sich Frau Mompach, »ein vermummter Mann im Nebel sei's gewesen, sagt sie. Jung und schlank. Mehr weiß sie nicht.«

»Und was hat er von ihr gewollt?«

»Sie hat keine Ahnung. Zumindest hat sie mir gegenüber das behauptet.« Sie zögerte. »Er hat ihr einen Metallknopf hingehalten und gefragt, ob sie den kenne.«

Häberles Interesse stieg. »Einen Metallknopf? Woher?«

»Er will ihn ein paar Tage vorher an dieser Feuerstelle gefunden haben, die ...«

»Schon okay«, wehrte Häberle ab. Er wollte ihr das Eingeständnis ersparen, dass sie von der illegalen Müllverbrennung ihres Mannes wusste. »Und was hatte das mit dem Metallknopf zu bedeuten?«

»Weiß sie nicht. Aber der Mann hat gesagt, sie solle sich in Acht nehmen, und er könne ihr noch mehr zeigen.«

»Hat sie eine Vermutung, was er damit gemeint hat?«

»Nein, angeblich nicht.«

Häberle zögerte. »Sie formulieren dies schon zum zweiten Mal sehr vorsichtig. Darf ich daraus schließen, dass Sie ihr nicht so recht geglaubt haben?«

Sie zuckte mit ihren kräftigen Schultern. »Doch, doch, ich glaub ihr schon, aber ich hab mich gewundert, dass sie mir das alles so erzählt hat. Wahrscheinlich hat sie wirklich Angst. Denn bevor der Mann wieder im Nebel verschwunden ist, hat er sie noch gefragt, wie das denn mit Manuel gewesen sei.«

»Wie bitte? Wie was mit Manuel gewesen sei?« Häberle wollte sich vergewissern, dass er richtig gehört hatte.

»Ja, das hat er gesagt.«

»Aber was soll denn mit Manuel gewesen sein?«

»Das hab ich sie auch gefragt. Aber sie hat dann nur geweint.«

Mompach hatte lustlos in der Speisekarte geblättert, sich dann ein kleines Bier und einen Grillteller bestellt. Ob er trotz seines Hungers überhaupt einen Bissen hinunterbekommen würde, erschien ihm fraglich. Er legte einen Arm auf die hölzerne Balustrade und versuchte, sich so lässig wie möglich zu geben. Schon wieder hatte sich Schweiß auf seiner Stirn gebildet. Es war nicht nur die tropische Schwüle, die ihm das Wasser aus allen Poren trieb, sondern die pure Furcht vor dem Ungewissen. Er tat so, als interessierten ihn die geschmackvolle Dekoration und das Ambiente, das nicht aufdringlich deutsch war, dennoch eindeutig auf die Herkunft des Wirts schließen ließ. Mompach überlegte, ob der Betreiber des Lokals – angeblich ein Berliner – noch selbst hinterm Tresen stand. Vielleicht hatte der Gastronom auch schon genügend verdient und konnte sich inzwischen im Hintergrund halten.

Plötzlich traf Mompachs Blick auf einen Mann im T-Shirt, der vier Tische weiter ebenfalls allein saß. Schwarze Haare, Oberlippenbart, etwa 30 Jahre alt und schlank. Durchtrainiert. Als der Mann bemerkte, dass er fixiert wurde, starrte er genauso penetrant zurück. Mompach war das peinlich, weshalb er langsam und gelangweilt zur Seite sah und Interesse für eine Pflanze vortäuschte. Doch in seinem Kopf begann es zu rumoren. Wer war dieser Mann da drüben? Warum saß der alleine da – und dazu noch in seiner Blickrichtung?

Mompach spürte sein Blut im ganzen Körper pulsieren. Von Stunde zu Stunde musste er sich immer stärker eingestehen, solchen Aktionen nicht gewachsen zu sein. Im Dunstkreis Hartmanns war es einfach gewesen, den angeblich weltweit agierenden Geschäftsmann zu mimen. Hartmann war gewandt und erfahren genug, um auch unübersichtliche Situationen zu bewältigen. Doch er, der eher provinzielle Landwirt von der Schwäbischen Alb, war im Grunde seines Herzens bodenständig geblieben. Ohne Hartmann wäre er nie in die weite Welt hinausgekommen, doch sein Jagdgenosse hatte ihm gezeigt, dass man das ganz große Geld nicht mit landwirtschaftlicher Arbeit verdiente, sondern mit Handelsgeschäften und Vermittlungstätigkeiten. »Du musst mit dem Mausklick Geld machen«, hatte er immer wieder gesagt und damit zum Ausdruck gebracht, dass er per Computer lukrative Geschäfte einfädelte. Nicht alles, was Hartmann dabei anzettelte, konnte Mompach gutheißen, aber die Beteiligung an der einen oder anderen zweifelhaften Sache hatte auch ihm immense Summen eingebracht. Geld, von dem weder das deutsche Finanzamt noch seine Frau Linda etwas wussten. Sie hatten eine Zeit lang auf sehr großem Fuß leben können und in Immobilien investiert, die zumindest bis zur großen Finanzkrise höchst profitabel gewesen waren. Doch dass Hartmann noch im vergangenen Jahr auf eine spekulative Anlage auf Zypern gesetzt hatte, brachte ihn in den letzten Monaten seines Lebens in eine finanzielle Schieflage. Aber darüber hatten sie gar nicht mehr gesprochen, denn die Sache mit Karin war der Supergau gewesen, der ›größte anzunehmende Unfall‹, wie es in der Sprache der Kernkraftgegner geheißen hätte. Mehrfach hatten sie sich geschworen, sich mit ihren Frauen- und Bettgeschichten nicht in die Quere zu kommen. Niemals. Hartmann war sogar derjenige gewesen, der darauf allergrößten Wert gelegt hatte – insbesondere natürlich im heimischen Umfeld. Darin waren sie sich einig, denn auch Mompach hätte als angesehener Bürger Rimmelbachs nichts weniger brauchen können als einen Skandal.

In einem kleinen Dorf wurden Seitensprünge oder gar noch schlimmere Eskapaden nicht verziehen. Heile Welt war da angesagt, obwohl es bei näherem Betrachten nicht anders zuging als in einer Großstadt, wo man in der Anonymität eines Wohnblocks abtauchen konnte. Mompach kannte diese Scheinheiligkeit und war sich bewusst, selbst zu jenen zu gehören, die diese zur Schau trugen.

Aber, verdammt noch mal, so dachte er sich, während sein Blick ins Leere ging, niemand konnte ihm doch verdenken, wenn er gelegentlich aus dieser heilen Welt ausbrach – einer Welt, die für ihn immer sehr klein gewesen war, nachdem er den Hochsträßhof von den Eltern frühzeitig hatte übernehmen müssen. Dass er Linda traf, diese herzensgute Frau, die bereit gewesen war, einen Bauern zu heiraten, das empfand er noch immer als Glücksfall. Unter keinen Umständen wollte er dies alles aufs Spiel setzen – und er war sich auch keiner Schuld bewusst gewesen, wenn er mit Hartmann großspurig das süße Leben genoss. Es waren für ihn nicht wirklich Seitensprünge, sondern Vergnügen und Spaß, einfach halt ›Events‹, wie man heutzutage sagte.

Er musste für einen Moment an Timo denken. Der einzige Sohn war mit diesem Leben auf dem Bauernhof nicht zurechtgekommen. Vielleicht hatte er ihn auch allzu sehr darauf getrimmt, sein Nachfolger zu werden. Dazu bedurfte es eines ausgeprägten Ordnungssinns, Zielstrebigkeit, Ausdauer und äußerster Disziplin – alles Eigenschaften, die Timo nicht in die Wiege gelegt worden waren. Mit Müh und Not hatte er die Hauptschule durchgestanden, sich dann aber strikt geweigert, die Berufslaufbahn eines Landwirts einzuschlagen. Dabei wären die Voraussetzungen bestens gewesen, dachte Mompach. Der Betrieb hatte die richtige Größe, um auch künftige Herausforderungen der Agrarwirtschaft zu bestehen. Aber Timo scheute die Arbeit und schlug alle Warnungen in den Wind: Dass er ohne vernünftige Ausbildung künftig zu den Verlierern der Gesellschaft zählen werde, dass er langfristig nicht mal auf eine Rente vertrauen könne und dass er niemals gesellschaftliches Ansehen gewinnen werde. All dies scherte Timo nicht. Einmal hatte er sogar im Zorn gesagt, er werde den Hof – wenn er ihn erbe – ohnehin eines Tages verkaufen und sich nach Südfrankreich absetzen. Was für ein Dummkopf!, dachte Mompach. Wer würde ihm denn später einmal dieses landwirtschaftliche Anwesen auf der kargen Albhochfläche für so viel Geld abkaufen, dass er vom Erlös nie mehr würde arbeiten müssen. Eurokrise, Teuerungsraten, höhere Steuern, gestiegene Energiekosten – das alles war dazu angetan, Ererbtes ganz schnell aufzusaugen. Was war doch Timo für ein Träumer.

Er selbst wurde jetzt aus seinen Tagträumen geweckt. Die Bedienung, die ihm bereits das einheimische Bier gebracht hatte, servierte ihm das Essen. Voller Argwohn beäugte er das schön angerichtete Essen. Nichts Ungewöhnliches. »Guten Appetit«, hauchte die junge Dame und entfernte sich wieder. Erst jetzt bemerkte er unterm Tisch einen Apparat, der offenbar lästige Stechmücken fernhalten sollte. Unterdessen ratterte drüben ein Güterzug durch die Dunkelheit und verbreitete das erwartete Spektakel.

Mompach nahm schon den dritten kräftigen Schluck Bier und verspürte nun doch einen gesunden Hunger. Er musste bei Kräften bleiben. Denn es gab niemanden, der ihm zur Seite stehen würde. Er war hier, Tausende Kilometer von der Heimat entfernt, ganz auf sich allein gestellt – obwohl er sich an diesem Ort keinesfalls als Fremder fühlte. Jedes Mal, wenn er in sein Appartement kam, hatte er das Gefühl, ein Stück Heimat vorzufinden. Schließlich war es nach seinem Stil eingerichtet – oder besser gesagt: so, wie es ihm Hartmann empfohlen hatte.

Während er aß, schielte er immer wieder auf die Armbanduhr. Inzwischen war es bereits 21.30 Uhr. Worauf wollte der Unbekannte eigentlich noch warten?

Mittlerweile wurde es ruhiger im Lokal. Schon waren drei Tische wieder frei geworden und die Gäste, meist in fröhlicher Urlaubslaune, hinausgegangen. Nur der Mann im T-Shirt saß noch immer da und starrte vor sich hin. Es schien so, als weiche er den Blicken Mompachs verlegen aus.

Wieder ratterte ein Zug vorbei, diesmal jedoch um einiges leiser. Es handelte sich um einen Personenzug, wie Mompach an den beleuchteten Fenstern erkannte.

Die Luft war so schwül wie selten zu dieser Abendzeit. Mompach hätte sich am liebsten noch ein Bier bestellt, doch er entschied sich für eine Cola, denn er brauchte möglicherweise heute Nacht noch einen klaren Kopf. Sein Essen hatte er nur zur Hälfte geschafft und der freundlichen Bedienung zu verstehen gegeben, dass es zwar ausgezeichnet gemundet hatte, er jedoch einfach schon satt sei. In Wirklichkeit fühlte sich sein Bauch wie ein aufgeblasener Luftballon an.

Er lehnte sich zurück und behielt weiterhin die Umgebung im Auge. Hinter der großzügig gestalteten Theke war jetzt ein bärtiger Mann aufgetaucht, den er nah des Rentenalters schätzte. War dies der Chef? Oder was hatte der Kerl sonst für eine Funktion? Er schien die Gäste zu taxieren, musterte für einen Augenblick auch Mompach und verschwand wieder hinter einer Tür.

Die Minuten quälten sich dahin und das Lokal leerte sich zusehends. Mompach stand der Schweiß auf der Stirn. Vermutlich wurde er längst beobachtet und der Erpresser ergötzte sich an den Ängsten seines Opfers. Sollte er mürbe gemacht werden?, fragte sich Mompach plötzlich. War es für den Unbekannten wirklich hier risikolos, sein Vorhaben in die Tat umzusetzen? Was, wenn die Polizei eingeschaltet würde? Aber vermutlich wusste der Unbekannte, dass es so weit nicht kommen konnte.

Mompach malte sich aus, was auf ihn zukäme, würde er die ganze Geschichte der hiesigen Polizei erzählen, von stümperhaften Dolmetschern vermutlich schlecht übersetzt. Die deutschen Behörden wären innerhalb weniger Stunden informiert und man würde ein Auslieferungsverfahren in Gang setzen.

Es war 22.45 Uhr, als Mompach sich entschied, das Lokal wieder zu verlassen. In den Bedingungen des Erpressers war schließlich nichts davon erwähnt worden, wie lange er warten sollte. Mompach gab der Bedienung gestikulierend zu verstehen, dass er bezahlen wolle. Zwei Minuten später präsentierte ihm die Frau die ausgedruckte Rechnung auf einem kleinen Servierteller und verschwand wieder. Mompach studierte die Beträge und stellte zufrieden fest, dass sie überschlägig dem Preis entsprachen, wie er ihn errechnet hatte. Er legte einige

Bath-Scheine zu dem Zettel und rundete großzügig zu einem fürstlichen Trinkgeld auf.

Als die Bedienung wiederkam, lächelte sie zufrieden, bückte sich zu ihm und flüsterte: »Mr. Mompach?« Ihr Akzent verriet, dass sie sich mit der deutschen Sprache schwertat.

Mompach übermannte ein Gefühl, als habe man ihn soeben erneut tief im Innersten getroffen. Was hatte sie gesagt? Auch diese Bedienung kannte seinen Namen? Er wollte nachfragen, doch seine Lippen waren nicht in der Lage, Worte zu formen. Eine Hitzewallung bemächtigte sich seines ganzen Körpers, als habe er Fieber und überhöhten Blutdruck gleichermaßen. Die Bedienung schien dies zu bemerken und sah ihn mit einer hochgezogenen Augenbraue auffordernd an. »Sie heißen Mompach?«, flüsterte sie noch einmal, als dürfe dies niemand außer ihrem geschockten Gast hören.

Er nickte und presste ein »Ja« hervor. Die Frau lächelte und legte ihm so unauffällig wie möglich ein braunes Kuvert auf den Tisch, das hinter ihrer Geldtasche versteckt gewesen war.

»Hat andere Gast abgegeben für Sie«, flüsterte sie und verschwand hastig hinter der Theke.

Mompach saß bewegungslos und starrte auf das unbeschriftete Kuvert, als enthalte es giftige Substanzen. Seine Gedanken projizierten ihm wirre Szenarien, der ganze Körper rebellierte. Trotzdem versuchte er, nach außen hin gelassen zu wirken. Er legte die Rechnung mit zitternden Fingern zusammen und steckte sie in die Brusttasche seines schweißnassen Hemdes. Dann blickte er sich um, doch keiner der noch anwesenden Gäste zeigte offenbar Interesse an ihm. Allerdings trafen seine Augen unerwarteterweise auf einen leeren Platz: Der einzelne Mann im T-Shirt war weg. Und er hatte nicht einmal sein Glas Wasser ausgetrunken.

Mompachs Blick haftete sekundenlang an dem Platz. Der

Mann musste gegangen sein, während die Bedienung die Sicht zu ihm verdeckt hatte.

Mompach griff zu dem Kuvert. Nachdem ihn offenbar niemand beobachtete, riss er es vorsichtig auf. Wieder kam ein zusammengefaltetes weißes Blatt Papier zum Vorschein. Mompach sah sich noch einmal prüfend um und spürte seinen rasenden Puls als klopfenden, dumpfen Schmerz im Kopf. Er faltete das Papier auseinander und war von einem aufgedruckten Farbfoto irritiert. Denn das Motiv, das die gesamte untere Hälfte des Blattes einnahm, war ihm wohl vertraut. Das Foto zeigte das Geisterhaus, das neben seinem Liegestuhl stand. Eindeutig. Nahezu dieselbe Perspektive, die sich ihm aus seiner Liegeposition heraus geboten hatte. Aufgenommen am helllichten Tag.

Mompachs Aufregung drohte in Panik umzuschlagen. Er las, was in roten Großbuchstaben über dem Foto stand: ›Hier morgen 23 Uhr Geldtasche ablegen.‹ Ein schwarzer Pfeil deutete auf den Sockel des Geisterhauses.

Wie gebannt starrte Mompach auf das Objekt, das ihm bereits bekannt war. Erst dann wurde ihm der Text auf der oberen Hälfte des Blattes bewusst. In schwarzer Schrift und ohne Punkt und Komma, alles in Kleinbuchstaben getippt, stand: ›500 000 in 50-dollarscheinen morgen um 23 uhr – du gehst auf balkon von dein zimmer und bleibst eine stunde dort stehen – wenn nicht zahlen oder nicht auf balkon stehen wird in deutschland alles bekannt – keine tricks und keine polizei ist klar – dies letzte Nachricht.‹

Mompach wurde es schwarz vor Augen.

21

Franziska Kugler war beunruhigt. Ihr Mann hatte nach dem Termin mit Rechtsanwalt Jürgen Schaufler nichts von sich hören lassen. Zum wiederholten Male wählte sie seine Handynummer, doch teilte ihr die Automatenstimme jedes Mal mit, dass der Anschluss vorübergehend nicht erreichbar sei.

Franziska Kugler legte auf und sah auf die Uhr: 13.05 Uhr. Es war ziemlich unwahrscheinlich, dass das Gespräch in der Kanzlei so lange dauerte. Sie griff zum Telefonbuch, um nach dem Namen des Anwalts zu suchen und die Nummer in das Gerät zu tippen. Nach drei Freizeichen meldete sich auch dort nur der Automat: Die Kanzlei habe Mittagspause und sei erst wieder um 13.30 Uhr zu erreichen. Frau Kugler legte den Hörer zurück.

Zwar hatte sie sich längst damit abgefunden, dass ihr Mann die Einsamkeit suchte und insbesondere nachts weite Strecken zurücklegte. Aber tagsüber war dies in letzter Zeit so gut wie nie vorgekommen. Seit sie in Halzhausen wohnten, lebte er völlig zurückgezogen. Manchmal hatte sie den Eindruck, er sei licht- und menschenscheu geworden und wage sich deshalb nur noch im Schutz der Dunkelheit aus dem Haus.

Jetzt jedoch war helllichter Tag. Sie versuchte, sich mit ähnlichem Verhalten ihres Mannes aus jüngster Vergangenheit zu trösten. Als vor einem Monat die Anschuldigungen bekannt geworden waren, hatte er sich einen Nachmittag lang angeblich im Donauried bei Langenau aufgehalten. Vielleicht würde er es jetzt wieder tun – falls die Nachrichten, die ihm der Rechtsanwalt überbracht hatte, so vernichtend waren.

Seit Wochen hatten sich alle ihre Gespräche nur um dieses eine Thema gedreht – vor allem aber um die Frage, was sie tun würden, wenn das Gutachten über Manuel keinen Zweifel an dessen Glaubwürdigkeit ließ.

Dieter war nahe dran gewesen, alles aufzugeben. Sie verfolgte mit großer Sorge, wie sich sein psychischer Zustand gewandelt hatte. Innerhalb eines Monats war aus einem selbstbewussten, agilen und optimistisch gestimmten Menschen ein körperliches und seelisches Wrack geworden. Von Tag zu Tag schwanden Lebensfreude und Zuversicht mehr. Nie hätte sie gedacht, dass Dieter jemals Zweifel an Gott haben würde. Doch so sehr er sich anfangs bemüht hatte, dem Sog des Höllenstrudels zu entgehen, es schien ihn immer weiter nach unten zu ziehen. Und wenn jetzt das Gutachten tatsächlich schlecht für ihn ausgefallen war, würde er den Glauben an einen gerechten Schöpfer vollends verlieren. Womöglich, so durchzuckte es Franziska Kugler, kamen die Juristen sogar noch auf die Idee, ihm den Brand anzuhängen. Schließlich hatte er für die besagte Nacht tatsächlich kein Alibi. Dafür aber allen Grund, das Kind zu beseitigen. Mit einem Schlag wurde sich Franziska des Ausmaßes der Gefahr bewusst, in die ihr Mann geraten war. Bisher hatten sie immer noch gehofft, es werde schon nicht so schlimm kommen. Aber wenn nun der allerschlimmste Fall eintrat …?

Nachdem Frau Mompach wieder gegangen war, wurde Häberle im großen Raum der Sonderkommission mit einer Neuigkeit der Computerexperten konfrontiert. Diese hatten inzwischen die Festplatte von Igors Rechner flüchtig durchgeschaut und die Dateien per Suchlauf nach den Namen aus dem Rimmelbacher Umfeld überprüft. Dass dabei unzählige Male Max Hartmann auftauchte, erstaunte die Ermittler nicht. Aber ein anderer Name hatte unerwarteterweise mehrere Treffer erbracht.

»August, du wirst es nicht glauben, wen der Russe in seiner Kiste hatte«, begann der Kriminalist, dem es mithilfe des Landeskriminalamts gelungen war, das Zugangspasswort von Igors Computer zu knacken.

»Du wirst es mir gleich sagen«, erwiderte Häberle, der sich wieder an den Türrahmen gelehnt hatte.

»Stefanie Marquart«, löste der andere die Spannung auf. »Die schöne Witwe von unserem Karfreitagsselbstmörder. Du entsinnst dich?«

»Oh«, staunte der Chefermittler, »und was hatten die beiden miteinander zu tun?«

Linkohr und Vanessa tuschelten sich etwas zu.

»Es sieht danach aus«, fuhr der Computerexperte fort, »als ob sich die Stefanie seit einigen Wochen ein Zubrot verdient hat.«

»Du meinst doch nicht etwa …?«

»Nein, nicht ganz so extrem. Aber unser Freund Igor und sein verblichener Chef Hartmann haben wohl nicht nur im großen Stil mit Anabolika gehandelt, sondern auch so etwas Ähnliches wie einen Begleitservice betrieben – vermutlich sogar bundesweit. Aber Näheres kann ich dir jetzt noch nicht sagen.«

»Begleitservice?«, entfuhr es Linkohr. Er hatte zwar schon mal etwas davon gehört, aber an Details konnte er sich nicht mehr erinnern.

Vanessa half ihm und den anderen auf die Sprünge: »Vermittlung von Frauen für besondere Anlässe. Wenn der gut situierte Herr eine attraktive Begleiterin braucht, um sich beispielsweise bei Geschäftsessen oder anderen Anlässen in ein positives Licht rücken zu können. Oder auch nur, um nicht allein tanzen gehen zu müssen.« Vanessas Erklärungen klangen wie die Vorlesung einer Dozentin an der Polizeihochschule. »Die Honorare orientieren sich natürlich an den Bedürfnissen der Herren.« Sie verzog ihr Gesicht zu einem sanften Lächeln.

»Und sie orientieren sich auch am Alter und Aussehen der ›gemieteten‹ Dame.« Sie warf Linkohr einen strengen Blick zu.

»Und da war die Stefanie Marquart sozusagen im Angebot?«, hakte einer der Ermittler nach.

»Sie und – überschlägig betrachtet – mindestens 150 Damen aus ganz Deutschland und Österreich, aber wohl auch aus Tschechien und Polen«, erwiderte der Experte.

»Ist übrigens nicht generell verboten«, mischte sich Vanessa wieder ein. »Wenn die Damen volljährig sind, freiwillig diesen Job machen und entsprechend als Arbeitnehmerinnen angemeldet sind, gibt es aus rechtlicher Sicht nichts einzuwenden. Und von der moralischen Seite sprechen wir lieber nicht.« Vanessa runzelte ihre Stirn. »Wenn so was in diesem etwas – na, sagen wir mal – zweifelhaften Milieu angeboten wird, könnte man auch von Sklavenhandel sprechen. Oft nämlich locken die Anbieter solcher Dienste die sozial Schwachen mit wundersamen Versprechungen. Dahinter steckt nichts weiter als die langsame Versklavung.«

Nach einer betretenen Pause sinnierte einer der Beamten ungläubig: »Eine Bauernfrau von der Alb macht Begleitservice. Tagsüber Kühe melken, abends mit den Großkopfeten aus Politik und Wirtschaft in High Heels übers Parkett stöckeln.«

»Mit Kühemelken ist es nicht mehr so weit her«, meinte Vanessa. »Ihr Hof steht vor der Versteigerung. Aber …«, sie entsann sich des gemeinsam mit Linkohr bei Stefanie Marquart geführten Gesprächs, »… dass sie Kontakt zu Hartmann hatte, hat sie uns gegenüber nicht abgestritten. Er soll sie einige Mal angerufen haben, woraus sie den Schluss zog, er wolle mit ihr anbandeln.«

»Aber sonst war sie zu diesem Punkt nicht gerade gesprächig«, ergänzte Linkohr.

»Sieht sie denn wenigstens gut aus?«, kam's von einem jüngeren Kollegen zurück.

»Das kann man so sagen«, grinste Linkohr und provozierte damit eine frotzelnde Bemerkung: »In dieser Frage bist du ja der Sachverständige.«

Er reagierte nicht darauf, musste jedoch feststellen, dass Vanessa ziemlich schadenfroh grinste. Um weitere Bemerkungen abzuwürgen, trumpfte er mit seinem Wissen auf: »Jetzt wird mir einiges klar, liebe Kollegen. Die Marquart und der Hartmann waren sogar ganz sicher verbandelt. Vielleicht erinnern sich die Kollegen der Spurensicherung«, er wandte sich ihnen zu, »dass ich euch bei der Durchsuchung von Hartmanns Wohnung einen Brief in die Hand gedrückt habe, der dort rumlag. Sinngemäß hat's darin geheißen: ›Mein lieber Schatz, es war ein toller Abend und vergiss das Versprechen nicht, das du mir gegeben hast.‹«

»Im Auswendiglernen von Liebesbriefen bist du wohl geübt«, nahm ihn wieder jemand auf die Schippe, doch Linkohr ließ sich nicht beirren. »Und dann stand da noch – auch das hab ich auswendig gelernt – : ›Lass es nicht enden wie bei Harald. Ich liebe dich.‹«

»Was will uns das sagen?«, hakte ein Kollege nach.

»Dieser Brief stammt mit großer Wahrscheinlichkeit von Stefanie Marquart. Denn wer sich in fremden Wohnungen genau umsieht, entdeckt immer etwas Spannendes.« Linkohr sah in erwartungsvolle Gesichter. »Auf dem Brief, den wir bei Hartmann gefunden hatten, war ein roter Glückskäfer mit sieben schwarzen Punkten abgebildet – und genau eine solche Figur steht bei Frau Marquart im Regal. Zwischen einigen Engeln übrigens.«

»Und warum erzählst du uns das erst heute?«, erkundigte sich einer der Beamten genervt.

»Weil es erst heute einen Sinn gibt«, konterte er.

»Dann sollten wir der Dame vielleicht noch mal auf den Zahn fühlen«, meinte Vanessa und erntete dafür ein zustimmendes Kopfnicken von Häberle. »Wenn ihr dann wieder hoch fahrt nach Rimmelbach, versucht unbedingt auch noch mal Kontakt mit dem Vater von Manuel aufzunehmen, diesem Arnold Kowick. Fragt ihn kurz und prägnant, warum er vor vier Wochen einen nächtlichen Einbruch in sein Haus nicht der Polizei gemeldet hat.«

»Wahrscheinlich gab es einen triftigen Grund dafür«, mutmaßte einer der Ermittler.

»So sieht es aus, Herr Kollege«, bestätigte Häberle.

»Ach, da ist noch etwas, August«, meldete sich einer aus der hinteren Schreibtischreihe. »Wir haben die Passagierlisten der letzten Tage von Stuttgart auf die Kanaren gecheckt. Einen Heiko Mompach hatte keine der Airlines gefunden. Weder die Ferienflieger, noch die Linienflieger.«

Stefanie Marquart war von Linkohrs telefonischer Ankündigung, er werde noch einmal zu einem Gespräch vorbeikommen, nicht sehr angetan gewesen. Sie habe einen wichtigen Termin und müsse in einer dreiviertel Stunde weg, hatte sie gesagt. Linkohr jedoch war hartnäckig geblieben, sodass er jetzt zusammen mit Vanessa in ihrem Wohnzimmer saß. Stefanie Marquart hatte sich offensichtlich bereits ausgehfertig gemacht. Ihre Frisur saß perfekt, das Make-up war dezent und ihre Kleidung, bestehend aus einem knielangen Kleid, betonte ihre weibliche Erscheinung. Linkohr hätte zu gerne gewusst, was der Grund für dieses elegante Auftreten war, doch bevor er etwas sagen konnte, ergriff schon wieder Vanessa als Erste das Wort: »Wir haben Sie neulich gebeten, darüber nachzudenken, wer Ihnen in letzter Zeit zur Seite gestanden ist. Vielleicht ist Ihnen dazu noch etwas eingefallen.«

Stefanie Marquart schlug die schlanken Beine übereinander. »Und um das zu fragen, sind Sie extra hier raufgefahren?«

Linkohr sah ihr tief in die Augen: »Manchmal sind Gespräche viel einfacher zu führen, wenn man sich gegenübersitzt.«

Sie wurde verlegen. »Bitte, wenn Sie meinen ... Ich habe Ihnen aber bereits alles gesagt und mehr ist mir dazu auch nicht eingefallen.«

»Auch nicht zu Herrn Hartmann?«, fragte Vanessa schnell und energisch.

»Auch dazu habe ich Ihnen doch schon alles gesagt. Ich wollte diese Anmache nicht.«

»Anmache?«, echote Linkohr. »War es denn Anmache, oder vielleicht ...«, – er suchte nach den passenden Worten, »... vielleicht Geschäftliches?«

»Geschäftliches?« Sie errötete leicht, rang sich aber ein Lächeln ab. »Herr Hartmann war Viehhändler, soweit ich weiß ...«

»Das ist richtig«, bestätigte Vanessa, »aber vielleicht hat er auch noch mit etwas anderem gehandelt.«

Linkohr ergänzte sogleich: »Zum Beispiel mit Frauen.«

Stefanies Gesichtsausdruck veränderte sich. »Mit Frauen?« Sie versuchte, dem Klang ihrer Stimme etwas Lächerliches zu verleihen. »Ich versteh nicht so recht ...«

Vanessa entschied, die Angelegenheit auf den Punkt zu bringen: »Oder war da eher der Igor zuständig?«

»Igor? Wieso fragen Sie mich nach Igor?«

»Weil Sie in seinem Computer auf einer Liste von mehr als 100 Frauen stehen, die man für besondere Anlässe ›mieten‹ kann.«

Stefanie war jetzt bleich geworden. »Frau Marquart«, machte Linkohr weiter, »wir wissen noch nicht, was dies alles mit den Vorkommnissen hier in Rimmelbach zu tun hat, aber zwei Menschen sind inzwischen verstorben, Herr Mompach und dieser Igor sind verschwunden und die Sache mit dem Pfarrer dürfte Ihnen auch geläufig sein. Es wird also höchste

Zeit, dass Sie aufhören, uns an der Nase herumzuführen.«

Er hob beschwichtigend die Unterarme, wie er dies von seinem Vorbild Häberle gelernt hatte. »Niemand macht Ihnen irgendeinen Vorwurf und ein Begleitservice ist zunächst auch nicht strafbar. Also helfen Sie uns bei unseren Ermittlungen.«

Sie starrte auf die Tischdecke wie ein trotziges Kind.

»Frau Marquart«, griff Vanessa wieder in das Gespräch ein, »wir wollen gar nicht wissen, was Sie privat machen oder ob dies korrekt oder doch unmoralisch ist – das ist uns im Moment völlig egal. Aber Sie sind derzeit die Einzige, die uns weiterhelfen kann, wenn wir etwas über Igor erfahren möchten.«

»Aber ich denke, der Selbstmord …«

»… spielt im Moment keine Rolle«, unterbrach sie Linkohr. »Also«, wurde er energischer, »was haben Igor und Hartmann gemeinsam getrieben?«

Stefanie sah nervös auf ihre goldene Armbanduhr. Wenn ihr jetzt die Zeit davonlief, wäre das günstig, dachte Linkohr. »Wir sind in fünf Minuten weg, wenn Sie uns sagen, was Sie wissen.«

Sie zögerte kurz, nickte dann aber, ohne die beiden Besucher anzuschauen. »Okay«, sagte sie emotionslos, »ich verdien mir eine Kleinigkeit hinzu, wenn ich gelegentlich Geschäftsleute zu irgendwelchen Terminen begleite.« Sie stockte kurz. »Zu Empfängen oder Ähnlichem. Weiter nichts.«

Vanessa hakte wieder vorsichtig nach: »Igor und Hartmann haben also einen solchen Begleitservice organisiert. Das ist richtig?«

»Ja, das ist richtig. Ich brauch das Geld, aber das werden Sie nicht verstehen. Ich muss etwas dazuverdienen. Ich hab Ihnen ja bereits kürzlich gesagt, dass ich finanziell am Ende bin. Was soll ich denn machen? Außerdem …«, sie wurde verlegen, »komme ich auf diese Weise in Kreise, die mir bisher verschlossen waren.«

Linkohr überlegte, wie eine Jungbäuerin aus Söhnstetten überhaupt einen solchen Job annehmen konnte. Ihr Äußeres war natürlich durchaus dafür geeignet, erkannte er mit Kennerblick, aber offenbar hatte sie auch einige Kurse absolviert, in denen sie den Umgang mit der feinen Gesellschaft und eine gepflegte sprachliche Ausdrucksweise samt Rhetorik gelernt hatte. Dies war ihm bereits beim letzten Besuch aufgefallen.

»Haben Sie denn auch die anderen Frauen kennengelernt?«, wollte Vanessa wissen.

»Nein, ich bekomm die Aufträge und den Treffpunkt mit den Kunden telefonisch mitgeteilt.«

»Was bezahlen denn die Herrschaften dafür?«, interessierte sich Linkohr.

»Ich werde freigehalten und bekomme für den Abend 300 Euro.«

Linkohr wollte nicht nachfragen, ob dies brutto oder netto war, denn vermutlich tauchten diese Gelder in keinen Büchern auf.

»Igor soll auch Studentinnen aus dem osteuropäischen Bereich hergeholt haben«, erklärte Vanessa.

»Das wird so behauptet«, entgegnete Stefanie kühl, »das kann schon sein. Fragen Sie mich jetzt aber nicht nach Marina. Die passt auf das Haus auf, wenn er nicht da ist.«

»Auf die Schlange, meinen Sie«, zeigte sich Linkohr informiert. »Noch eine letzte Frage«, fügte er an und sah zu dem Wohnzimmerschrank hinüber, auf dem noch immer die Marienkäferfigur lag. »Sie mögen Marienkäfer?«

Stefanie war zum wiederholten Male während des Gesprächs verlegen. »Wie? Ob ich was mag?«

»Marienkäfer«, schaltete sich Vanessa sofort ein.

Stefanie wusste offenbar tatsächlich nichts damit anzufangen.

»Ich meine nur«, machte Linkohr weiter und deutete zum

Wohnzimmerschrank, »weil dort neben den Engeln dieser Marienkäfer liegt.«

»Ach, das meinen Sie«, sie war sichtlich erleichtert, »ja, ich finde diese Glücksbringer sehr schön. Und Engel mag ich auch, wie Sie sehen. Ich glaub sogar an sie.«

Der Jungkriminalist ließ ein paar Sekunden verstreichen, um dann eher beiläufig festzustellen: »Dann haben Sie sicher auch Briefpapier, auf dem Marienkäfer drauf sind?«

Die Bemerkung war für Stefanie ein Schock. Sie sprang ruckartig auf, blieb energisch stehen und schrie: »Jetzt reicht's aber! Sie schnüffeln in meinen Privatsachen rum, ohne auch nur den geringsten Grund dafür zu haben.«

»Beruhigen Sie sich«, blieb Linkohr gelassen, »aber so ein Brief ist uns in der Wohnung von Herrn Hartmann aufgefallen.«

Stefanie biss die Zähne zusammen. Ihre Augen blitzten gefährlich. Linkohr zitierte, was ihm im Gedächtnis haftete: »Lass es nicht so enden wie mit Harald.«

»Eine Unverschämtheit«, zischte Stefanie. »Verlassen Sie sofort mein Haus.« Sie deutete zur Tür.

»Moment noch«, fuhr Vanessa dazwischen, stand auf und ging zu ihr. »Lassen Sie uns doch darüber reden. Wir gehen nur allem nach, was uns auffällt. Briefe an jemanden zu schreiben, ist auch nichts Unrechtes.« Es vergingen einige Sekunden, bis sich Stefanie wieder zu den beiden umdrehte, wobei Tränen in den Augen sichtbar wurden. »Wissen Sie eigentlich, was Sie da anrichten? Mein Mann hat sich vor einem halben Jahr das Leben genommen. Auch meines ist ziemlich durcheinander.« Ihre Stimme wurde leiser. Sie nahm ein Taschentuch und tupfte sich die Augen trocken, um die Wimperntusche nicht zu gefährden. »Wollen Sie, dass noch jemand in den Tod getrieben wird? Max ... Herr Hartmann war der Einzige, der mir echte Hilfe angeboten hat.« Sie atmete schwer. »Außer dem Pfarrer. Aber Max war ein guter Mensch.« Sie ließ sich langsam in den Sessel sinken. »Sie haben ihn in den Tod getrieben. Alle.«

Auch Vanessa setzte sich wieder und rückte ihren Sessel näher an Stefanie heran. »Frau Marquart«, sagte sie einfühlsam, »wir sind gleich wieder weg. Aber wir haben noch eine Bitte: Sagen Sie uns, wer Ihrer Meinung nach Herrn Hartmann in den Tod getrieben hat.«

Stefanie begann zu schluchzen. »Menschen, die ihm seinen Erfolg neideten«, brachte sie tränenerstickt hervor, »Menschen, die sein Lebenswerk zerstören wollten, aus Rache, Habgier, was weiß ich.«

»Und wer sind diese – Menschen?«, fragte Linkohr leise.

»Das weiß ich nicht. Ehrlich, das weiß ich nicht. Er hat nur mal gesagt, dass es für ihn gefährlich werden könnte.«

»Wann hat er das gesagt?«, wollte Linkohr wissen.

»Irgendwann im Sommer, vielleicht im Mai oder im Juni.«

Vanessa war noch nicht zufrieden. »Inwiefern sollte es für ihn gefährlich werden? Hatte er Angst, umgebracht zu werden.«

»Ich weiß es doch nicht.« Sie zögerte. »Aber einmal hat er gesagt, er werde sich Igors Terrarium ins Haus holen, um notfalls die Schlange freizulassen, auch wenn er dann selbst dabei umkäme.«

Häberle war mit der Arbeit seiner Leute zufrieden. Wenn er eine Sonderkommission leitete, gab es kein Murren über Überstunden oder schlechte Verpflegung. Und er zeigte auch Verständnis dafür, wenn einer der Kollegen aus familiären oder anderen dringenden Gründen ein paar Stunden wegmusste oder abends früher ging. Ein harmonisches Zusammenspiel aller war stets der Erfolg seiner Sonderkommissionen gewesen.

»Eine Sonderkommission ist ein Mannschaftsspiel«, pflegte er oft zu sagen, »es kommt auf die Leistung jedes Einzelnen an, aber am Schluss zählt das Ergebnis. Und das kann nur gut sein, wenn keiner den großen Star markiert.« Gerne zog er Vergleiche mit den Fußballvereinen der Bundesliga heran: »Immer, wenn die Harmonie gestört ist, wie vor ein paar Jahren bei den Bayern oder in der vergangenen Saison bei den Hoffenheimern, kann nichts Gutes gedeihen.« Dies schrieb er insbesondere den jungen Kollegen ins Stammbuch, die glaubten, sich mit Spikes an den Ellbogen in den Vordergrund drängen zu können.

»Wir haben etwas Interessantes«, begann einer der Kollegen, als Häberle den großen Raum betrat und sich die Männer von ihren Monitoren und Akten zu ihm wandten.

»Dann bin ich mal gespannt«, erwiderte der Chef-Ermittler und lehnte sich mit verschränkten Armen an den Türrahmen.

»Es war nicht ganz einfach, aber es ist uns jetzt gelungen rauszukriegen, wann unser Freund Igor Popow Deutschland verlassen hat. Nämlich vom Flughafen Stuttgart-Echterdingen aus – tatsächlich am vergangenen Donnerstag – mit Aeroflot nach Moskau.«

»Oh«, machte Häberle und überlegte kurz. »Aber mehr, als dass er nach Moskau geflogen ist, wissen wir trotzdem nicht. Denn was er dort getan hat, ob er noch dort ist und was der Grund seines Aufenthalts ist, darüber können wir nur spekulieren.«

»Moment«, unterbrach ihn der Kollege, »es kommt noch mehr. Auskunft von der ›Thai‹, also der Fluggesellschaft mit Sitz in Bangkok. Mit ihr ist ein gewisser Heiko Mompach am Samstag von München aus über Moskau und Dubai nach Bangkok geflogen.«

»München, Moskau, Dubai, Bangkok«, rekapitulierte Häberle erstaunt, »da hat er doch einen ziemlichen Haken geschlagen, wenn mich meine Geografiekenntnisse nicht trügen.«

»Vielleicht waren's die günstigeren Anschlussflüge«, warf ein anderer ein.

»Jedenfalls scheint klar zu sein, dass unser Bauer von der Alb nicht auf den Kanaren gelandet ist, sondern auf der anderen Seite des Erdballs – in Thailand. Falls er nicht von dort mit einer exotischen Fluggesellschaft in ein noch ferneres Land geflogen ist«, stellte Häberle fest.

»Der ist geflüchtet«, meinte einer der älteren Kollegen. »Oder Mompach hat sich dort mit Igor verabredet, um ehemalige Geschäftsfreunde von Hartmann zu treffen.«

»So könnte man das deuten«, entgegnete Häberle, »und was für Mompach gilt, gilt natürlich auch für diesen Igor. Denkbar, dass auch der am Zielflughafen Moskau ein neues Ticket gekauft hat und mit einer der zahlreichen Airlines ebenfalls ein anderes Ziel angesteuert hat. Dann verlieren sich die Spuren.«

»Und was bedeutet das nun für uns?«, wollte ein junger Beamter wissen, der erstmals einer Sonderkommission unter Leitung von Häberle angehörte. »Das sieht doch so aus, als ob Igor von Moskau aus die Fernzündung in Rimmelbach ausgelöst und das Haus in Brand gesteckt hat.«

»Die Frage ist nur: Warum sollte er das tun?«, hinterfragte Häberle kritisch. »Vergesst nicht: Ein junger Mann ist nicht deshalb schon ein Bösewicht, weil er aus dem ehemaligen ›Reich des Bösen‹ stammt, wie US-Präsident Ronald Reagan einmal den Ostblock bezeichnet hat. Ich hab den Igor als einen sehr umgänglichen und zielstrebigen Menschen kennengelernt.« Er fügte jedoch hinzu: »Der Schein kann natürlich trügen.« Er hatte zwar eine gute Menschenkenntnis, aber er war oft genug enttäuscht worden und deshalb immer ein Stück vorsichtiger in der Einschätzung von Personen. »Es gibt da nämlich noch etwas anderes«, er zog seinen Notizblock zurate, »die Mobilfunker sind manchmal schneller, als man denkt. Es hat sich feststellen lassen – allerdings nur mit dem massiven Druck des BKA«, betonte er, um auch einmal das Bundeskriminalamt in diesem Kreise zu loben, »die

Jungs in Wiesbaden haben also ziemlich schnell rausgekriegt, dass Mompachs Handy oder Smartphone – je nachdem, was er besitzt – in den vergangenen vier Tagen nur ein einziges Mal eingeloggt war. Nämlich um 6.21 Ortszeit in Dubai für ganze 47 Sekunden.«

»6.21 Uhr?«, meldete sich eine Stimme aus dem Hintergrund.

»6.21 Uhr Ortszeit Dubai«, klärte Häberle auf, »entspricht exakt 0.21 Uhr Mitteleuropäischer Zeit.«

»Das ist aber ein dubioses Zusammentreffen mit dem Anruf aus Moskau, der doch auch zu dieser Zeit erfolgte«, konstatierte einer der Ermittler.

»Oh nein«, stellte Häberle triumphierend klar, »schon mal was von einer Rufumleitung oder Rufweiterschaltung gehört?«

Betretenes Schweigen machte sich breit.

»Die Daten des Mobilfunkers besagen nämlich, dass von Dubai aus jenes Handy in Moskau angerufen wurde, das unserem Tanzlehrer abhandengekommen ist«, fuhr Häberle fort.

»Du meinst«, interpretierte dies ein Schnauzbärtiger aus der Sonderkommission, »der Mompach ruft von Dubai das auf Rufumleitung geschaltete Handy in Moskau an, das dann automatisch zu dem Gerät in Rimmelbach weiterleitet, wo der Anruf die Explosion auslöst?«

»So könnte man das sagen«, erwiderte Häberle langsam.

»Aber warum der ganze Aufwand«, warf ein anderer ein, »warum lässt er nicht den Igor, der ja in Moskau ist, das Ding zünden – oder warum ruft Mompach nicht gleich selbst von Moskau an, wenn er doch auch dort zwischengelandet ist?«

»Erstens«, begann Häberle, »wäre es vielleicht in Moskau noch zu früh gewesen, um sicher zu sein, dass Frau Kowick und ihr Manuel bereits schliefen. Zweitens geht's natürlich hauptsächlich darum, Spuren zu verwischen, und drittens wissen wir nicht, ob Mompach und Igor dieselben Ziele verfolgen.«

»Dann müssen die beiden aber sofort international zur Festnahme ausgeschrieben werden«, stellte ein anderer fest.

»Hab ich bereits veranlasst, die Staatsanwaltschaft leitet alles in die Wege«, erklärte Häberle und blätterte in seinem Notizblock weiter. »Da hab ich übrigens noch etwas. Das Ergebnis der DNA-Untersuchung von Manuel oder von dem, was noch von ihm übrig geblieben ist, liegt vor. Der Abgleich mit der DNA seiner Mutter, die noch immer nicht vernehmungsfähig ist, hat ergeben, dass es sich zweifelsfrei um ihren Sohn handelt.«

»Und der Vater?«, fragte jemand dazwischen.

»Lieber Herr Kollege«, meinte Häberle leicht ironisch, »ein Vaterschaftstest war in dieser Sache nicht relevant. Es sollte nur sichergestellt werden, dass das tote Kind auch tatsächlich Manuel ist. Mehr nicht.«

Arnold Kowick werkelte hinter seiner desolaten Scheune, als Linkohr und Vanessa aus dem Dienstwagen stiegen. Auf der kurzen Fahrt von Stefanie Marquarts Haus zu diesem Anwesen hier hatten sie nur ein paar Worte über die vorausgegangene Vernehmung wechseln können. »Die Stefanie ist arm dran«, meinte Vanessa.

Linkohr behielt seine Einschätzung für sich. Er hatte sich bei dem Gedanken ertappt, diese Frau einmal privat treffen zu wollen. Denn die Art, wie sie lachte und sprach, gefiel ihm. Sie war zwar ein paar Jahre älter als er, aber äußerst attraktiv.

»Hallo, Herr Kowick!«, rief er dem Mann entgegen, der offensichtlich diverse Gartengeräte winterfest machte. Kowick lehnte einen Spaten an die vermoderte Holzwand seines Schuppens und kam nickend auf die beiden zu, ohne sie überschwänglich zu begrüßen.

»Gut, dass wir Sie antreffen, wir sind ohnehin gerade in Rimmelbach und dachten, wir schauen mal bei Ihnen vorbei«, log Linkohr und bemerkte, dass er damit auf keine große Begeisterung stieß.

»Ich hab leider gar keine Zeit«, zeigte sich Kowick genervt, »ich will heute noch das ganze Zeug hier wegräumen.«

»Es dauert gar nicht lange«, lächelte Vanessa freundlich. »Wir sind auch gleich wieder weg. Eine einzige Frage, eine einzige Antwort – und alles ist erledigt.«

»Dann schießen Sie halt los«, erwiderte Kowick missmutig.

Vanessa entschied, nicht lange drum herumzureden. »Sie sind vor einem Monat Opfer eines Einbruchs geworden. Warum haben Sie das nicht der Polizei gemeldet?«

Kowick erbleichte. Mit allem hatte er offenbar gerechnet, nur nicht mit dieser direkten Frage. Er vergrub die Hände in den Taschen seines Arbeitsanzugs und sah die beiden Besucher nacheinander an. Er holte tief Luft, schluckte und räusperte sich, als wolle er Zeit gewinnen. Linkohr vermochte dieses Verhalten nicht zu deuten. Er war jedoch auf alles gefasst. Möglicherweise hatten sie in ein Wespennest gestochen, ohne es zu bemerken. Vielleicht stand vor ihnen ein Pulverfass, das jeden Augenblick explodieren konnte.

Kowick kniff die Augen gefährlich zusammen, als ob er einen Angriff starten wollte. Linkohr nahm besorgt zur Kenntnis, dass rechts neben dem Mann eine Axt an der Scheune lehnte.

Ein kalter Windzug pfiff um die Ecke, es war totenstill. Die drei standen sich schweigend gegenüber, als ob jeder darauf wartete, dass der andere etwas sagte oder tat.

Schließlich sah sich Vanessa veranlasst, die spannungsgeladene Atmosphäre zu entschärfen. »Herr Kowick«, sagte sie in jenem charmanten Ton, mit dem sie auch Linkohr zum Schmelzen hätte bringen können, »wir sind weder von der Steuerfahndung noch vom Betrugsdezernat oder vom Jugendamt.« Jetzt glaubte sie, ein Zucken in seinem Gesicht bemerkt zu haben. »Uns interessiert nur, warum Sie den Einbruch nicht bei der Polizei angezeigt haben. Dies zu unterlassen, ist auch nicht strafbar, aber es könnte ja sein, dass Sie aus Angst vor irgendjemandem Zurückhaltung üben – und deshalb möchten wir Ihnen helfen.«

Kowick sah sie mit eisigem Gesicht an. Er war unrasiert, nicht gekämmt, die Wangen eingefallen. Die Zahl seiner Lidschläge nahm zu, er kniff die Lippen zusammen und blickte sich um, als ob er nach einem Gegenstand suchte, mit dem er sich würde wehren können. Zumindest hatte Linkohr diesen Eindruck und ärgerte sich, die Dienstwaffe nicht mitgenommen zu haben. Er wusste, dass auch Vanessa unbewaffnet war.

Hingegen war Kowick zuzutrauen, dass er in einer seiner vielen Taschen des Arbeitsanzugs eine Pistole bei sich trug. Aber was würde es ihm nützen, sie beide niederzuschießen, überlegte Linkohr. Außerdem war keinerlei Motiv für sein merkwürdiges Verhalten zu erkennen.

»Herr Kowick«, versuchte es Vanessa mit sanfter Stimme noch einmal, »wir könnten jetzt auch gehen und Sie einfach allein lassen mit Ihren Problemen. Wahrscheinlich brauchen wir auch Ihre Aussage gar nicht – aber glauben Sie mir, geholfen ist Ihnen damit nicht.«

Der Mann öffnete den Mund und holte tief Luft. Dann wandte er den Kopf leicht zur Seite, ohne die Kriminalistin aus den Augen zu lassen.

Linkohr schätzte die Lage als äußerst gefährlich ein und überlegte, ob Kowick unter Alkohol- oder Drogeneinfluss stand und somit völlig unberechenbar sein würde.

Noch einmal verstrichen endlos lange Sekunden, bis Kowick seine Situation erfasste und schließlich ein »Okay« hervorpresste. Es klang allerdings nicht überzeugend, sondern eher gefährlich und wie der Auftakt zu einem Duell.

Linkohr stand angespannt neben ihm, während Vanessa einen bewundernswerten lässigen Eindruck machte. »Es gab also einen Einbruch bei Ihnen«, begann sie genau so, wie sie es in den Deeskalationskursen gelernt hatte, und behielt ihr Gegenüber im Auge. »Da war jemand bei Ihnen, den Sie vielleicht kennen und der Ihnen etwas gestohlen hat.« Dass sie bereits wussten, dass es die Akte seines Kindes Manuel war, wollte sie ihn zu diesem Zeitpunkt noch nicht wissen lassen.

»Ich hab ihn nicht gekannt«, sagte Kowick leise. »Ich hab ihn nur gehört. Ich lag im Bett. Ich kann Ihnen nicht einmal sagen, ob es ein Mann war oder eine Frau.« Aus Kowicks Gesicht wich die Anspannung der vergangenen Minuten. Er nahm eine Hand aus der Hosentasche und kratzte sich an der linken Wange. »Was würden Sie denn tun, wenn Sie allein in diesem alten Haus wohnen würden und merken, dass nachts jemand durch das Wohnzimmer schleicht?«

Linkohr nickte beipflichtend. »Man darf in solchen Situationen nicht den Helden spielen.«

Kowick zeigte sich über diese Bemerkung erleichtert. »Das war vor vier Wochen, als der ganze Ort hier verrückt gespielt hat und alle geglaubt haben, jemand habe den Hartmann erschossen und der Täter laufe hier irgendwo frei herum.«

»Das kann ich nachvollziehen«, sagte Vanessa. »Sie hatten also Angst und wollten die Sache auf sich beruhen lassen.« Sie war dabei, ihm eine goldene Brücke zu bauen.

»Ja, so war es«, ging Kowick bereitwillig darauf ein, ohne sich dessen bewusst zu sein, dass er damit weitere Fragen provozierte.

»Was haben Sie denn geglaubt, was Sie zu befürchten hätten?«

»Keine Ahnung«, er zuckte mit den Schultern, »aber wissen Sie, ich möchte hier möglichst wenig Ärger haben, denn ich werde nicht mehr lange hier wohnen. Ich möchte mich auch mit niemandem mehr anlegen, verstehen Sie? Manchmal glaube ich, ganz Rimmelbach ist ein Tollhaus.«

Vanessa nickte wieder verständnisvoll. »Hat man denn nach Geld gesucht?«, fragte sie.

»Vermutlich, davon geh ich aus. Aber man muss schon ziemlich schwachsinnig sein zu vermuten, in dieser Bruchbude gäbe es Reichtümer zu stehlen.«

»Ist Ihnen denn etwas abhandengekommen?«, wollte Linkohr wissen.

»Ob mir was …?« Jetzt zögerte er merklich, befeuchtete sich die Lippen und sagte: »Man hat drei oder vier Ordner mitgenommen – mit Unterlagen von meiner Landwirtschaft, mit Lieferscheinen und Rechnungen und so weiter. Alles wahllos aus meinem Schrank rausgezogen.«

»Wahllos? Wie darf ich das verstehen?«, fragte Linkohr.

»Na ja, aus meinem Wohnzimmerschrank, in dem ich den ganzen Papierkram aufbewahre. Vielleicht hat jemand gehofft, dort seien Kreditkarten drin – oder Bankkarten.«

»Alles sozusagen nur Geschäftsunterlagen, die verschwunden sind?«, hakte Vanessa nach.

»So kann man das sagen – für jeden unnütz, falls er nicht gerade von der Steuerfahndung ist und mir nachweisen möchte, dass ich einen Zentner Kartoffeln nicht verbucht habe.«

Vanessa warf Linkohr einen vielsagenden Blick zu. Aber der konnte sich auch nicht durchringen, ihm die konkrete Frage nach dem Ordner mit den Unterlagen für sein Kind zu stellen. Allein schon an der Tatsache, dass er das Verschwinden dieses Ordners verschwieg, war schließlich auch eine wichtige Erkenntnis.

»Sonst wurde nichts gestohlen?«, vergewisserte sich Vanessa noch einmal. »Keine Wertgegenstände, kein Geld – auch sonst keine besonders wichtigen Unterlagen?«

Kowick holte wieder tief Luft. »Ganz wichtige Unterlagen«, wiederholte er eher verächtlich, »was kann schon bei all dem Bürokratismus und Papierkram ganz wichtig sein. Nein, Frau Kommissarin, da muss ich Sie enttäuschen. Wenn es was Wichtiges gewesen wäre – das dürfen Sie mir glauben –, dann wäre ich zur Polizei gegangen.«

22

Kerstin Wecker, die Radioredakteurin aus Ulm, war am frühen Nachmittag eigens nach Geislingen gefahren, um sich mit ihrem Kollegen von der Zeitung, Georg Sander, zu treffen. Sie hatte am Telefon erklärt, dass es ihr wichtig sei, das journalistische Vorgehen in Rimmelbach zu besprechen. Sander machte darüber in der Redaktion kein großes Aufsehen, zumal Neth seit Tagen darauf drängte, an den Inhalt des Glaubwürdigkeitsgutachtens von Manuel zu kommen. »Das muss doch längst vorliegen«, hatte er in der letzten Redaktionskonferenz selbstbewusst vorgebracht, worauf ihn Lokalchef Kauz dazu verdonnerte, sich darum zu kümmern. Doch bei der Staatsanwaltschaft war Neth auf Granit gestoßen und auf die Hauptverhandlung vor dem Landgericht Ulm verwiesen worden. Der Redakteur deutete dies als Zeichen dafür, dass nun endlich Anklage erhoben wurde.

Sander traf sich mit Kerstin in dem Café einer Bäckereifiliale, die sich gegenüber dem Verlagsgebäude in einem Shoppingcenter befand. Dort ließen sie sich an einem der hinteren Tische nieder, direkt vor dem hell beleuchteten großformatigen Foto des historischen Ödenturms. Sander holte zwei Tassen Cappuccino und zwei Butterbrezeln und setzte sich der Ulmer Kollegin gegenüber.

»Ich war gerade in Rimmelbach«, begann Kerstin, »die Leute dort sind hell entsetzt über den Tod des kleinen Jungen. Kein Einziger, mit dem ich gesprochen habe, glaubt daran, dass der Manuel selbst das Feuer verursacht hat.«

»Ich weiß«, entgegnete Sander, »ich war heute auch oben. Es gibt die wildesten Gerüchte. Die einen glauben, der Pfarrer sei's gewesen, andere meinen, die Mutter habe ihren Sohn selbst umgebracht. Sie sei doch sonst nie abends weggegangen und habe ihn allein daheimgelassen.«

»Das ist in der Tat merkwürdig, Georg. Sie lässt den Kleinen allein, obwohl der – wie man so hört – schwierig und unberechenbar gewesen sein soll. Und ausgerechnet in dieser Nacht brennt das Haus ab. Das ist dubios, findest du nicht auch?«

»Ich hab versucht, an die Lehrerin ranzukommen«, berichtete Sander und nippte an der heißen Tasse. »Aber die ist überhaupt nicht zugänglich. Ich bin selten so mürrisch abgefertigt worden wie von der.«

»Ich auch«, grinste Kerstin. »Ich bin einfach in die Schule gegangen, aber sie hat mich richtiggehend rausgeworfen. Und auch der Bürgermeister, dieser Benninger, will mit den Medien, wie er sich ausgedrückt hat, nichts mehr zu tun haben.«

»Auch der Häberle gibt sich zugeknöpft«, bedauerte Sander, dessen Kontakte zur Polizei ihm bislang nicht allzu viele Informationen eingebracht hatten. »Ich glaub, die haben alle Schiss vor der Polizeireform.«

»Was, dein Häberle womöglich auch?«

»Kann ich mir nicht vorstellen, aber verunsichert sind sie alle.« Er lächelte. »Ich im Übrigen auch, denn wenn erst die Ulmer hier das Sagen haben, sind wir in Geislingen, jenseits des ›großen Berges‹, doch nur ein provinzielles Anhängsel für den Pressesprecher.«

»Oh, ihr armen Provinzler«, tröstete Kerstin ironisch und tätschelte ihm die Hand. »Vielleicht solltet ihr mal über den Rand eurer fünf Täler hinausschauen.« Sie spielte auf die fünf Seitentäler an, in deren Schnittpunkt die Stadt Geislingen lag, eingebettet in die nördlichen Ausläufer der Schwäbischen Alb. »Was macht ihr eigentlich für morgen?«

»Eine Reportage über die Stimmung im Ort«, erwiderte Sander. »Wir werden auch darstellen, wie zerstritten das Dorf ist.«

»So werden wir's auch machen. Wir werden auch versuchen, den Pfarrer noch an die Strippe zu kriegen. Aber momentan ist er nirgends zu erreichen. Übrigens dieser Großbauer auch nicht, dieser Mompach.«

»Macht Urlaub«, gab Sander preis, *»angeblich. Angeblich* weiß niemand, wo genau er sich aufhält. Die einen munkeln was von den Kanaren, andere sagen Russland oder Thailand. Seine Frau hat das Telefon gleich aufgelegt, als ich angerufen habe.«

»Da gibt es noch was – und das möchte ich dir nicht verheimlichen, weil wir doch in dieser Sache bisher ziemlich gut zusammengearbeitet haben.« Sie lächelte. »Wie ich aus Stuttgarter Medienkreisen erfahren habe, du weißt, dahin habe ich gute Beziehungen«, sie blinzelte spitzbübisch, »sind die ›wilden Jungs‹ des großen Boulevardblatts auch heftig am Rühren. Sie wollen rausgekriegt haben, dass eben dieser Großbauer mit seinem ›Jagdspezl‹, dem Viehhändler Hartmann, oft gemeinsam große Reisen gemacht hat. Zwar auch zum Vergnügen, okay, aber insbesondere der Hartmann soll dabei nicht nur frisches Fleisch zum Schlachten importiert haben, sondern auch für andere Zwecke.« Sie grinste jetzt übers ganze Gesicht.

»Du meinst …?«

»Junge Frauen, mein Lieber. Unter dem Vorwand, ihnen lukrative Jobs im goldenen Westen anzubieten. In der Gastronomie. Oder soll ich besser sagen: in der ›Event‹-Gastronomie des Rotlichts?«

»Man munkelt von Begleitservice und so …«, warf Sander ein, denn von derlei Gerüchten hatte ihm ein junger Mann in Rimmelbach erzählt.

»Auch, ja. Aber der dickste Hammer wäre das andere. Hartmann soll einen ganzen Callgirlring aufgezogen haben – so nennt man das, glaube ich. Und einen bundesweiten Vertrieb von Anabolika aufgebaut haben.«

Sander überlegte insgeheim, wie er diese Informationen in einem seriösen Heimatblatt für die eher konservative Leserschaft sachlich und emotionslos aufbereiten konnte – ohne sich dem Vorwurf des Boulevard-Journalismus auszusetzen oder andererseits gemaßregelt zu werden, dies alles viel zu dezent erwähnt zu haben, wo doch die Boulevard-Presse das Thema gewiss mit riesigen Schlagzeilen bis ins letzte Detail ausschlachtete.

»Aber was könnte das alles mit dem Pfarrer und Manuel zu tun haben?«, überlegte Sander und spürte mal wieder, wie klein doch die Welt im heimischen Bereich war – und dies in einer Zeit, in der die globale Vernetzung per Satellit oder über ein paar Kabeldrähtchen bis in den letzten Winkel einer landwirtschaftlichen Ansiedlung reichte.

Kerstin nahm den letzten Schluck Cappuccino, sah sich prüfend um und beugte sich über den Tisch, um Sander zuzuflüstern: »Weißt du, was ich glaube?« Sie gab gleich die Antwort dazu: »Der Pfarrer hat diese Machenschaften durchschaut und sollte aus dem Weg geräumt werden.« Sander sah Kerstin verständnislos in die großen Augen, worauf sie anfügte: »Man versucht, ihm mit allen Mitteln etwas in die Schuhe zu schieben. Den Tod von Manuel – und sogar die große Kerze aus der Kirche –, du erinnerst dich, damit wurde in Mompachs Scheune vermutlich eine versuchte Brandstiftung vorgetäuscht – sollte auf ihn hindeuten.«

Franziska Kugler ging in der Wohnung auf und ab. Seit Stunden versuchte sie, ihren Ehemann zu erreichen. Dutzende Male schon hatte sie seine Handynummer gewählt, doch immer dasselbe: Der Teilnehmer meldet sich nicht, lautete die Ansage. Natürlich hatte Dieter nie seine Mailbox aktiviert – und außerdem neigte er dazu, das Gerät auszuschalten, sobald er seine Ruhe brauchte und nicht gestört werden wollte. Aber er war doch nur zu diesem Rechtsanwalt gefahren.

Gleich nach der Mittagspause der Kanzlei hatte Franziska Kugler dort jemanden erreicht. Herr Kugler, so wurde ihr beschieden, sei bereits gegen elf Uhr wieder gegangen. Natürlich ohne zu sagen, wohin.

Frau Kugler hatte aufgelegt und war in ihren Sessel gesunken, wieder aufgestanden, durchs Haus gegangen, hatte aus dem Fenster die Straße hinabgeschaut, gebetet und gefleht, er möge sich endlich melden. Noch wollte sie ihre erwachsenen Kinder nicht damit behelligen. Beide wohnten weit entfernt, in Leipzig und Potsdam, und wären ihr jetzt ohnehin keine Hilfe.

Sie goss sich heißen Tee ein, versuchte, sich innerlich zu beruhigen. Sie kannte Dieter lange genug, um zu wissen, dass er diese spontanen Auszeiten brauchte. Doch meist hatte er sie dazu genutzt, eine Predigt aufs Diktiergerät zu sprechen oder sich für eine Beerdigung vorzubereiten. Auch an seine nächtlichen Fahrten hatte sie sich gewöhnt, obwohl sie dann unruhig schlief und inständig hoffte, dass ihm nichts zustieß.

Nie hätte sie auch nur einen Gedanken daran verschwendet, er könnte sich selbst etwas antun. Nie. Bis sich diese Angst vor einigen Wochen wie ein grauer Schatten auf ihr Gemüt legte. Wann immer Dieter weg war und sich nicht meldete, beschlich sie dieses bittere Gefühl. Auch jetzt musste sie daran denken, wie er in den vergangenen Tagen oft stundenlang auf seinem Bürostuhl saß, dann entweder auf irgendwelche Internet-Seiten starrte und juristische Abhandlungen über sexuellen Missbrauch von Schutzbefohlenen las oder am Monitor vorbei durchs Fenster blickte, wo er in Gedanken versunken in der schmalen Lücke zwischen zwei Häusern die Züge vorbeifahren sah.

Sein psychischer Zustand verschlechterte sich zusehends. Doch er hatte bisher den gut gemeinten Rat, sich in ärztliche Behandlung zu begeben, stets brüsk in den Wind geschlagen.

Und jetzt fielen ihr die Worte ein, mit denen er heute Vormittag die Wohnung verlassen hatte: »Es gibt niemanden im Ort, der mehr Gründe hatte als ich, den Manuel umzubringen.«

Franziska Kugler schloss die Augen. Es war ihr, als seien die Worte gerade erst gesprochen worden. Stimmte es wirklich, was Dieter gesagt hatte?

Mein Gott, flehte sie zu dem großen Kruzifix, das an der Wand vor ihr hing, hilf deinem Diener. Hilf ihm noch einmal. Nur dieses eine Mal noch. Du bist ihm immer wieder zur Seite gestanden, hast ihn durch unzählige Höhen und Tiefen geführt. Jetzt, wo er dich am dringendsten braucht, darfst du ihn nicht verlassen.

Sie blieb ein paar Minuten still in sich gekehrt sitzen – und wusste plötzlich, was zu tun war. Sie griff erneut zum Telefon.

Mompach war auf direktem Weg zum Hotel zurückgegangen. Das Schreiben des Erpressers hatte er in die Hosentasche gesteckt, sich unterwegs mehrfach prüfend umgesehen und an der Eckkneipe, die den Abzweig zum Hotel markierte, zwei junge Männer bemerkt, die ihn beim Näherkommen verdächtig musterten. Wieder war sein Blutdruck in die Höhe geschnellt, doch als er etwa 50 Meter weiter die Kontrollstelle der Uniformierten passierte, die die Zufahrt zum Hotel bewachten, fühlte er sich wieder sicherer. Allerdings war er auf dem weiteren Weg zur Rezeption allein auf weiter Flur. Die Straßenlampen erhellten zwar den breiten, asphaltierten Platz und brachten das Grün der Palmen geradezu zum Leuchten, aber er wurde das seltsame Gefühl nicht los, jemand würde ihn beobachten. Vermutlich war es reine

Einbildung, aber das Vorgehen des unbekannten Erpressers deutete darauf hin, dass dieser über jeden seiner Schritte informiert war. All seine Gewohnheiten, so resümierte Mompach, während er der einsamen Dame an der Rezeption zuwinkte, waren aus den bisherigen Forderungen herauszulesen gewesen. Dass er hin und wieder dieses deutsche Lokal aufgesucht hatte, gehörte ebenso dazu wie die Auswahl dieses Hotels, in dessen Nähe an den Wochenenden der Nachtmarkt stattfand, den er ebenfalls gerne aufsuchte.

Mompach bog nach der Rezeption, wo vor ihm der tropische Bewuchs des tiefer gelegenen Parks mit unzähligen Scheinwerfern beleuchtet war, gleich nach links ab, um über ein paar Stufen den überdachten Zugang zu den Gebäudeteilen mit den Zimmern zu erreichen. Ein paar Geckos huschten über den gefliesten Boden oder kletterten blitzschnell an den Wänden hoch. Von irgendwoher hallte der Ruf eines nachtaktiven Vogels. Mompach drehte sich auch hier immer wieder um, blickte über die hölzerne Brüstung auf den Sandweg hinab, der das Erdgeschoss begleitete, und näherte sich vorsichtig jeder Biegung, die der terrassenartige, links offene Gang an den Zimmertüren entlang beschrieb.

Als er die Nummer 2214 erreichte, sah er sich erneut nach beiden Seiten um, ehe er die Codekarte in die elektronische Schließvorrichtung steckte. Das Schloss sprang auf und ihm schlug die kühle Luft der rauschenden Klimaanlage entgegen. Er schob die Codekarte in eine weitere Vorrichtung, woraufhin alle Lichter im Zimmer angingen. Dann ließ er die Tür einrasten, legte zusätzlich die Kette vor, sah links in das Badezimmer, rechts in den Kleiderschrank und prüfte, ob die Terrassentür hinter den zugezogenen Vorhängen noch verriegelt war. Nichts erschien ihm verdächtig.

Er musste aufpassen, durchzuckte es ihn, als er sein schweißnasses Hemd auszog und sich im Spiegel betrachtete. Was, wenn ihm jemand Rauschgift in den Koffer legte? Zwischen all die Kleider steckte, zwischen die gebrauchte Wäsche oder sonstwohin? Man konnte in diesen Ländern in Teufels Küche geraten, wenn das Zimmermädchen mit einer kriminellen Bande unter einer Decke steckte, ihm Drogen in den Koffer schmuggelte und dann irgendjemand den Behörden am Flughafen einen geheimen Tipp gab. Was dann? Gerade er, der jede Menge Angriffsfläche bot, zumal man ihn sehr schnell auch mit Hartmann in Verbindung bringen würde, säße dann in einer üblen Falle.

In einem Anfall von Panik durchwühlte er seinen Koffer, die Plastiktüte mit der gebrauchten Wäsche, seine aufgehängten Kleider, die Schuhe, seine Toilettenartikel, ja selbst die Zahncremetube beäugte er kritisch. Ihm wurde bewusst, dass solche Gangster auch Shampoo, Duschgel oder Deo gegen verbotene Substanzen austauschen konnten. Und vermutlich gab es noch viel raffiniertere Möglichkeiten, um jemanden anzuschwärzen und von der Polizei aus dem Verkehr ziehen zu lassen. Oder es gab frei erfundene Behauptungen, er sei als Sextourist angereist, um sich an Kindern zu vergehen.

Mompach ließ sich erschöpft auf sein Bett fallen und versank in einen unruhigen Schlaf, in dem sich all seine Befürchtungen in Albträume mischten, aus denen er immer wieder schweißgebadet erwachte, um sogleich aufs Neue in ein noch grauenhafteres Horrorgeschehen eingebunden zu werden.

Hans Melzinger war außer Atem. Er hatte es sich lange überlegt, ob er das, was ihm im Laufe des Tages zu Ohren gekommen war, der Polizei melden sollte. Doch dann war der Landwirt, der Hartmanns Leiche zuerst entdeckt hatte, kurzerhand noch am frühen Abend von Rimmelbach in die Stadt gefahren, um sich beim Polizeirevier zu Häberle durchzufragen. Ein Uniformierter brachte ihn in das Zimmer des Chefermittlers, der den Besucher freundlich begrüßte und ihm einen Platz am Besprechungstisch anbot. Häberle bemerkte sofort, dass der Mann innerlich aufgewühlt war. Personen dieser Generation fiel es meist nicht leicht, sich einer Behörde anzuvertrauen – insbesondere, wenn es sich dabei um die Polizei handelte.

»Wir kennen uns«, stellte Melzinger deshalb zufrieden fest, nachdem Häberle zu verstehen gegeben hatte, dass er sich natürlich noch an ihr gestriges Zusammentreffen in Rimmelbach erinnern könne.

»Bei uns in Rimmelbach wird seit gestern viel g'schwätzt«, begann der Mann, der seine dicke Lederjacke aufknöpfte, sodass ein verwaschener Wollpullover zum Vorschein kam. »Ich weiß ja nicht, ob Ihnen das schon jemand gesagt hat«, fuhr er fort, »aber mir kommt die Sache mit dem Bogenschießen komisch vor.«

»Mir auch«, gab Häberle offen zu, um das Vertrauen des Mannes zu gewinnen.

»So?«, staunte Melzinger, »Ihnen also auch. Dann wird Sie interessieren, was ich Ihnen zu berichten habe.« Er wurde jetzt lockerer.

»Ich bin gespannt«, lächelte Häberle, als seien sie beide schon die besten Freunde.

»Sie erinnern sich, dass der Bürgermeister gestern gesagt hat, er kenne niemanden, der mit Pfeil und Bogen schießt.«

»Ja, das hat er gesagt, als Sie diesen Pfeil zu uns in den Wagen gebracht haben«, bestätigte Häberle.

»Aber jetzt ist mir eingefallen, was bei der Beerdigung von Hartmann vor vier Wochen gesagt worden ist.«

Häberles Interesse stieg. Er hob eine Augenbraue und ließ Melzinger Zeit, die richtigen Worte zu finden. »Bei der Beerdigung gab's einige Trauerreden und da ist auch ein Mann aufgetreten, der muss von einem Bogenschützenverein gewesen sein, denn der hat den Hartmann als aktives Mitglied und großzügigen Spender bezeichnet.«

»Ach«, entfuhr es Häberle. »Wie der heißt, wissen Sie aber nicht?«

»Nein, aber das können Sie sicher bei dem Beerdigungsinstitut Leichtle in Geislingen erfahren.« Melzinger hatte sich offenbar bereits gedanklich intensiv damit auseinandergesetzt und fügte vertrauensvoll an: »Der Leichtle, den kennen Sie sicher. Der weiß doch immer alles.«

Häberle nickte, wollte dazu etwas sagen, doch Melzinger redete schon weiter: »Als ich Ihnen gestern den Pfeil vorgelegt habe, saß auch unser Bürgermeister in Ihrem Wagen. Und als Sie ihn gefragt haben, ob er jemanden kenne, der mit Pfeil und Bogen schießt, hat er Nein gesagt. Stimmt's? Ja? Er hat doch ganz klar ›Nein‹ gesagt, oder?«

Häberle konnte sich gut erinnern. »Ja, klar. Für mich bestand keinerlei Zweifel, dass er niemanden kennt.«

»Und ich dachte schon, ich hätt das Gespräch falsch in Erinnerung«, war Melzinger beruhigt. »Und nun kommt's, Herr Kommissar: Unser Bürgermeister Benninger war aber genauso wie ich auf der Beerdigung vom Hartmann. Er muss demnach die Rede dieses Bogenschützenmenschen gehört haben – und demzufolge wissen, dass sich Hartmann fürs Bogenschießen interessiert hat.«

»Sie sind spitze«, lobte Häberle spontan.

Im Lagezentrum der Polizeidirektion Ulm hatte der Anruf von Franziska Kugler den Polizeiführer vom Dienst aufhorchen lassen. Nachdem die wichtigsten Daten notiert waren, wurde ihm der Ernst der Lage zunehmend klar.

»Das ist der Ex-Pfarrer von Rimmelbach. Wohnt jetzt vorübergehend in Halzhausen«, informierte er einen Kollegen.

»Gib das mal auch den Geislingern durch. Soweit ich gehört habe, ist das ein Fall von Häberle.«

»Was? Von dem berühmten Häberle?«

»Ja, genau der«, zeigte sich der Mann in der Einsatzzentrale genervt, denn er musste bereits einen weiteren Notruf entgegennehmen. In den frühen Abendstunden nahm die Zahl der Anrufe zu, wenngleich es sich oftmals nur um ärgerliche Lappalien handelte. Gerade erst hatte eine junge Frau auf diese Weise ihre verlorene Kreditkarte sperren lassen wollen. In solchen Fällen galt es, höflich, aber bestimmt darzulegen, dass die Polizei dafür der falsche Ansprechpartner war.

»Kuglers Frau sagt, ihr Mann sei seit elf heut früh abgängig«, erklärte er, bevor er sich dem neuerlichen Anruf zuwandte.

Bereits eine halbe Minute später traf die Vermisstenmeldung auch bei der Polizeidirektion Göppingen ein, von wo aus Häberle in der Kriminalaußenstelle Geislingen informiert wurde. »Die Ulmer wollen, dass wir die Sache federführend übernehmen«, teilte ihm die Einsatzzentrale mit. »Kugler wohnt nur vorübergehend im Alb-Donau-Kreis – in Halzhausen –, aber die Ulmer meinen, das könnte mit unserem Fall in Rimmelbach zusammenhängen.«

»Das liegt nahe«, brummte Häberle und fügte an: »Dem Chef Bescheid sagen und vergesst die Staatsanwaltschaft nicht.« Dann beendete er das Gespräch und berichtete den Kollegen der Sonderkommission von der neuesten Entwicklung. Linkohr und Vanessa, die mittlerweile von ihrer Vernehmungstour zurückgekehrt waren, sahen sich erschrocken an. »Da haut's dir 's Blech weg«, kommentierte der junge Kriminalist das Gehörte. »Das wär der Dritte.«

Häberle hatte Linkohrs Bemerkung vernommen: »Der Dritte?«

»Ja, der Dritte, der in den Tod getrieben wird«, erklärte Linkohr und musste an Stefanie Marquarts verstorbenen Ehemann denken und an ihre Bemerkung, Hartmann sei in den Tod getrieben worden.

Häberle entschied: »Wir lösen eine Suchaktion aus.« Er sah zum Fenster und stellte fest, dass die Novembernacht bereits hereingebrochen war. Sofern es auf der Alb keinen Nebel hatte, konnte man wenigstens vom Hubschrauber aus mit der Wärmebildkamera suchen.

In Hua Hin graute bereits der Morgen. Mompach hatte keine Ruhe gefunden. Es war für ihn der Tag der Entscheidung – eine Bezeichnung, die sich ihm während der nächtlichen Albträume in sein Unterbewusstsein gebrannt hatte. Tag der Entscheidung. Doch wie er die nächste Nacht durchstehen würde, war völlig ungewiss. Und was ihn danach erwartete, erst recht. Am gestrigen Abend hatte er noch im Internet die Heimatzeitung aufgerufen und Sanders Artikel in der Montagausgabe gelesen. Offenbar gab es in Rimmelbach erhebliche Unruhe. Sogar sein Name war in dem Bericht aufgetaucht. ›Besitzer des abgebrannten Hauses ist Heiko Mompach, größter Landwirt des Ortes und auch Mitglied des Gemeinderats. Da er sich derzeit im Urlaub befindet – vermutlich auf den Kanaren –, konnte er bislang nicht erreicht werden‹, hatte es darin geheißen. Weitere Hinweise auf die Brandursache oder auf die polizeilichen Ermittlungen suchte Mompach vergeblich. Er malte sich aus, wie es sein würde, wenn er – wie geplant – in zwei Wochen wieder auftauchen würde. Vermutlich würde er mit allergrößten Vorwürfen konfrontiert. Wieso er sich nicht gemeldet habe, warum er sein Handy immer abschalte und weshalb er seiner Frau nicht mal das Hotel nenne, in dem er Urlaub mache. Sie würden sich die Mäuler zerreißen, dachte er, denn all die kleinbürgerlichen Menschen konnten natürlich nicht verstehen, was es bedeutete, in der großen weiten Welt unterwegs zu sein. Er hatte dies ja auch nur dank seines Freundes Hartmann genießen können. Es war ihm vergönnt gewesen, ein klein wenig an der Welt der Reichen und Mächtigen zu schnuppern. Mehr aber auch nicht.

Jetzt hast du die Nase kräftig reingekriegt, sagte ihm eine innere Stimme. Du hast dich übernommen. Alles war eine Nummer zu groß für dich.

Aber, so beruhigte er sich, während er unter der lauwarmen Dusche stand, du wirst ab heute Abend, wenn alles gelaufen ist, deinen Frieden finden.

Und wenn doch nicht? Wenn die Drohungen und Erpressungen weitergingen? Wäre es nicht besser, selbst aktiv zu werden, anstatt ein Leben lang befürchten zu müssen, wieder unter Druck gesetzt zu werden? Konnte er überhaupt noch jemals ruhig in Rimmelbach leben? Denn die Probleme, die dort auf ihn warteten, waren vermutlich noch viel größer als jenes, das er hier aus der Welt zu schaffen hoffte. Und Sandra. Was würde mit ihr geschehen, jetzt, wo Manuel tot war und sie weiterlebte? Und der Pfarrer?

Während eine Hundertschaft der Bereitschaftspolizei mit mehreren Fahrzeugen auf dem Hof des Geislinger Polizeireviers eintraf, wo Linkohr den Chef dieser Truppe mit den Details der Suchaktion vertraut machte, hatte sich Häberle trotz der späten Abendstunde bei Rimmelbachs Bürgermeister Benninger telefonisch angekündigt. Der Mann war nicht gerade erfreut gewesen, musste sich dann aber dem Wunsch des Kriminalisten beugen. Knapp eine Viertelstunde später traf Häberle vor dem schmucken Einfamilienhaus ein, das in einer Neubausiedlung am Rande Rimmelbachs stand.

»Muss das jetzt noch sein?«, empfing ihn Hugo Benninger, der ihm in Jeans und Rollkragenpullover gegenüberstand. »Hätt's dies nicht auch noch morgen im Rathaus getan?«

Häberle entschuldigte sich und murmelte: »Es geht um viel, Herr Benninger.« Mehr wollte er ihm zwischen Tür und Angel nicht sagen, schon gar nicht, dass derzeit eine Suchaktion nach dem vermissten Pfarrer anlief.

Benninger führte den Kriminalisten durch den hellen Flur zu einem kleinen Büro, dessen Tür er hinter sich ins Schloss drückte. Häberle schien es, als wolle Benninger vermeiden, dass möglicherweise seine Ehefrau das Gespräch belauschen konnte. Die beiden Männer setzten sich um die abgerundete Seite des Schreibtisches.

»Ich wäre nicht gekommen, wenn es uns nicht äußerst wichtig erschiene«, erklärte Häberle. »Um es klar zu sagen: Nach dem Tod des Jungen spitzt sich die Lage zu.«

»Sie brauchen mir nicht zu sagen, was hier im Ort los ist. Die Gerüchte schießen ins Kraut. Unfassbar, was die Leute so verzapfen.« Benninger umklammerte die Armlehnen seines Bürostuhles.

»Genau darum geht es«, fand Häberle jetzt den Anknüpfungspunkt. »Wir haben uns gestern hier getroffen, bei uns im Einsatzfahrzeug. Sie werden sich entsinnen, dass Herr Melzinger mit diesem Pfeil gekommen ist ...«

»Der Melzinger, ja«, bestätigte Benninger und fasste sich ans Kinn, »der Landwirt, dem das Waldstück da draußen gehört.«

»Daraufhin«, machte Häberle langsam weiter, »habe ich Sie gefragt, ob Sie jemanden kennen, der mit Pfeil und Bogen umgehen kann.«

Benningers Gesichtsausdruck veränderte sich. »Ich kann mich entsinnen, ja.«

»Sie sagten ›Nein‹ – richtig?«

Der Bürgermeister schien zu begreifen, dass er in eine Falle gelockt werden sollte. »Das ist richtig – nur versteh ich nicht, was Sie …«

»Das sag ich Ihnen gleich«, unterbrach ihn der Chefermittler, während das schnell anschwellende Knattern eines Hubschraubers zu vernehmen war. Häberle ahnte, dass die Suchaktion nach Kugler begonnen hatte, ließ sich davon aber nicht ablenken. »Wenn ich richtig informiert bin, waren Sie vor vier Wochen auch auf der Beerdigung von Hartmann«, machte er weiter. »Richtig?«

Benninger zeigte jetzt keine Regung mehr, als habe ihn das ohrenbetäubende Donnern des tieffliegenden Helikopters gelähmt.

»Ich geh davon aus, dass es so ist«, fuhr Häberle fort. »Dort aber hat der Vertreter eines Bogenschützenvereins die Verdienste des Herrn Hartmann hervorgehoben. Ein großer Mäzen des Vereins sei der gewesen. Ist Ihnen diese Rede entgangen?«

Benninger war sichtlich irritiert. Seine voluminöse Brust dehnte den Pullover und ließ auf einen tiefen Atemzug schließen. Nachdem er einige Augenblicke überlegt hatte, erklärte er mit der Kaltschnäuzigkeit eines mit allen Wassern gewaschenen Politikers: »In der Tat, Herr Kommissar, das muss mir entgangen sein. Wie das so ist, wenn man dasteht und eine Rede nach der anderen über sich ergehen lassen muss. Da schweifen die Gedanken manchmal ab. Geht Ihnen das nie so?«

Häberle ließ sich nicht beeindrucken, sondern riskierte einen weiteren Vorstoß: »Könnte es nicht sein, dass Sie in der ganzen Angelegenheit befangen sind? Zum Beispiel, weil dieser ein guter Freund von Herrn Mompach war, dem Sie ja auch nahestehen.«

»Nun machen Sie mal halblang, Herr Kommissar«, wehrte sich Benninger, »was soll jetzt diese – verzeihen Sie den Ausdruck – unqualifizierte Verquickung ganz unterschiedlicher Sachverhalte?«

»Wie war das noch mal mit dieser illegalen Feuerstelle hinter Mompachs Scheune? Es hat wohl lange gedauert – sehr lange sogar –, bis die Umweltschutzbehörde des Landratsamtes dem Ganzen ein Ende gesetzt hat, während Sie – so stellt es sich jedenfalls dar – sämtliche Augen zugedrückt haben.«

»Das verbitte ich mir aber!«, wetterte Benninger unerwartet laut los. »Ich brauche mir das als langjähriger Bürgermeister dieser Gemeinde nicht gefallen zu lassen.« Er wurde wieder leiser, womit er aber eher die Bedeutung seiner Person noch stärker hervorheben wollte. »Sie werden verstehen, dass ich mich morgen bei Ihrer vorgesetzten Stelle beschweren werde.«

Häberle blieb gelassen. Er kannte derlei Verhalten noch gut aus Zeiten, als in Baden-Württemberg andere Koalitionen das Land regierten und Männer wie Benninger sehr schnell auf ihre langjährig geknüpften parteiinternen Kontakte zurückgriffen. »Das steht Ihnen frei«, betonte er deshalb, stand auf und sah ihn zum Abschied durchdringend an: »Sie sollten nur aufpassen, dass Sie nicht über eine Tretmine stolpern. Denn ich habe den Eindruck, dass es davon in Ihrem schönen Rimmelbach sehr viele gibt. Ich wünsche noch einen schönen Abend.«

23

Franziska Kugler hatte zum Polizeirevier kommen wollen, doch die Beamten waren damit nicht einverstanden gewesen. Sie solle in Ruhe zu Hause warten, denn es könne sein, dass ihr Mann im Laufe der Nacht wieder heimkomme, hatten sie ihr gesagt. Die meisten Vermisstenfälle lösten sich erfahrungsgemäß von alleine.

Doch daran konnte sie nicht glauben. So lange war Dieter noch nie weggeblieben, ohne sich zu melden. Jetzt war es bereits 1 Uhr in der Nacht, und obwohl mittlerweile eine landesweite Fahndung nach seinem silberfarbenen Mercedes lief und jede Polizeistreife nach dem gesuchten Fahrzeug Ausschau hielt, gab es keinerlei Hinweise. Vielleicht hat sich Dieter ins benachbarte Ausland abgesetzt, durchzuckte es Frau Kugler, während sie sich nervös einen Tee aufgoss und die Nachrichten des ARD-Nachtprogramms hörte. Im Anschluss an die Meldungen wurde sogar dort die Suchmeldung ausgestrahlt, weil nicht auszuschließen war, dass Kugler mittlerweile schon Hunderte von Kilometern zurückgelegt hatte. In der Rundfunkdurchsage hieß es, die Polizei bitte auch Tankstellenbetreiber, auf dieses Fahrzeug mit dem Göppinger Kennzeichen zu achten.

Franziska Kugler zermarterte sich das Gehirn, doch so sehr sie auch nachdachte, es fiel ihr kein Ort und keine Stelle ein, an denen ihr Mann hätte heimlich Zuflucht suchen können. Allenfalls bei Rudolf und Heidrun, ihren beiden erwachsenen Kindern, die mit ihren Familien in Leipzig und Potsdam lebten. Hätte er sich an sie gewandt, wäre er dort längst angekommen. Aber, so verwarf sie diesen Gedanken wieder, dann wäre sie längst verständigt worden, entweder von Rudolf oder von Heidrun. Die beiden wüssten doch, welche Sorgen sie sich in so einem Fall um ihren Vater machen würde. Sie verwarf deshalb auch die Idee, bei ihnen anzurufen. Sie wollte keine Unruhe in diese Familien bringen. Nicht jetzt, mitten in der Nacht.

Vielleicht hatte er sich ja in ein Gotteshaus zurückgezogen, überkam sie ein neuer Gedanke. Aber welche Kirchen waren auch in der Nacht geöffnet? Vielleicht eine Autobahnkapelle? Oder, so beschlich sie ein neues Schreckensszenario, er war verunglückt. Doch auch dann wäre die hiesige Polizei bereits benachrichtigt worden.

Dann blieb doch nur noch eines …

Sie wurde von dem Höllenlärm eines Hubschraubers aufgeschreckt, der offenbar im Tiefflug über Halzhausen dröhnte. Sie zogen also in Erwägung, dass Dieter hier in der Nähe umherirrte. Oder schon tot irgendwo lag. Wo sollten sie auch suchen?, zuckte es durch ihren Kopf, während sie sich an den Esszimmertisch setzte und am heißen Tee nippte. Das war doch nur Aktionismus – eine Suchaktion, ohne eine Vermutung zu haben, wohin der Vermisste gegangen war. Wenn sie wenigstens das Auto fänden … – nein, doch lieber nicht, betete sie sofort inständig. Denn wenn das Auto irgendwo stünde, wäre er vielleicht … Sie wollte das Wort nicht einmal denken, nicht dieses hässliche Wort, das so endgültig war, das keine Hoffnung mehr zuließ, das ganz und gar alternativlos war. Aber wo würde Dieter diese finstere, eiskalte Novembernacht überstehen? Hatte er überhaupt noch genügend Kraft dazu? Franziska ließ ihren Tränen freien Lauf.

Mompach hatte nur wenig gefrühstückt und dabei wieder sein Umfeld beobachtet. Doch hier, in der Beschaulichkeit dieses tropischen Hotelparks, schien nichts darauf hinzudeuten, dass irgendwo jemand lauerte, der es auf ihn abgesehen hatte. Und doch musste es jemanden geben, der genau über ihn Bescheid wusste.

Vom Telefon in seinem Zimmer aus kündigte er seinem Sachbearbeiter in der Bangkok Bank sein Kommen für die nächste Stunde an. Jetzt läuft der Countdown, dachte er. Jetzt gibt es kein Zurück mehr. Er zog ein weißes Hemd und eine dunkle Hose an und verließ das Zimmer mit dem leeren Aktenkoffer. Nachdem die Tür sorgfältig zugezogen war, warf er prüfende Blicke in alle Richtungen und schlug den ihm bereits vertrauten Weg zur Rezeption ein. Unterwegs vergewisserte er sich mehrfach, dass ihn niemand verfolgte. Er grüßte zwei Zimmermädchen und kämpfte derweil mit Darmkrämpfen, sodass er sich entschloss, noch die Toilette aufzusuchen.

Fünf Minuten später verließ er mit rebellierendem Darm die Hotelanlage durch den offenen Bereich der Rezeption. Auf der asphaltierten Zufahrt schlug ihm die gnadenlose Hitze noch heftiger entgegen. Glücklicherweise erspähte er sofort ein Taxi, das er herbeiwinkte und sich auf dem Beifahrersitz niederließ. Den leeren Aktenkoffer hielt er vor seiner Brust fest umschlungen. »To the clocktower«, sagte er, worauf der dunkelhäutige Fahrer einen Gang einlegte und die Hotelzufahrt verließ. Als er an der Einmündung rechts in die Nong Khao Takiap Road abbog, nahm Mompach zufrieden zur Kenntnis, dass der Mann offenbar die kürzeste Strecke einschlug – zum ›clocktower‹, den die meisten Touristen üblicherweise als Ziel angaben. Der Glockenturm markierte nämlich das Zentrum der Stadt. Obwohl der Taxifahrer, den Mompach kritisch von der Seite beäugte, nur ein paar Brocken Englisch konnte, wusste er Bescheid. Jedes Mal, wenn sich ihre Blicke trafen, lächelte er.

Während der knapp zehnminütigen Fahrt im Linksverkehr wandte sich Mompach mehrfach um. Doch in dem chaotischen Gewühl war es nahezu unmöglich, etwaige Verfolger ausfindig zu machen. Und falls eine mafiöse Bande dahintersteckte, dazu noch aus Russland, dann hatten sie ihr Vorgehen ohnehin so raffiniert eingefädelt, dass kaum eine Chance bestand, sie zu entlarven. Mompach spürte plötzlich, wie hilflos er ohne das sichere Auftreten Hartmanns war, der jegliche noch so dubiose Situation elegant und souverän gemeistert hatte. Aber jetzt gab es niemanden mehr, der ihm in den gefahrvollen globalen Netzwerken zur Seite stand.

In diesem Moment wünschte sich Mompach wieder einmal in die Beschaulichkeiten des kleinen Albdörfchens Rimmelbach zurück.

Als das Taxi in der zweiten Reihe geparkter Autos anhielt und der Fahrer auf den Taxameter zeigte, wurde sich Mompach bewusst, dass er nun ganz allein in dieser pulsierenden Stadt sein würde, die ihm zwar in den vergangenen Jahren vertraut geworden war – aber nie zuvor hatte er das Gefühl gehabt, von jemandem belauert zu werden.

Vielleicht wurde er aus dem Hinterhalt erschossen, zuckte es durch seinen Kopf.

Wenn er erst den Geldkoffer abgeholt hatte, stieg diese Gefahr ins Unermessliche. Es war ein Spiel mit dem Feuer, auf das er sich einließ. Würde es überhaupt jemanden interessieren, wenn ein Tourist hier spurlos verschwand? Dazu noch jemand, der Schwarzgeld gebunkert hatte, das über einige verschlungene Wege in Thailand ›gewaschen‹ werden sollte? Falls man seine Leiche überhaupt fand, würden die Behörden sehr schnell feststellen, dass er nicht gerade der seriöse Geschäftsmann aus Deutschland war, für den man ihn in der deutschen Appartement-Wohnanlage hielt.

Er gab dem Taxifahrer reichlich Trinkgeld und fühlte sich beim Aussteigen mutterseelenallein in einer fremden Welt.

Als Häberle von seinem Gespräch mit Bürgermeister Benninger zurückkehrte, war die Suchaktion nach Kugler bereits in vollem Gange. Obwohl sie schon mehr als zehn Stunden im Dienst waren, hatte kein einziges Mitglied der Sonderkommission heimgehen wollen. In solchen Nächten, das wusste Häberle, stand die Mannschaft fest zusammen. Er hatte am Abend noch einen Pizzaservice kommen lassen, kistenweise Mineralwasser und Cola geordert und eigenhändig die Kaffeemaschine bedient.

An einem Funkgerät verfolgten sie die mühsame Arbeit der Bereitschaftspolizisten, die seit Stunden im Großraum Rimmelbach und dem knapp zwanzig Kilometer Luftlinie entfernten Halzhausen die Wälder durchstreiften, über Äcker und Wiesen stapften und jede Senke durchstöberten. Unterstützt wurden sie inzwischen von einer Hundestaffel.

Starke Handscheinwerfer erhellten das Gelände. Immer wieder tauchte auch der tief fliegende Hubschrauber auf, dessen Suchscheinwerfer gelegentlich aufflammten, wenn die Cockpitbesatzung über ihre Wärmebildkamera ein mutmaßlich lebendes Objekt entdeckt hatte. Meist jedoch handelte es sich um irgendwelche Metall- oder Mauerteile, die von der mittäglichen Herbstsonne noch erwärmt waren und sich somit gegenüber der kühleren Umgebung auf der Kamera abzeichneten. Gelegentlich tauchten auch flüchtende Tiere auf, die sich vor dem Rotorenlärm in Sicherheit bringen wollten.

»Was wir hier machen, ist wirklich nur Aktionismus«, resümierte Häberle, der sich ein Stück kalt gewordene Pizza in den Mund schob. »Solange wir sein Auto nicht haben, haben wir keinerlei Anhaltspunkte.«

»Aber was willst du sonst tun, August?«, näherte sich ein Kollege, dem die Müdigkeit im Gesicht stand. »Du weißt doch: Wenn wir nichts tun, sind wir hinterher die Bösen.«

Häberle nickte. »Was für ein Segen wäre es, wenn die Leute ihr Handy nicht dauernd ausschalten würden. Dann könnten wir den Kugler orten und ihm die nötige Hilfe zukommen lassen. Denn dass der Mensch hochgradig suizidgefährdet ist, daran besteht für mich keinerlei Zweifel. Aber wer vermag schon zu sagen, wie und wo er sich umbringen will?«

»Hat eigentlich jemand den Rechtsanwalt befragt, bei dem Kugler heute früh noch war?«

»Ja, natürlich. Schaufler. Er sagt, es sei ein langes Gespräch gewesen – und er habe Kugler schonend beigebracht, was die festgestellte Glaubwürdigkeit des Kindes für den weiteren Verlauf des Verfahrens bedeutet. Kugler sei ziemlich niedergeschlagen gewesen und habe zunächst resignieren wollen.«

»Depressiv?«, wollte der Kollege wissen.

»Ja, das schließt Schaufler nicht aus. Er habe ihm deshalb mehrfach gut zugeredet und erklärt, dass jetzt, wo das Kind nicht mehr als Zeuge aussagen könne, die Chance bestehe, dass das Verfahren eingestellt werde. An eines kann sich Schaufler noch genau erinnern: Bevor er eine Stellungnahme habe diktieren können, sei Kugler einem Zusammenbruch nahe gewesen. Er sei schuldig, habe er tieftraurig gesagt, und doch schon ›so gut wie verurteilt‹.«

»Das lässt nichts Gutes vermuten«, meinte der Beamte, der ein Glas Mineralwasser in einem Zug leerte, während im Funkgerät unablässig Positionsmeldungen und Hinweise auf bereits durchsuchte Geländeabschnitte durchgegeben wurden. ›Bussard‹, so der Name des Helikopters, meldete gerade den Überflug des ehemaligen Steinbruchgebiets von Lonsee.

Der schrille elektronische Ton von Häberles Telefon mischte sich in den Funkverkehr. Häberle sah instinktiv auf die Uhr: 3.14 Uhr. Es war die Wache, die ihm den Anruf von Frau Kugler durchstellte. Eine gute Nachricht? Hatte sich ihr Mann gemeldet?

Doch die Stimme der Frau verriet, dass es keine Entwarnung gab. »Entschuldigen Sie, Herr Häberle«, es klang trostlos und heiser, »aber sagen Sie mir bitte, ob es schon etwas gibt?«

»Tut mir leid«, erwiderte der Chefermittler, »wir sind mit allen verfügbaren Kräften draußen. Sobald wir …«

»Danke«, unterbrach sie ihn leise weinend. »Ich habe etwas gefunden, das Ihnen vielleicht weiterhelfen könnte.«

Häberle lauschte, doch es war nur noch ein Schluchzen zu vernehmen.

Mompach kämpfte sowohl gegen die drückende Tropenhitze als auch gegen seine immer stärker auflodernde innere Unruhe an. Nachdem er am Glockenturm, wo sich zwei Straßen im spitzen Winkel trafen, aus dem Taxi gestiegen war, brauchte er sich nur kurz zu orientieren und wusste, in welche Richtung er gehen musste. Die Bangkok Bank befand sich in der Petchkasem Road, nur ein paar Schritte entfernt.

Auf der Straße herrschten die üblichen chaotischen Verkehrsverhältnisse mit Hupen, Geschrei und hektischen Zweiradfahrern. Vor manchen Läden und Verkaufsständen bildeten sich Menschentrauben, die Gehwege waren für Mompachs Begriffe ungewöhnlich stark bevölkert. Weil er viel schneller ging als die übrigen Passanten, hatte er Mühe, sich in seinem Tempo durch die Menschenmassen zu drängen, ohne anderen Personen allzu nahe zu kommen.

Bereits bei seinen früheren Besuchen hatte Mompach bemerkt, dass das Bankgebäude nicht den üblichen Prunk aufwies, mit dem an den großen Finanzplätzen oftmals geprotzt wurde. Er betrat den angenehm klimatisierten Innenraum durch eine schwere Drehtür und war von einer Sekunde auf die andere von einer gediegenen Atmosphäre umgeben. Von draußen drang kein Geräusch herein, der dicke Teppichboden dämpfte die Schritte, von der hohen Decke hing ein funkelnder Kronleuchter mit unzähligen Lichtern. Zwei Sicherheitsmänner in schwarzen Uniformen verfolgten Mompach mit kritischen Blicken, als er zielstrebig den mit dickem Sicherheitsglas umgebenen Empfangsbereich ansteuerte. Durch eine schmale Lücke in den Scheiben sprach er in schlechtem Englisch eine freundliche Dame an, stellte sich vor und verlangte nach seinem Ansprechpartner, den die Frau mit einem Lächeln anrief.

Mompach durfte in einem Polstersessel Platz nehmen, der in einem mit Sichtblenden abgeschirmten Wartebereich stand. Er atmete tief durch und versuchte, sich auf die Übergabe der halben Million Dollar zu konzentrieren. Wenn er die Summe in Stückelungen zu 50 Dollar bekam, dann mussten es 10 000 Scheine sein, hatte er während des Frühstücks ausgerechnet.

Zwei Minuten später tauchte aus dem dunklen Hintergrund ein korrekt gekleideter Mann mittleren Alters auf. Anzug, Krawatte, kurze schwarze Haare, schlank und nicht allzu groß. Genau so hatte ihn Mompach noch vom letzten Jahr her in Erinnerung. Der Prototyp eines Bankers, dachte er und entsann sich daran, dass ihm dieser vor einiger Zeit einmal erzählt hatte, für ein halbes Jahr bei der Deutschen Bank in Frankfurt tätig gewesen zu sein.

Auch der Banker schien sich noch an den Kunden aus Deutschland zu erinnern, begrüßte ihn herzlich in bestem Deutsch, führte ihn über einen langen Gang in ein luxuriöses Besprechungszimmer, in dessen Mitte ein runder Tisch mit gepolsterten Armlehnstühlen stand. Eine Kanne heißer Kaffee und Tassen waren angerichtet. Ölgemälde zierten die Wände, auch hier verbreitete ein Kronleuchter funkelndes Licht.

»Darf ich?«, fragte der asiatische Banker und deutete auf die Kaffeekanne. Nachdem Mompach zugestimmt hatte, goss er ihm und sich selbst das aromatisch riechende Getränk ein.

Dann ließ sich der Banker routinemäßig die Identität des Kunden bestätigen, studierte aufmerksam den vorgelegten Pass und fragte, wie bereits am Telefon, die übrigen Daten ab. »500 000 Dollar in bar«, stellte er dann fest, um sich zu vergewissern, dass die Summe stimmte.

»Korrekt«, erwiderte Mompach, der auf seiner Stirn Schweißperlen spürte und gegen die Unsicherheit ankämpfte, die ihn in dieser ungewohnten Umgebung beschlich.

»Wir haben alles vorbereitet«, sagte der Bankangestellte und griff zu einer ledergebundenen Mappe, in der sich verschiedene Schriftstücke in deutscher Sprache befanden.

»500 000 US-Dollar in bar«, wiederholte er emotionslos und schob Mompach die Mappe herüber. »Nur noch drei Unterschriften und wir sind fertig«, sagte der Mann, als ob Summen dieser Größenordnung tagtäglich über seinen Tisch gingen.

Mompach las flüchtig die paar Sätze und unterschrieb mit zittriger Schrift. Zwei Blätter behielt die Bank, eines bekam er.

»Sie haben ein Behältnis?«, fragte der Banker mit Blick auf den Aktenkoffer. Noch während Mompach nickte, griff der Mann zum Telefon und sagte etwas Unverständliches.

»Mein Kollege ist gleich hier«, erklärte er, nachdem er wieder aufgelegt hatte. »Wie lange sind Sie diesmal in Hua Hin?«, begann er ein kurzes persönliches Gespräch, um die Zeit zu überbrücken.

»Nur zwei Wochen«, erwiderte Mompach. »Ein paar Geschäfte erledigen«, fügte er mit einem gezwungenen Lächeln hinzu. »Vielleicht komme ich noch einmal auf Sie zurück«, log er.

»Stets zu Ihren Diensten, das wissen Sie«, gab sich der Mann untertänig. »Wie geht es Ihrem Herrn Kollegen, dem Herrn …«, er musste kurz nachdenken, »Hartmann, so heißt er doch?«

Mompach zögerte. »Oh, danke, gut, ja. Er hatte diesmal andere Verpflichtungen.«

Der Angestellte ließ sich nicht anmerken, dass er die Unsicherheit seines Kunden bemerkt hatte. Doch der jahrelange Umgang mit Menschen, die lieber nicht über die Herkunft ihres Geldes befragt werden wollten, ließ ihn stutzig werden. Immerhin waren Hartmann und Mompach bisher stets gemeinsam aufgetreten. »Dann bestellen Sie Ihrem Herrn Kollegen einen Gruß von mir«, sagte er, während es an der Tür klopfte und ein weiterer Mann mit einem schwarzen Sicherheitskoffer erschien. Er begrüßte Mompach mit Handschlag, legte den Koffer auf den Tisch und ließ die beiden Schlösser aufschnappen. Vor Mompach tat sich das wohlsortierte Grün von 50-Dollar-Noten auf, die zu jeweils 50 Scheinen in Banderolen steckten.

»10 000 Scheine«, sagte der Banker, während sein Kollege den Raum wieder verließ. »Sollen wir zählen?«

Mompach wusste nicht, wie er reagieren sollte. »Ist das nicht ein bisschen aufwendig?«

»Wie Sie wünschen«, erwiderte der andere gelassen. »In jeder Banderole sind 50 Scheine. Wenn Sie uns und unserer maschinellen Sortierung vertrauen, dann zählen wir nur die einzelnen Pakete?«

»Ja, das genügt«, sagte Mompach mit belegter Stimme. Eine halbe Million Dollar, das war verdammt viel Geld. Etwa 400.000 Euro, hatte er sich in den vergangenen Tagen gedanklich immer wieder vor Augen geführt.

Der Bankangestellte zählte die Geldscheinbündel beim Umschichten in Mompachs Koffer. Gemeinsam stellten sie fest, dass die Anzahl stimmte.

»Und hier«, er reichte Mompach ein bedrucktes Papier, »das leg ich Ihnen dazu. Es handelt sich um die Nummern, wie von Ihnen gewünscht. Wir haben versucht, sie größtenteils fortlaufend zu nehmen, dann lassen sie sich besser registrieren.« Er fügte mit leicht fragendem Unterton an: »Falls dies für Sie von Bedeutung ist.«

Mompach erwiderte nichts, sondern klappte den Deckel zu und schob die Rädchen des Kombinationsschlosses wahllos weiter.

Er war froh, die Prozedur überstanden zu haben, erhob sich und bedankte sich für »die unbürokratische Bearbeitung«.

Auf dem Weg durch den langen Flur flüsterte ihm der Banker zu: »Und passen Sie auf den Koffer auf. Draußen ist die Welt eine andere als hier drin.«

Mompach sah den Mann von der Seite an. War das eine versteckte Botschaft?

Nein, rief er sich selbst zur Ordnung, diesem Mann konnte er vertrauen. Absolut.

Als er wieder auf der Straße stand, ihm die tropische Schwüle entgegenschlug, dazu die abgasgeschwängerte Luft, die wuselige und geschäftige Hektik dieser Stadt, umklammerte er krampfhaft den Griff seines dunkelbraunen Aktenkoffers. Er durfte sich jetzt auf keinen Fall von irgendetwas ablenken lassen. Jedes Anrempeln war verdächtig, jeder Blick. Vorsichtig sah er sich um, beobachtete die Menschen, die auf ihn zukamen und an ihm vorbeigingen, beäugte die Autos, von denen einige verdächtig langsam dicht am Gehweg entlangfuhren.

Endlich entdeckte er ein Taxi, winkte es herbei und ließ sich sofort auf den Beifahrersitz fallen, den Koffer fest umklammernd. Er wollte so schnell wie möglich zurück ins Hotel. Aber konnte er dem Taxifahrer denn trauen?

Häberle hatte am Telefon geduldig gewartet, bis Frau Kugler wieder in der Lage war, klare Worte zu finden.

»Und was ist es nun, was Sie gefunden haben?«, fragte er, nachdem sie sich beruhigt hatte. Er nahm einen Schluck heißen Kaffee.

»Einen Knopf. Einen metallenen Knopf – genau so einen, wie er vor einigen Wochen in der Zeitung abgebildet war.« Wieder musste sie ihrer tränenerstickten Stimme eine Pause gönnen. »Dieser Knopf vom Hochsitz«, fügte sie an.

Häberle wusste sofort Bescheid, ließ sich aber auch in diesem Fall seine Verwunderung nicht anmerken. »Wo haben Sie ihn gefunden?«

»Bei den schriftlichen Sachen meines Mannes. In einem Kuvert, das er unter die Post gelegt hat, die seit Wochen unerledigt rumliegt.« Sie atmete schwer. »Hat das etwas zu bedeuten, Herr Kommissar?«

Häberle fand keine Erklärung. »War ein Schreiben dabei? Gibt es irgendwelche Notizen dazu?«

»Nein, gar nichts. Nur dieses Briefkuvert mit dem Knopf. Wie ich ihn gesehen habe, habe ich mich sofort an das Bild in der Zeitung erinnert.«

Häberle hörte im Telefon das Knattern eines Hubschraubers. Offenbar hielt sich der Helikopter gerade in der Nähe von Kuglers Wohnung in Halzhausen auf.

»Ist der Knopf mit der Post geschickt worden?«, wollte Häberle wissen.

»Es sieht nicht danach aus.« Frau Kugler brauchte erneut ein paar Sekunden, um sich zu beruhigen. »Aber warum versteckt er ihn? Warum spricht er nicht mit mir darüber?«

Häberle umging eine Antwort, indem er es wagte, eine riskante Frage zu stellen: »Aber es ist auszuschließen, dass der Knopf ihm selbst gehört? Also von seiner eigenen Kleidung ist?«

Frau Kugler hatte jetzt Mühe, ihr Weinen zu unterdrücken. Sie flüsterte entsetzt: »Was sagen Sie denn da, Herr

Häberle? Sie glauben doch nicht etwa, dass ...« Die weiteren Worte gingen in Schluchzen unter.

Der Taxifahrer war halsbrecherisch durch das Verkehrschaos gerast. Einmal hatten sich zwei kamerabehängte Touristen nur mit einem beherzten Sprung zur Seite in Sicherheit bringen können. Mompach umklammerte seinen Geldkoffer, während ihn der Chauffeur immer mal wieder von der Seite betrachtete und lächelte.

Mompach mimte den gelassenen Geschäftsmann, zitterte jedoch innerlich und malte sich in Gedanken aus, was geschehen würde, falls der Taxifahrer auch Teil dieser verdammten Bande war, die ihn offenbar seit seiner Ankunft in Thailand observierte und über alle seine Schritte informiert war.

Ach Unsinn, du siehst Gespenster, mahnte er sich selbst zur Ruhe, hier gibt es keine mafiosen Banden und auch keine Verschwörungstheorien. Es waren sicher nur die blank liegenden Nerven, die ihm die abenteuerlichsten Gedanken vorgaukelten oder aus jedem harmlosen Passanten einen brutalen Gangster machten.

Gerade als er erschrocken mutmaßte, der Taxifahrer sei in die falsche Richtung gefahren, um ihn zu kidnappen und weit außerhalb der Stadt auszunehmen, wurde das Straßenbild wieder vertrauter. Vorne tauchte die Eckkneipe auf, der Fahrer setzte den Blinker und bog in die Zufahrtsstraße zum Hotel ein. Dort winkte er den Uniformierten an der Absperrung freundlich zu und gab noch einmal kräftig Gas, um den alten Mercedes vor die breiten Stufen rollen zu lassen, die zur höher gelegenen Rezeption führten. Der Fahrer deutete auf den Taxameter, Mompach rundete auf ein ordentliches Trinkgeld auf und stieg aus dem Fahrzeug. Noch bevor er die Beifahrertür schließen konnte, beugte sich der Fahrer zu ihm herüber und lächelte: »Attention to your case.«

Mompach verharrte in der Bewegung, umklammerte den Griff seines Koffers noch fester und sah dem Fahrer erschrocken in die Augen. Hatte der Mann ihm tatsächlich empfohlen, auf den Koffer zu achten? Hatte der Fahrer an seiner Gestik bemerkt, wie wichtig ihm der Koffer war? Vielleicht hatte der Mann ein geschultes Auge dafür, immerhin war Mompach ja direkt vor der Bangkok Bank in das Taxi gestiegen. Daraus konnten durchaus gewisse Schlüsse gezogen werden. Vielleicht waren hier mehr Menschen mit solchen Koffern unterwegs.

Mompach sagte nichts, warf die Tür zu und eilte zur Rezeption hinauf.

Häberle hatte einen Teil seiner Mannschaft zum Schlafen geschickt. Er selbst telefonierte mit Susanne und hörte gelassen ihrer inständigen Bitte zu, sich nicht zu übernehmen und auch ein paar Stunden zu schlafen. »Heute muss ich durchhalten«, erwiderte er und sie wusste, dass es jetzt keinen Sinn machte, an seine Vernunft zu appellieren, seine Gesundheit zu schonen. Er war eben Kriminalist mit Leib und Seele und keiner von der Sorte, wie sie oftmals in Kriminalromanen oder Filmen dargestellt wurden: Typen mit irgendeiner Macke, denen alles wichtiger war als ihr Fall. »Das hat mit der Realität nichts zu tun«, hatte Häberle seiner Frau schon viele Male erklärt, wenn sie sich über solche Romangestalten ärgerten. »Die Autoren haben null Ahnung von der echten Polizeiarbeit«, konnte er sich dann aufregen. Keiner von denen hatte vermutlich jemals eine schlaflose Nacht wie diese erlebt: ein suizidgefährdeter Vermisster, zwei verschwundene Verdächtige und jede Menge dubioser Vorfälle.

Und jetzt, nach einer Tasse starken Kaffees, hatte sich bereits wieder ein Besucher angekündigt. Raimund Brühl, der pensionierte Tanzlehrer, war noch gestern am späten Abend telefonisch ausfindig gemacht worden und hatte sich bereit erklärt, »gleich um neun« vorbeizukommen.

Häberle warf sich ein paar Hände kaltes Wasser ins Gesicht, putzte mit den Utensilien, die er stets vorsorglich im Auto mit sich führte, die Zähne und besah sich kritisch im Spiegel. Als die Sekretärin eintraf, sah sie ihn entsetzt an: »Sagen Sie bloß nicht, Sie hätten durchgemacht.« Sie wartete keine Antwort ab, sondern schlug vor, ihm etwas Essbares von der nahen Bäckerei zu holen. Häberle brummte: »Oh, vielen Dank, das ist aber nett«, und sortierte in seinem Büro das Papierchaos.

Punkt neun erschien Raimund Brühl in Begleitung eines Uniformierten, der sich sofort wieder auf den Rückweg zur Wache machte. Brühl wirkte trotz ergrauter und dünner Haare jugendlich, sportlich und gepflegt. Der Oberlippenbart war exakt gestutzt, die Kleidung leger. Tanzen hält wohl jung, dachte Häberle und überlegte, wann er zuletzt mit Susanne tanzen gewesen war. Es fiel ihm nicht ein.

Er bot dem Gast einen Platz an und fragte, ob er ihm etwas anbieten dürfe, doch Brühl winkte ab. »Ich komm gerade erst vom Frühstück.«

»Frühaufsteher?«, schmunzelte Häberle.

»Auch, ja, aber wenn ich in Geislingen bin, treffe ich mich mit alten Freunden zum Billardspielen, nachher, im Mehrgenerationenhaus.«

Häberle wusste, was gemeint war: ein beliebter Treffpunkt in der City, im Erdgeschoss einer Seniorenanlage.

»Sie verlassen den schönen Lago Maggiore um diese Zeit und kommen ins vorwinterliche Geislingen?«, staunte Häberle.

»Im Winter ist da unten auch nicht viel los«, erklärte Brühl. »Außerdem muss ich auch hier mal nach dem Rechten sehen.«

»Ihnen ist ein Handy abhandengekommen?«, kam Häberle gleich auf den Punkt, obwohl er sich gerne mit dem überaus sympathischen Mann über den Lago Maggiore unterhalten hätte.

»Nachdem Sie mich am Telefon darauf angesprochen haben, hab ich in meinem Terminkalender nachgeschaut.« Er holte ein beschriebenes Blatt Papier aus der Freizeitjacke und entfaltete es. »Den Verlust des Handys hab ich so um den 25. herum bemerkt. Ich hab vermutet, dass ich's irgendwo im Haus verloren hab.« Noch bevor Häberle etwas fragen konnte, erklärte er: »Ich meine natürlich mein Haus in Luino, am Lago.«

»Sie haben den Verlust dann aber nicht dem Provider gemeldet? O2 war's wohl?«

»Nein, warum auch? Es war ja nur eine Prepaidkarte drin, die fast schon aufgebraucht gewesen sein dürfte. Falls es jemand gefunden hätte, wäre der Schaden gering gewesen.« Er sah den Kommissar erstaunt an: »Und jetzt ist es in Moskau aufgetaucht, haben Sie gesagt?«

»Ja, demnach eineinhalb Monate später«, bestätigte Häberle, »ein Wunder, dass der Akku so lange gehalten hat. Denn wenn der den Geist aufgegeben hätte, wäre doch die PIN-Nummer notwendig gewesen, oder sehe ich das falsch?«

»Ja klar, aber diese Handys lassen sich mit handelsüblichen Ladegeräten aufladen. Und wenn man das Ding nur für ein, zwei Gespräche zwischendurch einschaltet, hält der Akku lange«, erklärte Brühl, der sich offensichtlich ebenfalls schon Gedanken darüber gemacht hatte.

Häberle war erfreut, dass sein Gesprächspartner klare und deutliche Antworten gab. »Sie gehen also davon aus, dass es Ihnen Ende September abhandengekommen ist. Weshalb sind Sie sich da so sicher?«

»Mir ist der Verlust aufgefallen, kurze Zeit, nachdem mich einige alte Bekannte besucht haben. Und die waren ein paar Tage vor der Bundestagswahl bei mir. Vom 18. bis 20. September. Wir haben nämlich noch heftig über Politik und die Merkel diskutiert.«

»Okay«, gab sich Häberle zufrieden. »Sie haben aber keinen davon in Verdacht, das Handy mitgenommen zu haben?«

»Gestohlen, meinen Sie? Nein, kann ich mir nicht vorstellen.« Der Tanzlehrer grinste. »Das sind Leute, die geben sich nicht mit so einem alten Handy ab – und außerdem können die sich jederzeit ein Smartphone leisten.« Er dachte kurz nach und stützte die Ellbogen auf den Armlehnen ab.

Der Chefermittler wurde aufmerksam. »Darf ich fragen, wer Ihre Besucher waren?«

»Ehemalige Tanzschüler.« Er verzog das Gesicht zu einem breiten Grinsen. »Damals waren das Jungs im Alter von 17 oder 18 Jahren, ja, lang ist's her. Inzwischen haben sie Karriere gemacht, ein jeder auf seine Art. Einer ist sogar Bürgermeister geworden.«

Häberle hatte Mühe, seine Überraschung zu verbergen. »Bürgermeister?«

»Ja, Hugo Benninger von Rimmelbach.« Brühl grinste, ohne zu ahnen, dass er mit dieser Aussage Häberles Spannung ins Unermessliche steigerte. »Dort, von wo gerade so viel in der Zeitung steht.«

Der Kommissar nickte. »Mhh. Und der andere?«

»Der größte Bauer von dort oben, behauptet man. Heiko Mompach. Der war damals schon im Tanzkurs ein cleveres Bürschchen – vor allem, was den Umgang mit Mädels anbelangt hat. Ich kann mich allerdings noch gut daran erinnern, dass er ein bisschen gehemmt war, weil er aus der Landwirtschaft kam. Aber er hat's wohl im Lauf der Zeit allen gezeigt, dass man auch damit Karriere machen kann.«

Häberles Müdigkeit war mit einem Schlag verflogen. »Und was war der Grund, dass Sie Besuch von diesen beiden Herren bekommen haben?«

»Ein zufälliges Zusammentreffen beim Geislinger Stadtfest. Immer zum ›Hock‹ – Sie kennen sicher dieses große Festwochenende mit Straßenfest, Tag der Jugend und Kinderfest im Juli – da bin ich immer in Geislingen. Eine tolle Sache. Da trifft man viele alte Bekannte. Und diesmal ist mir am Samstagabend der Heiko Mompach über den Weg gelaufen. Ich hätt' ihn nicht mehr erkannt.« Er lächelte. »Bei den vielen Tanzschülern, die ich hatte, hab ich mir nicht jedes Gesicht gemerkt – und außerdem sind die Leute ja auch älter geworden. Aber dafür hat Mompach mich gleich wiedererkannt und mich angesprochen. Im Laufe des Abends haben wir uns dann ausführlich über die alten Zeiten unterhalten.«

»Und bei dieser Gelegenheit haben Sie ein Treffen am Lago ausgemacht?«

»Ja, Mompach hat mir erzählt, dass Hugo Benninger seit Langem Bürgermeister in Rimmelbach sei. Die Freundschaft aus Tanzschulzeiten habe bis heute gehalten. Und so wurde die Idee geboren, dass sie mich über ein verlängertes Wochenende besuchen. Ich hab ihnen eine nette Pension besorgt und sie waren dann von Mittwoch bis Freitag am Lago. Länger ging nicht, weil Benninger als Bürgermeister zur Bundestagswahl zurück sein musste.«

Häberle erschien dies plausibel und er unterdrückte ein Gähnen. Seine Gedanken kreisten um die Frage, wer von den beiden Interesse an Brühls Handy gehabt haben konnte – und vor allem, warum. »Nun gibt's ja – wie Sie wissen – in Rimmelbach seit über einem Jahr ziemlichen Stress wegen des Pfarrers …«

»Oh ja, das kann man wohl sagen«, antwortete Brühl schnell. »Die beiden haben mir in weinseliger Stimmung die ganze Story von der Besetzung der Pfarrerstelle erzählt. Herr Mompach war wohl die treibende Kraft gewesen, um den jetzigen Stelleninhaber zu verhindern.«

»Hat er denn auch den Grund dafür genannt?«

»Dieser Pfarrer sei ein extrem Linker, hat er gesagt. Und außerdem mische er sich in die Landwirtschaft ein.«

Häberle rief sich die Kalendertage in Erinnerung. Das Treffen der Drei am Lago Maggiore hatte in der Woche vor der Bundestgswahl stattgefunden, also Mitte September, während die Missbrauchsvorwürfe gegen den Pfarrer erst etwa zwei Wochen später aufgekommen waren. Darüber hatten sie also noch nicht reden können. Trotzdem bohrte er weiter: »Haben die beiden denn auch darüber gesprochen, wie man den ungeliebten Pfarrer wieder loswerden könnte?«

»In einer lauschigen Sommernacht am Lago wird bei ein paar Gläschen gutem Wein viel geredet, Herr Häberle«, grinste Brühl und strich sich über seinen Bart. »Da darf man auch nicht alles auf die Goldwaage legen. Aber wenn Sie mich so fragen: Der Benninger hat da eine Bemerkung fallen lassen, die sinngemäß lautete, dass man den Pfarrer nur loswerden könne, wenn er in einen Skandal verwickelt wäre.«

»Und welcher Art hätte der sein können?«, blieb Häberle hartnäckig.

»Keine Ahnung«, zuckte Brühl mit den Schultern. »Ich glaub auch nicht, dass dies ernst zu nehmen war.«

»Werden Sie denn die beiden demnächst wiedersehen – jetzt, wenn Sie gerade hier sind?«

»Vorgenommen haben wir's uns. Aber Sie wissen ja selbst, wie das so ist: In der Urlaubsstimmung sagt man schnell was so dahin – und hinterher verläuft das wieder im Sand.«

»Haben Sie schon versucht, einen von ihnen anzurufen?«

»Ja, den Benninger, weil ich ihn fragen wollte, wie's dem Mompach geht, nachdem die schreckliche Sache mit seinem Haus passiert ist – und mit dem Kind.« Brühl wurde ernst.

»Haben Sie ihn erreicht?«

»Ja, gestern Abend noch. Aber er war nicht sehr gesprächig. Er hat gesagt, Mompach sei derzeit gar nicht da. Und er selbst wolle in nichts hineingezogen werden.«

»Hineingezogen? Haben Sie gefragt, in was?«

»Nein«, erwiderte Brühl und stellte klar: »Und ich möchte das auch nicht, Herr Kommissar. Ich will mit all dem nichts zu tun haben.« Nach kurzer Pause fügte er an: »Und mein Handy, Herr Häberle, das brauch ich auch nicht mehr.«

Sandra Kowick stand noch immer unter dem Einfluss beruhigender Medikamente. Zwei Tage waren seit dem schrecklichen Feuer vergangen, doch die Flammen, die sie aus Mompachs Haus schlagen sah, schienen noch immer allgegenwärtig zu sein. Sie war gerannt, nur gerannt, hatte geschrien und war von starken Männerarmen zurückgezerrt worden, sonst wäre sie Hals über Kopf in die offenen Flammen gesprungen. Was danach geschah, vermochte sie nicht mehr zu sagen. Schon als sie im Rettungswagen gelegen war, hatte sie noch immer nach Manuel gerufen. Panisch und im Schock. Der Notarzt hatte ihr einige Spritzen verabreicht – und während der Fahrt in die psychiatrische Klinik wurde ihr Zustand mit Infusionen stabil gehalten.

Mehrfach hatte sie in den folgenden Stunden nach Manuel gefragt, doch die Ärzte waren einer konkreten Antwort ausgewichen. Aber sie ahnte, dass er tot war, obwohl niemand das Entsetzliche aussprach. Er konnte gar nicht überlebt haben. Nicht in diesem Inferno aus Flammen, Funken und Qualm.

Sie hatte ihn allein gelassen, dröhnte es in ihrem Kopf, sobald sich ihre Gedanken dem dämpfenden Klammergriff der Medikamente entziehen konnten. Allein gelassen. Den Manuel. Nur, um selbst für ein paar Stunden auszureißen. Weg von allem. Fort. Einfach alles aufgeben. Hätte sie es nur viel früher getan.

Sie musste telefonieren. Anrufen. Den Kommissar. Doch die Pfleger und Ärzte rieten ihr ruhig, aber bestimmt, niemanden anzurufen. Es gab auch kein Telefon im Zimmer.

Sie sah in blasse Gesichter, die irgendetwas sagten, was sie nicht realisierte. Sie war müde, merkte, wie der dünne Schlauch verschwamm, der aus der Plastikflasche über ihr zu ihrem rechten Arm führte.

Aber sie musste unbedingt telefonieren. Jetzt. Doch die Medikamente lösten ihren Willen auf und vermischten Realität, Ängste und Wünsche zu einem einzigen Horrortraum, in dem sie inmitten des brennenden Hauses stand und verzweifelt versuchte, die Polizei anzurufen. Doch die Notrufnummer war belegt. Und dann brannte das Kabel durch und die Tasten des Telefons zerschmolzen. Sie konnte niemanden mehr anrufen. Es war alles zu spät.

Inzwischen kümmerte sich ein Notfallseelsorger um Franziska Kugler. Sie machte sich unendliche Vorwürfe, ihren Mann nicht zu dem Termin bei Rechtsanwalt Schaufler begleitet zu haben. Jetzt waren schon fast 24 Stunden vergangen und es gab noch immer kein Lebenszeichen von ihm. Sie konnte dem Einsatzleiter der Bereitschaftspolizei-Hundertschaft nicht den geringsten Hinweis darauf geben, wohin ihr Mann gegangen sein konnte. Die nahen A 8 und A 7 machten es möglich, innerhalb weniger Stunden weite Strecken zurücklegen zu können. Aber wohin? Mittlerweile waren auch Sohn und Tochter in Leipzig und Potsdam befragt worden, ohne dass sich Anhaltspunkte ergaben.

Mehrere Hundertschaften und ein Dutzend Hundeführer hatten inzwischen das Gelände im Großraum Rimmelbach durchkämmt. Auch der Helikopter war stundenlang in weitem Umkreis in der feucht-diesigen Novemberluft unterwegs gewesen. Die Topografie entlang der Nordkante der Schwäbischen Alb bot natürlich mannigfache Möglichkeiten, spurlos zu verschwinden. Die tief eingeschnittenen Täler und Schluchten mit ihren steilen und felsigen Hängen waren auch jetzt im Spätherbst, wenn die Bäume kein Laub mehr trugen, nur schwer einsehbar. Obwohl alle Polizeidienststellen über den Vermisstenfall informiert waren, gingen bis zur Mittagszeit keinerlei Hinweise ein. Auch der Mercedes des Pfarrers schien wie vom Erdboden verschluckt zu sein.

Häberle hielt sich mit starkem Kaffee wach, während die Kollegen der Sonderkommission nach und nach wieder eintrafen. Der Chefermittler ließ von einer Metzgerei belegte Brötchen anliefern und musste neugierige Journalistenfragen beantworten. Doch sogar Sander blitzte ab und musste sich an die Staatsanwaltschaft verweisen lassen. Häberle hatte ihm nur bestätigt, dass Kugler verschwunden sei. Doch schon die Frage, ob der Pfarrer als mutmaßlicher Brandstifter infrage käme, beantwortete Häberle nicht. Der neue Staatsanwalt in Ulm schien die zurückhaltende Öffentlichkeitsarbeit seines Vorgängers fortführen zu wollen.

»Neue Besen kehren gut«, hatte dies Häberle süffisant kommentiert, als ihm Schwehr klarmachte, dass keine weiteren Details über die Geschehnisse in Rimmelbach verbreitet werden durften. Dabei wäre es im vorliegenden Fall nach Meinung Häberles durchaus hilfreich, die Medien etwas ausführlicher zu informieren, was auch die Aufmerksamkeit der Bevölkerung erhöhen und sie für die Suche nach Kugler sensibilisieren würde.

»Ich glaube, so langsam ergibt sich ein Bild«, resümierte Häberle und ließ zwei appetitlich gefüllte Servierplatten mit belegten Brötchen herumreichen. »Ich bin davon überzeugt, dass der Dreh- und Angelpunkt der Pfarrer und Mompach sind. Mompach, das wissen wir, wollte mit allen Mitteln verhindern, dass ein Pfarrer ins Dorf kommt, der die Machenschaften der Großgrundbesitzer anprangert. Auch seinem Jagdgenossen Hartmann war dies suspekt, obwohl es ihn eigentlich nicht sonderlich berührte, weil er im Nachbarort Böhmenkirch wohnte.« Häberle trank einen Schluck Mineralwasser. »Man konnte aus Sicht Hartmanns aber nie wissen, welche Einblicke sich der Pfarrer verschaffen würde, schließlich eilte dem ja der Ruf voraus, sich für die Kleinen und Schwachen starkmachen zu wollen – eben halt so, wie man es eigentlich von einem guten Pfarrer erwartet.«

Während er sich ein weiteres Brötchen angelte, meinte Vanessa etwas vorlaut, wie Linkohr es empfand: »Die Männerfreundschaft zwischen Hartmann und Mompach hat wegen einer Frauengeschichte dann einen Knacks gekriegt.«

»Richtig«, bestätigte Häberle. »Und zwar ganz sicher vor Mitte Juli, denn zu diesem Zeitpunkt hat unser Tanzlehrer zwei seiner ehemaligen Schüler beim Geislinger Stadtfest getroffen: den Mompach und – man höre und staune – den Bürgermeister Benninger. Die beiden haben dann zwei Monate später einen Wochenendausflug an den Lago Maggiore gemacht, um den dort lebenden Tanzlehrer zu besuchen. Von Hartmann war da schon keine Rede mehr.«

»Da war doch die Affäre mit der Schulleiterin Karin Stenzel«, warf Linkohr ein.

»So wird's gewesen sein, ja. Mompach erwischt die Frau Stenzel und seinen besten Freund, den Hartmann, wahrscheinlich in flagranti auf diesem Hochsitz, der beiden abwechselnd als Liebeslaube gedient hat. Jedenfalls deutet alles, was wir da oben gefunden haben, darauf hin – einschließlich der DNA verschiedener Frauen.«

»Und dann steigt der Mompach vor vier Wochen hoch und erschießt ihn mit dessen Gewehr?«, zweifelte einer aus der Runde.

»Nein. Mompach macht das viel eleganter. Nachdem er vermutlich bestens über die dubiosen Geschäfte seines Kumpels informiert war, weil er wohl auch eine Zeit lang selbst davon profitiert hat – und dies möglicherweise noch immer tut –, beginnt er, ihm die Hölle heißzumachen. Denkbar auch, dass die beiden sich nun gegenseitig bekriegen, weil jeder vom anderen Peinliches oder Illegales weiß.«

»›Gleichgewicht des Schreckens‹ nennt man das«, meinte Vanessa und schielte zu Linkohr, der diese Geste nicht zu deuten wusste.

Häberle nickte: »Die Frage ist nur, wer den größeren Dreck am Stecken hatte – Mompach oder Hartmann. Vermutlich hatte Mompach als angesehener Bürger mehr zu befürchten als Hartmann, der ein knallharter Geschäftsmann war. Jedenfalls kommt es an diesem Oktoberabend zu einem Treffen oder vielleicht sogar zu einer Aussprache auf dem Hochsitz. Für Hartmann möglicherweise völlig unerwartet. Wahrscheinlich entsteht sogar ein Gerangel, in dessen Verlauf die Scheibe zu Bruch geht und Mompach seinen Knopf verliert. Als er wieder geht, ist Hartmann am Ende. So jedenfalls stellt sich mir das dar. Vielleicht überlegt er sogar einen Moment lang, seinen Kontrahenten beim Weggehen zu erschießen – dann aber erkennt er möglicherweise die Aussichtslosigkeit seiner eigenen Situation und erschießt sich selbst. Mompach hat das Problem also auf seine Art gelöst – wie vielleicht schon einmal, an Karfreitag. Bei Marquart.«

»Die Leute in den Selbstmord treiben – anstatt sich selbst die Hände schmutzig zu machen …«, fasste Linkohr das Gehörte zusammen.

Nachdem sich nachdenkliches Schweigen breitgemacht hatte, fuhr Häberle fort: »Bei diesem Besuch auf dem Hochsitz verliert Mompach – warum auch immer – einen Knopf an seinem Arbeitsanzug. Das bemerkt er und will dafür sorgen, dass nichts im Hochsitz auf ihn hindeuten kann. Deshalb verbrennt er noch in der Nacht seinen Arbeitsanzug an seiner illegalen Feuerstelle. Unsere Kollegen vom Umweltschutzamt haben dort bekanntlich in der Asche denselben Knopf gefunden wie die Spurensicherer auf dem Hochsitz. Aber daraus allein könnte man natürlich noch keine juristisch tragfähigen Schlüsse ziehen.«

Die Kollegen warteten gespannt, bis Häberle erneut einen kräftigen Schluck Mineralwasser genommen hatte. »Nun aber hat Frau Kugler auf dem Schreibtisch ihres Mannes vergangene Nacht ein verstecktes Kuvert entdeckt, in dem sich ebenfalls ein solcher Knopf befand.«

Es folgte erstauntes Murmeln jener Kollegen, die davon bislang nichts gewusst hatten. »Kugler hat wohl auch so einen Knopf zugespielt bekommen – von wem auch immer. Vielleicht wusste er sogar, von wem, hat aber – um die Vertraulichkeit zu wahren – nicht einmal mit seiner Frau darüber gesprochen. Jedenfalls sollte es ganz sicher ein Hinweis auf Mompach sein.«

»Sandra Kowick? Meinst du, den Knopf hat die Frau Kowick gefunden?«, fragte jemand dazwischen. »Die hat doch von der Feuerstelle gewusst, oder?«

»Könnte sein, Kollege«, lobte Häberle. »Sie hatte wohl auch einen guten Kontakt zum Pfarrer.«

»Fragen wir sie doch«, kam es aus der Runde.

»So einfach geht das nicht. Sie hat nach dem Tod ihres Kindes einen Schock erlitten und ist immer noch nicht vernehmungsfähig.«

»Das alles klingt durchaus schlüssig«, warf einer der Männer ein, »aber du solltest nicht vergessen, dass auch jemand versucht hat, Mompachs Hof anzuzünden – mit dieser Kerze.«

»Richtig.« Häberle schluckte hastig einen Bissen hinunter. »Die Aktion erscheint mir ziemlich durchsichtig zu sein. Ihr erinnert euch: Es war eine Kerze aus der Kirche. Und diese Kerze war so groß, dass es noch Stunden gedauert hätte, bis sie Schaden hätte anrichten können – wenn überhaupt, denn das Heu drumrum wäre noch ein, zwei Meter entfernt gewesen. Ich geh mal davon aus, dass Mompach es selbst war, der die Kerze reingestellt hat, um sich als Opfer darstellen zu können. Und dass er eine Kirchenkerze benutzt hat, lässt vermuten, wen er als Täter hatte anschwärzen wollen.«

»Aber jetzt erklär uns bitte«, nuschelte mit vollem Mund ein älterer Kollege, »wie passen der Tod von Manuel und dieser Russe Igor in deine Theorie.«

»Du triffst mich am wundesten Punkt«, räumte Häberle ein. »Am wundesten und schlimmsten Punkt der Geschichte. Der Igor und die Frauen aus dem Osten – tja, das könnte nur eine Randerscheinung aus Hartmanns Geschäften sein. Aus gut florierenden Geschäften – und dem Handel mit Anabolika. Ich sag euch, was da im Untergrund läuft, können wir uns gar nicht vorstellen.« Er räusperte sich. »Aber was mich viel mehr beschäftigt, ist die Frage: Warum musste ein völlig unschuldiger kleiner Bub sterben, während seine Mutter ausnahmsweise mal eine Nacht nicht bei ihm war?«

»Und wer hat die Explosion ferngezündet?«, gab es erneut eine ungeduldige Stimme.

»Die Zündung war genial eingefädelt«, entgegnete Häberle. »Nach jetzigem Stand kann es Mompach gewesen sein. Er hat das Handy am Lago Maggiore mitgehen lassen – sicher bereits mit irgendeinem kriminellen Hintergedanken, vielleicht aber noch nicht mit einer konkreten Idee. Er fliegt über Moskau, deponiert das Handy mit der Rufweiterschaltung irgendwo an einer sicheren Stelle, fliegt weiter nach Dubai und zündet bei der Zwischenlandung die in seinem alten Haus versteckte Vorrichtung mit Hilfe eines Handys, das übrigens, wie wir mittlerweile wissen, auf seinen alten Freund Hartmann angemeldet war. Die Zeit der Zwischenlandung in Dubai ist günstig: Als der Flieger dort landet, ist es bei uns hier halb eins in der Nacht.«

»Er konnte also davon ausgehen, dass Frau Kowick und ihr Sohn zu diesem Zeitpunkt im Haus sein würden«, ergänzte Vanessa, die sich nach Meinung Linkohrs ziemlich vorlaut benahm und ihn bei solchen Diskussionen geradezu in den Hintergrund drängte.

»Ja«, fuhr Häberle fort, »er konnte ja nicht ahnen, dass seine Frau ausgerechnet an diesem Abend die Kowick verbotenerweise einlädt.«

»Du meinst, der Mompach hat beide umbringen wollen? Mutter und Kind?«, fragte der ältere Kollege. »Aber warum? Was für einen Sinn gibt das?«

Häberle grinste vielsagend, wie immer, wenn er davon überzeugt war, den richtigen Weg gefunden zu haben. »Der Pfarrer und Manuel könnten die Schlüsselpersonen sein.«

»Wie?«, fragte ein junger Kriminalist zaghaft von hinten. »Glauben Sie, der Pfarrer hat dem Kind wirklich was angetan?«

Als Mompach vorsichtig sein klimatisiertes Zimmer betrat und die Tür hinter sich verriegelte, blieb er für einen Moment in dem kleinen Durchgang zwischen Bad und Kleiderschrank stehen. Wohin mit dem Koffer? Ins Bad, unters Bett oder in den Schrank? Sehr viele Möglichkeiten gab es nicht, ihn zu verstecken. Er entschied sich, ihn unters Bett zu schieben, prüfte, ob das Zimmermädchen die Verriegelung der Balkontür unverändert gelassen hatte, und ging ins Bad. Er wischte sich mit einem Papiertuch den Schweiß vom Gesicht und stellte erschrocken fest, wie abgekämpft er aussah.

Er legte Hemd und Hose ab und schlüpfte in T-Shirt und Bermudashorts. Der Tag würde lang werden – und es war angesichts des Geldes nicht daran zu denken, an den Pool hinunterzugehen. Er musste hierbleiben.

Nachdem er den Hinweis, dass er nicht gestört werden wolle, an die Außenklinke der Zimmertür gehängt und anschließend die Sperrkette vorgelegt hatte, zog er den schweren Vorhang auf und entriegelte die Balkontür, worauf die Klimaanlage ihr monotones Blasen einstellte und ihm stattdessen das donnernde Rauschen des Wasserfalls entgegenschlug.

Jetzt erwies es sich als glücklicher Umstand, dass es bequeme Liegestühle gab. Allerdings fehlte der Schutz vor der prallen Mittagssonne, die direkt auf den Balkon niederbrannte. Mompach holte seine weiße Mütze, cremte sich mit Sonnenöl ein und ließ sich auf einer der beiden Liegen nieder. Doch schlafen konnte er nicht. Seine Gedanken drehten sich nur um eines: Wie konnte er den Erpresser heute Abend überlisten? Den Gedanken an eine Waffe hatte er bereits vorgestern wieder verworfen. Wäre Hartmann dabei gewesen, wäre die Beschaffung einer Pistole sicher kein Problem gewesen. Aber ohne ihn, das hatte er schmerzlich feststellen müssen, fehlten ihm nicht nur der Mut, sondern auch das personelle Netzwerk, um an jene Kreise zu gelangen, in denen Hartmann zu verkehren pflegte. Ohne ihn war er ein Nichts. Und vermutlich hatte er daheim seine Möglichkeiten überschätzt. Denn im Dunstkreis Hartmanns hatte er, der eher Bodenständige, ein ganz anderes Auftreten an den Tag legen können als jetzt allein in dieser fremden Welt. Schon der Gedanke, sich eine Pistole besorgen zu müssen, jagte ihm einen Schauer über den Rücken. Niemals hätte er sie verwenden können. Und wenn doch, dann würde er anschließend möglicherweise sein restliches Leben in irgendeiner tropisch-heißen und mit Ungeziefer übersäten Gefängniszelle sitzen.

Aber das konnte auch ohne den Einsatz einer Pistole geschehen, mahnte ihn sein Gewissen, das ihn wieder einmal aus einem albtraumerfüllten Halbschlaf riss, in dem das Rauschen des Wasserfalls und des Whirlpools wie der Donner eines aufziehenden Gewitters klangen. Und die Stimmen, die von einigen vorbeiziehenden Schwimmern zu ihm heraufdrangen, wurden zu Kommandos von Gefängnisaufsehern.

Häberle hatte beschlossen, den Bürgermeister von Rimmelbach kurzerhand am Telefon mit einer Frage zu konfrontieren, die ihm seit dem Gespräch mit dem Tanzlehrer unter den Nägeln brannte. »Leider muss ich Sie kurz behelligen«, begann er das Telefonat, »aber es hat sich eine neue Situation ergeben.« Er wollte nach der langen Nacht nicht erst lange um den heißen Brei herumreden. »Aber es würde uns interessieren, wie eng Ihre Beziehungen zu Herrn Mompach sind.«

Es dauerte ein paar Augenblicke, während Benninger offensichtlich mit sich rang, wie er darauf reagieren sollte. »Ich glaube, wir haben doch schon darüber geredet. Mompach ist mein Stellvertreter im Amt und eine angesehene Persönlichkeit im Ort.«

»Und es hat wohl auch im September eine gemeinsame Ausflugsfahrt gegeben«, ergänzte Häberle.

Wieder zögerte Benninger. »Ich versteh nicht so recht, was das zur Sache tut.«

»Aber es stimmt doch, dass Sie und Herr Mompach im Herbst am Lago Maggiore waren?«

»Ja und?«, Benninger wurde einsilbig.

»Bei Raimund Brühl«, half ihm Häberle auf die Sprünge.

»Das dürfte kein allzu großes Geheimnis sein«, kam es schnippisch zurück.

»Seither vermisst Herr Brühl ein Handy.«

»Sie wollen mir damit aber nicht unterstellen, es ihm gestohlen zu haben?« Es klang ziemlich empört.

»Keinesfalls, überhaupt nicht. Aber es hat bei dem Besuch auch ein Gespräch darüber gegeben, wie man den ungeliebten Pfarrer wieder loswerden könnte, oder nicht?«

»Jetzt reicht's aber, Herr Häberle. Sie gehen zu weit. Was in einer Männerrunde zu später Stunde alles geschwätzt wird, hat bei Gott nichts mit den schrecklichen Dingen zu tun, die hier passiert sind.«

Häberle spielte mit einem Kugelschreiber und malte Kringel auf den Rand eines ausgedruckten Protokolls. »Damit wir uns richtig verstehen: Es geht mir nicht um Sie, sondern um Mompach«, log Häberle überzeugend. »Hat er denn auf Sie den Eindruck gemacht, als wolle er auch weiterhin versuchen, den Pfarrer loszuwerden?« Kaum hatte er es gesagt, plagten ihn Zweifel, ob es strategisch sinnvoll gewesen war, diese Frage zu stellen. Immerhin bestand die Gefahr, dass Benninger noch in telefonischem Kontakt mit Mompach stand und ihn entsprechend warnen konnte.

»Ich bitte Sie, Herr Häberle«, echauffierte sich Benninger, »ich bin hier Bürgermeister und könnte es mir nicht erlauben, so etwas gutzuheißen.«

»Davon gehe ich aus«, murmelte Häberle. »Was mich aber doch interessieren würde: Warum war nicht auch Hartmann, der doch ebenfalls zu Ihrer – na, sagen wir mal – Männerfreundschaft gehört hat, am Lago Maggiore dabei?«

»Ach, daher weht der Wind. Aber dafür gibt es eine ganz simple Erklärung. Mompach und ich waren vor zig Jahren Tanzschüler bei Brühl. Hartmann aber nicht. Warum hätte er also dabei sein sollen?«

Häberle entschied, nun doch auf direkten Konfrontationskurs zu gehen. »Was sagen Sie dazu, dass Brühls Handy just an besagtem Wochenende, als Sie und Mompach dort unten waren, verschwunden ist – und dass dieses Handy dazu benutzt wurde, von Moskau aus eine ferngezündete Explosion in Rimmelbach auszulösen?«

»Was sagen Sie da?« Jetzt schien Benninger tatsächlich perplex zu sein. Häberle erläuterte ihm deshalb kurz die Details, ohne zu erwähnen, dass die Spur des ursprünglichen Anrufers nach Dubai führte.

»Klingt das nicht ein bisschen zu sehr nach einer abenteuerlichen Räuberpistole?«, fragte Benninger vorsichtig nach.

»Nein, keinesfalls«, erwiderte Häberle. »Ich sag Ihnen das nur, um Ihnen mögliche Unannehmlichkeiten zu ersparen, die Ihnen ein allzu freundschaftlicher Kontakt zu Mompach einbringen könnte.«

»Was wollen Sie damit sagen?«, kam es forsch zurück.

»Sie befinden sich mit Ihrem Job zwar nur auf der untersten politischen Ebene, wenn Sie mir diese Bemerkung gestatten. Aber es gibt ja Beispiele bis hinauf zu den höchsten politischen Würdenträgern, denen die Nähe zu zweifelhaften Gestalten schon zum Verhängnis geworden ist.«

»Sie wollen damit Mompach in die Nähe von zweifelhaften Gestalten rücken?«

»Es war nur eine Mutmaßung«, blieb Häberle gelassen und stellte sich vor, wie aufgeregt Benninger mittlerweile war. »Manchmal hat die Kriminalpolizei auch die Aufgabe, jemandem großes Ungemach zu ersparen.« Häberle wartete kurz und ergänzte: »Vergessen Sie nicht, dass ich Sie gestern schon vor Tretminen gewarnt habe. Rimmelbach ist derzeit ein gefährliches Pflaster.«

Nachdem es jetzt Benninger offenbar die Sprache verschlagen hatte, wünschte ihm Häberle einen »schönen Tag« und beendete das Gespräch.

24

Der Copilot im Polizeihubschrauber sah angestrengt nach unten, nahm immer wieder das Fernglas an die Augen und suchte Böschungen, Steilhänge und Felsenvorsprünge ab. Soeben hatten sie das mächtige Ostlandkreuz umflogen, das hoch über Geislingen direkt an der Albkante an die vertriebenen Südmährer erinnerte. Zwei einsame Spaziergänger auf der dortigen Heidelandschaft sahen erschrocken nach oben.

»Ich flieg jetzt die Hangkante entlang bis zum Geiselstein«, meldete sich der Pilot über Kopfhörer, während links unterhalb des Helikopters die Altstadt von Geislingen vorbeizog und auf der gegenüberliegenden Hangseite der mittelalterliche Ödenturm in sanfte Nebelschwaden gehüllt war.

Der Pilot folgte dem Talverlauf, in dem sich die B 10 zur Albhochfläche schlängelte und die berühmte Geislinger Eisenbahnsteige auf halber Hanghöhe das Mittelgebirge erklomm.

»Ich bin mir ziemlich sicher, dass sich der Pfarrer hier nicht mehr aufhält«, krächzte es im Kopfhörer des Copiloten. »Der ist spurlos vom Erdboden verschwunden.«

Der Copilot sah zu seinem Kollegen hinüber und meinte: »Vielleicht hat er als Pfarrer eine direkte Himmelfahrt gebucht.«

Der Pilot legte den Helikopter in eine scharfe Rechtskurve, als wolle er abrupt umdrehen, doch war dieses Manöver notwendig, damit der links sitzende Kollege die Steilwand des Geiselsteins ins Blickfeld bekam. Der senkrecht abstürzende Fels war einer von vielen, die im Großraum Geislingen an den Hängen klebten. »Wenn da einer runtergesprungen ist«, konstatierte der Copilot, »dann kannst du ihn von hier aus ohnehin nicht sehen.«

Der Helikopter drehte eine neuerliche 180-Grad-Kurve und folgte weiter dem Talverlauf. Sie überflogen den versteckten Weiherwiesensee und hüpften schließlich über eine Überlandleitung, die dieses Tal überspannte. Gleich zog unter ihnen der Gebäude- und Parkplatzkomplex der Schimmelmühle vorbei, wo sich auch ein Café samt Vesperstube angesiedelt hatte.

»Da oben hat die Landeswasserversorgung einen Scheitelbehälter gebaut«, deutete der Pilot nach vorne rechts, wo direkt an der Hangkante ein flaches Gebäude aus dem Wald ragte. »Trinkwasser aus dem Donauried für den Großraum Stuttgart.« Dem Piloten bereitete es jedes Mal Freude, wenn er einem Neuling an Bord die Besonderheiten der Landschaft erklären konnte. Er zog die Maschine etwas höher, sodass sie nun den weiteren Verlauf der Straße und der Gleise in Richtung Amstetten erkennen konnten.

»Wenn er sich unter den Zug hätte werfen wollen, hätte er dies längst getan«, meinte der Copilot gedankenversunken.

»Mhh«, machte der Pilot und legte den Hubschrauber in eine leichte Rechtskurve, sodass über einem Waldstück vor ihnen die Dächer einiger Häuser zum Vorschein kamen. »Dieser Weiler hat den seltsamen Namen ›Steinbruch‹«, erklärte der Pilot, der sich im Laufe langer Berufsjahre als fliegender Polizist im Gelände besser zurecht fand als manch anderer auf der Landkarte. Ihm machte sein Job noch immer Freude, zumal seine gute Ortskenntnis schon manchem Vermissten das Leben gerettet hatte. »Das war mal eine große Geländewunde dort«, er zeigte über die Häuser hinweg nach vorne. »Aber jetzt ist alles schon wieder zugewachsen. Unglaublich, wie schnell sich die Natur wieder breitmacht. Aber dort unten haben wohl ein paar Jugendliche irgendeine Hütte. Da war früher die Zufahrt zum Steinbruch.« Er ließ die Maschine auf etwas mehr als Baumwipfelhöhe absacken. Der Luftwirbel fegte die bunten Herbstblätter von den Zweigen.

Er reduzierte das Tempo und näherte sich langsam dem Weg, der von den abgeernteten Feldern in den verwachsenen alten Steinbruchbereich führte. Zwischen den kahlen Bäumen konnten sie die Jugendhütte sehen, an der irgendeine Fahne hochgezogen war.

»Da steht sogar ein Auto«, stellte der Copilot fest. »Geh mal näher ran.«

Der Pilot behielt die nahen Baumwipfel im Auge und brachte den Helikopter in der Luft zum Stehen. »Das ist doch ein Mercedes«, stellte er kurz und knapp fest.

Sein Kollege richtete bereits das Fernglas auf das Fahrzeug, das nach einer kurzen Drehung des Hubschraubers nun schräg links unter ihm zu sehen war. »Du, ich werd' verrückt«, sagte er, »das ist das Fahrzeug von Kugler. Das Kennzeichen passt, der Fahrzeugtyp auch.«

Er griff zum Funkgerät, um die Entdeckung weiterzumelden.

Sandra Kowick war wieder erwacht. Der dünne Schlauch, aus dem die Infusionsflüssigkeit in die Vene ihres rechten Armes tröpfelte, erschien ihr beim Öffnen der Augen wie eine Schlange. Wie lange hatte sie eigentlich geschlafen? Der weiße Vorhang neben ihrem Bett war noch immer zugezogen, das Tageslicht fiel milchig und grau herein. Wo war sie überhaupt?

Da hatte es doch Flammen gegeben und Feuer. Erst langsam fand sich ihr Geist in dem geschockten und von Medikamenten gedämpften Gehirn wieder zurecht. Wo war Manuel? Sie hob vorsichtig den Kopf, doch um sich herum erkannte sie nur Medikamente und irgendwelche Geräte, die sie nie zuvor gesehen hatte.

Willen- und kraftlos sank ihr Kopf wieder in die Kissen. Es war irgendetwas Schlimmes passiert. Oder hatte sie das nur geträumt? Hatte sie einen Unfall mit dem Auto gehabt? Nein, da war doch die Linda, ja, die Linda. Wo war eigentlich Linda?

Und eine Sirene war auch da, ja, eine Sirene hatte geheult.

Sie schloss die Augen und da waren sie wieder, die Flammen.

Aber sie wollte doch telefonieren. Gab es hier keine Klingel? Sie musste sich bemerkbar machen. Ja, sie war in einem Krankenhaus – und da gab's doch Klingeln.

Sie versuchte, ihren Kopf zu drehen und hinter sich an die Wand zu schauen, doch da gab es keinen Klingelknopf.

Aber wenn tatsächlich etwas Schreckliches geschehen war, dann musste sie dringend telefonieren, bevor noch Schlimmeres geschah. Oder war das Entsetzliche bereits über sie hereingebrochen? Warum sah sie immer dieses Feuer, wenn sie an Manuel dachte?

In Hua Hin war bereits die Nacht hereingebrochen. Mompach hatte den gesamten Nachmittag auf dem Balkon verbracht, sich erst mit Einbruch der Dämmerung – was gegen 18 Uhr war – wieder in sein Zimmer zurückgezogen und aufs Bett gelegt. Noch immer hatte er das Rauschen des Wasserfalls im Ohr, obwohl es gerade verstummt war.

Die Minuten quälten sich dahin. Er verspürte Hunger, doch plagten ihn gleichzeitig Magen- und Darmschmerzen, sein Schädel begann zu brummen, weil er sich zu lange der Sonne ausgesetzt hatte.

Er versorgte sich aus der Minibar mit Mineralwasser und Säften. Nur nichts Alkoholisches, mahnte ihn seine innere Stimme. Fit bleiben und alle Sinne beieinander halten. Mehr als das, was die Minibar hergab, stand ihm ohnehin nicht zur Verfügung, denn er konnte das Zimmer nicht verlassen, solange der Geldkoffer unterm Bett versteckt war. Sein Plan aber stand fest: Er würde auf die Forderungen des Erpressers eingehen – aber nur zum Schein. Vielleicht konnte er ihn überlisten, zur Rede stellen und ihm notfalls ein paar Hiebe mit einem Bambusrohr verpassen, das er gestern in der Hotelanlage gesehen und als geeignet erachtet hatte.

Aber dann – was dann, wenn er ihn niedergeschlagen hatte? Wie würde es weitergehen? Seine Gedanken drehten sich erneut im Kreis. Er konnte den Mann – oder war es womöglich eine Frau? – nicht einfach der Polizei ausliefern. Natürlich würde dann die Frage auftauchen, wo die halbe Million Dollar herkam. Und der Unbekannte – falls er überhaupt für ihn unbekannt war – würde auspacken. Er musste ihn also ausschalten, ganz, für immer. Sofort verwarf er diesen entsetzlichen Gedanken wieder.

Natürlich war der Erpresser in der weitaus besseren Situation – aber, so meldete sich Mompachs innere Stimme wieder: Ich kann mich doch nicht einfach wehrlos diesem Erpresser aussetzen. Nein, das konnte und wollte er nicht.

Hatte er denn überhaupt noch etwas zu verlieren? War nicht ohnehin schon alles weg, daheim, in Rimmelbach? Er hatte heute keine Chance gehabt, die Onlineausgabe der Zeitung zu lesen. Womöglich suchten sie ihn sogar schon. Und er würde bei der Einreise am Münchner Flughafen sofort festgenommen.

War es also nicht besser, den Geldkoffer zu behalten und einfach unterzutauchen? Hier in Thailand oder vielleicht in Hongkong, das nur ein paar Flugstunden entfernt war? Was aber, wenn die Polizei dann seine Konten aufspürte und er nicht mehr an den Rest seines Geldes kam? Hatte er sich nicht selbst eine Falle gestellt, als er die Nummern der Scheine registrieren ließ? Die Bank würde vermutlich die Liste gespeichert haben. Und wie weit ging überhaupt die Diskretion der Banker, wenn Geldwäsche und noch Schlimmeres im Raum standen?

Mompach fühlte sich plötzlich furchtbar schlecht. Und er musste an etwas denken, das er gestern bei der Suche nach einem handlichen, aber effektiven Schlagwerkzeug entdeckt hatte – auf dem Weg zu seinem Liegeplatz, wo die Gärtner einen kleinen, mit Hecken umgebenen Abstellplatz hergerichtet hatten.

»Sie haben die Herkunft der Schweine falsch deklariert, aus Rumänien Pferdefleisch importiert und wohl in ganz großem Stil beim Viehhandel über EU-Grenzen hinweg mit der Mehrwertsteuer getrickst«, stellte ein Kriminalist des Betrugsdezernats fest, der sich seit einem Tag mit den Daten aus den Computern von Igor und Hartmann auseinandergesetzt hatte. »Und das ist nur ganz oberflächlich gesprochen«, fügte er vor den Kollegen der Sonderkommission an. »Es wird wahrscheinlich monatelang dauern, bis wir jede Verbindung durchgecheckt haben. Wahrscheinlich ist vieles von dem, was auf den Papieren steht, nie gehandelt, sondern nur fiktiv abgerechnet worden, um sich beim angeblichen Handel über Grenzen hinweg die Mehrwertsteuer erstatten zu lassen.« Er blätterte in seinen Unterlagen. »Ihr kennt das alle – das ist nichts Neues. Das wird im großen Stil überall gemacht.« Er sah in die Runde. »Zumindest aber genauso lukrativ dürfte das Geschäft im Rotlichtmilieu gewesen sein, das der Igor vermutlich mit einer ganzen Bande in Sankt Petersburg betrieben hat.«

»Gibt es denn auch Hinweise, dass ein gewisser Heiko Mompach in irgendetwas verwickelt gewesen ist?«, fragte Häberle dazwischen.

»Bisher ist mir der Name nicht aufgefallen, aber du musst

bedenken, dass in diesen Kreisen natürlich nirgendwo Namen abgespeichert sind.« Er hob einen Speicherstick in Form eines kleinen Löwen in die Höhe. »Das Ding ist von dem Russen. Da hat er wohl seine Anabolikageschäfte gespeichert, einschließlich der Kundschaft. Überwiegend Fitness-Clubs, in denen die Türsteherszene verkehrt.«

»Aber damit ist doch zumindest der Beweis erbracht, dass der Hartmann keinesfalls der feine Geschäftsmann war, für den ihn alle gehalten haben.«

»So kann man das sagen«, meinte der Beamte. »Und euer Igor, der smarte Russe, wie ihr ihn bezeichnet, erst recht nicht.«

»Dann wird es doch höchste Zeit, dass wir uns seine Marina vorknöpfen«, meinte Häberle.

»Das übernehme ich«, rückte sich wieder einmal Vanessa in den Vordergrund. Immerhin fügte sie an: »Ich nehm den Kollegen Linkohr als meinen Personenschutz mit.«

Noch bevor der leicht verdutzte Linkohr etwas sagen konnte, schrillte ein Telefon. Einer aus der Runde nahm ab, reichte aber den Hörer sofort an Häberle weiter, der sich kurz meldete und lauschte. »Ach was!«, entfuhr es ihm schließlich erstaunt, was die ganze Mannschaft aufhorchen ließ. Er sagte kurz: »Danke!«, und legte auf.

Dann wandte er sich an seine Mitarbeiter: »Sie haben Kuglers Auto gefunden. Im alten Steinbruch bei Amstetten.«

»Und Kugler?«, fragte jemand schnell dazwischen.

»Kugler nicht, nur sein Auto. Sieht wohl so aus, als habe er darin die vergangene Nacht verbracht.«

»Wie lange stand das Auto schon dort?«, forschte ein anderer.

»Die Kollegen meinen, noch nicht allzu lange. Der Motor sei zwar kalt – was bei den derzeitigen Temperaturen ziemlich rasch geht –, aber es habe sich noch nicht viel herabfallendes Laub an Stellen angesammelt, an denen es normalerweise hängen bleibt: an Windschutzscheibe und Scheibenwischern.«

»Dann kann er doch eigentlich nicht weit weg sein.«

»Stimmt«, meinte Häberle, »es sei denn, er ist per Anhalter weiter oder es hat ihn jemand abgeholt. Oder er hat die Eisenbahn genommen. Der Bahnhof Amstetten ist schätzungsweise Luftlinie nur knapp einen Kilometer entfernt. Dann bist du in rund einer Stunde am Stuttgarter Flughafen. Oder in München.«

Kurz vor 23 Uhr in Hua Hin. Mompach schien es, als sei die Luft heute noch feuchter als in den Nächten zuvor. Eigentlich war er auch viel zu warm angezogen. Er hatte sich in seine langen Jeans gezwängt und ein langärmliges Hemd übergestreift. Dann zerrte er den prall mit Dollarnoten gefüllten Aktenkoffer unterm Bett hervor, entnahm die Liste mit den Nummern und legte sie in den Schranktresor, den er wieder sorgfältig schloss.

Mit einem letzten Blick auf die mit Banderolen versehenen Geldscheine ließ er den Deckel zufallen und entschied, das Zahlenkombinationsschloss des Koffers nicht zu verstellen. Ansonsten bliebe dem Unbekannten ja nur die Möglichkeit, es aufzubrechen. Aber so weit wollte es Mompach ohnehin nicht kommen lassen.

Er schwitzte und zitterte. Jetzt war jedes Detail wichtig, ja sogar lebenswichtig. Vermutlich wurde er bereits beim Verlassen des Zimmers beobachtet. Wieder meldete sich seine innere Stimme: Das ist doch alles Schwachsinn, was du da machst. Du kommst aus der Geschichte nicht mehr raus. Du kannst dich nicht einfach freikaufen. Mit Erpressern macht man keine Geschäfte, weil man dabei immer den Kürzeren zieht.

Und wieder versuchte er sich einzureden, es selbst regeln zu können. Er hatte einen Plan, wenngleich einen gefährlichen und zweifelhaften.

Mompach besah sich noch einmal im Spiegel, als ob sein Aussehen eine Rolle spielen würde. Dann umklammerte er den Griff des Koffers, löste die Sperrkette der Tür und verließ das Zimmer. Draußen auf dem überdachten Umgang schlug ihm die gnadenlose Tropenfeuchte entgegen. Er ließ die Tür einrasten und vergewisserte sich, dass sich auf diesem langen Flur, soweit er ihn überblicken konnte, niemand in Sichtweite befand. Die Palmenwedel, die ihn hier, in der mittleren Etage, umgaben, waren indirekt beleuchtet, und hinter einer Heckenbegrenzung strahlte das Flutlicht des Tennisplatzes.

Mompach warf einen prüfenden Blick über die Brüstung auf den Weg hinab, der am Erdgeschoss entlangführte. Auch dort war um diese Zeit niemand mehr unterwegs. Deshalb wandte er sich nach rechts und folgte dem Umgang bis zu einer Treppenanlage, die den Abstieg zur Gartenebene ermöglichte. Der Weg hinunter zum Meer, im weiten Bogen an Hecken und der großen Spiel- und Liegewiese vorbei, war ihm in den vergangenen Tagen vertraut geworden.

Jetzt kam es ihm allerdings ziemlich abenteuerlich vor, um elf Uhr nachts mit dem Aktenkoffer allein durch diese Anlage zu gehen. Es beschlich ihn ein seltsam schales Gefühl, das alle seine Muskeln anspannte. Er fühlte sich von allen Seiten beobachtet, als seien überall versteckte Videokameras auf ihn gerichtet. Obwohl er keinen Menschen entdecken konnte, waren sie doch da – die Erpresser und ganz sicher auch die Sicherheitsleute des Hotels.

Als er an jener Öffnung in der Buschreihe vorbeikam, in der er die Utensilien der Gärtner gesehen hatte, überkam ihn ein Schauer. Der kleine Lagerplatz war nicht beleuchtet, sodass die Hecken im Licht der Strahler einen tiefschwarzen Schatten nach hinten warfen. Ein gutes Versteck, durchzuckte es ihn. Zufrieden stellte er dann aber fest, dass vorne noch immer die dicken, auf handliche Größe gestutzten Bambusstöcke lagen.

Er näherte sich dem Meer, wo die Liegewiese nur durch eine kleine Böschung vom schmalen Sandstrand getrennt war. Als breiter Ausläufer des Pazifiks zähmte hier der Golf von Thailand das wilde, tosende Wasser, dem die schmale, sich weit südwärts – Richtung Malaysia – hinziehende Landmasse eine natürliche Grenze bot. Jenseits des Golfs erhoben sich die Territorien der Nachbarstaaten Kambodscha und Vietnam. Mompach ging all dies durch den Kopf, als er sich dem Strand näherte. Mit jedem Schritt schwoll die Lautstärke der Brandung an. Vermutlich ist Flut, dachte er und konnte zwischen den hoch aufragenden Palmen den sternenklaren Himmel sehen, der sich weit draußen, über dem tiefschwarzen Meer, hinter der Erdwölbung verlor. Irgendwo flimmerten dort die Lichter eines größeren Schiffes.

Kurz vor seinem verlassenen Liegestuhl blieb Mompach stehen und sah zu dem Geisterhäuschen hinüber, das sich hier, abseits der Lichter, nur schwach im Grauschwarz der Nacht abzeichnete. Eine sanfte Brise strich vom Meer zu ihm herauf. Langsam gewöhnten sich seine Augen an die Dunkelheit und er erkannte, dass das Wasser ganz dicht an die begrünte Böschung heranwogte. Vermutlich war ein Großteil des schmalen Sandstrandes vor ihm überflutet.

Er blieb regungslos stehen. Doch mehr als das an- und abschwellende Rauschen des Meeres drang nicht an seine Ohren. Es war so laut, dass es all die anderen Geräusche der Nacht übertönte. Ihm wurde plötzlich bewusst, dass dieser Abend und diese Zeit vermutlich mit Bedacht gewählt worden waren. Eine mondlose, relativ dunkle Nacht mit einer brandenden Flut. Der Unbekannte brauchte sich keine große Mühe zu geben, heimlich durch die Nacht zu schleichen. Die Bedingungen für ihn waren günstig. Mompach stand noch immer da, als hoffe er darauf, dass ihm die Geister, denen zu Ehren überall im Lande solche Geisterhäuschen aufgestellt waren, gut gesinnt sein mochten. Er widmete ihnen ein kleines Stoßgebet und bat sie um Beistand. Doch schon meldete sich wieder seine innere Stimme und mahnte ihn, dass er bei seinen ›bösen Taten‹, die auf ihm lasteten, nicht auf wohlgesinnte Geister hoffen konnte.

Er sah zum nachtschwarzen Strand hinab, der mit jeder heranbrandenden Welle überflutet wurde, blickte über die dezent beleuchtete Liegewiese und die leeren Liegestühle bis zum Pool hinüber, ohne eine Bewegung zu bemerken. Allerdings gab es genügend Verstecke, in denen seine Gegner lauern konnten. Dass sich auch keiner der Sicherheitsmänner sehen ließ, die ihm tagsüber gelegentlich aufgefallen waren, verwunderte ihn. Einerseits hätte er sich gewünscht, nicht ganz allein zu sein – andererseits wäre er jedoch ihren neugierigen Fragen ausgesetzt gewesen.

Mompach ging langsam auf das Geisterhäuschen zu, das ihn jetzt an einen großen Taubenschlag erinnerte, der auf einem mächtigen Sockel thronte.

Noch einmal sah er sich vorsichtig um, als wolle er jedes Detail in sich aufsaugen. Dann stellte er den Koffer an jener Seite des Sockels ab, die zum Meer hinauszeigte. Genau an jene Position, wie sie auf dem Foto gekennzeichnet war. Mompach entfernte sich zügig, als wolle er so schnell wie möglich auf Distanz gehen. Wenn ihn jetzt jemand beobachtete, sah es tatsächlich so aus, als würde er entlang der Wiese wieder denselben Weg zu seinem Zimmer zurückgehen, den er gekommen war. Würde er den Forderungen des Erpressers nachkommen, müsste er jetzt eine Stunde lang auf dem Balkon stehen. Damit würde sich der Unbekannte beim Abholen des Koffers in Sicherheit wiegen.

Mompach hatte sich aber einen anderen Plan zurechtgelegt. Er ging zwar zum Gebäude zurück, um sich für ein paar Minuten auch demonstrativ auf dem Balkon seines Zimmers zu zeigen. Doch damit wollte er nur seine Bereitschaft vortäuschen, auf die Forderung einzugehen. Dafür, so hatte es sich Mompach ausgerechnet, blieb gewiss auch Zeit. Denn der Erpresser würde nicht gleich in der ersten Viertelstunde nach dem vorgegebenen Termin auftauchen, sondern frühestens eine halbe Stunde danach. Er würde sich gewiss erst aus der Deckung wagen, wenn er das Umfeld genau beobachtet hatte.

Mompach sah in den künstlichen, von allen Seiten dicht bewachsenen Bachlauf hinab, dessen hellblau gefliester Untergrund jetzt im Schein unzähliger Strahler besonders verlockend leuchtete. Irgendwo plätscherte ein Rinnsal in das Wasser, ein Nachtvogel stieß regelmäßig einen schaurigen Schrei aus und die Brandung des Meeres schien diese friedfertige Atmosphäre dezent und beruhigend zu umrahmen.

Mompach sah auf seine Armbanduhr. Eine Viertelstunde war vergangen und er entschied, seinen Plan in die Tat umzusetzen. Er atmete tief durch, verließ sein Zimmer wieder und eilte wieselflink in den Garten hinab – dem Tosen des Meeres entgegen. Doch da war plötzlich noch ein Geräusch. Es schwoll an und schien das Rauschen der Brandung noch zu übertönen. Mompach blieb stehen. Es hörte sich an, als käme ein Motorrad daher, dessen Auspuff nicht ausreichend schallgedämpft war.

Mompach versuchte, die Richtung zu orten. Hier, an der rückwärtigen Seite des Hotelgartens, gab es aber gar keine Straße. Doch, doch, fiel es ihm ein: Parallel zu diesem Areal führte eine Zufahrt zu einigen benachbarten Gebäuden.

Also war dort jemand unterwegs? Nein, eher nicht. Der Motorenlärm schwoll weiter an. Er kam nicht von der Seite, sondern von vorne – vom Meer.

Mompach war inzwischen weitergegangen und hatte gerade jene finstre Lücke im Heckenbewuchs passiert, in der die Arbeitsgeräte der Hotelgärtner lagerten, da erschien ihm der Motorenlärm plötzlich irgendwie vertraut.

Ihn hatte dieses grässliche Geräusch schon einmal genervt.

»Sofort stoppen, sofort die Strecke sperren!«, hatte der Polizeiführer vom Dienst dem Bahnbediensteten im Geislinger Stellwerk befohlen. Jetzt kam es auf Sekunden an. Soeben hatte die Besatzung des Hubschraubers eine Person neben den Gleisen der Geislinger Steige ausgemacht, talabwärts, auf der Bergseite.

Der Beschreibung zufolge konnte es Kugler sein. Ein ICE in Richtung Stuttgart, der gerade, von Ulm kommend, Lonsee passiert hatte, wurde kurz vor Amstetten gestoppt. In Gegenrichtung verhinderte der Mann im Stellwerk die Abfahrt eines schweren Güterzugs, der bei Geislingen-West auf eine Schublok gewartet hatte, ohne deren Hilfe er die Steilstrecke zur Albhochfläche nicht hätte bewältigen können.

Innerhalb kürzester Zeit würden sich nun auf der viel befahrenen Strecke nachfolgende Züge stauen und den Schienenverkehr im ganzen Südwesten durch verpasste Anschlüsse erheblich beeinträchtigen.

Doch obwohl der Abschnitt über die Steige innerhalb weniger Minuten komplett gesperrt war, kam diese Maßnahme für zwei Züge zu spät: Sie hatten das letzte Signal noch bei Grün passiert und rollten nun, aus beiden Richtungen kommend, über diesen kritischen Bereich. Die Männer im Stellwerk versuchten, die jeweiligen Lokführer über Funk von der Person auf der Steige zu verständigen.

Häberle konnte seine Unruhe nur mit Mühe verbergen, als ihm die Beobachtung der Hubschrauber-Crew übermittelt und gleichzeitig erklärt wurde, dass noch vor der Streckensperrung zwei Züge in den besagten Abschnitt hineingefahren waren. »Hoffentlich macht der jetzt keinen Unfug«, sagte er leise, nachdem er den Hörer wieder aufgelegt hatte. »Aber ich befürchte, der Kugler dreht nun völlig durch.«

Seine Kollegen hatten ihm entsetzt zugehört.

»Wie sehen eigentlich deine Zukunftspläne aus?«, fragte Linkohr unerwarteterweise, als er mit Vanessa an diesem Novemberabend nach Böhmenkirch zu Igors Wohnung fuhr. Die junge Frau neben ihm war nur für den Bruchteil einer Sekunde verblüfft. »Ich will Landespolizeipräsidentin werden«, erwiderte sie so selbstbewusst, als stünde einer solchen Karriere nichts im Wege. »Es gibt viel zu wenig Frauen in der Polizeiführung«, fügte sie an, ohne Linkohrs Blicke zu erwidern. »Vielleicht sitzt du bis dahin ergraut und verstaubt bei irgendeiner Kriminalpolizei-Dienststelle, die dann der relativ jungen Polizeipräsidentin unterstellt ist.«

Linkohr schluckte. Hatte sie das jetzt ernst gemeint oder war's reine Ironie? Aber dieser jungen Kollegin traute er allemal zu, dass sie in Windeseile die Karriereleiter erklomm. Somit erübrigte sich eine weitere Frage zu den Zukunftsplänen, in denen er so gerne auch eine Rolle gespielt hätte. Aber durch ihre kesse Antwort hatte sie auch gleichzeitig durchblicken lassen, was sie von ihm hielt: Dass er's nicht weiterbringen würde als bis zu »irgendeiner Kriminalpolizei-Dienststelle«, in der er dann, ergraut und verstaubt, seiner Pensionierung harrte.

Er war froh, dass die Fahrt nach Böhmenkirch nicht lange dauerte. Frustriert parkte er vor Igors Haus und stieg mit Vanessa in die abendliche Kälte hinaus. Als sich auf ihr Klingeln hin die zaghafte Stimme von Marina an der Sprechanlage meldete, war Vanessa wieder mal schneller. Sie stellte sich und Linkohr vor und ersuchte, noch mal eingelassen zu werden. Wortlos klickte es im Lautsprecher. Weil sich in den folgenden Minuten nichts tat, drückte Vanessa noch einmal auf den Klingelknopf. »Wenn die uns nicht reinlässt, müssen wir uns auf andere Weise Zutritt verschaffen«, sagte sie zu Linkohr, als sei sie bereits zu solchen Entscheidungen befugt.

»Lass ihr doch Zeit, vielleicht muss sie sich erst anziehen«, entgegnete er leicht angesäuert.

Vanessa lächelte ihn überlegen an: »Wenn du an Frauen denkst, siehst du sie wohl immer nur im unbekleideten Zustand vor dir«, spottete sie und runzelte die Stirn. »Wie oft hat der Herr Linkohr eigentlich mich schon in Gedanken ausgezogen?«

Das Öffnen der Tür ersparte ihm eine Antwort. Vor ihnen stand Marina, bekleidet mit dicker Jacke und dunkelblauer Hose, die in wadenhohen Stiefeln steckte. »Gehen Sie rein, ich bin gerade dabei auszuziehen«, sagte sie schnell und flitzte an den beiden Besuchern vorbei zur Straße. Linkohr war von dieser Reaktion derart überrascht, dass ihm das Wort ›ausziehen‹ im Kopf nachhallte und er Mühe hatte, die Situation zu erfassen. Vanessa hingegen reagierte sofort: »He, halt, stehen bleiben!«, rief sie Marina nach, die jedoch keine Anstalten machte, der Aufforderung nachzukommen. Die junge Frau rannte plötzlich, so schnell sie konnte, auf einen Kleinwagen zu, der knapp 100 Meter entfernt stand.

Linkohr drückte die Tür so weit auf, bis sie in einer Position verharrte, aus der sie nicht von selbst wieder ins Schloss fallen konnte. Gleichzeitig wollte er seine junge Kollegin davon abhalten, Marina zu verfolgen. »Lass es, Vanessa. Wir können sie nicht so ohne Weiteres festhalten. «

Doch Vanessa sah sich während ihres Spurts nur kurz um und rief: »Schon mal was von ›Gefahr im Verzug‹ gehört?«

Trotz Vanessas ungeheurem Tempo war Marina schneller. Sie hatte inzwischen das Auto erreicht, sprang blitzschnell hinein, startete den Motor und raste davon, noch ehe Vanessa den Türgriff zu fassen bekam. Die junge Polizistin notierte das Kennzeichen, das mit GP auf den Landkreis Göppingen zugelassen war.

»Dann lass uns die Bude noch mal anschauen«, kam sie schwer atmend zurück und ging auf die Eingangstür des Hauses zu.

»Die Jungs der Spurensicherung haben doch schon alles rausgeholt«, gab Linkohr zu bedenken und folgte ihr in die Diele.

»Danke für den aufschlussreichen Hinweis«, keifte sie. »Aber inzwischen wissen wir, dass dieser Igor auch im Rotlichtmilieu kräftig mitgemischt hat.« Sie blieb abrupt stehen, was ihren Pferdeschwanz wieder zum Wippen brachte, und drehte sich zu Linkohr um. »Frauenhandel und so. Mädchen werden wie Sklavinnen gehalten, begreifst du das? In Bordellen oder bei diesen Begleitservice-Geschichten. Und das Geschäft mit Anabolika – Aufputschmitteln mit unabsehbaren Nebenwirkungen. Glaub mir, Mike, wenn ich mal richtig was zu sagen habe, werde ich bei solchen Dingen mit aller Härte durchgreifen.« Sprach's und öffnete die Tür, von der sie noch wusste, dass sie ins Wohnzimmer führte. »Frauenhandel ist so ziemlich das Widerwärtigste, was ich …« Sie stockte und blieb wie angewurzelt stehen. Linkohr, der ihr gefolgt war, wäre beinahe gegen ihren Rücken geprallt.

Er konnte ihre Reaktion nicht nachvollziehen. Sie schien keinen Ton mehr aus ihrer Kehle herauszubekommen und machte reflexartig einen Schritt zurück, sodass sie Linkohr beiseitestieß, der gar nicht mehr hatte ausweichen können.

Vanessa hatte gleichzeitig die Tür wieder zugezogen und kräftig ins Schloss krachen lassen. »Mike«, flüsterte sie voll Entsetzen und sah sich in der Diele vorsichtig um. »Das Terrarium …, das Terrarium …«

Obwohl er ahnte, was geschehen war, fragte er instinktiv nach: »Was ist damit?«

»Offen«, flüsterte Vanessa plötzlich panisch, »ich hab sie noch gesehen.« Sie blickte sich noch einmal um, als habe sie Angst, eine andere Tür könne geöffnet sein.

»Unter die Couch ist sie …«

»Wer?«

Vanessa zog ihn am Ärmel durch die Diele zur Haustür. »Die Schlange.«

Erst als sie die Haustür von außen ins Schloss gezogen hatten, wurde die junge Polizistin wieder ruhiger. »Wir müssen einen Zoologen holen.«

Der Lokführer einer der beiden Züge, die noch als letzte über die Geislinger Steige gefahren waren, hatte den Mann direkt neben dem Gleisbett gesehen und inständig gehofft, dass er dort bleiben möge. Die Helikopterbesatzung meldete, dass sie ihn nach der Vorbeifahrt des Zuges noch gesichtet habe. Der Pilot ließ die Maschine in der Luft schweben, während sein Kollege auf dem linken Sitz das Fernglas an die Augen drückte und den Gesuchten trotz einbrechender Dämmerung im Visier hatte. »Er läuft jetzt auf den Schienen abwärts«, teilte er mit.

»Ich geh noch weiter runter«, entschied der Pilot, nachdem er den Abstand zu den am Steilhang stehenden Bäumen kritisch betrachtet hatte. »Schalt den Lautsprecher ein.«

Sein Kollege betätigte einige Schalter und holte das Mikrofon aus der Halterung. »Herr Kugler«, sprach er langsam und deutlich, während draußen seine Stimme über einen starken

Lautsprecher das Rotorengeräusch übertönte. »Bitte bleiben Sie stehen. Wir sind gekommen, Ihnen zu helfen.«

Kugler, der längst auf den Hubschrauber aufmerksam geworden war, kam tatsächlich der Aufforderung nach und sah nach oben.

»Ihre Frau macht sich große Sorgen um Sie«, sagte der Polizist, während Kugler nun wieder auf den Schwellen weiterstapfte. Knapp 50 Meter entfernt, so schätzte der Beamte, erreichte der Mann jene Stelle, an der die Gleise auf einem steil hochbetonierten Damm verliefen und einen Taleinschnitt überquerten. Von dort konnte sich Kugler, wenn er's darauf abgesehen hatte, auf die Bundesstraße 10 hinabstürzen.

Sandra Kowick hatte endlich in die Realität zurückgefunden. Es gelang ihr sogar, einen Assistenzarzt, der sie am Abend untersuchen wollte, von der Dringlichkeit eines Telefongesprächs zu überzeugen. Zwar hatte er versucht, ihr klarzumachen, dass es zu einem Rückschlag käme, falls sie sich erneut aufregte. Als sie jedoch hartnäckig darauf drängte, die Kriminalpolizei anrufen zu müssen, da es um einen wichtigen Hinweis gehe, wählte der Arzt auf seinem Handy die Nummer der Polizei in Geislingen selbst, um sicherzustellen, dass die Frau niemand anderen anrief. Er ließ sich, wie von Sandra Kowick gewünscht, August Häberle geben und reichte anschließend das Gerät an sie weiter. Als Häberle erfuhr, wer ihn sprechen wollte, zeigte er sich erfreut darüber und erkundigte sich zunächst nach dem Befinden der Anruferin. Diese ging jedoch auf die Frage gar nicht ein, weil sie vor Aufregung ohnehin kaum einen Satz formulieren konnte. »Mompach«, stammelte sie, »Mompach ist an allem schuld. Er will den Pfarrer in den Tod treiben.« Sie hob ihren Oberkörper aus den Kissen, was der Arzt kritisch beobachtete und es bereits bereute, seiner Patientin das Handy überlassen zu haben. Sie zitterte und hatte Mühe weiterzureden. »Mit Manuel und mir«, flüsterte sie ins Telefon, als wolle sie vermeiden, dass jemand mithörte. »Mit Manuel«, wiederholte sie und es schien, als breche wieder alles über sie herein. Die Sirene, die Flammen – und – wo war Manuel? Sie ließ ein paar Sekunden verstreichen, starrte dabei zu der Infusionsflasche und flüsterte weiter: »Mompach hat uns gezwungen. Mich und Manuel.« Sie begann zu schluchzen. »Wir haben gelogen.« Plötzlich rief sie: »Wo ist Manuel? Sagen Sie mir, wo Manuel ist!« Sie wurde von einem Weinkrampf geschüttelt, weshalb ihr der Arzt das Handy aus der Hand nahm und es selbst ans Ohr hielt. »Hier spricht Dr. Pockfeld«, sagte er, »ich muss leider das Gespräch beenden. Die Patientin ist aus meiner Sicht noch nicht vernehmungsfähig.«

Kugler hatte sich von der Lautsprecherdurchsage aus dem Helikopter nicht beirren lassen. Er war inzwischen auf dem betonierten Damm angekommen, hatte sich mit dem kräftigen Oberkörper über das dünne Geländer talwärts gelehnt und es mit den Händen umklammert. Er fröstelte und war außer Atem, als er diese nahezu senkrechte Betonwand hinabsah, wo ganz unten die Bundesstraße entlangführte.

»Herr Kugler«, prasselte die Stimme des Polizisten wieder auf ihn nieder, »Ihre Frau macht sich große Sorgen«, wiederholte der Beamte, der sich in dieser Situation einen Psychologen an seiner Seite gewünscht hätte. Während er den Mann neben den Gleisen nicht aus den Augen ließ und nach neuen Formulierungen suchte, hörte er im Kopfhörer ein Funkgespräch mit, das der Pilot mit Häberle führte. »Achtung, neue Situation. Kugler ist unschuldig. Sagen Sie ihm das.« Auch Häberles Stimme verriet große Aufregung. »Sagen Sie ihm, dass Frau Kowick – ich buchstabiere den Namen: Konrad, Oskar, Wilhelm, Ida, Cäsar, Konrad – Kowick – dass diese

Frau gestanden hat, sie und ihr Sohn seien gezwungen worden, eine Falschaussage zu machen.«

Der Copilot griff sofort zu seinem Mikrofon. »Herr Kugler«, wandte er sich wieder an den Mann auf den Gleisen, »soeben erfahren wir, dass Sie unschuldig sind. Frau Kowick hat mitgeteilt, sie und ihr Sohn seien zu der Falschaussage gezwungen worden.«

Kugler lehnte regungslos an dem desolaten Geländer neben der Betonböschung. »Herr Kugler«, wiederholte der Beamte, »haben Sie mich verstanden? Wenn Sie mich verstanden haben, dann heben Sie eine Hand.«

Doch Kugler stand da, als könne er seinen Körper nicht mehr bewegen.

Es war gelungen, im Stuttgarter Zoo, der Wilhelma, einen Tierpfleger ausfindig zu machen, der sich mit großen Schlangen auskannte. In einem Kleinbus der Stuttgarter Polizei wurde er mitsamt seinem Equipment auf die Alb gebracht.

Nachdem ein Fachmann die ins Schloss gefallene Wohnungstür wieder geöffnet hatte, tastete sich der Schlangenexperte mit seinen Utensilien langsam durch die Diele zur Wohnzimmertür vor. Er öffnete sie vorsichtig, um zuerst durch einen schmalen Spalt hineinsehen zu können. »Sie liegt auf dem Sofa«, stellte er ruhig fest, um respektvoll anzumerken: »Ein ziemlich großes Exemplar.«

Häberle wurde nur am Rand über diese Aktion informiert. Er selbst hatte sich mit Martinshorn und Blaulicht zur Geislinger Steige bringen lassen, wo sich gegenüber der nahezu senkrecht aufragenden Betonböschung eine Haltebucht befand. Dort hatte die Einsatzleitung bereits einen Rettungs- und einen Notarztwagen postieren lassen. Vorsorglich war auch die Straße nun in beiden Richtungen gesperrt worden.

Noch immer erfüllte das Knattern des Helikopters die Luft. Unterdessen versuchten andere Kräfte, von oben über den bewaldeten Steilhang zu den Gleisen vorzudringen und sich auf Schotter und Schwellen dem Betondamm zu nähern.

Häberle stand mit dem Geislinger Polizeirevierleiter Watzlaff neben dem blau-weißen Streifenwagen und sah hinauf, wo schätzungsweise 30 Meter über ihnen der Mann an dem verrosteten Geländer lehnte. Es war Kugler, da bestand für Häberle gar kein Zweifel. Er bat den Helikopterpiloten, etwas höher zu steigen, damit der Lärm erträglicher wurde. Häberle wollte sichergehen, dass Kugler die Lautsprecherdurchsage auch wirklich verstehen konnte.

Häberle ließ sich von Watzlaff den Lautsprecher auf dem Dach des Streifenwagens einschalten und aktivierte per Knopfdruck das Mikrofon. »Hallo, Herr Kugler, hier spricht August Häberle. Es ist alles gut. Sie brauchen keine Angst mehr zu haben. Es gibt ein Geständnis von Frau Kowick ...« Er wiederholte ruhig und deutlich, was der Copilot bereits gesagt hatte. Möglicherweise waren dessen Worte jedoch im Lärm des Hubschraubers untergegangen.

Watzlaff tippte Häberle auf die Schulter und zeigte zu jener Stelle hinauf, an der die Gleise den bewaldeten Hang verließen und den Damm erreichten. Dort waren soeben einige Einsatzkräfte aufgetaucht. Diese Männer würden in wenigen Sekunden bei Kugler sein.

»Herr Kugler«, machte Häberle weiter, »bitte tun Sie jetzt nichts, was Ihre Frau und Ihre Familie unglücklich machen würde. Wir haben den Fall aufgeklärt.« Dass diese Aussage nicht ganz stimmte, war jetzt unwichtig.

Kugler hatte seinen voluminösen Körper noch immer nach vorne zum Tal hin gebeugt und hielt dabei krampfhaft das dünne Geländer fest. Watzlaff runzelte die Stirn: »Hoffentlich bricht da oben nichts weg.« Er wusste aus Erfahrung, dass die Bahn vielerorts ihre baulichen Anlagen vergammeln ließ.

In der Hotelanlage des Hyatt Regency war es still geworden. Kurz vor Mitternacht waren Männerstimmen durch den tropischen Garten gehallt. Nur kurz, aber laut und heftig. Ein älteres Ehepaar, das im zweiten Stock eines der Seitenflügel noch auf dem Balkon gesessen war, hatte die Stimmen gehört und gemutmaßt, es werde sich wohl um »ein paar betrunkene Deutsche« handeln. Dann jedoch war Ruhe eingekehrt. Wie jede Nacht tropfte irgendwo Wasser in den Bachlauf, an dessen Überlaufrändern es hin und wieder gurgelte. Jetzt, gegen drei Uhr früh, als der Rentner nicht schlafen konnte und leise, um seine Frau nicht zu wecken, auf den Balkon hinausging, lauschte er auf diese beruhigenden Geräusche. Manchmal war auch das leise Piepsen von Kleingetier zu hören, das es in dieser tropischen Atmosphäre sicher zuhauf gab. Eine solche Nacht ist voller Leben, dachte er und sah durch das dunkle Blätterwerk zweier Palmen zu dem anderen Flügel hinüber, aus dem an einer Stelle, unterhalb eines Balkons der ersten Etage, tagsüber ein Wasserfall sprudelte. Er konnte diesen Bereich des Gebäudes nur mühsam erkennen und überlegte sich, ob es angenehm war, dort zu wohnen und dem Rauschen des Wassers so nah ausgesetzt zu sein.

Während er darüber nachsann, staunte er, dass gerade in diesem Augenblick aus diesem Zimmer oberhalb des Wasserfalls ein Lichtschein auf den Balkon fiel. Dort muss ebenfalls jemand wach geworden sein, dachte er und behielt diesen Teil des Gebäudes im Auge. Doch weil sich der zugezogene Vorhang nicht bewegte und auch niemand auf den Balkon heraustrat, wandte er sich wieder davon ab. Vermutlich war nur jemand auf die Toilette gegangen.

»Das war knapp«, konstatierte Häberle erschöpft, als er mit Watzlaff in den späten Abendstunden wieder im großen Büro der Sonderkommission eingetroffen war. Kugler hatte sich von den Einsatzkräften widerstandslos wegbringen und zu einem etwa 200 Meter entfernten Forstweg geleiten lassen. Dort wurde er von einem geländegängigen Fahrzeug der Feuerwehr erwartet und ins Tal zum Rettungswagen des Roten Kreuzes gebracht. Ein Notarzt stellte fest, dass sich Kugler psychisch und physisch in äußerst schlechter Verfassung befand. Immerhin war der Mann jetzt seit nahezu 36 Stunden umhergeirrt. Wo er sich genau aufgehalten hatte, spielte für Häberle keine Rolle mehr.

»Soweit wir jetzt wissen«, erklärte er der nahezu vollständig anwesenden Mannschaft der Sonderkommission, »sollte Kugler auf infame Weise aus Rimmelbach vertrieben werden. Mompach hat seine Angestellte Sandra Kowick dazu gezwungen, ihren Sohn die Geschichte von der sexuellen Belästigung erzählen zu lassen.« Häberle goss Mineralwasser in ein Glas. »Übrigens eine sehr kühne Aktion, wie ich finde. Denn der Manuel machte ja nicht gerade den Eindruck, ein guter Lügner zu sein. Umso überraschender für mich, wie ein Gutachter gerade daraus den Schluss ziehen konnte, dass der Bub viel zu wenig Fantasie habe, um so eine Geschichte zu erfinden.«

»Die drehen 's halt hin, wie's ihnen in den Kram passt«, mokierte sich ein Beamter.

»Und beinahe hätte es geklappt – ein Mord ohne Mörder, wie das der Herr Mompach wohl bestens versteht.«

»Aber wieso macht die Frau Kowick so was mit?«, wurde eine Stimme laut, »war sie dem Mompach denn so hörig, dass sie sich zu so einer Anschuldigung hinreißen ließ? Der Pfarrer soll doch einer der wenigen gewesen sein, die ihr nach der Scheidung von ihrem Mann zur Seite standen.«

»Sobald sie vernehmungsfähig ist, wird sie uns mehr dazu sagen können. Hoffe ich jedenfalls.«

»Oder der Mompach«, meinte ein anderer, »denn der hat doch – wenn ich es richtig sehe – seine wichtigste ›Verbündete‹ im Kampf gegen den Pfarrer eiskalt umbringen wollen – und zwar samt deren Sohn. Das hat doch nur deshalb nicht ganz geklappt, weil die Sandra Kowick ausgerechnet in dieser Nacht bei seiner Frau war.«

»Richtig«, bestätigte Häberle. »Was schließen wir daraus?«

»Dass wir vielleicht bisher nur die Spitze des Eisbergs kennen. Es gibt noch verdammt viel zu tun.«

Doch jetzt musste auch Häberle erst mal schlafen.

In Hua Hin graute der Morgen. Gegen sechs Uhr erhob sich die Sonne aus der sanften Bewölkung, die sich am Osthimmel über dem Meer gebildet hatte. Über der Tropenlandschaft des Hotelgartens lag noch die friedliche Stille der Nacht. Ein paar exotische Vögel zwitscherten oder kreischten, dazwischen war das gurgelnde Schlürfen von den Überlaufrinnen des Bachlaufes zu hören.

Die Lichter erloschen und im Restaurant, das zum Garten hin geöffnet war, wurde das Frühstück vorbereitet.

Zwei dunkelhäutige Männer gingen mit kescherartigen Vorrichtungen am Bachlauf des Pools entlang, um abgestorbenes Laub abzufischen, das gemächlich auf dem Wasser trieb. Jeden Morgen, gleich nach Sonnenaufgang, waren sie auf diese Weise damit beschäftigt, Verschmutzungen zu beseitigen. Wenn die ersten Gäste an den Pool kamen, musste er makellos sauber sein.

Einer der Männer folgte pfeifend dem schmalen Weg, der über eine geschwungene Holzbrücke den Bachlauf querte. Aus dem glasklaren Wasser schimmerten die blauen Fliesen als paradiesisch anmutender Kontrast zu den unzähligen Grünschattierungen der tropischen Pflanzen.

Der Mann mit dem Laubkescher warf nur einen kurzen, prüfenden Blick über das Holzgeländer der Brücke – doch dann bemerkte er im Augenwinkel etwas, was dort unten nicht hingehörte: einen Schuh. Er blieb stehen, bückte sich über das Geländer und war für den Bruchteil einer Sekunde nicht fähig, das Gesehene zu realisieren. Ein Schuh – doch je weiter er sich bückte, desto mehr nahm das Entsetzliche Gestalt an: Da war auch ein Bein. Zwei Beine. Ein Mensch. Unter der Brücke lag ein Mensch im Wasser.

Der Mann warf seinen Kescher beiseite, rannte um die Brücke, rutschte zwischen dem tropischen Bewuchs auf weichem Erdreich aus und stürzte mit den Füßen voraus ins Wasser, das ihm bis zur Brust ging.

Unter der Brücke, deren Rundbogen sich nur einen halben Meter über das Wasser erhob, lag ein Mensch. Mit dem Gesicht nach unten, zwischen großen Ufersteinen eingekeilt.

Häberle hatte traumlos geschlafen. »Wie ein Stein«, grinste er seiner Frau Susanne beim Frühstück zu.

»Aber ganz ist euer Fall noch nicht geklärt«, kommentierte sie seine Schilderungen des vergangenen Tages. Sie konnten oft stundenlang über Ermittlungsergebnisse diskutieren, was Häberle als äußerst angenehm empfand. Denn seine Frau sprach als Außenstehende oftmals Dinge an, die ihm, da er so eng mit dem Fall verknüpft war, bis dahin gar nicht aufgefallen waren. Außerdem war er seiner Susanne wieder einmal unendlich dankbar, dass sie seinen Job ohne Wenn und Aber akzeptierte, auch wenn er manchmal nächtelang nicht heimkam.

Auch jetzt nahm sie wieder großen Anteil an seinen Problemen. »Der Kugler ist also rehabilitiert«, stellte sie fest.

»Aber ganz so einfach wird er das nicht wegstecken. Ein Vertrauensverhältnis kann sich in Rimmelbach wohl nicht mehr entwickeln.«

»Das denke ich auch, aber der Kugler ist auch schon der Pensionsgrenze nahe, vermute ich.«

»Wie du«, erinnerte ihn Susanne, doch Häberle wollte zu diesem Thema jetzt nichts sagen.

»Aber warum«, sinnierte sie weiter und strich Marmelade aufs Brot, »sollte Mompach so großes Interesse daran gehabt haben, Frau Kowick und ihren Sohn umzubringen?«

»Das ist noch genau so rätselhaft wie Igors Rolle, der dubioserweise zur selben Zeit verschwindet wie Mompach«, entgegnete Häberle.

»Und Manuel? Du sagst, die Mutter habe Frau Mompach berichtet, die Akte des Kindes sei gestohlen worden – und zwar ihrem geschiedenen Ehemann, der das aber wohl verheimlichen wollte.«

Häberle durchzuckte ein Gedanke. »Und genau so ein Ordner ist bei Igor aufgetaucht, allerdings ohne bedeutsamen Inhalt.«

»Der Igor«, meinte Susanne lächelnd, »hat sich davon vielleicht was versprochen.«

»Die Frage ist nur, was«, grübelte Häberle.

»Vielleicht ist dieser junge Russe viel stärker in die Sache verwickelt, als ihr alle bisher angenommen habt. Ihr habt euch bei ihm viel zu sehr von seinen Frauengeschichten beeindrucken lassen.« Sie lächelte. »Dabei ist er möglicherweise nahtlos in die Fußstapfen seines Chefs Hartmann getreten, als der tot war.«

Häberle musste an den Pfeil denken, den ihm Frau Mompach präsentiert hatte. Und an Igors Pfeil und Bogen. Hatte der junge russische Migrantensohn im Wald Schießübungen gemacht und womöglich eines Tages auf Mompach geschossen, ihn aber nicht getroffen? Oder ihn nur einschüchtern wollen? Vielleicht aus Rache dafür, dass Mompach den Hartmann in den Selbstmord getrieben hatte?

Aber wo war zwischen all dem dann Manuel einzustufen?

Der elektronische Rufton des Telefons zerriss die entstandene Stille. Häberle griff nach dem Hörer, meldete sich und lauschte. »Ach«, entfuhr es ihm kurz. »Okay, ich bin in 20 Minuten da.«

Das Frühstück war beendet. »Das Bundeskriminalamt hat uns verständigt. Es gibt wohl in Thailand einen Toten, der zu unserem Fall gehört.«

Über Botschaft und Bundeskriminalamt war ein langes Mail eingegangen. Der Inhalt wies unzählige Rechtschreib- und Grammatikfehler auf und schien in aller Eile übersetzt worden zu sein.

Häberle hatte es bei seinem Eintreffen bereits in ausgedruckter Form vor sich liegen. »Da haut's dir 's Blech weg«, kommentierte Linkohr, der es gemeinsam mit Vanessa bereits gelesen hatte. »Es ist Heiko Mompach, der im Hotelpool ertrunken ist. Mit Verletzungen, die vermuten lassen, dass ein Kampf stattgefunden hat. Sie seien aber nicht ursächlich für den Tod gewesen, wird vermutet. Aber was die Kollegen in Thailand vor zwei Minuten noch nachgereicht haben, klingt ziemlich abenteuerlich.«

»So?« Häberle hatte hinter seinem Schreibtisch Platz genommen und sofort das vorgelegte Mail lesen wollen. »Was denn noch?«

Linkohr zog einen Stuhl zu sich heran und setzte sich. »Sie haben seinen Tresor im Hotelzimmer geöffnet und eine Liste mit Nummern von Dollarscheinen entdeckt. Und jetzt kommt's: Das sind alles 50-Dollar-Noten, die Mompach gestern Vormittag bei der Bangkok Bank abgeholt hat. Insgesamt eine halbe Million US-Dollar.«

Häberle musste das Gehörte ein paar Sekunden lang gedanklich verarbeiten. »Und das Geld ist weg?«

»Sieht so aus«, erwiderte Linkohr. »Die Behörden in Hua Hin haben eine Obduktion der Leiche angeordnet. Offenbar ist Mompach nicht einfach so ertrunken.«

»Wir müssen sofort Kontakt aufnehmen«, entschied Häberle, wohl wissend, dass dies nur über die Staatsanwaltschaft, das Bundeskriminalamt und die Botschaft erfolgen konnte. Aber im Zeitalter elektronischer Kommunikationsmittel wurden manchmal sogar bürokratische und sprachliche Barrieren erstaunlich schnell bewältigt. Sie durften ohnehin keine Zeit mehr verlieren. »Igor«, gab er das Stichwort. »Igor Popow. Die Thailänder müssen ihn finden.«

25

Arnold Kowick war verärgert, als ihn Linkohr und Vanessa in der Mittagspause an seinem Arbeitsplatz in Ulm aufsuchten. Ziemlich lustlos hatte er ihnen zuvor am Telefon den Weg zu der Kfz-Werktatt geschildert, in der er arbeitete. Sie lag abseits der B 30 im Donautal.

»Mein Kind ist tot und Sie geben keine Ruhe«, flüsterte er den beiden Besuchern zu, die er auf dem Gehweg abseits des Betriebes erwartete. Er akzeptierte den Vorschlag, zu ihnen in den Audi zu steigen, um dort das Gespräch zu führen. Kowick schüttelte seinen Arbeitsanzug ab, als wolle er vermeiden, das Polster des Wagens zu beschmutzen, und nahm auf dem Beifahrersitz Platz. Vanessa stieg hinten ein.

»Ich hab Ihnen doch schon alles gesagt«, murrte Kowick genervt. »Glauben Sie, ich steck den Tod des Kleinen einfach so weg? Nur, weil ich nicht in Tränen ausbreche? Noch weiß ich nicht mal, wann die Beerdigung sein kann. Sandra …, Sie wissen schon …« Er wollte es nicht aussprechen, dass sie von Manuels Tod noch gar nichts erfahren hatte.

»Auch uns geht es um Manuel«, kam Linkohr leise zur Sache. Er hatte sich vorgenommen, gleich deutlich zu werden. Jetzt war keine Zeit mehr, auf Befindlichkeiten Rücksicht zu nehmen. »Ich muss es Ihnen leider vorhalten, Herr Kowick: Sie haben uns verschwiegen, was Ihnen gestohlen wurde.«

Kowicks Gesichtszüge veränderten sich und er sah die beiden Personen nacheinander an. Er roch nach Öl und Benzin.

Auch Vanessa blieb hart: »Die Akte Ihres Kindes nämlich. Und wir können Ihnen sagen, wo sie ist: bei Igor Popow.«

Kowick atmete schwer und klammerte sich an das Polster des Sitzes.

»Igor war nicht an irgendwelchen Akten interessiert, sondern er hat gezielt nach etwas gesucht, das beweisen sollte, was er von Hartmann wusste«, machte Linkohr weiter.

»Ja«, ergänzte Vanessa schnell, »etwas, mit dem auch Hartmann seinen Freund Mompach ganz schön in die Klemme hätte bringen können. Und das jetzt, nach dem Tod Hartmanns, vielleicht auch Igor für sich nutzen konnte.«

Arnold Kowick biss sich auf die Unterlippe. Er drehte sich nach vorne und blickte durch die Windschutzscheibe in den trüben Novembertag hinaus. Die Straße verlor sich im aufziehenden Nebel.

Linkohr gewährte ihm eine kurze Bedenkzeit, um dann ruhig anzumerken: »Es wäre jetzt an der Zeit, endlich zu sagen, welche Rolle der kleine Manuel gespielt hat.«

»Und wo ist jetzt das Geld hin?«, fragte ein Kriminalist aus den Reihen der Sonderkommission.

»So wie es aussieht«, resümierte Häberle, »hat er es einem Erpresser in den Rachen werfen müssen. Weshalb hebt er diese immense Summe sonst bar ab und notiert sich die Nummern der Scheine? Sein Aktenkoffer, mit dem er das Geld offenbar in der Bank abgeholt hat, ist weg, das Geld ist nicht auffindbar und er liegt tot im Pool. Entweder ist er den Forderungen nicht voll und ganz nachgekommen oder er hat den Helden spielen wollen, wurde deshalb brutal niedergeschlagen, ist in den Pool gefallen und ertrunken.«

Ein weiterer Beamter betrat den Raum und hielt ein Blatt Papier hoch: »Unsere Verbindung zu den Kollegen in diesem thailändischen Nest funktioniert ziemlich gut – keiner hätt's gedacht. Sie haben schon wieder eine Nachricht geschickt. Mompach ist weder an den Folgen der Verletzungen noch durch Ertrinken gestorben.« Der Beamte sah in die Runde: »Sondern durch Gift. Den ersten toxikologischen Befunden zufolge an einem Pflanzenschutzmittel, das die Gärtner in der Hotelanlage deponiert haben.«

»Selbstmord?«, fragte jemand dazwischen.

»So kann man das sehen«, meinte Häberle und überlegte: »Nachdem er zwei Menschen in den Freitod getrieben hat, hat er wohl jetzt auch selbst keinen Ausweg mehr gesehen.«

»Dabei konnte er noch gar nicht wissen, ob sein dritter Versuch – nämlich die Sache mit dem Pfarrer – auch geklappt hat«, kommentierte ein anderer Polizist und gab zu bedenken: »Aber dass sein geschickt eingefädelter Plan, Frau Kowick und Manuel bei einem Großbrand umkommen zu lassen, zumindest teilweise gescheitert ist, hat er sicher im Internet lesen können.«

Häberle wollte gerade sagen, dass dies alles zu seiner Theorie passe, als Linkohr und Vanessa auftauchten.

»Unser Dream-Team lässt sich auch mal wieder sehen«, frotzelte jemand. »Welche Schlangen habt ihr dieses Mal entdeckt?«

»Das Dream-Team«, erwiderte Linkohr und betonte den Begriff besonders, während er Vanessa angrinste, »hat das letzte große Rätsel gelöst.«

Die Stimmen verstummten und alle Blicke waren auf die beiden gerichtet, was Vanessa besonders genoss. Sie kam mit ihrer Erklärung auch diesmal wieder Linkohr zuvor: »Mompach war nicht nur wegen seiner Beteiligung an Hartmanns dubiosen Geschäften erpressbar, sondern auch wegen Manuel.«

Häberle merkte erneut, dass er mit seiner Vermutung, die er bisher nicht ausgesprochen hatte, richtig lag.

»Manuel war sein Kind, sein uneheliches Kind mit Sandra Kowick«, schaltete sich jetzt Linkohr ein und schnitt Vanessa das Wort ab. »Dies durfte unter keinen Umständen jemand erfahren, auch seine Ehefrau nicht. Das Ehepaar Kowick hat sich gleich nach der Geburt des Kindes getrennt – und Mompach hat inoffiziell das Sorgerecht übernommen, gab der Frau einen Job und eine Unterkunft.«

Vanessa nutzte eine kurze Pause, um den Rest zu erzählen: »Ehemann Arnold Kowick spielte bei dem Deal mit. Er mimte nach außen hin den Vater – allerdings wenig überzeugend, denn dass er sich nicht um das Kind gekümmert hat, gilt in Rimmelbach als offenes Geheimnis. Dass er als angeblich leiblicher Vater seit Jahren Kindergeld bezieht, auf das seine Ehefrau aufgrund der Unterstützung Mompachs verzichtet hat, sei nur am Rande erwähnt. Damit erklärt sich auch, weshalb er den Diebstahl der Akte verheimlichen wollte.«

»Damit«, so konstatierte Häberle, »wird natürlich auch klar, dass Mompach die Frau und den Buben dazu benutzen konnte, mit einer erfundenen Missbrauchsgeschichte den Pfarrer loszuwerden – oder in den Selbstmord zu treiben, je nachdem.«

»Dass alles gründlich schiefgegangen ist, hat er letztlich dem Abenteuer mit der Schulleiterin zu verdanken«, erklärte Vanessa stolz, »dadurch ist die Männerfreundschaft zwischen ihm und Hartmann zerbrochen und sie haben begonnen, sich gegenseitig zu zerfleischen.«

»Mit Deckung des Herrn Bürgermeisters, würde ich sagen«, kommentierte ein anderer Kollege. »Der hat nicht nur Mompachs illegale Müllverbrennung akzeptiert, sondern auch anderweitig seine schützende Hand über ihn gehalten.«

»Mompach war erpressbar«, fuhr Häberle in seinen Ausführungen fort. »Igor hat dies sicher von seinem Chef, dem Hartmann, mitbekommen und nach dessen Tod aus diesem Wissen Kapital schlagen wollen. Er besorgte sich die Kindesakten bei einem Einbruch in Arnold Kowicks Wohnung, schüchterte vermutlich den Mompach mit allerlei Tricks ein und kam auf die Idee, ihn zu erpressen und dies dort auszuführen, wo sie beide ziemlich unbekannt sein dürften: In Hua Hin, wo sowohl Hartmann als auch Mompach ihr Schwarzgeld in allerlei Immobilien und cash auf der Bank angelegt hatten – zumindest lässt sich dies aus der halben Million Dollar ableiten, die Mompach dort gestern abgehoben hat.«

»Du meinst, hinter allem steckt der Igor?«, kam eine Frage auf.

»Da bin ich mir absolut sicher. Und ich bin auch sicher, dass Mompach so kaltblütig war und bei dieser Gelegenheit alle Spuren seiner Vaterschaft verwischen wollte, indem er das alte Haus, das ja ihm gehört und zu dem er sicher problemlos Zutritt hatte, kurzerhand über diese ferngezündete Explosion abfackeln wollte. Die Zwischenlandung in Dubai passte zeitlich, denn er konnte sicher sein, dass Mutter und Sohn zu diesem Zeitpunkt tief schlafen würden. Inwieweit er die technische Raffinesse mit der Handy-Rufweiterschaltung schon länger geplant hatte oder ob ihm die Idee dazu erst kam, als er das Handy des Tanzlehrers so geschickt an sich nehmen konnte, bleibt wahrscheinlich ein Rätsel.«

Vanessa hakte ein: »Jedenfalls haben die Frauen seine teuflischen Pläne gründlich vermasselt.« Sie grinste zu Linkohr hinüber.

»Wie das halt so ist mit den Frauen.«

»Was mich aber schon interessieren würde«, ließ sich Vanessa nicht beirren, »wer war nun eigentlich der letzte Besucher auf Hartmanns Hochsitz?«

»Natürlich jemand, der ihm sozusagen den Rest gegeben hat«, erwiderte Häberle. »Mit ziemlicher Sicherheit der Mompach. Denkt an den Knopf, mit dem er sich verraten hat. Als er seinen Arbeitsanzug verbrannt hat, hat er genau das Gegenteil dessen erreicht, was er wollte.« Häberle grinste zufrieden. »Nachdem wir den Fund des Knopfes aus dem Hochsitz in den Medien veröffentlicht haben, haben wohl einige Herrschaften erst erkannt, was sie möglicherweise in der Asche seiner Feuerstelle gefunden haben.«

»Aber trotzdem«, gab sich Vanessa damit nicht zufrieden, »Hartmann hat doch noch auf jemanden gewartet da oben … Da war doch der Sekt …«

»Das Geheimnis hat er mit ins Grab genommen. Es sei denn, wir finden noch jemanden, der an besagtem Dienstag vor sechs Wochen schmutzige Schuhe hatte«, verzog Häberle sein Gesicht zu einem Lächeln und sah zu Linkohr. »Unser Kollege hier hat jedenfalls nichts davon ins Protokoll geschrieben, ob er beim Besuch der Schulleiterin schmutzige Schuhe entdeckt hat.«

»Wahrscheinlich hat er woanders hingeguckt«, stichelte ein Kollege und wurde noch direkter: »Hätte die Dame ein kurzes Röcklein getragen, wären ihm vielleicht dann nebenbei auch die verdreckten Schuhe aufgefallen.«

Linkohr wollte nichts dazu sagen und sah verstohlen zu Vanessa, die prustend loslachte und für allgemeine Heiterkeit sorgte.

Erst nach und nach sickerte an die Öffentlichkeit, was in Hua Hin geschehen war. Auf Drängen von Georg Sander und Kerstin Wecker sah sich die Staatsanwaltschaft schließlich fünf Tage später, dem darauffolgenden Montag, zu einer Pressekonferenz genötigt, zu der ein knappes Dutzend Journalisten in den Konferenzraum der Ulmer Staatsanwaltschaft gekommen war.

Christof Schwehr, der neue Behördenchef, hieß die Medienvertreter willkommen und rekapitulierte die Ereignisse der vergangenen sechs Wochen – beginnend mit dem Selbstmord Hartmanns bis zum Tod »des Landwirts, dessen Name Ihnen ja bereits hinlänglich bekannt sein dürfte«. Er verfiel in einen langen Monolog, bei dem die Vertreter der

Presse eifrig mitschrieben, und hatte nach 20 Minuten eine Überraschung parat: »Wir haben bewusst die Pressekonferenz um ein paar Tage verschoben, weil wir Ihnen einen abschließenden Bericht präsentieren wollten. Und der liegt uns seit Kurzem aus Thailand vor. Die Kommunikation mit den dortigen Behörden läuft über uns, das Bundeskriminalamt und die Botschaft – und sie hat erfreulicherweise sehr gut funktioniert.« Er räusperte sich und sah bedeutungsschwanger in die Kamera von Regional TV: »Es ist den Behörden in Thailand gelungen, den Erpresser dingfest zu machen. Es handelt sich um einen russisch-stämmigen jungen Mann, der bei Max Hartmann beschäftigt war und sich dessen Immobilie in Thailand sowie eine größere Geldsumme hatte aneignen wollen, die – ich will es mal vorsichtig formulieren – aus fragwürdigen Geschäften stammte. Der Mann hat eingeräumt, dass es bei der Geldübergabe zu einer Konfrontation gekommen sei. Er habe sein Opfer aber nicht getötet, sondern lediglich in die Flucht geschlagen.« Der Leitende Oberstaatsanwalt sah kurz zu den Journalisten. »Die Behörden gehen davon aus, dass sich der Verstorbene selbst das Leben genommen hat. Die Obduktion hat die Einnahme eines Pflanzenschutzmittels erbracht. Ein solches lagert auf dem Abstellplatz der Hotelgärtnerei. Der Verstorbene hat es demnach nach der Konfrontation mit dem Erpresser zu sich genommen und ist dann in den Pool gesprungen.« Erst jetzt wandte Schwehr wieder den Blick von der Kamera. Er hat sich offenbar wie ein Nachrichtensprecher gefühlt, dachte Sander, der wieder einmal den Hauptermittler des Falles, nämlich August Häberle, bei einer solchen Konferenz vermisste.

Häberle hatte seine engsten Kollegen an diesem Abend zum Pizzaessen ins ›Latino‹ eingeladen. Den Wirt, einen in Ehren ergrauten Italiener, hatte er vor einigen Jahren kennengelernt, nachdem einer der dramatischsten Kriminalfälle aufgeklärt war, den es jemals in Geislingen zu bearbeiten gab. Im Vorfeld der Fußballweltmeisterschaft 2006 war mitten in der Fußgängerzone der damalige Fußballbundestrainer Jürgen Klinsmann entführt worden, der in dieser Stadt als Jugendlicher einst das Fußballspielen gelernt hatte. Erst nach Aufklärung des Falles hatte Häberle erfahren, dass der Fußballstar oftmals beim Latino-Wirt zu Gast gewesen war. Während seiner Zeit beim FC Mailand war er sogar einmal nach einem Spiel mit einigen seiner italienischen Vereinskameraden kurz per Auto über die Alpen ins heimische Geislingen gedüst, um eine Pizza zu essen. Ganz stolz war der Latino-Wirt auf ein Foto, das einen seiner Söhne als Kleinkind auf dem Schoß von Klinsmann zeigte.

Als Häberle diese Anekdoten im Kreise seiner Kollegen erzählt hatte und sie sich gerade zuprosteten, eilte der Wirt mit einem Fotoalbum herbei. Er hatte offenbar die Erzählungen mitbekommen und legte zum Beweis für deren Richtigkeit stolz das Fotoalbum mit besagtem Bild vor.

»Der Fall damals war aufregend«, spielte Linkohr wieder auf die Entführung an. »Hat nur noch gefehlt, dass wir Weltmeister geworden wären.«

»Aber Deutschland wurde dann doch ›Weltmeister der Herzen‹«, schaltete sich Vanessa ein, die an seiner Seite saß. »Wenn schon mal der ganz große Wunsch nicht in Erfüllung geht, dann bleibt immer noch der Traum davon.«

Linkohr stockte der Atem. War das wieder so eine versteckte Andeutung?

»Ich werde euch alle auch in angenehmer Erinnerung behalten«, fuhr sie fort und lächelte in die Runde. »Eine aufregende Etappe meiner Laufbahn war das. Aber ab Januar bin ich weg – abgeordnet nach Stuttgart. Zum LKA.«

Linkohr konnte sich nicht darüber freuen. Er sah sich bereits, um Jahrzehnte gealtert, in einem verstaubten Büro einer unbedeutenden Kriminaldienststelle irgendwo in der Provinz, ausgestattet mit Techniken aus den Anfangszeiten des Computers, während die Landespolizeipräsidentin dann vermutlich flammende Reden hielt und von der Schlagkraft einer modernen Polizei fabulierte. Er stellte sich vor, wie Präsidentin Vanessa – wie hieß sie eigentlich mit Nachnamen? – in die Kameras strahlte. Den Gedanken, wie sie nackt aussehen würde, verwarf er sofort wieder.

Vanessa war ohnehin nichts für ihn. Wahrscheinlich würde er sie eines Tages siezen müssen.

Zwei Wochen später war auch Dieter Kugler wieder daheim. Der Aufenthalt im Krankenhaus hatte ihn zumindest körperlich fit gemacht. Psychisch fühlte er sich weiterhin schlecht. Noch immer plagten ihn Albträume über Gefängnisse und tote Kinder.

Die schrecklichen Wochen und Monate von Rimmelbach hafteten an ihm wie ein Fluch. Er wollte nie mehr kämpfen. Sich nie mehr rechtfertigen müssen. Nein, dieses eine Jahr in Rimmelbach war der Vorhof zur Hölle gewesen.

Gemeinsam mit Franziska hatte er entschieden, das Pfarrhaus so schnell wie möglich zu räumen und auch von Halzhausen wegzuziehen. Wohin, das würden sie niemandem sagen.

Den Oberkirchenrat hatte er bereits gebeten, ihn in den vorzeitigen Ruhestand zu versetzen. Das schloss aber nicht aus, dass er sich irgendwo wieder kirchlich engagieren würde – aber nie mehr in verantwortlicher Position.

»Ich habe nie gedacht, dass sich Menschen gegenseitig so viel Schlimmes antun können«, sagte er seiner Frau beim gemeinsamen Kaffeetrinken am Totensonntag.

»Aber du hast gesehen«, erwiderte Franziska ruhig, »mag manches noch so aussichtslos erscheinen – der Herr weist dir einen Weg, wenn du nur drauf vertraust.«

»Aber warum müssen dazu erst Menschen sterben«, zweifelte er, »warum ausgerechnet der kleine Manuel? Kannst du mir das erklären?«

Franziska überlegte – und dann fiel ihr wieder ein, wie ihr Mann schon oft die verschlungenen Wege Gottes erklärt hatte. »Denk an deine Stickerei«, erinnerte sie ihn und musste an das Stück Stoff denken, dessen Rückseite nur ein wirres Durcheinander bunter Fäden zeigte, die scheinbar keinerlei Sinn machten, während vorne ein wunderschöner Baum zu sehen war.

Kugler lächelte seine Frau dankbar an. »Ja«, sagte er, »wir Menschen hadern oft mit dem Schicksal – und können doch nur die eine Seite davon sehen. Aber irgendwann kommt der Tag, da werden wir das große Ganze erkennen.«

ENDE

Mein Dank gilt allen, die mir wieder mit Tipps und Informationen zur Seite gestanden sind, damit ich die Geschichte möglichst realitätsnah darstellen konnte. Dass ich dieses Mal ausnahmsweise eine fiktive Albgemeinde als Tatort gewählt habe, war aus Gründen des Persönlichkeitsschutzes notwendig.

Manfred Bomm
Grauzone
978-3-8392-1385-8

»Kommissar Häberle in seinem 13. Fall«

Gibt es einen Zusammenhang zwischen einem lange zurückliegenden Flugzeugabsturz und dem angekündigten Weltuntergang? Von Zweifeln geplagt, schließt sich eine Frau einer Gruppe Gleichgesinnter an, die diesen Fragen nachgeht. Der schwäbische Kommissar August Häberle und sein Assistent Mike Linkohr treffen bei der Suche nach einem Mörder Menschen, die an den baldigen Weltuntergang glauben – oder davon profitieren wollen. Und alle scheint ein Geheimnis zu verbinden …

Manfred Bomm
Mundtot
978-3-8392-1247-9

»Im schmutzigen Geschäft der Politik trifft Häberle auf Neid, Verleumdung und Korruption. Spannend und absolut authentisch!«

Eine allgemeine Unzufriedenheit greift um sich. In der deutschen Politik fehlen visionäre und charismatische Köpfe, als ein Mann auftaucht, der durch Ausstrahlung und Optimismus sehr schnell die Herzen der Menschen gewinnt. Die Schar seiner Anhänger wächst explosionsartig. Doch mit zunehmendem Erfolg sieht sich der gebürtige Hohenstaufer Attacken und Verleumdungen der Medien ausgesetzt. Der Politiker soll zum Schweigen gebracht werden, sogar sein Leben gerät in Gefahr. Als dann noch seine engste Mitarbeiterin verschwindet, nimmt Kommissar August Häberle die Ermittlungen auf …

GMEINER

Wir machen's spannend

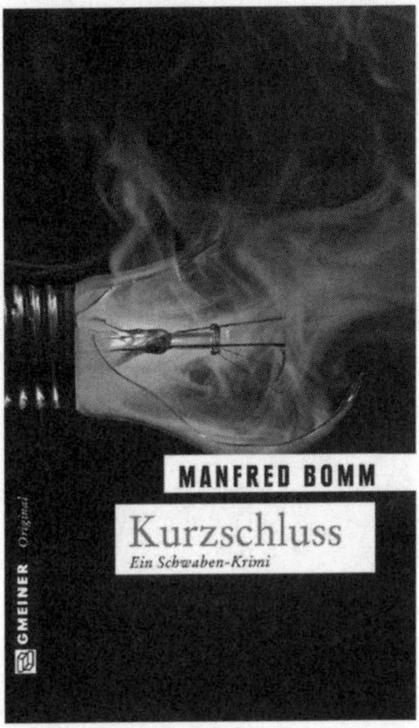

Manfred Bomm
Kurzschluss
978-3-8392-1049-9

»Spannung im Energiesektor – Häberle ermittelt im hart umkämpften Stromgeschäft.«

In einem See am Rande der Schwäbischen Alb wird ein Angestellter des kleinen örtlichen Energieversorgers tot aufgefunden – mit einem Stein um den Hals im Wasser versenkt. Er hatte die Aufgabe, täglich die Entwicklungen an der Leipziger Strombörse zu verfolgen, um bei günstigen Notierungen den Bedarf für die nächsten Jahre zu ordern.

In der Wohnung des Ermordeten findet Kommissar August Häberle mehrere selbst produzierte Dokumentarfilme über die Energiewirtschaft. Und dann erreicht ihn die Nachricht von einer weiteren Leiche – in einem See im fernen Mecklenburg-Vorpommern, versenkt mit einem Stein …

GMEINER

Wir machen's spannend

Manfred Bomm
Glasklar
978-3-89977-795-6

»Häberles Fälle spielen nie im luftleeren Raum. Sie sind nicht nur geografisch in der Region verortet, auch die Themen sind aktuell.« *Südwest Presse*

Der Wasserberg am Rande der Schwäbischen Alb. Nach einer privaten Sonnwendfeier einer Gruppe ehemaliger Schulkameraden findet man einen der Gäste tot auf.

In den Verdacht geraten sowohl die früheren Mitschüler und der alte Lehrer des Ermordeten als auch deren Angehörige. Doch Kommissar Häberle findet heraus, dass in jener Sommernacht noch viele andere Menschen im Gelände unterwegs waren, die eine gemeinsame Vergangenheit mit dem Opfer haben …

Manfred Bomm
Trugschluss
978-3-89977-632-4

»Spannung bis zur letzten Seite.«
Augsburger Allgemeine

Eine verkohlte Leiche kann weder identifiziert werden noch gibt es Anhaltspunkte, wer sie ausgerechnet neben einer militärischen Funkanlage auf der Hochfläche der Schwäbischen Alb abgelegt hat. Für Kommissar August Häberle beginnt ein Fall, der bis in die höchsten Ebenen der Politik hinein reicht. Während er fast schon befürchtet, das Verbrechen ungelöst zu den Akten legen zu müssen, spielen sich in Florida und Lugano seltsame Dinge ab. Als dann auch noch auf der Schwäbischen Alb in die Wohnung einer Frau eingestiegen wird, die seit Jahren über das Brummton-Phänomen klagt, bekommt der Fall eine neue Wende. Alle Spuren führen nach Ulm, deren Stadtväter sich auf den 125. Geburtstag des dort geborenen Albert Einstein vorbereiten …

Manfred Bomm
Irrflug
978-3-89977-621-8

»Eine empfehlenswerte Urlaubslektüre.«
Neue Württembergische Zeitung«

Ein Sommermorgen auf dem Sportflugplatz Hahnweide bei Kirchheim/Teck. Als die Sekretärin der Motorflugschule zu ihrem Büro fährt, packt sie das Entsetzen: Vor einer Flugzeughalle liegt eine tote Frau, eine zweisitzige Cessna ist im Laufe der Nacht spurlos verschwunden. Die Ermittlungen der Kriminalpolizei führen in die Umgebung des nahen Göppingen, wo einige der Hobby-Piloten wohnen. Dort übernimmt der in kniffligen Fällen erfahrene Kriminalist August Häberle den Fall – ein Praktiker, kein Schwätzer, einer, der Land und Leute und deren Mentalität kennt. Stück für Stück puzzelt er aus einer Vielzahl von Merkwürdigkeiten die wahren Hintergründe des Falls zusammen.

Die Spur führt nach Ulm …

GMEINER

Wir machen's spannend